KB136246

엉망인 채 완전한 축제

엉망인 채
완전한 축제

술라이커 저우아드 지음
신소희 옮김

이 책을 향한 찬사

술라이커 저우아드는 시련을 극복하고 더 용감해지는 클리셰를 답습하지 않는다. 대신 그는 '아름답고 완벽한 건강함'이라는 허황한 신기루를 좇는 우리에게 질병과 건강함, 완전함과 불완전함 사이의 허술한 경계에 관해 의미 있는 질문을 던진다. 결국 우리는 모두 건강의 왕국과 질병의 왕국 두 세계를 오가며 살아간다. 그러나 저우아드가 말하는 건강함이란 질병과 질병으로 상징되는 사회의 모든 것을 극복하거나 제거하는 것이 아니다. 우리 안에 있는 고통과 과거의 유령들을 껴안고 직시하는 것이다. 저우아드는 그가 겪은 최악의 사건으로 자신을 정의하고 싶지 않았기에 그만의 언어로 그의 이야기를 썼다. '엉망인 채 완전한 삶' 속에서 하루하루 진실로 살아가자고 전하는 이 책은 삶의 어느 순간 퇴거의 시간을 가져야 했던 우리에게 건네는 깊은 위로이자, 우리가 안고 살아가는 한 움큼의 슬픔을 감싸주는 붕대 같은 글이다.

김보라_ 영화 〈벌새〉 감독

모든 것을 내려놓으면 보이는 것들에 관해 막연하게 이야기하는 건 쉽다. 그러나 정말 모든 것을 내려놓고, 무너져내리는 내 삶을 바라볼 용기를 잃지 않는 건 결코 쉽지 않다. 그런데 이 사람은 정말 그런 용기를 지녔다. 종군기자가 되는 것이 꿈이던 스물두 살 여성, 저우아드는 생존 확률 35%의 급성 골수성 백혈병을 진단받으면서 꿈도 사랑도 희망도 열정도 모두 내려놓아야 했던 그 고통의 시간들을 거침없는 솔직한 입담으로 펼쳐놓는다. 절망의 터널을 뚫고 목표를 향해 질주하는 삶이 아니라 나처럼 아픈 타인, 어쩌면 나보다 더 고독하고 아픈 타인들의 목소리를 듣고 기록하는 삶을 선택한 여성의 눈부신 깨달음이 가슴을 울린다. 지금까지 내려놓은 것들이 너무 안타깝고 아까워서, 더 내려놓아야 한다는 것이 문득 고통스러울 때, 이 책을 펼치며 나는 내 인생의 꿈과 희망을 처음부터 다시 배울 것이다. 기나긴 팬데믹의 터널에서 지쳐버린 우리가 '엉망인 채 완전한' 삶이라는 축제를 부디 되찾을 수 있기를.

정여울_『나를 돌보지 않는 나에게』 작가

생존자들을 '용감한', '유연한', '강인한', '경이로운'이라는 말로 표현하는 것은 진부하게 들리겠지만, 술라이커 저우아드는 진실로 용감하고 유연하며 강인하고 경이로운 사람이다. 투병 회고록이자 희망의 연대기인 이 책은 압도적인 창조력과 경이로운 휴머니즘으로 이뤄낸 작품이다. 저우아드는 우리를 결코 예상하지 못한 경지로 이끈다. 병의 고통과 잃어버린 시간의 심연을, 길 위에서 만난 수많은 이방인의 내면을 보기 드문 관대함과 우아함으로 묘사해냈다. 내가 읽은 그 어떤 작품과도 다른 걸작이다. 이 이야기를 오랫동안 잊지 않고 간직할 것이다.

엘리자베스 길버트_『먹고 기도하고 사랑하라』 작가 원래의 삶을 빼앗겼을 때, 우리는 어떻게 다시 살아갈 힘을 낼 수 있을까? 예상과 다르게 흘러가는 삶에 한숨짓고 있다면 이 책에서 반짝이는 무언가를 발견할 수 있을 것이다. 삶과 죽음 사이 황무지에서 체류했던 여성의 이 내밀한 기록은 말로 형용하기 어려운 감동을 준다.

타라 웨스트오버_『배움의 발견』 작가

이 책은 영원히 분리되었다고 생각했던 내 삶의 파편들을 이어 붙여주었다. 대담한 필력과 야심이 넘쳐 흐르는 이 책은 한 세대에 한 번 나올까 말까 한 걸작이다. 저우아드의 용기에 감사를 보낸다.

키스 레이먼_『헤비Heavy』 작가

이 젊은 백혈병 생존자의 회고록은 우리가 살아가는 팬데믹 시대에 소중한 지침을 제공한다. 저우아드는 고통스러운 치료 과정과 그 이후 계속되는 삶을 이야기함으로써 정답 없는 질문들과 함께 살아가는 데 필요한 용기를 생생히 보여준다.

《뉴욕 타임스》

놀랍도록 솔직한 이 책에는 부서지는 마음을 향한 자기연민도, 생존자에게 기대되는 경건함도 없다. 저우아드는 건강과 질병, 과거와 현재를 옮겨 다니는 우리 모두의 인생 여정에 관한 이야기를 들려준다. 하루아침에 많은 게 바뀌고 점점 더 예측이 어려워지는 이 시대에 우리가 지녀야 할 균형 감각이 무엇인지 알려주는 책이다.

《로스앤젤레스 타임스》

책을 읽는 내내 저우아드의 여정에 완전히 몰입되었다. 저우아드는 참을 수 없는 감정들을 견뎌냈을 뿐만 아니라 그것들을 정돈하여 마침내 시로 표현해냈다. 무너진 달을 복원하며, 알 수 없는 것들과 함께 걸어가는 길을 밝혀주는 빛과 같은 글이다.

샤넬 밀러_《뉴욕 타임스 북 리뷰》

모든 생존자는 이 책을 읽어야 한다.

멀리사 페보스_『걸후드Girlhood』 작가

저자의 말

이 책은 내 일기장, 의료 기록, 등장인물들과의 인터뷰와 내 기억에 근거해 쓰였다. 편지 인용문 중 일부는 좀 더 간결하게 편집해 실었으며, 실존 인물의 익명성을 위해 몇몇 등장인물(데니스, 에스텔, 제이크, 조애니, 캐런, 션, 윌)의 이름과 인적사항을 변경했다.

멀리사 캐럴과 맥스 리트보에게,

그 뒤에 남은 글들을 위하여

그리고 너무 빨리 강을 건너가버린 모든 이들에게

죽음 전까지는, 모든 것이 삶이다.

—미구엘 데 세르반테스

차례

1부

가려움 • 19
메트로, 불로, 도도 • 29
알껍데기 • 38
우주여행과 가속도 • 45
집으로 • 58
분기점 • 70
추락 • 74
불량품 • 82
버블 걸 • 97
정지된 시간 • 115
나의 적들 • 127
임상실험 블루스 • 135
100일 프로젝트 • 143
골수이식 탱고 • 151
망원경 양쪽 끝에서 • 164
호프 로지 • 176
자유의 연대기 • 189
털복숭이 친구 • 197
수채화로 꾸는 꿈 • 203
암 환자 친구들 • 215
모래시계 • 224

우리의 끄트머리 • 236

마지막 인사 • 242

끝 • 247

2부

중간 지대 • 255

통과 의례 • 276

재진입 • 290

남겨진 이들을 위하여 • 311

긴 여정 • 324

살갗에 새겨지다 • 339

고통의 가치 • 350

살사와 생존주의자들 • 366

브룩처럼 해보기 • 382

집으로 • 405

후기 • 433

감사의 말 • 437

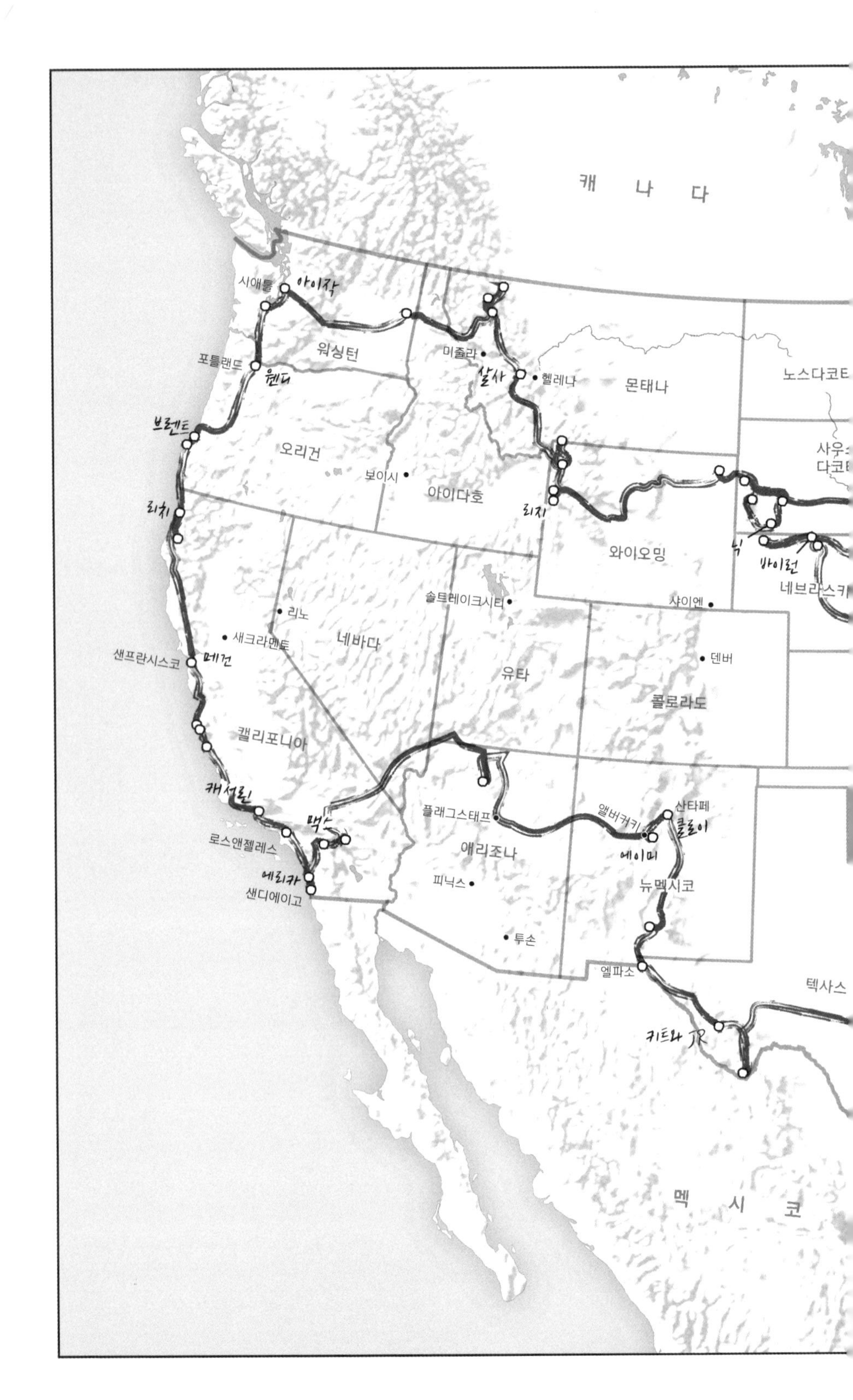
캐 나 다
시애틀
아이작
워싱턴
포틀랜드
웬디
미줄라
살사
헬레나
몬태나
노스다코타
브렌트
오리건
보이시
아이다호
리치
리지
와이오밍
닉
바이런
네브라스카
솔트레이크시티
샤이엔
리노
새크라멘토
네바다
샌프란시스코
메건
덴버
유타
콜로라도
캘리포니아
캐서린
플래그스태프
앨버커키
산타페
클로이
맥스
로스앤젤레스
애리조나
에이미
에리카
샌디에이고
피닉스
뉴멕시코
투손
엘파소
텍사스
키트와 JR
멕 시 코

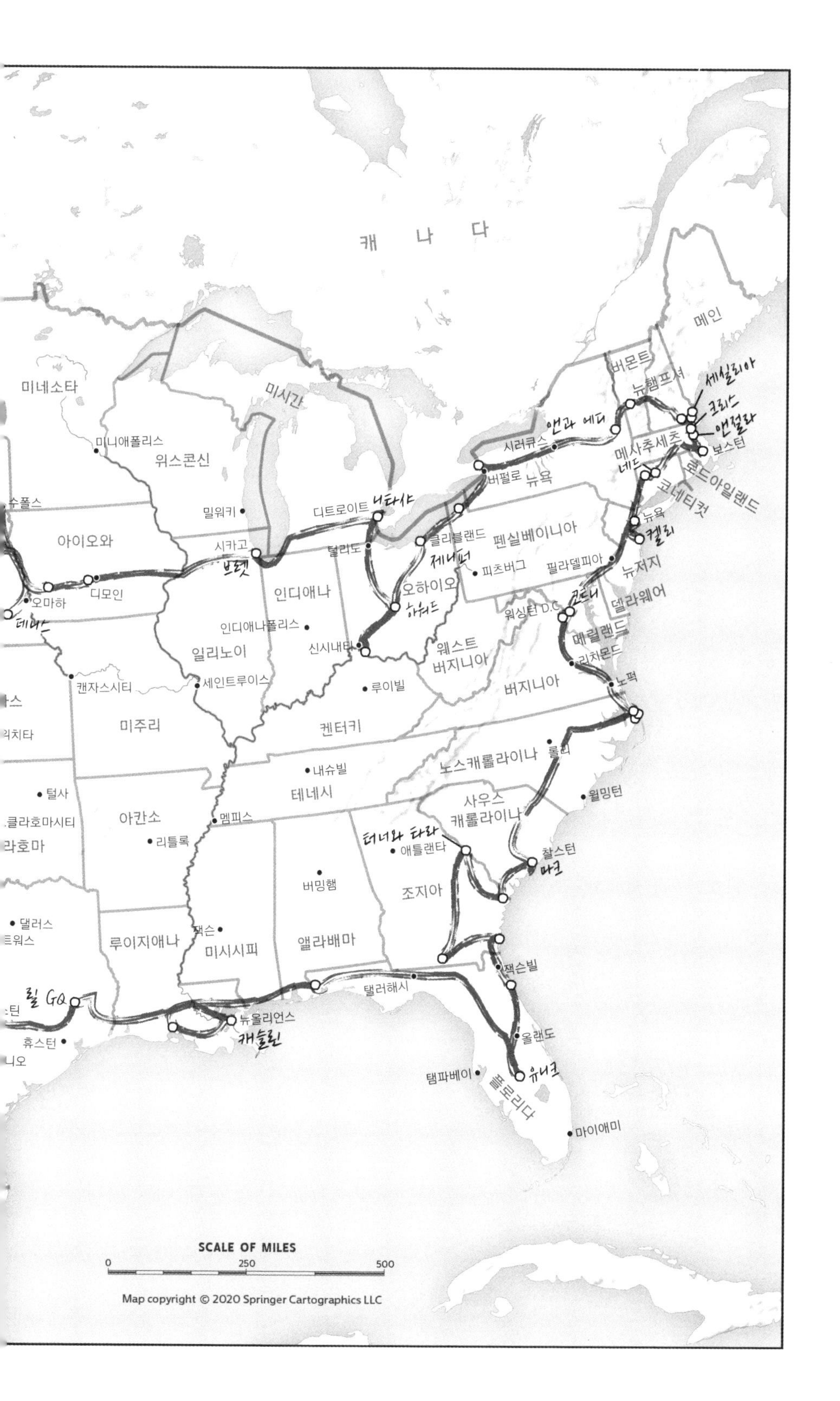

캐 나 다
미네소타
미니애폴리스
위스콘신
미시간
밀워키
시카고
브렛
디트로이트
나타샤
털리도
클리블랜드
제니퍼
아이오와
디모인
오마하
인디애나
인디애나폴리스
일리노이
오하이오
하워드
신시내티
펜실베이니아
피츠버그
필라델피아
뉴저지
델라웨어
메릴랜드
워싱턴 D.C.
코너
웨스트
버지니아
버지니아
리치몬드
노퍽
캔자스시티
세인트루이스
루이빌
켄터키
미주리
노스캐롤라이나
롤리
윌밍턴
내슈빌
테네시
멤피스
아칸소
리틀록
털사
사우스
캐롤라이나
찰스턴
마크
애틀랜타
터너와 타라
버밍햄
조지아
댈러스
루이지애나
잭슨
미시시피
앨라배마
탤러해시
잭슨빌
뉴올리언스
캐슬린
릴 GQ
휴스턴
올랜도
유니크
탬파베이
플로리다
마이애미
메인
버몬트
뉴햄프셔
세실리아
크리스
안젤라
앤과 에디
시러큐스
버펄로
뉴욕
메사추세츠
네드
보스턴
로드아일랜드
코네티컷
뉴욕
켈리
SCALE OF MILES
0
250
500
Map copyright © 2020 Springer Cartographics LLC

1부

가려움

시작은 가려움이었다. 세계를 여행하고 싶은 욕구나 이십 대 중반의 혈기왕성으로 몸이 근질근질하다고 할 때의 비유적인 가려움이 아니라, 말 그대로 몸의 가려움이었다. 미친듯이 살갗을 긁게 하던, 대학 졸업반 시기에 시작되어 밤새 잠 못 이루게 하던 가려움. 발등에서 시작된 가려움은 서서히 종아리와 허벅지까지 올라왔다. 긁지 않으려 해봤지만, 마치 수천 마리 모기에 물린 것처럼 가려움은 끈덕지게 이리저리 퍼져나갔다. 정신을 차려보면 내 손이 다리를 훑어 내려가는 참이었고, 청바지 위를 긁적이던 손가락은 어느새 옷 솔기 안으로 들어가 맨살을 헤집고 있었다. 구내 필름 현상소에서 아르바이트를 하면서, 도서관 열람실의 커다란 나무 책상에 앉아서, 맥주가 쏟아져 미끄러운 지하 술집 바닥에서 친구들과 춤을 추면서도 나는 다리를 긁었다. 심지어 자면서도 다리를 긁어댔다. 어느새 다리에는 진물이 흐른 흔적과 두꺼운 딱지, 그 위에 새로 생긴 상처가 장미 가시에 긁힌 자국처럼 길게 남았다. 피비린내 나는 격렬한 고통의 조짐이 차차 느껴지기 시작했다.

"유학 생활 중에 기생충이 옮은 것 같은데요." 중국인 한의사는 이렇게 말하며 악취 나는 건강보조제와 쓰디쓴 차를 처방해주었다. 대학교 보건실 간호사는 습진인 것 같다며 약용 크림을 추천해주었다. 내과 의사는 스트레스 때문일 거라 추측하며 항불안제 샘플을 권했다. 하지만 아무도 정확한 원인은 모르는 것 같았고 나도 더는 유난 떨지 않기로 했다. 이러다 말겠거니 생각하며 저절로 낫기를 바랐을 뿐이다.

아침마다 기숙사 방문을 빼꼼히 열고 복도에 누가 없나 살핀 다음 몸에 타월을 두른 채 공동 세면실로 달려갔다. 누구에게도 다리를 보이고 싶지 않았다. 부드러운 천을 적셔 다리를 닦아내며 진홍빛 핏줄기가 하수구로 흘러내려가는 걸 바라보곤 했다. 드러그스토어에서 사온 위치하젤 화장수를 치덕치덕 바르고, 코를 움켜쥐며 쓰디쓴 찻물을 들이켰다. 날이 더워져 청바지를 입을 수 없을 땐 불투명한 검정 스타킹을 신었다. 핏자국을 감추기 위해 침대 시트를 검은색으로 바꾸었고, 섹스할 때는 불을 껐다.

가려움과 함께 졸음이 찾아왔다. 두 시간, 네 시간, 급기야 여섯 시간씩 낮잠을 잤다. 아무리 자도 도무지 피로가 풀리지 않았다. 관현악단 연습 시간에, 면접 시험이나 논문 마감 중에, 밥을 먹다가도 곯아떨어지곤 했지만 깨어나면 오히려 더 피곤했다. "내 평생 요즘처럼 피곤한 적이 없었어." 강의실로 걸어가며 친구들에게 말하면 다들 이구동성으로 대답했다. "나도야, 나도." 모두가 지쳐 있었다. 졸업을 앞둔 마지막 학기에 우리는 지난 모든 학기에 밤새운 날을 다 더한 것보다 더 많은 밤을 새웠다. 몇 시간이고 도서관에 앉아 졸업 논문을 쓰다가 파티로 직행해 새벽까지 술을 마시곤 했으니까. 나는 프린스턴대학교 캠퍼스 중심부에 있는 고딕풍 건물의 꼭대기층에 살았다. 작은 탑과 무시무시한 가고일 조각으로 장식된 곳이었다. 새벽까지 이어진 파티가 끝나면 친구들은 마지막 한 잔을 마시러 내 방으로 모였다. 성당처럼 같은 커다란 창이 있는 내 방에서 우리는 창틀 밖으로 다리를 늘어뜨리고 앉아 비틀거리며 집으로 돌아가는 술 취한 난봉꾼들을 구경하곤 했다. 그러다 보면 어느새 떠오른 해가 돌로 포장된 교정 바닥에 호박색 줄무늬를 그렸다. 졸업식이 코앞이었고, 우리는 뿔뿔이 흩어지기 전에 다 함께 남은 몇 주를 만끽하기로 다짐한 터였다. 설사 그러다가 체력이 한계에 다다른다고 해도.

그러나 왠지 내 피로는 친구들과 조금 다른 것 같았다. 다들 방으로 돌아간 뒤 나 홀로 침대에 누우면 살갗 아래에서 한바탕 축제가 벌어지는 게 느껴졌다. 무언가가 내 동맥을 따라 조금씩 움직이며 정신을 갉아먹고 있었다. 기력이 떨어지고 가려움이 한층 심해지면 기생충의 식욕이 점점 왕성해져서 그렇겠거니 했다. 하지만 마음 한구석에서는 이 모든 게 정말로 기생충 때문인지 의심스러웠다. 아무래도 진짜 문제는 내가 아닌가 싶었다.

졸업하자마자 나는 동기들과 함께 뉴욕 시내로 대탈출에 나섰다. 크레이그리스트 사이트에서 캐널로에 있는 방 하나를 찾아냈다. 미술용품점의 꼭대기층을 여러 사람이 사용하는 숙소로 개조한 곳이었다. 폭염으로 뉴욕의 숨통이 틀어막힌 듯한 2010년 여름이었다. 지하철에서 내려 땅 위로 올라오자마자 썩어가는 쓰레기 악취가 코를 찔렀다. 통근하는 사람들과 떨이 명품 가방을 사려는 관광객 무리가 서로 밀고 밀치며 보도를 걸어갔다. 숙소는 엘리베이터가 없는 건물 3층에 있었고, 여행 가방을 질질 끌며 대문 앞에 이르렀을 때엔 내가 입은 흰색 탱크톱이 땀에 젖어 배에 척 들러붙었다. 나는 새로 만난 아홉 명의 룸메이트와 인사를 나눴다. 다들 야심만만한 이십 대 사회 초년생들이었다. 배우 세 명, 모델 두 명, 요리사, 액세서리 디자이너, 대학원생, 경제 애널리스트가 한 명씩 있었다. 우리는 각자 한 달에 800달러를 내고 방 하나씩을 차지했다. 악덕 건물주가 돈을 긁어모으려고 종잇장처럼 얄팍한 석고판으로 분리해놓은, 창문 하나 없는 동굴 같은 공간이었다.

나는 기본권수호활동센터의 여름 인턴으로 선발되었다. 첫 출근 날에는 미국 전역에서도 가장 대담한 민권 변호사들과 한자리에 있다는 게 감격스러웠다. 내가 하는 일은 확실히 중요한 일이었으나, 인턴직은 무급이었다. 그리고 뉴욕에 산다는 건 커다란 구멍이 난 지갑을 들고 다니는 것과 마찬가지였다. 대학을 다니며 모아둔 2000달러는 금세 바닥났다. 저녁 시간에 육아 도우미나 식당 아르바이트를 해서 돈을 벌었지만 간신히 먹고살 정도였다.

무한하고 막막한 미래를 생각하다 보면 두려움이 몰려왔다. 때로 몽상에 빠져드는 순간이면 그런 미래가 짜릿하게 느껴지기도 했다. 나는 무엇이든 될 수 있었고 어디든 정착할 수 있었으며, 시야를 벗어나 멀리 뻗어나가는 리본 꾸러미처럼 끝없는 가능성이 있었다. 아버지의 고향이자 어린 시절에 잠시 살았던 북아프리카에서 외신 기자가 된 내 모습을 그려보기도 했다. 로스쿨에 진학한다는 좀 더 진중한 계획도 고민해보았다. 어쨌든 내겐 돈이 필요했다. 내가 아이비리그 대학교에 다닐 수 있었던 건 전액 장학금을 받은 덕분이었다. 그러나 학교 바깥의 현실에서 나는 대학 동기들 대부분과 달리 안전망이 없었다. 신탁 기금도, 집안 인맥도, 월스트리트에서 수백만 달러 연봉을 받는 직장도.

하지만 불확실한 미래에 대해 걱정하는 게 그보다 더 불안한 또 다른 변화를 직면하는 것보다는 차라리 나았다. 마지막 학기 동안 나는 피로를 달래려고 카페인 에너지 드링크를 들이켰고, 효과가 없어지자 잠시 데이트하던 남자에게 각성제인 애더럴을 얻어 기말고사를 마치려 했다. 하지만 그것 역시 금세 약발이 떨어졌다. 친구들은 파티에 가면 항상 코카인을 흡입했고, 한 줄 정도 공짜로 주겠다는 남자들은 언제 어디에나 있었다. 내가 그들과 어울리는 걸 안 좋게 생각하는 사람은 전혀 없었다. 알고 보니 캐널로의 룸메이트들도 대학 친구들 못지않은 파티광이었다. 점점 악화되는 피로를 모면하기 위한 하나의 수단으로, 나는 커피에 에스프레소 샷을 추가하듯 코카인을 흡입하기 시작했다. 그리고 일기장에 이렇게 적었다. '어떻게든 살아남자.'

여름이 끝나갈 무렵엔 내 모습이 낯설 정도였다. 꿈도 꾸지 않고 곯아떨어졌다가 무딘 칼날처럼 의식을 파고드는 낮은 알람시계 소리에 깨곤 했다. 간신히 침대에서 기어 나와 전신 거울 앞에 서서 전날 밤이 남긴 흔적을 살펴보았다. 새로 난 상처와 말라가는 핏자국이 양다리를 뒤덮고 있었다. 피곤한 나머지 빗질도 그만두었고, 머리카락은 허리까지 늘어진 채 헝클어지고 뒤엉켜 있었다. 퀭하게 핏발이 선 눈 아래 다크서클이 초승달처럼 떠오르더니 점점 더 짙게 차올랐다. 침대에서 일어나 햇빛 아래 나가는 게 너무 힘들었다. 점점 더 자주 직장에 지각했고, 어느 날부터 아예 출근을 그만두었다.

나도 변해가는 내 모습이 마음에 들지 않았다. 어쩔 줄 모르고 허겁지겁 하루하루를 시작하는 사람, 계속 꾸물대며 움직이지만 어디로 가야 할지 모르는 사람, 밤마다 어떻게 잠들었는지 기억이

나지 않아 탐정처럼 자기 머릿속을 되짚어야 하는 사람, 자꾸만 책임을 저버리고 창피해서 부모님 전화도 받을 수 없게 된 사람. '이건 내가 아니야.' 거울 속 내 모습을 혐오스럽게 쳐다보며 생각했다. 정신 차려야 해. 돈을 벌 수 있는 진짜 직업을 구하자. 대학 친구들과 캐널로의 룸메이트들에게서 거리를 두자. 지금 당장 뉴욕을 벗어나야 해.

인턴을 그만둔 8월의 어느 날, 나는 아침 일찍 일어났다. 노트북 컴퓨터를 들고 비상계단에 나가 앉아 구인광고를 훑어보기 시작했다. 그해 여름은 가물었고 이글거리는 햇볕이 내 피부를 까맣게 태웠다. 다리를 긁어 상처가 난 자리마다 온통 점자 같은 흰 반점이 남았다. 나는 어쩌다 눈에 들어온 일자리에 충동적으로 지원했다. 파리에 있는 미국 법률회사의 변호사 보조원 자리였다. 이력서를 쓰는 데 꼬박 하루가 걸렸다. 내 경쟁력을 최대한 보여주고 싶어서 프랑스어가 내 모국어이며 아랍어도 약간 할 줄 안다고 강조했다. 변호사 보조원은 내가 꿈꾸던 직업이 아니었지만, 사실 그게 정확히 무슨 일인지도 몰랐지만 어쨌든 분별 있는 사람이 종사할 만한 일자리일 거라고 짐작했다. 무엇보다도 주변 환경이 변해야 점점 무절제해지는 내 행실이 달라질 것 같았다. 파리로 떠나는 일은 낭만적인 버킷리스트의 실현이 아니라 탈출 시도였다.

뉴욕을 완전히 떠나기 며칠 전날 밤, 나는 그날의 세 번째 파티에 참석 중이었다. 셔츠 칼라를 바짝 세운 투자 은행가들이 굵직한 코카인 줄 위로 몸을 굽힌 채 땀을 뻘뻘 흘려가며 주식 포트폴리오나 몬턱에 임대한 여름 별장 따위의 화제로 열을 올리고 있었다.

새벽 5시였다. 나는 이질감을 느꼈고 집에 가고 싶었다.

보도에 홀로 선 채 내가 뿜어낸 푸르스름한 담배 연기 속에서 서서히 밝아가는 새벽 하늘을 올려다보았다. 쓰레기차가 수거를 끝내고 카페도 아직 문을 열지 않은 조용한 찰나의 시간, 맨해튼은 아직 잠들어 있었다. 택시를 기다린 지 10분쯤 지났을 때 그날 밤 파티에서 본 젊은 남자가 다가와 담배 한 개비를 줄 수 있는지 물었다. 나는 딱 한 대 남아 있던 담배를 건넸다. 그는 야구 글러브만큼 큼지막한 손으로 담배 끄트머리를 감싸며 불을 붙였고, 한 모금 빨아들이더니 내게 웃어 보였다. 우리는 발을 바꿔가며 짝다리를 짚고 서서 서로를 수줍게 흘끗거리다가 텅 빈 거리로 눈을 돌렸다.

"같이 탈래요?" 남자가 말을 건넸다. 마침 택시 한 대가 우리에게 다가왔고 그의 제안은 지극히 무해하게 들렸다. 내가 승낙하자 그는 즉시 내 옆자리에 탔다. 택시 기사에게 내 주소를 알려준 다음에야 동행자가 내 목적지도 모르면서 합승했다는 사실을 깨달았다.

나는 낯선 남자와 같은 차를 탈 만큼 어리숙한 여자는 아니다. 범죄로 들끓던 1980년대의 뉴욕 이스트빌리지에 살았던 우리 아버지는 이 같은 내 행동에 극구 반대했으리라. 하지만 그에겐 나를 안심시키고 호기심을 자아내는 구석이 있었다. 햇볕에 빛바랜 덥수룩한 머리카락이 지적인 푸른 눈을 뒤덮고 있었다. 여윈 체격에 네모진 턱과 보조개를 가진 미남이었으나 자세는 구부정했고 자기가 잘생겼다는 걸 모르는 사람처럼 수더분한 인상이었다.

"그쪽처럼 키 큰 사람은 처음 봐요." 나는 곁눈질로 남자를 훑어보면서 말했다. 키가 2미터에 가까운 그의 무릎은 운전석 등받이에 닿아 있었다.

"다들 그렇게 말하더라고요." 그가 커다란 체구에 어울리지 않게 부드럽고 상냥한 말투로 대답했다.

"만나서 반가워요. 나는…."

"아까 얘기했잖아요, 기억 안 나요?"

나는 어깨를 으쓱하며 사과하듯 미소를 지어 보였다. "하룻밤새 워낙 많은 일이 있었거든요."

"댁이 눈꺼풀 안쪽을 보여주려고 했던 거 기억 안 나요? 라틴어로 〈메리의 작은 양〉을 낭독했던 것도요?" 그가 놀리듯 말했다. "머리 위에 연필 깎은 부스러기를 뿌리면서 계속 무시무시한 목소리로 '카스카론스(멕시코에서 축제 때 사람들의 머리 위로 던져 터뜨리는, 색종이 조각을 채운 계란 껍데기—옮긴이)야!' 하고 외쳤던 건요? 정말 하나도 기억 안 나요?"

"하하. 재밌네요." 나는 장난스럽게 그의 팔을 쿡 찌르면서 말했다. 문득 우리가 은근히 서로 유혹하고 있다는 생각이 들었다.

남자가 손을 뻗어 내게 악수를 청했다. "윌이에요."

우리는 시내로 가는 내내 이야기를 나눴다. 한 블록을 통과할 때마다 분위기는 점점 더 달아올랐다. 마침내 내가 사는 건물 앞에 택시가 도착하자 윌은 나를 따라 내렸다. 우리는 나란히 길가에 서 있었다. 나는 그를 집으로 초대해야 할지 망설이면서, 윌은 예의를 차리느라 차마 그래도 되냐고 묻지 못하면서. 나는 연애에 있어 낭만주의자였고 항상 파트너에게 충실했기 때문에 처음 만난 사람과 잔 적은 한 번도 없었지만, 이번에는 그러고 싶은 유혹을 느꼈다. 고민에 잠겨 있을 때 윌이 물었다. "배고프지 않아요?"

“배고파 죽겠어요.” 나는 반갑게 대답하고 안도의 한숨을 쉬며 윌과 함께 그 자리를 떠났다. 우리는 캐널로를 따라 걸었다. 문 닫힌 부분가발 전문점, 진열창에 구운 오리가 매달린 가공 식품점, 널빤지 판매대를 설치하고 있는 과일 노점상을 지나 그날의 첫 손님으로 한 카페에 들어섰다.

커피와 함께 베이글을 먹으며 윌은 자기 이야기를 들려주었다. 그는 어느 스포츠 단체 소속으로 중국에 가서 현지 청소년들을 지도하는 봉사활동을 지휘하다가 최근에 귀국했다고 했다. 중국어도 할 줄 안다는 그의 말에 나는 깜짝 놀랐다. 지금 당장은 대부모의 집을 대신 봐주면서 몇 주 시간을 두고 다음에 할 일을 고민하는 중이라고 했다. 윌은 썰렁한 농담을 하는 모범생처럼 성실하고 어리숙한 느낌의 남자였다. 그러나 태평해 보이는 모습 뒤로 왠지 모를 불안함과 연약함도 느껴졌다. 우리는 두 시간 넘게 카페에 앉아 이야기를 이어갔다. 마침내 자리에서 일어났을 때는 ‘이 사람 정말 마음에 들어’라고 생각했지만, 곧바로 다음 생각이 이어졌다. ‘하지만 난 이제 곧 다른 대륙으로 떠나야 하니까….’

아침 식사를 끝낸 우리는 내 방이 있는 건물로 돌아와 3층까지 계단을 올라갔다. 종일 침대에서 뒹굴고 잠들었다가 수다를 떨고 장난을 쳤다. 나는 번드르르한 작업 멘트를 늘어놓으며 노골적으로 들이대는 남자들에게 익숙했지만, 윌은 그냥 내 곁에 누워 있는 데 만족하는 것처럼 보였다. 몇 시간이 지나도 그가 키스하려 들지 않자 나는 결국 돌아누워 그를 마주 보며 키스했다. 우리는 하루가 아니라 이틀, 아니 사흘 밤을 함께 지냈다. 그와는 모든 것이 달랐다. 나는 불을 끄지 않았다. 아무것도 숨기고 싶지 않았다. 윌은 내가 평소 혐오하던 나의 어떤 부분도 관대하게 보게 하는 사람, 상황만 달랐더라면 시간을 들여 천천히 알아가고 싶은 사람이었다.

뉴욕을 떠나는 날 아침, 나는 부드러운 노란 불빛이 새어들어오는 부엌에서 커피를 내렸다. 저 아래 거리에서 택시의 사나운 경적과 버스의 둔중한 엔진 소리가 희미하게 들려왔다. 까치발로 침실에 들어가서 마지막까지 남겨둔 몇몇 옷가지를 여행 가방에 쑤셔 넣었다. 지퍼를 잠그고, 시트에 휘감긴 윌의 여윈 몸과 천사처럼 잠든 얼굴을 바라보았다. 윌이 너무 편안히 자고 있어서 깨우고 싶지 않았다. 어린 시절 우리 집은 항상 이사를 다녔기에 작별 인사에는 넌더리가 난 터였다. 방을 나서면서 윌의 신발 안에 쪽지를 남겨두었다. '뜻밖의 즐거운 시간을 보내게 해줘서 고마워. 인샬라. 언젠가 다시 만나게 되길.'

메트로, 불로, 도도

맨해튼이 경력을 쌓기 위해 가는 도시라면, 파리는 새로운 삶이라는 환상을 실현하기 위해 가는 도시다. 나 또한 바로 그것을 원했다. 나는 지하철역에서 나와 마레 지구의 길거리에 올라섰다. 커다란 빨간색 여행 가방을 질질 끌며 몇 걸음마다 멈춰 서서 노천카페, 빵집, 내가 살게 된 동네의 담쟁이로 뒤덮인 건물 전면을 흘낏거리곤 했다. 운 좋게도 친구의 친구를 통해 뒤프티투아르가에 자리한 18세기 건물의 가구 딸린 원룸 아파트를 빌릴 수 있었다. 나는 삐걱거리는 화물용 엘리베이터를 타고 3층까지 올라갔다. 현관문을 열자마자 나의 새 보금자리는 캐널로의 셋방과는 차원이 다르다는 걸 알 수 있었다. 현관 매트 위에서 바로 신나게 춤이라도 추고 싶었다. 채광! 고요! 사생활! 원목 바닥! 분홍색 조개껍데기 모양의 초대형 욕조! 고작해야 11평이 될까 말까 한 아파트였지만 내겐 궁전처럼 느껴졌다. 무엇보다 나 혼자만의 공간이라는 게 감격스러웠다.

첫 주말은 새로운 환경에 적응하며 보냈다. 짐을 풀고 은행 계좌를 열고 새 침대 시트를 사고 부엌을 박박 문질러 닦았다. 그리고 월요일 아침에는 지하철을 타고 법률회사로 첫 출근을 했다. 8구의 몽소 공원 근처에 있는 우아한 연립주택 건물이었다. 변호사 보조원 여럿이 로비에서 나를 맞았고, 반들반들한 대리석 바닥에 달각거리는 구두 굽 소리를 내며 건물 여기저기를 구경시켜주었다. 나는 청소년 시절부터 온갖 일자리를 전전해왔다. 개 산책 도우미, 육아 도우미, 개인 비서, 콘트라베이스 과외교사, 식당 종업원…. 하지만 대기업에서 일하는 건 처음이었다. 사무실 천장 높이는 6미터나 되었고 실내에는 정교한 몰딩 장식, 금도금 그림 액자, 웅장한 나선 계단까지 있었다. 변호사들은 각자 나무 책상 앞에 앉아 한 손엔 담배를, 다른 손엔 에스프레소 잔을 들고 있었는데 내 눈엔 엄청 프랑스답고 세련되어 보였다. 정오가 되자 다들 느긋하게 점심을 먹으러 길모퉁이 카페로 가서 법인카드로 스테이크와 와인 두 병을 주문했다. 점심을 먹고 온 뒤엔 업무용 블랙베리 휴대전화를 지급받았고 비품창고도 둘러보았다. 밝은 노란색 용지 패드와 고급스러운 펜으로 무장하고 내게 배정된 책상 앞에 앉으니 정말로 어른이 된 기분이었다. 나는 의자에 깊숙이 기대앉아 담배에 불을 붙이고 즐거운 마음으로 새로운 업무 환경을 둘러보았다.

첫날 근무를 마친 뒤에는 지하철을 타는 대신 집까지 걸어가기로 했다. 해가 지자 마레 지구의 좁다랗고 비뚤배뚤한 골목길은 중세 분위기를 풍겼다. 가로등이 쉭쉭 소리를 내며 켜졌고, 나는 앞으로의 내 모습을 그리며 거리를 거닐었다. 진짜 친구가 아니었던 친구들, 밤늦게까지 흥청망청 즐기기만 하던 이들과는 이제 안녕이야. 대서양이 나와 그 모든 과거를 갈라놓으니 심지어 가려움조차 사라진 것처럼 느껴졌다. 나는 파리를 둘러보며 홀로 차분히 주말을 보내는 내 모습을 상상해보았다. 튀일리 공원으로 피크닉을 가고 우연히 발견한 작은 카페에서 좋은 책을 읽어야지. 바구니 달린 자전거를 사고 일요일마다 레퓌블리크 광장 야외 시장에서 식재료를 잔뜩 담아 올 거야. 다른 변호사 보조원들처럼 빨간 립스틱을 바르고 하이힐도 신어야지. 파티마 아주머니의 유명한 쿠스쿠스 요리법을 배워서 집에서 만찬을 열겠어. 뭘 하고 싶은지 말로만 떠드는 시간은 줄이고 직접 해보는 시간을 늘릴 거야. 센강 근처에 있는 유명한 서점 '셰익스피어 앤드 컴퍼니'의 소설 쓰기 워크숍에도 등록해야겠다. 어쩌면 개를 키울 수도 있겠지. 통통한 킹찰스 스패니얼을 입양해서 쇼팽이라는 이름을 붙여줄 거야.

하지만 내겐 자유롭게 쓸 수 있는 시간이 거의 없었고, 어찌어찌 몇 번 일요시장에 갈 수는 있었지만 내가 사 온 식재료들은 냉장고 안에서 그대로 곰팡이의 서식지가 됐다. 프랑스인들이 '메트로métro, 불로boulot, 도도dodo(지하철, 일, 잠)'라고 표현하는 생활에 붙들린 것이다. 첫 주 근무를 마쳤을 때쯤엔 내가 법조계와 맞지 않는다는 걸 분명히 깨달았다. 나는 엑셀 스프레드시트보다 창의적인 글쓰기를, 하이힐보다 버켄스탁 슬리퍼를 좋아했다. 내가 다니던 법률회사는 '국제중재' 전문이었다. 처음에는 흥미롭게 들렸지만, 책상 위에 올라오는 요약자료를 읽어보려 할 때마다 법률용어를 이해할 수 없었고 내용은 지독히 지루하게 느껴졌다. 지하 사무실에서 문서를 교정하고 인쇄하고 수천 가지 자료를 모아서 바인더에 깔끔하게 정리하는 일을 하며 하루를 다 보냈다. 변호사들이 이 영혼 없는 회사에 돈을 벌어다 줄 수 있도록 말이다. 연중무휴 연락을 받아야 했기 때문에 베개에 휴대전화를 올려놓은 채 잤고, 새벽에도 긴급 메일을 확인할 수 있도록 알람을 맞춰놓았다. 아예 퇴근을 못 하는 날도 종종 있었다. 변호사 보조원들은 밤샘이 너무 잦아서 각자 횟수를 기록해둘 정도였다. 무엇보다도 내 상사는 책상 서랍에 여자 구두 사진을 모아두고 내가 다른 데 신경 쓰는 사이 휴대전화로 내 발을 불법 촬영하는 소름끼치는 남자였다. 그렇게 주당 90시간 근무를 하고 주말이 오면 나는 초콜릿 빵을 사 먹고 춤추러 나가는 걸로 스트레스를 풀곤 했다. 새벽까지 놀다가 아무나 옆에 있는 사람을 붙잡고 '오 트루아 마예츠'라는 오래된 재즈클럽에 가서 피아노 연주에 맞춰 음정이 안 맞는 노래를 부르며 입술이 시퍼레질 때까지 와인을 퍼마셨다.

파리 생활은 꿈꾼 바와 달랐지만, 나는 새로운 꿈을 꾸게 되었다. 예상치 못하게 윌과 연락하게 된 것이다. 우리는 안부를 묻는 짤막한 문자 메시지로 시작해 길고 장난스러운 메일을 주고받았고, 급기야 손으로 쓴 편지와 《뉴요커》에서 오려낸 기사에 세심하게 주석을 붙인 두툼한 봉투를 서로에게 전하게 됐다. 윌이 친구들과 뉴햄프셔의 화이트마운틴스 산장으로 주말여행을 갔을 때 보내준 엽서에는 이렇게 적혀 있었다. "전기는 없고 20세기 초에 제작된 장작 난로뿐이야. 부엉이 소리와 장작불 타는 소리, 바람 소리 말고는 아무것도 들리지 않아. 이곳에 오니 미국 오지 여행에 나서고 싶어져. 너도 자동차 여행을 떠나고 싶지 않아?" 윌과 함께 미국 횡단 여행을 한다는 생각만 해도 심장은 춤추듯 빠르게 뛰었다.

우리는 항상 똑같은 문구로 편지를 끝맺곤 했다. "답장은 이만큼 길게 써주지 않아도 돼." 하지만 몇 주, 몇 달이 지날수록 우리가 주고받는 편지는 점점 더 내밀하고 빈번해졌다. 나는 윌의 편지를 하나하나 되풀이해 읽곤 했다. 그의 진심이 숨겨진 지도라도 읽는 것처럼. 나는 그에게 대학 졸업 이후의 불안한 시간과 외국에서의 새로운 생활에 관해 이야기했다. "파리에 도착한 뒤로 서른여섯 시간 동안은 노트북 컴퓨터와 휴대전화를 꺼놓고 온전히 혼자만의 시간을 보냈어. 파리 구석구석을 걸어 다니다가 구두 굽이 부러져서 택시를 타고 집에 와야 했지." 금욕적인 생활을 하려고 노력했음에도 나는 어찌어찌 새로운 친구들을 사귀게 되었다. 홀아비 요가 수행자 라호라, 마임 연기자가 되기 위해 훈련 중인 대학 동기 잭, 춤추러 가는 걸 좋아하는 젊은 모로코인 사업가 바드르, 항상 쫙 빼입고 다니면서 성대한 파티를 여는 나이 많은 미국인 데이비드. "훨훨 날아야 하는 영혼에 고독을 강요할 순 없지." 윌은 답장에 이렇게 적어 보냈다. 이런 대사에 어떻게 홀딱 반하지 않을 수 있겠는가?

나는 윌에게 언론인이 되고 싶다는 소망을 털어놓았고, 내가 몇 달간 매달려 쓰고 있던 아랍-이스라엘 사태에 관한 기사를 읽어달라고 했다. 윌은 이렇게 답했다. "신기하네. 나도 언론인이 되는 게 꿈인데." 얼마 전부터 연구 조교로 일하며 편집자 일자리를 찾고 있던 그는 내 글을 어떻게 고치면 좋을지 사려 깊은 의견을 보내주기도 했다. 뉴욕에서의 마지막 주를 함께 보냈음에도 이처럼 사소한 일치의 순간들은 여전히 신기하게 느껴졌다. 우리는 편지를 주고받으면서 서로를 제대로 알게 됐다. 서신 교환은 게임하듯 밀고 당기는 데이트보다 훨씬 안전하고 솔직한 대안이었다. 얼마 지나지 않아 나는 내 펜팔 상대에게 푹 빠져버렸다. 윌 말고는 아무것도 생각할 수도, 꿈꿀 수도, 이야기할 수도 없었다. 편지 바깥에 존재하는 윌도 편지 속의 윌만큼 멋진 사람이길 바랄 뿐이었다.

드물게 사무실이 여유롭던 어느 늦가을 오후, 나는 책상을 같이 쓰는 카밀라와 옥신각신하고 있었다. 윌을 파리로 초대하는 문제 때문이었다. 나만의 착각일 수도 있지만, 우리의 편지에는 분명 로맨스의 기류가 흘렀다. 그러나 조만간 어떤 결단을 내리지 않으면 관계 자체가 흐지부지될 것 같아 두려웠다. 한 시간 동안 나는 윌에게 보낼 메일을 몇 번이나 쓰다가 지웠다. 너무 절박하지도, 너무 무심하지도 않은 적당한 말투를 찾아내야 했다. "잘해봐, 자기. 이러다 여기서 밤 새우겠어." 카밀라는 내 뺨에 키스하며 이렇게 인사하고 퇴근했다.

마침내 메일을 완성했을 땐 바깥이 어두워졌고 사무실에 남은 사람도 거의 없었다. 나는 열까지 헤아리고 다시 어린애가 된 기분으로 과감히 '발신' 버튼을 눌렀다. 마침내 일을 저지르고 나니 기분이 짜릿했지만, 곧이어 답장을 기다리는 초조함이 찾아왔다. 시간이 한없이 느리게 흐르는 것만 같았다. 나는 골루아즈 담배 반 갑을 피우고 인터넷 검색을 하고 책상을 정리했다. 그러다 9시가 되어 결국 지하철을 타고 집으로 왔다. 메일을 확인했지만 여전히 답장은 없었다. 저녁으로 누텔라를 바른 토스트를 만들면서도 초조함이 떠나질 않았다. 내가 오해한 걸까? 분위기를 잘못 읽은 걸까? 잠자기 전에 목욕을 해야지. 그러고 난 다음에도 답장이 없으면 그냥 잊어버릴 거야.

자정에 마지막으로 한번 더 메일을 확인했다. 수신함에 새 메일이 와 있었다. 열어보니 윌의 항공권 결제 내역이 떴다.

'목적지: 프랑스, 파리.'

윌이 온 것은 한 달쯤 지난 추수감사절 무렵이었다. 그가 도착하기 직전 주말, 나는 정신없이 그를 맞을 준비를 했다. 욕조를 반짝반짝하게 문질러 닦고, 먼지 한 점 없도록 방바닥을 쓸고, 침대 시트를 빨래방에 가져갔다. 파리에서 제일 오래된 시장인 마르셰 데장팡루주에 가서 빵과 냄새나는 둥그런 카망베르 치즈, 코르니숑(작은 오이로 만든 프랑스식 피클—옮긴이) 한 병과 샤르퀴트리(소금에 절이거나 훈연 발효시킨 가공육—옮긴이) 한 판, 말린 라벤더 꽃다발을 샀다. 집으로 오는 길에 와인을 사고, 길 건너편 미용실에 가서 머리도 다듬었다. 그가 도착하는 날 아침엔 새벽에 일어나서 몇 차례나 옷을 갈아입어본 다음 내게 가장 잘 어울리는 청바지와 딱 붙는 검은색 터틀넥 스웨터를 입고 행운의 고리 모양 금귀걸이를 하기로 했다. 결국 나는 예정보다 거의 한 시간이나 늦게 공항으로 출발했다.

안개 낀 바람이 뒤프티투아르가를 휩쓸고 있었다. 빗물로 젖어 미끄러운 보도에 내 부츠 굽 부딪히는 소리가 또각또각 울려 퍼졌다. 지하철역에 거의 다 도착했을 무렵 휴대전화가 울렸다. 윌의 문자 메시지였다. 비행기가 일찍 도착하는 바람에 바로 택시를 타고 우리 집 쪽으로 왔는데, 누가 현관문을 열어줘서 지금 내 아파트 앞에서 기다리고 있다고 했다. 심장이 태엽을 끝까지 감은 메트로놈처럼 빠르게 뛰기 시작했다. 진땀이 흘러 이마가 끈적거리고 숨이 찼다. 몇 주 전부터 예전과 달리 자꾸 숨이 가쁘다고 느끼던 참이었다. 이번엔 꼭 피트니스 센터를 알아봐야겠다고 다짐했다. 나는 얼굴에 감기는 머리카락을 털어내며 심호흡을 한번 하고 길 모퉁이를 돌았다.

"여기야!" 나를 알아본 윌이 외쳤다. 등을 곧게 펴고 얼굴에 주름이 잡힐 만큼 활짝 웃으면서. 우리는 잠시 망설이다가 포옹했다. 갑자기 수줍어진 우리는 서로의 뺨에 키스할 엄두가 나지 않았다. 낯설지는 않지만 그렇게 잘 알지는 못하는 남자의 품에 안겨 있으니 문득 몇 달 만에 처음으로 단단한 땅을 짚고 선 느낌이 들었다.

"환영해." 나는 포옹을 풀며 인사하고 윌을 안으로 이끌었다. 주방과 욕실, 그 밖의 모든 용도로 쓰이는 방 하나가 전부인 작은 집이었다. 이층 침대를 가리키며 내가 말했다. "여기가 침실이야." 그다음엔 진홍색 소파를 가리켰다. "여기는 거실." 이번에는 커피 테이블 겸 책상 겸 장롱 구실까지 하는 낡은 스티머 트렁크를 가리켰다. "여기는 밥 먹는 곳." 평생 처음으로 혼자 살게 된 집이었고, 소박하고 아직 커튼도 달지 못했지만 자랑스러운 공간이었다. "마지막으로, 짜잔!" 나는 커다란 창을 활짝 열어 작은 테라스를 보여주며 집 자랑을 마쳤다.

"진짜 근사한데." 윌이 맞장구를 쳤다.

이날 하루는 순간순간 단절된 기억으로 희미하게 남아 있다. 거실에서 커피를 마시며 나눈 어색한 잡담. 윌이 여행 가방에서 꺼낸 하나하나 따로 포장한 선물 꾸러미들. 센강을 따라 정처 없이 거닐던 시간. 베레모를 쓰고 어설픈 프랑스어를 지껄이는 미국 유학생들을 보며 깔깔대던 일. "여기서는 나한테 키스할 생각 하지 마." 나는 퐁데자르 다리를 건너면서 윌에게 경고했다. 연인들이 사랑을 맹세하며 난간 격자에 자물쇠를 매달아 두는 장소였다. 그가 마침내 내게 키스한 것은 그날 밤늦게 레드와인 한 병을 비우고 긴장이 풀린 다음이었다.

윌은 날 뒤따라 이층 침대 사다리를 올라왔다. 아마도 전 세입자가 조립했을, 나무 기둥 네 개에 조잡한 합판 받침을 위태롭게 올린 싸구려 가구였다. 우리는 뉴욕에서 사흘 밤을 함께했던 때처럼 나란히 누웠지만 그때와는 전혀 다른 느낌이었다. 윌과 내가 옷을 벗는 동안 다정하고 어색한 분위기가 흘렀다. 창을 통해 달빛이 쏟아져 들어오자 내 다리의 상처가 은빛으로 반짝였다. 우리 몸 아래에서 침대 기둥이 흔들렸다.

"망할 이케아." 내가 중얼거렸다.

"침대가 무너지면 어쩌지?" 윌이 정말로 걱정스러운 듯 물었다.

"우리 아빠가 내일 아침에 이런 기사를 읽는다고 상상해봐. '벌거벗은 미국인 커플, 망가진 이케아 침대 잔해 속에서 사체로 발견되다.'"

윌이 단숨에 침대 사다리를 내려갔다. "잠깐만, 괜찮을지 내가 확인해볼게." 나는 깔깔대며 웃었지만, 그는 볼트가 단단히 조여져 있는지 살펴보고 침대 틀을 이리저리 흔들었다. "내진 테스트야."

윌은 2주 동안 머무른 뒤 뉴욕으로 돌아갔다. 짐을 싸고 직장을 정리하기 위해서였다. '그가 나랑 같이 살기 위해 파리로 온다.' 나는 이 사실이 실감 날 때까지 몇 번이고 일기장에 거듭해 적었다. 지하철을 타고 출근하면서도 나도 모르게 헤벌쭉 웃곤 했지만, 한편으로는 일기장에 이렇게 덧붙였다. '기쁨이란 무서운 감정이야. 그걸 믿으면 안 돼.' 기쁨에 벅차오르면서도 나는 어렴풋이 폭풍이 빠른 속도로 다가오고 있다는 걸 느끼고 있었다. 혼란스럽고도 불길한 느낌, 축축하고 흉포한 무언가가 내 살갗 아래에서 서서히 몸을 일으키고 있다는 느낌이었다.

알껍데기

열일곱 살 이후 나는 애인이 없던 적이 거의 없다. 싱글로 지내는 기간도 한두 달 이상을 넘기지 않았다. 자랑스러운 얘기도 아니고 딱히 바람직한 일도 아니겠지만, 어쨌든 그게 사실이다. 대학 시절 대부분은 비교문학을 전공하는 영리한 중국계 영국인과 깊이 사귀었다. 내가 진지하게 만난 첫 남자친구였던 그는 나를 근사한 시내 레스토랑이나 와이키키 해변에 데려가기도 했다. 하지만 2년 정도 지나자 점차 초조해졌고, 그를 만나기 전에 다른 남자들을 만나보지 못한 게 아쉽다는 생각이 들었다. 나는 3학년 여름에 그와의 관계를 끝냈다. 젊은 에티오피아인 영화 제작자와 격렬한 사랑에 빠졌기 때문이다. 그다음은 카이로에서 연구를 하던 겨울 방학 동안 만난 남자였다. 보스턴 출신인 그는 거창한 장난질과 시위에 소질이 있었고, 나와 만나기 직전 피라미드 위에서 9미터짜리 팔레스타인 국기를 늘어뜨렸다가 체포되기도 했다. 일주일 뒤 그는 나와 함께 홍해가 바라보이는 술집에 앉아 밀조한 위스키를 마시다가 자기 부모님에게 전화를 걸었다. “제가 결혼할 여자한테 인사하세요.” 그는 이렇게 선언한 다음 내가 뭐라고 말하기도 전에 전화기를 넘겨주었다. 얼마 지나지 않아 우리는 헤어졌다. 대학교를 졸업할 무렵 만나던 남자는 텍사스 출신의 유망한 멕시코계 극작가였다. 우리가 힘겹게 데이트를 이어가던 두 달 동안 나는 무급 인턴이었고 그는 근사한 뉴욕 시내 호텔에서 웨이터로 일했다. 그는 술에 취하면 성질이 고약해졌는데, 거의 항상 술에 취해 있었다.

그렇다고 해서 이런 관계들이 진지하지 않았던 것은 아니다. 만나는 동안 나는 최선을 다했고 상대와 평생을 함께해도 될지 고민하곤 했다. 하지만 감정이 가장 열렬했던 시기에도 저 멀리서 비상구 표시등이 희미하게 깜빡였고, 여차하면 달아날 생각을 하고 있었다. 내가 사랑한 것은 사랑에 빠진 상태였다. 그러니까 나는 너무 젊었다. 충동적이고 타인의 감정에 부주의하고 자기중심적이었으며, 앞으로의 인생에만 몰두하여 이미 망가진 관계에는 신경 쓰지 않았다.

그러나 윌과는 전혀 달랐다. 윌은 전에 만난 남자들과 완전히 딴판이었고, 어울리지 않을 듯한 면모들을 두루 가진 사람이었다. 단순한 스포츠맨 같은가 하면 지적이기도 하고 어릿광대 같기도 했다. 그는 손쉽게 덩크슛을 넣었고, 그만큼 능숙하게 예이츠의 시를 암송할 수 있었다. 나는 윌의 사려 깊은 성격, 함께 있는 모든 사람을 편안하게 해주려는 배려에 감탄했다. 그는 나보다 다섯 살 위였지만 지혜를 과시하지 않았고 장난기가 넘쳤다. 그래서 실제 나이보다 훨씬 원숙해 보이는 한편 굉장히 어려 보이기도 했다. 윌이 소지품을 몽땅 집어넣은 거대한 배낭을 메고 파리의 내 집으로 들어온 순간, 그때까지 내 시야에 남아 있던 비상구 표시등은 완전히 꺼져버렸다. 나는 그의 것이었다.

윌은 배낭에서 꺼낸 옷을 개어 책장 안에 차곡차곡 쌓았다. 그가 소지품을 넣을 수 있도록 미리 비워놓은 책장이었다. 그러고는 배낭을 뒤져 휴대용 스피커를 꺼내더니 음악 좀 들어도 괜찮겠냐고 물었다. 1990년대 힙합 음악, 특히 워런 지의 곡들이 집 안에 크게 울려 퍼졌다. 가사에 맞춰 랩을 하고 원목 바닥을 돌아다니며 춤추는 윌을 보자 나도 모르게 깔깔 웃음이 터져 나왔다. 그는 내 손을 잡고 부엌에서 나를 빙글빙글 돌리다가 벽에 걸린 프라이팬을 떨어뜨릴 뻔했다.

"너 때문에 정신이 없잖아." 나는 행주로 그를 찰싹 때리면서 말했다.

나는 점심에 먹을 셰퍼드파이를 만들고 있었다. 윌에게 요리 솜씨를 뽐내고 싶었다. 최대한 집중해서 당근을 잘게 썰고 샬롯을 볶고 고기를 굽고 감자를 으깼다. 스크램블드에그와 가끔 먹는 파스타, 그리고 평소 저녁 식사 메뉴인 누텔라 토스트를 제외하면 나는 제대로 된 요리를 만들어본 적이 없었다. 셰퍼드파이 요리법도 그날 아침 일찍 어머니에게 전화를 걸어 받아 적은 것이었다. 주방은 작은 벽장만 했고 창문도 환풍기도 없어서 찜통같이 더웠다. 이마의 땀을 닦아봤지만, 재료를 전부 오븐 용기 안에 쌓고 살짝 갈아낸 치즈를 뿌려 오븐에 넣었을 때쯤엔 다시 송송 땀이 맺혀 있었다. 어느새 버터와 싱싱한 허브 냄새가 실내를 가득 채웠다. 처음으로 이 아파트가 진짜 집처럼 느껴졌다.

윌은 방 안에서 스티머 트렁크 위에 식탁을 차리고 있었다. 나도 그쪽으로 가서 바람을 통하게 하려고 창문을 활짝 열었다. 바깥에 눈이 내리기 시작하자 눈송이 몇 개가 느릿느릿 실내로 떨어졌다. 윌이 창가에 있는 내 곁으로 오더니 양팔로 내 허리를 꼭 감싸 안았다. "내일부터 일자리를 찾을 거야." 그는 내 머리카락에 얼굴을 묻으며 말했다. "어학원도 알아봐야겠어. 적어도 '바게트 세 개랑 오랑지나 한 병 주세요' 정도는 프랑스어로 말할 수 있어야 할 테니까.”

내 어깨뼈에 와 닿는 윌의 상체 근육은 단단하고 따뜻했다. 나는 눈을 감고 그의 품속에 녹아들며 이렇게 행복했던 게 언제쯤인지 기억해보려 애썼다. 전혀 생각나지 않았다. “그대로 있어봐.” 윌이 이렇게 말하며 뒤로 물러서더니 책장에서 카메라를 가져와 내 사진을 찍었다. 겨울 하늘을 배경으로 창가에 기대선 모습이었다. 그가 보여준 사진 속 내 모습에 나는 깜짝 놀랐다. 피부가 어찌나 창백한지 투명할 정도였고, 살갗 위로 비친 핏줄 때문에 눈꺼풀은 울새의 알처럼 새파랬다. 입술에도 핏기가 하나도 없었다.

“진줏빛인걸.” 윌이 최대한 듣기 좋게 말해주며 내 입술에 키스했다.

윌의 스물일곱 살 생일이 2주 뒤였다. 그의 생일과 최근의 이사도 축하할 겸 나는 며칠 휴가를 내고 윌에게 깜짝 선물을 건넸다. 암스테르담행 기차표 두 장이었다. 2011년 1월의 그날 기차역에 내리자 맑은 아침 공기 속에 우리의 입김이 깃털처럼 하얗게 피어올랐다. 원래는 도보로 시내를 돌아볼 생각이었다. 안네 프랑크의 집을 돌아보고, 잠시 시장에 들러 청어 절임을 맛보고, 운하를 도는 유람선을 탈 계획이었다. 하지만 우리는 얼마 가지 못했다. 내가 한 블록을 걸을 때마다 멈춰 서야 했기 때문이다. 몸이 뒤틀릴 듯 격렬한 기침이 터져 나와서 머리가 핑핑 돌고 어지러웠다. 관자놀이가 소리굽쇠처럼 덜덜 떨렸다.

내가 너무 피곤해했기에 우리는 주말 대부분을 홍등가의 지저분한 2성급 호텔 객실에서 보내야 했다. 침대 시트는 불에 탄 자국 투성이였고 운하가 내려다보이는 창문은 지저분했으며 황량한 복도를 따라 점화 불량 난방기가 내는 딸깍딸깍 소리가 울려 퍼졌다. 하지만 사랑에 빠지면 어디에 있든 모험을 떠난 것처럼 느껴지게 마련이다. 나는 그 호텔에 처음 들어선 순간 윌을 돌아보며 "이렇게 마음에 드는 호텔은 처음이야!"라고 외쳤을 정도였으니까.

몸 상태가 나쁘긴 했지만, 어떻게든 우리 둘의 첫 여행에서 인상적인 추억을 만들고 싶었다. 그래서 윌의 생일 오후에 몰래 지하 커피숍에 들러 드레드록 머리를 한 흐느적거리는 백인 남자아이에게 환각버섯 한 통을 샀다. "어서, 바보처럼 굴지 말고." 나는 환각제를 해본 적이 없어서 불안해하는 윌을 꼬드겼다. "그래, 좋아." 그도 마침내 동의했다. "마야인들이 옳다면 어차피 올해가 인류의 마지막 해니까. 어디 한번 해보자." 우리는 몇 블록 떨어진 에티오피아 식당까지 걸어가 저녁 식사를 주문했다. 웨이터가 등을 돌린 틈을 타서 나는 맵고 걸쭉한 렌틸콩 스튜에 환각버섯을 한 줌 뿌렸다. "너 진짜 미쳤어. 너도 알지?" 윌이 웃으며 말하더니 미심쩍은 표정으로 고개를 저으며 인제라 한 조각과 콩 스튜 한 국자를 접시에 담았다.

저녁을 먹고 호텔로 돌아올 즈음에는 시내에 짙은 안개가 깔려 있었다. 우리는 따르릉 벨을 울리며 빠르게 앞질러가는 자전거 운전자들을 피하면서 진창길과 얼어붙은 다리 위를 터벅터벅 걸었다. 홍등가로 들어서자 커튼 쳐진 창문 뒤에서 검은 형상들이 반짝거렸다. 신호등 불빛이 노랑, 빨강, 초록으로 바뀌었다가 무지갯빛으로 폭발했다. 우리가 서 있는 자리에서 아까 나온 호텔의 네온사인이 호박 구슬처럼 어른어른 빛나는 게 보였다. 우리는 약의 효과가 절정에 이르기 전에 객실로 돌아가려고 발걸음을 재촉했다. 마침내 방 안에 들어섰을 때는 내 땀구멍 하나하나가 작은 횃불로 변해 불꽃을 내뿜는 것처럼 느껴졌다. 나는 옷을 몽땅 벗어버리고 매트리스에 기어올라 몸을 식히려 애썼다. 그동안 윌은 침대 위에서 시트와 베개로 텐트 모양의 요새를 쌓고 있었다. "이리 와, 여기 진짜 '허젤러흐'해." 나는 내 옆의 빈자리를 두드리면서 윌에게 말했다. 온전히 번역하는 건 불가능하지만 대강 '편안하다'는 뜻의 네덜란드어 허젤러흐gezellig는 우리 둘 사이의 새로운 유행어였다. 윌은 시트 장막 아래로 파고들어 내 곁에 나란히 누웠다.

"맙소사, 열이 펄펄 끓는데." 윌이 내 이마에 손을 대보더니 말했다.

그때만 해도 그냥 약발이 지나치게 잘 받나 보다 생각했다. 하지만 몇 시간 넘도록 계속 열이 올라가서 급기야 온몸이 활활 타오를 지경이었다. 푹 꺼진 쇄골에 땀방울이 고이기 시작하자 평생 처음으로 내가 한없이 연약하게 느껴졌다. "내가 툭 치면 부서지는 알껍데기로 만들어진 것만 같아." 나는 윌에게 몇 번이고 이렇게 말했다. "우리 영원히 이 방에 있자, 응?"

윌은 점점 더 걱정하며 응급실에 가보는 게 어떻겠냐고 말했다. "내가 자길 돌봐줄게."

"아니, 괜찮아. 난 튼튼해." 나는 내 팔의 이두근을 보여주며 대꾸했다.

"여기서 바로 택시를 타고 가면 돼. 눈 깜박할 사이에 여기로 돌아올 거야."

하지만 나는 윌이 결국 포기할 때까지 단호하게 머리를 저으며 거부했다. 암스테르담에 놀러 온 김에 환각제를 했다가 병원 신세를 지는 얼간이 관광객 중 하나가 되고 싶진 않았다.

다음날 오후 우리는 파리로 돌아가는 기차를 탔다. 고열과 환각은 사라졌지만, 어제의 부서질 듯한 감각은 그대로 남아 있었다. 하루하루 지날수록 몸이 약해지고 생기가 빠져나가는 게 느껴졌다. 마치 누군가 내 심장에 지우개를 문질러대는 것 같았다. 아직 희미하게 예전의 내 모습을 알아볼 수 있었지만, 그 내면은 희미한 팰림프세스트palimpsest(글을 썼다 지우고 그 위에 다시 쓴 고대 양피지—옮긴이)처럼 변해가고 있었다.

우주여행과 가속도

내가 파리로 돌아와서 진료소를 찾아간 이유는 여느 평범한 스물두 살 여성들과 마찬가지로 피임약을 처방받기 위해서였다. 진료소는 우중충하고 미로 같은 공간이었다. 벽은 페인트가 벗겨졌고 대기실은 복작복작했으며 머리 위에서 알전구가 깜박거렸다. 대부분 북아프리카계 이민자인 내원객들은 아랍어와 프랑스어를 뒤섞어 이야기하며 꼬물거리는 아기와 씨름하거나 잡지를 뒤적거리고 있었다. 진료소 안을 둘러보자 강렬한 향수병이 솟구쳤다. 아기 때부터 나를 봐주신 주치의 선생님이 주머니에서 막대사탕을 꺼내주던 동네 소아과 대신 이 춥고 황량한 진료소에 와 있으니 이제 혼자라는 사실이 뼈저리게 느껴졌다. 나는 더 이상 아이가 아니었지만, 그렇다고 해서 적나라하고 사무적인 어른의 세계에 들어설 준비도 되어 있지 않았다.

마침내 간호사가 내 이름을 불렀다. 채혈 간호사가 내 소매를 걷고 팔을 더듬어 혈관을 찾았다. 나는 기억할 수 있을 무렵부터 언제나 바늘을 무서워했다. 고개를 돌린 채 땅만 쳐다보고 있었지만 주사기가 살갗을 찌르는 순간에는 숨이 턱 막혔다. 새빨간 피가 솟구치는 것을 곁눈질로 확인하고 별거 아냐, 하며 나를 타일렀다. 고무관에 피가 차오르자 나는 크게 숨을 내쉬었다. 거의 끝났어.

나는 한 시간쯤 지나서 진료실로 안내를 받았다. 흰 가운을 입고 콧수염을 기른 남자 의사가 커다란 나무 책상 앞에 앉아 있었다. 내가 맞은편에 앉자 의사는 "무슨 일로 오셨나요?"라고 프랑스어로 물었다.

"피임약 처방을 받으려고요." 내가 대답했다.

"그야 어렵지 않죠." 의사는 내 혈액 검사 결과지를 내려다보더니 멈칫하며 눈썹을 살짝 찡그렸다. "피임 문제를 얘기하기 전에, 혹시 최근에 피곤하다고 느끼진 않았나요?"

나는 격하게 고개를 끄덕였다.

"혈액 검사 결과를 보니 빈혈 같은데요. 적혈구 수치가 낮아요." 내가 걱정스러운 표정을 지었는지 의사는 이렇게 덧붙였다. "걱정 마요. 젊은 여성에게 빈혈은 흔한 증상이니까요. 혹시 월경할 때 출혈이 심각한가요?"

'심각하다'라는 게 어느 정도인지 알 수 없어서 나는 어깨만 으쓱했다. "아마도요." 십 년 넘게 격렬한 월경통에 시달린지라, 월경이라고 하면 내겐 무조건 심각한 것이었다.

"그렇다면 그게 이유겠네요." 의사가 말했다. "피임약과 매일 복용하는 철분제를 처방해줄게요. 조만간 기운이 돌아올 거예요."

지하철을 타고 집으로 돌아가면서, 나는 뒤프티투아르가까지 남은 역 개수를 손꼽아 헤아렸다. 애인이 기다리는 내 집으로 돌아간다는 사실이 아직도 신기하고 짜릿하게 느껴졌다. 추위로 뺨이 발그레해진 채 문을 박차고 들어가서 일단 윌을 한번 껴안은 다음 와인 병을 땄다. 그러고는 윌에게 빈혈과 철분제 이야기를 했다. "요즘 지독히 피곤했던 게 그 때문이었나 봐." 기분이 좋아진 나는 윌을 바라보며 미소 지었다. "넌 오늘 어땠어?"

"밀라가 샹드마르 공원 회전목마에 팔꿈치를 긁혔는데 내가 달래줘서 금방 괜찮아졌어. 그러니 본 주르네(괜찮은 하루)였다고 해야겠지." 윌은 프랑스어 강습을 듣기 시작했고 '보부', 그러니까 육아 도우미로 일하기 시작했다. 그는 내가 자기를 그렇게 부르는 걸 단호히 금지했지만 그러거나 말거나 나는 최대한 자주 그 호칭을 썼다. 내가 회사에 가 있는 동안 윌은 유치원 수업을 마친 네 살배기 밀라와 함께 이곳저곳으로 놀러 다녔다. 밀라는 볼이 통통하고 숱 많은 갈색 곱슬머리를 가진 아이였다. 밀라가 가장 좋아하는 놀이는 윌의 어깨에 앉아 길거리를 내려다보면서 크루아상을 우적거리고 누가 옆을 지나갈 때마다 "난 파리에서 가장 키 큰 여자야!"라고 외치는 것이었다. 저녁에 돌아온 윌이 그날의 모험을 들려줄 때마다 나는 그의 머리카락에 붙은 바삭바삭한 크루아상 부스러기를 떼어주곤 했다.

보부 일은 윌이 파리에 자리 잡기 전까지 잠시 하는 것이었다. 자신의 학위와는 전혀 상관없는 일이었지만, 윌은 개의치 않는 듯했다. 고정적으로 현금으로 일당을 받고 취업 비자도 필요 없는 일이었으니까. 게다가 네 살짜리 가이드와 함께 외국의 도시를 돌아보는 건 오후를 보내는 썩 괜찮은 방법이지 않은가. 반면 나는 내 일에 훨씬 회의적이었다. 날마다 점점 더 근무를 제대로 마치는 게 힘들어졌다. 파리로 온 뒤 가려움은 덜했지만, 피로는 오히려 심해져서 에스프레소를 하루에 여덟 잔씩 들이켜야 했다. 어쩌면 이 격심한 피로에 다른 이유가 있는 건 아닐까 하는 생각이 들기 시작했다. 나는 일기장에 이렇게 적기도 했다. '어쩌면 나는 세상과 맞지 않는 사람인가 봐.' 그런데 의사가 다른 이유를 제공해준 것이다.

빈혈인 거라면 피로의 원인은 내 몸에 있는 것이지, 내 탓은 아니었다. 그 차이가 나는 감사하게 느껴졌다.

밤이 깊었고 어느새 텅 빈 와인 병이 트렁크 위에 놓여 있었다. 나는 그러고 보니 새해 목표를 정할 시기가 한참 지났다고 두 발을 흔들며 말했다. 우리는 몇 주 전 섣달 그믐날에 새해 목표를 정하기로 했다. 나는 매년 엄숙하게 새해의 목표를 세우는 것을 좋아했고, 일기장에 한 해 동안 해야 할 일과 바라는 것들을 길게 적어 보곤 했다. 그 계획이란 것이 미래에 대한 불안과 혼란 앞에서 미약하고 불균형하게 보인다 해도 말이다. 윌은 나처럼 계획을 즐기는 성격은 아니었지만 그래도 이렇게 말하며 내게 장단을 맞춰주었다. "봄이 오면 대학원에 등록할 거야. 시앙스포(파리의 명문 정치대학)가 어떨까?" 나는 새 직장을 찾겠다고 맹세했다. 매일 기진맥진한 상태로 퇴근하지 않아도 되고, 서류 복사와 상사에게 내 발을 숨기는 것 말고 다른 일을 할 수 있는 곳으로.

이후 두 달 동안 나는 새해 목표를 실현하려고 애썼다. 이력서를 다듬고 지원서를 보내고 예전 담당 교수들과 선배들에게 조언을 요청했다. 그러나 나는 대부분의 시간을 살풍경한 진료소 대기실에서 보내야 했다. 몇 번이고 재발하는 온갖 감기 증상, 기관지염 발작, 요로감염 등을 치료받기 위해서였다. 진료소에 갈 때마다 다른 의사가 나를 진료했고, 점점 더 길어져만 가는 내 최근 병력을 매번 다시 설명해야 했다. 지시받은 대로 철분제를 복용했지만 기운이 나기는커녕 맥만 더 빠질 뿐이었다. 진료소의 여러 의사를 돌아가며 만나다 보니 그중 누가 내 증상을 기록하고 있는지, 내 편이 되어줄 사람이 있기는 한지 알 수가 없었다.

어느 날 오후 또다시 '통상적' 혈액 검사를 받는데 갑자기 눈물이 확 솟구쳤다. "왜 그래요?" 채혈 간호사가 내게 물었다.

이젠 아무것도 확신할 수가 없었다.

하루도 빠짐없이 몇 달 내내 피곤에 시달리다 보면 상태가 점점 악화하는 것도 알아차리지 못한다. 마침내 진료소 의사의 지시로 파리 미국병원을 찾아갔을 무렵엔 이층 침대 사다리를 오르내리는 것도 힘겨울 정도로 몸이 약해져 있었다. 3월 말치고는 유난히 따뜻했던 금요일 오후, 나는 진료 시간에 맞춰 집을 나섰다. 지하철로 30분이면 충분히 도착할 거리를 몇 시간이나 헤맸고, 정신을 차려보니 내가 전혀 모르는 동네에 와 있었다. 주변을 빙빙 돌며 병원을 찾아보려 하다가 마침내 내가 내릴 역을 착각했다는 걸 깨달았다. 병원이 있는 파리 서부의 교외 지역 뇌이쉬르센으로 가려고 버스를 기다리는데 문득 현기증이 닥쳐왔다. 사방에서 웅장한 저택과 값비싼 자동차들이 햇빛에 번쩍이고 있었다. 피나무의 하트 모양 잎사귀 사이로 새들이 지저귀며 날아다녔고, 금발의 아이 두 명이 어머니의 양손을 붙잡고 그늘진 보도를 걸어갔다. 머리가 핑핑 돌기 시작했다. 눈앞에서 섬광이 번쩍이더니 갑자기 저택과 자동차, 새들과 아이 어머니가 황금빛 부스러기가 되어 어둠 속으로 스러져갔다. 나는 분명히 서 있었는데 다음 순간 머리를 보도에 찧으며 옆으로 푹 고꾸라졌다.

"괜찮아요, 아가씨?" 정신이 들었을 때는 어느 노부인이 이렇게 묻고 있었다. 노부인의 얇고 주름진 입술이 걱정스러운 듯 움찔거렸다.

"아니요." 나는 대답하고 울음을 터뜨렸다. 윌에게는 연락할 수 없었다. 밀라가 매주 다니는 수영 강습소에 가 있을 테니까. 부모님은 6400킬로미터 떨어진 곳에 계셨다. 나는 혼자 우주로 떠나왔고 점점 가속도가 붙어 지구에서 멀어지는 중이었다. 평생 이때처럼 외롭다고 느낀 적이 없었다.

마침내 병원에 도착했을 때는 이미 해질녘이었다. K 박사라는 의사가 진료실에서 나를 대강 훑어보더니 입원해서 추가 검사를 받으라고 지시했다. "상태가 좋아 보이진 않네요." 그는 프랑스어로 이렇게 말했지만 정확하게는 '당신 꼴이 엉망이네요'라는 뜻이었으리라. 병원 직원이 나를 휠체어에 태워 커다란 창이 있는 흰 병실로 데려갔다. 해가 지고 있었다. 나는 비를 예고하며 지평선 위로 흘러가는 진한 자줏빛 구름을 바라보았다. 병원에서 밤을 보내는 건 난생 처음 있는 일이었다.

파리 미국병원은 내가 미국에서 가본 병원들과는 전혀 달랐다. 병실은 내 아파트보다도 넓고 편안했다. 새하얗게 칠해진 벽은 햇빛에 반짝거렸다. 청하지도 않았는데 매일 아침 식사 쟁반을 침대맡으로 가져다주었고, 나는 이것을 손꼽아 기다렸다. 버터 향이 물씬한 크루아상과 카페오레 냄새에 잠을 깨면, 날마다 먹어야 하는 프레드니손과 흔히 볼 수 있는 스테로이드제가 음식과 함께 쟁반에 담겨 있었다. 왜 그런 약을 처방해주는지는 알 수 없었지만, 약을 복용한 지 일흔두 시간 만에 병원 계단을 내려가 정원에 나갈 힘을 되찾을 수 있었다. 그곳에서 일기를 쓰거나 다른 입원 환자들에게서 꾼 담배를 피우거나 멍한 눈으로 화단을 바라보며 오후를 보냈다. 저녁이면 윌이 밀라를 재우고 나서 병실로 찾아왔다. 우리는 윌이 가져온 스크래블 게임을 몇 판이고 거듭하며 밤늦게까지 이야기를 나눴다. 간호사가 윌이 자고 갈 수 있도록 보호자용 간이 침대를 가져다주었다.

"곁에 있어줘서 고마워." 우리가 마침내 각자의 침대에 누웠을 때 나는 반쯤 잠든 채 중얼거렸다.

"네 곁에 있을 수 있어서 정말 행복해. 지난 몇 달은 내 평생 가장 행복한 시간이었어." 윌이 팔을 뻗어 내 손을 잡으며 말했다. "너 같은 사람은 만난 적 없어. 너만큼 내게 살아갈 의욕을 주는 사람도, 나답게 살고 싶다고 느끼게 하는 사람도. 세상과 자기 자신을 더 깊이 이해하려는 네 모습을 보면 나도 더 나은 사람이 되고 싶어져. 우리의 관계는 아주 아주 중요해. 네가 여기서 나오는 대로 우린 다시 함께 살 수 있을 거야."

입원해 있는 일주일 동안 나는 의사들이 생각해낼 수 있는 모든 검사를 받았다. 에이즈, 루푸스, 고양이할퀸병까지. 하지만 모두 음성이었다. 의사들의 끝없는 질문에도 대답해야 했다. "아뇨, 수술을 받거나 입원한 적은 없어요. 병력도 딱히 없고요. 전립선암과 심장마비로 돌아가신 할아버지가 한 분씩 있긴 하지만 다른 유전병은 없어요. 음, 나이트클럽에서 춤추는 것도 운동이라고 친다면 규칙적으로 운동한다고 말할 수 있겠죠." K 박사는 현미경으로 관찰해보니 내 적혈구가 확장된 상태라며 골수 생체검사가 필요할지도 모르겠다고 중얼거렸다. "술은 얼마나 마시죠?" 어느 날 오후 K 박사가 내 병상 앞에 서서 물었다. "아주 많이요." 나는 머뭇거리며 대답했다. "대학 졸업한 지 얼마 안 됐거든요." K 박사는 메모장에 뭐라고 끄적거리며 병실에서 걸어 나갔다. 결국 그는 내 또래 젊은이에게 생체검사까진 필요 없겠다는 결론을 내렸고, 나는 그의 말을 믿었다. 어쨌든 젊음은 건강과 함께하게 마련이니까.

"푹 쉬어야 해요." K 박사는 이렇게 선언했다. "당신 적혈구 수치는 여전히 이해가 안 되지만, 딱히 불안해할 이유도 없는 것 같아요. 제가 휴가를 떠나 몇 주 뒤에 복귀할 테니 그때 한번 상태를 보죠." 그러고서 그는 나를 퇴원시켰다. '번아웃 신드롬'이라는 진단에 따른 한 달간의 병가 조치와 함께.

나는 지하철을 타고 집으로 돌아가면서 일기장에 이렇게 적었다.

중요한 의학적 세부사항

1. K 박사는 프라다 안경을 쓴다.
2. 윌과 나는 병실 화장실에서 섹스하다가 간호사한테 들킬 뻔했다.
3. 병원 매점에서는 크렘 브륄레와 샴페인을 룸서비스로 주문할 수 있다.
4. 아무래도 저곳은 병원으로 위장한 컨트리클럽 같다.
5. 도대체 '번아웃 신드롬'이 뭐지?

한 달이나 직장을 쉴 수 있게 되어 신났던 건 사실이지만, 나머지는 잘 이해가 되지 않았다. 날마다 프레드니손을 먹지 않으면 기운이 쭉 빠졌다. 지하철의 차가운 플라스틱 좌석에 늘어져서 졸음을 쫓으려 애쓰는데, 문득 K 박사는 내가 고되게 일하고 신나게 놀았다는 점만 가지고 진단을 내린 게 아닌가 하는 생각이 들었다. 사실 어떤 의사도 내 증상을 진지하게 받아들이지 않는 것 같았다.

하지만 나도 그랬다. 나는 당당하게 이의를 제기하는 대신 머릿속에 오가는 의혹을 떨쳐버리려고만 했다. 어쨌든 의학 학위를 가진 건 내가 아니라 그들이었으니까.

퇴원한 지 며칠 뒤 아침에 일어나보니 희소식이 도착해 있었다. 면접을 보자는 메일이 온 것이다. 지난 몇 주 동안 온갖 신문사와 잡지사에 일자리를 문의했지만 소득이 없던 참이었다. 명확한 취업 경로나 공인된 준비 단계, 필수 취득 학위 등이 존재하는 다른 직업과 달리 언론계는 혼란스럽고 접근이 불가능해 보였다. 어떻게 하면 그 세계에 입문할 수 있을지 도무지 알 수가 없었다. "일단 글을 써서 편집자들한테 던져줘 봐." 이렇게 조언한 사람도 있었지만, 본업 때문에 도저히 그럴 시간이 나지 않았다. 설사 그럴 시간이 난다고 해도 나는 아는 편집자가 하나도 없었고, 아는 편집자가 있다고 해도 그렇게 적극적으로 나설 자신도 없었다. 나는 대신 예전에 저널리즘 강의를 들었던 교수님에게 편지를 썼다. 그분은 내게 파리에 본부가 있는 《인터내셔널 헤럴드 트리뷴》에 말단직으로 일할 수 있을지 문의해보라고 일러주었다. 놀랍게도 답장이 왔다. 선배 기자들이 기사를 쓸 수 있게 정보를 수집하는 하급직인 '비상근 통신원' 자리가 하나 비었다는 내용이었다. 마침 튀니지에서 '아랍의 봄'으로 알려진 혁명이 발발한 참이었다. 그들은 내게 면접을 볼 생각이 있다면 바로 오라고 했다.

다음날 나는 중고 옷가게에서 구한 검은색 정장을 입었다. 헝클어진 머리칼을 잘 빗어 땋고 창백한 뺨에 평소보다 더 짙게 블러셔를 칠한 다음 면접을 보러 나섰다. 헐떡이며 신문사 사무실로 향하는 계단을 오르다 보니 익숙한 어지럼증이 돌아오는 게 느껴졌다. 당장이라도 숨이 멎을 것 같았지만, 적어도 그날만큼은 집중해야 했다. 사무실은 컴퓨터 키보드를 두드리는 소리로 요란했다. 칸막이 없는 공간에 문서 보관함과 책들, 컴퓨터 모니터와 지저분한 커피 머그잔이 높이 쌓인 책상이 빼곡히 들어서 있었다. 각자 책상 앞에 앉아 있는 일군의 노련한 기자들을 둘러보면서, 나는 너무 큰 기대를 품지 않으려고 애썼다. 이곳에서 일자리를 구할 확률은 매우 낮았지만, 그래도 처음으로 내가 원하는 일을 할 수 있는 길이 열렸다는 느낌이었다. 문득 내가 나도 모르는 사이에 이 일에 딱 맞는 경력을 만들어왔음을 깨달았다. 대학에서는 매 학기 시간표를 아랍어, 프랑스어, 스페인어, 페르시아어 등 온갖 어학 강의로 채웠다. 언젠가 머나먼 지역에서 일하며 지낼 때를 대비해 언어를 배워둬야겠다고 생각했기 때문이다. 여름 방학마다 해외로 어학연수와 연구를 나갔고 아디스아바바부터 모로코의 아틀라스산맥, 요르단강 서안 지구까지 온갖 곳을 돌아다녔다. 튀니지는 내가 잘 알고 사랑하는 나라일 뿐만 아니라 나의 고국이기도 했다. 우리 아버지가 태어났고 친척들이 여전히 살고 있는 곳인데다 내 여권에 표시된 국가이기도 했다. 나는 면접에서 이 모든 이야기를 늘어놓았고, 편집자들은 나를 만나 기쁜 듯했다. 나 역시 그랬다. 면접 자리를 떠날 무렵엔 내가 성인이 된 후로 줄곧 바로 이 순간을 위해 노력해온 거라는 생각이 들었지만, 다음 순간 바로 웃음이 나왔다. 이 자리에 서기 위해 꼬박 4년을 바쳤다니.

나는 결국 《인터내셔널 헤럴드 트리뷴》 사무실로 돌아가지 못했다. 일주일도 지나지 않아 다시 입원했기 때문이다. 이번에는 통증에 눈이 흐려지고 응급환자용 이동식 침대에 누운 상태였다. 욱신거리는 구내염이 무더기로 발생했고 안색은 시체처럼 푸르뎅뎅했다. "겁을 주고 싶진 않지만, 당신 몸에 문제가 있는 게 분명해요. 적혈구 수치가 현저하게 떨어졌어요." 당직 의사가 이렇게 선고하자 윌이 내 손을 꽉 잡았다. 나는 무슨 뜻인지 몰라서 의사를 멍하니 쳐다보았다. "적혈구 수치가 지금보다 더 떨어지면 비행기에 탈 수 없게 돼요." 그러고서 의사는 내 팔에 부드럽게 한 손을 얹으며 말을 이었다. 자기에게도 내 또래의 딸이 있다고. 자기가 만약 내 어머니라면 내가 당장 비행기를 타고 집으로 돌아오길 바랄 거라고.

다음날 아침 가장 먼저 한 일은 뉴욕으로 돌아갈 항공편을 예약한 것이었다. 하지만 나는 2주 뒤에 파리로 돌아올 항공권도 같이 구입하겠다고 우겼다. 내가 파리에 돌아올 수 있다고 믿어야만 했다. 윌도 나와 동행하겠다고 말했지만, 내 생각엔 굳이 그럴 필요가 없었다. 윌은 밀라를 돌봐야 했고 나는 금세 돌아올 터였다. 나는 샤를 드골 공항에서 윌에게 작별 인사를 하며 걱정말라고 덧붙였다. 공항에 들어선 뒤로는 남색 제복 차림의 노인이 나를 휠체어에 태워 밀고 다녔다. 그는 탑승을 기다리는 여러 가족과 근사한 가죽 서류가방을 든 사업가들을 제치고 나를 대기 줄 맨 앞에 세웠으며 비행기에도 가장 먼저 태웠다. 민망해서 귓가가 벌게질 지경이었다. 응급실 의사가 나더러 여행 시에 반드시 휠체어를 타라고 말했을 때는 그렇게까지 해야 하나 싶었다. 언제라도 누군가가 날 보며 중환자도 아닌데 사기를 친다고 비난할 것만 같아서 두려웠다. 하지만 우선탑승하는 줄에 서서 나를 바라보던 승객들의 얼굴에는 동정의 눈빛이 가득했다.

비행기가 이륙했다. 나는 빈자리 두 개를 차지하고 태아처럼 구부정하게 누워 있었다. 얄팍한 담요로는 한기가 가시지 않아 몸을 벌벌 떨었다. 나는 항상 비행기를 좋아했다. 고도가 높아질수록 내가 작아진다는 느낌, 세상이 점점 줄어들어 구름 아래로 사라져 버리는 느낌이 좋았다. 하지만 이번 여행에서는 내내 창문 가리개를 내리고 있었다. 피곤해서 아무것도 할 수 없었다. 영화를 보는 것도, 걱정스러운 표정의 승무원이 권하는 간식거리를 먹는 것도. 그러나 그렇게 피곤한데도 구내염 때문에 양 볼이 부어올라 좀처럼 잠들 수가 없었다. 응급실 의사가 비행 중에 먹으라고 처방해준 코데인 알약을 몇 개 삼키며 잠시 통증이 잦아들길 바랄 뿐이었다. 의식이 까무룩 흐려졌다가 다시 또렷해졌고 잊을 만하면 구역질이 솟구쳤다.

꿈속에서 비행기는 대서양 위에 떠있는 감방이었고, 나는 지난 일 년 동안 몸속에 쑤셔 넣은 술과 담배와 마약 때문에 벌을 받는 중이었다. 졸업 5주년 동창회에 나갔더니 친구들이 전부 내게 등을 돌리고 있는 꿈도 꾸었다. 친구들은 푸르른 잔디밭에 앉아 환한 햇볕 아래 일광욕을 하며 깔깔거리고 칵테일을 홀짝이고 있었다. 내가 부르자 다들 돌아보긴 했지만 나를 보지 못하는 것 같았다. 하지만 꿈속에서는 그런 상황도 이상하게 느껴지지 않았고, 그냥 '나를 알아볼 수 없나 보다' 하는 생각이 들었다. 나는 졸업한 뒤로 끔찍하게 늙어버린 상태였다. 현실과 똑같이 공항 휠체어에 앉아 있었지만 내 몸은 뼈와 가죽뿐이었고 머리는 거의 벗어져 긴 은

발 몇 가닥만 남아 있었다. 두 눈은 백내장으로 혼탁해졌고 이가 다 빠진 입은 뻥 뚫린 구멍 같았다. 나는 다시 친구들을 불렀다. "나야, 술라이커야." 하지만 이번에는 아무도 돌아보지 않았다.

다음 순간 눈을 떴을 때는 비행기 바퀴가 쿵 하고 활주로에 내려앉고 있었다. 미국에 도착한 것이다.

집으로

나는 처음 말을 배웠을 때부터 줄곧 부모님을 이름으로 불러왔다. 우리 가족은 그게 이상하다고 생각한 적이 없었다. 초등학교 담임 선생님이 당황하며 그 점을 언급하기 전까지는.

내 어머니 안은 연한 푸른색 눈과 발레리나처럼 늘씬한 근육질 체형을 가진 자그마한 여성이었다. 어머니는 스위스 제네바에서 한 시간 거리의 목가적인 시골 마을에서 자랐다. 어머니가 자란 석조 저택은 낡은 책과 골동품으로 가득했고 축음기에서는 항상 클래식 음악이 흘러나왔다. 거실 창문을 열면 마을 광장과 중세에 지어진 성과 반짝이는 호수가 바라보였다. 어머니는 주말마다 이웃 남자애들과 어울려 호수를 몇 바퀴씩 헤엄쳐 돌거나 요트를 타곤 했다. 어머니는 항상 소설책에 코를 처박고 있는 말괄량이 여자아이였다. 외할아버지 뤽은 물리학자이자 환경 운동가로 군인처럼 성미가 엄격했지만 한편으로 진보적인 사람이었다. 외할아버지는 탄소 배출량이 어마어마하다며 자동차 구매를 거부했고 집에서 플라스틱도 쓰지 못하게 했다. 그분은 다락방에 차려놓은 목공소에서 나무를 깎아 안을 비롯한 네 아이의 장난감을 손수 만들곤 했다. 사서였던 외할머니 미레유는 남편의 환경 운동에 전혀 관심이 없었다. 아름다운 것을 좋아하던 외할머니는 캐시미어 스웨터를 수집하고 장미 덩굴 정원을 가꾸었으며 커다란 스위스식 사과 타르트를 맛있게 만들기로 유명했다. 그분은 '모든 일에는 옳고 그름이 있다'고 입버릇처럼 말하며 아이들을 엄격한 예의범절에 따라 훈육했다. 어머니가 십 대 청소년이 되었을 무렵에는 부모의 엄격한 규율과 마을의 폐쇄적인 분위기에 짓눌려 숨이 막힐 지경이었다.

로잔에서 미술학교를 졸업한 어머니는 유명한 화가가 되기를 꿈꾸며 장학금을 받아 뉴욕으로 왔고, A가와 이스트빌리지 4번가가 만나는 철로 변의 작은 아파트를 빌렸다. 1980년대가 한창이던 이스트빌리지에는 그래피티로 도배된 공동주택과 돌무더기만 쌓인 채 방치된 공터가 많았다. 하지만 길거리에는 활기가 넘쳤고, 곳곳마다 창의력과 야심이 넘치는 젊은 작가와 음악가를 만날 수 있었다. 어머니는 평생 그런 도시를 본 적이 없었다.

유난 떠는 건 우리 가족의 주된 특징이다. 어머니는 새벽부터 저녁까지 한순간도 멈추지 않고 짐말처럼 열심히 일했다. 페인트공 노릇도 하고 식당과 카페 식탁 사이를 돌아다니며 장미꽃도 팔아 생계를 꾸려나갔다. 그 정도면 아파트뿐만 아니라 다른 예술가들과 공동으로 쓰는 작업실의 임대료도 낼 수 있었다. 하지만 얼마 지나지 않아 더욱 수익성이 높은 사업을 발견한 어머니는 자기 아파트에서 소규모 사업을 시작했다. "국제어학원입니다. 무엇을 도와드릴까요?" 어머니는 비서인 척하며 직접 문의 전화를 받곤 했다. 사실 어학원이라고 해봤자 어머니를 비롯해 유럽 전역에서 뉴욕으로 온 몇몇 친구들이 전부였지만. 어머니는 친구들을 고용해 사업가나 부유한 상류층 자제들에게 프랑스어, 이탈리아어, 독일어, 스페인어를 가르치게 했고 마침내 아파트를 살 수 있는 최소

계약금을 모을 수 있었다. 아파트 값은 4만 달러였는데 당시로서는 엄청난 거금이었다.

내 아버지 에디가 시내 재즈클럽에서 어머니를 만난 것은 어머니가 뉴욕에 머문 지 5년째 되던 해였다. 어머니의 유머러스함과 짧은 머리, 귀족적인 코와 우아한 광대뼈가 아버지의 시선을 끌었다. 아버지는 손쉽게 어머니의 마음을 사로잡았다. 훤칠한 키에 갈색 피부, 숱 많고 까만 곱슬머리와 귀엽게 살짝 벌어진 앞니 그리고 얼마 전 뉴욕시 마라톤에 출전했던 터라 아버지 평생을 통틀어 가장 늘씬한 몸매를 뽐내고 있었으니까. 아버지는 어머니의 아파트에서 몇 블록 떨어진 애비뉴 B와 C 사이의 7번가에 살고 있었다. 사는 곳도 너무나 가까웠던 두 사람은 거의 날마다 만났고, 공통 언어인 프랑스어와 유목민적 생활방식, 요리와 영화와 예술에 대한 취미를 통해 가까워졌다. 자유분방한 가치관을 지녔던 두 사람은 돈이 생기면 좋은 와인, 연극표, 여행 등에 써버리곤 했다. 종종 서로 다투기도 했는데 양쪽 다 고집이 세고 독립적이며 자신을 우선시했기 때문이다. 어머니에게 가장 중요한 것은 그림이었다. 누군가의 아내가 되는 것은 어머니의 관심 밖이었다. 아버지는 여전히 미국에 머물러야 할지, 튀니지로 돌아가 정착할지 고민하고 있었다. 두 사람이 사귄 지 2년이 지났을 무렵 톰킨스스퀘어파크에 있던 아버지의 셋방에서 내가 생겨났다. 나는 어머니가 화장실에서 임신 테스트기를 보며 '이걸 어쩌지!' 하며 잃어버린 자유를 슬퍼했으리라 상상했다. 하지만 나중에 들은 이야기에 따르면 어머니가 느낀 것은 놀라움이었다고 했다.

마흔 살이던 아버지는 어머니보다 열 살 정도 나이가 많았다.

아버지는 유엔 국제학교의 고등학교 과정 교사였고 프랑스어와 아랍어 번역 프리랜서로도 일했다. 아버지는 임신 소식에 무척 기뻐했지만, 어머니는 아직 아이를 가질 준비가 되지 않았다고 느꼈고 결혼에 대해서도 회의적이었다. 고향 스위스의 친구들은 대부분 배우자와 정식 결혼을 하지 않고 아이를 낳은 터였다. 어머니는 결혼이란 답답하고 고루한 관습일 뿐이며 아버지와의 관계를 정당화하는 데 서류 따윈 필요 없다고 주장했다. 하지만 몇 달 뒤에는 결국 마음을 바꾸었는데, 아버지가 할머니에게 손주가 생겼다는 소식을 떳떳하게 전하길 바랐기 때문이다. 두 분은 결혼 신고만 했고 예식은 따로 치르지 않았다. 맨해튼의 뉴욕 시청 계단에 서 있는 부모님의 폴라로이드 사진이 남아 있다. 두 사람 다 헐렁한 정장 차림으로, 가로수에서 꺾은 잎사귀 무성한 나뭇가지를 꽃다발 삼아 하나씩 손에 든 모습이다.

나는 이 모든 이야기를 어머니에게 들었다. 우리는 무척 가까운 사이다. 우리에게 토론할 수 없는 주제란 없었고, 인생의 주요한 이벤트는 모두 공유했다. 강한 프랑스어 억양에 언제나 짧은 머리인, 겨드랑이털을 깎지 않고 페인트 얼룩이 진 작업복을 즐겨 입는 어머니는 내가 아는 어머니들과는 전혀 달랐다. 열세 살에 월경을 시작한 내가 가장 먼저 그 사실을 알린 사람도 어머니였다. 다음 날 점심에 어머니는 세상에서 가장 민망한 깜짝 축하파티를 준비했다. 어머니가 우리 딸도 여성이 되었다며 감정에 북받쳐 건배사를 하는 동안, 아버지와 남동생은 어색하게 꿈지럭대며 가만히 앉아 있었다. 나는 십 대 시절 결혼할 때까지 순결을 지킬 생각이라고 어머니에게 말했다가 이런 대답을 들었다. “멍청한 짓 하지

마. 평생이 걸린 일을 저지르기 전에 네 취향 정도는 파악해야지."

어렸을 때 우리 가족은 줄곧 이사를 다녔다. 이스트빌리지 다음은 애디론댁이었고 그 뒤로는 프랑스, 스위스, 튀니지에서도 잠시 머물렀다. 하지만 결국에는 매번 미국으로 돌아오곤 했다. 아버지가 뉴욕 새러토가스프링스의 소규모 인문대학인 스키드모어 대학교에서 종신교수직을 확보했기 때문이다. 처음에 주저한 것과 달리 어머니는 육아에서 보람을 찾게 되었고, 그래서 내 동생이 태어난 뒤엔 화가 경력을 접고 우리를 키우는 데 집중했다. 어머니는 추상화에 불어넣은 것과 똑같은 창의력과 열성으로 육아에 임했다(어머니의 그림들은 곤충과 꽃, 벌집으로 구성되었지만 희한하게도 결과적으로는 여성 성기처럼 보였다). 눈이 쏟아지는 북부 뉴욕의 겨울에 어머니는 야구 모자를 뒤로 돌려쓴 채 크로스컨트리용 스키를 타고 집에서 몇 블록 떨어진 버스 정류장까지 우리를 마중 나오곤 했다. 다락방을 화실로 만들어 우리에게 미술을 가르치기도 했다. 우리는 그곳의 통나무 판자 바닥에 책상다리를 하고 앉아서 구아슈와 수채화 물감 세트를 가지고 놀았다. 어머니는 조르주 쇠라의 작품들을 보여주며 점묘법에 관해 가르쳤고, 면봉에 페인트를 찍어서 풍경화를 그리는 법을 알려주었다.

매일 밤 우리가 잠자리에 누우면 어머니는 프랑스어 동화와 우화를 읽어주었고, 우리가 특별히 착하게 군 날은 아몬드오일로 몸을 마사지해주었다. "오늘은 정원에 무얼 심을까?" 어머니는 이렇게 말하며 마치 자갈밭을 일구듯 우리의 등을 주물러댔다. 어머니가 '씨앗을 심기' 위해 우리 어깨뼈 아래 살갗을 움켜쥐면 우리는 꽥 소리를 지르곤 했다. 어머니는 냉소를 섞은 유머를 능숙하게 구사하는 악명 높은 장난꾼이었는데, 가끔은 장난이 지나칠 때도 있었다. 어느 해 만우절에는(어머니가 일 년 중 가장 좋아하는 날이었다) 나와 동생에게 '끔찍한 소식'을 메일로 전하기도 했다. 아버지가 실직했으니 우리도 당장 대학을 자퇴하고 정식으로 일자리를 구해야 한다는 것이었다. 그러고서는 메일을 보낸 것도 잊고 영화를 보러 가버려 우리는 몇 시간이나 안달복달하며 보내야 했다. 하지만 어머니와 함께 있으면 그토록 자유롭고 짜릿했던 것도 바로 이런 장난과 대담함 때문이었다. 줄곧 내 미숙함을 상기시키려 하는 여타 어른들과 어머니는 전혀 달랐다. 어머니와 있으면 마음이 편안했다. 집을 떠나 대학을 졸업하고 외국으로 나온 뒤로는 전화기가 어머니와 나를 이어주는 탯줄이 되었다. 우리는 매일매일, 하루에도 몇 차례나 통화했다.

아버지와의 관계는 전혀 달랐다. 내게 아버지는 수수께끼 같은 존재였다. 아버지가 자란 곳은 아직 프랑스의 식민 통치 아래 있던 튀니지 남부의 가베스로, 오아시스가 있는 지중해의 바닷가 도시였다. 조부모님은 읽고 쓰는 법을 몰랐다. 할아버지 마무드는 시청 우편실에서 일했다. 다정하지만 엄격하고 '매를 아끼면 아이를 망친다'는 말을 굳게 믿는 분이었다. 할머니 셰리파는 상냥하고 헌신적인 분이었다. 턱에 베르베르족 고유의 문신이 있었고, 헤나로 염색해 길게 땋은 머리칼은 항상 틀어 올려 스카프로 감쌌다. 아버지는 방학이 되어 집으로 돌아갈 때마다 할머니가 새 동생을 낳고 있었다며 농담하시곤 했다. 아버지 가족은 간신히 입에 풀칠만 하며 지냈고, 할머니가 낳은 열세 아이 중 일곱 명만이 전쟁 이후 궁핍과 전염병의 시기를 넘기고 살아남았다. 둘째였던 아버지는 남매 중 가장 학구적인 아이는 아니었지만 가장 똑똑했고 성공하려는 의지가 확고했다. 튀니스에서 대학교를 졸업한 후에는 런던과 파리로 유학을 떠났고, 마침내 미국으로 이민을 와서 불문학 박사 학위를 받았다.

교수인 아버지는 동경의 대상이었다. 말쑥한 흰 리넨 정장과 중절모 차림에 누구나 뒤돌아볼 정도로 근사한 외모, 그리고 언어에 대한 경이로운 기억력을 지닌 분이었다. 아버지는 지략가였고 관대하며 카리스마가 넘쳤지만, 할아버지와 마찬가지로 괄괄한 성미였고 언제든 성질을 낼 수 있는 사람이었다. 아버지가 나와 동생 애덤을 키운 방식은 할아버지가 아버지를 키운 방식과 같았는데, '칭찬은 아이를 나약하게 만든다'는 식의 엄격한 훈육이었다. 아버지는 아이들 특유의 익살을 용납하지 않았다. "흥미로운 사람들은 뜬소문이나 헛소리가 아니라 자신의 신념과 발상을 이야기한단다." 내가 너무 말이 많거나 신경을 거스르는 것 같으면 아버지는 이렇게 말하곤 했다.

아버지와 내가 서로의 공통점을 발견한 것은 내가 고등학생이 되어 공부에 어느 정도 진지해진 후였다. 나는 아버지 서재의 팔걸이의자에 앉아 책을 읽는 걸 좋아했다. 천장에 닿는 높다란 책장에는 고전문학, 시, 소설, 문학 이론 등 수백 권의 책이 꽂혀 있었다. 나는 책을 읽다가 이해할 수 없는 단어가 나오면 책장 아래 꽂힌 사전을 꺼내 찾아보고 일기장 뒤쪽의 단어 목록에 적어넣었다. 아버지의 지도하에 프랑스어 책을 읽기 시작했고 보들레르, 플로베르, 카뮈, 사르트르와 파농의 작품을 발견했다. 튀니지에 살던 어린 시절에는 아버지의 모국어인 아랍어를 조금이나마 할 수 있었다. 그러나 시간이 지나면서 완전히 잊어버린 터라 다시 배우기로 굳게 다짐했다. 대학에 들어가서는 아버지의 학구적 관심사를 좇아 근동학을 전공했고 복수전공으로 프랑스어와 젠더 연구를 선택했다. 나는 리포트를 쓸 때마다 아버지에게 보냈다. 아버지는 내 글을 몇 시간씩 첨삭해주고 더 읽을거리도 추천해주었다. 졸업 논문을 쓸 때는 튀니지로 가서 우리 할머니를 비롯한 여성 노인들의 구술 생애사를 수집하고 가족법에 관해서도 인터뷰했다. 튀니지 가족법은 식민 통치가 끝난 이후 양성평등 확립을 목표로 만들어진 일련의 진보적 법률이었다. 마침내 내가 최고 우등생으로 여러 상장을 받고 졸업했을 때 아버지는 이렇게 말했다. “네가 자랑스럽구나.” 아버지가 이런 표현을 하는 건 극히 드문 일이었다.

부모님이 사준 졸업 선물은 소방차처럼 새빨간 여행 가방이었다. 티제이 맥스 할인 판매대에서 산 물건으로, 커다란 상자 모양에 매끄럽게 굴러가는 바퀴가 달려 있었다. 그해 늦여름 파리에서 일자리를 구하면서 그 가방을 쓸 수 있게 되었다. 부모님이 내게 얼마나 희망찬 어조로 작별 인사를 했는지 뚜렷이 기억난다. “이제 진짜 직장인이구나! 다 잘 될 거야!” 두 사람이 나를 공항까지 데려다주고 나서 건넨 말이었다. 부모님이 사진 한 장 남기자고 우기는 바람에 길가에서 여행 가방 손잡이를 잡은 채 포즈를 취해야 했다. 나는 시커멓게 마스카라를 칠한 눈을 굴리며 카메라를 향해 어설픈 미소를 지은 다음 곧바로 출국장으로 달려 들어갔다. 새로운 미래에 정신이 팔린 나머지 마지막으로 돌아서서 손을 흔드는 것도 잊었다. 우리 셋 중 누구도 겨우 일곱 달 만에 내가 돌아올 거라고는 예상하지 못했다. 이번에는 사진을 찍는 사람도, 미래 계획을 얘기하는 사람도 없을 터였다.

공항 안내원이 내 짐을 챙겨주고 존 F. 케네디 국제공항 입국장까지 휠체어를 밀어주었다. "정말로 여기 남겨놓고 가도 되겠어요?"

나는 고개를 끄덕였다. 아버지는 언제나처럼 늦게 마중 나올 모양이었다. 시간을 잘 지키는 건 우리 가족의 특징이 아니었다.

기다리는 동안 지친 모습의 여행객들이 하나하나 회전문을 빠져나와 사라졌다. 그로부터 거의 한 시간 뒤에야 아버지의 모습이 눈에 들어왔다. 완전히 벗어진 머리에 검은 중절모를 비딱하게 눌러쓰고 느긋하게 군중 속을 걸어오고 있었다. 소처럼 속눈썹이 짙고 까만 눈이 딸을 닮은 사람을 찾아 입국장 안을 죽 훑었다. "에디!" 나는 양팔을 흔들며 외쳤다. "여기예요, 에디!"

아버지의 얼굴에 경악이 번졌다. 내 부어오른 뺨, 푸르죽죽한 입술, 수척한 몸통에 축 늘어진 운동복 셔츠를 보자 아버지는 점점 더 서글픈 표정이 되었지만, 그래도 몸을 굽혀 내 뺨에 뽀뽀했다. "안녕, 아가. 미안하다. 고속도로에서 길을 잘못 들었어." 아버지가 한 손으로 내 휠체어를 밀고 다른 한 손으로는 빨간 여행 가방을 끌면서 말했다. 주차장에 도착하니 익숙한 우리 가족의 승합차가 기다리고 있었다. 나는 뒷자리에 올라 벌렁 드러누웠다. 피곤한 나머지 새러토가스프링스로 향하는 세 시간 반 동안 거의 입을 열지 못했다.

집에 돌아온다는 건 희한한 일이다. 보이는 것도, 냄새도, 느낌도 전부 똑같지만 나만 달라졌음을 느끼게 된다. 집을 떠날 때의 나와 지금의 내가 과거의 망령들을 배경 삼아 선명히 대조를 이룬다. 열두 살부터 쭉 살아온 본가 앞에 승합차가 멈춰 섰을 때 어머니는 밖으로 나와 정원을 돌보고 있었다. 승합차 문을 열고 나를 부축해 내려준 다음 내 모습을 제대로 살펴보더니 "맙소사" 하고 외치며 입에 손을 갖다 댔다. "왜 상태가 이렇게 나쁘다고 얘기하지 않은 거야?"

"새로운 '헤로인 시크' 패션을 시도 중이거든." 내가 이렇게 대꾸했지만, 평소 비딱한 유머 감각을 자랑하던 우리 어머니는 웃어 주지 않았다.

"최악인 건 따로 있어." 아버지가 옆에서 말했다. "수수, 엄마한테 입안 좀 보여줘."

나는 통증에 움찔하면서 아랫입술을 당겨 내렸다. 비행 중에 새로 생긴 세 개의 염증이 보름달처럼 뿌옇고 둥글게 부어올라 있었다. 부모님은 의미를 알 수 없는 눈길을 주고받았다.

나는 절름거리며 집 안으로 들어섰다. 곧바로 정면 계단을 올라가서 내 침실로 향했다. 먼지 앉은 책들의 익숙한 냄새를 맡고 전설적인 튀니지 가수 알리 리아히의 누렇게 바랜 포스터가 붙은 벽을 보자 안도감에 몸이 축 늘어졌다. 침대에 벌렁 드러누워 그대로 곯아떨어졌지만, 몇 시간 뒤 스위스 카우벨 소리에 깨어났다. 저녁 식사하러 내려오라는 어머니의 신호였다. 어머니에게는 자기 고국에 대한 애정의 표시였지만 나와 동생에게는 짜증나는 소음일 뿐이었다. 나는 귀를 틀어막으며 다시 잠들려고 애썼다. 내가 내려가지 않자 아버지가 올라와서 방문을 두드렸다.

"라베스?" 튀니지 속어로 '무슨 일이니?'라는 뜻이었다.

"배 안 고파요." 나는 투덜거리며 베개를 끌어당겨 머리를 덮었다.

"몇 달 만에 만난 거잖니. 잠시 내려와서 앉아 있기라도 하렴."

"너무 피곤하단 말이에요." 나는 중얼거렸다.

"몇 시간이나 잤으면서. 좀 노력해보렴. 일단 일어나면 기분이 나아질 게다. 어서, 밥 먹고 나서 동네 산책이나 가자."

"에디, 제발요."

내가 꼼짝 않고 누워 있자 아버지는 포기하고 방에서 나갔다. 하지만 죄책감과 당혹감이 뒤섞여 다시 잠을 이룰 수 없었다. 내 몸에 문제가 있다는 건 확실했지만, 때로는 이 모든 게 내가 꾸며낸 건 아닐까 하는 의구심이 들기도 했다. 내 증상이 실제인지, 아니면 머릿속 상상인지 알 수가 없었다. 어쩌면 나는 그저 좀 더 노력해야 하는지도 몰랐다.

침대에서 일어나 계단참으로 나갔다. 최대한 천천히 내려가는데도 계단이 영원히 끝나지 않을 것만 같았다. 팔다리가 시멘트 컨테이너처럼 묵직하게 느껴졌다. 마침내 계단 아래 이르렀을 때는 어찌나 기진맥진했는지 떡갈나무 바닥에 푹 주저앉아서 잠시 숨을 골라야 했다. 부엌에서 부모님이 이야기하는 소리가 들려왔다. 나는 엿듣길 좋아했던 어린 시절처럼 그 소리에 귀를 기울였다.

"2주 뒤에 파리로 돌아가는 항공권을 사도록 허락하긴 했지만, 걔가 정말로 돌아갈 수 있을지 모르겠어." 어머니 목소리였다. "어쨌든 그렇게 빨리는 안 돼."

"증상을 들었을 때 생각나는 거 없었어? 구강 점막 염증, 체중

감소, 잦은 감염, 혈구 수치 감소." 아버지가 물었다.

어머니는 대답이 없었다.

"에이즈HIV야." 아버지는 이미 충분히 생각해봤다는 어조로 말했다. "검사 결과가 음성이었다는 건 알지만, 인터넷에서 보니까 그 바이러스는 발현하기까지 몇 달이 걸릴 수도 있대. 대학 졸업식 때 걔랑 친구들이 얼마나 술을 마셔대는지 봤지? 우리 앞에서도 그 정도였는데 우리가 없을 땐 어땠겠어. 아무 남자랑 잤거나 마약을 했을지도 모르지."

얼굴이 확 달아올랐다. 가슴 속에서 아드레날린이 솟구친 나머지 나는 순식간에 계단을 도로 뛰어올라갔다. 쿵쿵대는 심장을 부여잡고 떨리는 손으로 침실 문을 쾅 닫았다. 내 뒤에서 내 건강 상태와 인성을 비난하는 아버지에게 분노가 솟구쳤지만, 한편 끔찍하게 수치스럽기도 했다. 아버지가 완전히 잘못 짚은 건 아니었다. 집을 떠나 있을 때 내가 아버지가 두려워하는 일들을 어느 정도 감행했던 건 사실이었다. 하지만 나를 가장 동요하게 한 것은 늘 용감하기 그지없어 보이던 아버지가 지금은 나 때문에 두려워하고 있다는 점이었다. 내가 어린 시절부터 수도 없이 들어왔던 말, '다 괜찮을 거야'라는 그 말을 점점 더 믿기 어려워지고 있었다.

분기점

집에 돌아온 뒤 일주일이 지났다. 그동안 어떻게 시간을 보냈는지 기억이 잘 나지 않는다. 여러 의사에게 진료를 받았고, 오랫동안 잠을 잤고, 윌과 영상통화를 했다. 내키지 않았지만 억지로 몸을 일으켜 부모님과 동네 산책도 했다. 집 안에 깔려 있던 불안한 침묵과 걱정스러운 분위기가 뚜렷이 기억난다. 확실한 진단이 나오길 기다리는 동안 두려움과 좌절감만 점점 더 깊어갔다.

'오늘은 부활절인데, 나 때문에 다 망했네.' 나는 일기장에 이렇게 적었다. '엄마가 여섯 시간이나 들여 아빠와 내게 근사한 식사를 차려주었는데, 나는 아무것도 못 먹고 침울하게 두 분을 바라보기만 했다. 수요일에는 골수 생체검사를 받기로 했다. 너무 두렵다.'

'어디까지나 예비적 조치'라는 것이 생체검사를 제안한 의사의 말이었다. 생체검사는 청바지를 발목까지 내린 채 진찰대에 얼굴을 처박고 똑바로 엎드려 있어야 하는 고역스러운 절차였다. 의사는 내 허리 뒤쪽을 베타딘으로 소독하면서 골반뼈는 골수가 풍부해서 생체검사에 이상적인 부위라고 설명해주었다. 그러고 나서 소독한 자리에 주사기를 꽂고 주삿바늘이 뼈에 닿을 때까지 깊이 찔러 마취제인 리도카인을 주입했다. 피부는 마취된 상태지만 그래도 좀 아플 거라는 경고가 이어졌다. 의사가 가느다란 주사기를 뼛속에 집어넣고 골수세포를 빨아들이자 한순간 무시무시한 흡입음이 들렸고, 나는 이를 악물었다. 그러나 그다음에는 훨씬 더 큰 바늘이 달린 주사기가 등장했다. 의사는 주사기 위의 플라스틱 손잡이를 붙잡고 25센티미터 길이의 번쩍거리는 스테인리스 바늘을 내 골수에 더욱 깊이 꽂아 넣었다. 내가 아직 젊어서 뼈도 딱딱하다고 투덜거리며 한쪽 발을 진찰대에 올리더니 온 힘을 다해 내 골반에 주사기를 밀어붙였다. 의사가 골수에서 작고 단단한 덩어리 하나를 잘라낸 순간 나도 모르게 뺨 안쪽을 꽉 깨물었다. 입안에서 피 맛이 났다. 골수 채취가 끝나자 나는 한동안 멍하니 앉아 있었다. 주사기를 꽂았던 자리에는 커다란 반창고가 붙어 있었고 등골이 욱신거렸다. 의사는 아마도 별문제 없을 거라며 거듭 나를 안심시키려 했다. 워낙 내 상태가 악화되고 있으니 가능한 조치를 모두 취하려 하는 것뿐이라고 했다.

그로부터 일주일이 지난 2011년 5월 3일, 우리 집 자동응답기에 메시지 하나가 도착했다. 생체검사 예비 결과가 나왔으니 최대한 빨리 병원으로 오라는 것이었다. 부모님과 내가 병원에 도착했을 때는 진료가 끝나고 의료진도 모두 퇴근한 뒤였다. 근무 시간이 지났기에 진료실에는 희미한 불빛만 켜져 있었다. 잡지꽂이와 초록색 벽을 가로질러 짙은 그림자가 드리워졌다. 의사가 대기실로 나와서 우리 곁에 앉더니 딱 잘라 말했다. "생체검사 결과, 제가 어느 정도 예상했지만 믿고 싶지 않았던 병세가 밝혀졌습니다. 따님은 급성 골수성 백혈병leukemia 환자입니다." 의사는 그 병명을 천천히 발음했다. 마치 우리에게 새로운 단어를 가르쳐주려는 외국인 교사처럼.

그게 무슨 뜻인지 알 수 없었지만, 좋은 얘기가 아니라는 건 분명했다. 나는 부모님의 경악한 얼굴로부터 눈길을 돌렸다. 꼼짝하지 않고 앉은 채 머릿속으로 병명을 몇 번이고 곱씹어보았다. 루-케-미-아. 루-케-미-아. 아름답지만 독이 있는 이국적인 꽃 이름처럼 들리기도 했다.

"혈액과 골수를 침범하는 공격적인 암의 일종입니다." 의사가 흰 가운을 걸친 어깨를 축 늘어뜨리며 말했다. "바로 조치를 해야 합니다."

스물두 살에 암 진단을 받으면 어떤 조치가 필요하지?

쓰러져서 흐느껴야 하나?

기절하거나 비명을 질러야 할까?

그 순간 어떤 감정이 몸속에 솟구쳐 흘렀다. 전혀 예상치 못했고 지금 상황에 어울리지도 않는 감정, 바로 안도감이었다. 몇 달이나 오진 속에서 갈팡질팡한 끝에 마침내 나를 괴롭혀온 가려움, 구내염, 무력감의 원인을 밝혀낸 것이다. 나는 거짓 증상을 만들어내는 건강 염려증 환자가 아니었다. 내 피곤함은 지나친 유흥이나 현실에서의 부적응 때문이 아니라, 내가 또렷이 발음할 수 있는 구체적이고 확실한 질병의 결과였다.

그 뒤로 의사가 말한 내용들, 상황이 심각하니 당장 치료를 시작해야 한다는 말들은 그저 아련한 잡음처럼 귓가를 스쳤다. 의사가 메스를 들고 나를 내려다보며 내 인생을 난도질하고 내 자아를 두 갈래로 쪼개놓으려 한다는 느낌뿐이었다. 파리에 있던 술집 '동주앙'에서 마리아치 가수들의 노래에 맞춰 춤추며 친구들에게 환호와 휘파람을 끌어내는 나와, 매일 밤 문병객들이 돌아간 삭막한 병실에서 흐느껴 우는 나.

백혈병 진단은 내 삶을 돌이킬 수 없이 둘로 갈라놓았다. 그 이전과 이후의 삶으로.

추락

우리 가족은 좀처럼 슬픔을 밖으로 표출하지 않는다. 그날 밤 집으로 돌아온 뒤 어머니는 작업실에 들어가 문을 닫았다. 나는 침실에 틀어박혀 이불을 뒤집어쓴 채 태아처럼 몸을 말고 누웠다. 아버지는 집 근처 숲으로 산책을 나갔고 몇 시간 뒤 울어서 벌게진 눈으로 돌아왔다. 동생 애덤은 대학교 3학년이었고 아르헨티나로 유학을 가 있었다. 부모님과 나는 일단 애덤에겐 이 소식을 비밀로 하자고 합의했다. 치료를 받으면 병세가 호전될 수도 있으니까. 친구들은 내가 미국에 돌아왔다는 사실도 모르고 여전히 내 페이스북 페이지에 파리로 놀러 가도 되겠냐는 글을 남기고 있었다.

침대에 누워 있으니 문득 이 끔찍한 소식을 누군가에게 알리고 싶은 충동을 느꼈다. 입 밖에 대놓고 말한다면 실감이 날지도 몰랐다. 휴대전화를 들고 대학 시절 절친한 사이였던 제이크에게 전화를 걸었다. 윌에게 소식을 전할 적당한 표현을 찾기 전에 어느 정도 연습이 필요했다. 제이크라면 내 심정을 이해해주리라 확신했었는데, 나는 그전은 물론 이후로도 그렇게 빨리 전화를 끊어버리는 사람을 본 적이 없다. 그는 더 오래 얘기하고 싶지만 일정이 있다며 그날 밤에 다시 전화하겠다고 말했다. 그러나 몇 주가 넘도록 전화는 오지 않았다. 암이란 환자와 가까운 사람에게조차 불편한 화제라는 것을 처음으로 깨달은 순간이었다. 사람들은 뭐라고 말해야 할지 모를 때면 그냥 입을 다물기 마련이라는 것도.

이러다 남은 용기마저 사라져버릴 것 같아서 그냥 윌에게 전화를 걸었다. 우리는 막 관계를 시작한 사이였다. 나는 무엇을 기대했을까? 윌이 모든 걸 내팽개치고서 다시 미국으로 돌아올 거라고? 이곳 새러토가스프링스로 와서 아직 만나본 적도 없는 우리 부모님과 함께 살 거라고? 신호음이 울리는 동안 나는 숨을 깊이 들이마시며 각오를 다졌다. "생체검사 결과가 나왔어. 급성 골수성 백혈병인가 뭔가 하는 거래." 나는 쉰 목소리로 말했다. "이제 어떻게 될지 모르겠어. 네가 이런 상황을 예상하지 못했으리라는 건 알아."

나는 이야기를 이어나갔다. 이 병에 관해 파악한 얼마 되지 않는 것들과, 빠른 시일 안에 파리로 돌아가는 건 불가능하다는 사실을 전했다. 입원해서 화학요법 치료를 받기 전까지는 우리 집에, 내가 어린 시절을 보낸 이 방에 머물러야 했다. 한순간 침묵이 흘렀다. 아마도 2초, 아니 1초 정도였겠지만 내겐 마치 영원처럼 느껴졌다. 휴대전화를 통해 발소리와 찬장 문 닫히는 소리가 들려왔다. 파리는 아직 이른 아침이었고, 윌은 침대에서 일어나 헝클어진 머리로 커피잔을 손에 든 채 우리 아파트 안을 서성이고 있을 터였다. "오늘 첫 뉴욕행 비행기를 탈게." 윌이 말했다. "지금 바로 공항으로 갈 거야." 그의 말을 듣고 나는 흐느껴 울기 시작했다.

암이란 엄청난 화젯거리다. 내 병에 대한 소식은 24시간도 지나지 않아 덤불을 휩쓰는 불길처럼 우리 동네 전체로 퍼져나갔다. 우리 집 자동응답기에 메시지 포화 상태를 알리는 빨간 불빛이 깜박거렸다. 소문이 정말인지, 뭔가 도와줄 일은 없는지 묻는 이웃들. 10년 넘게 보지 못했지만 날 만나러 오고 싶다는 어린 시절 친구. 저녁에 먹을 칠리를 한 솥 끓여서 가지고 오겠다는 아버지의 직장 동료. 그리고 우리 가족에게 '캔서 구루cancer guru'를 방문해도 된다고 승인해준 이름 모를 남자의 메시지도 있었다. 우리는 방문 신청을 했다는 사실도 까맣게 잊고 있었지만 말이다.

우리가 '캔서 구루'와의 면담을 신청한 것은 백혈병 진단이 나오기 며칠 전의 일이었다. 어머니가 요가 강습에서 만난 사람의 말에 따르면 그 남자는 의학적으로 불가해한 증상도 귀신같이 파악한다고 했다. "어쩌면 그 사람이 널 좀 낫게 할 약이라도 줄지 몰라." 어머니의 말은 그럴싸하게 들렸다. 어머니는 나와 동생이 자라는 내내 패스트푸드, 청량음료, 설탕이 든 시리얼은 독이라고 가르쳤다. 몸이 안 좋아지면 건강식품 상점, 침술사, 한의사, 동종 요법에 의지했고, 일반 병원은 최후의 수단으로 여겼다. 어린 시절에는 건강에 대한 어머니의 집착이 창피했다. 어머니는 핼러윈에 찾아오는 아이들에게도 과자 대신 껍질을 벗기지 않은 땅콩, 사과, 연필을 주는 '이상한 아주머니'였으니까. 하지만 시간이 지나면서 나도 대체요법과 유기농에 대한 어머니의 집착을 받아들였고, 결국은 그 가치를 인정하게 됐다.

몇 시간 뒤 나는 어머니가 모는 차의 조수석에 앉아 있었다. 차창 밖으로 유년기의 추억들이 스쳐 지나갔다. 청소년 시절 길거리 공연을 하고 구깃구깃한 지폐 몇 장을 받았던 새러토가 시내 중심가, 첫 키스를 했던 중고 서점, 영어 한마디 할 줄 모르는 유치원생일 때 입학했던 초등학교. 2차선 국도를 45분쯤 달리자 나무가 우거진 시 외곽의 작은 이동주택 단지가 나왔다. 처음 와보는 곳이었다. 우리는 이동주택 두 대가 연결된 집 앞에 차를 세웠다. 잔디밭에는 장식물이 빼곡했다.

문을 두드리니 머리칼이 누르스름하고 두툼한 뱃살이 청바지 위로 축 늘어진 남자가 나왔다. 어머니는 곧바로 그에게 내 병명을 말했다. 내가 미처 재킷을 벗기도 전에 남자는 살찐 손으로 내 팔을 꽉 붙잡더니, 눅눅한 숨결이 내 뺨에 느껴질 정도로 가까이 몸을 기댔다. "일단 한 가지는 확실히 말해두겠는데," 남자가 내 눈을 뚫어지게 들여다보며 말했다. "일반적인 화학요법 치료를 받는다면 당신은 죽을 거요."

캔서 구루는 내 상태를 더 잘 파악하기 위해 근육 테스트를 해볼 거라고 설명했다. 그러고는 내 혀에 온갖 꽃 추출물을 한 방울씩 떨어뜨리고 그에 따른 내 몸의 반응 정도를 확인했다. 이후 한 시간 동안 나는 이동주택 거실에 허수아비처럼 멀거니 서 있어야 했다. 그는 내게 양팔을 뻗게 한 뒤 이곳저곳 눌러댔고, 작은 유리병 수백 개를 만지작거렸고, 종잇장에 알 수 없는 말을 끼적였다. 나는 어머니와 당혹스러운 눈빛을 주고받았다.

"이젠 앉아도 돼요." 캔서 구루가 마침내 말했다. 나는 소파로 가서 어머니 옆에 푹 주저앉았다. 우리 둘 다 빨리 면담이 끝나기만을 기다리고 있었다. 하지만 그의 진단은 이제부터가 시작이었다. "좋은 소식과 나쁜 소식이 하나씩 있어요." 남자가 어머니에게 말을 건넸다. "나쁜 소식은 당신 딸이 정말로 백혈병 환자라는 겁니다." 그는 마치 지금까지 그 진단에 의문을 가질 이유라도 있었던 것처럼 근엄하게 말했다. "좋은 소식은 내가 당신 딸을 치유할 수 있다는 거고요."

그때부터 캔서 구루의 장광설이 시작되었다. 그는 코카인에 찌든 광신도 전도사처럼 두 발을 굴러대고 양손을 휘두르며 자신의 말을 강조했다. 그의 충고를 무시하고 치료를 받으러 입원했던 암 환자들의 이야기가 한 시간 반이 넘도록 이어졌다. "그중 아무도 병원을 떠나지 못했어!" 그는 우레 같은 소리로 외쳤다. "고통에 시달리며 죽어갔지. 화학요법은 죽음을 불러오는 것이니까! 당신도 그런 일을 겪고 싶어요? 그런 거요?"

어머니와 내가 이 남자의 헛소리를 중단시켰다고 말할 수 있다면 얼마나 좋을까. 그놈의 꽃 추출물 유리병 따위는 내다 버리라고 외쳤다고 할 수 있다면. 하지만 인간이란 목숨이 위태로워지면 머릿속이 뒤숭숭하고 혀가 풀리기 마련이다. 그가 자기 이론을 떠들어대는 동안 어머니와 나는 한마디도 못하고 얼룩진 페이즐리 무늬 쿠션이 놓인 소파에 처박혀 있었다. 그가 우리를 이동주택 앞쪽의 작은 부엌으로 몰아넣고 씻지도 않은 손으로 내 피를 뽑으려 했을 때 마침내 어머니는 주먹으로 식탁을 쾅 치며 떨리는 목소리로 말했다. "그만 가봐야겠네요." 우리는 외투를 챙겨 입고 그곳을 떠났지만, 그전에 남자가 억지로 떠넘긴 200달러어치의 비타민제와 알로에 주스 몇 리터를 구입해야 했다.

집으로 돌아오는 내내 우리는 망연자실하여 말없이 앉아 있었다. "세상에, 네게 그런 일을 겪게 하다니." 마침내 어머니가 입을 열었다. "세상 최악의 엄마가 된 기분이야. 미안하다. 정말 미안해…."

나중에는 나도 그 사건을(암 투병이라는 초현실적 여정에서 겪은 다른 여러 사건과 마찬가지로) 일종의 블랙코미디로 회상하게 되었지만, 그 순간에 내가 느낀 것은 무거운 책임감이었다. 의사가 백혈병 진단을 내린 지 겨우 마흔여덟 시간이 지났을 뿐이었지만, 이미 그 병명은 우리 가족의 삶을 좌초시키고 모두를 까마득한 함정 속의 낯설고 혼란스러운 세계로 떨어뜨렸다.

그래서 나는 어머니가 말을 잇기 전에 얼른 끼어들었다. "내 잘못이에요. 애초에 이런 상황에 처한 건 나 때문이니까요."

안전한 우리 집의 내 침실로 돌아온 나는 취재 기자로 변신했다. 20분간 맹렬히 인터넷을 뒤진 끝에, '캔서 구루'는 사실 그의 주장처럼 노련한 운동 요법사가 아니라 수의사임을 알아냈다. 그는 10년 전 동물이 아닌 인간에게 무면허 의료행위를 했던 혐의로 71건의 기소를 당해 법정에 소환된 적이 있었다. 그가 불결한 주사바늘로 환자의 몸에 소변을 주입했다고 상세히 서술한 기소장도 발견했다. 그보다 앞선 1995년에는 환자에게 하루에 11리터의 물을 마시고 영양제 100알을 먹으라고 조언하여 유죄 선고를 받은 적이 있었다. 그의 조언을 따랐던 여성은 병원에 입원해야 했다.

나는 앞으로 내 병에 관해 최대한 자세히 알아보기로 다짐했다. 학술지를 탐독하고, 면담할 전문가 명단을 만들고, 인터넷을 속속들이 뒤져 정보를 긁어모을 것이었다. 내 몸에 일어나고 있는 일을 통제할 방법을 찾아야 했다. 병에 관해 많이 알수록 생존 가능성도 높아질 것 같았다. '아는 것이 힘'이라고 하지 않는가? 하지만 몇 시간 넘게 병을 파고들수록 오히려 힘이 빠지는 기분이었다. 통계 자료들을 보니 온몸에 소름이 돋았다. 나와 같은 종류의 백혈병 환자가 확진 5년 뒤까지 생존할 확률이 25퍼센트라는 통계를 보자 더욱 한기가 느껴졌다. 부모님도 이 사실을 알고 있는지 궁금했다. 부디 모르기를 바랐다.

병명을 알게 된 지 마흔여덟 시간 뒤, 나는 침실 창문 커튼 너머로 차 한 대가 멈춰 서는 것을 보고 있었다. 자갈 깔린 진입로 위에서 타이어가 요란한 소리를 냈다. 윌이 도착했다. 파리에서 이곳까지 와준 것이다. 윌은 잠시 길가에 서 있었다. 무성한 잎이 달린 가로수가 늘어선 보도를, 초록색 덧문이 달린 빅토리아풍의 하얀 집을 바라보았다. 어머니가 오후마다 돌보는 라일락 덤불, 수선화, 금낭화가 정원을 둘러싸고 있었다. 한순간 나는 윌이 우리 부모님을 처음으로 만나게 된다는 것과 며칠 뒤에 화학요법 치료를 시작해야 한다는 것 중 어느 쪽이 더 긴장되는 일인지 알 수가 없었다. 아버지는 지금까지 내가 사귀었던 남자들에게 예외 없이 냉정한 태도를 취했다. 아니, 그들의 존재를 거의 알아채지도 못했다고 말하는 편이 더 정확할 것이다. 하지만 이번엔 달랐다. 윌을 만나자 아버지는 그와 악수하며 와줘서 고맙다고 거듭 인사했다. "자네를 보니 정말 기쁘네."

남자친구가 집에 묵을 때 부모님이 서재에 따로 잠자리를 마련하지 않은 것도 이번이 처음이었다. 아무래도 이제는 모두에게 체면 따위보다 더 큰 걱정거리가 생겼기 때문일 것이다. 윌과 내가 침대에 눕자 습하고 무더운 밤공기가 축축한 모직 담요처럼 우리를 짓눌렀다. 내가 유년기를 보낸 침실에서, 분홍빛 벽에 덕지덕지 붙어있는 포스터를 배경으로 우리는 사랑을 나누었다. 옆방에 있는 부모님을 깨우지 않으려고 조심하면서. 섹스가 끝나자 윌이 흐느끼기 시작했다. “앞으로 힘든 일이 아주 많을 거야.” 그가 말했다. “우리 사랑을 상자에 넣어 소중히 간직해야 해. 우리가 가진 모든 것을 걸고라도 이 관계를 지켜야 해.”

불량품

재능 있는 클래식 피아니스트였던 어머니는 내게 처음으로 음계를 가르쳐준 사람이다. 어머니는 내가 유치원생이 되자 피아노 강습을 받게 했다. 하지만 내가 스스로 음악을 공부하겠다고 마음먹은 것은 4학년이 되어서였다. 레이크애비뉴 초등학교의 음악 교사였던 맥나마라 선생님이 교실 앞쪽에 현악기 여남은 개를 죽 늘어놓고 이렇게 말했던 것이다. "자, 다들 나와서 맘에 드는 악기를 고르렴."

내가 직접 악기를 선택할 수 있다는 말은 놀라운 계시와도 같았다. 바이올린과 첼로가 가장 인기를 끌었지만, 나는 칠판에 기대 맨 끝에 놓여 있던 커다란 더블베이스에 이끌렸다. 당시의 나는 물론 우리 반에서 가장 큰 아이였던 리처드 색스턴보다도 더 큰 악기였다. 게다가 선생님 말에 따르면 그분이 기억하는 한 더블베이스에 관심을 보인 여학생은 내가 처음이라고 했다. 그 악기의 중량감, 매끄럽게 다듬어진 나무 몸통, 하늘로 길게 뻗어 끝이 돌돌 말린 목에 나는 매혹되었다. 애벌레만큼 굵직한 더블베이스 현을 튕기자 f 자 모양의 구멍에서 나직하고 그윽하며 둔중한 소리가 흘러나왔다. 발음하기 어려운 이름과 이민자 부모님을 가진 나는 학교에서 항상 겉돈다고 느꼈는데, 어찌 보면 더블베이스도 오케스트라의 국외자 같다는 생각이 들었다. 그날 오후 더블베이스를 우리 집으로 가져와서 '찰리 브라운'이라는 이름을 붙여주었다. 더블베이스 연주자가 되고 싶었다. "그래, 좋아. 하지만 피아노 강습은 계속 받아야 해." 어머니가 말했다.

열여섯 살에는 뉴욕 줄리아드 음악학교의 예비대학 과정 장학금을 받게 되었다. 그 뒤로 2년 동안 매주 토요일 새벽 4시에 일어났다. 차로 45분 걸리는 올바니까지 아버지가 데려다주면, 거기서부터 세 시간 동안 암트랙 기차를 타고 뉴욕 시내로 갔다. 9시에 시작하는 음악 이론 수업에 참여하기 위해서였다. 지각할 뻔한 적도 종종 있었다. 오케스트라 리허설, 마스터클래스, 오디션 등으로 하루를 분주하게 보내고 나면 더블베이스를 끌고 M66 버스에 올라 뉴욕 시내를 가로질렀다. 어퍼이스트사이드에 있는 친구 캐럴라인의 집에서 하룻밤 묵고, 일요일 아침이면 우리 집으로 돌아가는 기차를 탔다. 나는 어디를 가든 더블베이스를 가지고 다녔다. 이는 당연히 사람들의 시선을 끌었고, 때로 낯선 남자가 거들어주겠다며 달갑잖은 손길을 내밀기도 했다. 더블베이스를 끌고 지하철과 버스를 타거나 맨해튼 길가를 걷는 것은 고된 일이었고, 불편한 구두를 즐겨 신는 십 대 소녀에겐 더욱 그랬다. 나름의 장점도 있었다. 어딘가로 연주하러 갈 때면 더블베이스를 들고 움직이는 것만으로 이미 충분히 워밍업을 한 기분이었으니까.

이후 6년이 지나 나는 백혈병 진단을 받았고, 이번에도 왕복 네 시간 걸리는 시내를 오가며 십 대 시절 묵었던 친구 집에서 신세를 지게 되었다. 하지만 이번에는 연주를 위해서가 아닌 새로운 담당 의료진을 만나러 가기 위해서였다. 내 병이 너무 많이 진행된 상태라 새러토가의 병원에서 맨해튼의 암센터로 치료를 이전했기 때문이다.

캐럴라인의 아버지는 두 번이나 암을 이겨낸 분이었고, 내 병에 대해 듣자 바로 우리 부모님에게 돕고 싶다며 전화를 걸어왔다. 그리고 뉴욕에서 가장 유명한 암 전문의를 소개해주었을 뿐만 아니라 필요한 만큼 얼마든지 자기네 집에 머무르라고 강권했다. 이 모두가 엄청난 특권이라는 걸 나는 얼마 지나지 않아서 깨달았다. 내가 아버지의 피부양자로 가입되어 있던 건강보험, 이미 산더미처럼 쌓인 의료비를 지불하는 데 보탬이 된 법률회사의 상병 수당, 자신의 집과 인맥을 제공해준 친구들이 없었다면 우리 가족은 파산했을 테고 나도 분명 살아남을 수 없었으리라.

마운트시나이의 암 병동은 베이지색 물건들로 가득했다. 카펫, 벽, 비닐을 씌운 의자까지 모든 게 베이지색이었다. 대기실은 환자들로 북적였다. 그중 상당수는 민머리였고 휠체어를 탔거나 보행기를 짚고 걷는 사람들도 있었다. 그날은 초진이라 부모님과 윌도 함께 가주었다. 대기실에 앉아 있으니 문득 그곳에서 내가 가장 젊다는 걸 깨닫지 않을 수 없었다. 다른 환자들보다 대충 수십 살은 젊은 듯했다. 접수처 옆에는 세심하게도 공짜 아이스크림 냉장고가 비치되어 있었다. 딸기맛 아이스바를 꺼내 물자 욱신거리던 대여섯 군데의 구내염이 가라앉는 듯했다. 대기실 한구석에는 음소거된 텔레비전이 켜져 있었다. 화면에 왠지 낯익은 얼굴이 보였다. 풍만한 금발 여성이 민트로 장식한 수박 페타 치즈 샐러드 요리법을 보여주고 있었다. 아. 맞아. 나보다 한 학년 위의 대학 선배였다. 이제는 주간 요리 프로그램 진행자가 된 모양이었다. 앞치

마 아래로 둥그렇게 나온 배를 보니 임신을 한 듯했다. 희한하다고 느껴졌다. 내 또래 사람들은 바깥세상에서 경력을 쌓고 아기를 낳고 세계를 여행하며 청년기의 이정표를 차근차근 통과해가는데, 나는 이 우울한 대기실에 앉아 있어야 한다니.

우리는 거의 두 시간을 기다린 뒤에야 무균실로 안내받을 수 있었다. 흰 가운에 푸른 실크 넥타이를 맨 의사가 우리를 맞았다. "홀랜드 박사라고 합니다." 그가 상냥한 웃음을 지으며 말했다. 말끔히 빗은 흰머리에 눈썹이 짙고 코가 우뚝한 노인이었다. 나이 때문에 등은 구부정했지만 위엄 있는 분위기를 풍겼다. "첫 번째 규칙. 악수는 절대 금물입니다." 그는 내가 내민 손을 보며 엄격하게 지시했다. "혈구 수치가 낮다는 건 세균에 극히 취약하다는 뜻입니다. 이제부터는 최대한 조심해야 합니다."

홀랜드 박사는 마운트시나이의 종양 분과 총책임자였다. 화학요법의 개척자로 여겨졌으며 무수한 암 환자의 목숨을 구한 선구적 치료를 개발한 사람이었다. 그가 의대를 졸업한 1950년대에 백혈병은 여전히 사형 선고와 같은 의미였다. 박사와 그의 조수들은 동료들에게 '암 연구의 무법자들'이라고 불렸는데, 화학요법 약물을 하나씩 써보는 대신 한꺼번에 쓰는 방식으로 난치병 치료를 시도했기 때문이다. 박사가 백혈병 완치를 목표로 진행한 임상실험은 성공적이었고 이후 나 같은 환자에게 쓰이는 표준 치료법이 되었다. 박사는 이제 팔십 대 후반에 이르렀음에도 여전히 주 5일 근무를 하며 환자를 진료하고 연구를 지휘했다. 두꺼운 금속 테 돋보기안경을 쓴 그의 커다란 눈이 우리 일행을 예리하게 훑었다. "환자 부모님이시군요." 박사가 우리 부모님에게 고개를 끄덕이며 말하더니, 이번엔 윌을 돌아보았다. "그럼 이쪽은?"

"애인입니다." 윌이 대답했다.

"좋아요. 다 함께 찾아왔다니 잘됐네요." 박사가 말을 이었다. "술라이커에게는 여러분의 도움이 필요합니다. 아주 절실하게요. 그리고 환자에게 도움이 되려면 여러분도 몸조심하고 건강에 유의해야 해요."

이후로 반 시간 동안 박사는 앞으로의 계획을 설명했고, 어머니는 그의 말을 열심히 받아 적었다. "환자는 내일이나 모레부터 약 3주 동안 입원하여 강력한 화학요법 치료를 받을 겁니다. 목표는 최대한 많은 백혈병 세포를 제거하는 겁니다. 의학 용어로는 '모세포'라고 하지요. 크고, 미숙하고, 빠르게 증식하는 이 괴물들의 존재는 환자의 골수에 암이 있다는 것을 의미합니다. 소위 '7+3'이라고 하는 화학요법을 쓸 텐데, 두 가지 강력한 정맥주사 약물인 사이타라빈과 다우노루비신을 일주일간 투여하는 거죠." 낯선 용어가 쏟아져 나오자 나는 어리둥절해졌다. 고등학생 때 과학 강의를 좀 더 열심히 들을 걸 그랬다는 생각이 들었다. "모든 게 잘 풀린다면, 환자는 눈 깜짝할 사이에 회복된 상태로 귀가해서 남은 여름을 즐길 수 있을 겁니다." 박사의 어조는 낙관적이었지만 한편으론 조심스러웠다. 내가 회복될 수 있다는 보장은 없었다.

박사는 내게 진찰대에 누우라고 했다. 내 구내염을 들여다보더니 혀를 차며 더 강한 진통제를 처방해주겠다고 했다. 그런 다음 청진기로 심장과 폐 상태를 확인하고 홀쭉한 복부를 촉진했다. 검사가 반쯤 끝났을 때 갑자기 다른 의사 둘이 들어왔다. 잿빛 콧수염을 기른 중년 남자와 달랑거리는 긴 에메랄드 귀걸이를 한 젊은 여자였다. "방해해서 죄송합니다. 생체검사 결과가 전부 나왔는데 지금 당장 확인하셔야 할 것 같아서요." 세 의사는 우리만 남겨두고 허둥지둥 무균실에서 나갔다. 윌과 부모님, 그리고 나는 걱정스러운 눈빛만 주고받으며 말없이 앉아 있었다.

의사들은 몇 분 뒤 돌아왔다. 홀랜드 박사는 입을 일자로 꽉 앙다물고 심각한 표정을 짓고 있었다. 그는 추가 검사를 통해 내 병이 예상보다 훨씬 복잡하다는 것을 알아냈다고 했다. 내게 '골수 이형성 증후군' 혹은 '전前백혈병'이라는 희귀한 골수 질환이 있음을 새롭게 밝혀낸 것이다. 내가 그 병에 걸린 지는 꽤 오래되었을 거라고 했다. 지난해 겪었던 느리지만 끈덕진 증상들, 가려움과 탈진과 빈혈과 숨 가쁨과 잦은 감기 등은 모두 전백혈병 때문이었다. 그러다 상태가 점점 심각해지면서 완전한 백혈병으로 진행된 것이다. 골수 이형성 증후군은 보통 예순 살 이상의 노인이 걸리는 병이었다. 정확한 발병 원인은 밝혀지지 않았지만 벤젠이나 살충제, 납 같은 중금속에 노출된 후 발생하는 것으로 알려져있다고 했다.

"네가 아기였을 때 널 아기 띠로 가슴에 안고 작업실에서 그림을 그렸어." 어머니가 죄의식에 굳어진 얼굴로 말했다. "얘가 그때 페인트 냄새를 맡아서 이렇게 된 걸까요?"

"누구의 잘못도 아닙니다." 의사가 상냥하게 대답했다. "이런 일은 그냥 일어나는 거예요. 원인은 아무도 모릅니다. 탓하지 마세요."

그때까지 내가 골수에 관해 알았던 것이라곤 구운 바게트 조각을 곁들이는 프랑스의 소 골수 요리 '뵈프알라무알bœuf à la moelle' 정도였다. 의사의 설명에 따르면 골수는 인체의 핵심이 되는 기관이자 거의 모든 뼈를 채우고 있는, 살아 있는 해면체 조직이었다. 건강한 사람의 골수는 그 사람에게 필요한 모든 혈액 세포를 생성할 수 있다. 감염을 막아내는 백혈구, 혈액에 산소를 공급하는 적혈구, 출혈이 멈추게 하는 혈소판까지. 하지만 골수 이형성증후군 환자의 경우 그 과정에 문제가 생긴다. 혈액 세포가 정상적으로 생성되지 않고 골수 안에서 죽거나 혹은 혈관에 들어가자마자 죽어버리는 것이다. 나 같은 경우 설사 강력한 화학요법을 쓴다고 해도 '골수부전' 상태에 빠질 확률이 높다고 했다. 내가 이해할 수 없는 또 하나의 모호한 용어였다. '다수 염색체 이상', '7번 염색체 결실', '나쁜 예후' 등 의사가 언급한 다른 용어들처럼.

이 모든 이야기의 결론은 내가 화학요법 치료뿐만 아니라 골수 이식 수술도 받아야 한다는 것이었다. 위험하고 복잡하고 사망 가능성도 큰 수술이지만, 완치되려면 그 방법밖에 없다는 설명이었다. 하지만 수술을 받는 것도 화학요법 치료를 마친 뒤 골수 내의 백혈병 모세포 비율이 5퍼센트 이하로 떨어져야만 가능하다고 했다. 물론 내게 적합한 골수 세포 기증자도 찾아야 했다. 기증자를 찾지 못한다면 내가 완치될 가능성은 지극히 낮거나 아예 없었다. 소수인종의 경우 조혈모세포은행에 등록된 기증자 중 같은 인종을 찾는 게 어렵기 때문에 적합한 기증자를 찾기가 유독 힘들다. 나처럼 인종적 배경이 복잡한 이민자 자녀에게는 무시무시할 정도로 희박한 가능성이었다.

스위스계 튀니지인이라는 까다로운 조건의 기증자를 찾아내려면 전 세계를 뒤져야 할 테고 이식 절차도 지연될 수밖에 없었다. 아르헨티나 유학 중인 내 동생에게 골수를 이식받는 것이 최선의 시나리오였다. 그러려면 동생이 당장 뉴욕행 비행기를 타고 와서 기증자 적합 여부를 검사받아야 했다. 의사는 너무 큰 희망은 갖지 말라고 했다. 형제자매가 기증자로 적합한 경우가 비교적 많긴 하지만 그래봤자 25퍼센트 정도라고 말이다. 병명을 확인하기만 하면 몇 달을 이어온 불안도 끝날 줄 알았는데, 착각이었다. 나 같은 환자에게 의학이란 모호하고 미묘하여 과학보다는 오히려 예술에 가깝게 느껴졌다.

홀랜드 박사가 한숨을 쉬었다. 갑자기 힘이 쏙 빠진 기색이었다. "길고 어려운 과정이 될 겁니다. 백혈병 치료에는 젊은 의사가 필요해요. 게다가 당신 같은 경우는 나 혼자 감당하기 어렵습니다. 네바다 박사와 실버먼 박사가 나를 도와 당신을 치료할 겁니다." 그가 동료들을 손짓해 부르며 말했다. "우리 셋이 한 팀이 되어 당신이 최상의 치료를 받을 수 있게 할게요. 당신이 완치될 수 있도록 최대한 노력하겠다고 약속하지요."

그날 밤 늦게까지 나는 잠들지 못하고 어둠 속에 누워 있었다. 새벽 세 시였다. 윌이 내 곁에 누워 나직이 코를 골고 있었다. 나는 노트북 컴퓨터를 켜고 골수이식 수술과 며칠 뒤부터 시작될 화학요법 치료 과정을 읽어보았다. 부작용 목록을 훑어보는데 구역질, 탈모, 심장 손상, 장기 부전 사이에 적힌 다른 항목이 눈에 들어왔다. 지금까지 접한 나쁜 소식 중에서도 가장 당혹스러운 내용이었다. 항암 치료를 받으면 살아남더라도 불임이 될 확률이 높다고 했다. 백혈병 진단을 받은 뒤로 느낀 안도감, 경악, 혼란, 공포에 이어 이제는 또 다른 감정이 엄습해왔다. 한 존재로서 원초적 권리를 빼앗긴다는 절망 같은 것이었다.

암은 비상사태이며 암 전문의는 그 사태에 최초로 대응하는 사람이다. 이들은 암의 퇴치를 다른 어떤 문제보다 우선시하며, 또 그렇게 훈련받는다. 그래서인지 하지만 내 치료 계획을 짜는 동안 담당 의료진 중 아무도 불임이라는 부작용의 가능성을 언급하지 않았다. 내가 다음날 진료 시간에 불임 문제를 언급하고 나서야 그들은 내게 가능한 선택지를 설명해주었다. 나는 난자나 수정란을 냉동하는 생식력 보존 절차를 밟을 수 있었다. 하지만 난자나 수정란을 채취하려면 월경주기에 따라 앞으로 몇 주가 걸릴 수도 있고, 그러면 화학요법 치료도 연기해야 하는데 지금 내 상태로는 너무 위험하다고 했다. 하지만 결국 그것도 내가 선택할 문제였다.

나는 그들의 도움을 감사하게 여겼지만, 그토록 중요한 문제를 사전에 알려주지 않았다는 건 환자와 의사의 신뢰를 처음부터 훼손하는 배신 행위라고 느꼈다. 나와 같은 종류의 백혈병 환자들은 가임 연령을 훌쩍 넘긴 분들이 많았다. 담당 의료진은 환자의 목숨을 구하는 데 집중하다 보니 내가 엄마가 될 기회를 보존하는 문제까지는 미처 생각하지 못한 것이리라. 담당 의사들이 아무리 우수하고 열정적이라 해도 나는 주도적으로 나서서 나를 변호할 수 있어야 한다. 이 일은 내가 이 사실을 깨닫게 된 최초의 계기였다.

나는 스물두 살이었고, 모성에 관해 내가 가진 생각이라고는 의도치 않게 임신하는 일은 없어야 한다는 정도였다. 대학 시절 몇 번 임신 테스트기를 써본 적도 있었고, 기숙사 방 변기에 앉아 테스트기에 두 줄이 아닌 한 줄이 뜨는 걸 보고 크게 안도했던 기억이 생생했다. 그러나 이젠 영원히 아이를 갖지 못할 수 있다고 생각하니 슬픔에 목이 메였다. 사실 좀 더 나이가 들고 임신을 하게 된다면 우리 어머니와 같은 방식이기를 내심 바랐다. 자연스럽게, 무계획적으로, 하지만 놀랍고도 반가운 소식으로 받아들일 수 있기를. 그런 건 이제 불가능했다.

의료진과의 면담 이후 부모님과 윌을 만나서 근처 식당으로 점심을 먹으러 갔다. 길가 어디를 보든 임신부들이 넘쳐나는 것만 같았다. 갓난아이를 유아차에 태워 밀고 다니는 젊은 어머니들, 방과 후 귀가하며 폴짝폴짝 뛰거나 노래를 부르는 교복 차림의 어린아이들. 그들을 보고 있으니 내 안에서 갈망의 파도가, 어떤 본능이 솟구쳐 올랐다. 확실히 아이를 갖고 싶다고 생각하진 않았지만, 미래의 내게 가능성은 남겨주고 싶었다. 최대한 노력해보고 싶었다.

우리 집 승합차는 59번가와 요크가의 교차점에 세워져 있었다. 윌이 내 배꼽을 알코올로 소독하고 주사바늘을 찔러 넣었다. 앞자리에는 부모님이 앉아 있었다. 두 분은 겨우 2주 조금 넘게 봐온 젊은 남자를 말없이 지켜보았다. 주사에는 배란 촉진 호르몬인 고나도트로핀이 들어 있었다. 난임 병원 간호사는 흰 쿠션에 바늘을 찔러 보이며 윌과 내게 주사 놓는 방법을 가르쳐주었다. 하지만 나는 바늘 공포증이 있기 때문에, 지난 열흘간 아침저녁으로 내게 호르몬 주사를 놓은 것은 윌과 어머니였다. 두 사람은 내 복부 살갗을 살짝 집어서 약병에 든 호르몬을 주입했다. 그리고 새러토가에서 맨해튼에 막 도착한 지금은 윌의 차례였다.

교통 정체가 심했다. 난임 병원에서 마지막 진료를 받는 날이었지만, 우리는 이미 예약 시간에 늦은 상황이었다. 차 안에 긴장된 분위기가 흘렀다. 나는 인공수정 절차가 끝나는 즉시 입원해 화학요법 치료를 시작해야 했고, 그러면 앞으로 몇 주는 집에 갈 수 없었다. 전날 저녁, 내가 집 뒷마당의 테이블 앞에 앉아 있는 동안 아버지는 매콤한 하리사 양념을 한 오징어를 그릴에 구웠다. 아버지가 어린 시절 가장 좋아한 요리였다. 어머니는 촛불을 켰고 윌은 식탁을 차렸다. 나는 며칠 남지 않은 자유 시간을 즐기고 싶었지만 배란 촉진제 때문에 신경이 곤두서 있었다. 호르몬 주사를 맞으면 우울해지고 속이 더부룩해졌다. 내가 입은 청바지가 멍든 배를 꽉 조여 왔다. 나는 식탁 맞은편에 앉은 윌을 바라보았다. 윌은 나와 겨우 반년을 함께한 사이였지만, 이제는 우리 부모님과 나란히 앉아 난자 냉동과 수정란 냉동의 장단점을 따지고 있었다. 아무리 객관적으로 생각해도 민망한 화제였다.

"나는 내 목숨을 걸고 화학요법 치료를 미룬 거예요." 내가 말했다. "이 문제를 위해 최대한 노력하기로 결심했으니까, 아무래도 수정란으로 가야겠어요. 그쪽이 성공률이 훨씬 높다니까요."

"하지만 수정란을 만들려면······ 정자가 필요하잖니." 어머니는 '정자'를 강한 스위스식 프랑스 억양으로 발음했다.

"기증자를 찾을까 해요. 정자은행 같은 데서요."

"정말? 기증자가 누군지도 알 수 없잖아. 어떤 사람인지, 어디 출신인지, 가족 병력은 어떤지······."

"나도 이젠 불량품이 됐는데요 뭐." 내가 대꾸했다. 그 말은 의도했던 것보다 훨씬 더 사납게 튀어나왔다. 어머니는 금방이라도 울음을 터뜨릴 것 같았다. 아버지는 오징어만 뚫어지게 쳐다보고 있었다. 우리의 대화는 이미 한참 전부터 아버지에게 불편한 영역에 들어와 있었다.

윌이 나를 바라보며 말했다. “내가 정자를 기증할 수 있어. 이 일이 네게 얼마나 중요한지 아니까. 하지만 물론 네 결정대로 따를게.”

그 순간 나는 윌에게 깊은 사랑을 느꼈다. 이 세상 그 누구도 이만큼 사랑할 수 있으리라고 상상할 수 없을 정도로. 내 평생 최악의 일주일이었던 이 시기에 나를 위해 여기까지 달려온, 처음부터 우리 부모님과 잘 지냈고 끔찍한 상황에서도 항상 어떻게든 날 웃게 하는 그를 사랑했다. 난자와 정자와 수정란이라는 이 난감한 문제, 미래의 내 아이들—어쩌면 우리 아이들—을 세상에 내보내는 문제에도 기꺼이 나서준 그가 사랑스러웠다. 우리 아버지 앞에서도 주눅들거나 달아나지 않고 모든 걸 대놓고 얘기할 수 있는 사람이었기에 더욱 그랬다.

난임 병원 안의 벽은 ‘아동 출입 금지’라는 안내판만 걸린 채 텅 비어 있었다. 홀로 오거나 배우자와 함께 온 여자들 여럿이 플러시 천 의자에 앉아서 자기 이름이 불리기를 기다리고 있었다. 아마도 대부분은 이곳에 오기 위해 거액을 지불했으리라. 난자 채취 및 보관 비용은 2만 5000달러를 훌쩍 넘기 일쑤였고 보험 적용도 어려웠다. 나는 담당 의료진이 ‘퍼타일 호프Fertile Hope’라는 단체의 기금으로 비용을 지불할 수 있게 처리해주었다.

일반 병원에서는 대체로 내 옆의 환자가 그곳에 온 이유를 알기 어렵지만, 난임 병원에 온 사람들은 모두 목적이 같았다. 대기실에는 긴장된 분위기가 흘렀고 다들 입을 꾹 다물고 서로를 평가

하듯 쳐다보고 있었다. 여자들은 대부분 삼십 대 중반쯤 되어 보였고 사십 대도 몇 있는 것 같았다. 옷차림으로 보건대 진료가 끝나면 직장으로 돌아가야 하는 모양이었다. '2010년 졸업반'이라고 적힌 대학교 후드 티셔츠를 입고 부모님과 남자친구랑 나란히 거기 앉아 있으니 너무도 어울리지 않는 곳에 온 기분이었다.

간호사가 내 이름을 부르고 진료실로 안내했다. 피를 뽑고 에스트로겐 농도를 확인한 뒤 사과주스 한 잔을 주었고, 옷을 벗고면 가운으로 갈아입으라고 했다. 진찰대에 누워 양발을 금속 등자에 끼워 넣자 몸 아래 깔린 얇은 종이가 바스락거렸다. 난임 전문의는 머리를 검게 염색한 남자였는데, 질초음파기에 커다란 고무 콘돔을 씌우는 중이었다. 콘돔에서 슈욱 공기가 빠지며 초음파기에 착 달라붙는 소리를 듣자 몸서리가 났다. 초음파기가 다리 사이를 파고들어오자 나는 두 눈을 꼭 감았다. 의사는 모니터를 켜고 내 난소 쪽을 더듬어가다가 마침내 난포를 찾아냈다. 난자가 성숙하는 장소이자 액체로 가득한 주머니인 난포는 모니터에서 마치 벌집처럼 보였다. "축하합니다. 난자가 충분히 성숙해져서 채취할 수 있겠네요." 의사가 모니터를 보며 고개를 끄덕였다. "수정란을 만들지, 아니면 난자만 냉동할지 결정했나요?"

"지금으로서는 수정란 쪽을 생각하고 있어요. 애인이 정자를 기증하겠다고 했거든요."

"알겠습니다." 의사가 무덤덤하게 대답했다. "그렇다면 두 분이 함께 사회복지사와 면담을 해보는 게 좋겠네요. 그런 다음 필요한 서류를 작성하도록 하지요."

내 난자, 혹은 윌과 내가 붙인 별명에 따르면 '아기 덩어리'는 다음날 수술을 통해 채취될 예정이었다. 전신 마취를 해야 하지만 수술은 반 시간 이상 걸리지 않을 것이며 통증도 거의 없다는 것이 의사의 설명이었다. 그러고 나면 난자와 정자를 함께 배양접시에 넣어 수정시킨 다음 냉동은행에 보관한다고 했다.

몇 분 뒤 사회복지사가 윌과 나를 집무실로 불러들였다. 사회복지사는 수정란 냉동을 극구 만류하면서 지금은 예측할 수 없지만 나중에 일어날 수도 있는 법적, 감정적 문제들을 열거했다. '만난 지 얼마 되지도 않았다면서 어떻게 함께 아기를 가질 생각을 했죠? 두 사람이 헤어지면 어쩌려고요? 만약 당신이 살아남지 못한다면 수정란은 누구의 소유가 될지 생각해봤나요?' 반론을 제기하고 싶었지만 한마디도 할 수 없었다. 윌은 고개를 숙이고 말없이 앉아 있었다. 최후의 순간까지 결정을 미루었으나, 이제 난임 전문의가 돌아와 내 대답을 기다리고 있었다. 나 역시 나름대로 온갖 의문에 쫓기고 있었다. 난 어떻게 그토록 짧은 시간 만에 그런 결정을 한 걸까? 윌과 함께하는 미래에 대한 희망과 내가 살아남을지 확신할 수 없는 현실 중에 어느 쪽을 바라보아야 할까? 사랑의 달콤함인가, 차갑고 준엄한 이성인가? 시간이 흐르고 있었다. 어느 쪽이든 대답을 해야 했다. 여전히 확신은 서지 않았다. 나는 결국 난자만 냉동하겠다고 대답했다.

그 무렵 일어난 다른 일들과 마찬가지로, 이 모든 일의 순서가 완전히 뒤바뀐 듯 느껴졌다. 하지만 그것이 나의 새로운 현실이었다. 내가 아는 한 대기실의 다른 여자들은 암 환자가 아니었지만, 나 역시 그들과 다를 바 없었다. 내 가슴도 그들의 가슴처럼 호르몬 주사로 인해 부드럽게 부풀어 있었다. 우리의 몸은 임신할 준비가 되었다는 신호를 보내고 있었지만, 정말 임신할 수 있을지는 우리 중 아무도 몰랐다. 나는 빠른 시일 내에 아기를 가질 계획이 없었다. 그러나 가능성을 남겨두는 것만이 불확실한 미래에 던질 수 있는 유일한 구명줄처럼 느껴졌다.

버블 걸

완벽한 봄날 아침이었다. 맨해튼 어퍼이스트사이드의 하늘은 맑고 새파랬다. 우리는 승합차를 주차하고 마운트시나이까지 열 블록을 걸어갔다. 5번가를 따라 죽 늘어선 제복 차림의 수위들을 지나쳤다. 내 머리 위로는 티슈처럼 얇고 가벼운 구름이 흘러갔다. 센트럴파크는 온통 화사한 빛깔을 띠고 있었다. 막 나무에서 돋아난 어린잎의 눈부신 초록색, 덤불 위로 점점이 피어난 진달래꽃의 진분홍색, 땅에서 솟아 나온 튤립의 연한 노란색. 나는 눈을 크게 뜨고 그 모든 걸 마음속에 새겨두려 했다. 머리칼에 느껴지는 따스한 햇볕도, 목덜미를 스치는 봄바람도.

병원 정문 계단에 이르렀을 때 부모님이 멈춰 서더니 터키석 부적이 달린 은목걸이를 내 목에 걸어주었다. "네가 치료에서 새로운 단계에 이를 때마다 부적을 하나씩 줄 거야." 어머니는 미소를 지으며 말했지만, 눈가에는 내가 지금껏 본 적 없는 슬픔이 어려 있었다. 윌도 내게 선물이라며 보랏빛 몰스킨 노트를 내밀었다. 첫 장을 펼치니 '이 노트를 습득하신 분은 ____에게 돌려주세요'라는 문구가 보였다. 윌은 빈칸에 내 어린 시절 애칭인 '수수Susu'를 적고 '주인에게 돌려주시면 사례금 백만 달러를 드립니다'라고 덧붙여 놓았다. 유리문을 열고 안으로 들어서는 순간, 나는 마지막으로 바깥 공기를 크게 들이마신 뒤 가능한 한 오래 머금고 있었다. 다시 밖에 나갈 수 있기까지는 아주 오랜 시간이 걸릴 것이었다.

나는 위층 암 병동으로 안내되었고, 삭막한 흰 벽에 침대 두 개만 덩그러니 놓인 음침한 병실을 배정받았다. 침대가 둘 다 비어 있어서 창가 쪽으로 골랐다. 은퇴한 선수가 유니폼을 벗는 기분으로 내가 가장 좋아하는 여름 원피스를 벗어 벽장에 걸어놓고, 등이 트인 환자복으로 갈아입었다. 오른쪽 손목에는 전자 팔찌를 차야 했다. 진통제에 취하거나 인지 저하 상태가 된 환자들이 가끔 병원 밖으로 나가버리는 경우가 있어, 그런 사태를 예방하는 조치였다. 서명해야 하는 서류가 얼마나 많은지 헤아리다가 결국 포기했다. 의사결정 대리인으로 어머니를 지명하겠다는 동의서와 사전연명의료의향서도 있었다. 그런 다음에는 휠체어를 타고 수술실로 가서 가슴에 카테터를 삽입해야 했다. 화학요법 약물과 정맥 주사액이 주입될 중심 도관이었다.

수술 후 회복실에서 깨어나 보니 가슴이 온통 피투성이였다. 쇄골 아래 상처에서 플라스틱 관이 튀어나와 있고, 그 끝에 끔찍한 바다괴물의 촉수처럼 세 갈래로 갈라진 내강內腔이 달랑거렸다. 이처럼 개조된 몸에 경악한 나머지 나는 이동식 침대 난간 너머로 몸을 숙여 구토했다. 그전까지는 구내염을 빼면 병이 딱히 드러나 보이지 않았다. 그러나 수술실에서 나온 내 몸을 마주한 순간 지금까지의 삶은 산산조각나 사라졌음을, 어떤 면에서 과거의 나는 죽어버렸음을 깨달았다. 다시는 이전의 나로 돌아갈 수 없을 터였다. 우연한 실수였지만, 어쩌다 보니 내 이름마저 바뀌어 있었다. 다시 휠체어를 타고 병실로 돌아오니 문에 달린 명패 중 O가 들어갈 자리에 Q가 쓰여 'S. JAQUAD'라고 적혀 있었던 것이다. 나는 새로운 세계로 들어서고 있었다. 한 걸음 한 걸음 내딛을수록 술라이카가 아닌 다른 사람이 되어가는 것만 같았다.

간호사 두 명이 링거 주머니를 들고 병실로 들어왔다. 일주일 동안 혈관에 서서히 주입할 화학요법 약물과 구토 방지제였다. 둘 중 더 젊은 간호사는 이름이 유니크라고 했다. 내 또래로 보였고 새까만 머리칼을 고데기로 펴서 일하기 편하게 뒤로 묶어 올리고 있었다. 나는 낯선 사람이 주는 독을 어쩔 수 없이 받아먹어야 하는 사람처럼, 회의적인 표정으로 유니크를 힐끗 바라보았다. "얘를 특히 조심해야 해요." 유니크가 좀 더 작은 링거 주머니를 가리키며 경고했다. 과일 펀치 빛깔의 화학요법 약물이 든 주머니였다. "부작용이 지독해서 별명이 '붉은 악마'거든요. 혹시 필요한 게 있으면 호출 버튼을 눌러요."

윌과 부모님은 접이식 의자에 앉아서 나를 지켜보았다. 창밖에 하얗게 작열하던 태양이 어슴푸레한 오렌지색으로 변해가고 있었다. 나는 침묵을 쫓으려고 계속 멍청한 농담이나 의미 없는 수다를 늘어놓았다. 입원한 동안 사용할 슬리퍼, 읽을 여러 권의 책들, 좋아하는 동물 인형까지 집에서 챙겨왔다. "꼭 대학 첫날 기숙사 방에 들어왔을 때 같네요." 나는 신나게 지껄이며 톨스토이의 『전쟁과 평화』를 집어 책장을 넘겼다. "실컷 책을 읽을 수 있겠어요. 어쩌면 여기 있는 동안 글도 좀 쓸 수 있을지 모르죠."

농담으로 한 말은 아니었다. 나는 정말로 전력을 다해 뭔가 이루고 싶은 심정이었다. 백혈병 진단을 받은 뒤로 줄곧 묘하게 들뜬 기분이었다. 아드레날린과 공포가 동시에 솟구쳤고 일종의 절박한 낙관주의가 혈관에 흐르는 듯했다. 내 피와 골수를 망가뜨리고 있는 치명적 질병도, 병실을 채운 냉랭한 슬픔도, 앞으로의 화학요법 치료에 따를 무시무시한 부작용도 나를 무너뜨릴 순 없다는 확신이 들었다. 그런 경험은 오히려 나를 더욱 강하게 만들어줄 터였다. 누가 알겠는가? 나는 몇몇 암 생존자들처럼 연구 재단을 수립하거나 초장거리 마라톤에 출전하게 될지도 몰랐다. 하지만 내가 무엇보다도 간절히 원한 건 부모님과 윌의 얼굴에 떠오른 근심을 풀어주는 것, 괜찮을 거라고 그들을 안심시키는 일이었다. 내가 수다를 떠는 동안 그들은 희미한 미소를 띠고 날 바라보며 더듬더듬 맞장구를 쳐주었다.

마침내 해가 지고 하늘이 깜깜해졌다. "이제 집에 가서 쉬어요." 나는 부모님과 윌에게 말했다. 그들은 병원에서 몇 블록 떨어진 친구의 아파트에 묵고 있었다. 다들 피곤한 기색이 역력했음에도 일어설 생각이 없는 듯했다. 내가 몇 번이나 강권하고 나서야 세 사람은 자리에서 일어났다. "정말 혼자 있어도 괜찮겠어?" 어머니가 문가에 멈춰서 망설이며 물었다. "그럼요." 나는 유쾌하게 말하며 손을 흔들어 인사했다. 하루종일 내가 짓고 있던 의젓한 표정은 세 사람이 떠나고 난 뒤 서서히 무너지고 일그러졌다.

지구상에서 음악과 가장 먼 곳을 꼽으라면 암 병동일 것이다. 잔잔히 흐르는 멜로디 대신 삑삑거리는 신호음이 끊임없이 울린다. 복도는 그칠 줄 모르고 반복되는 호출과 응답 소리로 요란하다. 간호사들이 서로를 부르는 소리, 환자들이 간호사를 찾거나 모르핀을 달라며 외치는 소리, 의사를 데려오려고 간호사가 달려가는 소리, 문병객이 어쩔 줄 모르고 간호사를 찾는 소리. 하지만 불쾌할 수 있는 이런 소음이 환자에게는 기분 전환거리가 되기도 하고, 병원이라는 '기계'가 제대로 돌아가고 있다는 의미로 느껴지기도 한다. 환자에게 가장 두려운 것은 어둠 속의 조용한 시간, 침묵 속에서 괴로워하는 사람들의 말없는 소리이기 때문이다.

잠자리에 들기 전 유니크가 졸피뎀을 주었다. 덕분에 몇 분 지나지 않아 밤보다도 깜깜한 구덩이 속으로 끌려가듯 곯아떨어졌다. 내 베개를 이전에 베었던 모든 환자가 등장하는 꿈을 꾸었다. 그들의 수척한 얼굴이 잠결 속을 떠다녔다. 나는 지치고 혼미한 상태로 새벽 2시쯤 눈을 떴다. 나를 악몽에서 깨운 건 누군가 훌쩍이는 소리였다. 처음에는 환각인 줄 알았지만 전등을 켜보니 옆 침대에 환자가 들어와 있었다. 밤중에 입원한 칠십 대 여성이었는데, 두 눈을 꼭 감고 고통에 뒤틀린 입술 사이로 가쁘게 숨을 몰아쉬었다. 약에 취했는지 잠꼬대를 하며 계속 이리저리 뒤척였다. 홀로 고통에 빠져 있는 낯선 사람의 모습을 보며 앞으로 내가 겪게 될 일을 어렴풋이 짐작해보았다. 그 모습을 더 보고 싶지 않아서 나는 전등을 켜고 두 침대 사이에 있는 엷은 초록색 커튼을 쳤다. 두 눈을 꼭 감고 아침에 느꼈던 활력과 낙관적인 기분을 돌이키려 애썼다. 그러나 느껴지는 것은 두려움뿐이었다.

나는 최대한 조용히 휴대전화를 집어 들고 윌에게 전화를 걸었다. "무슨 일이야?" 윌이 졸음 가득한 목소리로 물었다. 뭐라고 대답하려 했지만, 목에서 아무 소리도 나오지 않았다. 윌이 말했다. "바로 택시 부를게. 곧 도착할 거야."

30분 뒤 문가에 윌의 길쭉한 윤곽이 나타났다. 그는 발꿈치를 들고 옆 침대를 지나 내 쪽으로 왔다. 윌이 내 곁에 파고들어 눕자 그의 긴 다리가 병상 끝에서 덜렁거렸다. "농구선수들이 암에 걸리면 어떡하지? 주문 제작한 특대 병상을 쓰는 걸까?" 내가 속삭였다. "좋은 질문이야." 윌이 대꾸했다. "하지만 지금 환자는 농구선수들이 아니라 너라고." 나는 매트리스 위쪽으로 올라가 윌과 이마를 맞대고 누웠다. 그의 품에 편히 안겨 따스한 비누 냄새를 맡자 몸이 나른해졌다. 건조기에서 갓 나온 옷가지 냄새 같은 것이 났다.

다음날 아침에 일어났을 때는 동료 환자의 기분도 훨씬 나아져 있었다. "안녕, 파크애비뉴!" 옆 침대 쪽에 있는 공용 화장실로 걸어가는데 그가 큰 소리로 인사했다. 그날 아침에만 화장실을 다섯 번째 가는 길이었다. 난자 채취 수술로 심한 요로감염이 발생했기 때문이다.

"안녕하세요." 나는 링거 거치대에 기대어 인사했다. "전 술라이커예요. 만나서 반가워요."

"난 에스텔이야." 상대가 침대에 누운 채 손을 흔들었다. "만나서 반가워."

"왜 절 파크애비뉴라고 부르세요?"

"머리 스타일이 세련되길래."

나는 멋쩍어하며 최근에 턱 밑까지 바짝 자른 단발머리를 매만졌다. 입원하기 며칠 전 미용실에 가 허리까지 내려오던 머리채를 잘랐다. 머지않아 내 머리칼을 빼앗아갈 화학요법보다 선수를 치기 위해서였다.

"원래는 긴 머리였어요." 나는 어느새 에스텔에게 설명하고 있었다. "여기 오기 전에 아예 밀어버릴까 생각도 했지만, 엄마가 아직 그런 제 모습을 볼 준비가 안 됐다고 하더라고요. 그래서 타협한 거죠." 미용사는 잘라낸 갈색 머리채를 내게 건넸고, 나는 소아암 협회에라도 기증하라며 어머니에게 넘겨주었다. 몇 달 뒤 어머니 작업실 한구석의 작은 나무 보석함에 그 머리채가 들어 있는 걸 발견했다.

"흠, 아주 잘 어울려. 하지만 아가씨만 괜찮다면 계속 파크애비뉴라고 부를게." 에스텔이 말했다. "화학요법 때문에 인지저하가 심하게 와서, 아가씨 본명은 기억 못할 수도 있거든."

나는 고개를 끄덕이며 웃어 보였다. "어쩌다 입원하셨어요?" 정확히는 어떤 암에 걸린 건지 물어보고 싶었지만, 환자끼리 그런 걸 물어봐도 괜찮은지 아직 확실치 않았다.

"간암이야. 4기. 아가씨는? 이렇게 젊은 아가씨가 여기 있으면 안 되는데. 애인이랑 신나게 밖에서 돌아다녀야지. 그래, 어젯밤 두 사람 소리 나도 다 들었다고!"

나는 얼굴을 붉혔다. "백혈병이에요. 얼마나 진행되었는지는 모르겠어요. 아직 담당 의사들에게 안 물어봐서요."

"수술받는 거야? 방사능요법? 아님 화학요법?" 에스텔은 마치 어떤 음료를 원하는지 물어볼 때처럼 태연하게 얘기했다.

"일단 화학요법부터요. 3주쯤 입원해 있게 될 거래요."

"아이고, 엄청 오래 있네. 복도에 나가서 걷는 운동이라도 하는 게 좋아. 그렇게 할 수 있을 때 말이야."

나는 에스텔의 충고대로 아직 돌아다닐 힘이 남아 있는 동안 최대한 즐기기로 했다. 링거 거치대를 스케이트보드 삼아 암 병동을 누비며 간호사나 다른 환자들과 수다를 떨었다. 덕분에 며칠 만에 친구가 여럿 생겼다. 윌은 '암 병동 꼬마 여왕님'이라며 나를 놀렸다. 나는 소아청소년과에 들어가기엔 한 살 많았지만 대부분의 암 병동 환자들보다는 거의 수십 살 젊었다. 전혀 어울리지 않는 곳에 와 있는 기분이었지만, 그래도 나름대로 최선을 다해보기로 했다.

그렇게 암 병동을 쏘다니면서 만난 사람 중 하나가 데니스였다. 데니스는 아직 사십 대 초반이었지만 찾아오는 문병객이 전혀 없는 것 같았다. 배식 시간에 자꾸 덜 녹은 음식이 나오자(어느 어리바리한 직원이 전자레인지에 데우는 걸 깜박한 모양이었다) 데니스는 단식 선언을 하고 병실마다 돌아다니며 다른 환자들에게도 동참하라고 부추겼다. 환자 측의 저항운동에 대해서는 나도 찬성이었지만, 그래도 데니스의 건강이 염려되었다. 하루 이틀이 지나자 나는 윌에게 어퍼이스트사이드에서 가장 진하고 부드러운 초콜릿 밀크셰이크를 구해오게 했고, 데니스의 단식은 그렇게 끝났다.

옆방의 여자 환자는 항상 잠들어 있었다. 복도를 지나갈 때마다 침대에 웅크려 누운 모습만 언뜻언뜻 보였다. 어찌나 야위었는지 뼈만 남은 시체 같았고, 황달 기운이 도는 피부는 왁스처럼 번들거렸다. 십 대인 딸이 거의 매일 문병을 왔다. 그러던 어느 날 오후, 병실 벽 너머에서 나직이 숨죽인 울음소리가 들려왔다. 깊은 슬픔의 소리였다. 침대에서 나와 문밖을 내다보니 간호사들이 흐느끼는 십 대 여자아이를 위로하며 함께 복도를 걸어가고 있었다. 얼마 지나지 않아 아이 어머니의 시신이 실려 나갔고, 관리인이 와서 병실을 치우기 시작했다. 다음날 정오에는 다른 환자가 그곳에 들어올 예정이었다.

새로 들어온 환자는 알제리 사람이었다. 예이아라는 남자였는데 림프종 치료를 받는 중이라고 했다. 배가 둥그렇게 튀어나왔고 목에는 림프종이 무르익은 자두처럼 주렁주렁 매달려 있었으며, 다리는 내가 본 그 어떤 사람보다도 가늘었다. 우리는 금세 친해져서 프랑스어와 아랍어가 뒤섞인 방언으로 우리의 고국과 신앙에 관해, 그리고 이렇게 수준 높은 치료를 받을 수 있는 미국에서 환자가 되었다는 게 얼마나 다행인지에 관해 수다를 떨곤 했다. 마침 라마단 기간이라 저녁마다 예이아의 아내가 커다란 플라스틱 용기에 이프타르를 담아오곤 했지만, 예이아는 대체로 한 입 정도밖에 먹지 않았다.

그러던 어느 날 의사가 예이아를 좀 더 떨어진 1인 병실에 배정해주었다. 센트럴파크를 내다보는 창문까지 있는 방이었다. 예이아는 감격해 울면서 기도하려고 무릎을 꿇다가 넘어지는 바람에 장판 깔린 바닥에 머리를 처박았다. “무슨 일이에요?” 쿵 소리를 들은 간호사들이 외치며 달려와 그의 뇌를 단층 촬영하도록 지시했다. 나중에 예이아가 내게 고백하길, 간호사들에겐 그냥 발을 헛디뎠다고 둘러댔다고 한다. “무슬림 광신도처럼 보이고 싶진 않았거든.” 병이란 모든 것을, 심지어 기도조차 복잡하게 만든다. 아니, 어쩌면, 특히 기도를.

입원하여 화학요법 치료를 시작한 지 일주일쯤 지났다. 나는 비교적 괜찮은 상태였다. 같은 층의 다른 환자들에 비하면 활기차다고도 할 수 있었다. 침대에 누워만 있거나 휠체어를 타야 움직일 수 있는 환자가 많았으니까. 입원 생활을 즐겼다고 말한다면 과장이겠지만 그렇다고 딱히 비참한 것도 아니었다. 암 병동의 동료 환자들과 어울리지 않을 때면 윌과 함께 몇 번이나 스크래블 게임을 하며 지냈다. 부모님도 매일 찾아와서 소소한 선물이나 집에서 만든 음식을 갖다 주었다. 게다가 소문이 퍼져나가면서 몇몇 친구들도 꽃다발을 들고 찾아오기 시작했다. 집행유예를 받은 기분이었다. 아무도 내게 뭔가 기대하거나 요구하지 않는 건 평생 처음 있는 일이었다. 나는 원하는 대로 시간을 보낼 수 있었다. 일기를 쓰고 미술 공예 수업도 등록했다. 병원 내 자원봉사자에게 뜨개질을 배워 윌에게 줄 목도리도 뜨기 시작했다.

나는 순진하게도, 어쩌면 다소 오만하게도 내가 화학요법의 끔찍한 부작용을 면하려나 보다 생각했다. 피로감과 구내염은 그대로였지만 딱히 새로운 증상은 없었다. 아침마다 거울로 두피를 들여다보며 머리카락이 빠지기 시작했는지 확인해보았지만, 내 머리칼은 여전히 숱 많고 반지르르했으며 단단히 뿌리를 내리고 있었다. 내가 화학요법 치료 중에도 머리카락이 빠지지 않는 극소수의 환자 중 하나인 걸까 생각하니 머리를 짧게 자른 게 성급한 결정이었다는 후회가 밀려왔다. 심지어 퇴원하는 대로 윌과 함께 아파트를 구해 독립하면 좋겠다는 야무진 꿈도 꾸었다. 어쩌면 여름이 끝날 무렵엔 다시 직장에 다닐 만큼 회복될지도 몰랐다.

하지만 순진함에는 기한이 있기 마련이다. 내 경우에도 그 기한은 그리 길지 않았다.

입원한 지 열흘쯤 지났을 때 나는 의사들이 격리실이라 부르는 1인 병실로 옮겨졌고 무슨 일이 있어도 병실에서 나가면 안 된다는 지시를 받았다. 전혀 예상치 못했던 일이었다. 이처럼 엄격한 규정에 놀랐고 살짝 속상하기도 했지만, 그래도 방을 혼자 쓸 수 있다는 게 위안이 되었다. 내 병실, 즉 나의 '버블' 안에 들어오려는 사람은 무조건 마스크, 장갑, 수술용 가운 등 완벽한 방호복을 갖춰 입어야 했다. 화학요법 치료로 내 혈구 수치는 초토화 상태였고 헤모글로빈과 혈소판 수치도 위험할 정도로 떨어져 있었다. 게다가 검사 결과에 따르면 내 몸에 백혈구는 거의 존재하지 않았다(당직 의사는 '제로'라는 표현을 쓰며 이를 강조하기 위해 양손을 모아 o 자를 만들었다). 곧 화학요법 약물 주입이 끝나면 내 골수의 백혈병 세포는 사라지고(우리의 기대에 따르면 그랬다), 이후 골수가 회복되면서 혈구 세포도 서서히 원상 복구될 터였다. 그리하여 수혈 없이도 혈구와 혈소판 수치를 유지할 수 있게 되면 나는 퇴원해 집으로 돌아갈 수 있었다. 하지만 그때까지 내 면역계는 존재하지 않는 거나 마찬가지였다. 어쩌다 들어온 세균 하나, 다른 사람의 기침 한 번도 내겐 치명적일 수 있다는 것이 의사의 경고였다.

그 무렵 화학요법 치료의 부작용도 나타나기 시작했다. 유난히 고통스러운 부작용 중 하나인 점막염을 겪었는데, 목구멍 내벽이 헐어서 먹고 마시는 것은 고사하고 겨우 속삭이는 정도로만 말할 수 있었다. "파티 즐길 준비 됐어?" 유니크는 모르핀 정맥 주사를 연결해주면서 내게 처음으로 농담을 던졌다. 일에 능숙하고 유머 감각까지 뛰어난 간호사에게 복이 있나니. 이들은 아무리 끔찍한 상황도 조금은 나아지게 할 수 있다. 하지만 모르핀을 맞아도 통증이 너무 심해서 뭔가를 삼키기가 어려웠다. 양팔은 온통 주사바늘 자국과 멍 투성이었고 가슴과 목 전체도 바늘구멍만한 자주색 반점으로 뒤덮였다. 혈액을 응고시키는 세포인 혈소판이 부족한 탓에 피부 바깥쪽 모세혈관이 터지고 혈액이 바깥으로 새어 나온 것이다. 나는 거울 속 내 모습을 애써 외면했다.

그다음 차례로 마침내 올 것이 왔다. 어느 날 아침 일어나보니 베개가 수북이 빠진 머리칼로 뒤덮여 있었다. 점심때쯤엔 머리칼이 무더기로 빠져서 두피 곳곳이 허옇게 드러났다. 나는 집요하게 손가락으로 머리통을 쓸어내리며 머리털을 한 움큼씩 집어 침대 옆 탁자에 둥지처럼 쌓아올렸다. 물론 머리카락이 빠진다는 걸 알고는 있었다. 그러나 온전히 받아들이지 못했던 현실을 눈 앞에서 확인하는 건 또 다른 일이었다. 오후 내내 눈물이 쏟아지려는 걸 꾹 참았다. 저녁이 되자 윌이 나를 거들어 남은 머리털을 쓸어내 주었다. 머리카락은 마치 젖은 흙에서 힘없이 뽑혀 나오는 잡초처럼 쑥쑥 빠졌다. 잠자리에 들 때쯤 내 머리는 완전히 벗어져 있었다.

입원한 지 4주가 넘었다. 나는 여전히 화학요법 치료 때문에 낮아진 혈구 수치가 회복되길 기다리고 있었지만, 놀랍게도 그럴 기미는 전혀 보이지 않았다. 의사는 내게 걱정할 필요 없다고 힘주어 말했다. 적어도 아직까지는 말이다. 하지만 당연히 걱정은 이어졌다. 그동안 내 몸은 전적으로 수혈에 의존하고 있었다. 낯선 사람들의 피가 날마다 몇 주머니씩 혈관에 흘러들어왔다. 때로는 피를 기증한 이들이 어떤 사람들일지 상상해보기도 했다(교사일까, 유명한 배우일까, 혹은 타로카드 점성술사일까). 알 길이 없었지만, 내가 목숨을 유지할 수 있었던 건 바로 그들 덕분이었다.

언제 끝날지 모르는 긴 시간 동안 병실에 갇혀 주사를 맞고 촉진을 받다 보니 미칠 것 같았다. 병실 창문은 열리지 않았고 형광등 불빛 때문에 눈이 쑤셨다. 위장, 머리, 팔다리 할 것 없이 온몸이 아팠다. 심지어 숨만 쉬어도 아플 정도였다. 간호사가 내 몸에 주삿바늘을 꽂거나 목욕용 스펀지를 갖다 댈 때마다 링거 거치대를 벽에 내던지고 싶었다. 추적용 전자 팔찌를 빼낼 수 있을 정도로 살이 빠지자 머릿속에 탈출하자는 망상이 떠올랐다. 창밖의 센트럴파크가 나를 유혹했다. 폭풍우가 쏟아지는 날이면 단 일 분이라도 좋으니 밖에 나가 빗속에 서 있고 싶다는 갈망이 샘솟았다. 마침내 통증이 참을 만하게 가라앉은 어느 날, 나는 전자 팔찌를 빼서 베개 아래 숨겼다. 간호사들이 안 보는 틈에 링거 거치대를 들고 복도로 빠져나와 엘리베이터를 탔다. 하지만 1층 구내식당에 내린 순간 몸이 굳어버렸다. 점심시간이라 식당 안은 북적였고 사람들은 나를 스치거나 툭 치며 지나갔다. 공기 중에 얼마나 많은 세균이 있을지 생각하자 긴장이 되어 호흡곤란이 올 지경이었다. 여기서 넘어지면 어쩌지? 기절해버리면? 몇 분 뒤 나는 다시 병실에 돌아와 있었다. 링거 모니터에서 나는 삑삑 소리를 듣자 묘한 안도감이 느껴졌다.

동료 환자들이라면 내 심정을 이해해주었겠지만, 지금은 그들과 접촉할 수 없었다. 세균 감염 위험이 너무 컸기 때문이다. 나는 환자들과 나눈 우정을 그리워하며 간호사를 통해 전화를 걸어 친구들의 상태를 확인하곤 했다. 에스텔은 퇴원하여 스태튼 아일랜드의 자기 집에서 요양 중이었다. 데니스는 최근 검사 결과 폐에 은하수처럼 하얗게 흩어진 전이 암세포가 새로 발견되었다고 했다. 그 역시 결국은 골수 이식을 받아야 할 모양이었다. 예이아는 여전히 오후마다 내 병실 앞까지 걸어오곤 했고, 보는 사람이 없으면 방문을 빼꼼히 열고 엄지손가락을 들어 보이며 알라가 날 지켜줄 거라고 말해주었다.

문병객은 아직 만날 수 있었지만 예전보다 훨씬 까다로운 절차를 밟아야 했다. 대학 시절 나와 술 게임을 하며 놀던 사람들에게서는 연락이 없었다. 별로 놀랍지는 않았지만 속상한 일이었다. 그러나 나는 여기까지 찾아와주는 사람들에게 집중하기로 했다. 친구 마라는 거의 매일 와주었고 그 밖에도 소꿉친구나 학교 동창, 직장 동료 들이 선물을 가지고 들르곤 했다. 백혈병 진단 직후에는 사람들의 방문이 반가웠고 심지어 기다려졌지만 시간이 지날수록 그들의 동정 어린 얼굴도, 병문안 카드도, 나를 격려하는 '힘내', '기운 잃지 마' 같은 말들도 진부하고 억지스럽게 느껴졌다. 낙관주의에 진저리가 났다. 오늘 직장일이 힘들었다거나 발가락이 부러져서 몇 주 운동하러 못 간다거나 하는 사소한 불평에 화가 나기 시작했고, 자기들끼리 다녀왔다는 콘서트나 파티 이야기를 들을 때면 소외감을 느꼈다.

하지만 더 끔찍한 것은 '재난 관광객'들이었다. 나와 친한 사이도 아닌데 연락도 없이 불쑥 찾아와서 나를 돕겠다는(혹은 의학적 난장판이 되어버린 내 인생을 구경하려는) 지나친 열의를 드러내던 사람들 말이다. 그들은 내 민머리를 보고 경악하며 눈물을 흘렸고, 그러면 어쩔 수 없이 내 쪽에서 그들을 위로해야 했다. 내가 요청하지도 않은 의학적 조언을 늘어놓거나 에센셜 오일, 살구 씨앗, 커피 관장, 해독 주스 등으로 암을 자가 치료한 친구의 친구, 혹은 자기가 안다는 명의에 관해 얘기하곤 했다. 대부분은 선의에서 하는 말이었고 그들 나름대로 최선을 다하고 있다는 걸 알았기에 말없이 웃으며 고개만 끄덕였지만, 속으로는 짜증이 나서 죽을 지경이었다. 그러나 내 병세가 심해질수록 문병객도 점점 줄어들었다. 어쩌다 문병객이 와도 내 쪽에서 잠든 척하곤 했다.

나는 바깥세상으로부터 최대한 숨으려 했지만 완전히 혼자는 아니었다. 홀랜드 박사는 거의 매일 점심시간마다 찾아왔다. 박사는 간호사에게나 병원 직원에게나 항상 깍듯했다. 일부 무뚝뚝하거나 위압적인 의사들과 달리 환자에게도 느긋하게 대했고, 내가 환자이기 이전에 인간임을 유의하며 존중하는 태도를 보였다. 상태를 검사하고 나면 박사는 병상 옆에 놓인 안락의자에 앉아서 정치부터 미술사, 좋아하는 책까지 온갖 화제로 나와 잡담을 나누곤 했다.

아직 일자리를 구하지 못한 윌은 내 병실에서 살다시피 했고, 밤에도 내 곁에 머물며 그에겐 너무 작은 보호자용 간이침대에서 잤다. 낮이면 부모님이 윌과 교대하여 내 곁을 지켰다. 두 분은 딸에게 뭐라도 먹이고 싶은 마음에 내가 좋아하는 온갖 간식거리를 가져오시곤 했다. 적당한 체형이던 내 몸은 병원에 입원한 뒤 초등학교 6학년 시절처럼 쪼그라져버렸다. 그러나 뭔가를 삼키는 게 너무 고통스러웠다. 버섯 리소토 한 숟갈조차 넘기기 힘들었다. 부모님이 곁에 있을 때라도 기운을 내려고 해봤지만, 눈을 뜬 채로 몇 분을 버틸 수가 없었다. 어머니는 페르메이르의 그림 포스터를 사와서 침대 옆 벽에 붙여두었다. 어두침침한 방에서 창가 쪽을 바라보며 류트를 연주하는 젊은 여자의 그림이었다. 그의 얼굴은 사색적이고 단호했다. "이 여자를 보니 네가 생각나더라고." 어머니가 말했다.

이렇게 사랑받는 내가 굉장히 운이 좋다는 건 잘 알고 있었다. 암 병동에는 문병객이 전혀 없는 환자도 많았다. 하지만 부모님과 윌이 내 곁을 지켜주는데도 끔찍하게 고립된 느낌이 들었다. 백혈병 진단 직후의 도취감과 온갖 거창한 계획은 사라진 지 오래였다. 이제는 일기를 쓸 기력조차 없었다. 뜨개바늘과 반쯤 뜨다 만 스웨터에는 먼지만 쌓였고, 『전쟁과 평화』는 물론 다른 책들도 침대 옆 탁자에서 가만히 자리만 지켰다. 죽을 만큼 지루했지만, 그렇다고 뭔가를 하기엔 너무나 지쳐 있었다.

입원한 지 5주가 넘은 어느 날 오후, 하늘색 마스크를 쓴 의사 여럿이 내 병실로 들어왔다. 나는 병상을 에워싸고 선 그들을 올려다보았지만 눈과 넥타이, 흰 가운밖에 알아볼 수 없었다. "나쁜 소식을 전하게 되어 유감입니다." 마스크에 가려진 입 하나가 말했다. "환자분이 입원할 당시 골수 내의 모세포 비율은 30퍼센트였습니다. 하지만 최근 생체검사 결과 모세포가 두 배 이상 증가해 거의 70퍼센트에 육박합니다."

"우리 엄마가 계실 때 다시 와주시겠어요?" 나는 목을 짜내어 낮게 말했다. 갑자기 어린아이가 된 기분이었다.

잠시 후 부모님이 도착하자 담당 의료진은 내가 골수부전 상태에 빠지기 직전이며 표준 화학요법은 내게 효과가 없었다고 설명했다. 아버지는 처참한 기색이었다. 어머니는 당장이라도 울음을 터뜨릴 것 같았지만, 내가 보고 있다는 걸 알자 얼른 눈을 깜빡여 눈물을 털어내고 좀 더 단호한 표정을 지었다. 의사들은 내가

2기 임상실험 절차를 밟는 게 좋겠다고 권했다. 그 말은 즉 안전성도 효력도 증명되지 않았고, 표준 화학요법보다 더 나은지 밝혀지지도 않은 새로운 혼합 약물을 써보자는 뜻이었다. 이미 모든 것이 불확실하게 느껴지는 상황에서 임상실험까지 받고 싶지 않았다. 내가 바라는 건 내 심신의 안정과 사랑하는 이들의 삶을 망가뜨리면서까지 이런 치료를 받을 만한 가치가 있다는 확고한 증거, 통계 같은 것이었다. 과학 연구에는 찬성했지만, 기니피그가 되고 싶진 않았다. 내가 원하는 건 치료였다.

"이런 데서 시간을 보내느니 열대 섬에 가서 대마초나 피우며 지내는 게 낫지 않을까요? 아니면 뭐든 간에 죽을 때가 다 된 사람이 할 만한 일을 하면서 말이에요." 나는 부모님에게 이렇게 물었다. 두 분 다 무슨 말을 해야 할지 몰랐다. 의사들도 내게 확실히 대답해줄 수는 없었지만, 그래도 임상실험이 최선의 선택지이며, 시간을 더 끌수록 내게 남은 선택지는 점점 줄어들 뿐이라고 설득했다. 결국 나는 동의했다.

7월 4일은 내 스물세 살 생일 전날이었다. 나는 몇 분이나마 '버블' 밖으로 나갈 수 있는 특별 허가를 받았다. 지난 번 실패한 탈주 시도를 제외하면 거의 6주 만에 처음으로 병실을 나서는 것이었다. 엘리베이터가 있는 뒤쪽 복도에서 불꽃축제를 구경할 수 있다는 소문을 들었기 때문이다. 윌과 나는 필수 사항인 방호복을 갖춰 입고 링거 거치대를 끌며 복도를 걸어갔다. 도중에 예이아의 병실 앞에 멈춰서 같이 가겠냐고 묻기도 했다. 예이아는 너무 피곤해서 침대에 누워 있어야겠다고, 하지만 침대 옆 탁자에 내게 줄 선물이 있다고 대답했다. 분홍색 우정 팔찌와, 화사한 원색으로 '난 너의 팬이야!'라는 문구가 적힌 나무 명판이었다. "병원 매점에서 보고 아내한테 하나 사달라고 했지." 윌은 내게 팔찌를 채워주고 명판을 들어주었다. 우리는 그 상태로 데니스를 데리러 갔고, 셋이 함께 간호사실을 지나 암 병동 밖으로 나섰다.

뒤쪽 복도에 도착하니 이미 환자들이 여럿 모여 창밖을 내다보고 있었다. 하지만 두껍고 지저분한 창문 때문에 바깥 풍경은 뿌옇게 보일 뿐이었다. 더러운 수조에 갇힌 금붕어 신세나 마찬가지였다. 하지만 왼쪽으로 몸을 틀고서 오른쪽으로 목을 꺾으면 저 멀리 불꽃축제가 어렴풋이 보이긴 했다. 금빛과 빨강, 파랑 불꽃이 하늘 높이 솟구치더니 폭발하며 마천루 위로 색채를 흩뿌렸다. 하지만 너무 먼데다 방음벽이 쳐져 있어서 불꽃이 터지는 소리는 들리지 않았다. 도심의 불꽃축제가, 그곳의 사람들과 바깥세상이 밤하늘의 달만큼 아득하게 느껴졌다. 그러는 와중에 어느 노인의 링거 주사 알람이 울리더니 도무지 그치질 않아서 자리에 있던 모두의 신경이 잔뜩 곤두섰다.

"욕해서 미안하지만 말이야." 나는 윌과 데니스를 돌아보며 말했다. "이렇게 엿같이 실망스러운 광경은 내 평생 처음 봐." 문득 내 어깨가 들썩거렸다. 처음에는 울음이 터지려는 줄 알았지만, 다음 순간 터져 나온 것은 폭소였다. 갑자기 모두가 웃기 시작했다. 형용하기 어려운 이 불합리함 앞에서 낄낄대고 비명을 지르고 홍수처럼 눈물을 쏟았다.

정지된 시간

거의 두 달을 '버블' 안에서 지낸 뒤, 담당 의료진은 임상실험을 시작하기 전에 기력을 되찾아야 한다면서 나를 몇 주간 퇴원시켰다. 모세포 비율이 여전히 무시무시하게 높았기에 내 몸이 그토록 허약해져 있지 않았다면 곧바로 새로운 화학요법 치료를 시작했을 터였다. 하지만 당장은 골수와 혈액에서 계속 증식하는 모세포의 위험보다 내가 화학요법 치료를 감당하지 못하고 죽을 위험이 더 컸다. 그리하여 나는 과거 어느 때보다 허약해진 상태였음에도 모든 치료를 중단하고 새러토가로 돌아왔다.

나는 베란다로 걸어 나갔다. 다리를 마음대로 움직이고 숨을 들이쉬었다 내쉬며 살갗에 와 닿는 햇볕을 느긋이 즐겼다. 오랜 수형 생활 끝에 풀려난 수감자처럼 모든 것에 놀라워했다. 얼굴을 적시는 이슬비, 해질녘 정원에서 반짝이는 반딧불, 울타리 너머 이웃집에서 그릴에 굽고 있는 바비큐립의 훈연 향까지.

나는 새로 찾은 자유를 최대한 만끽하려 했다. 몸 상태가 그럭저럭 괜찮으면 담요로 몸을 감싼 뒤 윌과 함께 승합차에 올라 시골길을 한참이나 드라이브하곤 했다. 좀 더 기력이 있을 때면 함께 산책도 나갔다. 우리 집에서 새러토가 시내는 도보로 8분 정도 걸렸지만, 백혈병 환자에겐 20분 이상 걸리는 거리였다. 매년 여름 도박꾼, 관광객, 멋쟁이를 끌어들이는 경마 행사가 한창이었다. 길모퉁이마다 길거리 공연자들이 음악을 연주하고 있었다. 중심가인 브로드웨이는 할리 데이비슨을 죽 세워놓은 거친 오토바이족들과 바에 앉아 텔레비전으로 경마 중계를 보는 열혈 도박꾼들로 북적였다.

한참 '버블' 안에 있다가 바깥으로 나오니 즐거웠지만, 민머리에 눈썹도 속눈썹도 없고 마스크까지 낀 나는 금세 사람들의 눈길을 끌었다. 암 병동에서 나는 모두와 똑같은 모습이었지만 이젠 어딜 가든 남들과 다른 모습이었다. 내가 입을 열기도 전에 암이 나를 대변했고, 들어가는 장소마다 침묵이 뒤따랐다. 그 나름대로의 장점도 있었다. 그해 여름 나는 공짜 커피와 아이스크림을 여러 차례 얻어 먹을 수 있었다. 계산원들은 눈물을 글썽이며 말해주었다. "기운 내, 아가씨. 이건 서비스야." 하지만 많은 경우 나는 괴물이 된 기분이었다. 어느 날 오후 공공도서관 화장실에서 나오는데 어린 여자아이가 나를 가리키며 비명을 지르기도 했다.

바깥에 나갈 기력이 나지 않을 때가 더 많았다. 온몸이 부서질 것처럼 피곤해서 거실의 낡은 가죽 소파를 떠나지 못하는 날이면 윌이 항상 곁에 있어주었다. 그는 우울한 날에도 기분을 나아지게 하는 재주가 있었다. "오늘은 영화 보는 날이야." 윌은 마치 우리가 낮에 집에 있기로 선택한 것처럼 이렇게 말해주곤 했다. "미국 대중문화에 약한 널 위해 오늘은 특별 프로그램을 짜왔어. 오늘의 주제는 1980년대 후반이야. 일단 〈페리스의 해방〉, 〈조찬 클럽〉, 〈구혼 작전〉으로 시작하자. 그다음엔 점심시간이야."

간병인 생활은 환자의 컨디션에 좌지우지되고, 환자를 대신해 본인의 몸을 희생해야 하는 일이다. 윌이 이 새로운 역할에 어찌나 열렬히, 헌신적으로 몰두했는지 다들 깜짝 놀랄 정도였다. 그는 아침마다 어머니를 도와 라이스 푸딩을 만들었고(내가 삼킬 수 있는 유일한 음식이었다) 완성된 푸딩을 버베나와 싱싱한 민트(구토 방지 효과가 있다고 했다)로 우려낸 차와 함께 쟁반에 담아 내 침실까지 올려다주곤 했다. 내가 침대에서 식사할 수 있게 하려는 배려였다. 부모님을 거들어 집안 허드렛일을 처리하고, 오후에는 여름방학을 맞아 집에 온 내 동생과 함께 농구를 했다. 약상자를 정리하고 내 가슴에 삽입된 카테터의 드레싱을 교체했으며 병원 검진 날마다 동행해주었다. 파티에도 못 가고 친구들과의 해변 나들이에도 빠져야 했지만, 윌은 단 한 번도 불평하지 않았다. 그는 이 세상 그 어느 곳보다도 내 곁에 있고 싶다고 거듭 다짐하곤 했다. 만약 우리 둘의 상황이 바뀌었더라면 나 역시 윌이 내게 보여준 만큼의 인내심과 헌신으로 그를 돌보았으리라 생각했지만, 마음 한구석에서는 과연 그럴 수 있었을까 의심스러웠다.

그해 여름에는 윌의 부모님도 우리 집을 찾아왔다. 나를 격려하기 위해 캘리포니아에서부터 먼길을 달려온 것이다. 윌의 부모님을 만나는 건 처음이었다. 핼쑥하고 창백한 얼굴에 가슴에는 카테터가 튀어나와 있는 내 모습을 그분들이 어떻게 생각할지 걱정되었다. 외아들의 배우자로 나 같은 사람을 바라진 않을 것 같았다. 윌의 예전 애인처럼 부드럽고 풍성한 금발 머리에 일류 잡지사에 다니는 사람, 질병 대신 전망을 가진 사람을 원하시겠지.

그러나 윌의 부모님은 전혀 그런 티를 내지 않았다. 두 분은 우리 집 앞에 차를 세우고 활짝 웃으며 우리를 얼싸안았다. 윌의 아버지 션은 흰 콧수염을 기르고 푸른 눈을 반짝이는 훤칠한 아일랜드인이었는데, 잠시 후 나를 한쪽으로 끌어당기며 이렇게 인사했다. "우리 아들은 너를 만난 이후로 훨씬 나은 사람이 되었어. 네가 뭘 어떻게 한 건지 모르겠지만 정말 고맙다고 말하고 싶구나." 윌의 어머니 캐런은 눈부신 금발에 히피 같은 리넨 원피스를 입고 알록달록한 구슬 장신구를 하고 있었다. 주변 모두를 기분 좋게 하는 윌의 재능은 어머니에게서 물려받은 게 분명했다. 캐런은 내 민머리가 정말 멋지고 과감하다며 거듭 칭찬했다. "완쾌된 뒤에도 짧은 머리를 유지하는 게 좋겠어."

양가 가족들은 새러토가 근교를 돌아다니며 주말을 보냈다. 새러토가 교외의 유명한 예술가 마을 '야도'의 장미 정원을 산책했으며, 경마장에 가서 이름이 마음에 드는 말에 2달러씩 돈을 걸기도 했다(그리고 매번 돈을 잃었다). 저녁이면 어머니가 꼬마전구와 종이 등불로 장식해둔 덩굴로 뒤덮인 뒤뜰의 격자창 아래서 식사를 했다. 윌의 부모님과 우리 부모님이 서로 어찌나 잘 통했는지 정작 우리는 식사 중에 한 마디도 하기 어려웠다. 이라크 전쟁을 취재했던 언론인이자 다큐멘터리 감독인 션은 우리 아버지와 중동 정책에 관해 대화했고, 캐런과 우리 어머니도 예술 애호가들답게 죽이 잘 맞았다. 부모님들의 대화가 끝도 없이 길어지면 식탁 맞은편에 앉은 윌과 나는 몰래 눈짓을 주고받거나 눈을 굴려 보이곤 했다.

윌의 부모님이 돌아가기로 한 날 우리는 시내에서 열리는 농산물 장터까지 함께 걸어갔다. 챙 넓은 푸른색 밀짚모자를 썼는데도 머리에 햇볕이 따갑게 쏟아졌다. 판매대를 돌아보며 수제 블랙베리 잼과 올리브, 치즈를 맛보는 부모님들을 간신히 뒤따라다니던 나는 결국 양해를 구하고 나무 그늘에 놓인 간이 의자에 앉아서 쉬었다. 잔디밭 건너편에서 기타줄 튕기는 소리와 아이들이 서로를 뒤쫓으며 외치는 소리가 들려오자 머리가 어지러웠다. 모자를 벗어 부채질을 하면서도 조용하고 서늘한 내 침실로 순간이동하고 싶다는 생각이 간절했다.

마침내 집으로 돌아가게 되었을 때도 나는 몸 상태를 숨기려고 한참 뒤처져 따라갔다. 나만 아니라면 완벽할 주말을 망치고 싶진 않았다. 하지만 집에 도착했을 무렵엔 사지가 덜덜 떨렸고 여름 원피스가 땀으로 흠씬 젖어 있었다. 나는 윌의 부모님을 포옹하며 몸이 좀 나아지면 캘리포니아로 찾아뵙겠다고 작별 인사를 한 뒤 집 안으로 들어갔다. 내가 몇 시간이고 소파에 누워 꼼짝도 하지 않자 부모님이 다가와서 물었다. "몸은 좀 어떠니?"

"괜찮아요." 나는 이를 악물며 단호히 대답했다. 다리 사이에서 마치 심장 박동처럼 둔중한 통증이 느껴졌지만, 민망한 나머지 그곳이 아프다고 말할 수 없었다. 어머니에게도, 예스러운 나비넥타이를 맨 남자 담당 의사에게도, 누구에게도. 그 문제에 대해서라면 '거기'가 아프다거나 해부학적으로 모호한 설명조차 할 엄두가 나지 않았다. 그저 통증이 저절로 가라앉기를 바랄 뿐이었다. 하지만 며칠이 지나자 걷지도 못할 만큼 상태가 악화되었고, 윌과 부모님이 저녁 식탁에 앉았을 때도 소파에서 일어나지 못하고 열에 들떠 이를 달달 떨었다. 어머니가 내 체온을 재보자 38.3도가 나왔다. "다른 방법이 없어. 병원으로 가자." 어머니가 단호하게 말했다.

어머니가 운전석에 앉고 윌은 뒷자리에 앉아 내 머리에 무릎을 받쳐주었다. 차는 고속도로를 질주했다. 윌이 30분에 한 번씩 체온계를 확인할 때마다 내 체온은 올라가 있었고, 어머니는 근심에 눈썹을 찌푸린 채 액셀을 밟았다. 세 시간 뒤 맨해튼으로 넘어가는 허드슨강가의 태팬 지 브리지에 이르렀을 무렵, 어머니는 제한 속도보다 무려 시속 32킬로미터 빠르게 달리는 상태였고 내 체온은 40도에 육박해 있었다.

일요일 밤의 마운트시나이 병원 응급실은 끔찍했다. 대기실은 만원이었고 사람들이 자판기 앞까지 가득 늘어서 있었다. 플라스틱 의자에 쓰러져 반쯤 잠든 사람, 거즈로 감싼 피투성이 부속기관을 움켜쥔 사람, 울어대는 아기를 안아든 어머니, 양발이 부어올라 절름거리는 당뇨병 환자…. 다들 '문지기'인 접수처의 간호사가 자기 이름을 부르기만을 기다리고 있었다. 응급 순서 분류, 즉 의료진이 어떤 환자가 먼저 진료를 받아야 할지 결정하는 과정 앞에서 사람들은 적자생존의 태도를 드러냈다. 모두가 자신이 가장 응급한 상황에 있다고 느꼈으며, 자기나 자기 아이가 남들보다 더 먼저 치료받아야 한다는 절박감으로 공황 상태에 빠지기도 했다. 북적이는 응급실에서 고결한 태도를 보이기는 어렵다.

"우리 딸은 백혈병 환자고 열이 펄펄 끓는다고요." 45분을 기다리고 나자 평소에는 고상한 어머니도 접수처 간호사에게 이렇게 고함을 질렀다. "게다가 심각한 면역손상 상태고요. 애를 더 오래 대기시켰다간 가만 안 둘 거예요." 어머니의 협박이 먹혔는지 간호사가 우리를 안쪽으로 이끌었다. 우리는 잠시 승리감을 느꼈지만, 응급실의 스테인리스 회전문 안쪽은 더 난장판이었다. 이동식 침대가 복도에 빽빽이 늘어서 있었고 환자들은 신음하며 울부짖었다. 도와달라고 비명을 지르는 사람도 있었다. 휠체어에 탄 한 여자는 사납고 초점 없는 눈으로 주변을 둘러보면서 들어주는 사람도 없는 고함을 지르고 있었다. 직장 동료들이 자기에게 독을 먹였다는 내용이었다.

침대를 밀 공간은커녕 윌과 어머니가 서 있을 자리조차 없었다. 윌을 힐끗 보니 당황해 어쩔 줄 모르는 기색이었다. 어머니도 나와 같은 생각이었는지 윌에게 어디 가서 쉬는 게 어떻겠냐고 말했다. "네, 우리 셋 다 여기에 있어도 소용이 없겠네요. 친구랑 한잔 마시고 올게요." 몇 분 뒤 윌은 그곳을 떠났다.

내 침대에서 팔을 뻗으면 닿을 곳에 덥수룩한 드레드락 머리를 한 젊은 남자가 눈을 감고 가만히 누워 있었다. 그의 더러운 옷이 말끔한 침대 시트와 선명한 대조를 이루었다. 의사가 와서 그의 침대에 달린 커튼을 쳤지만, 그럼에도 두 사람이 나누는 대화를 전부 또렷이 들을 수 있었다. 몇 분 사이 나는 그 남자가 에이즈 환자이며 헤모글로빈 수치가 3.0밖에 안 된다는 것을 알게 되었다.

"수혈을 해드릴까요?" 의사가 물었다.

"아니요." 젊은 남자가 대답했다.

"그럼 죽을 텐데요. 알고 계시죠?"

"알아요."

잠시 후 병원 직원이 와서 환자들에게 샌드위치를 나눠주었다. 하지만 젊은 남자는 너무 쇠약해진 상태라 건네받은 샌드위치를 그대로 떨어뜨렸다. 샌드위치가 그와 내 침대 사이에 떨어지면서 양상추와 연한 빛깔의 햄이 리놀륨 바닥에 흩어졌다. "저 사람 괜찮아요? 누가 저 사람 좀 도와줘요." 나는 이렇게 소리쳤고, 다음 순간 눈이 뒤집히며 의식을 잃었다.

그후 열두 시간 동안 펄펄 끓는 의식불명 속에 순간순간 형광등 불빛이 반짝이듯 의식이 돌아왔다.

장면 1: 눈을 뜨니 의사 세 명이 손전등을 켜고 내 다리 사이를 들여다보는 중이다. 얼굴이 수치감에 확 달아오른다. 다리를 모으려고 해보지만 누군가의 장갑 낀 손이 계속 나를 가로막는다. "소음순에 작은 상처가 있네요." 마스크 뒤에서 누군가의 목소리가 말한다. "염증, 어쩌면 패혈증 같군요." 다른 목소리가 말한다. "저도 좀 볼 수 있을까요?" 또 다른 목소리가 말한다. 상처 주위 피부에 괴저가 생겼다는 말도 들린다.

장면 2: "여기가 어디죠?" 내가 겁에 질려 묻는다. 엘리베이터의 강철 아가리가 크게 열리더니 병원 안 어딘가에 나를 내려놓는다. 내가 누운 이동식 침대가 작고 답답한 흰 정사각형 방으로 들어선다. 천장은 흐릿한 오렌지색이다. 간호사가 이곳은 노인 병동이라고 설명해준다. 지금은 모든 병실이 만원이니 일단 여기서 하룻밤 자면 암 병동에 자리가 날 거라는 얘기다. 희한한 일이다. 내 몸은 스물세 살이지만 정말로 여든 살이 되어버린 느낌이다. 나는 기막힌 농담이라도 들은 것처럼 낄낄거린다. 이유를 설명하긴 어렵다. 지금 내겐 그럴 기력이 없다.

장면 3: 추워, 추워, 추워 죽겠어. 나는 어머니에게 몇 번이고 말한다. 어머니가 계속 새 담요를 가져와서 덮어주는데도 추위는 가시지 않는다. 그 무엇도 내 몸을 데워주지 못한다. 이가 딱딱거리고 온몸이 주체할 수 없이 떨리기 시작한다. "여기 의사 좀 데려올 수 없어요?" 누군가 외친다. 나중에 알고 보니 그건 '호중구감소증'이라는 증상이었다. 다시 말해 감염에 맞서 싸울 세포가 내 몸에 거의 남지 않았었다는 뜻이다.

장면 4: 내 체온은 계속 올라 마침내 41도에 이른다. 뭐라고 말을 하려 해도 횡설수설 헛소리만 나온다. 경직되어 덜덜 떨던 내 몸이 대소변을 지린다. 간호사가 내 헐벗은 허벅지 아래 요강을 끼워 넣으려고 씨름하는데 문간에 윌이 나타난다. "저 사람 밖에서 기다리라고 해요." 나는 갑자기 또렷한 목소리로 어머니에게 애원한다. 양손으로 얼굴을 가리면서.

장면 5: 평소에는 미소를 잃지 않던 홀랜드 박사가 굳은 얼굴로 나타난다. "남편 분에게 전화해서 당장 이리로 오라고 하세요." 박사가 어머니에게 이렇게 말하고 있다. 지금은 한밤중이고 아버지는 차로 세 시간 반이 걸리는 새러토가의 집에 있다. "아침까지 기다리면 안 될까요? 그이에게 겁을 주고 싶진 않아요." 어머니가 묻는다. 박사는 어머니의 어깨에 손을 얹더니 정면으로 눈을 들여다본다. "지금 전화하세요. 생사가 걸린 문제예요."

다음날 눈을 뜬 나는 어리둥절한 채 방안을 둘러보았다. 여기가 어딘지, 무슨 일이 있었는지 기억하려고 애써보았다. 침대 옆에 하룻밤 사이 수십 살은 더 늙은 것처럼 보이는 부모님이 앉아 있었다. 간호사가 몸을 굽혀 물이 든 종이컵과 진통제인 옥시코돈 알약을 건네주었다. 몇 분 뒤 나는 침대 옆에 놓인 플라스틱 대야에 구토했다. 약 기운과 내가 아직 살아 있다는 자각이 화물열차처럼 묵직하게 머리를 덮쳐왔다. 희열에 가까운 안도감이 느껴졌다.

노인 병동은 암 병동보다 더 넓고 깔끔했다. 금발로 염색한 수다쟁이 간호사만 빼고는 모든 게 마음에 들었다. "나도 암 병동에서 일했어." 간호사가 체온계를 내 혀 아래 밀어 넣으며 말했다. "조애니라는 여자애가 기억나네. 자기 또래의 사랑스러운 아이였지. 그 애가 감염이 발생해서 다시 입원할 때마다 울고 싶었어. 그 아이가 죽었을 땐 정말로 슬펐지. 지금 자기를 보기만 해도 조애니가 생각나서 슬퍼. 그래서 이제 암 병동 대신 이곳 노인 병동에서 일하고 있는 거야."

환자로 지내면서 나는 속마음과 다른 말을 하는 데 능숙해졌다. 그래서 머릿속으로는 '제발 입 좀 닥쳐요. 나랑 부모님이 이미 무서워 죽을 지경이란 거 모르겠어요?'라고 생각하면서도 실제로는 전혀 다른 말을 했다. "간호사님 같은 분이 곁에 있었다니 조애니는 정말 운이 좋았네요."

밤이 되자 윌이 부모님과 교대했다. 그는 얇은 면 이불 한 장만 덮고 내 침대 옆 안락의자에 어색하게 드러누웠다. 노인 병동에 남은 간이침대가 없었기 때문이다. 윌은 지금까지 그랬듯 그날 밤에도 불편함을 무릅쓰고 내 곁에 있어주었다.

"있잖아, 우리 결혼해야겠어." 내가 뜬금없이 입을 열었다. 옥시코돈 때문에 혀가 느슨해진 모양이었다. 더 미루었다간 아예 기회가 없어질까 봐 두려웠다.

"대찬성이야." 윌이 단숨에 대답했다.

우리는 밤을 새우다시피 하며 신나게 계획을 짰다. 초대 손님 명단을 만들고 내 뮤지션 친구 중 누구에게 축가를 부탁할지 의논했다. 대학 시절 단짝이었던 리지와 마라에게 전화하자 둘 다 곧바로 준비를 돕겠다고 나섰다. 리지와 리지 어머니가 윌과 함께 다이아몬드 상점가에 반지를 사러 가기로 했다. 마라는 자기네 본가에서 결혼식을 열자고 했다. 절친한 친구와 친척 몇 명만 초청해 뒤뜰에서 여는 소박한 가을 파티가 될 것이었다. 긴급히 입원하는 상황이 다시 생기지만 않는다면 빠른 시일 안에, 가능하다면 몇 주 내로 결혼식을 올리고 싶었다.

며칠 뒤 암 병동에 자리가 나서 나는 위층으로 옮겨졌다. 석 달 전만 해도 외국처럼 낯설었던 암 병동이 기묘하게도 이젠 내 집처럼 편안했다. 링거 모니터 여러 대가 삑삑대는 소리도, 민머리 동료 환자들의 모습도. 나는 이곳에 속해 있었다. 유니크는 나를 보자 마치 오랜만에 재회한 친구처럼 다정하게 인사해주었다. "이런, 술라이커! 돌아왔단 얘긴 들었는데. 잘 지냈어? 그 잘생긴 애인 양반은?"

"우리 결혼해요." 나는 신나게 대답했다.

그러고서 암 병동의 내 친구들은 어떻게 지내고 있는지 물었다. 유니크는 내 침대 모서리에 앉아 부드럽게 내 몸에 담요를 덮어주었다. 예이아는 떠났다고 했다. "아니, 알제리로 돌아간 건 아니고…." 유니크가 덧붙였다. 예이아는 아름다운 센트럴파크 풍경이 내다보이는 병실에서 아내의 손을 잡고 세상을 떠났다. 데니스는 골수이식 절차를 진행하고 있었는데, 어느 날 오후 갑자기 그의 모든 장기가 차례로 멈추었다고 했다. 의사들이 최선을 다했음에도 데니스를 살릴 수는 없었다. 아무도 그의 시체를 찾으러 오지 않았다.

이런 소식들을 받아들이려고 애쓰는 동안 유니크는 내 등을 가만히 쓸어주었다. 머릿속에 떠오르는 생각은 하나뿐이었다. '다음은 내 차례야.'

나의 적들

나는 항상 일기를 썼다. 어린 시절 침실 책꽂이에는 여러 권의 화사한 노트가 빼곡히 꽂혀 있었다. 내 인생의 단계를 자세히 보여주는 노트에는 빽빽이 휘갈긴 나 자신과의 대화가 가득했다. 미래에 대한 열띤 상상, 실제로는 일어난 적 없지만 사실이라고 믿고 싶던 한밤의 모험에 관한 거짓말, 야심만만한 여성 주인공이 등장하는 반半자전적 단편소설, 형편없는 시, 그리고 목록들. 해야 할 일과 하면 안 될 일과 소망을 적은 무수한 목록들. 열두 살의 나 자신과 나눈 대화는 열여섯 살 혹은 스무 살의 나와 나눈 대화와 전혀 달랐지만, 한 가지만은 모두 똑같았다. 모든 대화가 미래에 관한 것이었다.

미래를 상상하는 일은 젊은 시절의 큰 즐거움이지만, 생사가 불확실한 상황에서는 무시무시한 절망이 될 수 있다. 한때는 무한한 가능성으로 빛나던 미래가 절망의 구렁텅이로, 끔찍한 치료와 알 수 없고 두려운 무언가가 도사린 깜깜한 터널로 변한다. 과거를 회상하는 일은 내가 잃어버렸고 계속 잃어가는 것들을 고통스럽게 일깨워줄 뿐이다. 친구, 청춘, 생식력, 머리카락, 화학요법 치료 첫날 부모님이 주신 '새로운 단계'를 기념하는 목걸이(집과 병원을 오가는 사이에 잃어버렸다), 약물로 흐릿하고 둔해진 정신, 그리고 내가 골수이식을 받을 때까지 살아남을 수 있으리라는 믿음까지.

시간이 지배하는 세상에서 난치병 환자로 사는 건 이등 시민으로 사는 것과 같았다. 하루하루가 더디게 진행되는 응급 상황이었다. 내 삶은 하얀 네 개의 벽 안으로, 형광등 불빛이 쏟아지는 병상 위로 쪼그라들었다. 플라스틱 관과 전선이 꽂힌 몸은 온갖 모니터와 링거 주사에 묶여 있었다. 창문 밖 세상이 점점 더 멀게 느껴지고, 시야는 저 멀리 아득한 소실점을 향해 스러져갔다. 시간은 대기실이 되었다. 의사를, 수혈과 검사 결과를, 상태가 나아지는 날을 기다리는 장소가 되었다. 나는 현재의 소중함에 집중하려 애썼다. 부모님과 함께 암 병동 안을 돌아다닐 만큼 기운이 나는 순간들에, 밤마다 잠들기 전 큰 소리로 책을 읽어주는 윌의 목소리에, 대학을 다니는 동생이 날 만나러 오는 주말에, 여전히 우리가 함께 있을 수 있는 지금 이 시간에. 하지만 아무리 애써도 가슴속에 싹튼 슬픔과 죄책감은 사라지지 않았고, 내가 살아남지 못하면 윌과 우리 가족은 어떻게 될까 하는 생각만 자꾸 떠올랐다.

임상실험은 염증 때문에 몇 주 늦춰졌지만, 내가 충분히 회복되었다고 의사들이 판단하는 즉시 시작될 예정이었다. 나는 미국 내에서 해당 실험을 신청한 135명의 환자 중 하나였다. 매달 첫 아흐레 동안 유력한 두 가지 화학요법 약물인 아자시티딘과 보리노스타트 혼합물을 주입하고, 2주 정도 회복기를 거친 다음 새로운 주기에 들어가는 식이었다. 임상실험은 외래로 진행될 것이었다. 다시 말해 합병증 때문에 입원하는 일만 없다면 진료 시간 외에는 뉴욕 시내가 아니라 새러토가의 집에서 머물 수 있다는 얘기였다. 모든 게 계획대로만 진행된다면 임상실험은 반년 뒤엔 끝날 것이라고 했다.

우리 집 뒷마당에 있는 늙은 단풍나무의 잎이 말라붙어 화사한 주홍색으로 변할 무렵, 나와 윌의 기나긴 밀월에도 그늘이 드리우기 시작했다. 윌은 내가 백혈병 진단을 받은 뒤로 늘 곁에 있었고 임상실험이 끝날 때까지 그럴 생각이었다. 이기적인 얘기지만 나는 윌과 항상 붙어 있는 게 좋았다. 민머리에 가끔 오줌을 지렸고 부모님 신세를 지면서 침대에 묶여 있었지만, 그래도 윌 덕분에 내가 아직 정상이고, 젊고 사랑받는 사람이며 심지어 아름답다고 느낄 수 있었다. 하지만 계속 이렇게 지낼 순 없었다. 환자의 세상은 다른 사람이 일 년 내내 머물 수 있는 곳이 아니었다. 가장 미워하는 사람에게도 차마 그런 고통은 기원할 수 없었다. 윌과의 관계를 지속하려면 그가 자기 인생을 되찾도록 격려해주어야 했다.

"너도 일자리를 찾는 게 좋겠어." 어느 날 오후 나는 윌에게 조심스럽게 말했다. 우리가 연속 다섯 번째 스크래블 게임을 끝낸 직후였다.

윌이 한숨을 쉬었다. "그래, 알아. 나도 생각은 해봤어. 수입이 있다면 무척 요긴할 텐데. 하지만 이런 상황에서 너를 외롭게 할 순 없어."

"난 회복하지 못할 거야. 적어도 금방은 말이야." 내가 대답했다. 윌도 그의 인생을 무한정 미룰 순 없다는 걸 알고 있었다.

처음에 윌은 우리 집 근처에서 직장을 찾으려 했지만, 새러토가 시내에서 구할 수 있는 일자리는 바텐더나 종업원 정도였다. 하지만 구직 범위를 넓히면서 맨해튼의 대형 언론 매체에서 보조 편집자를 구한다는 걸 알게 되었다. 윌에게 지원해보라고 했지만 그는 망설였다. 새러토가는 맨해튼에서 차로 세 시간 반 거리였다.

윌이 그 언론사에 취직한다면 우리는 주말에만 만날 수 있을 터였다. 윌은 임상실험이 곧 시작될 테고 내 건강도 위태로운데 그렇게 멀리 떨어져 있는 건 무리라고 말했지만, 나는 그의 염려를 일소에 부쳤다. 윌이 행복하길 바랐고, 어느 정도는 그를 통해 대리 만족을 느끼고 싶기도 했다. 내 몸이 내 삶을 망가뜨리고 있는 현실만 아니었다면 바로 내가 갖고 싶던 일자리였으니까. 그래서 나는 윌을 돕는 데 전념했다. 그의 이력서를 봐주고, 함께 면접을 준비하고, 취직이 될 경우를 대비해 주중에 공짜로 머물 수 있는 친구의 아파트도 찾아주었다. 윌이 합격했다는 전화가 왔을 때 나는 쇠약한 몸에 남은 힘을 다해 그를 포옹했다. "이젠 모든 게 잘 풀릴 거야." 나는 진심으로 말했다.

며칠이 지난 어느 상쾌한 가을 아침, 우리는 새러토가 기차역으로 갔다. 윌이 첫 근무를 위해 이선 앨런 급행열차로 떠나는 날이었다. 기차에 오른 그가 나를 돌아보았고 나는 함박웃음을 지으며 출발 신호가 들릴 때까지 열심히 손을 흔들었다. 플랫폼에 서서 철로를 굴러가는 바퀴를 바라보며 기차가 모퉁이를 돌아 사라질 때까지 그 소음에 귀를 기울였다. 그러나 홀로 남자 그때까지의 열의가 순식간에 스러지며 눈앞이 깜깜해졌다.

집으로 돌아와서 침실로 가는 계단을 올랐다. 방문을 잠그고 침대에 엎드려 머리를 처박은 다음 한동안 숨을 꾹 참고 있었다. 그러다 베개에 얼굴을 파묻고 혈관이 터질 듯 격렬하게 울부짖었다. 윌을 향한, 친구들을 향한, 병에 방해받지 않고 바깥세상에서 직장을 구하고 여행을 떠나고 새로운 것을 찾아갈 수 있는 모든 사람을 향한 좌절과 질투가 담긴 절규였다. 내 삶은 시작하기도 전에 끝났는데 다른 사람들의 삶은 이제 시작이라니, 말도 안 되게 불공평했다. 폐가 얼얼하고 숨이 막힐 지경이 되자 울기를 멈추고 침대에서 일어났다. 창가에 있는 작은 나무 책상으로 가서 일기장을 펼쳐 적었다. '세상은 앞으로 나아가는데 여기에 나는 갇혀 있다.'

윌이 없는 주중엔 자기연민에 쉽게 빠져들었다. 나는 생산적으로 시간을 보낼 방법을 찾아보기 시작했다. 우선 스키드모어 대학교의 문예창작 강좌에 등록하기로 했다. 아버지가 불문학과 교수로 계시고 동생도 졸업반에 재학 중인 학교였다. 집 앞길을 따라가면 나오는 가까운 곳이기도 했다. 하지만 수업 첫날밖에 출석하지 못했다. 이미 임상실험을 시작한 후였는데 2주 만에 또다시 호중구감소성 발열로 입원했기 때문이다. 구내염이 급증했고 통증도 극심하여 퇴원할 때는 담당 의료진이 모르핀보다 100배 강한 아편계 진통제 펜타닐을 처방해주었다.

나는 하루종일 침대에 비스듬히 기대앉아 지냈다. 투병 생활 전에는 내가 야심만만한 사람이란 게 자랑스러웠다. 어린 시절을 보낸 내 방에 가득한 지난 성취의 흔적들, 메달과 트로피와 상장과 수료증이 이젠 나를 놀리는 것처럼 보였다. 뭐라도 할 일을 찾아야 한다는 강박에 시달리다가, 이번엔 GRE(미국 대학원 입학자격 시험—옮긴이)를 준비하기로 했다. 어쩌면 대학원 입학을 신청할 수 있을지도 몰랐다. 이후로 몇 주 동안은 그간 잊어버린 대수학을 복습하고 실전 테스트를 풀어보고 국제관계학과나 근동학과 대학원에서 들을 수 있는 강좌를 조사해보았지만, 시험 접수를 마치기도 전에 다시 입원해야 했다. 이번엔 흉부 카테터에 염증이 생겼기 때문이었다. 카테터를 제거하고 새것으로 교체하는 수술을 받은 뒤 퇴원해서 집에 돌아오자마자 바로 그 주말에 치러지는 GRE 원서를 넣었다. 합병증이 재발해서 계획을 망치기 전에 서둘러야 했다. 시험 날 어머니는 특별히 '뇌 기능을 향상해주는' 음식으로 아침을 차려주었다. 케일 볶음을 곁들인 스크램블드에그와 블루베리와 아마 씨 가루를 넣은 오트밀 죽이었다. 식욕은 전혀 없었지만 어머니를 생각해서 간신히 몇 입 떠 넣었다. 어머니가 올바니의 시험장까지 차를 모는 동안 나는 뒷자리에서 눈을 붙이며 기력을 보충했다. 시험장에 도착하니 퉁명스러운 접수원이 시험을 보는 동안엔 뜨개 모자를 벗어야 한다고 지시했다. 어머니는 내가 화학요법 치료 때문에 머리가 빠져서 그렇다고 설명했지만 접수원은 물러서지 않았다. "규칙은 규칙이니까요."

실내가 너무 추워 몸이 떨렸고 밝은 전등 불빛에 내 민머리가 번쩍거렸지만, 나는 어떻게든 이놈의 시험을 끝내기로 각오했다. 시험지를 다 풀기까지 3시간 45분이 걸렸다. 마지막엔 정신이 혼미하고 탈진해서 눈이 저절로 감겼고 이가 덜덜 떨릴 만큼 열이 올랐지만, 어쨌든 시험을 끝냈다. 몇 주 뒤 나온 성적은 그저 그런 정도였다. 그래도 나는 포기하지 않았다. 이후로 한 달간은 미국 전역을 통틀어 한 줌밖에 안 되는 국제관계학과 및 근동학과 대학원에 지원하는 데 전념했다. 예전 담당 교수님들에게 추천서를 받고, 자기소개서를 쓰고, 장학금 신청 양식도 작성했다. 마침내 모든 서류를 준비하고 '제출' 버튼을 클릭했을 때는 의기양양한 기분이 들 줄 알았는데, 내심 이 모든 게 헛수고라는 생각이 들었다. 설사 내가 대학원에 합격한다 해도 실제로 다닐 수 있는 상태가 아닐 테니까.

이후로는 일기 쓰는 것도 중단했다. 한동안 내가 집중해야 할 목표는 단 한 가지, 회복뿐이라는 사실을 받아들인 것이다. 임상실험 과정은 모두의 예상을 초월할 정도로 힘들었다. 화학요법 약물이 어찌나 독했는지 한 주기가 끝날 때쯤엔 응급실로 실려 가기 일쑤였고, 호중구감소성 발열부터 대장염, 패혈증까지 온갖 치명적인 합병증과 싸우며 몇 주씩 입원해 있어야 했다. 격심한 구내염이 유발한 통증은 펜타닐 패치를 붙이고 온갖 보조 진통제를 다 써도 가라앉지 않았다. 나는 침대 옆 탁자에 액상 모르핀 한 병을 놓아두었다. 한밤중에 통증이 심해질 때 모르핀을 몇 모금 삼키면 다시 잠들 수 있었다. 이러다가는 백혈병이 아니라 임상실험과 처방받은 진통제의 부작용 때문에 죽을 것 같았다. 아예 임상실험을 중단하고 싶다는 생각도 종종 했다. 윌과 부모님의 간청만 아니었다면 실제로 중단했을지도 모른다.

그해 가을 입원과 퇴원을 반복하는 와중에 담당 의료진에게 결혼식 계획을 얘기했다. 희소식이니 그들도 기뻐해줄 거라고 생각했는데, 축하보다는 걱정에 가까운 반응이 돌아왔다. 한 시간도 지나지 않아 사회복지사가 병실로 찾아오더니 부모님과 내게 면담을 요청했다. "환자분 목표는 골수이식을 받는 거죠. 여러분도 아시겠지만 매우 비싼 수술이에요. 수술비가 백만 달러를 넘을 수도 있어요. 다행히 아버님이 의료보험에 가입되어 있어서 비용 대부분이 보험 처리되겠지만, 환자분이 결혼한다면 피부양자 자격을 상실할 수도 있어요. 그런 위험을 무릅쓰는 건 권하고 싶지 않아요. 적어도 수술이 무사히 끝날 때까지는요."

나는 사회복지사를 노려보았다. 사회복지사는 젊고 아름다운 여성이었다. 불그스름한 금발을 어깨 아래까지 늘어뜨렸고, 손톱을 깔끔히 손질한 가느다란 손가락에는 커다란 다이아몬드 약혼반지를 끼고 있었다. 사회복지사는 사실을 전달하고 있을 뿐이었고 나도 그 사람의 말이 옳다는 걸 알았지만, 그럼에도 그가 미워지는 건 어쩔 수 없었다. 결혼식은 연기되었다. 상황이 바뀔 때까지 무기한 연기된 다른 무수한 계획들과 마찬가지로. 이후로는 아무도 그 얘기를 다시는 꺼내지 않았다.

내 안에서 일종의 분열이 일어나고 있었다. 젊고 당돌하고 쾌활하며 병에 맞서 용감히 싸우는, 끔찍한 상황에서도 최선을 다하기로 다짐한 '모범생' 환자. 질투에 사로잡혀 자주 짜증 내고 침실에 누워 하루 열여섯 시간을 자는 지금의 나. 일요일 밤에 윌이 출근 준비를 하려고 짐을 꾸려 새러토가를 떠날 때면 나도 밝고 격려하는 표정을 보여주고 싶었다. 정말로 그러려고 노력했다. 하지만 한 주 한 주가 지나고 몸이 쇠약해질수록 그러기가 점점 더 힘겨워졌다. 윌에게 화를 내는 건 부당한 일이었다. 직장을 구해야 한다고 그를 설득한 사람은 바로 나였지 않은가. 하지만 이제까지 느낀 적 없는 분노가, 아직은 숨겨져 있지만 언제든 내 주변 모두를 파괴해버릴 것만 같은 분노가 내 안에 쌓여가고 있었다. 나의 적은 윌이나 사회복지사, 바깥세상에 있는 사람들이 아니라 내가 걸린 병이라는 걸 알고 있었다. 하지만 하루하루가 지나고 또 하나의 꿈이 미뤄질 때마다 그들을 나의 진짜 적과 구분하기가 점점 더 어렵게 느껴졌다.

임상실험 블루스

그해 겨울 부모님은 내가 우울증에 걸렸다고 확신하기에 이르렀다. 나는 혈관에 모르핀을 주입하는 링거 주사 버튼을 최대한 자주 눌러대고 있었다. 진통제가 가져오는 몽롱한 상태를, 그칠 줄 모르는 머릿속 소음에서 벗어날 수 있는 시간을 갈망하게 되었다. 나는 점점 말수가 줄고 내성적으로 변해갔다. 가끔은 좌절감과 분노로 악다구니를 쓰기도 했지만, 그러고 나면 더욱 깊이 틀어박혀버렸다. '공허의 부름(l'appel du vide, 자살이나 자기파괴적 행위에 이끌리는 심리—옮긴이)'이 나를 사로잡았다. 나는 어둠의 쳇바퀴 안을 빙빙 돌고 있었고, 거기서 어떻게 빠져나와야 할지 알 수 없었다.

잠들었을 때나 화학요법 약물 때문에 속이 뒤집혔을 때를 제외하면, 나는 〈그레이 아나토미〉를 정주행하느라 바빴다. 급속도로 쇠퇴해가는 심신을 필사적으로 외면하며 한 화가 끝날 때마다 반사적으로 다음 화 재생 버튼을 눌렀다. 텔레비전 의학 연속극은 묘하게 마음을 달래주었다. 가짜 피가 뿜어져 나오는 무시무시한 상처, 수술대에 누운 환자를 어김없이 살려내는 명의들, 도시 전체를 덮친 끔찍한 비극과 병원 주차장으로 다급히 몰려드는 구급차 행렬. 이런 이미지들로 뇌를 채우다 보면 내가 겪고 있는 의학적 드라마는 잊을 수 있었다. 나는 병원 복도를 오가는 젊은 레지던트 무리를 보며 그들을 등장인물 삼아 조금은 야하고 흥미로운 시나리오를 떠올렸다. 하루는 어느 레지던트에게 〈그레이 아나토미〉에 나오는 의사들과 그의 생활에 비슷한 점이 있는지 물어보기도 했다. "아무래도 등장인물들의 외모가 다르죠." 그는 이렇게 대답했다. "하지만 섹스는 비슷하게 많이 하는 것 같네요."

〈그레이 아나토미〉를 정주행하지 않을 때면 〈리틀 빗 오브 헤븐〉이라는 영화를 즐겨 보곤 했다. 케이트 허드슨이 연기한 자유분방한 젊은 여자가 대장암, 그의 표현에 따르면 '똥구멍 암'을 진단받는 영화다. 허드슨은 잘생긴 암 전문의와 사랑에 빠지고 (스포일러 주의!) 영화가 끝날 무렵 사망하지만, 그의 장례식은 분홍색 우산과 휘날리는 장식 리본과 샴페인이 넘치는, 노래하고 춤추는 사람들로 가득한 유쾌한 행사로 끝난다. 누가 봐도 형편없다고 생각할 영화지만 아무리 찾아도 젊은 여성이 암에 걸리는 내용의 영화는 이것밖에 없었다. 이 영화를 보고 있으면 조금이나마 덜 외로웠고, 수십 번 봤는데도 볼 때마다 몇 시간씩 걷잡을 수 없이 울곤 했다. 거의 아무 감정도 느낄 수 없게 된 때였기에 그렇게 울고 나면 오히려 마음이 편해졌다. 친구들과 부모님이 줄곧 생각하면서도 결코 입밖에 꺼내지 않는 주제, 그러니까 내가 조만간 죽을지도 모른다는 가능성을 나는 영화를 통해 직면할 수 있었다.

당연히 부모님은 내게 우려를 표했다. "암 환자 모임에 가보거나 새러토가에 사는 옛 친구들에게 연락해보지 그러니?" 두 분은 계속 권했다. "텔레비전은 그만 보고 잠깐이라도 놀러 나가봐. 그게 더 재밌지 않을까?"

나는 암 환자 모임엔 관심이 없었지만 몇몇 어린 시절 친구들에게 연락은 해보았다. 효과도 안전성도 입증되지 않은 임상실험을 계속한 것과 같은 이유에서였다. 부모님을 지금보다 더 걱정시키고 싶지 않았기 때문이다. 그러다 유치원생 때부터 알고 지낸 몰리라는 친구와 연락이 닿았다. 몰리는 이 근처 동네에 살면서 지역 양봉장에서 일한다고 했다. 며칠 뒤 우리는 통화를 했고 쇼핑몰에서 만나기로 약속을 잡았다. 할 일이라곤 없는 이 교외 동네에서 유일하게 젊은이들이 모여드는 장소였다. 약속한 날이 되자 나는 여행 가방(파리에서 들고 온 그대로 방 한구석에 세워져 있던)에서 구깃구깃한 블라우스와 블랙 진을 꺼내 입었다. 몸에 거의 뼈만 남아서 옷이 헐렁했지만 달리 입을 만한 게 없었다. 점잖은 옷차림은 예전에 포기했고 편안한 후드 티, 원피스, 파자마, 슬리퍼만 걸치고 지낸 지 오래였다. 발도 어찌나 앙상해졌는지 나보다 발이 작은 어머니의 부츠를 빌려 신어야 했다. 나는 거울을 들여다보며 민머리에 진분홍색 가발을 썼다. 몇 달 만에 화장품 파우치를 들여다보면서 한번 눈썹을 그려볼까 생각했지만, 그때 어머니가 힘차게 카우벨을 울려대는 소리가 들려왔다.

"나가기 전에 주사 맞는 거 잊지 마!" 어머니는 계단 아래서 내 침실을 올려다보며 외쳤다.

어머니가 주사기 두 개를 들고 문간에 나타나자 긴장감에 몸이 굳어졌다. 임상실험 간호사가 어머니에게 항암 주사 놓는 법을 가르쳐주었다. 처음에는 잘됐다고 생각했다. 어머니가 주사를 놓아준다면 호중구감소증이 도져서 입원하지 않는 한 집에 더 오래 머물 수 있었으니까. 하지만 나는 금세 주사 맞는 일을 두려워하게 되었다. 주사 바늘만 봐도 무시무시한 쇠 맛이 혀에 감도는 것 같았다. 이렇게 헌신적으로 보살펴주는 어머니가 있다는 게 얼마나 큰 행운인지는 나도 알고 있었다. 백혈병 진단을 받은 뒤로 어머니는 오로지 나를 돌보는 데만 집중했다. 죽은 내 친구 데니스처럼 자신을 돌봐줄 이가 전혀 없는 사람도 있다는 걸 잊지 않으려 했지만, 주사를 맞는 순간엔 나도 모르게 감사하는 마음이 흐려지곤 했다.

어머니는 침대 가장자리에 앉아서 내 팔뚝 위쪽을 소독했다. "미안, 미안, 미안해." 알코올 패드로 원을 그리며 부드럽게 살갗을 닦아내면서 어머니는 말했다. 내가 매일 주사를 맞을 때마다 점점 더 고통스러워했기 때문이다. 어머니가 세심하게 양팔에 번갈아 가며 주사를 놓긴 했지만, 한 차례 주기가 끝날 때면 바늘 자국 주변 살갗이 겹겹이 벗겨져 있었다. 주사를 맞은 부위 아래 돌처럼 단단한 낭포가 생겨서 살짝 닿기만 해도 끔찍하게 아팠다. 어머니가 첫 번째 주사를 살며시 찔러 넣자 나는 얼굴을 찌푸리며 비명을 질렀다. 두 번째 주사를 다 맞을 때쯤이면 어머니를 쳐다보기도 싫었다. 머리로는 '몸이 나으려면 이런 고통도 견뎌야 한다'고 스스로 타일렀지만, 고유의 기억을 지닌 몸은 자기를 아프게 한 존재를 본능적으로 인식하는 듯했다. 내게 '독약을 주입한다'고 여겨지는 사람들(흰 가운을 입은 사람들, 채혈 간호사, 어머니)이나 긍정적으로 생각하라며 나를 격려하는 이들(친구들, 홀마크 회사의 병문안 카드, 반스앤드노블 서점의 '암 관련 도서' 코너)을 보면 무의식중에 학대당하는 기분이 들었다. 한줄기 희망을 찾는 일조차 내가 겪는 징벌의 일부처럼 느껴졌다.

오랜 시간이 지난 뒤 어머니는 그해 겨울에 썼던 일기를 내게 보여주었다. '친구 캐서린에게 전화해서 내일 아침 차를 마시기로 한 약속을 취소했다. 나는 이렇게 말하고 싶었다. "캐서린, 대체 왜 우리 가족에게, 술라이커에게 이런 일이 생긴 걸까?" 하지만 그 대신 캐서린의 아들과 남편의 안부를 묻고 아무래도 좋을 얘기만 늘어놓았다. 기분이 나아진 것 같으면서도 고통스러웠다. 내가 해야 할 이야기는 수혈과 피로함, 현실에 관한 것이었으니까. 내 가슴속엔 항상 눈물이 고여 있지만 절대 밖으로 흘러나오진 않는다. 기운이 빠지는 순간은 술라이커가 내게 아무 말도 하지 않으려 할 때뿐이다. 내가 이 모든 일을 견딜 수 있는 건, 오디세우스처럼 꿋꿋이 이 수난을 참아낼 수 있는 건 오로지 소통, 사랑, 웃음, 그리고 딸아이의 존재 덕분이다.'

내가 그때 어머니의 일기를 읽었더라면 상황이 달라졌을까. 솔직히 말하면 그렇지도 않았을 것이다. 고통은 인간을 이기적이고 잔인하게 만든다. 고통을 겪다 보면 이 세상에 오직 나와 내 분노만 존재하는 것처럼 느껴진다. 내 멍든 팔다리에 깔려 구겨지는 진찰대의 종이 덮개나, 의사가 새로운 결과지를 들고 진료실로 들어올 때 목구멍으로 튀어나올 듯 쿵쿵대는 심장밖에 남지 않은 것처럼 느껴진다. 하지만 병 때문에 인생이 중단된 사람은 나뿐만이 아니었다. 내가 사랑하는 사람들 모두 어느 정도 비슷한 파탄에 직면해 있었다. 병실에 나 혼자 있지 않다는 사실부터 내가 그나마 운 좋은 사람이라는 증거였다.

내게 주사를 놓고 나면 어머니는 곧바로 침실에 가서 누웠다. 아버지가 나를 쇼핑몰까지 태워다 주었다. 나는 병에 걸리기 전에 운전면허를 따지 못했지만, 설사 면허가 있었더라도 지금 상태로는 운전할 수 없을 터였다. 화학요법 치료를 받고 진통제에 절어 지내면 운동 능력과 인지력이 퇴보하는 부작용을 겪게 된다. 또 다른 부작용으로는 내 신체 기능이 정지하는 경우를 대비해서 항상 내 주변을 맴돌며 일거수일투족을 지켜보는 부모님의 과잉보호가 있었다.

"차 세워놓고 나도 같이 들어갈까?" 아버지가 쇼핑몰 입구에 차를 세우며 말했다.

"내가 알아서 할게요, 에디." 나는 짜증을 숨기려고 애쓰며 대꾸했다. 백혈병 진단을 받은 뒤로 모두가, 특히 부모님이 나를 아기 취급하는 데 진저리가 났다.

푸드코트를 한 바퀴 돌아보았지만 몰리의 모습은 보이지 않았다. 나는 버거킹 매장 정면에 자리를 잡고 앉아 심호흡을 하며 뱃속을 억누르는 압박감을 가라앉히려고 애썼다. 아마도 긴장한 탓이겠지. 몰리와 마지막으로 만난 건 중학생 때였다. 더운 여름날이었고, 보드카 한 병과 타코를 먹으며 몇 시간이나 일광욕을 하다가 결국 몰리가 구토를 했다. 그 애 어머니는 내가 '나쁜 영향'을 끼친다며 소리를 질렀고 그 뒤로 나를 만나지 못하게 했다. 몰리는 대학을 졸업한 뒤 알츠하이머 환자가 된 어머니를 돌보러 집으로 돌아왔고, 내가 병에 걸렸다는 소식을 듣자마자 진심 어린 편지를 보내서 한번 만나면 어떻겠냐고 물었다. 동정심 때문에 그러는 게 분명하다고 느껴져 제안을 받아들이기 꺼림칙했지만, 지금 이렇게 몰리를 기다리다보니 아무래도 상관없다는 생각이 들었다. 평일에 약속을 잡고 밖에 나와서 부모님이나 〈그레이 아나토미〉의 등장인물이 아닌 다른 사람과 시간을 보낼 수 있다니 짜릿한 기분이었다.

몰리는 30분 뒤에 도착했다. 얼굴은 똑같았지만 키가 훌쩍 자라 있었다. 덥수룩한 금발을 목덜미까지 길렀고, 검은색 군화를 신어서 안 그래도 긴 다리가 더욱 길어 보였다. 몰리는 기다리게 해서 미안하다고 사과하고는 이렇게 덧붙였다. "오는 길에 잠시 들를 데가 있었거든. 화학요법 치료에 도움이 될 거 같아서." 그러고는 내게 윙크하며 대마초 냄새가 나는 작은 천 주머니를 건네주었다.

우리는 잡담을 나누며 영화관으로 걸어갔다. 잠시 후 시작할 영화의 입장권을 사서 이미 만원인 상영관 좌석에 들어가 앉았다. 영화에 집중하려 했지만, 팝콘 냄새와 뒤섞인 퀴퀴한 땀 냄새에 뱃속이 더욱 심하게 뒤틀렸다. 익숙한 구역감이 식도에 차오르는 걸 느낀 순간 문득 구토 방지제 먹는 걸 깜박했다는 사실이 떠올랐다. 나는 벌떡 자리에서 일어났다. 늦기 전에 화장실로 달려가려 했지만 결국 매점 옆의 쓰레기통까지밖에 가지 못했다. 온몸이 격렬하게 떨릴 정도로 토하고 토하고 또 토했다. 매점에 줄을 서 있던 10대 여자애 몇 명이 나를 구경하고 있었다. "웩." 한 아이가 말하자 다른 아이도 킬킬거리며 한마디 했다. "저 여자 완전 꼴았네." 나는 못 들은 척했다. 임상실험을 시작한 뒤로 공공장소에서 속을 게워낸 게 처음도 아니었고 마지막도 아닐 터였다. 나는 낯선 사람들 앞에서 추한 꼴을 보이는 데 점점 익숙해지고 있었다.

전부 게워내고 나서 아무 일도 없었던 것처럼 자리로 돌아가 앉았다. 온몸이 떨리고 메슥거렸지만 벌써 집에 돌아갈 수는 없었다. 하룻밤만이라도 평범한 젊은이답게 즐기고 싶었다. 자리에 앉은 채 두 눈을 꼭 감고 속을 가라앉히려 애쓰다 보니 어느새 엔딩 크레딧이 올라가고 있었다.

그날 밤 몰리는 나를 우리 집까지 태워다주었다. 차에서 내리니 사방이 깜깜했고 1층에 켜진 조명만이 희미하게 반짝이고 있었다. 서재 바닥에서 천장까지 닿는 붉은색 책장을 비추는 조명이었다. 아버지는 책상 앞에 앉아서 서류 더미 위로 몸을 숙인 채 뭔가 읽고 있었다. 아마도 의학 관련 자료겠지. 보험회사와 협상하고 난해한 의학 용어를 해독하는 것이 최근 아버지의 주된 일과였다.

"좋은 밤이에요." 방으로 올라가기 전에 나는 잠시 서재 안을 들여다보며 아버지에게 인사했다.

"그래, 어땠니?"

"아주 재미있었어요." 나는 이렇게 대답했다. 굳이 솔직하게 털어놔서 아버지를 속상하게 하고 싶진 않았다.

아버지는 피곤해 보였다. 눈 아래 다크서클이 생겼고 얼굴 곳곳에 못 보던 주름과 처진 살이 보였다. 문득 아버지를 포옹하며 사랑한다고 말하고 싶었지만, 아버지와 나는 그럴 수 있는 사이가 아니었다.

"몰리한테 받았어요." 나는 대마초 주머니를 아버지 책상에 올려놓으며 말했다. "나보다는 에디에게 더 쓸모 있을 것 같네요."

100일 프로젝트

"취미활동을 찾아봐요. 체력의 한도 내에서 할 수 있는 걸로요." 부모님의 성화에 못 이겨 만나러 간 심리치료사는 이렇게 말했다. 지금 생각하면 당연한 얘기지만 그 당시에는 거의 계시처럼 들렸다. 결혼, 문예창작 강좌, GRE 시험, 대학원 지원, 친구와 쇼핑몰 돌아다니기, 모두 과거에는 얼마든지 가능했을 일이었다. 하지만 이제는 집 안이나 병실에서도 할 수 있는 일을 찾아야 했다. 내 체력의 한계를, 피로와 메슥거림과 인지 저하와 반복되는 입원을 받아들이고 이 고통을 의미 있게 활용할 방법을 찾아야 했다.

"듣자 하니 제빵이 마음을 달래준다더군요." 심리치료사가 이렇게 제안하자 김이 빠지는 기분이었다. 그런 말은 다른 사람들에게서도 흔히 듣곤 했다. 병원에서는 자원봉사자에게 뜨개질부터 비즈 공예, 비전 보드나 드림캐처 만들기 등 다양한 취미 활동을 배울 수 있었다. 친구들은 그림 맞추기나 성인용 컬러링 북, 보드게임 등을 보내주었다. 하지만 이런 취미들은 별로 나답게 느껴지지 않았다. '난 환자지, 은퇴자나 유치원생이 아니라고.'

하지만 결국엔 나도 일명 '100일 프로젝트'를 시작하는 데 동의했다. 우리 중 누가 떠올린 아이디어였는지는 잊었지만, 부모님과 윌과 나 모두 앞으로 100일 동안 매일 조금씩 시간을 내서 창작 활동을 하자는 것이었다. 처음에는 소소한 상상력을 발휘해 우리 삶을 정리해보자는 의도였지만, 논의를 하면서 판이 더 커졌다.

윌의 100일 프로젝트는 날마다 바깥세상을 찍은 짧은 영상을 내게 보내는 것이었다. 그날의 날씨부터 병원 구내식당의 피자 맛까지 잡다한 내용의 영상들이었다. "오늘은 센트럴파크에서 생중계 중입니다." 어느 영상에서 윌은 이렇게 말했다. "제가 제일 좋아하는 핫도그 노점상을 소개하죠. 라피키, 술라이커한테 인사하세요." 나는 외로울 때마다 윌이 보낸 영상들을 보고 또 보았다. 때로 우리 둘의 사이가 점점 멀어져 닿을 수 없게 될까 봐 걱정스러웠지만, 윌의 영상들을 보면 내가 그와 창밖 세상에 연결되어 있다는 기분이 들었다.

어머니는 아침마다 작은 수제 도자기 타일에 그림을 그리기로 했다. 프로젝트가 끝나자 어머니는 타일을 전부 모아서 크고 알록달록한 모자이크를 만들어 침실 벽에 걸어주었다. "술라이커의 방패야." 어머니는 그 방패에 나를 보호하는 힘이 있다고 말해주었다. 어머니는 자신의 고통을 예술 작품 속에 감추려 했지만, 내가 보기엔 타일에 그려진 그림들이(대부분 추락하거나 거꾸로 뒤집히거나 절망하여 부리를 벌리고 있는 난관에 빠진 새들이었다) 어머니의 내면을 반영하고 있는 것 같았다. 타일 하나에는 '피 흘리는 심장le coeur qui saigne'이라고 적혀 있었다.

아버지는 프로젝트를 위해 어린 시절의 기억 101가지를 기록했다. 그리고 깔끔하게 인쇄해 책으로 장정한 뒤 크리스마스 아침에 내게 선물로 주었다. 아버지의 과거를 제대로 들여다보는 건 처음이었다. 아버지는 봄마다 튀니지의 마트마타 동굴에 있는 수호성인 시디 그노의 제단을 찾아가던 여정에 관해 썼다. 내 고조할머니 우미 우미샤는 고향에서 치료사였는데, 환자를 자기 침대에 눕힌 다음 귀에 대고 주문을 읊었다. 침대 밑에는 고손주인 아버지를 시켜 채취해둔 약초나 사막식물이 보관되어 있었다. 아버지는 마을 반대편의 '프랑스 해변'에 처음 가본 날 느낀 충격에 관해서도 적었다. 그곳에서는 식민 통치자인 프랑스인들이 비키니나 원피스 수영복 차림으로 돌아다녔다. "우리나라 여자들은 일 년에 딱 한 번 해수욕을 했고, 그럴 때도 옷을 다 입은 채 무릎까지만 담그고 첨벙대는 게 전부였으니까. 우리는 그런 여자들을 '물에 뜬 천막'이라고 불렀지."

그중 특히 오랫동안 기억에 남은 글이 있다. '아름다운 얼굴'을 가진 아버지의 여동생 그마르에 관한 이야기였다. 그마르는 아랍어로 '달'을 뜻했는데, 나는 처음 듣는 이름이었다. 친가 친척 중 누구도 그마르라는 이름은 언급한 적이 없었다. 계속 읽어내려가니 이유를 알 수 있었다. 그마르는 알 수 없는 병에 걸려 쇠약해졌고, 짧은 생애 대부분을 침대에 누워 지내다가 어느 무더운 여름날 아침 (아버지의 표현에 따르면) '세상을 하직했다.' 그마르가 죽었을 때 아버지는 겨우 네 살이었지만, 온 집안에 울려 퍼지던 할머니의 울음소리가 아직도 귓가에 생생하다고 했다. 그런 아픈 기억을 일깨우지 않으려다 보니 그마르가 걸린 병이 무엇이었는지도 지금껏 물어보지 못했다고 한다. 내가 아는 한 친가 쪽에 암 병력은 없었지만, 그마르에 관한 아버지의 글을 읽고 보니 어려서 죽은 고모도 나와 같은 병을 앓았던 게 아닐까 하는 생각이 들었다. 가족 중에 나 혼자만 백혈병을 앓은 건 아니라는 생각이 희한하게도 위로가 되었다.

내가 선택한 100일 프로젝트는 예전에도 힘들 때마다 의지해왔던 취미, 즉 일기 쓰기를 재개하는 것이었다. 앞으로 100일 동안은 아무리 몸이 아프거나 피곤해도 날마다 글을 쓰기로 다짐했다. 딱 한 문장만이라도.

사람들은 비극적인 소식을 들으면 '말문이 막힌다'는 표현을 쓰곤 한다. 하지만 내 말문은 전혀 막히지 않았다. 다음날, 그리고 그다음날에도 언어가 물줄기처럼 터져 나왔다. 처음엔 다소 느렸지만 시간이 지날수록 더욱 빠르고 세차게 넘쳐 흘렀다. 내 머리는 마치 오랜 잠에서 깨어난 것 같았다. 생각들이 내가 적을 수 있는 것보다 더 빠르게 쏟아졌다. 내가 쓰기 시작한 글은 이전에 쓰던 글과는 전혀 달랐다. 미래에 관한 내용은 없었고 문장 하나하나가 현재에 근거한 것이었다. 나는 항상 내가 다른 사람의 이야기를 이끌어내는 유형의 서술자라고 생각해왔지만, 글을 쓸수록 점점 더 1인칭 시점에 이끌리는 것을 느꼈다. 투병 생활이 내 시선을 내면으로 돌려놓은 것이다.

아픈 사람이 되면 줄곧 자신의 몸을 살펴보라는 요구를 받는다. 환자는 자신에 대해 알게 된 내용을 보고하고 서술해야 한다. '오늘은 기분이 어때요? 지금 느끼는 통증을 1부터 10 사이의 숫자로 표현하면 얼마인가요? 새로 나타난 증상은 없나요? 퇴원할 준비가 된 것 같아요?' 왜 그리 많은 작가와 예술가들이 중병에 걸리고 나서 회고록을 썼는지 이제야 알 것 같았다. 글을 쓰는 행위는 내 개념과 언어로 상황을 통제하고 재구성하는 일이었다. "나를 표현할 수 있는 강력한 언어, 문학이 제공하는 것은 바로 이것이다." 지넷 윈터슨은 이렇게 적은 바 있다. "문학은 은신처가 아니라 발견의 장소다."

물론 너무 지쳐서 몇 마디밖에 적을 수 없는 날들도 있었다. 하지만 일기 쓰기는 언어에 대한 애정을 되살려주었고 나아가 독서를 다시 시작하는 계기가 되었다. 나는 어머니가 선물해준『프리다 칼로의 일기』양장본을 탐독했다. 나는 칼로가 백혈병 진단을 받은 나보다도 더 어릴 때 이미 멕시코시티의 의대생이었다는 사실에 감동을 받았다. 어느 날 칼로는 하굣길에 버스를 탔고, 그 버스가 전차와 충돌하고 만다. 그는 쇄골, 갈비뼈, 등뼈, 팔꿈치, 골반, 다리에 골절상을 입었고 오른발이 으깨졌으며 왼쪽 어깨가 탈구되었다. 게다가 전차의 쇠 난간이 왼쪽 엉덩이를 관통하고 골반 아래로 빠져나오는 부상까지 입었다. 치료가 끝날 때까지 칼로는 몇 달이나 침대에 누워 있어야 했다.

교통사고를 당하기 전 칼로의 소망은 의사가 되는 것이었다. 사고를 당하면서 의사의 꿈은 버려야 했지만, 집 안에서 회복하며 보내는 긴 시간 동안 새로운 열정을 발견하게 되었다. '1926년 교통사고를 당해 병상에 눕기 전까지는 그림을 그릴 생각조차 해본 적이 없었다. 석고 붕대를 하고 침대에 누워 있으려니 죽도록 지루해서 (…) 뭐라도 해봐야겠다고 생각했다. 아버지에게서 슬쩍한 유화 물감과, 일어나 앉을 수 없는 나를 위해 어머니가 주문 제작해준 이젤을 가지고 그림을 그리기 시작했다.'

칼로는 격리 상태를 은유와 의미가 넘치는 공간으로 바꾸어놓았다. 무릎에 소형 이젤을 올려놓고 머리 위 침대 지붕덮개에 거울을 매달아 자기 얼굴을 보며 자화상을 그렸고, 그 그림들로 역사에 남은 유명한 화가가 되었다. 하지만 다친 등뼈를(다시 말해 몸 전체를) 고정하기 위해 착용했던 석고 코르셋이야말로 칼로의 첫 번째 캔버스이자 그가 거듭 천착했던 캔버스였다. 칼로가 평생 사용한 코르셋은 수십 개에 이르렀다. 칼로에게 코르셋은 고문 기구이자 미용 도구, 구속이자 영감의 원천이었으며 실존과 이력의 궤적과도 같았다. 칼로는 코르셋 하나하나에 천 조각을 붙이고 원숭이, 화려한 깃털을 단 새, 호랑이, 전차 등을 그려 넣어 꾸미곤 했다. 때로는 자신의 상처나 눈물방울을 그리기도 했다. "내가 그림을 그리는 건 너무나도 자주 외로워지기 때문이다. (…) 나는 나의 뮤즈다. 내가 가장 잘 아는 주제이자 더욱 잘 알고 싶은 주제이기도 하다."

칼로가 겪은 무수한 수술과 회복, 그가 품은 사랑의 열병과도 같은 열정과 부서진 마음의 고통은 그가 죽은 뒤에도 그림을 통해 살아남았다. 이제 칼로는 장애인과 고통 받는 자들의 수호성인이자 신화에 가까운 존재가 되었다. 건강한 사람이 칼로의 그림 같은 걸작을 남길 수 있었을까? 잘 모르겠다. 몸의 끔찍한 나약함과 정면으로 부딪혀야 했던 사람이 아니라면 그런 작품을 창조할 수 있었을까? 아마도 아닐 것이다.

물론 나는 프리다 칼로가 아니기에, 나 자신의 불행과 창조적 관계를 맺을 방법을 궁리하는 게 쉽진 않았다. 하지만 칼로의 책은 내 안에 있던 뭔가를 일깨웠다. 나는 침대에 묶여서도 고통을 창작의 소재로 승화시킨 여러 작가와 예술가의 계보를 조사하기 시작했다. 앙리 마티스는 장암을 앓던 와중에 베네치아의 로사리오 성당 디자인을 구상했다. 아파트의 천장을 성당 천장이라 생각하고 긴 막대 끝에 붓을 매달아서 침대에 누운 채 그림을 그린 것이다. 마르셀 프루스트는 어린 시절부터 그를 괴롭힌 지독한 천식과 우울증으로 누워 지내면서도 일곱 권에 이르는 대하소설 『잃어버린 시간을 찾아서』를 집필했다. 바깥세상의 소음을 차단하기 위해 벽에 코르크를 바른 침실의 좁다란 놋쇠 침대에서 말이다. 로알드 달은 만성 통증이야말로 그를 작가로 만든 창조적 도약대였다고 회상했다. "사소한 비극이 내 정신을 일상적 궤도에서 살짝 벗어나게 하지 않았다면 내가 글을 단 한 줄이라도 썼을지, 심지어 글을 쓸 능력 자체가 있었을지 의심스러워." 그는 친구에게 보낸 편지에 이렇게 썼다. 이 예술가들의 상상력을 고양시키고 창조력을 드높여준 것은 바로 신체적 한계와 제한적인 생활이었다. 칼로가 적었듯이 "높이 날아오를 날개가 있는데 발이 왜 필요하겠는가?"

나는 나의 생존을 창조 행위로 재구성해보기로 했다. 화학요법 치료로 구내염이 악화되어 말하기 어려울 때는 새로운 소통 방식을 찾으면 된다. 내가 침대에 갇혀 있는 동안은 상상력이라는 배를 타고 내 침실의 한계를 벗어나 자유로이 돌아다닐 수 있으리라. 몸이 너무 피곤해서 하루에 세 시간 이상 움직일 수 없다면, 우선순위를 정한 뒤 주어진 시간을 최대한 보람 있게 쓰면 된다.

이런 결심에 따라 내게 필요한 물건이 모두 손닿는 곳에 있도록 침실을 정리했다. 침대 옆 작은 탁자에 펜과 노트와 종이를 두고, 내가 가장 좋아하는 소설책과 시집으로 책꽂이를 채웠으며, 무릎 위에는 책상처럼 쓸 나무판을 올려놓았다. 집에 있을 때도, 그리고 또다시 입원하게 되었을 때도 나는 매일매일 글을 썼다. 분노와 질투와 고통이 바짝 말라붙을 때까지 쓰고 또 썼다. 쉴 새 없이 삑삑거리는 모니터 소리와 쉭쉭대는 인공호흡기 소리가 더 이상

귀에 들어오지 않을 때까지 썼다. 100일 프로젝트가 이후 내 삶에 어떤 변화를 가져올지 그때의 나는 알 수 없었지만, 이것 하나만은 알고 있었다. 내가 내 안의 힘을 찾기 시작했다는 것이었다.

골수이식 탱고

거의 일 년 전, 그러니까 백혈병 진단을 받은 직후 나는 아르헨티나에서 유학 중이던 동생 애덤에게 영상통화를 걸었다. 내가 백혈병 환자라는 걸, 그리고 (부담을 주고 싶진 않지만) 완치되려면 애덤이 유일한 희망이라는 걸 알려야 했다. 처음에 애덤은 내가 고약한 장난을 치는 줄 알았다. "하나도 안 웃기거든." 동생의 말에 나는 이렇게 대답했다. "정말이야. 나도 이게 농담이면 좋겠어." 부모님과 나는 그동안 애덤에게 내 상태를 자세히 알리지 않았다. 동생이라도 걱정 없이 지내길 바랐기 때문이다. 마침내 농담이 아니라는 걸 깨닫자 애덤은 아연실색했지만, 두말없이 바로 유학을 중단했다. 며칠 뒤 동생은 골수이식에 필요한 검사를 받기 위해 뉴욕행 비행기에 올랐다.

검사 결과 애덤은 내게 딱 맞는 백 점짜리 기증자로 밝혀졌다. 우리는 이 일말의 희소식에 기뻐 날뛰었다. 어찌나 들떴던지 우리끼리의 농담도 만들었다. 애덤은 바로 내게 새로운 별명을 붙여주었고 아침마다 "안녕, 술라이케미아(술라이카와 백혈병leukemia의 합성어—옮긴이)"라며 인사를 건넸다. 하지만 얼마 지나지 않아 우리에게 닥쳐온 현실이 실감나기 시작했다. 갑자기 온 식구가 동생에게 의지하게 된 것이다. 애덤은 줄곧 내게 도움이 될 수 있어 기쁘다고 말했지만, 사실 엄청난 부담이었으리라. 임상실험이 진행될 무렵 애덤은 대학교 졸업반이었는데, 친구들이 직장을 구하거나 파티를 즐기던 마지막 몇 달 동안에도 골수이식 담당 의사들을 만나기 위해 캠퍼스와 시내를 왔다 갔다 해야 했다. 게다가 부모님은 혹시라도 동생이 그사이 건강을 해칠까 걱정한 나머지 술 마시지 마라, 담배 피우지 마라, 일찍 자라며 애덤을 들들 볶았다. 어느 날 저녁식사 중에 어머니가 애덤이 단것을 너무 많이 먹는다고 한마디 하자 동생의 울화가 폭발했다. "대체 이게 뭐예요? 〈마이 시스터즈 키퍼〉의 엿같은 버전인가요?" 애덤은 이렇게 소리치더니 식당에서 나가버렸다. 이후로 몇 달 동안 동생은 수업을 따라가느라 애를 먹었고 수강 시간도 줄여야 했다. 애덤은 항불안제를 먹기 시작했다. 그가 학교에서 집에 와 있는 주말이면 바로 옆방에서 쉬이 잠들지 못하고 뒤척거리는 소리가 들려왔다.

이 모든 상황이 백혈병 진단 이후 내 마음속에 쌓여왔던 죄책감을 더욱 부채질했다. 나 때문에 가족이 겪게 된 경제적 고충이 죄스럽게 느껴졌다. 쌓여만 가는 청구서와 본인부담금, 부모님이 포기해야 했던 부수입. 내가 병에 걸린 이후로 어머니는 그림 그리기를 그만두다시피 하고 나만 돌보았다. 아버지는 내게 응급 상황이 생길 때마다 휴강을 했고 다음 학기엔 아예 안식년을 쓸 것을 고민하고 있었다. 한밤중에 열이 오를 때마다 죄책감이 솟구쳤다. 두 분 중 한 분은 나를 시내로 데려가기 위해 세 시간 반을 운전해야 한다는 걸, 늦기 전에 응급실에 도착하기 위해 고속도로를 내달려야 한다는 걸 알고 있었으니까. 아버지가 홀로 오랫동안 숲속을 산책한 뒤 퉁퉁 부은 눈으로 돌아왔을 때, 윌이 직장에서 승진할 기회를 거절했을 때도 죄책감을 느꼈다. 윌은 결코 나 때문에 거절한 게 아니라고 했지만, 나 때문이라는 걸 잘 알고 있었다. 윌은 이미 상사와 최대한 타협하고 있었다. 그는 병원에 와서 내 곁에 있어주기 위해 가능한 한 재택 근무를 요청했다. 밤새도록 모니터가 삑삑대는 소리에 시달리며 간이침대에서 자는 날이 많다 보니 눈빛도 초췌해져 있었다. 동생에게도 죄책감을 느꼈다. 애덤은 좀처럼 속마음을 입 밖에 내지 않았지만, 어느 날 밤 어머니에게 골수 기증자로서 누나의 수술 결과에 책임감을 느끼지 않을 수 없다고 털어놓았다. 내 병이 온 가족에게 미친 여파에 대해서도 죄책감을 느꼈다. 나로 인해 모두가 느끼는 고통과 스트레스, 신체적 문제가 잠식해버린 모든 공간과 자원에 대해서도. 이런 상황에서 부담을 느끼지 않는 건 불가능한 일이었다.

임상실험 주기가 한 차례 지날 때마다 담당 의료진은 골수 생체검사로 내 백혈병 모세포를 확인했고, 그때마다 내 허리에는 25센티미터짜리 주사바늘 자국이 하나 더 늘어났다. 내 상태는 조금씩 호전되고 있었지만 아직은 속도가 더뎠다. "몇 번만 더 해보죠." 화학요법 치료를 한 번 마칠 때마다 홀랜드 박사는 이렇게 말하곤 했다. 몇 달이나 이런 상태가 계속된 뒤(끝없는 생체검사와 혼을 쏙 빼놓는 합병증, 그리고 몇 달에 걸친 입원 끝에) 마침내 이상적인 수치에 도달했다. 임상실험으로 백혈병 세포를 근절하진 못했지만, 골수 내의 모세포를 5퍼센트 이하로 줄이는 데는 성공한 것이다. 우리 모두가 간절히 바라는 마지막 단계, 즉 골수이식 수술로 나아가기에 충분한 수치였다.

박사는 나와 우리 가족에게 앞으로 단단히 각오해야 한다고 말했다. 나는 8주 정도 골수이식 센터에 입원해야 했다. 첫 주에는 새로운 골수를 이식할 수 있도록 기존의 골수와 면역계를 제거하는 강력한 화학요법 치료를 실시할 예정이었다. 화학요법에 따르는 메슥거림과 구토에는 이미 익숙했지만, 박사는 이번 치료가 지금껏 받은 어떤 치료보다도 더 힘들 거라고 경고했다. 나는 몸을 보호해줄 백혈구가 하나도 없는 상태로 고열과 점막염에 맞서야 했다. 게다가 위 삽관을 통해 영양을 섭취하고 온종일 모르핀 주사를 맞아야 할 가능성이 컸다.

내 동생은 골수이식 수술 전주에 줄기세포, 즉 나중에 혈구나 혈소판이 될 원시세포 생성을 촉진하는 주사를 맞았다. 그리고 수술 마흔여덟 시간 전에 입원해서 줄기세포 채집에 들어갔다. 이는 거의 아홉 시간 동안 한쪽 팔에 주사바늘을 꽂고 병실에 앉아서 소위 '성분 채집술'을 통해 혈장에서 줄기세포만 분리해내는 과정이다. 링거 주머니에 줄기세포가 충분히 채집되면 내 가슴에 삽입한 중심 도관으로 주입한다. 내 운명은 줄기세포들이 혈관을 통해 무사히 골수까지 갈 것인지, 그리고 제대로 성장하여 체내로 확산될지에 달려 있었다. 이식 후 2주는 줄기세포가 제대로 골수에 적응할지 기다려보는 기간으로, 가장 힘겨운 시간이다. 골수이식이 성공한다면 기증자의 세포가 서서히 내 골수를 보충하고 새로운 면역계를 생성할 것이다. 혈구 수치가 정상화되고 수혈을 받을 필요가 없게 되면 퇴원할 수 있지만, 그래도 병원 근처에 거처를 마련해서 매일 진료를 받으러 와야 한다. 회복하는 데는 몇 달이 걸릴 수도 있지만, 새로운 면역계가 충분히 튼튼해지고 나면 마스크나 장갑을 끼지 않고서도 외출할 수 있게 된다.

암 환자들에게 골수이식 수술은 재탄생이자 제2의 생일이다.

물론 수술이 성공했을 경우에 말이지만. 수술 자체의 위험성도 높다. 가장 흔한 합병증은 소위 이식편대숙주병GVHD인데, 이식 세포(기증자의 세포)가 숙주(환자의 세포)를 자기와 동일한 세포로 인식하지 못했을 때 일어난다. 면역세포는 감염을 막기 위해 외부 세포를 가차 없이 공격하기 마련인데, 숙주를 적으로 인식하면 이식편대숙주병이 발생하는 것이다. 보통 골수이식 후 100일 안에 징후가 나타나는데, 가벼운 발진에 그칠 수도 있지만 폐나 간, 눈, 소화관 등에 심각한 증상이 나타날 수도 있다. 설사 수술이 성공한다 해도 (그러니까 이식편대숙주병에 걸리지 않는다고 해도) 내 몸은 온갖 감염부터 심장마비, 장기 손상에 이르는 다양한 합병증에 취약한 상태가 될 것이다. 담당 의료진은 내가 장기간 생존할 가능성이 35퍼센트 정도라고 했다. 35퍼센트. 마치 35라는 숫자가 뼛속을 뚫고 내려가는 것 같았다. 게다가 '장기간' 살아남는다 해도 온갖 무시무시한 부작용이 기다리고 있었다. 어처구니없게도 그중엔 차후 새로운 암에 걸릴 가능성이 높아진다는 것도 있었다. 누군가 내 관자놀이에 장전된 총을 밀어붙이고 있는 기분이었다. 의학적 러시안룰렛 게임이 따로 없었다.

백혈병 진단을 받기 전에는 '카르페 디엠'이 청승맞은 로빈 윌리엄스 주연의 영화나 대학 졸업 연설에나 나올 진부한 문구라고 생각했다. 하지만 골수이식 수술이 다가오자 이제 하루하루가 '카르페 디엠'에 따른 초읽기처럼 느껴졌다. 매일 매시간이 낭비해선 안 될 보물이었다. 시간이 나라는 사냥감을 노리고 있었다. 나만 그렇게 느꼈던 것은 아니다. 어머니는 처음으로 전문 사진가에게 가족사진 촬영을 의뢰했다. 윌과 내 단짝 친구들은 내게 행운을 빌어주는, 그러나 작별 인사처럼 느껴지는 파티를 열어주었다. 그리고 아버지는 밤마다 잠자리에 들기 전 내게 사랑한다고 말해주었다. 나는 언제나 아버지가 나를 깊이 사랑한다고 느꼈지만, 아버지가 날 사랑한다고 입 밖에 내어 말한 건 기억하는 한 처음 있는 일이었다.

난 이 모든 것들에 감동했지만 두렵기도 했다. 누군가 곧 죽을지도 모른다는 걸 알게 되면 사람들의 태도가 달라진다. 그 사람을 더 오래 바라보며 점 하나하나를, 입술 모양을, 정확한 눈 색깔을 새삼 인식하고 뇌리에 새긴다. 마치 기억의 박물관에 걸어 둘 그의 초상화를 그리듯이. 그를 사진과 영상으로 찍어두기도 한다. 정지된 시간에 그의 웃음소리를 담아두고 뜻깊은 순간을 영원히 저장해놓았다가 이후 다시 찾아볼 수 있도록. 마치 아직 살아 있는 채로 추모를 받는 것 같았다.

하지만 내겐 골수이식 수술보다, 그에 따른 끔찍한 부작용보다, 심지어 죽음의 가능성보다 더 두려운 것이 있었다. 가능성을 미처 실현하지 못하고 죽은 사람이라는 슬픈 사연으로 사람들의 기억에 남는 것이었다. 내가 성인이 되어 이룬 성취란 변호사 보조원으로 커피를 타고 서류를 복사한 게 다였다. 최선을 다해 병과 맞서 싸우긴 했지만, 그건 애초에 내가 원해서 한 일이 아니었다. 나 자신도 자랑스러워할 만한 성취는 하나도 없었다. 지구상에서의 스물세 해를 인생을 살 준비만 하며 보낸 셈이었다. 내가 원하는 경력을 쌓으려면 좋은 대학에 입학해야 했고, 그래서 장학금을 받을 성적을 거두려고 밤새 시험공부를 했다. 먼 훗날 만찬을 주최하기 위해 요리를 배웠고, 언젠가는 긴 여행을 떠나고 싶어서 급여를 저축했다. 내가 쓰고 싶은 글들에 관해 떠들었지만 결국 그 글을 실제로 세상에 내놓을 용기는 내지 못했다. 지금 와서 후회해봤자 소용없는 일이라는 걸 알았기에 내게 남은 시간이나마 놓치고 싶지 않았다. 죽음에 직면하자 멋진 척하고 싶은 마음도 사라졌고, 뭔가 달라지고 싶다고 말하는 게 민망하거나 진부하게 느껴지지 않았다. 아무리 사소한 것이라도 내 나름대로 세상에 기여를 하고 싶었다. 세상이 내게 준 것보다 더 많은 것을 남기고 싶었다.

거의 일 년을 고립되어 지내며 병원과 새러토가의 본가만 오가다 보니 이제 숨어 지내는 게 지긋지긋했다. "시 안에서 폭발하는 것은 항상 우리 내면의 짓눌린 부분, 특히 은폐되어 짓눌린 부분이다." 시인 에이드리엔 리치는 이렇게 썼다. 나는 내게 일어난 일을 이해하고 내 언어로 그 의미를 탐구하고 싶었다. 적어도 최후의 말은 나 자신의 것이길 바랐다.

그래서 나는 블로그를 시작했다.

애초에는 흔히 오해받고 간과되는 청년 암환자 집단을 위한 플랫폼을 만들 생각이었다. 구체적 형태는 생각해보지 않았지만 일단 내가 침대에 누워 있거나 병원에서 보내는 시간을 기록하기 시작했다. 부모님과 윌도 내가 작업에 착수할 수 있도록 협조하고 격려해주었다. 나는 고등학교 동창인 사진가 친구에게 사진을 찍어달라고 의뢰했고, 싸구려 비디오카메라를 구해서 몇 시간씩 영상을 촬영하고 편집했다. 유튜브 입문서들을 정독하고 기본적인 웹사이트 만드는 법을 독학했다. 그러고는 마침내 블로그 개설을 준비하며 100일 프로젝트를 위해 쓴 글들을 골라서 초기에 올릴 포스팅을 정리했다.

새 블로그는 나 자신만큼 진지한 문제였다. "마감이 코앞이라서요." 간호사들이 내 상태를 확인하거나 링거 주사를 조절하러 올 때면 나는 이렇게 말하곤 했다. 물론 나 스스로 부여한 마감이었지만, 환자로 지내는 것 외의 다른 목적이, 해야 할 일이 있다는 게 무척 기분 좋았다.

2012년 초에 블로그를 개설했을 때 큰 기대는 하지 않았다. 독자라고 해봤자 윌과 부모님, 어쩌면 할머니 정도일 거라고 거의 확신했으니까. 하지만 놀랍게도 가족과 친구들, 학교 동창들이 내 첫 번째 포스팅을 읽어주었고, 대학 시절 저널리즘 강의를 들었던 교수님에게서도 내 글을 읽고 감동했다며 연락이 왔다. 그는 주변 동료들에게도 공유했다고 말해주었다. 다음 날 아침 일어나보니 내 글이 〈안녕하세요, 암에 걸리셨습니다〉라는 제목의 기사로 《허핑턴 포스트》 홈페이지에 올라와 있었다.

"지금 나는 골수이식 수술을 준비하고 있다. 하지만 내가 극복해야 할 최악의 난관은 신체적인 것이 아니다. (…) 환자로서의 권태, 절망, 고립을 견뎌내면서 기약 없이 침대에 갇혀 있어야 한다는 사실이다." 몇 시간 만에 수천 명이 내 소박한 웹사이트를 방문했다. 내가 올린 두 번째 포스팅은 〈암 환자에게 해선 안 될 10가지 이야기〉라는 제목으로, 난치병 환자를 친구로 둔 이들을 위한 에티켓 가이드 같은 가볍고 유머러스한 글이었다. 얼마 지나지 않아 내 친척도 지인도 아닌 완전한 이방인들이 미국 전역에서 편지를 보내오기 시작했다.

가장 먼저 도착한 편지는 '릴 GQ'라는 젊은 남자로부터 온 것이었다. 그는 내 사연이 '사형수의 심장'을 울렸음을 알려주고 싶다는 말로 편지를 시작했다. 하지만 그가 편지를 쓴 진짜 이유는 내 상황에 묘하게 공감했기 때문이라고 했다. 그는 화려한 필기체로 이렇게 적었다. '우리의 상황이 다르다는 건 알아요. 하지만 우리 그림자 속에 죽음의 위협이 도사리고 있다는 점만은 같겠죠.' 릴 GQ는 환자가 아니었지만 나처럼 닥쳐올 운명의 순간을 기다리며 연옥에 갇혀 있었다.

뉴욕 시내 병실에 누워 릴 GQ의 편지를 거듭 읽다 보면 그가 2400킬로미터 떨어진 텍사스의 독방에 갇혀 있다는 게 믿기지 않았다. 그에게 궁금한 것, 물어보고 싶은 것이 너무도 많았다. 그도 나처럼 탈출을 계획한 적이 있는지. 그 역시 나처럼 죽음이 두려운지. 질병이 아니라 법의 인가를 받은 제복 차림의 교도관들에게 내맡겨져 최후를 기다리는 건 또 어떤 느낌인지. 릴 GQ의 과거에 관해서도 더 자세히 알고 싶었다. 그는 어쩌다 사형수 신세가 된 걸까. 평소에 무엇을 하며 시간을 보내는 걸까. 미래가 불확실한 상황에서, 심지어 어쩌면 곧 파멸을 맞을지도 모르는 상황에서 어떻게 아침마다 일어나 계속 살아가는 걸까?

릴 GQ에게 몇 차례 답장을 쓰려고 해봤지만 결국은 쓰지 못했다. 내게 남은 미약한 기력으로는 블로그 운영도 버거웠다. 책상 앞에 앉기엔 몸이 너무 약해졌기 때문에 침대에 베개를 쌓아놓고 기대앉아 글을 써야 했다. 화학요법 치료 때문에 머릿속이 둔탁해져서 십 분 정도 글을 쓰다가 멈추었다가 하며 하루를 보냈다. 나는 기력을 보충하기 위해 아이스 카푸치노를 들이켜곤 했다. 달달

한 슬러시가 구내염을 진정시켜주었고 카페인 덕분에 그나마 정신을 차릴 수 있었다. 너무 피곤해서 타자를 치기도 어려울 때면 침대 발치에 앉은 윌에게 글을 불러주고 노트북으로 받아쓰게 했다. 윌은 내게 적절한 피드백을 해주었고 격려도 아끼지 않았다. 고되고 진이 빠졌지만 만족스러운 작업이었다.

2주가 지나고 골수이식 전의 마지막 생체검사 결과를 기다리던 무렵, 메일 하나가 도착했다. 《뉴욕 타임스》 편집자가 내 블로그를 읽었다며 신문에 글을 써보지 않겠냐고 연락한 것이었다. 내 이름이 들어간 기사를 쓴다는 생각만 해도 온몸에 전율이 솟구쳤다. 한순간 펄쩍 뛰어오르거나 병실 안에서 재주넘기라도 하고 싶었다. 내 휴대전화 번호를 적어 답장을 보내자 놀랍게도 편집자가 바로 전화를 걸어왔다.

"그래서, 생각 있어요?" 편집자의 질문이었다.

"아마도요." 나는 허세를 부리며 대꾸했다.

내 글이 진짜 신문에 실린 적은 단 한 번도 없었다. 내게 담당 편집자가 생긴 것도 처음이었다. 대학교 1학년 때 문예창작 수업에 등록하려다가 퇴짜를 맞은 적은 있었지만, 선택과목으로 저널리즘 관련 수업을 두 번 들은 것 외에는 제대로 글쓰기를 배운 적도 없었다. 하지만 오랫동안 일기를 쓰고 블로그 개설을 구상하다 보니 마음속에 한 가지 생각이 자리를 잡았고, 이윽고 그 외의 다른 생각은 할 수 없을 정도로 매우 간절해졌다.

나는 언어를 발견하고 싶었다. 내 뼈에 생긴 이상한 사건을, 몇 달이고 침대에 묶여 홀로 생각을 곱씹어야 했던 시간을, 죽음이 내게 안겨준 그 모든 굴욕과 부질없는 희망을, 차례로 죽어가는 동료 환자들을 목격하며 내 안의 무언가도 죽어갔던 경험을 설명할 언어를 찾고 싶었다. 사실 나도 내가 뭘 하려는 건지 잘 몰랐고, 뭐든 간에 과연 내가 해낼 수 있을지도 알 수 없었다. 하지만 이젠 잃을 것도 남지 않았다는 생각이 들었다. 암은 나를 대담하게 만들었다.

"제가 진짜로 바라는 건 젊은이의 투병 경험에 관한 주간 칼럼을 연재하는 거예요." 나는 이렇게 말했다.

등단도 못한 스물세 살짜리가 《뉴욕 타임스》에 칼럼을 연재하겠다는 건 주제넘은 짓 이상이었다. 글 쓰는 데 내게 남은 미미한 기력을 쏟기보다는 휴식을 취하면서 골수이식 수술을 준비하고 가족과 함께 더 시간을 보내야 마땅하다는 생각도 했다. 내 생에서 가장 힘겨운 순간들을 다른 이들에게 실시간으로 공유하는 일이 내 건강과 미래에, 그리고 사랑하는 이들에게 어떤 영향을 미칠지 좀 더 고민했어야 했는지도 모른다. 하지만 결국 나는 일을 저질렀다. 푸른색 면 가운 차림으로 휴대전화를 들고 병실 안을 왔다 갔다 하며 편집자에게 내 상황을 이야기하고 백혈병 진단을 받은 뒤로 내게 일어난 일들을 어떻게 풀어낼지, 내 경험을 어떻게 1000자 분량의 주간 연재기사로 담아낼지 설명했다. "어쩌면 칼럼과 함께 영상도 연재할 수 있겠죠." 나는 이렇게 제안했다. 환자에게는 글을 읽는 것도 에너지가 소요되는 힘든 일이었다. 나는 최대한 많은 환자가 내 이야기에 접근할 수 있기를 바랐다.

"좋아요." 편집자가 대답했다. "일단 몇 주 동안 칼럼을 연재하면서 반응을 봅시다. 우리 회사의 영상 제작자 하나를 연결해줄 테니 영상 연재에 관해서는 그 사람과 의논해보세요. 그리고 첫 번째 칼럼 원고는 언제까지 끝낼 수 있을지 알려줘요."

나는 전화를 끊고 울음을 터뜨렸다.

"무슨 일이니?" 어머니가 걱정스러워하며 물었다.

"나 일자리를 구한 것 같아요."

"죽어가는 사람처럼 써라." 애니 딜러드는 이렇게 조언했다. 지구상의 모든 인간은 말기 환자다. 우리의 죽음은 수수께끼가 아니며, 다만 시간문제일 뿐이다. 골수이식 수술이 가까이 다가올수록 딜러드의 말이 가슴에 사무쳤다. 내 숨결과 발걸음마다 짙게 드리운 죽음의 그림자가 느껴졌다. 온몸에 광적인 에너지가 솟구쳤다. 골수이식 병동에 입원하기 전까지 한 달 동안 칼럼 열세 편을 준비해야 했고 나는 밤낮을 가리지 않고 글을 썼다. 다시 글을 쓰거나 걷거나 뭐라도 할 수 있으려면 한참이 걸릴 거라는 생각이 내게 힘을 불어넣었다. 자신이 조만간 죽을 수도 있다는 것을 아는 사람이 무엇에 관해 쓰겠는가? 나는 침대에 앉아 노트북 컴퓨터를 들여다보며 삶이 평온했던 시절로 되돌아갔다. 나는 잃어버린 생식력과 아무도 들려주지 않았던 경고에 관해 썼다. 이 나라의 어처구니없는 보건 체계를 조사했던 일과, 환자에게 사랑에 빠진다는 것이 어떤 의미인지에 대해, 우리가 죽음에 관해 어떻게 이야기하는지 혹은 이야기하지 않는지에 대해 썼다. 죄책감에 대해서도 썼다. 골수이식 수술이 잘못될 경우를 대비해서 유언장도 작성했다. 이렇게 왕성하게 글을 쓴 건 난생처음이었다. 죽음은 탁월한 동기부여 효과를 발휘한다.

칼럼과 부가 영상 연재는 〈중단된 삶〉이라는 제목으로 2012년 3월 29일에 시작할 예정이었다. 골수이식 수술일 며칠 뒤였다. 이처럼 중요한 사건들이 한꺼번에 닥쳐오니 머리가 어질어질했다.

꿈과 악몽이 탱고 리듬에 맞춰 함께 춤추고 있었다.

망원경 양쪽 끝에서

골수이식 병동에 입원한 첫날 밤, 나는 두 눈을 크게 뜨고 침대에 누웠다. 머리 위에 걸린 링거 주머니가 형광등 불빛에 아른아른 빛났다. 살아 숨쉬는 공포의 존재가 느껴졌다. 병실 안에서 그놈의 축축한 털가죽 냄새가 풍기는 듯했고, 뜨뜻한 숨결이 내 살갗에 와 닿는 것만 같았다. 나는 담요를 걷어붙이고 침대에서 나왔다. 내 몸에 연결된 온갖 기계의 도관과 전선의 울창한 넝쿨을 넘어, 내 친구 예이아가 그랬듯 무릎을 꿇고 앉아 (넘어져 머리통을 찧지 않도록 조심하며) 양손을 짚고 차가운 리놀륨 바닥에 이마를 갖다 댔다. 무슬림으로 자란 아버지와 가톨릭 신자로 자란 어머니를 둔 나는 신앙과 전통의 잡탕 속에서 성장했다. 스위스의 외가에 가면 부활절을 기념하고 미사에 참석했으며, 튀니지의 친가에 가면 라마단에 금식을 하고 라마단 뒤에 이어지는 축제 이드에서는 양을 도살했다. 미국에서 우리끼리 있을 때면 크리스마스를 축하하는 것 외에는 지극히 세속적인 생활을 했다. 나는 항상 종교에 관심이 많았지만 제대로 신앙을 가져본 적은 없었고 누구에게 어떻게 기도를 드려야 하는지도 몰랐다. 그러나 지금 내겐 구할 수 있는 모든 도움이 필요했다.

나는 기도로 무엇을 얻고자 하는 걸까? 내가 있는 이 병실에서 지금까지 얼마나 많은 사람이 절망에 빠져 신과 협상을 시도했을까? 순간 머리가 어지러워졌다. 쇠약해진 두 다리가 버거운 듯 후들거렸다. 나는 일어나서 친구에게 선물받은 야광 펜을 집어 들고 벽으로 다가갔다. 멋들어진 시나 유창한 선언문을 세상에 남기고 싶은 마음은 없었다. 내게 있는 건 그저 단 하나의 단순하고 본능적인 욕구뿐이었다. '살게 해주세요.' 나는 작은 글씨로 벽에 갈겨썼다. 반쯤은 기도였고 반쯤은 간청이었다.

그 순간이 그토록 강렬하고 절박했던 건 새롭고 낯선 환경 때문이었다. 나는 일급 골수이식 병동들을 조사한 뒤 마운트시나이을 떠나 메모리얼 슬론 케터링 암센터로 옮기기로 결심했다. 골수이식 분야에서는 뉴욕을 넘어 미국 전역에서도 최고로 손꼽히는 곳이었다. 하지만 결심을 실행하려니 자꾸 망설여졌다. 골수이식 병동을 알아보고 다니는 건 대학교 답사와 비슷한 구석이 있었다. 번들번들한 안내 책자와 짧은 방문만을 근거로 결정을 내려야 하지만 그 결정이 옳은지는 시간이 지난 후에야 알 수 있다는 점에서 그러했다. 슬론 케터링 암센터 골수이식 병동의 삑삑거리는 모니터, 최신식 설비, 수술복과 마스크 차림의 낯선 사람들 속에 있으니 마치 외계 우주비행선에 탑승한 느낌이었다. 홀랜드 박사와 내 담당 의료진이 보고 싶었다. 우리끼리만 통하는 농담이, 그들의 어눌한 재치와 따뜻한 연민이 그리웠다. 일 년 사이 나는 담당 의사들과 간호사들을 친척처럼 느끼게 되었다. "나아지면 다시 만나러 오겠다고 약속해." 작별 인사를 하러 갔을 때 유니크는 이렇게 말했다.

지난 일주일은 작별의 연속이었다. 골수이식 병동에 입원하기 전 마지막 며칠은 새러토가에서 보냈다. 8주 동안의 입원에 대비해 일찌감치 빨간색 여행 가방에 짐을 싸놓았고, 어린 시절 아꼈던 강아지 봉제인형 슬리피도 챙겼다. 입원 전날 밤에는 도저히 잠이 오지 않아서 새벽 5시에 일어나 집 안을 돌아다녔다. 유년기부터 지낸 침실을 마지막으로 한번 둘러보며 분홍색 벽에, 책꽂이에, 어린 시절 붙인 포스터들에 작별을 고했다. 더블베이스의 목 부분 나뭇결을 쓰다듬으며 잘 있으라고 인사했다. 오랜 시간 동안 온 가족이 모여 앉아 셀 수 없이 많은 식사를 했던 식탁에, 꽁꽁 얼어붙은 어머니의 정원 화단에도 작별 인사를 건넸다. 윌과 부모님이 1층으로 내려와 아침을 먹고 차에 짐을 실었다. 승합차가 대문을 나서는 순간 슬픔에 가슴이 미어지는 듯했다. 과연 이곳으로 돌아올 수 있을까? 죽음에 직면한 사람에게 애도란 현재형으로, 마지막 숨을 내쉬기 한참 전부터 성큼 다가오는 내밀한 작별의 순간들로 시작된다.

골수이식 병동에서 나를 둘러싼 사람들의 최우선적 관심사는 내 증상이었다. 내가 누구인지는 딱히 중요하지 않았다. 마스크를 쓴 의사들과 간호사들은 병실 침대 곁에 서서 나를 굽어보며 마치 내가 그 자리에 없는 것처럼 나에 관해 이야기했다. 그들은 환자에게 환자복을 입히고 그에 관해 논의했다. 환자를 쳐다보고, 검사하고, 찔러보고, 자기들끼리 귓속말을 속삭였다. 그들의 목표는 단 하나, 환자를 치료해서 원래 모습으로 되돌리는 것이었다. 그러나 바로 거기에 기이한 아이러니가 있었다. 백혈병 진단을 받은 지 겨우 1년이 지났을 뿐이건만, 나의 '원래 모습'이 어땠는지 좀처럼 기억나지 않았던 것이다.

이후로 일주일 동안 내 면역계는 무려 스무 가지 약물을 조합한 강력한 화학요법의 공격을 받았다. 스무 가지라니, 그동안 투여한 약물을 전부 합한 것보다도 더 많았다. 그 와중에도 나는 병실을 깨끗이 관리했다. 항상 정리정돈을 즐기는 성격이긴 했지만 이 무렵엔 거의 강박 수준이었다. 침대 옆 탁자에 책과 약, 물병을 자로 잰 것처럼 일렬로 쌓아올렸다. 환자복을 입지 않고 집에서 가져온 파자마와 로브, 양가죽 슬리퍼를 착용했다. 아침마다 잠자리에서 일어나면 깨끗한 시트와 담요를 깔아둔 침대 옆의 접이식 소파로 옮겨갔다. 《뉴욕 타임스》에 보낼 칼럼을 수정하고 메일에 답장을 쓰는 동안 집에서 가져온 휴대용 스피커로 제임스 브라운이나 바흐의 음악을 병실 밖 소리가 묻힐 만큼 크게 틀어놓았다. 화학요법 치료의 부작용이 심해지기 전에 최대한 많은 글을 써놓기 위해 맹렬히 일했다. 결국 부작용이 닥쳐오리라는 걸 알았기에, 한쪽 팔 아래에 노란색 구토받이를 끼운 채로 계속 키보드를 두드렸다.

골수이식 수술 당일, 그러니까 '제0일' 아침에 부모님과 윌이 병실로 왔다. 노란 수술복과 푸른 마스크를 갖춰 입은 모습이었다. 뒤이어 동생이 들어와서는 언제나처럼 "안녕, 술라이케미아"라고 인사하며 라텍스 장갑을 낀 주먹을 장갑 낀 내 주먹에 갖다 댔다. "이제 다시는 그놈의 인사를 들을 일이 없으면 좋겠다." 나는 웃음을 터뜨리며 대꾸했다. 그러나 몇 분 뒤 의사와 간호사 대여섯 명이 병실에 밀려들어오자 유쾌한 분위기는 바로 사라졌다.

그간의 모든 두려움과 각오에 비해 실제 수술은 어쩐지 용두사미처럼 느껴졌다. 병실 안의 모든 사람이 군인처럼 두 줄로 내 침대 양옆에 늘어서서 애덤의 줄기세포가 링거 주사로 내 몸에 주입되는 과정을 묵묵히 지켜보았다. 마지막 한 방울이 핏속에 흘러드는 순간에도 나는 무덤덤했다. 아마도 내 마음은 다른 곳에 가 있었기 때문이리라. 나는 두 눈을 감고 내가 대양 너머 다른 대륙에 가 있다고, 윌과 함께 파리의 카페에 앉아 있거나 튀니스의 거리를 거니는 중이라고 상상했다. 다시 몸이 건강해지고 머리도 길게 기른 채로.

몇 분 만에 모든 과정이 끝났고, 다들 내가 쉴 수 있도록 병실에서 나갔다.

담당 의료진이 일찌감치 경고했듯이, 애덤의 줄기세포가 내 골수에 자리 잡기까지의 시간이 가장 힘들 터였다. 앞으로 며칠, 혹은 몇 주가 걸릴 수도 있었다. 나는 '격리' 상태로 되돌아갔다. 이곳 골수이식 병동의 예방조치는 마운트시나이 병원에서의 조치보다 훨씬 삼엄했다. 내 병실에는 공기에서 일체의 불순물을 걸러내는 특수 환기구가 설치되어 있었다. 환자식은 세균 번식 가능성을 최소화하기 위해 무슨 음식인지 알아보기 힘들 정도로 푹 익혀서 나왔다. 내 병실에 들어오는 사람은 무조건 손을 씻고 비닐장갑, 수술복, 마스크, 덧신 등 방호복에 준하는 옷차림을 갖추어야 했다. 다시 면역계가 활성화되기 전까지는 키스, 악수, 생과일이나 채소, 흔한 감기, 종이에 베인 상처조차도 나를 죽일 수 있었다. 애초에 꽃을 받는 것도 허용되지 않았지만, 친구나 친지들에게 그렇게 전하는 건 너무 주제넘게 느껴졌다. 그래서 내 병실 문 앞에는 포장도 뜯지 않은 꽃다발들이 그대로 쌓여갔다.

목표는 무사히 100일째에 도달하는 것이었다. '점검일'이라고 부르는 이날은 골수이식 수술 환자의 회복에 있어 중요한 첫 번째 기준점이다. 폐부종을 막기 위해 45도로 기울여둔 침대에 밤낮으로 누워 있으면서도 시간의 흐름을 따라가려고 애썼다. 그러나 시간 감각은 점점 흐려져갔다. 침대 위에 차양처럼 내걸린 여러 개의 링거 주머니에는 하루치의 수액, 면역 억제제, 구토 방지제, 세 가지 항생제와 하루종일 맞아야 하는 모르핀 주사액이 들어 있었다. 천장 환기구에서는 차가운 공기가 쉭쉭 소리를 내며 흘러나왔는데, 끊임없이 불안을 유발하는 배경음악처럼 들렸다.

특별한 사고 없이 거의 2주가 지나갔지만, 14일째 되는 날 새벽에 누군가 비명을 지르기 시작했다. 비명이 어찌나 크고 격렬하고 오래도록 이어졌는지 나도 잠에서 깨어났다. 병실 안은 어두웠다. 알람이 울리고 있었다. 온갖 도관이 뱀처럼 내 몸에 휘감겨 있었다. 가슴팍이 미끄러웠다. 쇄골 아래에서 뭔가 축축한 것이 뿜어져 나와 옆구리로 흘러내리고 있었다. 잠시 후 병실 문이 활짝 열리더니 눈앞에 간호사의 얼굴이 나타났다. 간호사가 내 어깨를 꽉 붙잡았을 때 비명을 지르는 사람이 바로 나라는 걸 깨달았다. "맙소사." 간호사가 깜짝 놀란 얼굴로 나를 내려다보며 중얼거렸다. 나는 악몽을 꾸고 있었다. 벌레 수십 마리가 내 몸 위로 기어 다니며 살갗을 갉아먹는 꿈이었다. 그래서 약기운과 공포에 취해 가슴에 삽입된 카테터를 완전히 뽑아버렸던 것이다.

바로 그 순간이 한계점이었다. 거의 2주를 병실에 갇혀 지낸 장기 입원 환자가 겪게 마련인 특수한 종류의 폐소 공포증이 도진 것이다. 시간이 한없이 늘어지고 공간이 무너져 내리는 것 같았다.

몇 시간 동안 천장을 노려보고 있으면 울퉁불퉁한 흡음성 회반죽 위로 형태와 무늬가, 심지어 하나의 세계가 나타나기 시작한다. 사방에서 벽이 죄어들어온다. 몽롱하게 약에 취해 있다가 창문에 부딪는 빗방울 소리에 깨어나면, 평생 원했던 그 무엇보다도 더 간절하게 한 가지를 갈구하게 된다. 밖에 나가고 싶다. 목덜미에 흘러내리는 빗물을 느끼고 고개를 살짝 들어 하늘에서 떨어지는 빗물을 혀로 맛보고 싶다. 창문이 밀폐되어 있다는 걸 알면서도 억지로 열어보려 하고, 절망이 광기로 변해가는 걸 느낀다.

대부분의 사람은 모른다. 언제쯤 풀려난다는 기약도 없이 하얀 골방에 갇혀 있다는 게 어떤 일인지. 수감된 경험이 있는 사람이라면 알까. 골수이식 병동에서 나는 내게 편지를 보냈던 사형수 릴 GQ를 몇 번이나 떠올리곤 했다. 그는 독방에 갇혀서 뭘 하며 그 많은 시간을 보내는 걸까. 어떻게 미치지 않고 견딜 수 있을까. 릴 GQ에게 영감을 받아 나는 나의 '수감' 생활에 관한 칼럼을 쓰기 시작했다.

> 암 환자는 일상 전반에서 수감자가 쓰는 용어에 공감하게 된다. 환자의 일거수일투족은 감시당한다. 언제 무엇을 먹을 것인가 하는 단순한 결정에 대해서도 다른 사람의 승인을 받아야 한다. 화학요법 치료가 사람을 반쯤 죽여 놓는 처벌처럼 느껴진다는 건 말할 필요도 없다. 의료진이 판사 역할을 맡는다. 담당 의사는 어느 순간에든 형을 선고할 수 있다. 근신이든, '감방'에서의 징역형 연장이든, 혹은 사형이든. 나는 법정에 출두한 경험이 없지만, 아마도 그곳에 서면 의사가 생체검사 결과를 읽어주기 직전과 비슷하게 아드레날린이 솟구치지 않을까.

골수이식 병동에서의 길고 혼미한 나날 동안, 릴 GQ를 포함한 여러 낯선 사람들의 이야기가 내 곁을 지켜주었다. 아침마다 메일함을 열어보면 〈중단된 삶〉을 읽은 독자들의 메일 수십 통이 도착해 있었다. 병실에 묶여 있는 내게 그들의 메일은 대륙과 시공간을 가로질러 자유자재로 이동할 수 있는 포털과 같았다.

메일을 보낸 사람들은 아주 다양했다. 상당수는 투병 경험이 있는 이들이었다. 플로리다에 사는 십 대 소녀 유니크는 간암 치료를 받는 중이라며 내게 이모티콘이 가득한 메일을 보내왔다. 오하이오에 사는 은퇴한 미술사가 하워드는 거의 평생을 수수께끼 같은 만성 자가면역질환과 싸워왔다고 했다. '당신은 젊은 여자고 나는 늙은 남자지요. 당신은 앞날이 창창하지만 내겐 과거밖에 없고요. 우리 둘의 공통점이라면 아마도 죽음을 인식하고 있다는 것뿐일 거예요.' 하워드는 이렇게 썼다. '의미는 물질에 깃들지 않아요. 저녁 식사에도, 재즈나 칵테일에도, 심지어 대화에도 있지 않아요. 모든 것이 사라진 후에 남는 것, 그것이 의미예요.'

평생 아파본 적은 없지만, 또 다른 의미에서 자신의 삶이 '중단'되었다고 느끼고 있는 사람들도 편지를 보내왔다. 중서부 지역 상원의원의 아내라고 자신을 소개한 한 여성은 불임으로 괴로워하고 있었다. 보스턴에서 메일을 보내온 청년은 양극성 장애를 앓고 있는데, 최근엔 주거지도 잃고 차에서 생활한다고 했다. 캘리포니아에서 고등학교 교사로 일하는 캐서린은 아들의 죽음으로 슬픔에 빠져 있었다.

골수이식 병동에서 보내는 시간은 그 어느 때보다 외로울 것 같았지만, 사람들의 이야기가 나를 바깥세상과 이어주는 끈이 되었다. 나는 이들의 메일을 소중히 간직했지만, 도저히 답장을 쓸 기력은 나지 않았다. 어쩌다 기력이 나면 청소년 암 환자들에게 가장 먼저 답장을 보냈다. 결국은 그들이야말로 나와 같은 부류였으니까. 미시건 출신의 열아홉 살 소년 조니는 나와 마찬가지로 슬론 케터링에서 백혈병 치료를 받고 있었다. 내 칼럼을 읽은 조니가 트위터로 메시지를 보내오자 나는 곧바로 응답했다. 나와 비슷한 나이의 백혈병 환자와 대화하는 건 처음이었다. 우리는 같은 병원의 다른 층에 있었지만 각자 병실에 갇혀 있는 격리 환자였기에 실제로 만날 수는 없었다. 그 대신 온라인 채팅을 했다. 헛소리에서 진지한 이야기까지 중구난방 떠들다 보면 문장이 끝도 없이 늘어졌다. 조니나 나나 모르핀 때문에 정신이 흐려서 정확한 구두점이나 문법 따위는 신경 쓰지 않았다.

조니: 병원에서 나오는 음식 중에 뭐가 제일 좋아?

나: 케사디아.

조니: 나도. 어제 케사디아 먹었는데 끝내주더라.

나: 너도 입원환자니?

조니: 얼마 전에 소아 병동으로 옮겨왔는데 (…) 침대가 병실 가운데라서 다른 환자가 화장실 쓸 때마다 내 옆으로 지나가고 창밖으로 보이는 풍경도 영 별로.

조니: 골이수(골수이식수술) 끝나면 기분이 어때?

나: 빡치고 짜증나. 새벽 5시마다 간호사가 체중을 재러 와.

조니: 아, 빨리 암이 나으면 좋겠다.

나: 나도. 혹시 시간 빨리 가는 주문 같은 거 알아?

조니를 생각하면 가슴이 아팠다. 우리가 공유한 경험은 가혹한 것이었지만, 그럼에도 우리 사이에는 일종의 기묘한 아름다움이 있었다. 전혀 낯선 두 사람이 휴대전화 화면을 통해 두 팔을 뻗어 서로를 안아주는 것처럼 느껴졌다.

골수이식 수술을 받고 거의 3주가 지났을 때, 의료진이 쓰는 표현에 따르면 '제20일'째였다. 나는 침대에 누워 있고 윌은 병실 창밖을 내다보며 아침 길거리 풍경을 묘사해주고 있었다. 맨해튼과 롱아일랜드를 잇는 수로인 이스트리버 위로 햇살이 부서져 내렸다. 거무튀튀해진 공동주택 건물 위로 대교의 모서리가 튀어나와 있었다. 노란색 택시들이 모노폴리 게임판의 말처럼 요크 애비뉴를 따라 질주했고, 정장을 차려입은 마약 암거래상들이 일하러 나가는 중이었다. 나도 창가로 가서 윌 옆에 있고 싶었지만, 일어나서 링거 거치대를 끌고 1.5미터를 걸어갈 힘이 없었다. 몇 분만 있으면 윌이 출근할 시간이었지만, 약 기운 때문에 자꾸만 눈이 감겼다. 문득 잠에서 깨었을 때 그는 이미 떠나고 없었다.

잠은 골수이식 부작용을 겪는 내게 일종의 도피처였다. 임상실험 동안 다소나마 자랐던 체모가 도로 빠져서 피부가 애벌레처럼 민둥해졌다. 체중도 급격히 줄어들어 이미 야윈 상체에 뼈만 남았지만, 체내에 주입된 스테로이드와 수액 때문에 뺨은 퉁퉁 부어올랐다. 암 환자들이 말하는 '달덩이 얼굴moon face' 증상이었다. 살이 붙어야 할 곳은 쪼그라들고 빠져야 할 곳은 부푼 데다가, 미세혈관이 터져 살갗에 온통 수채 물감을 칠한 듯 멍이 들었다. 달덩이가 아니라 괴물이 된 것처럼 참담한 기분이었다.

나는 면역계가 완전히 제거된 상태로 애덤의 건강한 줄기세포가 자리 잡길 기다렸지만, 예상보다 시간이 오래 걸렸다. 애덤은 대학 졸업을 몇 주 앞두고 있었고 기말고사와 파티, 졸업식에 집중해야 할 시기였다. 하지만 내 삭막한 병실에 들어오는 모든 사람처럼 애덤도 걱정스러운 마음을 마스크 뒤로 꼭꼭 숨겼다.

잠이 들었던 나는 오후 늦게야 부모님의 목소리에 깨어났다. 고개를 돌려 인사하려는데 목구멍 안에서 뭔가가 벨크로 테이프처럼 떨어져 나왔다. 몸을 숙이자 입안에 피가 솟구쳤고, 다음 순간 나는 침대 옆 플라스틱 양동이에 엄청난 양의 살점을 토해냈다.

"이게 무슨 일이죠?" 부모님이 깜짝 놀라 소리치며 간호사를 불렀다.

"환자분이 식도 내벽을 토해낸 거예요." 간호사는 평소와 다름없는 목소리로 설명하며 침착하게 토사물을 치웠다.

나는 화학요법 치료로 입과 목구멍, 소화관 내벽의 점막이 타버려서 말을 할 수가 없었고, 얼음 조각 말고는 아무것도 먹을 수 없었다. 한 시간이 멀다 하고 침대 옆 양동이에 타버린 살덩이를 게워냈다. 진통제와 구토 방지제가 잠시나마 고통을 덜어주었지만, 그래도 깨어 있는 동안은 내내 동상이 된 것처럼 꼼짝 않고 앉아 있었다. 뒤집히는 속을 조금이라도 가라앉히기 위해서였다. 노란 가운을 입은 의료진이 와서 결계처럼 내 침대를 에워싸고 내 몸에 급식관을 연결했다. 링거 주머니는 마운틴듀 음료 같은 황록색 액체로 채워져 있었다.

저녁이 되자 윌이 돌아왔다. 내게 오기 위해 회식에 빠졌다고 했다. 윌에게 그날 하루를 어떻게 보냈는지 묻고 싶었다. 뭔가 재미있는 일 없었어? 점심은 공원에서 먹었고? 재미난 회사 뒷소문이라도 있어? 하지만 그때 간호사가 나타나 내 침대 위에 새로운 링거 주머니를 매달았다. 그걸 맞으면 금세 또 졸릴 터였다. 윌이 책을 읽어주거나 스크래블 게임판을 꺼내겠다고 했지만, 나는 몇 수밖에 두지 못할 게 분명했다. 마지막으로 윌과 스크래블을 해본 게 언젠지 기억도 나지 않았다.

윌은 매일 직장 일로 바빴다. 내가 골수이식 병동에 입원하기 전주에는 농구팀과 축구팀에도 가입했다. 그가 퇴근해 병원에 도착할 무렵이면 나는 이미 잠들어 있기 일쑤였다. 모든 간병인이 그렇듯 윌에게도 이런 상황에 따른 스트레스를 배출할 곳이 필요하다는 건 알았지만, 그가 어째서 갑자기 이렇게 바빠진 건지 이해할 수 없었다. 우리는 마치 망원경의 양쪽 끝에서 서로를 바라보고 있는 것 같았고, 이렇게 느껴지는 순간은 점점 더 늘어났다.

윌이 따뜻하게 데운 담요를 둘러주는데도 이가 덜덜 떨렸다. 그가 작은 종이컵에 물을 조금 따라 건네주었다. 나는 부어오른 뺨을 식혀줄 영약을 마시는 것처럼 혀를 적시며 입안으로 들어오는 차가운 액체를 느꼈고, 다음 순간 도로 뱉어냈다.

물병을 들고 있는 저 손을 원망하고 싶진 않아. 내가 맞서 싸울 상대는 내 몸이야. 윌과 나눠야 할 이야기가 너무나 많았지만, 갑자기 무지막지한 피로가 몰려오는 게 느껴졌다. 또다시 눈꺼풀이 내려앉고 있었다. 윌은 내 침대 옆에 앉았다. 두 겹의 푸른색 라텍스 장갑 너머로 그와 손을 맞잡은 채, 나는 잠들어버렸다.

호프 로지

휠체어를 타고 병원을 나서 요크 애비뉴로 나왔다. 고개를 쳐들자 햇볕이 창백한 얼굴에 따스하게 와 닿았다. 훈훈한 5월 오후였지만, 털실 모자와 스키 재킷을 껴입었는데도 여전히 이가 부딪힐 만큼 추웠다. 어머니와 윌이 택시 잡는 걸 기다리는 동안 내 휠체어는 병원 정문 밖의 번잡한 보도를 가로막고 서 있었다. 오가던 사람들은 길을 비켜주거나 우리 셋을 무심히 지켜보았다. 택시에 오르는 한순간이나마 나는 보도를 밟아볼 수 있었다.

골수이식 수술을 받은 지 한 달이 조금 넘었다. 의사들의 말에 따르면 내 면역계는 아직 제로 상태였지만, 예비 검사 결과 마침내 애덤의 줄기세포가 내 골수에 자리를 잡기 시작했다. 지난 며칠 사이에는 급식관을 떼고 짭짤한 크래커 몇 조각을 씹어 삼킬 수 있게 되었다. 느리게나마 보행기에 기대지 않고 걸을 수 있게 되었고, 혈구 수치도 서서히 오르기 시작했다. 골수이식이 성공했는지 확인하려면 몇 주는 더 걸릴 터였고 '제100일'은 아직 먼 얘기였지만, 적어도 당장은 퇴원이라는 작은 승리에 기뻐할 수 있었다.

담당 의사들은 나를 미드타운 맨해튼에 있는 호프 로지Hope Lodge로 보내기로 했다. 나는 암 환자들의 중간 회복 시설인 그곳에서 석 달을 머물 예정이었다. 호프 로지는 방 60개가 있는 잿빛 콘크리트 건물로 근처에 편의점이 있고 펜Penn역도 한 블록 거리라고 했다. 하지만 당분간은 어딜 가든 장갑과 마스크를 착용해야 했다. "지하철도, 공공장소도 안 됩니다. 세균이 있을 만한 곳은 모두 안 돼요." 의사들은 이렇게 경고했다. 택시에서 내려 호프 로지 앞 보도에 늘어선 사람들을 보자 나는 마스크를 더 바짝 당겨썼다.

호프 로지 같은 장소가 있다는 건 다행이었고, 그런 곳이 생길 수 있도록 모금에 참여해준 이름 모를 사람들의 관대함도 고마웠다. 하지만 이상적인 세계였다면 나는 거기서 살 필요 없이 혼자만의 거처에서 지낼 수 있었을 것이다. 어머니가 난생처음 마련한 집이있던 이스트빌리지의 아파트로 들어갈 수 있었을 테니까. 어머니는 그동안 아파트를 팔지 않았고 얼마 전까지 장기 세입자에게 빌려주고 있었다. 하지만 제2차 세계 대전 이전에 지어졌고 바로 옆에 쓰레기통이 있는 건물의 1층에 살기엔 내 면역계가 너무 약해져 있었다. 게다가 그 아파트는 윌과 어머니까지 함께 살기엔 너무 좁았다. 골수이식을 마친 환자에게는 종일 간병인이 붙어 있어야 했다. 그래서 결국 나는 호프 로지에 머물고 어머니의 아파트는 두 사람이 간병인 전초 기지처럼 쓰기로 결정했다. 그 상황에서 우리가 생각할 수 있는 최선의 계획이었다.

하지만 호프 로지에 도착하자마자 우리의 계획은 무산되었다. 안에 들어가니 접수원이 우리를 맞아 방 열쇠와 안내문 꾸러미를 건네주었다. 윌과 어머니가 나를 따라 방으로 올라가는 엘리베이터에 타려고 하자 접수원이 우리를 불러 주거 층에는 한 번에 간병인 한 명만 동행할 수 있다고 말했다. 우리는 접수원을 설득해보려고 했다. "그렇게 엄격한 규정은 환자의 절박하고 예측 불가능한 상태를 고려하면 적절하지 않은 게 아닐까요?" 하지만 어쨌든 규칙은 규칙이었고, 윌과 어머니가 한 가족처럼 서로 거들며 나를 간병하고 그때그때 유연성 있게 역할을 교대하는 건 불가능한 일이었다. 앞으로는 항상 윌과 어머니 중 한 명을 선택해야 했다.

결정하기 어려웠다. 내게 필요한 것은 오직 부모에게만 요청할 수 있는 종류의 도움이었지만 나는 윌과 점점 멀어지는 걸 느꼈기에 그와 떨어져 있기 싫었다. 백혈병 진단을 받은 날부터 내가 죽음 다음으로 두려워한 것은 윌을 잃는 일이었다. 과거 어느 때보다도 상태가 안 좋아진 나는 본능적으로 윌에게 매달리려고 했다. 나는 윌이 호프 로지에 머물고 어머니는 윌이 출근한 낮 동안에만 오는 게 좋겠다고 했다. 그때만 해도 그게 좋은 타협안이라고 생각했다.

윌과 내가 묵게 된 호프 로지의 방은 트윈 침대 두 개와 모텔용 가구가 있고 갈색 카펫이 깔린 우중충한 곳이었다. 빛도 잘 들지 않았다. 복도 끝에 있는 공동 주방에 가면 다른 간병인이나 환자와 마주치고 "병원 다녀오셨어요?" "뇌종양은 좀 어때요?" 같은 잡담을 나누어야 했다. 건물 전체에 슬픔이 무겁게 깔려 있었다. 거기 머무는 모든 이들이 기존의 삶을 다른 곳에 두고 온 사람들이었다.

호프 로지의 직원들은 분위기를 밝게 해보려고 애썼다. 6층에 내려가면 벽난로와 널따란 야외 테라스가 딸린 거실이 있었다. 환자들은 테라스에서 자신을 찾아온 가족과 친구를 맞이하곤 했다. 라운지에서는 선불교 명상이나 백혈구 감소증 환자에게 좋은 요리법 같은 주제로 강습이 열렸다. 자원봉사자들은 일주일에 몇 번씩 콘서트, 개그 공연, 지역 레스토랑에서 준비한 만찬 같은 특별 행사를 열었다. 심지어 매주 맨해튼 귀부인들이 주최하는 '티타임'도 있었다. 수요일 오후마다 샤넬 바지정장을 차려입은 여성들이 라운지로 내려와서 15센티미터 굽이 달린 하이힐을 달각거리며 케이크와 페이스트리가 담긴 접시를 차려놓곤 했다. 물론 선의로 여는 행사였겠지만, 그들이 환자에게 말하는 투를 도저히 견딜 수 없었다. 생색이 뚝뚝 묻어나는 목소리하며, 마치 우리가 몸도 아프고 말도 못 알아듣는 사람인 것처럼 큰소리로 천천히 말하는 모습이라니! 나는 금세 티타임을 혐오하게 되었다. 그들의 자선이나 동정은 필요 없었다. 누군가의 '이번 주 선행'이 되고 싶지도 않았다.

골수이식 수술 이후의 일과는 대부분 수면이었다. 나는 하루 열여덟 시간을 잤고, 잠들지 않았을 때도 침대에 누워서 눈을 감고 있었다. 앉거나 말하거나 책을 읽을 기력이 없었다. 희한하게도 『그레이의 50가지 그림자』만은 예외였다. 나는 주말 이틀 사이 세 권을 전부 읽어치웠다. 너무나 어처구니없고 내 현실과 동떨어진 내용이라 SF 소설을 읽는 기분이었다. 지독한 메슥거림도 잊게 할 만큼 압도적으로 웃기고 끔찍한 단 하나의 읽을거리였다.

"급성 골수성 백혈병이랑 『그레이의 50가지 그림자』를 읽는 것 중에 어느 쪽을 택할래?" 어느 날 아침 나는 윌에게 이렇게 물어보았다.

"백혈병." 윌은 1초도 망설이지 않고 바로 대답했다.

내가 한 입 이상 먹을 수 있는 날은 드물었음에도 윌은 매일 아침식사를 차려주었다. 그런 다음 어머니에게 나를 인계하고 출근하곤 했다. 하루의 가장 끔찍한 일과는 날마다 호프 로지에서 병원으로 가 수혈을 받고 화학요법 때문에 결핍된 수분이나 마그네슘 등의 영양분을 공급받는 일이었다. 온종일 구역질이 나서, 택시를 타고 미드타운을 건너가는 이십 분 사이에도 속을 게워내지 않는 날이 드물었다. 유난히 멀미가 심했던 하루는 택시 운전사가 나를 취객이라 생각하고 어머니와 나를 차에서 쫓아내기도 했다. 뭐라고 설명하기도 전에 그는 우리를 보도에 내려놓고 떠나버렸다.

호프 로지에 입주한 지 일주일도 안 되어 NPR의 〈토크 오브 더 네이션〉 방송에서 내 칼럼과 관련한 인터뷰 요청을 받았다. 내겐 아주 중요한 날이었다. 제대로 된 외출은 퇴원 이후 처음이었으니까. 나는 링거 주사를 다 맞은 뒤 어머니와 함께 택시를 타고 브라이언트 파크 건너편에 있는 NPR 사무실로 갔다. 인터뷰를 하는 건 난생 처음이었기에 무척 흥분해 있었다.

이유는 잘 모르겠지만 칼럼 연재를 시작한 뒤로 온갖 매체에서 인터뷰 요청이 들어왔다. 병원 대기실에서, 때로는 맨해튼 길거리에서 독자가 날 알아보고 다가와 말을 걸기도 했다. 칼럼을 정말 잘 읽고 있으며 나를 응원한다는 이야기들을 들었다. 사람들의 주목은 기분 좋고 벅찬 일이었지만 살짝 불안하기도 했다. 암이 어느새 나를 일종의 역할 모델로 만들어버린 느낌이었다.

하지만 주변 사람들 모두가 나처럼 들뜬 것은 아니었다. 특히 윌은 얼마 지나지 않아 칼럼 문제로 전전긍긍하기 시작했다. 그는 칼럼 연재가 내 건강에 부담을 끼칠까 봐 염려했고, 내가 안 그래도 모자란 기력을 일에만 쏟는다며 불평했다. 틀린 말은 아니었다. 내가 야심을 좇느라 신체적 한계를 시험하고 있는 건 사실이었다. 체내에 투입된 갖가지 약물의 독소 때문에 머리가 깨질 것 같았다. 한때는 별별 쓸데없는 정보까지(초등학교 3학년 첫날 담임 선생님이 입었던 블라우스 색깔부터 가장 좋아하는 책의 한 단락까지) 상세히 기억할 수 있었던 내가 이젠 단짝 친구들 이름이나 내 휴대전화 번호마저 헷갈렸다. 골수이식 수술 전에 글쓰기는 내게 안식처였건만 이젠 좌절과 눈물의 원인이 되곤 했다. 하지만 나는 이미 단단히 결심한 뒤였다. 할 수 있는 일을 아직 할 수 있을 때 해놓자. 그러다가 몸에 부담을 주게 되더라도.

NPR과 인터뷰하기 전날 밤 나는 미열이 있었고 이불을 몇 장씩 덮고서도 밤새 덜덜 떨었다. 몇 분마다 폐를 쥐어짜듯 섬뜩한 기침이 터져 나왔다. 윌과 어머니 둘 다 인터뷰를 미루라고 간청했지만, 나는 안 된다고 우겼다. 이런 기회가 다시 오려면 얼마나 더 기다려야 할지 몰랐고, 어쩌면 앞으로 인터뷰를 못할 만큼 악화될지도 몰랐다. 반드시 지금 인터뷰를 해야만 했다. 아무도 나를 말리거나 설득할 수 없었다.

NPR 사무소 안의 녹음실에 앉아 사운드 체크를 마쳤을 무렵 나는 이미 탈진해 있었다. 플라스틱 컵에 든 물을 홀짝이는데 양손이 덜덜 떨렸고, 입을 열어도 작고 연약한 목소리밖에 나오지 않았다. 진행자와 초대 손님들의 질문에 최선을 다해 대답했지만, 나중에 돌이켜보니 대답한 내용이 하나도 생각나지 않았다. 폐에서 터져 나오는 가래 기침 소리를 죽이기 위해 ('기침'이라고 명확하게 적혀 있는) 컨트롤 보드의 버튼을 눌러댄 것만 기억났다. 아마도 그 버튼을 오십 번은 눌렀던 것 같다.

인터뷰가 끝날 때쯤 나는 의자에 앉은 채 축 늘어져 있었다. 똑바로 앉아서 말까지 하느라 기진맥진한 상태였다. 진행자는 마지막으로 한 가지만 더 질문하겠다고 말했다. "시간이 몇 초밖에 안

남았는데요." 그가 말을 이었다. "당신은 지금 죽음에 직면해 있나요?"

당혹스러웠다. 물론 내가 죽음을 생각하며 많은 시간을 보내긴 했지만, 누군가 내게 대놓고 이런 질문을 던진 것은 처음이었다. 게다가 공영 라디오 방송에서 큰 소리로 이런 질문을 들으니 죽음의 위협이 그 어느 때보다도 생생하고 가깝게 느껴졌다. 그 순간 진행자, 청취자, 칼럼 독자 모두가 같은 것을 궁금해하고 있다는 사실을 깨달았다. 과연 나는 죽을 것인가, 살 것인가? 내 생존 여부는 어느새 스릴 넘치는 이야깃거리가 되어 있었다. 사람들은 과연 다음 주엔 무슨 일이 일어날까 하는 무시무시한 호기심으로 내 사연을 따라오고 있던 것이다. 그런 생각을 하니 착잡했지만, 나는 마음을 단단히 먹고 희망찬 어조로 인터뷰를 끝내려 했다. 그러나 다시 입을 열었을 때도 내 목소리는 여전히 종잇장처럼 얄팍하게 들렸다. "저는 미래에 대해 무척 낙관적입니다." 전혀 설득력이 없는 꺼질 듯한 목소리였다.

그날 폐 안에서 끓어오르던 정체불명의 존재는 금세 내 면역계를 압도했다. 주말은 어머니날이었지만, 나는 계획대로 호프 로지의 라운지에서 어머니와 함께 브런치를 들고 영화를 보는 대신 웅크린 채 들것에 실려서 응급실로 가야 했다. 혈압은 바닥을 쳤고 심박은 위험할 만큼 높아져 있었다. 내가 완강하게 저항했음에도 의료진은 나를 입원시켰다. "내 잘못이에요." 나는 라디오 인터뷰 마지막에 했던 말을 떠올리며 어머니에게 말했다. "미래에 대해 어느 정도 낙관적이라고 말했어야 했는데."

인간은 태어날 때나 죽어갈 때나 돌봄이 필요하다. 하지만 자신이 얼마나 무력한지 인정하는 건 무척 어려운 일이었다. 나는 몽롱하고 위태로운 입원 생활을 마치고 호프 로지로 돌아왔지만 그 어느 때보다 약해져 어린 아기처럼 윌과 어머니에게 의지했다. 수술 후 70일 무렵에는 샤워를 하거나 샌드위치를 만드는 것처럼 지극히 단순한 일도 혼자 하지 못했다. 힘이 없고 구역질이 심해서 걷지도 못하고 휠체어를 타야 했다. 한밤중에 잠을 깨면 심장이 불안정하게 뛰는 게 느껴졌다. 느려졌다 빨라지는 심장 박동을 듣고 있으면 초조해졌고 취약한 내 상태를 절감하게 됐다.

수술 후 80일쯤 이마에 거무스름한 발진이 나타나자 모두가 경악했다. 몇 번이나 경고를 받았던 골수이식의 치명적 합병증, 즉 GVHD의 초기 증상이었다. 의료진은 내게 투입하는 스테로이드와 거부반응 제어제를 늘렸고 내 상태를 면밀히 관찰했지만, 그 이상 할 수 있는 일은 없었다. 그저 최선을 바랄 뿐이었다.

내가 잃어가고 있던 것은 독립성만이 아니었다. 호프 로지에 들어온 이후로 윌은 늦게 퇴근하는 날이 잦아졌다. 때로는 저녁이 다 되어서야 전화를 걸어 자기 대신 밤에 나를 돌봐줄 사람이 없는지 물었고, 그렇게 갑자기 사람을 찾긴 어렵다고 대답하면 어째서 자기와 어머니 말고는 나를 돌볼 사람이 없느냐고 말하기도 했다. 호프 로지가 썩 유쾌한 보금자리는 아니며 내가 이미 부담스러울 정도로 의존하고 있다는 걸 알고 있었지만, 윌에게 마음을 써줄 기력도 없었다. 나는 그 어느 때보다 윌을 필요로 했다. 윌과 함께 있을 때면 예전만큼 다정한 사이가 되길 갈구하며 그의 애정을 스펀지처럼 빨아들이곤 했다. 우리가 점점 더 멀어지는 것 같다고 윌에게 말할 때마다 그는 내 착각이라며 일축했다. 그럼에도 걱정은 사라지지 않았다.

어느 날 저녁 윌이 퇴근하길 기다리고 있는데 그에게서 메시지가 왔다. '세인트막스 광장에 있는 술집에서 친구들이랑 한잔 하고 있어. 자기도 올래?' 나는 뭐라고 대답해야 할지 몰라서 휴대전화만 빤히 쳐다보았다. 어쩌면 윌은 진심으로 내가 거기 오길 바랐는지도 모른다. 하지만 내가 공공장소에 나가려면 몇 주, 심지어 몇 달이 걸릴 수도 있다는 걸 그도 나도 잘 알고 있었다. 더구나 로어맨해튼에서도 가장 지저분하고 번잡한 장소인 세인트막스 광장의 술집이라니. 어떻게든 답을 써보려고 했지만 눈물이 시야를 흐렸다. 울지 않으려고 손바닥 깊이 손톱을 찔러 넣었다. '미안, 난 못 가. 자기도 그 정도는 알 줄 알았는데.' 결국 이렇게 답을 보냈다. 어머니는 외투를 걸치며 외출을 준비하는 중이었다. 어머니가 친구들과 저녁 약속을 잡는 건 극히 드문 일이었다. 내가 말만 하면 어머니는 기꺼이 약속을 취소하고 내 곁에 있으리라는 걸 알았지만, 그러지 않았다.

트윈 침대에 홀로 누워 윌을 기다렸다. 밤이 오자 방 안이 온통 깜깜해지고 창밖의 가로등만 환히 빛났다. 시간이 흐를수록 서늘하고 통렬한 공포가 뱃속에 차올랐다. 그날의 마지막 약을 복용하려면 우선 뭐라도 먹어야 했지만, 복도를 따라 공동 주방까지 갈 힘이 없어서 그냥 약 한 줌을 물과 함께 삼켜버렸다. 초짜 환자나 할 법한 실수였다. 윌이 자정을 넘겨 돌아왔을 때 나는 구토받이 위에 몸을 숙이고 있었다. 침대 시트는 온통 토사물로 더러워졌고 내가 입은 파자마에는 땀이 흥건했다. 내 침대 발치에 멈춰 선

윌의 얼굴이 격심한 죄책감에 굳어졌다. 그가 양팔로 내 몸을 안아 들고 샤워실로 가는 동안 내 마음속에서는 두 개의 감정이 격렬하게 다투고 있었다. '난 네가 미워. 그리고 네가 필요해.'

수술 후 100일째 되는 날 아침이었다. 나는 공동 주방의 파란색 플라스틱 칸막이 안에서 윌이 아침식사를 차리는 걸 기다렸다. 윌을 기분 좋게 해주려고 덩어리 진 오트밀 죽을 먹는 척 숟갈로 뒤적이면서도 마음속으로는 딴생각만 하고 있었다. 몇 분 뒤면 병원에서 지난주에 받은 온갖 검진과 생체검사 결과를 확인할 예정이었다. 결과는 둘 중 하나겠지. 골수이식이 성공해서 다 나았거나, 아니면 실패해서 백혈병이 도졌고 머지않아 죽게 되거나. 제3의 가능성이 있을지도 모른다는 생각은 전혀 하지 못했다.

윌이 설거지를 하는 동안 나는 불안을 달래려고 휘적휘적 스크롤을 내리며 아직 읽지 않은 독자 메일을 훑어보았다. 그중 하나가 눈을 끌었다. '현실로 복귀하는 일의 어려움'이라는 제목이 붙은 메일이었다. 메일에는 웃옷을 벗고 병실에 앉아 있는 젊은 남자의 사진이 첨부되어 있었다. 넓고 건장한 어깨에 혈색도 좋고 활기가 넘쳐 보였지만, 머리통은 나처럼 홀랑 벗어져 있었다. 그럼에도 그가 얼마나 자신감 있어 보이는지 놀라울 지경이었다. 내가 휴대전화를 건네며 사진을 보여주자 윌이 휘파람을 불었다. "맙소사. 나보다 더 건강해 보이는데. 너한테 암 환자 애인이 생긴 줄 알고 걱정할 뻔했잖아."

남자의 이름은 네드였고, 메일 앞부분에 담긴 네드의 사연은 다음과 같았다. 2010년 무렵 그는 대학 졸업을 한 학기 남겨두고 있었다. 졸업 이후의 계획은 전혀 없었다. 졸업논문을 써야 했고 예쁜 애인과 데이트도 시작한 터라 정신없이 바빴지만, 이탈리아 체류를 꿈꾸며 풀브라이트 재단의 대학원 장학금에 지원도 해둔 상태였다. 그런데 겨울방학 중 고향 보스턴에 내려가 받은 CT 검사에서 비장 비대증이 발견되었다. 네드는 이전에도 투병 경험이 있었다. 그보다 삼 년 전에는 고환암 진단을 받았지만 '다행히 초기 암 환자라서 수술만 받으면 되었다'고 했다.

내게도 익숙한 사연이었다. 나의 이야기이자, 칼럼을 연재하면서 무수한 청소년 암 환자들에게 들은 사연이기도 했다. 그런 이야기들은 묘한 위안이 되었다. 우리 같은 사람이 얼마나 많은지, 병실 안에서 링거 주사에 묶여 눈에 잘 띄지 않는 곳에 숨은 이들의 공동체가 얼마나 큰지 실감할 수 있었으니까.

하지만 네드의 이야기는 예상치 못한 방향으로 흘러갔다. "이렇게 편지를 쓰게 된 건 당신도 곧 겪게 될 일 때문이에요. 현실 세계, 그러니까 '정상 상태'로 복귀하는 일 말이죠." 그의 글은 이렇게 이어졌다. "나도 과거에 영위했던 생활을 되찾느라 한참 고생했거든요." 이 부분을 읽을 때에야 네드가 청년기의 암 투병에 관해 이야기하려는 게 아니라는 사실을 깨달았다. 그가 이야기하려는 건 암이 다 나은 뒤의 일이었다. 하지만 나는 적어도 아직은 암 이후의 삶에 관한 생각을 즐길 수 없었다. 나는 여전히 호프 로지에 처박혀 있었고 걷지 못해 휠체어를 타야 했으며 눈앞에 닥친 생체검사 결과 말고는 아무것도 생각할 수 없었으니까. 하물며 암 이후의 삶이라니!

몇 분 뒤 윌과 나는 로비로 내려가서 우리를 기다리던 어머니와 합류했다. 우리는 밖에 나가 택시를 잡아탔다. 도중에 구토할 경우를 대비해서 비닐봉지 몇 개를 챙겨왔지만, 그날은 구역질보다도 초조함 때문에 속이 메슥거렸다. 우리는 병원에 도착해 엘리베이터를 타고 외래환자용 골수이식 병동으로 올라갔다. 다들 불안감에 입을 다물고 있어서 엘리베이터 안에는 침묵만 흘렀다.

접수원이 내 이름을 부르고 우리를 병동 뒤쪽의 방으로 안내했다. 내가 숨을 고르는 동안 담당 의료진이 들어왔다. 임상 간호사와 내 골수이식 담당 의사였다. 통통하고 안경을 낀 그는 항상 엄한 표정을 짓고 있었지만 성격은 온화한 사람이었다. "좋은 소식은 지난주 생체검사 결과 환자분의 골수에서 암세포가 사라졌다는 겁니다. 골수이식 효과가 있는 것 같네요, 적어도 지금으로서는 말이죠. 하지만 확신할 수 있으려면 몇 달은 더 걸릴 테고, 그동안 이렇게 진료도 받아야 할 겁니다."

"그럼 나쁜 소식은요?" 내가 물었다. 물론 나쁜 소식 같은 건 없기를 바랐지만, 이젠 나도 의사가 이런 식으로 말할 때 그런 기대를 하면 안 된다는 걸 알고 있었다.

"음, 나쁜 소식은 재발 가능성이 크다는 거예요. 골수 염색체 이상도 그렇고 골수이식 수술 전에 백혈병 세포를 싹 제거하지 못했기 때문에, 환자분의 경우 백혈병 재발 가능성이 큽니다. 그래서 지금부터 유지 화학요법 치료를 시작하는 걸 권하고 싶네요. 체력을 적당히 되찾는 즉시요."

나는 진찰대에 앉은 채 양 무릎을 꼭 끌어안았다. 좌절감이 덮쳐왔다. 좌절감에 익사해버릴 것만 같았다. 주변 사람들의 목소리가 물속에서처럼 희미하고 아득하게 들려왔다. 문득 그날 아침에 읽은 네드의 메일 내용이 떠올랐다. '정상 상태로 복귀하는 게 대체 뭐가 그리 어렵다는 거지?' 나는 쓰라린 마음으로 생각했다. '내가 바라는 건 그것뿐인데.' 내 암은 폐차장 경비견과도 같았다. 지금 당장은 갇혀 있지만 줄곧 사납게 짖어대다가 철조망 아래로 땅을 파서라도 빠져나오는 무서운 개 말이다. 그놈을 철조망 뒤에 가둬놓으려면 악착같이 싸워야 하겠지. 더 많은 임상실험을 견디고 무수한 검사를 받고, 몇 달을 넘어 몇 년까지도 완치를 향한 궤도를 밟아야 하겠지. 매번 또 다른 단층촬영이, 또 한 번의 생체검사가 나를 기다리고 있겠지.

"유지 화학요법 치료는 얼마나 받아야 하는데요?" 나는 우리의 대답을 기다리는 담당 의사에게 물었다. "오랫동안이요." 의사가 차분하게 대답했다. "일 년, 어쩌면 더 걸릴 수도 있어요." 나는 윌을 바라보았다. 마치 덫에 걸린 사람처럼 초췌하고 절망에 빠진 표정이었다. 그렇다고 해서 윌을 원망할 수는 없었다. 그러나 이제와 다시 생각해보면 나는 그를 원망했던 것 같다.

자유의 연대기

내게 집이란 이해하기 어려운 개념이다. 나는 열두 살이 될 때까지 무려 세 대륙과 여섯 곳의 학교를 전전했다. 7학년 이후로는 거의 새러토가에 머물렀지만, 그렇다고 해서 그곳이 내 고향처럼 느껴지진 않았다. 다른 지역도 마찬가지였다. 한두 해 이상 한곳에 머물면 몸이 근질근질했고, 뱃전에 들러붙은 따개비처럼 꼼짝 못 하게 될까 봐 두려웠다. 서로 다른 문화와 국가, 신앙과 관습 사이에서 성장한 다문화 아동의 저주라고 해야겠다. 나는 어딜 가든 너무 하얗거나, 너무 가무잡잡하거나, 이름이 너무 이국적이거나, 어딘가 묘하게 특이해서 아무 곳에도 속할 수 없는 존재였다.

백혈병 진단 이후로도 방랑 생활은 계속되었다. 지난 일 년 동안 윌과 내가 병원 밖에서 보낸 시간은 절반 정도였다. 새러토가의 내 어린 시절 방에서 지내기도 했고 친구들 집의 손님 방에서 묵기도 했다. 최근에는 호프 로지에 머물렀지만, 그곳의 규칙 때문에 석 달 이상 거주할 수는 없었다. 하지만 여름이 끝날 무렵에는 내 방랑벽도 깨끗이 사라져버렸다. 나는 그 무엇보다도 보금자리를 갈망했다.

2012년 8월, 윌과 나는 어머니 소유의 아파트로 이사했다. 이스트빌리지 4번가와 애비뉴 A가 만나는 모퉁이에 있는 곳, 어머니가 이십 년 전 뉴욕으로 이민 와서 처음 살았던 집이다. 어머니는 윌과 내가 관리비, 유지비, 세금만 알아서 낸다면 언제까지고 그곳에서 지내도 된다고 했다.

오랜만에 와보니 아주 많은 것이 달라져 있었지만, 한편으로는 거의 아무것도 달라지지 않은 것 같기도 했다. 건물에 들어서자마자 누군가 나를 부르는 소리가 들렸다. "아가!" 돌아보니 야간 경비원으로 근무하는 호르헤였다. 그는 이제 구부정한 백발노인이었지만, 우리 부모님이 갓 태어난 나를 데리고 병원에서 돌아왔던 날을 아직도 생생히 기억하고 있었다. 건물 내부의 문들은 여전히 황록색으로 칠해져 있었고, 가짜 금 쇠시리와 아르데코 조명으로 장식된 복도도 그대로였다. 잊을 만하면 엘리베이터가 고장 났고 수도꼭지에서는 종종 녹물이 나왔다. 1층이라 창밖으로 안마당의 쓰레기통이 내다보이는 성냥갑 만한 아파트였다. 윌의 부모님이 식기 건조대와 유리잔 세트를 사주었고, 우리 부모님은 침구와 아름다운 골동품 튀니지 카펫을 빌려주었다. 친구가 선물해준 침대 틀과, 윌과 내가 중고품 가게를 뒤져 찾아낸 오래된 스티머 트렁크도 있었다. 파리에서 식탁 대신 썼던 것과 똑같은 트렁크였다. 좁고 빛도 잘 안 들고 세간도 뒤죽박죽이었지만, 어쨌든 그곳은 둘만의 집이었고 새로운 자유를 의미했다. 우리는 정말로 운이 좋은 사람들이라고 생각했다.

아파트로 이사한 첫날 밤, 윌은 트렁크 위에 접시 두 개를 놓고 촛불을 켰다. 내가 기억하는 제대로 된 마지막 식사는 골수이식 병동에서의 부활절 저녁식사였다. 그 뒤로는 퇴원할 때까지 급식관을 통해 영양을 섭취했고, 호프 로지에서는 푹 익히고 잘게 썬 음식만 먹었으니까. 내 체중은 사상 최저치였고 식욕도 전혀 없었지만, 나는 어떻게든 새 보금자리에서의 첫 만찬을 즐기기로 결심했다. 자유란 윌이 만든 스파게티를 반 그릇씩 먹어치울 수 있다는 뜻이었지만, 그러고 나서 밤새도록 구토를 참는 일이기도 했다.

자유란 이후 몇 주 동안 윌의 고군분투에 관대해져야 한다는 의미이기도 했다. 우리 어머니가 새러토가의 본가로 돌아갔기 때문에 윌은 간호사와 어머니의 역할까지 대신하려고 애썼다. 요리와 청소 등 집안일 대부분을 떠맡았고, 몇 주가 멀다 하고 열이 나거나 합병증이 도질 때마다 나를 응급실로 데려갔다. 나는 한 블록 떨어진 약국까지 걸어가기도 힘들 만큼 쇠약해져 있었기에 거의 종일 홀로 침대에 누워서 하루를 보냈다. 잠을 자거나, 글을 쓰려고 애쓰거나, 아니면 멍하니 텔레비전만 바라보았다. 정오가 되기를 손꼽아 기다리다 보면 윌이 점심시간을 틈타 자전거를 타고 와주었다. 그가 내 상태를 확인하고 먹을 것을 차려준 다음 직장으로 돌아가고 나면, 나는 다시 퇴근 시간인 일곱 시만 기다리며 보냈다. 내가 사람 많은 장소에 가거나 외식을 하거나 대중교통을 이용할 수 없었기 때문에, 우리는 저녁 내내 집에 있어야 했다. 하지만 호프 로지에서 느꼈던 윌과의 거리감은 많이 줄어들었다. 우리는 둘만의 장소에서 새롭게 출발할 생각에 들떠 있었다. 자유란 골수이식 이후 처음으로 윌과 한 침대에서 잘 수 있다는 의미였지만, 육체적 친밀함의 언어를 잊어버린 나의 새로운 몸과 타협하는 일이기도 했다.

월요일 아침 9시 직후였다. 아파트 건물 밖으로 나오니 길모퉁이마다 사람들이 서서 택시를 부르는 소리가 들려왔다. 출근 시간대의 교통 혼잡이 잦아들 때까지 잠시 보도에 앉아 기다리기로 했다. 나는 화학요법 치료를 다시 시작했는데, 아무리 애를 써도 매번 정확히 30분씩 병원에 지각하곤 했다. 샤워를 건너뛰거나 알람을 여러 번 설정하거나 전날 밤 일찍 자도 소용이 없었다. 하지만 그날은 딱히 서두르지 않았다. 30분 지각하는 게 이미 습관이 되어버렸고 살짝 자랑스럽기까지 했으니까. 나는 시간을 지키되 어디까지나 내 나름의 방식대로만 그렇게 할 것이었다.

한편으론 병원에 늦게 가면 그냥 하루 쉬라고 하지 않을까 하는 기대도 있었다. 애초에 유지 화학요법 치료를 받기가 싫었다. 이제는 골수 내의 모세포도 없어진 터라(재발 위험이 있긴 하지만 현재로서는 암이 나았단 얘기다) 고통스러운 치료 과정을 받아들일 마음의 각오가 좀처럼 서지 않았다. 새로운 치료 방식은 임상실험에 사용되었던 아자시티딘을 정맥 주사로 맞는 것이었다. 매달 연달아 닷새 동안 정맥 주사를 맞고 삼 주를 쉬는 식이었다. 별것 아닌 듯이 들리겠지만, 나는 경험을 통해 쉬는 게 쉬는 게 아니라는 걸 알고 있었다. 3주 내내 독한 화학약품 때문에 괴로워하며 지내다가 좀 나아질 만하면 다시 닷새간 주사를 맞아야 했다. 하지만 한동안은 이렇게 지낼 수밖에 없었다.

나를 본 택시 운전사가 속도를 늦추었다. 내키지 않았지만 나는 손을 뻗어 흔들었다. 운전사는 검은 머리에 희끗희끗 백발이 섞이고 자메이카 억양이 심한 남자였다. 택시가 맨해튼 동쪽 변두리를 따라 난 FDR 고속도로로 접어들 무렵, 이스트리버 옆 자전거 도로에서 사이클링을 하는 젊은 여자의 모습이 눈에 들어왔다. 내 나이 또래로 보였고 구릿빛 피부에 몸매가 탄탄했으며 한 갈래로 묶은 금발 머리를 바람에 나부끼고 있었다. 언젠가는 나도 병원까지 자전거를 타고 갈 수 있겠지. 충분히 회복만 된다면.

“이봐요, 손님?” 택시 운전사가 말을 걸어왔다. 어느새 병원에 도착했는데 생각에 빠져 모르고 있었다. “괜찮아요?” 누가 괜찮으냐고 물을 때 써먹으려고 생각했던 장난이 있었다. 내 최근 세포유전자 검사와 생체검사 결과를 줄줄이 읊어주고 상대가 어떻게 반응하는지 구경할 생각이었다. 하지만 이 사람은 그저 친절한 마음에서 물어본 것일 테니까, 골수이식 수술을 받은 환자가 얼마나 멍청하고 산만해지는지, 얼마나 쉽게 남들 앞에서도 반수면 상태에 빠지곤 하는지 듣고 싶지 않겠지. 그래서 입을 꾹 다물고 요금을 치른 다음 감사하다는 말만 남기고 택시에서 내렸다.

슬론 케터링 암센터의 중앙 로비에 들어서자 익숙한 소독약 냄새가 코를 찔렀다. 강철 엘리베이터가 번쩍거리고 벽마다 미술 작품이 내걸린 20층짜리 건물은 암 환자와 간병인 들로 가득한 대형 크루즈 여객선처럼 보였다. 심지어 크루즈 여객선과 마찬가지로 기묘한 축소판 편의시설들도 갖추고 있었다. 스타벅스 판매대, 식당, 가끔 실내악 연주회가 열리는 공연장, 미술과 공예 강습이 진행되는 레크리에이션 층, 너덜너덜해진 할리퀸 로맨스 문고본을 대출할 수 있는 도서관까지. 티끌 하나 없이 깨끗하고 최신식 설비가 갖춰진 건물임에도 어딘가 피로한, 심지어 추레한 분위기가 느껴졌다. 대기실은 1970년대 유행하던 가구로 꾸며져 있었고 대리석 무늬 리놀륨 바닥은 오랜 세월 의사와 간병인들의 발걸음으로 닳아 있었다. 응급치료 병동은 항상 만원이어서 휠체어를 타거나 들것에 실린 환자들이 복도까지 넘쳐났다.

맨처음 슬론 케터링을 방문한 날을 기억한다. 백혈병 진단을 받은 후 며칠 뒤 다른 병원에서도 소견을 들어보고 싶어 이곳을 찾았었다. 머리카락을 허리까지 기르고 코에 피어싱을 한 내 모습은 다른 암 환자들과 전혀 달랐다. 대기실에 앉아 있는데 민소매 셔츠를 입고 민머리를 반다나로 감싼 중년 남자가 우리 아버지에게 다가와 허공에 주먹을 쳐들며 말했다. "힘내요, 형제." 1990년대부터 대머리였던 아버지를 화학요법 치료 중인 암 환자로 오해한 것이다. 마치 나의 무죄가 입증된 것 같은 기분이었다. 그 남자의 오해야말로 내가 이곳에 있을 사람이 아니라는 증거였다. 어쨌든 나는 정도의 차이는 있되 하나같이 죽어가고 있는 이곳의 환자들과는 다르다고 생각했다. 하지만 지금은 슬론 케터링의 환자들도, 소독약 냄새도 편안하게만 느껴졌다. 솜털처럼 부드럽고 샛노란 머리털이 1센티쯤 들쭉날쭉하게 자란 지금의 내 모습은 이곳과 잘 어울렸다. 이곳이 편했다. 진료 절차에 통달했고 의료용어도 능숙하게 구사했으며 거미줄처럼 복잡하게 뻗은 복도를 눈 감고도 돌아다닐 수 있었다. 이젠 오히려 바깥세상이 낯설었고 심지어 조금은 두려웠다.

손 소독제를 세 번 짜서(행운을 기원하는 나만의 의식이었다) 양 손바닥에 문질러 발랐다. 푸른색 라텍스 장갑과 새 마스크를 끼고 B호기 엘리베이터에 올랐다. 4층에서 엘리베이터 문이 열리자 몸이 부르르 떨렸다. 골수이식 외래환자 병동은 진공 상태인 데다가 엄청 추워서 마치 육류 창고 같았다. 간호사실에 멈춰서 따뜻한 담요(오븐처럼 생긴 기계 안에 보관되어 있는) 한 장을 챙긴 다음 자리를 잡고 앉았다.

대기실에 앉아서 보내는 시간은 끝도 없이 길게만 느껴졌다.

마음을 비우거나 사람들을 구경하는 게 최선이었다. 시간이 지나면서 나는 환자들의 단계를 구분하는 데 전문가가 되었다. 최근 암 진단을 받은 환자는 꽃이나 선물을 가져온 친구와 친지 여럿과 함께 있게 마련이었다. 이미 탈모가 진행되던 차에 연대의 표시로 머리를 싹 밀고 와서 자신의 희생을 칭찬받으려 하는 아버지나 아들의 모습도 종종 볼 수 있다. 몇 주가 지나면 동행인도 줄어든다. 친구와 친지 들은 '암 환자 돌봄 당번' 달력을 만들어서 돌아가며 환자와 함께 병원에 온다. 반년도 지나지 않아 환자 곁에는 막중한 책임감에 시달리며 주차 문제나 '끔찍한 대기 시간' 때문에 투덜거리는 간병인 하나만 남는다. 그리고 운이 나빠 일이 년 이상 투병을 하게 되면 결국 혼자서 병원에 오게 된다.

백혈병 진단 이후 혼자 병원에 온 건 이번이 처음이었다. 하지만 그런 환자가 나 하나만은 아니었다. 젊은 남자 하나가 대기실에 들어오더니 규칙대로 마스크와 장갑을 착용했다. 키가 크고 야윈 그는 털모자를 썼고 이십 대 후반 정도로 보였다. 그는 불안한 얼굴로 앉을 곳을 찾으려는 듯 북적이는 대기실 안을 휙 둘러보았다. 어쩌다 보니 바로 내 옆에 딱 하나 남은 빈자리가 있었고, 그는 거기 앉으면서 나와 서로 고개를 끄덕여 인사했다.

"술라이커 맞죠?" 그가 장갑 낀 손을 내밀며 말했다. "칼럼 정말 잘 읽고 있어요." 그의 이름은 브렛이라고 했다. 대기실에 앉아 있는 동안 브렛은 그의 기나긴 림프종 투병담을 들려주었다. 아내와 함께 시카고에 정착했지만 모든 걸 버리고 뉴욕으로 와서 골수 이식 수술을 받을까 생각 중이라고 했다. 나는 그의 이야기를 들으며 내 경험에서 도움이 될 만한 부분을 말해주었다. 이 병원에서 골수이식을 받는다면 제대로 보살펴줄 거라고, 아내와 함께 무료로 머물 수 있는 호프 로지 쪽과도 연결해줄 거라고 말했다. 접수원이 브렛의 이름을 부르자 그는 힘차게 내 손을 잡고 작별 인사를 건넸다. 나 역시 그와 대화하고 소통하면서 마음이 안정되는 것을 느꼈다. 나는 브렛과 전화번호를 교환했고, 혹시라도 시카고에 가게 되면 연락하겠다고 약속했다. 그가 가버리자 나는 다시 홀로 남았다.

마침내 화학요법 치료실에 들어가니 내가 좋아하는 간호사인 애비가 있었다. "눈이 충혈되었네요." 애비는 걱정스러운 듯 말을 건넸다. "그냥 피곤해서 그래요." 내가 대답했다. 최근에 잠을 잘 이루지 못했으니 거짓말은 아니었다. GVHD를 막기 위한 스테로이드 대량 투여로 불면증이 심해진 탓에 밤늦게까지 침대에 누워 영화를 보곤 했다. 하지만 뭐라고 말을 잇기도 전에 나는 갑자기 울음을 터뜨리고 말았다. 어찌나 격한 울음이었는지 나도 깜짝 놀랐다. 집에서는 수도꼭지가 따로 없을 만큼 자주 눈물을 흘렸지만 남들 앞에서 우는 일은 드물었다.

최근 마음이 싱숭생숭하고 불안했다. 화학요법 치료를 계속해야 한다는 말을 들은 뒤로 쭉 그랬다. 윌은 직장 일로 바쁘고 부모님은 새러토가의 본가로 돌아갔으니, 이제 자유란 내가 나를 돌보아야 한다는 의미였다. 자유는 월요일부터 토요일까지 라벨을 붙여놓은 커다란 약 상자에 든 수십 가지 약을 제 시간에 복용해야 한다는 책임감이었다. 나 혼자서 화학요법 치료를 받으러 오는 것, 내가 혼자라는 사실을 뼈저리게 실감하는 것이기도 했다. 어찌 보면 나는 원래부터 혼자였다.

털복숭이 친구

어린 시절 동생과 친구들이 나무를 타거나 축구공을 쫓는 동안 나는 유기동물을 찾아 길가를 뒤지고 다녔다. 종이 상자나 쓰레기통이라도 있으면 반드시 들여다봐야 직성이 풀렸다. 쓰레기에 뒤섞여 버려진 아기 고양이가 들어 있을지도 모르니까. 어른들이 자라서 뭐가 되고 싶은지 물어보면 버려진 동물들의 테레사 수녀가 되겠다고 엄숙하게 대답하곤 했다.

성장기 내내 부모님에게 강아지를 키우자고 졸랐지만 매번 안 된다는 대답만 돌아왔다. 항상 이사를 다니는데 강아지까지 돌보는 건 무리라는 거였다. 초등학교 4, 5학년 때는 날마다 수업이 끝나면 자전거를 타고 동네 동물병원에 갔다. 사육장을 청소하고 수술 과정을 지켜보고 비품 창고를 채웠다. 용돈을 털어 낡은 수의학 교과서와 동물 구조 단체에 기부할 개와 고양이 사료, 장난감을 샀다. 미국애견가클럽에 등록된 274가지 견종을 전부 외우고 부모님에게 각 견종의 행동 특성, 돌봄 방법, 수명에 관해 물어봐달라고 졸랐다. 열 살이 되던 크리스마스에는 동생에게 부화기를 선물로 부탁했고, 이듬해 봄 무렵엔 낡은 인형용 유아차에 병아리들을 싣고 다녀 부모님을 당혹스럽게 했다. 그 다음 단계는 햄스터 사육과 반려동물 돌봄 부업이었다. 중학생 때는 주말마다 유기동물 쉼터에 가서 늙고 지저분한 개들과 종일 놀곤 했다. 나는 특히 잡종견을 좋아했다. 덥수룩하고 장난기 심하고 사나우며 말을 안 들을수록 더 좋았다. 어쩌면 나처럼 소외되고 정착할 곳을 찾는 개들이었기에 더 마음이 갔던 것 같다.

사명감은 그 뒤로도 계속되었다. 대학 시절에는 잠시 아기 고양이를 입양해 무하마드라는 이름을 붙여주었지만, 수업 때문에 바빠지면서 나보다 더 믿을 만한 집사에게 녀석을 보내야 했다. 그 뒤로는 졸업할 때까지 휴가 여행, 오케스트라 연습, 데이트나 파티로 분주했고 졸업하고 나서는 사회인으로 사느라 반려동물을 들일 여유가 없었다. 나 자신을 돌보기에도 벅찼다.

백혈병 진단을 받고 마운트시나이 병원에 입원했을 때 테라피 도그therapy dog와 함께 지낸 적이 있었다. 작고 원기 왕성한 스패니얼이었는데 침대 위를 폴짝폴짝 뛰어다니고 내 무릎에 올라와 담요로 줄다리기를 하며 놀았다. 몸이 아픈 뒤 처음으로 깨지기 쉬운 도자기 인형처럼 취급받는다는 느낌에서 벗어난 날이었다. 테라피 도그를 만난 뒤로 반려동물에 대한 갈망이 어린 시절만큼 강렬하게 솟아났고, 윌과 함께 아파트에 들어오면서 더더욱 그 생각에 집착하게 되었다. 나는 몇 시간이나 노트북을 들여다보며 유기동물 입양 웹사이트를 둘러보곤 했다. 그러나 개를 키우기엔 내 면역계가 너무 약했다. 골수이식 담당 의사는 반려견은 꿈도 꾸지 말라고 잘라 말했지만, 나는 몇 주가 멀다 하고 개를 키워도 될지 다시 물어보곤 했다.

10월의 어느 날 아침 정기 검진을 위해 슬론 케터링에 갔다가 담당 의사가 단기 병가를 냈다는 얘기를 들었다. 그동안은 바커Barker 박사가 나를 맡을 거라고 했다. 어쩐지 예감이 좋았다(Bark는 '짖는다'는 뜻이다—옮긴이). 나는 이 새로운 의사에게 한번 운을 걸어보기로 했다.

"혹시 제가 개를 키워도 괜찮을까요?" 나는 바커 박사와 첫 면담을 시작한 지 몇 분 만에 이렇게 물었다.

박사는 잠시 생각해보더니 이렇게 대답했다. "그래요. 안 될 거 없겠죠." 내 면역계가 예전보다(최상의 상태까진 아니지만 어느 정도는) 튼튼해지기도 했고 동물을 돌보면 치유 효과도 있을 거라는 얘기였다.

나는 바로 행동에 착수했다. "그냥 둘러보기만 할 거야." 윌을 설득해서 그날 오후 늦게 퇴근한 그와 함께 소호의 동물구조단체를 찾아간 것이다. 곧바로 눈에 들어온 강아지가 있었다. 못생긴 테리어 잡종견으로 슈나우저와 푸들이 조금씩 섞여서 '슈누들'이라고 불리는 종이었다. 성글게 난 흰 털 사이로 얼룩진 자줏빛 맨살이 언뜻언뜻 보였고 귀는 축 늘어져 있었다. 나는 참지 못하고 녀석을 한번 안아봐도 되느냐고 물어보았다. 몸집이 어찌나 작은지 내 손바닥에 쏙 들어왔다. 덥수룩한 염소수염, 짓궂게 빛나는 눈. 언짢고 불안한 표정으로 으르렁거리고 있었지만 개성이 넘치는 녀석이었다. 나는 첫눈에 반해버렸다. "내 개를 찾았어."

윌은 걱정했다. 세균 감염도 우려되고, 둘이 지내는 것도 힘에 부치는데 반려동물까지 돌보겠다니. 하지만 나는 계속 졸라댔다. 내 건강에 무리가 없도록 주의하겠다고 약속하며 그럴 수 있는 구체적 방법을 줄줄 읊었다. 산책할 때는 발이 더러워지지 않도록 일회용 신발을 신길 것이고, 먹이를 주거나 배설물을 치울 때는 장갑을 낄 것이며, 절대 내 침대에서 재우지 않겠다고 했다. 기력이 딸릴 때면 나 대신 녀석을 돌봐줄 친구들의 이름까지 제시했다.

"자긴 정말 끈질기다니까." 윌이 이렇게 말하면서 슬쩍 웃었다.

안내 데스크의 여자에게 강아지를 입양하고 싶다고 얘기하자, 그 아이를 입양하겠다며 우리보다 먼저 대기 접수를 한 사람이 열 명은 된다는 답이 돌아왔다. 그들의 지원서를 전부 살펴보고 일일이 신원 조회를 한 다음 결정을 내릴 거라고 했다. 나는 한순간 망설였지만 다시 애원해보았다. "그러면 결과는 언제쯤 알려주실 수 있나요? 다음 화학요법 치료가 시작되기 전에 강아지를 입양하고 싶었거든요. 왜, 그런 말도 있잖아요. 강아지를 키우는 게 최고의 치료라고요." 내가 '암 환자 카드'를 꺼낸 건 그때가 처음이자 마지막이었다. 그 정도로 간절히 녀석을 데려가고 싶었다. 내 열렬한 애원에 감동한 여자는 우리에게 입양 서류를 떠밀다시피 안겨주었다. 우리는 택시를 타고 아파트로 돌아가면서 강아지에게 '오스카'라는 이름을 붙였다.

오스카와의 첫날 밤은 내가 기억하는 한 백혈병 진단 이후로 가장 행복한 시간이었다. 오스카는 도착한 지 한 시간도 안 되어 두 번이나 오줌을 지렸고 거실의 오래된 튀니지산 카펫에 엄청난 양의 똥까지 싸놓았지만, 녀석에게 홀딱 빠진 나는 아랑곳하지 않았다. 윌도 금세 오스카에게 정이 들었는지 나와 함께 녀석을 목욕시켰고, 첫아이를 얻은 아버지처럼 열심히 녀석의 비위를 맞춰주었다. 오스카가 내 가슴 위에 올라왔고 나는 이 털복숭이 친구가 잠들 때까지 배를 문질러주었다. 작고 까만 네 개의 발이 꿈속에서 토끼라도 쫓는 것처럼 움찔거렸다. 오스카의 따뜻한 체온과 가슴 위로 느껴지는 규칙적인 심장소리에 긴장이 사르르 풀렸고, 나는 오스카를 품에 안은 채 소파에서 잠들었다.

그러나 다음 날 윌이 출근하고 나 혼자 오스카와 남게 되자 현실의 무게가 엄습해왔다. 나는 하루에도 대여섯 번씩 밖에 나가서 내달리거나 분별력 없는 강아지를 안고 다닐 준비가 되어 있지 않았다. 게다가 오스카는 내가 현관문을 열기도 전에 복도에 오줌을 갈기곤 했다. 나는 치료와 수술로 쇠약해져 있었고 여전히 절대안정이 필요했다. 하지만 내가 속이 메슥거리건 통증에 시달리건 오스카는 막무가내로 공을 던져달라고 졸랐다. 오스카를 돌보는 일은 어느새 내게 가장 두려운 일과가 되었다. 아침마다 윌이 출근하고 나면 오스카는 내가 일어날 때까지 축축한 혀로 내 발가락을 핥아댔다. 그런 다음엔 산책을 나가야 했다. 몇 블록 걷고 나면 오스카는 준비운동을 마치고 본격적으로 달리려 했지만, 나는 이미 탈진해서 침대로 돌아가고 싶은 생각밖에 없었다. 내가 큰 실수를 한 건 아닌지 걱정스러웠다.

하지만 시간이 지나면서 우리는 서서히 호흡을 맞춰나갔다. 오스카와 함께 지내다 보니 나보다는 녀석의 필요에 맞추어 규칙적인 생활을 할 수밖에 없었다. 오스카는 거실 카펫을 소변 패드로 쓰는 걸 그만두었고, 나도 정오까지 늦잠 자는 걸 그만두었다. 오스카에게 필요한 예방접종을 마친 후 나도 어린 시절 맞은 예방주사를 전부 다시 맞았다(골수이식 수술을 하면 환자가 어릴 때 획득한 일체의 면역력이 사라진다). 오스카와 함께 사는 건 효과적인 재활 훈련이기도 했다. 침대에만 누워 있느라 온몸의 근육이 사라졌는데, 하루에도 몇 번씩 산책에 끌려 나가는 생활을 하다 보니 어느새 오스카와 나란히 계단을 오르내릴 수 있게 되었다.

내 일상이 암에 지배되지 않는다고 느낀 건 정말 오랜만이었다. "가자, 오스카." 나는 손뼉을 치며 산책 나가자고 오스카를 불렀다. "네가 앞장서." 오스카는 내 앞에서 펄쩍펄쩍 뛰어가며 목줄을 당겨 나를 아파트 건물 밖으로 이끌었다. 목적지는 톰킨스스퀘어 공원의 개 산책로였다. 그곳에서 우리는 새로운 친구를 잔뜩 사귀었다. 모래밭에서 씨름하는 걸 좋아하는 테리어 잡종견 모치, 수줍음을 타서 다른 개들이 노는 걸 멀찍이 떨어져 지켜보기만 하는 비글 남매 델마와 루이스, 여자 코트의 모피 깃에 덤벼드는 게 취미인 대형 쿤하운드 맥스. 지나가는 행인들도 마스크로 얼굴을 가린 불쌍한 여자를 빤히 쳐다보는 대신 멈춰서 오스카를 쓰다듬으며 정말 귀엽다고 말해주었다. 같은 건물에 사는 이웃들은 이제 내게 인사하기 전에 오스카에게 먼저 인사를 건넸다. 그리고 윌과 나도 증상이나 치료 계획에 관해 옥신각신하는 대신 오스카가 대소변을 가리고 얌전히 행동하도록 가르치느라 바빴다. 오스카 덕분에 사람들의 관심에서 벗어날 수 있었다. 아주 흡족했다.

나는 골수이식 1년 차의 '재발 가능성 높은' 백혈병 환자였고 아직 차도가 더뎠다. 하루에 약을 스물세 알씩 복용했고 잠자든 깨어 있든 대부분의 시간을 침대에서 보냈다. 여전히 매주 병원에 가서 검진을 받아야 했고, 혈구 수치 검사 결과를 기다릴 때마다 긴장해야 했다. 한 달에 닷새 동안은 화학요법 치료를 받았다. 오스카가 내 골수 상태를 나아지게 할 수는 없었지만, 이 털복숭이는 전혀 다른 종류의 마법을 부리고 있었다. 오스카를 입양하면서 나는 원기가 솟는 걸 느꼈고 정상 상태로 돌아갈 수 있으리라는 어렴풋한 희망도 갖게 되었다.

수채화로 꾸는 꿈

병원 생활은 대도시에서의 삶과 무척 비슷하다. 주변엔 온통 활력이 넘친다. 환자들이 복도를 거닐고, 레지던트들이 아침 회진을 돌고, 간호사들은 커피 자판기 옆에서 무리 지어 잡담을 나눈다. 그럼에도 나는 지극히 고립되고 소외된 기분을 느낀다.

이제는 병원에 동행해줄 간병인이 없기에, 지루하게 기다리는 시간의 위안거리라고는 여전히 내 메일함에 밀려드는 독자들의 편지뿐이었다. 〈중단된 삶〉 칼럼을 연재한 이후 이런저런 잡지와 신문에 관련 기사가 실리면서 독자도 꽤 늘어났다. 나는 매주 새로운 칼럼을 올릴 기력은 없었지만 그래도 날마다 글을 썼다. 꾸준히, 느리게나마, 단 한 단락이라도 썼다. 이따금 독자를 대기실에서 만나서 몇 마디 주고받거나 길가에서 인사를 받기도 했지만 그 이상 친분을 쌓을 생각은 미처 하지 못했다. 하지만 내게는 서로 공감할 수 있는 사람과의 대화가, 외로움의 해독제가 절실했다. 세 번째 유지 화학요법 치료를 시작하는 날 대기실에 앉아 있는데 새로 도착한 페이스북 메시지가 눈에 들어왔다. 나처럼 슬론 케터링에서 치료를 받는 멀리사 캐럴이라는 젊은 여성의 메시지였다. 혹시 만날 생각이 있느냐고 답장을 보내자 몇 분 만에 멀리사가 응답했다. 자기도 마침 병원에 있으니 괜찮다면 그날 중에 만나자는 내용이었다.

골수이식 병동에서 화학요법 치료를 마친 뒤 엘리베이터를 타고 위층으로 올라갔다. 멀리사가 링거 주사를 맞는 동안 함께 점심을 먹기 위해서였다. 서른 살인 멀리사는 9층 소아암 병동의 최고령 환자였다. 주로 유아나 청소년에게 발생하는 악성 골암인 유잉 육종에 걸리는 바람에 그곳에서 치료를 받고 있었다.

소아 병동은 또 다른 세상이었다. 벽에는 벽화가 그려져 있었고 귀여운 동물 모양으로 오려낸 종이도 붙어 있었다. 무자비할 정도로 밝은 형광등이 있는 일반 병실과는 달리 이곳의 조명은 훨씬 은은하고 부드러웠다. 핼러윈이 일주일 남은 터라 모든 의사와 간호사가 변장을 하고 있었다. 병원에서 지급하는 마스크도 무지개처럼 다양한 색깔이었고 스마일리 이모티콘이나 콧수염이 그려진 것도 있어서 유쾌한 분위기를 자아냈다. 접수처 맞은편에는 장난감과 게임기, 인형의 집과 동물 봉제인형이 가득한 널따란 놀이터가 있었다. 피부가 투명하리만큼 창백하고 정수리에서 목덜미까지 가느다란 수술 자국이 있는, 기껏해야 다섯 살밖에 안 되어 보이는 여자아이 하나가 나무 상자에 인형을 넣었다 뺐다 하며 노는 중이었다. 자세히 보니 상자는 장난감 단층촬영 기계였다. 아이 곁에는 간호사 하나가 책상다리를 하고 앉아서 조용히 그 기계의 작동 원리를 설명해주고 있었다. 마치 유치원의 일그러진 변형 같았다.

지난 몇 달 동안 나는 어른이 되는 걸 목표로 삼았다. 마치 열심히 공부하고 제대로 답안지를 작성하면 우수한 성적을 거둘 수 있는 시험이라도 되는 것처럼. 나는 스물네 살이었다. 돌봐야 할 강아지와 지불해야 할 청구서, 계속 써야 할 칼럼이 있었다. 치료가 끝나는 대로 결혼할 남자친구도 있었고 나 혼자 화학요법 치료를 받으러 다녔다. 하지만 여기 내려와서 밝은 색으로 칠한 벽과 막대사탕 단지 사이에 서 있으니 나도 소아 병동에 있고 싶다는 생각만 들었다. 저 아래 골수이식 병동에서 이른 저녁밥을 먹는 환자들보다는 이곳 환자들이 내 나이와 비슷하지 않은가.

놀이터를 빙 돌아서 병동 끝까지 갔다. 창가를 향해 레이지보이 스타일의 안락의자가 죽 늘어서 있고, 그중 하나에 멀리사가 앉아 있었다. 살짝 컬을 넣은 까맣고 긴 가발이 양피지처럼 창백한 살갗, 장밋빛 립스틱을 바른 입술과 선명한 대조를 이루었다. 하지만 멀리사의 얼굴에서 가장 인상적인 것은 눈이었다. 길고 까만 속눈썹에 둘러싸인, 파도에 깎인 해변의 초록빛 유리 조각 같은 눈동자였다. 안락의자 위에 매달린 링거 주머니가 멀리사의 문신투성이 팔에 약을 한 방울씩 투입하고 있었다. 나를 보자 멀리사는 손뼉을 치며 환하게 미소 짓더니 살짝 혀 짧은 소리로 인사했다. "술라이커!" 포옹은 하지 않았다. 면역손상 환자 간에는 신체 접촉이 엄격하게 금지되어 있었으니까. "여기 멋지지? 빛도 아주 잘 들어."

나는 멀리사 옆의 안락의자에 앉았다. 점심시간이 되자 우리는 땅콩버터와 잼이 든 별 모양 샌드위치를 주문했다. 멀리사가 가장 좋아하는 어린이 메뉴라면서 추천해준 것이었다. 창밖을 내다보며 식사를 하는 동안 나는 멀리사에게 온갖 질문을 퍼부었다. 새롭고 신기한 이 병원 친구에 관해 모든 것을 알고 싶었다. 멀리사는 아일랜드에서 음악가 아버지 슬하에 태어났고 뉴햄프셔의 소도시에서 성장기를 보냈다. 열 살 조금 넘어서부터 드럼 치는 법을 배웠고 여자아이들과 '미스틱 스파이럴'이라는 인디록 밴드도 만들었다. 미술대학을 졸업한 뒤에는 브루클린으로 와서 5년간 유명

현대미술가 프란체스코 클레멘테의 조수로 일했다.

"2010년은 정말 멋진 해였지." 멀리사는 아득한 눈빛으로 말했다. 애인도 있었고 유쾌한 사교생활을 즐겼으며 마침내 자신의 그림을 전시할 수 있게 된 해였다. 그런데 윌리엄스버그에서 친구와 술을 마시던 어느 날 밤, 술집 안이 어두웠던 탓에 친구가 철제 의자 다리로 멀리사의 발을 찧었다. 처음엔 그냥 삐끗한 줄 알았는데, 몇 주가 지나도 통증이 가라앉지 않고 발등에 딱딱한 혹까지 돋아났다. 당시엔 보험이 없었기에 결국 소득 차등제 병원(환자의 지불 능력에 따라 진료비를 받는 병원—옮긴이)을 찾아갔는데, 엑스레이를 찍어보니 가운데 발허리뼈가 으스러져 있었다. 게다가 혹도 단순한 부종이 아닌 비정상적 형태의 종양이었다. 생체검사 결과 종양은 악성이었고, 골반 림프절과 무릎까지 번져나간 암도 발견되었다. "어쨌든 의자 다리에 찍힌다고 암에 걸리는 건 아니니까." 멀리사가 말했다. "친구가 내 발에서 정확히 그 자리를 찧지 않았더라면 암을 발견하지도 못할 뻔했어. 정말 신기하지 않아?"

암 진단을 받은 멀리사는 뉴햄프셔의 본가로 돌아갈 수밖에 없었다. 집중 화학요법 치료를 시작했고, 머리카락이 빠지기 시작하자 욕실 문을 잠근 채 바리캉으로 머리를 싹 밀어버렸다. 멀리사의 엄마는 딸을 데리고 보스턴의 미용실까지 가서 딸의 원래 머리와 똑같이 적갈색 부분염색이 들어간 새까만 곱슬머리 가발을 맞춰주었다. 그날 밤 멀리사는 새 가발을 쓴 채 뉴욕행 기차를 타고 부시윅에서 열리는 파티에 갔다. "친구들에게 가발을 자랑한 다음 곧바로 뒷마당 수영장에 뛰어들었지." 멀리사는 비딱한 웃음을 지으며 말했다. 멀리사다운 일이었다. 원기 왕성하고 장난기 넘치며 잘 웃는 멀리사는 우울하기 그지없는 상황에서도 언제나 미소를 지을 수 있는 사람이었다. 멀리사 곁에 있으면 세상이 활기를 띠었고 낙관적으로 느껴졌다.

멀리사가 화학요법 치료를 받는 건 이번이 두 번째였다. 첫 번째 치료 때는 주기를 열일곱 번이나 거쳤고 수술도 여러 차례 해서 암세포를 깨끗이 제거했다. 하지만 일 년 반 뒤에 다시 검사하니 암이 재발한 상태였고, 이번에는 더 다양한 화학요법을 선택할 수 있는 슬론 케터링에서 치료를 받기로 했다. 재발 소식을 들었을 때 멀리사는 절망감을 느끼며 본가 앞마당에 앉아 스케치북을 펼쳤다. 예전에는 대형 캔버스에 유화를 그렸지만, 이젠 유화 물감 냄새를 맡으면 속이 메슥거렸기에 수채화를 시도해보기로 했다. 그렇게 해서 〈마스크를 낀 자화상〉이라는 제목의 강렬한 연작이 시작되었다. "수채 물감의 불확실함과 유쾌한 우연성이 좋아. 내가 모든 걸 통제할 수 없다는 점이 마음에 들어. 마치 인생처럼 말이야." 멀리사가 말했다. "너도 언제 와서 초상화 모델을 해줄래?"

나는 격하게 고개를 끄덕였다. 멀리사는 내가 백혈병 진단을 받지 않았더라도 친해지고 싶었을 사람이었다. 나와 마찬가지로 질병과의 창의적 관계를 모색하는 친구를 사귀게 되어 기뻤다. 우리 둘 다 가망 없어 보이는 경력을 추구하고 있었다. 멀리사는 병상에서 자화상을 그렸고 나는 병상에서 자서전을 썼다. 우리는 약보다도 수채 물감과 언어로 고통을 달래려 했다. 우리 둘 다 고통을 예술로 승화시키는 것이 고통을 견디는 유일한 방법일 수 있음을 깨닫고 있었다. 멀리사와 나는 금세 단짝이 되었고, 화학요법 치료를 받는 동안 서로 곁에 있어주었다. 오후 내내 중고 옷가게를 뒤져서 둘이 맞춰 입을 가죽 재킷과 앙상해진 몸에 맞는 옷을 고르기도 했다. 저녁이면 브루클린에 있는 멀리사의 아파트에서 시간을 보내곤 했다. 맥골릭 공원이 내려다보이는 그 아파트는 온갖 놀라운 소장품들로 꾸며져 있었다. 멀리사에게 반했던 남자가 보내온 머리 둘 달린 새끼 오리 박제, 유리로 만든 멋진 물담뱃대, 약병과 붓이 가득 든 나무 쟁반 같은 것이 눈길을 사로잡았다. 벽에 걸린 대형 코르크 게시판에는 환자 인식 팔찌, 친구들 사진, 오래된 항공권, 화가로서 거둔 성취의 흔적들이 붙어 있었다. 멀리사는 메슥거림을 가라앉히려고 줄곧 대마초를 피웠으며 출출해지면 아이스크림을 접시에 담아서 내왔다. 나는 멀리사의 가발을 하나 빌렸고, 연필로 눈썹을 그리거나 민둥해진 눈가에 짙은 인조 속눈썹을 붙이는 화장법도 배웠다. 멀리사는 춤추는 걸 좋아했기에 우리 둘 다 기력이 있을 때면 마이클 잭슨의 〈스릴러〉 앨범을 크게 틀어놓고 거실에서 빙빙 돌며 춤을 췄다. 가발이 박자에 맞춰 휘날렸고, 그러다 보면 둘 다 힘이 빠져 소파에 쓰러지곤 했다.

우리 대화의 단골 주제는 사랑이었다. 장기 투병 생활 중에 사랑을 찾는 건, 더구나 그 사랑을 유지하는 건 정말 어려운 일이었고 어쩌면 거의 불가능해 보였다. 젊은 암 환자 중에 나처럼 치료가 끝날 때까지 파트너에게 버림받지 않은 경우는 무척 드물었다. "그 사람 꽉 잡아." 멀리사는 몇 번이나 말했다. "넌 정말 운이 좋은 거야." 멀리사는 암 진단을 받은 지 몇 달 만에 오래 사귀던 애인에게 이별을 통보받았다. 그는 웨스트코스트로 떠난 뒤 바로 멀리사보다 훨씬 어린 여자친구를 사귀었다고 한다. "완전 개자식이었지."

하지만 우리는 무엇보다도 회복되면 떠나고 싶은 여행지에 관해 이야기하는 걸 가장 좋아했다. 우리는 머나먼 나라로 떠날 계획을 짰다. 멀리사는 야자나무와 향료 시장, 인력거와 코끼리를 꿈꾸었다. 나는 어느 머나먼 나라에서 취재 기자로 일하거나 낡은 컨버터블 자동차로 캘리포니아 해안을 질주하고 싶었다. 사람들은 흔히 암 투병을 일종의 여정에 비유하지만, 원하지도 않던 그런 여정 따윈 필요 없었다. 우리가 바란 건 진짜 여행이었다. 암 병동의 소리와 냄새, 처량한 인조 식물들에서 벗어나 꿈꾸던 무모한 생활로 뛰어들고 싶었다.

우리는 앙상한 몸과 팔꿈치와 무릎과 툭 튀어나온 광대뼈를 가진 여자애들이었지만, 머릿속으로는 간절히 미래를 꿈꾸었다. 어떤 미래든 상관없었다. 거기에 무사히 다다를 수만 있다면.

우리가 만난 지 몇 달 지난 늦겨울, 멀리사의 암은 폐까지 전이되었다. 이에 대한 대응으로 멀리사는 인도행 항공권을 샀다.

"버킷리스트라기보다는 퍼킷리스트fuck-it list라고 해야겠지." 멀리사는 부엌 식탁에 앉아 물담뱃대를 빨며 말했다. 인터넷에서 완쾌된 암 생존자들에게 무료 여행 프로그램을 제공하고 자원봉사를 통해 삶의 새로운 의미와 목표를 찾도록 돕는 비영리기구 '프레시 챕터'를 발견했다고 했다. "항상 인도에 가보는 게 꿈이었어. 그 나라의 색채와 문화를 보면 그림을 그리고 싶어져." 멀리사가 말했다. "암 때문에 너무도 많은 걸 빼앗겼어. 난 이 여행을 떠나야 해. 다시 한번 영감을 느끼고 싶어."

건강한 여행자들도 병에 걸리기 쉬운 나라로 떠나겠다니, 걱정이 될 수밖에 없었다. “하지만 호중구감소성 발열이 생기면 어떡하려고? 거기서 입원할 일이 생기면 어떡해?”

“지금보다 더 나빠질 일이 뭐 있겠어?” 멀리사의 대답이었다. “술라이커, 내가 정말로 죽을지도 모른다고 느낀 건 이번이 처음이야. 난 이 망할 병 때문에 죽을지도 몰라.”

우리는 더 말을 잇지 못하고 앉아 있었다. 아파트 안에 무거운 침묵이 흘렀다.

나는 인도는 고사하고 병원에서 반경 80킬로미터를 벗어날 엄두도 못 내던 터라, 3월에 멀리사가 출발할 때도 침대에서 마음속으로 응원할 수밖에 없었다. 하지만 며칠마다 멀리사가 문자 메시지로 보내주는 사진과 소식을 통해 여행을 대리 체험할 수 있었다. 그 눈부신 2주 동안 멀리사는 암 환자가 아니라 델리의 초등학교에서 드로잉과 회화를 가르치는 자원봉사자이자 예술가였다. 델리의 연꽃 사원에 들러 정성스럽게 기도를 드렸고, 어느 야외시장에서는 손으로 색칠한 아름다운 꼭두각시 인형을 너무 많이 사버리는 바람에 귀국할 때 인형을 담을 가방이 따로 필요할 정도였다. 여행의 절정은 타지마할 방문이었다. 멀리사는 그곳이 태어나서 본 광경 중에 가장 아름다웠다고 했다. 인도 여행을 통해 멀리사는 잠시나마 죽음에 대한 생각에서 벗어날 수 있었다. 하루는 휴대전화를 확인하니 멀리사에게서 이런 메시지가 와 있었다. ‘내 평생 지금만큼 살아 있음을 실감한 적이 없어.’

그동안 뉴욕에서는 눈보라가 몰아치고 있었다. 폭설이 쏟아져 보도와 나무와 건물 위에 두껍고 새하얀 담요가 덮인 듯했다. 금세 사람들의 발자국이 찍히긴 했지만 그래도 아름다운 광경이었다.

커튼을 쳤는데도 쌓인 눈에 반사된 가로등 불빛이 아파트 안을 촉촉한 푸른빛으로 물들였다. 윌이 친구에게 낡은 텔레비전을 얻어온 덕분에 우리는 침대에 누워서도 영화를 볼 수 있게 되었다. 토요일 밤이었고 우리는 나란히 누워 쉬고 있었다. 나는 배에 전기담요를 올려놓고, 윌은 맥주 한 캔을 길게 들이켜면서.

윌이 맥주를 더 가져오려고 일어났다. 마음 같아서는 천천히 마시라고 한마디 하고 싶었지만, 윌이 짜증을 낼까 봐 걱정되었고 시트콤에 나올 법한 바가지 긁는 여자친구처럼 굴기도 싫었다. 그에게 고민이 있는 것 같았지만 무슨 일인지 물어보기가 두려웠다. 십중팔구 나 때문일 테니까. 요즘 윌은 퇴근하고 돌아와 초조하고 우울한 기색을 보였다. 내가 개 산책 좀 시켜달라거나 뭔가 다른 부탁이라도 하면 한숨을 내쉬었고, 자기도 혼자 지내거나 친구들과 어울릴 시간이 있으면 좋겠다며 비난조의 말을 던지곤 했다. 하지만 고통스럽게도 내겐 그가 절실히 필요했다. 내켜 하지 않는 사람에게 도움을 요청하는 건 굴욕적인 일이었다. 잠들었다가 슬며시 문이 닫히는 소리를 듣고 깨어보면, 윌이 혼자서 산책하러 나갔거나 근처 스포츠 바에 경기 중계를 보러 가버린 때도 있었다. 나는 눈을 뜬 채 가만히 누워 기다렸다. 윌이 돌아오기를, 아침이 되어 해가 뜨기를, 곰팡이처럼 우리 관계를 서서히 잠식해가는 이 긴장감이 사라지기를.

"우릴 도와줄 사람이 필요해." 윌은 몇 번이나 말하곤 했다. 그는 애인과 간병인 역할을 짊어지는 동시에 평범한 이십 대 청년으로서 자신이 누구인지, 앞으로 어떤 삶을 살고 싶은지에 대해서도 모색해야 했다. 윌은 과도한 책임감 아래 짓눌려 있었다. 대놓고 그렇게 말하지는 않았지만, 내 몸 상태로 인한 우리 관계의 온갖 제한과 요구에 넌더리가 난 게 분명했다.

"있잖아, 내일 직장 동료 몇 명이 텍사스에서 열리는 뮤직 페스티벌에 간대." 윌이 맥주 깡통을 들고 부엌에서 돌아오며 말했다. "나도 당일 항공권을 사서 합류할까 싶어. 며칠만 있다 오게." 윌은 짐짓 무심하게 말했지만 언뜻 긴장한 기색이 엿보였다.

"이번 주에 화학요법 치료를 받아야 하는데. 금요일엔 수술도 있고." 가슴에서 뽑아낸 카테터 대신 케모포트(항암제를 안전하게 투입하기 위해 체내에 넣는 중심 정맥관—옮긴이)를 삽입해야 했다. "네가 있어줘야 해." 내 목소리가 어찌나 애절하게 들렸는지 나도 움찔할 정도였다.

"알아, 나도 알아. 미안해." 윌이 말했다. "하지만 난 정말이지 좀 쉬고 싶어. 어쩌면 거기 있는 동안 나도 글을 좀 쓸 수 있을지 모르잖아."

나 역시 영화에 나오는 우아한 백혈병 환자처럼 행동하고 싶었다. 윌에게 '마음껏 쉬어. 넌 그럴 자격이 있으니까. 재미있게 놀고 와, 내 사랑'이라고 말해주고 싶었다. 하지만 그런 가식은 얼마 지나지 않아 사람을 정신적으로 소진되게 만든다. 환자는 항상 연기를 해야 한다는, 고통을 잘 참고 영웅적으로 행동하며 의젓한 모습을 보여야 한다는 압박감을 느낀다. 하지만 그날 밤 나는 윌이 나의 병 때문에 얼마나 고통받고 있는지 들어줄 마음의 여유가 없었다. 정말이지 좀 쉬고 싶다니, 나는 이 몸에서, 이 병에서, 우리가 처한 이 상황에서 잠시 벗어난다는 선택지조차 가질 수 없는데.

"왜 하필 내가 널 가장 필요로 할 때 쉬러 간다는 거야?" 딱히 답을 듣고 싶은 것도 아니면서 나는 이렇게 물었다.

"어차피 넌 항상 상태가 안 좋잖아." 윌이 대꾸했다. "좋을 때가 있긴 해?"

극심한 편두통이 도지려 할 때처럼, 한순간 시야가 어질어질 흐려졌다가 다시 선명해졌다. 나는 무심결에 우리 침대 옆 창틀에 놓여 있던 흰 모래가 든 수제 유리 공을 집어 들었다. 윌의 어머니가 지난번 방문했을 때 박물관 기념품점에서 사다 준 선물이었다. 분홍색과 라벤더색, 오렌지색 줄무늬 유리가 샌타바버라의 저녁노을을 연상시킨다며, 내가 충분히 나아서 직접 보러 올 수 있을 때까지 대신 보라며 선물한 것이었다. 나는 잠시 유리 공을 오른손바닥에 쥔 채 그 안에서 무지갯빛으로 소용돌이치는 모래를 바라보았다. 그러고는 머리 위로 높이 치켜들어 최대한 세게 윌을 향해 내던졌다. 하지만 힘이 모자랐던 탓에 유리 공은 윌에게서 1.5미터쯤 떨어진 곳에 추락해 산산이 부서졌다. 사방에 유리 조각과 모래가 휘날렸고, 방바닥은 반짝이 가루를 흩뿌린 듯 눈부시게 빛났다. 눈앞의 난장판을 바라보자 달콤한 해방감이 느껴졌다. 뱃속에 뭉쳐 있던 분노가 사르르 녹는 것 같았다.

"대체 무슨 짓이야?" 경악해서 입을 떡 벌리고 있던 윌이 내뱉었다.

"이게 내 지옥이야." 내가 대꾸했다.

침대에서 일어나 슬리퍼로 유리 조각을 와드득와드득 짓밟으며 욕실로 들어가 문을 쾅 닫았다. 세면대에 몸을 굽혀 얼굴에 찬물을 끼얹고 거울을 들여다보았다. 끔찍한 몰골이었다. '아마도 내가 끔찍한 인간이라서겠지.' 이런 생각이 들자 역한 수치심이 솟구쳤다. 내 핏속에 화학요법 약물과 함께 추악함이 흘러 다니는 것 같았다. 사소한 폭력, 삼켜버린 울화, 묻어둔 굴욕, 추방당한 분노, 우리 둘 다 더는 못 견딜 만큼 길게 늘어진 이 상황에 대한 뼈저린 피로감. 이런 것들이 윌과 나 사이의 거리를 점점 더 벌려놓았다. 멀리사에게는 이런 문제를 이야기할 수 있었으리라. 멀리사라면 환자에게 일어날 수 있는 인격적 분열을 누구보다 더 잘 이해했을 것이다. 투병 생활이 어떻게 인간의 장단점을 강화하고 자신도 미처 모르던 낯선 면모를 드러내는지, 어떻게 인간을 가장 야만적인 모습으로 추락시킬 수 있는지.

하지만 윌에게 이런 것들을 설명하는 건 불가능했다. 그래서 나는 가만히 욕실에서 나왔고, 윌과 함께 말없이 침대에 누웠다. 얇은 커튼 너머로 여전히 내리는 눈이 보였다. 너무 심한 짓을 했어. 내가 저지른 짓을 취소할 수 있다면 좋을 텐데. 미안하다고 말하고 싶었지만, 윌은 이미 잠들어 있었다.

다음 날 새벽 윌은 당일 항공권을 사서 텍사스로 떠나버렸다.

암 환자 친구들

멀리사는 내가 만나본 최고의 미인이었다. 나만 이렇게 생각하는 건 아니었다. 소아암 병동의 청소년들은 멀리사의 은빛 뱀가죽 신발과 문신, 성숙한 세련미에 순식간에 매료되었다. 멀리사에게 반한 십 대 소년들은 링거 거치대를 끌며 우리 곁을 지나칠 때마다 얼굴을 붉혔다.

조니 또한 그중 하나였다. 내가 골수이식 수술을 받으러 입원했던 시기의 채팅 상대 말이다. 미시건 출신인 조니는 올리브색 피부와 초콜릿 빛깔의 눈을 가진 마르고 잘생긴 남자아이였다. 대학교 1학년이었지만 백혈병 진단을 받으면서 학업을 중단했다. 이제는 소아 병동의 호프 로지 격인 로널드 맥도널드 하우스에서 머물고 있었다. 먼 지역에서 온 아동 환자와 부모가 무료로 지낼 수 있는 시설이었다. 조니의 어머니는 신앙심이 깊고 억센 사투리를 쓰는 콜롬비아계 여성으로 아들이 어딜 가든 함께 다녔다. 하지만 조니는 멀리사와 나를 만날 때마다 어머니를 대기실로 쫓아내며 이렇게 말하곤 했다. “어휴, 엄마, 내가 친구들이랑 노는 거 안 보이세요?” 금세 멀리사에게 반해버린 조니는 멋져 보이려고 용을 썼다. 특히 잠시나마 활동했던 남학생 사교클럽에서 술을 퍼마시고 여자들과 놀았던 이야기를 즐겨 했다. 대체로 과장되고 어처구니없는 내용이라 사실 같진 않았지만, 우리는 밝고 열성적인 그를 동생처럼 귀여워했다.

멀리사의 팬 중에는 맥스 리트보라는 청년도 있었다. 맥스는 시를 쓰는 예일대 졸업반 학생이었고, 뉴헤이븐의 기숙사 방과 부모님이 병원에서 몇 블록 떨어진 거리에 얻어준 아파트를 오가며 지냈다. 대리석 바닥에 흰 장갑을 낀 엘리베이터 안내원까지 있는 세련된 건물의 아파트였다. 슬론 케터링에 있는 환자 모두가 그렇듯 맥스도 민머리였고 창백한 얼굴은 마치 껍데기 벗긴 삶은 계란 같았지만 중고 옷가게에서 산 기모노와 거북껍질 안경, 머리 옆의 새 문신 때문에 그의 존재감은 유독 도드라졌다. 맥스도 멀리사처럼 유잉육종 환자였고 열여섯 살 이후로 치료를 받다가 중단하고, 다시 치료를 받는 일을 반복했다. 영리하고 유머러스한 맥스는 기묘하고 생생한 경구와 비유를 잘도 생각해내서 모두를 웃게 했다. 맥스는 모르핀 금단 증상을 이렇게 묘사했다. “끽끽거리는 창틀에 산酸을 끼얹고 망치로 두드려대는 것 같아.” 단층촬영 직전의 불안감은 ‘피자를 먹으려는데 그 위에 뿌려진 게 레드페퍼인지 빨간 진드기인지 알 수 없는 기분’이라 했고, 병상에서 동정을 잃은 경험에 관해서는 ‘소독약의 바다 한가운데 떠 있는 흔들리는 뗏목 위에서의 섹스’라고 했다. 맥스의 표현은 암 환자들이 겪는 고통을 완벽하게 함축하고 있었기 때문에, 나는 종종 청바지 뒷주머니에서 종이 조각을 꺼내 그의 말들을 받아 적곤 했다.

몇 달이 지나면서 이렇게 의기투합한 우리 암 환자 모임의 멤버는 점점 더 늘어났다. 양팔에 문신이 가득한 펑크록 패션 디자이너 케이틀린은 유잉육종 환자였는데, 거처를 찾지 못해 브루클린으로 와서 멀리사의 룸메이트가 되었다. 웨스트빌리지에서 소규모 스케이트보드 상점을 운영하는 크리스틴은 림프종 환자였다. 뉴욕 대학교에서 식품과학을 전공하는 대학원생 에리카는 유방암 환자였고, 우리 모임에 항상 고급 간식거리와 비딱한 유머를 제공했다. 인도계 이민자 안잘리는 나와 같은 급성 골수성 백혈병 환자였다. 그는 항상 신랄한 태도로 욕설을 해댔는데, 한번은 간호사를 울린 적도 있었다. 나는 골수이식 외래환자 병동 대기실에서 종종 안잘리와 마주치곤 했다. 삼십 대 후반인 안잘리는 갈색 피부에 나처럼 매부리코를 한 미인이었고 항상 암 환자의 필수 복장을 갖추고 있었다. 민머리에 뒤집어쓴 스키용 털모자, 푹 꺼진 뺨을 단단히 감싼 마스크. 처음 만났을 때 안잘리는 내게 고개를 끄덕이며 인사했고, 나도 똑같이 인사했다. 넘쳐나는 백인 노인들 속에서 젊은 유색인종 여성 동료를 만나는 건 드문 일임을 서로 잘 알고 있었기 때문이다. "노친네들 구경도 이젠 지긋지긋해." 안잘리가 다른 환자들을 향해 눈을 굴리며 이렇게 말한 순간부터 우리는 친구가 되었다. 안잘리의 골수 세포 기증자 1순위는 친오빠였지만, 아무리 노력을 해도 연락이 닿지 않는다고 했다. 결국 안잘리는 골수이식을 받지 못했다.

우리 모임에는 비공식 자원봉사 체제가 존재했다. 화학요법 치료를 받을 때 따라가 주었고 처방전을 서로 비교해보기도 했다. 수다를 떨지도 못할 만큼 피로할 때면 함께 연속극 정주행을 했고, 불면증에 시달릴 때면 단어 맞추기 게임을 하며 밤을 새웠다. 누군가의 검사 결과가 나쁘다는 소식을 들으면 테이크아웃 음식과 신경 안정제를 사서 집으로 찾아가곤 했다. 살이 점점 더 빠져서 입을 옷이 없어질 때마다 같이 쇼핑을 했고, 한밤중에 불안 발작을 일으킬 때면 망설이지 않고 서로에게 전화를 걸 수 있었다. 나중에 우리는 호스피스에 입원한 서로를 간호하고 함께 추모행사를 계획하게 될 터였지만, 그때는 그렇게 되리라는 걸 몰랐다.

모임이 만들어진 직후 나는 라스베이거스에서 열리는 청소년 암 학회에 연설자로 초청을 받았고, 이참에 여자들끼리 놀러 가자고 제안했다. 안잘리는 여행을 갈 상태가 아니었지만 멀리사, 케이틀린, 에리카, 크리스틴과 나는 담당 의사들에게 허가를 받을 수 있었다. 우리는 금요일 아침 일찍 비행기에 올랐다. 마스크를 착용하고 대마초를 넣어 구운 브라우니 한 통을 챙겨서.

라스베이거스 시내의 팜스 리조트 로비는 음침한 샹들리에와 인조 가죽 소파로 꾸며져 있었다. 바닥을 완전히 뒤덮은 붉은색 카펫에서는 불에 그슬린 냄새가 났고, 슬롯머신 여러 대가 죽 놓여 있었다. 체크인을 하는데 프런트의 접수원이 우리가 묵을 방을 펜트하우스로 업그레이드해주었다. 우리는 횡재에 즐거워하며 엘리베이터를 타고 최상층까지 올라갔다. 통유리창으로 시내가 훤히 내려다보이는 널따란 침실 두 개짜리 스위트룸이었다. 창밖에는 섬광을 발하며 눈부시게 빛나는 네온사인 간판들이 가득했다. 거실의 유리 샤워부스에는 스트립댄스용 기둥이 딸려 있었고, 우리는 차례로 폴댄스를 추며 갈비뼈가 쑤실 정도로 웃어댔다. 짐을 풀자 순식간에 탁자가 가발로 뒤덮였다. 미니바 위에 각자 챙겨온 약병을 양주잔처럼 줄줄이 늘어놓았더니 사람은 다섯뿐인데 약병은 백 개도 넘었다.

우리는 종일 수영장에서 놀다가 '프레셔스 슬럿'이라는 이름의 문신 가게로 향했다. 멀리사는 암 선고를 받은 후로 문신을 여남은 개나 새로 했다. 젊은 암 환자들 사이에서 문신은 분명히 유행인 듯했다. 자기 몸을 장악하고 소유권을 주장하고 싶은, 캔버스에 직접 선택한 그림을 그리고 싶은 욕구 때문이 아닐까. 멀리사와 케이틀린은 라스베이거스에서의 주말과 우리가 만나게 된 우연을 기념하자며 팔뚝에 스페이드 모양의 커플 문신을 했고, 우리에게도 함께하자고 졸랐다. 에리카는 이미 문신이 하나 있었다. 십 대 시절 등 아래쪽에 받은 한자 문신이었는데, 시간이 지나면서 중력 때문에 거의 엉덩이까지 내려온 터라 후회가 막심하다고 했다. 크리스틴은 문신은 사절이라고 했으며, 나는 한번 시도하고 싶긴 했지만 아직 면역손상 상태를 벗어나지 못하고 있었다.

그날 밤 늦게 호텔로 돌아온 우리는 샴페인과 피자 몇 판을 주문했다. 거실의 흰 소파에 고양이처럼 몸을 말고 누워 새벽이 되도록 온갖 이야기를 나누었다. 화학요법 치료 이후의 머리 손질법, 재발에 대한 공포, 에리카가 온라인 데이트 사이트에서 만난 뉴질랜드 출신의 젊고 섹시한 요리사 등이 대화 주제였다. 에리카는 몇 주 뒤에 양쪽 가슴을 모두 절제할 예정이었다. "가슴이 잘려나가기 전에 한 번만 더 사랑을 나누고 싶었어." 에리카는 그 남자와 함께 밤을 보낼 때 가발을 벗지 않았고 자기가 환자란 얘기도 하지 않았지만, 그가 자기 손목의 리브스트롱Livestrong(사이클 선수였던 암 생존자 랜스 암스트롱이 설립한 비영리 단체. 암 환자 지원을 위해 손목 밴드를 판매한다—옮긴이) 손목 밴드를 한두 차례 곁눈질하는 걸 알아차렸다. 두 사람은 그 뒤로도 일주일 내내 문자를 주고받았지만, 에리카는 그 남자에게 어떤 식으로 진실을 알려야 할지 판단이 서지 않았다. 이 대목에서 에리카는 휴대전화를 꺼내 자신이 결국 그에게 보낸 문자를 읽어주었다. "안녕, 아마도 이건 당신이 받을 최악의 문자 메시지가 되겠지. 하지만 이 말은 꼭 해야 할 것 같았어. 당신이 날 정말로 좋아하는 것 같아서 말이야. 난 암 환자고, 이번 주에 당신을 못 만난 진짜 이유는 화학요법 치료를 받아야 했기 때문이야. 정말 미안해. 답은 안 해줘도 돼!"

우리 모두 숨죽이며 에리카의 이야기에 집중했다. "그래서 그 남자가 뭐래?" 케이틀린이 물었다.

"대답이 없었어." 에리카가 말했다. "그러다 30분 뒤에 누가 우리 집 문을 두드리더라고. 내가 좋아하는 우리 집 건너편 꽃가게에서 예쁜 수제 꽃다발이 배달된 거였어. 첨부된 카드를 펴보니 이렇게 적혀 있더라. '상관없어. 사랑해. 마이크가.'"

"이런. 그 남자 꽉 잡아야겠는데. 하지만 우리가 진짜 궁금한 건 따로 있지. 섹스는 어땠어?" 크리스틴이 물었다.

에리카가 한숨을 내쉬었다. "솔직히 말해서, 내 평생 최고였어."

"질투 난다." 나도 모르게 나온 말이었다.

"하지만 너랑 윌은 환상의 커플이잖아." 멀리사가 말했다. "내가 아직도 사랑을 믿는 건 오직 너희 둘 때문이라고."

윌과의 관계에 대한 진실을, 우리 사이의 갈등과 거리감과 좌절과 분노를 솔직히 인정하는 건 아직 나 자신에게도 어려운 일이었다. 그래서 거의 모든 걸 상담할 수 있던 친구들에게도 차마 속마음을 털어놓지 못하고 어깨만 으쓱해 보였다.

섹스는 윌과 나에게 항상 중요했고, 백혈병 진단을 받은 뒤에도 그랬다. 병은 오히려 우리의 열정을 증폭시켰고 기묘하게도 서로를 더욱 갈망하게 했다. 우리는 병실에서 들키지 않고 섹스를 할 방법을 주의 깊게 연구했지만, 우리의 전략이 항상 성공한 것은 아니었다(마운트시나이에서는 간호사에게 한 번 이상 들킨 나머지 결국 간호사가 우리 병실에 들어오기 전 힘차게 문을 두드리며 "다들 옷 입고 있죠?"라고 묻게 되었다). 하지만 최근 몇 달 사이 상황이 변했다.

골수이식 수술 이후로 처음 섹스를 시도한 것은 호프 로지에 머물던 무렵의 어느 늦은 밤이었다. 시내에서 열린 대학 동창회에 다녀온 윌이 내가 쓰던 침대로 올라와 나에게 키스하기 시작했다. 수술 후 나는 모든 신체적 욕구를 잃어버렸다. 식욕도 없었고 움직이기도 귀찮았으며 누굴 만지고 싶지도 않고 누가 날 만지는 것도 싫었다. 살갗이 쓰라리고 연약해진 데다 GVHD를 방지하기 위해 처방받은 스테로이드 때문에 온몸이 붓고 민감해진 상태였다. 종일 불편하고 속이 메슥거렸고 내가 이렇게 쓸모없는 존재가 된 것에 죄책감을 느꼈다. 그런 이유로 윌이 내 위에 올라왔을 때도 싫다고 말하지 못했다. 모든 걸 전처럼 되돌리고 싶었다. 하지만 그건 불가능한 일이었다. 머릿속이 새하얘질 정도로 통증이 심했다. 성기 안쪽을 칼로 난도질당하는 것 같았다. 몇 번이나 크게 소리를 질렀지만, 윌은 내가 좋아서 소리를 지르는 줄 알았고 나도 굳이 사실을 말하진 않았다. 나는 좋은 여자친구 역할을 하고 싶었다. 내가 윌에게 줄 수 있는 것이 거의 남지 않았으니 이것만이라도 주고 싶었다. 섹스가 끝난 뒤 나는 욕실에 들어가 문을 잠갔다. 한참 동안을 욕실에 앉아 있었다. 사타구니에 흘러내린 피가 다 말라붙을 때까지.

내 몸이 어떻게 된 건지 알 수가 없었다. 어째서 내 살갗이 갑자기 불타는 듯 확 달아오르는지, 왜 한밤중에 이불을 박차고 나와 수도꼭지를 틀고 찬물 아래 머리를 들이대야 하는지 모를 일이었다. 마구 소용돌이치는 기분을 어떻게 다잡아야 할지도 몰랐다. 한 순간 절망감에 소리를 지르고 싶다가도 다음 순간 황홀감에 빠지곤 했다. 식료품점 계산대에 줄을 서 있을 때나 공원에서 개와 함께 앉아 있을 때 왜 뜬금없이 눈물이 터지는지도 알 수 없었다. 우리가 이스트빌리지의 아파트로 들어와 다시 한 침대를 쓰게 된 뒤로 나는 회피 전문가가 되었다. 밤이면 등을 돌리고 잤고, 변명조로 너무 피곤하다고 중얼거리거나 잠든 척을 하기도 했다. 어쩌다 드물게 사랑을 나눌 때면 영혼 없이 천장 틈새만 바라보며 빨리 끝나기만을 기다렸다.

치료 과정에서 만난 어떤 의사도 내게 암과 관련된 성 건강 문제를 얘기하지 않았다. 암 치료의 흔한 부작용 중 하나가 월경 중단이라고 경고해준 사람도 없었고, 열감과 통증을 완화할 치료법에 대해 조언해준 사람도 없었다.

열감과 통증을 완화할 치료법이 있다고 조언해준 사람도 없었다. 골수이식 수술 뒤 나는 월경이 다시 시작되기를 기다렸지만, 그런 일은 일어나지 않았다. 스물네 살이었던 내게 월경 중단이란 생각할 수도 없는 일이었다. 그래서 나도 이런 신체 변화에 관해 입을 다물었고, 그저 나한테 문제가 있는 거라 생각했다. 담당 의료진에게도, 윌에게도, 어머니에게도 내가 겪고 있는 일들을 말하지 않았다. 바로 그날까지는.

라스베이거스에서의 마지막 날 밤, 나는 울음이 터지려는 걸 꾹 참으며 친구들에게 그간 있었던 일을 털어놓았다. 호프 로지에서의 그날 밤 느낀 통증에 대해, 이후 느낀 좌절과 혼란에 대해 얘기했다. 놀랍게도 멀리사와 케일린도 맞장구를 치며, 자기들도 섹스가 힘들어졌는데 골반에 방사선 치료를 받은 부작용이 아닌가 생각한다고 했다. 크리스틴은 화학요법 치료를 마친 이후로 섹스가 너무 고통스러워서 도저히 엄두가 안 난다고 했다. 에리카는 자기에게 적합하고 안전한 피임법이 없을지 문의했더니 담당 의사가 노골적으로 불편한 기색을 보였다고 말했다. "꼭 우리 삼촌이랑 얘기하는 것 같았다니까." 그래서 그 요리사를 만나고 나서는 자기 같은 환자가 피임약을 먹어도 될지 알아보려고 직접 인터넷을 뒤졌다고 했다.

그날 밤 우리는 암의 성적인 부작용에 관한 정보를 거의(혹은 전혀) 얻지 못한 젊은 여성들로서 함께 그 수수께끼를 풀어보려 했다. 대화를 마친 뒤 나는 울음을 터뜨렸다. 우리가 공유하는 상실에 대한 슬픔 때문이기도 했고, 함께 이야기를 나누면 어떤 침묵과 수치심도 부숴버릴 수 있다는 깊은 안도감과 기쁨 때문이기도 했다.

모래시계

환자의 시간은 느리고도 빠르게 흐른다. 환자는 종일 언제 고장 날지 모르는 육체라는 기계를 관리하며 지낸다. 결국 바라는 건 살아갈 시간을 늘리는 것인데도, 빨리 진통제의 효과가 나타나고 빨리 밤이 오기를 기도한다. 한편 의사를 만나고 수혈을 받고 응급실을 오락가락하다 보면 훨씬 긴 시간이, 고통스러운 몇 주와 몇 달이 순식간에 지나가기도 한다.

2013년 가을엔 이러한 모순을 특히 더 자주 느꼈다. 골수이식 수술을 받고 유지 화학요법 치료를 시작한 지도 어느새 일 년이 지나 있었다. 어느 금요일 아침, 아마도 마지막이 될 치료를 받으러 갈 준비를 했다. 특별한 날이니 잘 차려입고 싶어서 꽃무늬가 있는 면으로 된 여름 원피스를 골랐다. 상쾌하고 밝고 희망찬 기분이었다. 원피스를 입으니 얼마 전에 친구들과 롱아일랜드 해변으로 여행을 다녀오면서 그을린 피부가 잘 드러났다. 치료가 끝나는 것을 기념해 일찌감치(어쩌면 섣불리) 떠난 여행이었다. 병원으로 가는 M15 급행버스를 타고 파란 플라스틱 좌석 가운데 홀로 앉아서 흡족하게 몽상에 잠겼다. 유리에 뺨을 대고 1번가를 메운 번잡한 차량 행렬을 바라보았다.

그날만큼은 나도 예약 시간에 딱 맞춰 슬론 케터링에 도착했다. 진찰대에 앉아 두 다리를 늘어뜨리고 원피스의 한쪽 어깨끈을 내려 케모포트를 드러냈다. 작은 하키 퍽 모양의 케모포트는 오른쪽 쇄골과 유방 사이의 살갗 아래 삽입되어 있었다. 간호사가 화학요법 약물이 든 링거 주사바늘을 케모포트에 찔러 넣자 살짝 움찔했다. 주사관이 연결되자 목구멍 안쪽에 희미하게 찝찔한 맛이 느껴졌다. 이젠 익숙하다 못해 편안한 맛이었다. 간호사는 링거 주머니를 거치대에 걸고 튜브에 달린 밸브를 조절해서 분당 투입량을 정확히 맞추었다.

"오늘은 기분이 어때요?" 간호사가 물었다. 간호사는 분홍빛 립글로스를 바르고 금발 머리를 느슨하게 틀어 올리고 있었다. 뽀얗고 둥글고 예쁘장한 얼굴은 마치 설탕 가루를 뿌린 쿠키 같았다.

"다 끝났다는 게 믿기지 않네요." 내가 대답했다. "이제 종을 쳐도 될까요? 혹시 화학요법 치료를 마친 환자에게 주는 수료증 같은 건 없나요?"

간호사는 당황한 듯 이마를 찌푸리며 나를 흘낏 쳐다보았다. "카스트로 선생님이 아직 안 알려드렸나요?"

"뭐를요?"

"아, 골수이식 병동 의료진에게는 전부 말씀하셨거든요. 새로운 연구 결과와 지침에 따라 환자분에게 아홉 달 더 화학요법 치료를 시행하는 게 좋겠다고요. 만일에 대비해서 말이죠."

"아홉 달 더요?"

익숙한 감정이 덮쳐왔다. 나의 평온이 누군가의 말 한마디에 순식간에 무너져 내렸던 기억들. '환자분은 백혈병입니다.' '치료 효과가 없네요.' '골수이식 수술이 필요합니다.' '화학요법 치료를 더 받아야 해요.' 칼럼 연재를 시작한 이후 언어는 줄곧 나의 구원이었기에, 언어가 내게 얼마나 큰 상처를 줄 수 있는지 거의 잊을 뻔했다. 말 한마디가 얼마나 쉽게 나의 계획을, 나아가 인생 전체를 망가뜨리는지. 반사적으로 눈물이 솟구쳤다. 뜨거운 눈물방울이 순식간에 뺨을 흘러내려 몸 아래 시트에 스며들었다. "카스트로 선생님과 얘기할 수 있을까요?"

"오늘은 안 계세요." 간호사가 대답하며 티슈 상자를 건네주고는 혼동하게 해서 미안하다고 다시 한번 사과했다. 나는 괜찮다고 대답했다. 간호사의 잘못이 아니었다. 그 누구의 잘못도 아니었다. 아니, 누구의 잘못인지는 중요하지 않았다. 내가 추가 화학요법 치료에 동의하리라는 건 자명한 사실이었으니까. 여기까지 왔으니 살아남는 데 필요한 거라면 뭐든 계속할 생각이었다. "3주 뒤에 봐요." 주사를 다 맞고서 나는 이렇게 인사했다.

그날 밤 늦게 간신히 용기를 내어 윌에게 병원에서 있었던 일을 얘기했다. 그리고 이 소식을 받아들이는 그의 얼굴을 살폈다. 그는 아홉 달이나 더 병원 예약과 의료비 청구서와 나의 무기력한 상태를 견뎌야 했다. 내 건강을 위해 그의 인생을 희생해야 했다. 윌은 나와 함께 침대에 누워 온갖 위로의 말을 속삭여주었다. 정말 유감이라고, 화내도 괜찮다고 말해주었다. 내 얼굴에 입 맞추며 또 다시 눈물이 흐르는 내 뺨을 손바닥으로 살며시 닦아주었다. 이런 상냥함은 정말 소중했지만, 윌의 진짜 속마음이 어떤지는 좀처럼 알 수 없었다. 내가 쉽게 감정을 폭발시키는 것만큼이나 윌은 속내를 잘 드러내지 않는 사람이었다. 그가 속상하거나 슬프거나 실망했을 때도 나는 거의 항상 나중에야 그 사실을 알게 되었다. 윌이 잠들고 나서도 한참 그를 바라보았다. 저 내리깐 푸른 눈 아래 무슨 생각이 숨어 있을지 의아해하면서.

일주일 뒤 윌은 나더러 거실에서 얘기 좀 하자고 했다. 그는 캘리포니아로 떠나겠다고 말했다. 자기도 좀 쉬고 싶다고, 이번엔 좀 더 오래 재충전을 하면서 한동안 못 본 부모님과 시간을 보내겠다고 했다. 원격 근무를 하면서 한 달, 어쩌면 두 달 정도 샌타바버라의 본가에서 지내겠다고 했다. 물론 내가 찾아와도 된다는 말도 덧붙였다. 이참에 꿈꿔왔넌 캘리포니아 자동차 여행을 함께 떠날 수도 있지 않겠냐면서. "커플들은 흔히 떨어져 지내곤 하잖아. 우리 둘에게 유익한 시간이 될 거야."

나는 입을 떡 벌리고 윌을 쳐다보았다. 그런 식으로 말하니 아주 단순하고 간단한 계획처럼 들렸다. 어쩌면 우리가 평범한 커플로 살아가는 다른 평행우주에서는 정말 그럴지도 몰랐다. 하지만 현실은 그렇지 않았다. 우리는 연인이었지만 환자와 간병인이기도 했다. 이런 사실을 구구절절 설명해야 한다는 게, 내가 얼마나 많이 그에게 의존하고 있는지 일일이 열거해야 한다는 게 화가 났다.

아파트 부엌 개조 공사를 곧 시작할 예정이었는데, 윌이 떠나면 나 혼자 공사를 진행해야 할 터였다. 게다가 내겐 온갖 도움이 필요했다. 개 산책, 식료품 구입, 요리, 약국에서 처방약 받아오기, 한밤중에 응급실 데려다주기 등등. 우리 본가는 여기서 세 시간 반을 가야 하는 거리에 있었고, 아파트에 남는 방이 없어서 설사 부모님이 오시더라도 며칠 이상 머물기는 무리였다. 윌이 떠난다면 나는 새러토가에 있는 어린 시절의 침실로 되돌아가거나(절대로 그러긴 싫었다) 어떻게든 혼자서 버텨야 했다.

"내가 화학요법 치료를 더 받아야 한다고 해서 떠나는 거야?" 내가 물었다.

"당연히 아니지." 윌이 딱 잘라 말했다. "어떻게 그런 말을 해? 난 널 위해 모든 걸 희생했어."

죄책감이 밀려왔다. 물론 윌이 모든 걸 희생했음은 사실이었다. 하지만 그래도 묻고 싶었다. "그럼 왜 떠나는 건데?"

"나 자신한테 집중할 시간이 필요해. 난 행복하지 않아. 직업상 원하는 위치에 도달하지도 못했어. 하루 종일 남들의 글을 편집하고 남들이 꿈을 이루는 걸 거들면서 보내지. 그러고 나서 집에 오면 널 돌봐야 하고."

"하지만 어째서 이 집에서는 그럴 수 없다는 거야? 내가 도와줄 수 있어."

"네가 암을 치료하면서 경력도 추구하려다 보니 우리 관계에 너무 큰 부담을 주고 있잖아."

그의 말은 어느 정도 사실이었다. 지난 한 해 동안 칼럼이 인기를 끌면서 나는 여기저기서 강연할 기회를 얻었고 내 이야기는 잡지 기사로 다뤄지거나 텔레비전에 보도되었다. 믿기지 않게도 칼럼의 부가 영상 시리즈로 뉴스와 다큐멘터리 부문에서 에미상을 수상하기도 했다. 링컨센터에서 열린 화려한 시상식에 참석했을 때는 흥분되기도 했지만, 몇 밀리미터밖에 안 되는 머리카락과 스테로이드 부작용으로 부풀어 오른 내 뺨은 그곳에 전혀 어울리지 않는 것 같았다. 좋은 기회가 생기면 나는 무조건 응했다. 물이 들어오는 동안 노를 젓고 싶었다. 하지만 의지력과 야심만으로는 한계가 있었다. 일 때문에 느끼는 부담감은 점점 더 커졌고 가족은 물론 친구들, 윌, 담당 의료진 등 주변 모든 사람이 내가 건강을 해칠까 걱정했다.

백혈병 진단이 나온 날부터 윌은 나를 돕겠다고 나섰으며, 나는 기꺼이 그의 도움을 받아들였다. 지금 와서 돌아보면 지나치게 기꺼이 말이다. 그는 몇 번이나 밤을 새워가며 내 원고를 읽고 교정을 봐주었다. 계약 협상을 거들었고 인터뷰 준비도 도와주었다. 처음으로 강연 요청을 받고 애틀랜타에서 열린 의료학회에 참석했을 때는 연차를 써가며 동행해주었다. 내가 아직 혼자 여행할 여력이 없었기 때문이다. 공항에서 내 휠체어를 밀며 보안검색대를 통과했고, 혼자서 모든 짐을 날랐고, 비행 중 바이러스에 감염된 나를 돌보아주었다. 이렇게 벌어들인 추가 수입 덕분에 우리는 좀 더 편하게 지낼 수 있었다. 나는 내 수입을 윌과 나누었고, 그가 없었다면 그 모든 일이 불가능했을 테니 당연히 그래야 한다고 생각했다. 하지만 좋아서 시작한 일이라도 시간이 지나면 힘들기는 마찬가지였다. 지난 몇 주 사이 나는 최대한 목소리를 죽이려 했다. 요구를 줄이고 말수도 줄였으며 윌이 자신의 창작 계획에 집중하도록 격려했다. 하지만 그런 노력도 소용이 없었던 것 같다. 내가 너무 많은 자원을 차지하고 있다는 느낌은 도저히 사라지지 않았다. 그래도 지금까지 윌이 이렇게 대놓고 말한 적은 한 번도 없었는데.

"불행하다고? 네 경력이 불만족스럽다고? 그게 내 잘못이야?" 내가 물었다. 양손이 덜덜 떨렸다. 나는 부엌 조리대 위에 있던 신경안정제인 자낙스 약병을 움켜쥐고 하늘색 알약 몇 개를 꺼내 어금니로 씹었다. 삼키는 것보다 씹어 먹는 편이 효과가 빨랐다. 유리 공을 집어던졌던 때처럼 감정적으로 폭발하는 일은 피하고 싶었지만, 이미 늦은 듯했다. "이 나쁜 자식." 내가 나직하게 중얼거렸다. "나 때문에 부담스러워 죽겠다고 알려줘서 고맙다."

환자가 된다는 것은 통제력을 포기하는 일이다. 의료진과 그들의 결정도, 내 몸과 예측 불가능한 상태 악화도 통제할 수 없다. 간병인도 어느 정도 비슷한 운명에 처하지만, 그래도 환자와 간병인에게는 결정적인 차이가 있다. 이렇게까지 도망치고 싶었던 적은 없었다. 계속 바뀌는 치료 규정과 시간표, 탈진 상태, 계속 도움을 요청해야 하는 굴욕감에서 벗어나고 싶었다. 하지만 환자인 나는 이 지긋지긋한 상태를, 지독하게 병든 골수를 떨쳐낼 수 없었다. 윌이 간병인 노릇을 하는 것은 나에 대한 애정과 아마도 의무감에서였다. "술라이커 곁에 있어주다니 정말 훌륭해. 착한 사람이고 이상적인 배우자야." 이런 칭찬을 줄곧 듣는다고 해서 그가 느끼는 압박감이 줄어들진 않았다. 윌은 나와 함께 이 상황을 참고 견디는 걸 선택했지만, 그는 언제든 떠날 수 있었고 실제로 떠날 것이었다.

윌이 캘리포니아에 가 있던 그해 가을, 모두 최선을 다해 나를 도와주었다. 친구들은 새삼스럽게 자주 연락해왔으며 종종 손수 요리한 음식을 들고 찾아왔다. 내가 화학요법 치료를 받는 주에는 이웃이 나 대신 오스카와 산책해주겠다고 했다. 부모님은 아파트를 청소할 사람을 구해주었다. 윌도 먼 곳에서 가능한 만큼 최선을 다했고, 하루에도 몇 번씩 내 상태를 확인하러 전화를 걸었다. 우리의 대화는 예전과 거의 다를 바 없이 다정하고 유머러스했다. 그러나 내가 다시 응급실 신세를 지게 되거나 혼자서 해나가야 한다는 부담에 휘청거릴 때면 나도 모르게 짜증 섞인 목소리로 대꾸하곤 했다. 그러나 대체로 나는 윌이 그리웠고, 백혈병 진단을 받은 날 밤 새러토가에서 윌이 했던 말을 떠올리곤 했다. '앞으로 괴로울

일이 아주 많을 거야. 우리의 사랑을 상자에 넣어 소중히 간직해야 해. 가진 모든 것을 걸고 이 관계를 지켜야 해.' 처음엔 우리도 이런 마음이었다. 병 때문에 우리 사이는 오히려 예전보다 더 돈독해졌다. 하지만 도중에 무언가 변했고, 우리 둘 다 관계를 지키려는 노력을 멈추었다. 심지어 때로는 우리 관계를 외면하고 서로 적대시하기도 했다. 그리고 이제는 병이 우리를 아득히 멀어지게 만들었다.

윌이 없는 동안 나는 암 환자 모임 친구들과 더 많은 시간을 보냈다. 그들은 따로 설명하지 않아도 내 상황이 좋지 않다는 걸 알고 있었다. 에리카는 대학교 기념품 스타일로 가슴에 '팀 수수TEAM SUSU'라고 적힌 운동복 셔츠를 만들어 모두에게 나눠주었고, 크리스틴은 응급실에 가거나 화학요법 치료를 받을 때마다 동행해주었다. 맥스는 한 조각에 99센트짜리 피자와 멋지게 만 대마초를 챙겨서 항상 찾아왔고, 멀리사는 우리 모임을 이끌며 밤샘 게임과 댄스파티와 외출 계획을 세웠다. 우리가 한데 모인 건 유전적 결함 때문이었다. 사악한 암세포와 눈앞에 닥쳐온 죽음이 아니었다면 우리가 이렇게 가까워질 일은 없었을 것이다. 어느 순간부터 우리는 우연히 만난 친구가 아니라 한 가족이 되어 있었다.

어느 쌀쌀한 늦가을 저녁, 멀리사와 나는 조니를 만나러 73번가와 1번가가 만나는 길모퉁이의 로널드 맥도널드 하우스로 갔다. 눈이 흩날리고 있었다. 덜덜 떨면서 빨간색 차양 아래 회전문 안으로 들어서자 조니가 우리를 기다리고 있었다. 야위어서 헐렁해진 검은 양복과 흰 셔츠를 입고 커다란 빨간색 넥타이까지 맨 차림새였다. 이번에 받은 화학요법 치료 때문에 피부가 창백하고 누렇게 떠 있었다. 겨우 몇 주 전 스물한 살 생일파티를 했을 때보다 훨씬 핼쑥해진 모습이었다. 그럼에도 불구하고 조니가 말쑥하게 멋을 낸 데는 그럴 만한 이유가 있었다.

메이크어위시 재단Make-A-Wish Foundation은 어린이와 청소년 난치병 환자들의 소원을 들어주는 사업을 하고 있다. 이 사업의 수혜자로 선정된 아이들은 스페인에 가서 보석 박힌 조끼를 입은 투우사가 무시무시한 황소에게 주홍색 깃발을 휘두르는 모습을 보거나, 디즈니월드에서 좋아하는 유명인과 함께 롤러코스터를 타거나, 온 가족이 하와이 해안의 리조트로 휴가 여행을 떠나기도 했다. 하지만 조니의 소원은 훨씬 소박한 것이었다. 그는 암 환자 친구들과 함께 만찬을 들고 브로드웨이에 가서 연극을 보겠다고 했다. 하지만 아무래도 나는 곁다리로 초청된 것 같았다. 조니는 짝사랑하는 멀리사와 단둘이 데이트를 하고 싶었지만 너무 수줍은 나머지 그렇게 말할 수 없었던 것이다.

조니의 어머니는 평소처럼 아들 곁에 계셨고, 미시건 본가에 있던 아버지도 함께 시간을 보내기 위해 와 계셨다. 두 분은 우리에게 로비에서 포즈를 취하게 하고 끝도 없이 사진을 찍었다.

멀리사와 나는 양쪽에서 조니의 팔짱을 끼고 카메라를 향해 웃어 보였다. 마치 고등학교 졸업 파티 같았다. 길가에 검은색 리무진 자동차가 우리를 기다리고 있었다. 검은색 니트 조끼와 제복 모자 차림의 운전사가 멋들어지게 문을 열어주었다. "먼저 타요." 조니가 옆으로 물러나면서 우리에게 말했다. "어머! 신사적이기도 하지." 우리가 어찌나 놀려댔는지 조니의 귀가 새빨개졌다.

리무진은 북적이는 미드타운 거리를 느릿느릿 지나갔다. 차창 밖에 총천연색으로 빛나는 마천루와 관광객 무리가 보였다. 마침내 리무진이 멈춘 건물에는 '플레이버타운에 오신 것을 환영합니다'라고 적힌 초대형 간판이 걸려 있었다. 유명 요리사 가이 피에리가 운영하는 타임스스퀘어의 레스토랑에 온 것이다. 지배인을 따라 황갈색 목재 패널로 마감한 별실의 미로를 지나가니 우리가 앉을 테이블이 나왔다. 조니는 흥분한 얼굴로 거대한 메뉴판을 펼치며 이 레스토랑에 관한 기사를 처음 읽었을 때부터 먹어보고 싶었다는 음식들을 열거했다. 특히 베이컨 맥앤치즈 버거와 '끝내주는 프레첼 치킨텐더'는 무조건 먹어야 한다고 했다. "대박이지? 아무거나 시켜도 돼. 다 공짜라고!"

한동안 무척 힘들어했던 조니가 즐거워하는 모습을 보니 흐뭇했다. 조니는 다문화 가정의 외동아이라서 적당한 골수 기증자를 찾기가 어려웠다. 이런 경우 제대혈 줄기세포 이식을 받을 수 있었지만, 절차를 시작하려면 일단 암세포를 전부 제거해야 했다. 그러나 이번에야말로 암세포가 사라졌나 싶을 때마다 온갖 감염과 합병증이 발생해 조니를 좌절하게 했다. 얼마 전부터는 백혈병 세포를 제거하는 치료 자체가 듣지 않게 되어서, 그는 휴스턴의 대형 암 병원 MD 앤더슨으로 가 새로운 임상실험을 받을 예정이었다. 며칠 뒤면 그곳으로 떠난다고 했다.

우리는 조니가 받을 임상실험의 성공을 빌며 샴페인 잔을 들어 건배했다. 우리 암 환자 모임을 위해, 더 나은 미래를 위해, 그리고 가이 피에리의 끔찍한 취향을 위해 건배했다. 광택제를 발라 번쩍이는 대형 식탁이 대여섯 가지 요리로 빽빽이 들어찼지만, 조니는 얼마 먹지 못하고 거의 다 남겼다. 시간이 지날수록 말수가 줄어들더니, 디저트로 아이스크림 덩어리 튀김이 나왔을 때쯤엔 얼굴이 새파래지고 이마가 땀으로 촉촉이 젖어 있었다.

“괜찮아, 조니?” 내가 물었다.

“괜찮고말고. 아니, 너무 좋아. 내 평생 최고의 밤이야. 게다가 이제 시작이잖아. 브로드웨이 연극 공연이 아직 남았다고!” 조니가 억지웃음을 지으며 대답했다.

극장 로비는 발 디딜 데 없이 북적거렸다. 인파를 뚫고 지나가는 동안 조니가 몇 번이나 휘청이는 바람에 멀리사와 나는 계속 괜찮냐고 물었다. 조니는 우리의 염려를 일축하며 아무 문제 없다고 우겼지만, 객석으로 이어지는 카펫 깔린 계단을 올라가면서도 몇 번이나 난간에 기대 쉬어야 했다. 멀리사와 나는 걱정스러운 눈빛을 주고받으며 조심스럽게 뒤따라갔다. 혹시라도 조니가 넘어지면 바로 받쳐줄 수 있도록 양팔을 내밀고서.

마침내 무사히 객석에 이르러 안내원에게 입장권을 보여주자 한순간 어색한 침묵이 흘렀다. 알고 보니 세 개의 좌석 중 두 개만 붙어 있다는 것이었다. 조니는 살짝 민망해하며 간신히 구한 입장권이라 어쩔 수 없었다고 덧붙였다.

“그럼 어떤 분과 같이 앉으시겠어요?” 안내원이 끼어들었다.

“멀리사….” 조니가 수줍게 입을 열었다. “나랑 같이 앉아줄래?”

멀리사와 조니가 내 뒷줄 오른쪽 좌석에 앉고 나니 연극이 시작되었다. 조명이 흐려지며 신나는 음악 소리와 함께 무대 위의 묵직한 벨벳 커튼이 올라갔다. 하지만 나는 연극에 집중할 수 없었다. 조니는 어떤지, 정말 괜찮은 건지 확인하려고 좌석 등받이 너머로 뒤를 돌아보았다. 조니는 함박웃음을 띠고 있었다. 그 얼굴을 보니 뿌듯하고 정다운 마음에 나도 모르게 미소가 지어졌다. 극장 안에서 가장 멋지고 아름다운 여성 곁에 앉은 그는 하늘을 날 듯 행복해 보였다.

연극이 끝나고 멜리사와 나는 조니를 로널드 맥도널드 하우스까지 데려다주었다. 작별 인사를 하는데 문득 다시는 조니를 만나지 못할지도 모른다는 생각이 들었다. 그도 그 사실을 알고 있었으리라. "두 사람을 정말 사랑해." 조니는 진지하고 애정을 담은 목소리로 이렇게 말했고 어색하게 우리를 포옹했다.

3주 뒤 텍사스에서 전화가 왔다. 조니의 어머니였다. "폐렴이랑 심장마비래." 그분은 흐느끼느라 제대로 말을 잇지 못했다. "여기엔 아는 사람이 없어. 우리 애를 집으로 데려가야 하는데." 대체 무슨 일이 일어났는지 알 수 없었지만, 다음 순간 이런 말이 들려왔다. "우리 조니는 이제 하느님 곁에 있어."

우리의 끄트머리

크리스마스 다음 날 윌이 캘리포니아에서 돌아왔다. 나와 오스카 중 누가 더 안도했는지 모르겠다. 아마도 오스카였던 것 같다. 윌이 문을 열고 들어오자 녀석은 신이 나서 카펫에 온통 오줌을 쌌다. 윌이 없는 동안 나는 몇 가지를 깨달았다. 내가 내일이 없는 사람처럼 일하고 글을 쓰느라 내 몸과 우리 관계를 망가뜨리고 있었다는 것, 윌이 없는 삶은 상상할 수 없으며 상상하고 싶지도 않다는 것, 그리고 조만간 뭔가 바뀌지 않으면 우리 관계는 파국에 이르리라는 것이었다.

윌과 함께 즐거운 시간을 보내고 싶은 마음에 나는 새러토가의 본가로 가자고 제안했다. 부모님은 여행 중이라 우리끼리 집을 쓸 수 있었다. 우리는 여행 가방을 싸고 오스카까지 셋이서 기차를 탔다. 다음 날 아침 새러토가에 도착해보니 눈이 30센티미터나 쌓였고 세상은 새하얗게 반짝이고 있었다. 윌과 나는 모자와 마스크, 두꺼운 외투와 부츠로 미라처럼 몸을 단단히 감싸고 밖으로 나갔다. 윌이 진입로에 쌓인 눈을 삽으로 치우는 동안 오스카는 눈 속에서 원을 그리며 열광적으로 뛰어놀았다. 나는 그런 둘을 잠시 지켜보다가 장갑 낀 손으로 눈을 뭉쳐 윌에게 던졌다. 곧이어 스릴 넘치는 한바탕 눈싸움이 벌어졌다. "〈나 홀로 집에〉에 나오는 케빈이 된 것 같아!" 나는 눈뭉치로 윌의 뒤통수를 정확히 맞히며 외쳤다.

이런 식으로 며칠이 흘러갔다. 잠시 일상을 탈출해 즐기는 둘만의 시간이었다. 새해 전날에는 차를 타고 가까운 밀브룩 시내로 나가 친구가 여는 파티에 갔다. 윌이 꽁꽁 언 고속도로를 따라 승합차를 모는 동안 우리는 서로의 새해 목표를 이야기했다. 이젠 익숙한 습관이었지만 그해에는 유독 중요하게 느껴졌다. 올해야말로 모든 걸 바로잡아야 한다는 절박함 때문이었다. 우리는 누군가의 도움이 필요하다는 데 동의하고 커플 상담을 받아보기로 했다. 사는 곳을 바꿔보자는 얘기도 했다. 우리 둘 다 병원과 고통의 동의어가 되어버린 도시를 떠나고 싶었다. 허드슨밸리의 작은 농가로 이사를 가면 어떨까. 오스카가 마음껏 뛰어놀 수 있을 만큼 뒷마당이 넓고, 조용하고, 정원도 가꿀 수 있는 곳 말이야. 아니면 차를 사서 잠시 떠돌아다니며 지낼 수도 있겠지. 미국 전역을 돌아보고 국립공원에서 야영도 하면서 우리가 정착할 만한 지역을 찾아보는 거야. "앞으로 몇 달 동안은 서로에게 집중하기로 약속하자. 지난 일은 전부 잊어버리고." 윌이 말했다. "상황이 어려울수록 서로 의지해야 해. 그게 우리의 의무야, 가장 중요한 의무야. 널 사랑해."

세상에서 가장 듣고 싶었던, 반드시 들어야 했던 말이었다. 파티에 도착했을 때 나는 만면에 화색을 띠고 있었다. 그 뒤로 몇 시간 동안 우리는 먹고 마시고 즐겼다. 파티를 연 친구가 기타를 꺼내 비틀스의 곡을 연주하자 모두가 큰 소리로 노래했다. 윌의 몸과 그의 무릎 위에 앉은 내 몸이 함께 음악에 맞춰 들썩였다. 파티에 와 있던 리지가 잠시 나를 불러내 이렇게 말했다. "너랑 윌의 행복한 모습을 보니 정말 좋아. 네가 이렇게 즐거워 보이는 것도 오랜만이야." 그러고는 얼마 전 윌이 리지를 포함해 나와 가까운 몇몇 친구들에게 보낸 메일에 관해 얘기해주었다. 요약하자면 이런 내용이었다. 술라이커의 사생활을 존중하고 싶지만, 오래 계속된 치료로 우리 둘 다 무척 힘든 상황이라는 걸 알리고 싶다. 화학요법 치료를 받는 주간과 그 직후에 부작용이 가장 심하니 그 기간에 조금만 더 우리를 도와주면 좋겠다. 자기가 직장에 있거나 밤에 늦게 들어와야 할 때 술라이커를 도와줄 사람을 찾을 수 있게 이메일 연락망을 만드는 데 동참해달라. 그러고는 낙관적인 어조로 모두의 응원에 감사하며 이렇게 끝을 맺었다. '한동안 이 말을 하지 못한 것 같은데 무엇보다 너희 모두를 사랑해, 술라이커를 도와줘서 정말 기쁘다고 말하고 싶어. 술라이커는 힘들어도 좀처럼 그렇게 말하지 않는 성격이거든. (…) 하지만 우리 모두 알다시피 정말 강인한 사람이야.' 나한테 말하지도 않고 그런 메일을 보냈다니 민망하긴 했지만 희망도 느껴졌다. 윌이 우리 문제를 진지하게 고민하고 있으며 이미 해결 방법을 모색하기 시작했다는 뜻이었으니까.

자정이 가까워지자 누군가 빙판에 나가서 스케이트를 타자고 제안했다. 모두가 샴페인 병과 스케이트를 챙겨 들고 쌓인 눈을 헤치며 정원 끄트머리의 호숫가로 나갔다. 윌은 장갑 낀 내 양손을 잡고 빙판을 미끄러져 나갔다. 모두가 달을 보고 숫자를 외치며 2014년을 향한 초읽기에 들어갔다. "새해 복 많이 받아." 나는 윌을 껴안으며 말했다. "너도 새해 복 많이 받아." 윌이 대답하며 키스했다.

뉴욕으로 돌아온 우리는 앞서 결정한 대로 커플 상담을 받기 시작했다. 일단 전화번호부에서 찾은 상담사를 만나러 갔다. 상담실은 추레한 소파와 닳아빠진 페르시안 카펫으로 꾸며져 있었고 파촐리 냄새가 진동했다. 그러나 상담사는 장기 투병으로 인한 커플 관계의 어려움에 관해서는 잘 모르는 듯했고 보험 처리도 되지 않는다고 했다. 우리는 몇 차례 무익한 상담을 마친 다음 다른 사람을 알아보기로 했다. 두 번째 상담사는 슬론 케터링에서 진행하는 심리치료 프로그램에서 만났다. 보험 처리도 가능했다. T 박사는 친절했고 우리의 고민도 잘 들어주었지만, 상담을 마칠 때마다 오히려 더 화가 나고 속이 상했다. 상담 중에 나온 말들과 미처 몰랐던 서로의 면모에 우리는 당황했다.

어느 날 T 박사가 우리 상담을 레지던트들이 참관해도 괜찮은지 물었다. 나는 바로 동의했다. 슬론 케터링은 대학병원이었고, 나는 항상 의대생들에게 참관 기회를 주려고 했다. 비슷한 처지인 사람들에게 도움이 될 수 있다면 우리의 불행한 상황도 의미가 있을 것 같았다. 제3자의 의견을 들으면 유익할 거라는 생각도 있었다. 하지만 결과는 끔찍했다. 윌과 나, T 박사가 대형 회의실 가운데 앉아 상담을 진행하는 동안 낯선 사람들이 일렬로 벽에 기대어 우리를 관찰하며 종이쪽지에 뭔가를 끄적거렸다. 우리 관계의 지극히 괴롭고 내밀한 지점들이 낯선 이들 앞에서 거론되고 교육 수단으로 분석된다는 것 또한 굴욕적이었다.

“젊은 미혼 커플들은 장기간 암 투병을 하다 보면 십중팔구 헤어지던데요.” 레지던트 하나가 이렇게 말했다. “지금 단계에서 두 분은 어떻게 하면 좋을까요?”

“우리가 그걸 안다면 여기 오지도 않았겠죠.” 윌이 목에 핏발을 세우며 성난 어조로 대꾸했다. 그로서는 매우 드문 일이었다.

우리는 어두운 표정으로 회의실을 나섰다. "다시는 여기 오지 말자." 그의 말에 나도 동의했다. 하지만 우리에겐 여전히 도움이 필요했다. 우리가 따로 또 같이 살아가려면 어떻게 해야 할지 알 수가 없었다. 그러나 남들에게 조언을 들으면 들을수록 낭패감만 느껴졌다.

우리 관계가 그토록 악화되었다는 걸 알았다면 가족과 친구들 모두 깜짝 놀랐으리라. 윌과 나는 절대 남들 앞에서 싸우거나 티격태격하지 않았다. 오히려 정반대였다. 남들 앞에서 우리는 사랑과 존중이 넘치는 커플이었다. 서로를 감탄하는 눈길로 바라보았고, 어깨를 맞대고 앉거나 손을 꼭 잡는 등 계속 스킨십을 했다. 윌은 끊임없이 내게 애정을 표현했다. 내 사진을 찍고 물을 가져다주고 다리에 담요를 덮어주었으며, 내게 휴식이 필요해서 일정을 취소할 때면 대신 변명을 해주었다. 윌과 나는 무의식중에 서로가 하려던 말을 대신 말할 때도 있었고, 다른 누구도 이해하지 못할 둘만의 사연으로 단단히 묶여 있었다. 우리는 서로에게 지극히 충실했다.

하지만 아파트로 돌아와 단둘이 있게 되면 밤마다 똑같이 반복되는 말다툼이 시작되었다. 내가 "요즘 왜 그리 쌀쌀맞아?"라고 목소리를 높이면 윌은 "나 좀 내버려둬!" 하고 소리쳤다. 우리 목소리가 평소대로 가라앉을 때까지 오스카는 소파 밑에 숨어 있곤 했다. 이러다 심하게 싸우겠다 싶을 때마다 나는 자낙스를 한 움큼씩 씹어 먹는 습관이 생겼다. 때로는 외출했던 윌이 열쇠로 현관문을 여는 소리가 들리면 반사적으로 한 알을 삼키기도 했다. 분노는 시간이 지나면서 서서히 묵묵한 체념 상태로 바뀌었고, 섹스는커녕 애정 표현도 전부 사라졌다. 잘 때가 되면 우리는 불을 끄고 말없이 속만 끓이며 등을 맞댄 채 누웠고, 서로 이야기하는 대신 각자의 휴대전화만 들여다보았다.

윌은 휴가를 마치고 직장에 복귀했다. 출근하는 그에게 인사를 하는데 뭔가 큰일이 일어날 것 같다는 예감이 밀려왔다. 나는 평소보다 오래 윌을 끌어안고 있었다. 그를 놓아주기 싫었다. 점점 더 커지는 두려움에 목이 메었다. 절대 잃어버릴 수 없는 사람을 사랑하기에, 그러나 끝이 다가왔다는 것을 알기에 느끼는 두려움이었다.

그날 버스를 타고 집으로 돌아가면서 나는 어쨌든 거의 3년간 투병을 해온 지금까지도 윌이 내 곁에 있다는 사실을 되새겼다. 아직은 우리 관계를 되살릴 수 있다고 믿으려 했다. 좀 더 노력하면, 서로 애쓰고 더 나은 상담사를 찾기만 하면 괜찮을 거라 믿고 싶었다. '암이란 탐욕스러워. 내 몸만 무너뜨린 것이 아니라 내가 생각했던 내 모습을 전부 파괴해버렸지. 이젠 암이 윌과의 관계에까지 전이되어서 아름답고 순수했던 우리 사이를 망가뜨리고 있어.'

시간을 되돌릴 수 있다면 얼마나 좋을까. 그러면 우리의 사랑을 지킬 수 있게 더욱 조심할 텐데. 백혈병 진단을 받은 날부터 커플 상담을 시작할 텐데. 밤마다 내 병상 곁에서 자려고 하는 윌을 말리고 부모님에게 좀 더 의지할 텐데. 시간이 지날수록 마음속에 쌓여만 가는 분노를 해소하려고 애쓸 텐데. 하지만 과거로 돌아갈 수는 없었고 미래는 알 길이 없었다. 갈등을 해결하는 건 불가능해 보였다. 우리는 안개 속에 길을 잃은 배처럼 점점 더 멀리 떠내려갔다.

마지막 인사

경찰관에게 우리 둘은 흔해 빠진 여자 불량배로 보였으리라. 우리는 까만 가죽 재킷을 맞춰 입고 있었다. 나는 새로 머리를 밀고 짙게 눈 화장을 한 데다 목선을 따라 내려오는 커다란 뱀 문신까지 하고 있었다. 멀리사는 머리카락을 허리까지 늘어뜨리고 손가락마다 은반지를 꼈으며 한 시간마다 대마초를 피워대서 동공이 확장된 상태였다.

경찰관은 내 문신이 가짜라는 것과 멀리사의 머리가 가발이라는 것, 그리고 얼마 전 멀리사의 유잉육종이 불치 판정을 받았다는 것을 알지 못했다. 며칠 전 의료진은 멀리사에게 더 손쓸 방법이 없다고 통보해왔다. 멀리사는 다른 병원을 알아보며 시간을 보내고 있었지만 예후가 점점 나빠지고 있었다. 멀리사를 위로하기 위해 나는 어느 날 밤 시내로 놀러 가자고 말했다. 우리는 '오토바이와 문신 페스티벌'에 가서 드래그 공연장의 번쩍이는 미러볼 불빛 아래 의자에 올라가 춤을 췄다. 그런 뒤 동이 트는 새벽녘에 이곳 코니아일랜드 지하철역 플랫폼에서 경찰관과 맞닥뜨린 것이다.

몇 분 전 우리는 지갑에 교통카드가 있는데도 굳이 개찰구를 뛰어넘어 들어왔다. 죽음을 앞둔 사람에게 욜로, '인생은 한 번뿐'이라는 말은 새로운 의미로 다가오기 마련이다. 우리를 목격한 경찰관은 불법 행위를 했다며 관할 파출소로 데려가겠다고 위협했다. 멀리사는 곧바로 가발을 벗어 민머리를 드러냈고, 두 눈에 눈물이 그렁그렁한 채 얼른 집에 가지 않으면 암 치료제를 복용할 시간이 지나버린다는 그럴싸한 거짓말을 늘어놓았다. 멀리사의 연기가 먹혔는지 경찰관은 200달러짜리 딱지만 떼고 우리를 놓아주었다. 딱지를 떼서 미안하지만 감시카메라에 우리 모습이 남았기 때문에 어쩔 수 없다고 사과까지 하면서.

"우린 환상의 공범이야." 경찰관이 우리에게 행운을 빌어주고 가버리자 멀리사가 내게 속삭였다.

"뼛속까지 고약한 놈들이지. 문자 그대로 병들었고." 내가 되받아쳤다. 무사히 지하철에 올라 등 뒤로 문이 닫힌 순간 우리는 그 자리에 쓰러지다시피 하며 깔깔 웃어댔다.

그날 밤이 멀리사와 내가 마지막으로 함께 보낸 즐거운 시간이었다는 걸 그때는 몰랐다. 그런 걸 미리 알 수 있는 사람은 거의 없겠지만.

두 달이 지난 3월 초의 월요일 아침, 나는 마지막에서 두 번째 화학요법 치료를 받으러 슬론 케터링으로 갔다. 하지만 거의 끝났다는 안도감 대신 자꾸 멀리사 생각이 났다. 암은 멀리사의 전신에 무시무시한 속도로 퍼져나갔고 종양도 심각했다. 종양이 척추 두 군데를 관통하고 두개골 내부를 압박하는 바람에 섬세한 얼굴선이 망가졌고, 한쪽 눈은 부어올라서 뜨지도 못할 정도였다. 멀리사는 추해진 모습을 보여주기 싫다며 나와 맥스를 포함한 친한 친구 몇 명 외에는 모든 방문객을 거절했다.

사람들은 죽음을 상상할 때 특정 서사에 이끌리는 듯하다. 추도문이나 부고에는 흔히 '돌아가다' '집으로 가다' '천사가 되었다'

라는 표현이 나온다. 이런 표현을 보면 죽음은 낮잠에 빠지는 것만큼 수동적이고 평화롭게 느껴진다. 사람들은 죽어가는 사람이 어떻게든 마음의 준비를 마치기를 바란다. 하지만 멀리사는 그렇지 않았다. 죽음이 가까워지자 멀리사는 격하게 분노했다. "난 아직 준비가 안 됐어. 아직 할 일이 너무 많아." 그러는 한편 죽음이란 어떤 것일지 생각하며 두려움에 떨었고, 부모님은 얼마나 힘들어할지 걱정하며 괴로워했다.

나는 그 주 내내 화학요법 주사를 다 맞는 대로 멀리사가 입원해 있는 8층에 올라갔다. 멀리사는 하루가 다르게 쇠약해져갔다. 하루는 병실 앞 복도에서 멀리사의 부모님을 만났다. "의사들이 계속 마음의 준비를 하라고 하네. 아무래도 그래야겠지." 멀리사의 아버지가 악몽을 떨쳐내려는 듯 꽉 움켜쥔 주먹으로 부어오른 눈가를 닦으며 말했다.

어느 날은 병실에 들어서니 멀리사가 물었다. "인도로 다시 떠날 거야. 같이 갈래?" 그는 지금 당장 떠나야 한다고 했다. "시간이 얼마 없어." 멀리사가 모르핀에 찌든 목소리로 느릿느릿 중얼거렸다. 뭐라고 대답해야 할지 모른 채 나는 한동안 가만히 앉아 있었다. 지난 몇 년 동안 내 침대맡에서 억지웃음을 지으며 눈물을 참는 가족과 친구들의 모습을 보아왔는데, 이제는 내 차례였다. 나는 천장을 보며 울음을 꾹 참았다. 눈물을 숨기려고 아랫입술을 꽉 깨문 다음 대답했다.

"그래, 어디부터 갈까?"

멀리사는 당연히 비행기에 탈 수 없는 상태였다. 그래도 우리는 여행 일정을 짰다. 불가능하다는 걸 알면서도 어디 가서 무얼 할지 의논했다. 인력거에 올라 델리 시내를 달리고, 시장에 가서 멀리사의 수집품에 보탤 수제 꼭두각시 인형을 사고, 동틀 무렵 타지마할에 가자고 했다. 나는 환한 미소를 띤 채 멀리사의 말에 고개를 끄덕였다. 이런저런 제안도 하고 우물거리며 맞장구를 치기도 했다. 인도는 목적지가 아닌 하나의 은유였다.

벌리사가 꾸벅꾸벅 졸기 시작하자 나는 자리에서 일어났다. 멀리사의 손을 꽉 잡고 허리를 굽혀 친구를 포옹했다. "난 아직 준비가 안 됐어." 멀리사가 울음 섞인 목소리로 말했다. 나는 멀리사를 하얀 병원 담요로 잘 감싸주고 블라인드를 내린 다음 조심스럽게 인사했다. "좀 쉬어. 내일 다시 올게." 그러고는 잠시 문간에 멈춰 서서 잠든 멀리사를 바라보았다.

다음 날 아침 멀리사는 구급차에 실려 본가 근처 매사추세츠의 호스피스 센터로 이송되었다. 구급차 안에서 찍은 셀카 사진이 멀리사의 인스타그램에 올라와 있었다. 성에 낀 차창 너머로 붐비는 길거리가 내다보였다. "안녕, 뉴욕. 널 사랑했어. 가슴이 무너지는 것 같아." 멀리사는 사진 아래 이렇게 적어놓았다.

나는 내 친구를 배웅하지 못했다. 멀리사를 태운 구급차가 떠나던 순간, 나는 링거 거치대에 묶여 마지막 화학요법 주사를 맞고 있었다.

죽음을 맞이하기 좋은 때가 있겠냐마는, 젊은 나이에 받는 사형 선고는 유독 자연 질서의 위반처럼 느껴진다. 오랜 투병 생활을 해오면서 멀리사와 나는 죽음의 위협과 최대한 공존하는 법을 터득했다. 죽음은 아무리 애써도 완전히 떨쳐낼 수 없는 악취 같은 것이었다. 우리는 죽음에 관해 오래도록 이야기했고 때로는 농담을 주고받았다. 멀리사는 자기 장례식에 온 사람들 모두가 펑펑 울어주었으면 좋겠다고 했고, 나는 내 장례식 다음에 시끌벅적한 뒤풀이 파티가 열리면 좋겠다고 말했다. 우리는 함께 세부 사항을 정하고 초대 손님 명단을 짜고 파티에서 어떤 칵테일을 대접할지 의논했다.

그럼에도 나는 멀리사를 잃을 준비가 전혀 되어 있지 않았다. 우리 둘 다 수없이 죽음의 문턱까지 갔다가 돌아왔기에 오히려 우리는 죽지 않을 거라고 생각하게 됐다. 심지어 멀리사가 뉴욕을 떠나고 내 메시지에 답하지 않게 된 뒤에도 생각은 바뀌지 않았다. 멀리사의 의식이 이승과 저승 사이의 강가를 떠도는 동안에도, 마침내 딸이 가족과 온갖 잡동사니와 수제 꼭두각시 인형들에 에워싸여 최후를 맞았다는 멀리사 부모님의 메일을 받았을 때도 나는 도저히 현실을 받아들일 수 없었다. 그리고 지금까지도 받아들이지 못했다.

무엇이든 숨김없이 얘기할 수 있던 내 친구는 사라졌다. 하지만 어디로 간 걸까?

그리고 어째서?

비탄은 경고도 없이 찾아오는 망령이다. 그것은 한밤중 꿈속에 나타나 우리 마음을 찢어발기며 가슴속 가득히 깨진 유리 파편을 흩어놓는다. 때로 파티에서 웃고 있을 때면 불쑥 끼어들어 어떻게 잠시라도 죽은 이를 잊을 수 있느냐며 꾸짖는다. 비탄은 우리 곁에 머문다. 마침내 우리의 일부가 될 때까지, 우리의 모든 숨결에 자신의 그림자가 스며들 때까지.

끝

마지막으로 화학요법 치료를 받는 날, 가족과 친구들은 드디어 '끝'이라며 축하 메시지를 보내왔다. 수없는 생체검사와 항생제 주사, 구토받이 신세를 진 끝에 마침내 정상 세계로 복귀한 것이다. 하지만 사실 암 투병에서 가장 힘든 시간은 치료가 끝난 다음에 시작되었다.

이후 한 달 동안 나는 네 차례나 입원했다. 면역계 약화로 인해 치명적인 클로스트리듐 디피실 장염이 발생했다. 그 한 달간을 나는 '공포의 축제'라 부르게 됐다. 믿기지 않게도 입원할 때마다 끔찍한 사건이 일어나 결국 나를 완전히 무너뜨렸기 때문이다.

첫 번째 입원 전날 밤 멀리사가 죽었다.

두 번째로 입원해 있는 동안 에리카와 뉴질랜드인 요리사 커플이 콜로라도에서 소규모로 결혼식을 올렸지만, 나는 약속한 대로 신부 들러리가 되어주지 못하고 병실에 묶여 있었다.

세 번째로 입원하기 며칠 전에는 윌이 지난번 휴식보다 더 과감한 조치가 필요하다는 얘길 꺼냈다. 나가서 혼자 살 집을 구하겠다는 것이었다. 나와 헤어질 생각은 없지만 따로 살고 싶다고 했다. 어디까지나 임시적인 조치랬지만, 나는 그 말을 믿지 않았다.

윌의 말을 들은 순간 온몸에 오한이 들었다. 어쩌면 오래전부터 이렇게 될 것을 각오하고 있었으나 그래도 어지럽고 아찔하기는 매한가지였다. 멀리사의 죽음과 내장 감염으로 괴로워하는 지금 윌이 그런 말을 했다는 걸 용서할 수 없었다. 결국은 나와 헤어지기 위한 첫 단계가 아닐까 하는 생각도 들었다. 설사 윌의 주장대로 임시적 조치일 뿐이며 언젠가는 집으로 돌아올 생각이라 해도, 그가 나간다고 우리 관계가 어떻게 나아진다는 것인지 이해할 수 없었다.

나는 항상 사랑은 모든 걸 극복할 수 있다고 믿어왔다. 사랑은 고통을 해소하고 삶의 잔인함도 견딜 만하거나 심지어 아름다운 것으로 변모시킬 수 있다고 생각했다. 하지만 이제는 아무것도 알 수 없었다. 또다시 상황이 나빠지면 윌은 내 곁을 떠나버릴 것 같았다. 더 이상 우리 관계에 확신이 서지 않았다.

절망에 빠진 나는 마지막 수단을 쓰기로 했다. 윌에게 최후통첩을 날린 것이다. "여기 머물면서 나랑 함께 상황을 해결해보든지, 아니면 나가서 나랑 헤어지든지 둘 중 하나야. 이런 식으로는 안 돼."

하루 만에 윌은 브루클린에서 혼자 살 아파트를 구했다. 이삿날은 2주 뒤라고 했다. 윌이 그 아파트를 빌릴 생각이라고 말하자 나는 오히려 그를 부추겼다. "그래, 나가. 누가 뭐래?" 마음속에서는 간절히 가지 말라고 외치고 있었는데도. 내가 상황을 제대로 이해하기도 전에 윌은 임대 계약서에 서명을 마쳤고, 나는 또다시 장염을 일으켜 응급실로 이송되었다.

네 번째이자 마지막 입원이었다. 나는 멀리사가 마지막으로 머물렀던 8층 병실 바로 옆방에 들어가게 됐다. 지독한 농담처럼 느껴졌다. 슬론 케터링에 있는 수백 개의 병실 중 하필 이곳이라니. 심지어 내 담당 간호사도 멀리사와 같았다. 모린은 여전히 소방차처럼 새빨간 머리를 짧게 자르고 똑같은 색의 립스틱을 바르고 있었다. 제발 백혈병 병동이나 골수이식 병동으로 옮겨달라고 했지만 병실이 만원이라 어쩔 수 없다는 대답만 돌아왔다. 가장 친한 친구가 죽기 전에 머문 자리에서 겨우 몇 발짝 떨어져 잠들어야 한다니, 나를 극한으로 몰아붙이기 위해 누군가 일부러 계획한 형벌처럼 느껴졌다.

내가 퇴원한 날 윌은 이사를 했다. '환자 소지품'이라는 라벨이 달린 병원의 대형 비닐봉지를 들고 아파트에 돌아와 보니 집 안은 소름이 끼치도록 조용했다. 나는 문간에 선 채 내게 말했다. "자, 울어도 돼." 하지만 너무 지쳐서 울 수가 없었다. 오스카가 당혹스러운 얼굴로 날 뒤따라 아파트 안을 돌아다녔다. 나는 텅 빈 옷장과 서랍장을 하나하나 꼼꼼히 열어보았다. 어느 서랍을 여니 오래된 담배 한 갑이 들어 있었다. 그러면 안 된다는 걸 알면서도 한 대를 꺼내 불을 붙였다. 여전히 손목에 환자 인식 팔찌를 두른 채로 부엌 바닥에 주저앉아 천천히 담배를 피웠다.

백혈병 진단을 받은 뒤로 나를 쭉 떠받쳐준 마음속 발판이 무너져내렸다. 치료를 받는 동안 나는 최고의 파수꾼들에게 둘러싸여 있었다. 애인, 가족과 친구들, 나를 살리기 위해 지치지 않고 일한 훌륭한 의료진. 그들의 목적은 내 암을 제거하는 것이었다. 하지만 '잘라내고, 약물을 주입하고, 태우는' 투병 단계를 끝마친 지금 나는 무너진 돌무더기 속에 홀로 앉아 있었다. 어디로 가야 할지, 다들 어디로 가버렸는지, 이제 무엇을 해야 할지 갈피를 잡을 수 없었다.

그때까지도 나는 행간을 읽지 못하고 있었다. 치명적인 위기를 극복하고 살아남은 자는 무엇을 얻게 되는가. 생명과 시간이다. 이는 누구나 알고 있는 사실이다. 그러나 살아남는 데에는 대가가 따른다. 이 사실은 직접 겪어본 후에야 깨달을 수 있다.

나는 한참이 지나서야, 꼬박 일 년 동안 분노하고 슬퍼하고 나아갈 길을 더듬어보고 나서야 그 부엌 바닥에서 일어날 수 있었다. 퇴원한 그날은 담배를 다 피우고 블라인드를 내린 다음 침대에 들어가는 일밖에 할 수 없었다. '멀리사가 떠났어. 윌이 떠났어. 암도 떠났어.' 나는 몇 번이고 마음속으로 되풀이해보았다. 하지만 무엇도 이해되거나 실감이 나지 않았고 그저 멍해질 뿐이었다. 지각 기관이 전부 마취되기라도 한 것 같았다. 그날 남은 시간을 어떻게 보냈는지, 다음 날과 그다음 날은 어떻게 보냈는지 나도 모르겠다. 아마 개를 산책시키고 커피와 우유를 쟁여놓고 나를 걱정하는 부모님이 아파트까지 찾아오지 않을 정도로 적당히 전화를 받았겠지만, 확신할 수는 없다. 그저 몸을 움직이고 있었을 뿐 마음은 다른 곳에 가 있었으니까.

멍한 상태를 뚫고 들어올 수 있는 것은 오직 윌의 망령뿐이었다. 그는 떠났지만 완전히 떠난 것은 아니었다. 윌의 존재, 혹은 부재가 마치 환상통처럼 느껴졌다. 윌은 내 간병인이자 상담자, 애인, 사회적 보호자이자 가장 친한 친구였다. 때로는 문자 그대로 나의 목발이 되어 내가 걷고 먹는 걸 도왔으며, 몸을 대신 씻겨주었다. 윌은 나를 위해 너무 많은 역할을 하느라 그 자신을 위해서는 아무것도 할 수 없었지만, 나는 아직 그 사실을 제대로 깨닫지 못하고 있었다. 윌이 곁에 없는 세상을 나 혼자 어떻게 헤쳐나가야 할지 막막할 뿐이었다.

절대로 윌에게 연락하지 않겠다고 다짐했는데도 자꾸 전화를 걸고 싶어졌다. 그가 떠난 지 일주일 만에 나는 결국 다짐을 어겼다. 아파트 안에 흐르는 침묵을 견디지 못하고 밤중에 전화를 건 것이다. "와줄 수 있어?" 한 시간 뒤 윌이 열쇠로 현관문을 여는 소리가 들렸다. 그는 아직도 나와 같이 사는 사람처럼 노크도 없이 들어왔다. 잠시 우리는 아무것도 달라지지 않은 듯이 행동했다. 윌은 항상 그랬듯 바닥에 뒹굴며 오스카와 신나게 놀아주다가 일어나서 나를 껴안았다. 우리는 길모퉁이의 '릴 프랭키스'에서 음식을 포장해 와서 서로 점잖게 대화를 나누려 애썼지만, 예상했던 대로 결국 또 싸우고 말았다.

이는 우리의 일상이 되어버렸다. 한동안 서로 연락 없이 지내다가 한밤중에 윌이 찾아왔고, 결말은 항상 둘 중 하나였다. 네가 이런저런 잘못을 했기 때문에 이런 상황이 된 거라고 서로 소리를 질러가며 싸우거나 아니면 그가 하룻밤 자고 갔다. 몇 달 전부터 쭉 그랬듯 섹스는 하지 않았지만, 나는 혼자 자는 게 두려웠고 윌이 여전히 자고 가려 한다는 것에 위안을 느꼈다. 이렇게 예전처럼 오스카와 나란히 웅크리고 누워 지내다 보면 윌이 자신의 실수를 깨닫고 사과하며 돌아올 거라고 기대했다. 하지만 점점 윌과 함께 있는 시간도 쭉정이만 남은 듯 공허하게 느껴졌다. 아침이 되어 윌이 떠나려 할 때마다 나는 굴욕감과 고통을 느꼈고, 그의 등 뒤로 현관문을 잠글 때마다 이젠 정말 끝이라고, 다시는 전화도 걸지 않고 와달라고 하지도 않겠다고 다짐했다.

다시 홀로 아파트에 남으면 두 가지 소일거리로 시간을 보냈다. 지독하고 맹렬하게 윌을 증오하기, 아니면 부엌 바닥에 멍하니 드러누워 있기. 머릿속으로 우리가 함께했던 시간을 지극히 단순화된 시나리오로 재구성해보기도 했다. 시나리오의 줄거리는 다음과 같았다. '내가 병에 걸린다. 윌은 내 병에 진력이 나서 서서히 거리를 두다가, 내가 입원한 동안에 갑자기 혼자서 이사를 가버린다.' 나로서는 이런 식으로 생각하는 게, 모든 잘못을 윌에게 뒤집어씌우는 게 편했다. 내가 윌을 실망하게 하고 지치게 하고 마침내 떠나도록 부추긴 일들을, 우리가 각자 속을 부글부글 끓이다 서로 아무것도 묻지 못하는 처지에 이르렀다는 진실을 떠올리는 것보다는 나았다.

윌은 내 인생의 사랑이었고 앞으로도 그럴 것이다. 우리가 충분한 시간과 거리를 갖고 나면 결국 재결합할 수 있을 거라 간절히 믿고 싶었지만, 이제 그럴 수 없다는 걸 깨달았다. 너무 오래 간병인과 환자 관계라는 수렁에 빠져 있었던 나머지, 우리는 호박 속의 파리처럼 서로를 향해 단단히 굳어진 분노 속에 갇혀버렸다. 윌을 계속 기다리는 건 더 큰 슬픔과 고통, 분노의 가능성을 자초하는 일이었다. 더는 그런 감정을 견딜 수 없었다. 난생처음 내가 벼랑 끝에 이르렀다는 걸, 벼랑이 거기 있는 줄도 모르고 어느새 위태로운 지점까지 와버렸다는 걸 뚜렷이 느꼈다.

그렇게 깨닫고 보니 선택할 수 있는 길은 하나뿐이었다. 산 사람들 사이에서 내가 설 자리를 찾고 싶다면, 이미 오래전에 죽어버린 관계를 되살리려 드는 건 그만둬야 했다. 나는 나 자신을 되찾기 위해 싸워야 했다.

끝

2부

중간 지대

“인간은 모두 건강의 왕국과 질병의 왕국, 두 곳의 이중국적을 갖고 태어난다.” 수전 손택은 『은유로서의 질병』에서 이렇게 썼다. “우리는 좋은 여권만을 사용하길 바라지만, 누구든 언젠가는 잠시나마 다른 쪽 왕국의 시민이 될 수밖에 없다.”

마지막 화학요법 치료를 끝냈을 무렵 나는 성인기의 대부분을 다른 쪽의 왕국, 아무도 살고 싶어 하지 않는 질병의 왕국에서 보낸 후였다. 처음에는 그곳을 빨리 떠날 수 있으리라 생각했기에 나는 여행 가방도 풀지 않았다. ‘암 환자’로 불리는 걸 거부했고, 지금껏 살아온 ‘나’라는 정체성을 유지할 거라고 믿었다. 하지만 병이 심해질수록 예전의 모습은 사라져갔다. 환자 번호가 내 이름을 대체했고 입에서는 의료용어가 술술 흘러나왔다. 심지어 분자 단위의 정체성마저 변모했다. 동생의 줄기세포를 내 골수에 주입하면서 DNA도 영구 변이되었으니까. 창백한 피부와 민머리, 가슴에 삽입한 케모포트 때문에 나는 누가 봐도 환자였다. 몇 달이 지나고 몇 년이 흐르면서 나는 이 새로운 왕국의 관습에 최대한 적응해갔다. 이곳 주민들과 친해지고 그 영토 내에서나마 경력을 쌓았다. 왕국 안에 보금자리를 만들었고 내가 그곳에 잠시 머물러야 할뿐만 아니라 어쩌면 영원히 떠날 수 없으리라는 것을 받아들였다. 이제는 오히려 바깥세상, 건강의 왕국이 낯설고 두려운 곳이 되었다.

하지만 나의, 그리고 모든 환자의 궁극적인 목표는 질병의 왕국을 떠나는 것이다. 많은 암 병동에는 환자가 치료를 마치는 날 울릴 수 있는 종이 있다. 그곳을 떠난다는 일종의 의식이다. 병실에 항상 켜져 있는 무시무시한 형광등 불빛에 작별을 고하고, 다시 햇빛 속으로 나아가는 것이다.

지금 내가 와 있는 곳이 바로 그 문턱이다. 익숙한 질병의 왕국과 낯선 미래 사이에 서 있는 것이다. 내 핏속에 더 이상 암세포는 없지만 내 정체성과 인간관계, 경력, 사고방식은 여전히 암에 잠식되어 있다. 화학요법 치료는 끝났지만 아직 내 피부 아래에는 케모포트가 삽입되어 있다(담당 의료진에 따르면 '내가 좀 더 회복된' 다음에 제거할 수 있었다). 이제 나는 어떻게 건강의 왕국으로 돌아갈 것인가, 그게 가능하긴 한 것인가 하는 질문에 답을 찾아야 한다. 이 과정에 대한 가이드는 어떤 치료 규정이나 퇴원 지시사항에도 나와있지 않다. 앞으로는 내가 직접 길을 찾아야 한다.

어리석은 짓이겠지만, 내 최초의 회복 절차는 번제 의식이다. 나를 계속 윌과 묶어놓는 것들을 불태우고 싶다. 내 슬픔을 지져버리고 싶다. 과거는 활활 불사르고 새로운 터를 마련하고 싶다. 이렇게 해야만 새로 시작할 수 있을 것 같다.

아파트에서 윌의 망령을 쫓아내기 위해 세이지를 몇 다발씩 태운다. 허공에 짙은 연기가 맴돈다. 익숙한 방들이 낯설게 느껴질 때까지 가구를 재배치한다. 윌과 함께 찍은 사진을 모아 장롱 깊이 집어넣는다. 같이 샀던 이불을 쓰레기 배출구에 처박는다. 윌의 전화도 받지 않고 그의 전화번호를 삭제한다.

평범한 스물여섯 살로 돌아가고 싶은 마음이 간절하다. 하지만 그러려면 어떡해야 하는지 감도 오지 않는다. 건강한 또래 친구들을 찾아본다. 윌이 떠난 지 한 달이 채 안 되었을 때 가수인 친구 스테이시가 고급 호텔 '노마드'에서 열리는 공연에 나를 초대한다. 사교활동은 전혀 내키지 않지만 그래도 가보기로 결심한다. 운동복 바지와 티셔츠를 벗고 세련된 검은색 원피스를 걸친다. 목선이 높아서 케모포트를 가려주는 옷이다. 어떻게든 화학요법 치료를 마친 환자가 아니라 펑크족처럼 보이게 머리를 손질해본다. 문밖을 나서기 직전에 나는 오랜 친구였던 존에게 연락해 공연을 함께 보러 가지 않겠냐고 묻는다. 재즈 음악가인 그와는 아프기 한참 전부터 알던 사이다.

호텔에 도착하니 존이 로비에서 나를 기다리고 있다. 우리는 십 대 시절 캠프에서 처음 만났다. 그때만 해도 존은 어설프고 멀쑥한 남자애였다. 치아 교정기를 한 그는 지나치게 헐렁한 옷을 입고 있었고 낯가림이 심해 말도 거의 하지 않았다. 하지만 지금의 존은 완전히 다른 사람 같다. 강한 뉴올리언스 억양과 현란한 피아노 솜씨, 근사한 스타일까지 갖춘 그는 지나가는 누구라도 뒤돌아볼 만큼 매력적이다. 키가 크고 늘씬한 그는 맞춤 정장에 가죽 부츠를 신고 있다. 반짝이는 짙은 벌꿀빛 피부와 예쁜 입술, 매부리코, 딱 벌어진 어깨가 왕자처럼 당당해 보인다. 로비 너머로 존과 나의 눈이 마주친다. 나는 그의 눈빛에 살짝 어지러움을 느끼며 로비를 가로질러 가 인사한다.

엘리베이터를 타고 2층으로 올라가니 장식 벽지를 바른 카바레 풍의 작은 클럽이 나온다. 테이블마다 촛불이 켜져 있다. 곧바로 붉은 드레스 차림의 스테이시가 무대에 오른다. 스테이시가 마이크에 다가가 노래하자 어둑한 실내에 유혹적인 목소리가 울려 퍼진다. 존과 나는 무대 옆쪽의 인조 벨벳 소파에 앉아 있다. 마지막으로 본 게 1년도 더 전이었기에 서로 새로운 소식이 많다. 존은 곧바로 건강이 어떤지, 윌은 잘 있는지 묻는다. 윌과 헤어졌다고 말하자 존은 깜짝 놀란 기색이다. "너희 둘은 정말… 좋아 보였는데."

"그러는 게 최선이었어." 한 달을 부엌 바닥에 드러누워 있었으면서도, 나는 아무렇지 않은 척 대답한다.

"어떻게 된 거야?" 존이 정말로 당혹스러워하는 표정을 지으며 묻는다.

"투병 생활이 우리 관계를 망가뜨렸어." 내가 대답한다. 누구 잘못인지 따져야 한다면 병이 제일 만만할 것 같다.

윌과 헤어졌다고 다른 사람에게 이야기하는 건 이번이 처음이다. 나는 전부 지나간 일이고 이미 다 해결된 것처럼 말하려고 애쓴다. 나 역시 그렇게 믿고 싶다. 윌과의 관계를 털어버려야 내 병도 털어낼 수 있을 것 같다.

"넌 어때?" 나는 화제를 돌리려 한다. "만나는 사람 있어?"

"나도 싱글이야." 존이 대답한다.

그러고 보니 아직까지 내가 '싱글'이라고 생각해본 적이 없다. 사실이긴 하지만 여전히 그렇게 말하기는 망설여진다. 입속으로 조용히 '싱글'이라고 중얼거려본다. 낯설고 이상하게 들린다.

존의 표정을 보니 그 역시 내가 이제 '싱글'이라는 걸 새삼 인식한 것 같다. 분위기가 묘해진다. 우리 둘 사이에 무한한 가능성이 생겨난 것이다. 우리는 화제를 다른 것으로 돌리지만 말투에는 긴장감이 묻어난다. 존은 갑자기 수줍고 어설픈 십 대 소년으로 돌아간 것처럼 보인다. "가장 좋아하는 스포츠는 뭐야?" 어색하게 소파에 앉아 몸을 까딱이던 그가 불쑥 묻는다.

"가장 좋아하는 스포츠?" 나는 잠시 가만히 있다가 무작정 머릿속에 떠오르는 대로 대답한다. "농구 같은데."

"와, 나도 그런데! 우리 공통점이 또 있었네." 존이 어찌나 진지하게 말하는지 나도 모르게 웃고 말았다.

존과 알아온 지도 반평생이 넘었는데, 마치 소개팅에 나온 기분이다. 어색하다. 말도 안 되게 어색하다. 나는 손을 들어 웨이터에게 칵테일을 주문하고, 술이 나오자마자 벌컥벌컥 들이켠다.

저녁이 되면서 슬슬 긴장이 풀린다. 존도 수줍음을 떨쳐낸 듯하다. 재즈 음악이 쿵쿵거리는 드럼 앤 베이스로 변하더니 금세 모두가 큰 소리로 웃고 떠들며 일어나 춤추기 시작한다. 스테이시와 친구 몇몇이 존과 내게 다가온다. 존이 다른 곳을 보는 사이 스테이시는 나를 팔꿈치로 슬쩍슬쩍 찌르며 이제 '바깥으로 나와' 다른 사람을 만날 때가 됐다고 부추긴다. 병원을 떠난 뒤 처음으로 사람이 된 것 같은 기분이다. 심지어 내가 매력적이라는 느낌마저 든다.

자정이 훌쩍 넘었다. 이렇게 늦은 시간까지 밖에 있는 건 굉장히 오랜만이다. 이 밤을 끝내는 게 아쉽다. 지금 이 느낌을 안고 집에 돌아가고 싶다. 제발, 이 느낌이 집까지 날 따라와주었으면. 존과 나는 길가에서 머뭇거린다. 그가 내 뺨에 키스하며 잘 자라고 인사하자 온몸이 짜릿하다. 하지만 지금 나는 우정 이상의 뭔가를 즐길 여유가 없다. 한순간 내 상태에 대한 자각이 스친다. '내 인생은 엉망이야. 몸도 엉망이야. 그리고 정신도 엉망이지.' 투병 생활은 내게 너무나 크고 복합적인 후유증을 남겼다. 후유증을 소화하려면 그 여파를 받아들여야 하지만 나는 그만큼 강하진 못한 것 같다. 적어도 아직은, 당분간은. 그러나 자각의 순간이 지나가자 나는 딴생각에 잠긴다. '어쩌면 상황이 그렇게 나쁘지 않은지도 몰라. 다른 사람을 만나는 것도 회복의 방법일 수 있어.' 나는 냉철한 판단을 회피할 수 있다면 뭐든 할 것이다. 내 마음은 현실과 거짓이 구분되지 않을 때까지 혼란하고 모순적인 말들을 늘어놓는다. 전혀 괜찮지 않으면서 그렇다고 우기려 든다.

얼마 지나지 않아 존과 나는 거의 매일 밤 몇 시간씩 통화하는 사이가 된다. 존은 밴드와 함께 순회공연을 끝내고 뉴욕으로 돌아와 내게 정식으로 데이트를 신청한다. 함께 코미디 공연을 보고 저녁 식사를 한 뒤 나를 집까지 데려다준다. 그리고 내게 키스한다. 이번엔 입술에. 누군가 곁에 있다고 생각하니 새로운 삶을 시작하는 일도 훨씬 덜 두렵게 느껴진다.

나는 존의 모든 게 마음에 든다. 온갖 아이디어가 가득한 영리한 머리, 피아노 건반 위를 날아다니는 손가락, 나를 자극하고 내 시야를 넓혀줄 만큼 엄청난 야심, 카페인 없이도 넘쳐나는 의욕, 알코올 없이도 침착한 태도, 약물 없이도 또렷한 정신까지. 그의 곁에 있으면 기분이 좋다. 존은 나를 건강하고 평범하며 유능한 사람인 것처럼 대한다. 내가 그를 처음 만났던 시절의 열세 살 말괄량이 그대로인 것처럼. 그는 나를 한 번도 아프지 않았던 사람인 것처럼 대한다. 그것이 내가 느끼고 생각하는 나와는 전혀 다르다는 걸 알면서도 나 역시 그렇게 연기하고 싶어진다. 한동안은 실제로 그렇게 한다. 어찌나 푹 빠져들었는지 나도 사실로 믿어버릴 정도다.

인정하고 싶지 않지만, 나는 존에게 빠져들면서 그와의 새로운 관계를 통해 한층 더 빨리 건강의 왕국에 돌아갈 수 있으리라는 생각을 하게 된다. 이후 시간이 날 때마다 존을 만나고 며칠간 순회공연을 따라다니기도 한다. 손을 맞잡고 낯선 도시를 돌아다니며 몇 시간씩 대화를 나누고 공원 벤치에 앉아 수줍은 맹세를 나눈다. 밤새 존의 친구들과 어울리며 동이 틀 때까지 이런저런 재즈 클럽을 전전한다. 절대 피곤하다고 말하지 않는다. 나도 다른 사람들처럼 잘 놀 수 있다는 걸 증명하기 위해 무엇도 거부하지 않는다.

뉴욕으로 돌아와 존과 함께 보내는 첫날 밤, 나는 어린 양처럼 불안에 떤다. 내 몸이 병에 걸려 변해가는 과정을 쭉 지켜봐온 윌과 섹스할 때는 이렇지 않았지만, 존은 내 병에 대해 아무것도 모른다. 존과 함께 옷을 벗으면서도 나는 부끄럽고 자신이 없다. 내 몸은 존이 그때까지 보아온 내 자신만만한 모습과는 전혀 다를 것이다. 얼마 전 클로스트리듐 디피실 장염으로 거의 9킬로그램이 빠지면서 앙상한 살가죽 아래로 갈비뼈가 쑥 튀어나왔다. 링거와 정맥 주사를 맞고 채혈을 하느라 양팔은 멍과 주삿바늘 자국 투성이다. 몇 년간 넣고 있었던 중앙정맥 카테터 때문에 목과 가슴팍에는 소용돌이 모양의 흉터도 있다. 케모포트도 아직 제거하지 않은 상태다.

케모포트는 내 오른쪽 젖가슴 위 울퉁불퉁한 흉터 밑에 딱딱하고 둥근 플라스틱 언덕처럼 삐죽 솟아 나와 있다. 왜 내 몸에 아직 케모포트가 있는지 설명해줘야 할까, 아니면 방이 어두우니 존이 미처 보지 못하기를 바라야 할까. 아직 그에게 말하지 않은 것들이 많다. 우리 관계가 좀 더 진지해지면 결국 내가 불임이며 화학요법 치료로 월경 중단이 되었다는 지극히 사적이고 무거운 일까지 전부 털어놓아야 하리라. 그런 대화를 나눠야 한다는 생각만 해도 차라리 금욕을 지키고 싶어진다. '자, 숨 들이쉬고, 내쉬고. 얘기를 어떻게 꺼내지?'

존이 손가락 하나를 들어 내 입술에 댄다. 목덜미를 따라 가슴에 소용돌이치는 흉터 자국까지 훑어 내린다. 몸을 굽혀 내 살갗 아래 케모포트에 부드럽게 입술을 갖다 대더니 이렇게 말한다. "넌 내가 만난 가장 아름다운 여자야."

사랑에 빠진 듯한 여름이다. 존뿐만 아니라 새로운 삶의 가능성과의 사랑이다. 유일한 문제는 새로운 현재가 과거의 잔해 위에 세워져 있다는 것이다. 8월 말 즈음 나는 몇 주 동안 보지 않고 지냈던 윌과 만나기로 한다. 우리가 종종 아침을 먹었던 식당에서 아이스 커피를 사서 아파트 건물 옥상에 올라간다. 나는 윌과 함께 피크닉용 간이 탁자에 앉은 다음 입을 연다. "할 얘기가 있어."

"나도 그래. 너부터 얘기해." 언제나 신사다운 윌의 대답이다.

나는 존에 관해 이야기하려 한다. 갑작스러운 고백은 아니다. 이미 초여름에 다른 사람을 만나보려 한다고 말했으니까. 하지만 윌도 바보는 아니라서 '다른 사람'이 존이란 건 이미 알고 있었다. 전에 존과 자주 만나고 있다고 얘기했을 때 윌은 이렇게 대답했다. "그래, 일탈이 끝나거든 알려줘." 윌은 내가 홧김에 잠시 다른 사람을 만나는 거라고 확신하는 듯했다. 윌은 내가 혼자 지낼 수 없는 사람이며 여전히 그에게 화가 나 있다고 했다. 나는 그의 말에 격분했다. 내가 바라던 만큼 그가 서운해하지 않아서이기도 했고, 그의 말이 대부분이 옳기 때문이기도 했다. 하지만 이제는 존과의 관계가 정말 진지한 것이 되었기 때문에, 윌에게 진실을 알려야 한다고 생각했다.

나는 아침 내내 뭐라고 말할지 연습했다. 정확한 표현을 고르기만 한다면, 모든 걸 제대로 이야기한다면 윌도 이해하리라 생각했다. 서로 용서하고 과거를 매듭짓고 어쩌면 앞으로도 우정을 유지할 수 있을거라 생각했다. 하지만 이렇게 윌과 마주 앉고 나니 더는 나를 속일 수가 없다. 몇 번이나 윌의 얼굴을 바라보다 도로 눈을 내리깐다. 진실? 상황이 생각보다 훨씬 더 복잡하다는 것, 이것이 진실이다. 우리는 이미 끝난 사이였지만, 여전히 서로 단단히 얽매여 있다. 아직도 내 의료 관련 서류의 '비상 연락처'에는 윌의 번호가 적혀 있고, 아프거나 슬프거나 괴로울 때 가장 먼저 연락하고 싶은 사람도 그다. 하지만 내가 지금 하려는 이야기는 우리의 이별을 돌이킬 수 없이 굳히게 되리라. 나는 잠시 내가 정말로 그걸 원하는지 생각하며 망설인다.

좀처럼 말할 엄두가 나지 않아서 머릿속으로 숫자를 헤아린다. 하나, 둘, 셋. 하지만 마침내 입을 연 순간, 세심하게 준비해온 문장들은 전부 증발해버린다. "있잖아, 나 지금 진지하게 만나는 사람이 있어."

윌의 푸른 눈이 흔들린다. 윌의 얼굴에 떠오르는 충격을 지켜보며 문득 나 자신에게 경악한다. 사실을 부정하는 사람은 일종의 진공 상태에 빠져 자기 행동이 자신과 타인의 삶에 미치는 여파를 생각하지 못한다. 윌의 상처받은 표정을 보니 죄책감에 마음이 아프지만, 한편으로는 부끄럽게도 승리감을 느낀다. 그가 떠났을 때 내가 느꼈던 고통의 한 줌이나마 되돌려주고 싶은 뒤틀린 무의식 때문일 것이다. 윌과 함께 사는 내내 나는 의존적이고 무기력한 여자였지만, 사실은 그렇지 않다는 걸 보여주고 싶었다. 윌 말고도 나를 매력적이라 여기는 남자들이 있다는 걸 알려주고 싶었다. 하지만 무엇보다도, 고통스러워하는 윌의 표정을 보며 나는 그토록 갈망하던 증거를 찾고 싶었다. 그가 여전히 내게 신경 쓰고 있다는 걸 확인하고 싶었다.

윌은 한동안 말이 없다. 다시 침착한 표정을 짓더니 차가운 눈빛으로 날 바라본다. 마침내 그가 입을 열고 말을 쏟아낸다. 자기가 그렇게 많은 희생을 치렀는데 우리 관계를 이렇게 빨리 포기해버린 나는 배신자고 겁쟁이라고. 아무도 자기만큼 나를 사랑하고 돌봐주진 못할 거라고. 어쨌든 내가 새로운 관계를 시작했다는 말은 믿을 수 없다고. 나도 조만간 정신을 차리면 내가 저지른 짓을 후회하게 될 거라고. "어이없지 않아? 나는 오늘 이 아파트로 돌아올 준비가 됐다는 얘길 하려고 여기 온 거야. 우리 다시 시작해보자고 말이야. 하지만 이젠 그럴 수 없게 됐어."

"웃기지 마." 나는 맞받아친다. "아플 때는 버리고 가더니 겨우 괜찮아지니까 다시 돌아오겠다고?"

"좋아. 더는 할 얘기가 없을 것 같네. 내 대체물이랑 잘해봐." 윌은 이렇게 대답하더니 무심한 척 양팔을 들어 올리며 괜히 기지개를 켜 보인다.

우리 둘 다 치명적인 실수를 저질렀다. 나는 최후통첩을 날리면 윌이 떠나지 않을 거라 착각했고, 윌은 자기가 떠나도 내가 기다릴 거라 착각했다. 하지만 이미 일어난 일을 돌이킬 수는 없다. 우리 둘 다 서로의 배신을 예견하지 못했고, 용서해달라고 말하기엔 너무 자존심이 강했다.

윌이 가버린 뒤에도 나는 한참을 더 옥상에 머문다. 혼란스럽고 아무것도 확신할 수 없다. 하늘도, 비둘기들도, 저 멀리서 울려 퍼지는 사이렌 소리도, 그리고 무엇보다 나 자신도. 확실한 것은 윌이 없는 내 삶을 상상하기 어려운 만큼 그와 함께하는 미래도 상상하기 어렵다는 것이다. 우리는 서로에 대한 의존에서, 환자와 간병인이라는 과거의 역할에서 벗어나야 한다. 하지만 우리가 계속 함께 있다면 그럴 수 없을 것이다. 적어도 한동안은, 새로운 정체성을 찾아내기 위해 우리는 각자의 길을 가야 한다.

한 쌍이던 우리가 어쩌면 이렇게 빨리 변해버릴 수 있는지 놀라울 따름이다. 사랑에 푹 빠져 있던 두 사람이 순식간에 각자의 슬픔과 분노 속에 틀어박힌 두 이방인이 되다니. 우리 사이에 남은 것들을 정리하는 작업은 이별의 마지막 단계라기보단 진 빠지는 이혼의 첫 단계처럼 느껴진다. 윌은 내게 아파트 열쇠를 돌려준다. 공동 예금 계좌와 커플 전화 요금제를 해지하고 함께 쓰던 물건들을 나눠 가진다. 딱히 요청하지도 않았건만, 우리 둘 사이의 친구들과 지인들은 각자 알아서 둘 중 한쪽과의 관계를 정리한다.

오스카는 공동 양육을 하기로 합의한다. 주중엔 내가 돌보고 주말에 윌이 데려가는 방식이다. 처음 몇 주는 윌이 약속대로 초인종을 울리고 들어와서 오스카를 데려간다. 하지만 어느 날 윌이 신발장을 열었다가 남성용 에어조던 운동화 한 켤레를 보았고, 그 뒤로 우리는 중간 지점에서 만나 오스카를 넘겨준다. 얼마 지나지 않아 윌은 주말에도 오스카를 데리러 오지 않는다. 너무 힘든 일이야, 결국 윌이 괴로움을 고백한다. 나도 이제 새로 시작하고 싶어.

나는 새로운 시작이라는 말에 집착한다. 그 말에 포함되는 것은 무엇이며 포함되지 않는 것은 무엇인지, 진정으로 새롭게 시작하려면 어떡해야 하는지 알고 싶다. 처음에는 새로 시작한다는 것이 아주 쉽게, 어쩌면 지나치게 쉽게 느껴진다. 그러다 점점 새로운 시작이란 실체가 없는 신화임을 깨닫게 된다. 그것은 현재의 삶을 감당하기 어려울 때 자신을 속이는 거짓말이다. 현재와 과거를 바리케이드로 단절할 수 있다고, 이 괴로움을 부정해도 된다고, 과거의 깊은 사랑을 새로운 관계로 묻어버릴 수 있다고, 나는 애도와 치유와 재건의 힘겨운 시간을 건너뛸 수 있는 보기 드문 행운아라고 말이다. 그러나 결국 누구나 이것이 기만에 지나지 않음을 깨닫고 대가를 치르게 된다.

여름에서 가을로 넘어가자 나는 케모포트를 제거하고 싶어 안달이 난다. 내 몸에 남아 만질 수 있고 볼 수 있는 암의 마지막 흔적이니까. 담당 의료진은 케모포트가 필요하지 않다고 장담할 수 있을 때까지는 제거를 미루자고 한다. 하지만 나는 쇄골 아래 튀어나온 이상한 원반이 사람들 눈에 띌까 노심초사하지 않고 마음대로 옷을 입고 싶다. 나와 정상 상태를 갈라놓는 마지막 장벽 같은 이 존재를 없애버리고 싶다. 정기 검진을 위해 슬론 케터링에 갔을 때 나는 다시 케모포트 제거 수술 얘기를 꺼낸다. 어쨌든 화학요법 치료를 끝낸 지도 벌써 다섯 달이나 지나지 않았는가. 그 뒤로 수차례 사소한 위기가 있긴 했으나(결장경 검사 세 번, 내시경 검사 세 번, 엑스레이 여러 번, 그리고 이유 없이 혈구 수치가 뚝 떨어졌을 때 받은 골수 생체검사까지) 나는 비교적 건강한 상태를 유지해왔다. 담당 의료진은 논의 끝에 결국 케모포트 제거 수술을 하는 데 동의하고 수술 날짜를 잡아준다. 내가 건강할 뿐만 아니라 건강을 유지할 수 있다는 신뢰의 표시다. 기쁜 일이다.

10월 말 금요일 나는 수술을 받으러 슬론 케터링을 향한다. 존도 동행하지만, 병이 관계를 갉아먹을 수 있다는 것을 경험한 나는 존을 일체의 의료 절차에서 떼어놓고 싶다. 심지어 존이 집에서 자고 갈 때면 약 상자를 감추었다가 그가 옆에 없는 틈을 타 약을 먹는다. 그에게 지나친 기대나 요구를 하지도 않는다. 나는 너무 많은 걸 요구하는 바람에 지난번 연애를 망쳤다. 하지만 병원 규칙에 따라 수술을 받는 날엔 함께 귀가할 수 있는 보호자와 동행해야 했다.

"여기 있는 마스크랑 장갑을 써." 대기실에서 내가 존에게 일러준다. "꼭 써야 해. 면역손상 상태인 다른 환자들을 보호하기 위해서야." 이젠 제2의 천성처럼 되어버린 습관들을 존에게 알려주려니 기분이 묘하다. 나는 자꾸 존을 곁눈질하며 그의 몸짓을 읽어내려 애쓴다. 내가 계속 암 얘기를 해서 기겁한 건 아닐까? 하지만 그는 태연해 보인다.

간호사가 다가와 나를 수술실로 데려가기 전에 사전조사를 거친다. "요즘 먹는 약이 있나요?" "새로운 증상은요?" "통증은 없나요?" 평소와 같은 질문이 대부분이지만, 예기치 못했던 질문도 나온다. "메모를 보니 마지막 입원이 클로스트리듐 디피실 장염과 장내 GVHD 가능성 때문이라고 적혀 있네요. 요즘도 계속 속이 메슥거리나요? 하루에 변은 몇 번이나 보세요? 변 상태는요? 여전히 설사를 하나요?"

이쯤 되자 창피해서 죽어버리고 싶을 지경이지만, 존은 전혀 동요하지 않는다. 그는 이동식 침대에 실려 수술실로 들어가는 내게 두 겹의 마스크 너머로 키스해주며 마취가 풀릴 때 곁에 있겠다고 말한다.

나는 등이 트인 일회용 가운을 입고 형광등 불빛이 이글거리는 수술대에 눕는다. "축하해요!" 수술 담당의가 들어오며 말한다. "오늘 강제추방 당한다면서요." 케모포트를 제거하는 걸 두고 하는 말이다. 케모포트는 백혈병 진단을 받은 뒤로 수십 가지 화학약물과 항생제, 줄기세포, 면역 글로불린, 수혈팩이 주입된 내 몸의 입구였다. 아마도 이 의사는 수술 환자에게 똑같은 농담을 수십 번도 더 했으리라. 재미없는 농담인 것과는 별개로, 이 순간이 일종의 공식 추방처럼 느껴지는 건 사실이다. 나를 건강의 왕국으로 확실히 돌려보내줄 최종 절차다.

내 얼굴에 마취 마스크가 씌워지고 열까지 세라는 지시가 떨어진다. "그럼 국경 너머에서 봐요." 의사의 인사를 들으며 나는 화학적 숙면 속으로 빠져든다.

나는 45분 뒤 회복실에서 깨어난다. 신경 말단이 쑤시고 저리다. 여전히 정신이 가물가물하다. 파들거리는 눈꺼풀을 쳐들고 눈동자를 굴리며 방 안을 둘러보지만, 아직도 여기가 어딘지 모르겠다. 왜 윌이 아니라 존이 병실 침대 옆 의자에 앉아 있는지 모르겠다. 그때 문득 가슴에 붙은 반창고가 눈에 띄고, 조금 전의 일들이 기억난다. 나는 케모포트가 사라진 것에 대해 안도감이 아닌 상실감을 느낀다. 슬론 케터링에 오는 일이 점점 드물어질 것이며, 좋아하는 의사들과 간호사들도 자주 보지 못할 것이다. 슬픔은 차차 복잡하고 불편하고 파악하기도 어려운 어떤 감정으로 변해간다. 나는 이 모든 걸 마취제의 후유증 탓으로 돌린다.

"우리 축하하러 나가자." 그날 밤 늦게 존이 제안한다. 나는 아직 상태가 좋지 않지만 그에게 맞춰주려 애쓴다. 우리는 옷을 차려입고 아폴로 극장에서 열리는 행사를 보러 간다. 존은 할렘의 문화 엘리트들 사이에서 유명인사이기 때문에, 그와 한두 마디 나누려거나 함께 사진을 찍으려는 사람들이 자꾸 그를 자리에서 끌어낸다. 나는 거의 밤새도록 홀로 앉아 샤르도네 와인을 몇 잔이나 마신다. 가슴에 붙어 있던 반창고가 한순간 떨어지더니 배꼽과 원피스 안감을 따라 내려가 바닥에 떨어진다. 얼른 반창고를 테이블보 아래로 걷어찬 다음 눈치챈 사람이 있는지 주변을 휘돌아본다. 맨살이 그대로 드러난 수술 흉터가 원피스 안감에 닿는다. 클럽의 흑백 체크 무늬 바닥을 미끄러져 돌아다니는 커플들을 보며 통증을 잊으려 해보지만, 별 효과는 없다. 흰 알전구가 빛나는 차양 아래 드레스와 턱시도를 잘 차려입은 남녀가 함께 있는 광경을 보니 내가 있는 구석이 더욱 어둡고 외롭게 느껴진다. 문득 얼굴에 손을 댔다가 피부가 축축해서 깜짝 놀란다. 마스카라가 섞여 거무스레한 눈물방울이 두 뺨을 따라 흐른다.

"왜 그래?" 자리로 돌아온 존이 깜짝 놀라서 묻는다. 그가 이후 몇 달 동안 반복하게 될 질문이다. 자신이 사랑하게 된 유쾌하고 자신감 넘치던 여성은 허상에 지나지 않았음을 깨닫고 경악하면서 그는 계속 묻게 되리라.

나는 항상 이렇게 대답한다. "아무것도 아냐."

사실 말하고 싶은 것들이 있지만, 어떻게 표현해야 할지를 모른다. '내 몸 안의 케모포트는 제거되었지만 사라지지 않았어. 오히려 사라진 후 새롭게 존재하게 됐지. 나는 내게 여전히 맞서 싸워야 할 암의 흔적들이 남아 있음을 깨달았어. 치료 과정에서 망가진 머리와 몸과 영혼, 차례로 죽어간 친구들을 보내며 상처 입은 마음, 나도 모르게 내 안에 쌓여왔던 슬픔, 윌을 잃은 고통과 그를 붙잡지 않아서 후회할 거라는 두려움, 이제 무엇을 해야 할지 모르겠다는 크나큰 혼란과 공포 말이야.'

나는 3년 반 만에 암에서 회복되었다. 가려움이 시작되었을 때부터 계산하면 4년이 넘는 기간이다. 이 순간에 도달하면 승리감이 솟구칠 거라고 생각했다. 마냥 축하하고 싶을 줄만 알았다. 하지만 막상 회복되고 나니 새롭게 청산해야 할 문제들이 나타났다. 지난 1500일 동안 나는 생존이라는 단 하나의 목표를 위해 쉴 새 없이 달려왔다. 지금 나는 살아남았으나, 어떻게 살아야 하는지는 모른다는 걸 깨닫는다.

영웅담은 문학의 가장 오래된 서사 구조다. 생존자는 영웅과 마찬가지로 치명적 위기와 직면하여 불가능에 가까운 시련을 극복한다. 온갖 고난을 견디며 맞서 싸운 대가로 그는 더 선량하고 용감해지며, 승리를 거둔 뒤 더욱 지혜로워지고 삶에 감사하는 사람이 되어 전에 살던 세계로 돌아온다. 지난 몇 년 동안 나는 영화와 책, 모금 운동과 병문안 카드를 통해 이런 서사를 계속 접했다. 이처럼 문화적으로 단단히 각인된 클리셰에서 자유롭기란 쉽지 않다. 그러한 서사를 내면화하지 않고, 거기에 나를 맞출 필요는 없음을 깨닫는 건 더욱 어렵다.

가을 동안 나는 영웅 서사를 실천하려고, 최대한 당당하게 산 자들의 세계로 복귀하려 애쓴다. 아프기 전에는 운동과 담을 쌓았지만 이제 억지로라도 일주일에 몇 번은 아파트 건물 지하의 헬스장에 간다. 금방 그만두긴 했지만, 녹즙기를 사서 역하도록 쓴 케일즙을 만들어 마시기도 한다. 아침마다 동네 커피숍에 앉아서 새로운 글을 쓰려 해본다. 친구들과 춤추러 나가서 웃고 즐기기도 하지만, 그런 순간은 아주 짧고 금방 끝나버린다.

'하지만 난 더 나은 사람이 되어야 해.' 나는 몇 번이고 거듭 다짐한다. 어쨌든 서류상으로 난 이제 환자가 아니다. 진료 예약, 혈액 검사, 나를 걱정하는 가족과 친구들의 전화 연락도 훌쩍 줄어들었다. 이 상태라면 조만간 암 환자로서 받은 장애 등급을 상실할 것이고, 재발되는 일 없이 몇 년을 넘긴다면 '완치'된 암 생존자로 분류될 것이다. 하지만 환자였을 때 바랐던 것과 달리 나는 아직도 건강하고 행복한 젊은 여성이 되었다고 느끼지 못한다.

아침마다 약을 한 움큼씩 삼켜야 한다. 이식받은 동생의 골수에 대한 거부반응을 막아주는 면역 억제제, 허약해진 면역계를 보호하기 위해 하루에 두 번 먹는 항균제와 항바이러스제, 골수이식 수술 이후 만성화된 피로와 몽롱함을 달래기 위한 리탈린, 화학요법 치료로 망가진 갑상선을 위한 레보티록신, 메말라버린 난소를 대신해주는 호르몬제까지.

하지만 더 힘든 것은 남에게 보여줄 수 없고 치료약도 없는 투병의 정신적 상흔이다. 우울증은 악마처럼 찾아와 며칠에서 몇 주씩 꼼짝달싹하지 못하게 한다. 정기 혈액 검사 결과를 기다릴 때마다 불안이 솟구친다. 병원에서 부재중 전화가 와 있거나 종아리에 원인 모를 멍이 보일 때마다 공황 증세에 사로잡힌다. 죽은 이들에 대한 생각이 머릿속을 떠나지 않고, 밤마다 잠이 들면 나일강처럼 푸르른 멀리사의 눈동자가 꿈결을 떠다닌다.

건강의 왕국에서 내 자리를 찾으려고, 사람들이 생존자에게 기대하는 서사에 맞춰 살아가려고 애쓸수록 내가 보여줘야 하는 모습과 실제 내 모습의 괴리만 점점 더 커진다.

하지만 이런 괴리를 속 시원히 털어놓을 수도 없다. 그런 고백을 누구에게 할 수 있을까. 이미 오랫동안 많은 고생을 한 부모님에게 이런 고민마저 떠넘길 수는 없다. 담당 의료진은 암 전문가들이지만 정신적 후유증에 관해서는 잘 모른다. 암 환자 상당수는 끝내 회복기의 고통을 누리지 못한다. 이 고통 또한 특권임을 아는 만큼, 행운에 감사할 줄도 모르는 사람이 되고 싶진 않다. 더욱 무시무시한 미지의 세계로 떠나야 하는 환자들에게 내 고민은 얼마나 배부른 소리로 들릴 것인가.

하지만 이런 모순은 나를 대답할 수 없는 질문들의 수렁에 빠뜨린다. 암이 재발할까? 네 시간씩 낮잠을 자야 하고 여전히 부실한 면역계 때문에 규칙적으로 응급실에 가야 하는 내가 대체 어떤 일자리를 구할 수 있을까? 담당 편집자는 칼럼 연재를 재개하자고 자꾸 나를 졸라댄다. 독자들이 내가 잘 지내는지, 암이 나은 이후의 생활은 어떤지 궁금해한다나. 하지만 글을 쓰려고 자리에 앉아도 나오는 것은 거짓말뿐이다. 나도 독자들이 바랐던, 그리고 나 또한 오랫동안 그렸던 결말을 들려주고 싶다. 윌과 내가 여전히 함께 살며, 오랫동안 미뤄온 결혼식을 마침내 치를 수 있게 되었다고. 마라톤 대회에 나갈 것이며 머나먼 지역에서 취재 기자로 일하는 중이라고, 그리고 아기도 가졌다고. 이렇게 쓸 수만 있다면 얼마나 좋을까.

내가 상상했던 회복기와 실제로 맞닥뜨린 현실을 조화시킬 수 없었기에, 나는 칼럼 연재를 영구 중단한다. 비정기적으로 강연을 하고 부동산 투자회사에서 시간제 근무를 하며 근근이 생계를 꾸려간다. 침대에서 원격 근무가 가능하다는 장점이 있긴 하지만 안정감도 보람도 느낄 수 없는 일이다. 친구는 거의 만나지 않는다. 끔찍한 세 가지 질문을 들어야 하기 때문이다. '건강은 좀 어때?' '윌과는 어떻게 된 거니?' '이제 어떡할 거야?' 결국 나는 아예 외출을 하지 않게 된다.

그동안 존은 승승장구한다. 내가 아는 가장 부지런한 사람이니 놀라운 일은 아니다. 존의 성공은 내게도 뿌듯한 일이다. 하지만 집에 머무는 시간보다 순회공연을 돌며 보내는 시간이 더 많은 뮤지션과 사귀는 일은 쉽지 않다. 나는 여전히 간병인이 붙어 있지 않으면 안심할 수 없는 상태이고 혼자 있으면 무기력해진다. 그러나 정작 존이 내 곁에 있을 때는 그에게 거리를 둔다. 혼란스러워진 존이 얼마 지나지 않아 대화를 요청해온다. 그는 우리 관계가 어디로 가고 있는지, 내게 결혼이나 아이 생각이 있는지 알고 싶어 한다. 내가 속을 터놓고 말해주길 바란다. 하지만 그런 요구를 할 수록 나는 그에게서 멀어진다.

존이 공연을 위해 시내로 나가면, 괜찮은 척하느라 탈진한 나는 곧바로 침대에 파고든다. 머리 위로 이불을 끌어당기고 언제나처럼 자궁 속 태아 자세로 웅크려 실컷 울음을 터뜨린다. 얼굴을 일그러뜨리고 몸을 떨며 흐느낀다. 그렇게 며칠씩 침대에 누워 지낸다. 창에 커튼을 치고 전화나 메일에도 답하지 않고 오스카가 낑낑거릴 때만 간신히 아파트 밖으로 나간다. 밤마다 내일이야말로 정신을 차리겠다고 다짐하며 잠들지만, 아침에 눈을 뜨면 슬픔과 막막함에 숨이 막혀온다. 우울감이 바닥을 치면 다시 환자가 되고 싶다는 생각까지 하게 된다. 치료를 받던 시기의 명료한 목표의식이 그립다. 죽음을 직시하며 세상을 단순하게 느끼고 정말 중요한 것들에 집중할 수 있던 그때의 감각이 그립다. 병원 내의 생태계가 그립다. 그곳에서는 나도 다른 사람들과 같았는데. 그곳에서는 모두 함께 망가져 있었지만, 이곳 산 자들의 세계에 오니 내가 사기꾼처럼 느껴진다. 무기력하고 아무것도 할 수 없다.

그해 겨울의 어느 새벽, 나는 오스카와 함께 산책에 나선다. 이승과 저승 사이에 살아가는 사람들 특유의 수척하고 음침한 몰골로 길을 걷는다. 애비뉴 A를 따라 걷다가 어떤 남자와 부딪힌다. 프리랜서들이 모이는 동네 커피숍에서 언뜻 본 사람인데 아마 소설가였던 것 같다. 남자는 팔꿈치에 가죽패치가 붙은 트위드 외투를 말쑥하게 차려입고 서류가방을 들었다. 나는 파자마 차림으로 길모퉁이 구멍가게에서 한 개비당 50센트에 파는 담배를 피우는 중이다.

"정신 차려요, 아가씨." 남자가 내 행색을 훑어보며 말한다. "죽기엔 아직 젊잖아요."

남자의 침착한 시선과 화창한 겨울 햇살 아래 나는 갑작스럽고 지독한 수치심을 느낀다. 이십 대 내내 그토록 힘겹게 싸워왔는데, 그 결과가 길에서 만난 낯선 사람에게 염려 섞인 참견이나 듣는 비루한 꼬락서니라니. 치료를 받는 동안 나는 단 하나의 신념에 매달렸다. '내가 살아남는다면 그럴 만한 이유가 있어야 해. 난 그냥 살고 싶은 게 아니라 잘 살고 싶어. 파란만장하고 의미 있는 삶을 누리고 싶어. 안 그러면 살아봤자 무슨 소용이야?' 그러나 지금 내 모습은 그 반대다. 잘 살 수 있는 기회를 얻었는데도 그렇게 살기는커녕 인생을 허비하고 있다. 수치심에 더해 죄책감이 일어난다. 내가 사랑한 여러 사람이 죽었는데 나만 살아남았다. 이건 얼마나 큰 행운인가. 치료를 받으며 만난 열 명의 내 또래 암 환자 중 지금껏 살아 있는 건 겨우 셋뿐인데.

집으로 돌아가면서 나는 마음을 굳혔다. 계속 이대로 지낼 순 없어. 뭔가 달라져야 해. 어쩌면 모든 것이.

통과 의례

사람들은 중대한 결심 뒤엔 어떤 커다란 깨달음이나 불꽃 같은 영감이 있었을 거라 믿는 경향이 있다. 바닥에 쓰러진 채 제발 무엇이든 변화를 이루게 해달라고 기도하던 사람에게 완성된 형태의 계획이 퍼뜩 나타났을 거라 생각한다.

그러나 내게 그런 순간은 없었다.

집을 떠나 긴 여행에 나서기로 결심하기까지 여러 단계를 밟았다. 그 시작은 내 친구를 위해 떠난 여행이었다.

멀리사가 죽고 내 치료가 끝난 지 1년이 되는 날, 나는 존 F. 케네디 국제공항 보안검색대에서 보안요원들이 내 여행 가방을 뒤지지 않기를 간절히 빌며 서 있다. 국경 검문소나 공항 보안검색대에서 수색 대상이 되는 일에는 익숙하다. 아랍식 이름을 가진 사람이라면 알 것이다. 그러나 이번에는 정말로 가방 속에 들키면 안 되는 물건이 들어 있다. 나는 양말 뭉치에 회백색 가루가 담긴 작은 유리병을 숨겨놓았다. 일반적인 밀수 품목은 아니다. 열다섯 시간의 비행을 거쳐 내가 인도로 반입하려는 이것은 멀리사를 화장한 재의 일부다.

멀리사의 부모님은 죽은 딸의 이름으로 청소년 암 환자에게 해외여행을 보내주는 기금을 설립했다. 두 분은 내게 이 기금의 첫 번째 수혜자가 되어달라고 했다. 딸의 유골을 인도에 가져가 뿌려

달라는 것이었다. 망설일 이유가 없었다. 인도는 멀리사에게 소중한 곳이었고, 언젠가 나와 함께 여행하려던 곳이기도 했다. 죽은 멀리사뿐만 아니라 실현하지 못한 우리의 여행 계획을 추모하기 위해서 나는 인도에 가기로 한다. 또한 이것은 과거의 망령과 맞서려는 나의 첫 번째 시도이기도 하다.

담당 의료진에게 인도 여행 허가를 받는 일은 쉽지 않았다. 내 면역계는 여전히 약했다. "심각한 감염이 발생할 위험이 너무 커요." 여행 얘기를 처음 꺼냈을 때 담당 의사는 이렇게 말했지만, 결국 내 심정을 이해하고 면역 억제제 투여를 점차 중단하기로 했다. 내 몸이 스스로 세균을 막아낼 수 있게 만들기 위해서였다. 필요한 예방주사를 모두 맞고 여러 번의 혈액 검사를 마친 끝에 담당 의료진 전원에게 인도로 떠나도 된다는 승인을 얻었다.

나는 에어인디아 항공사의 비행기에 오르자마자 마스크를 쓰고 항균 물티슈로 좌석, 테이블, 팔걸이까지 닦아낸다. 하지만 그렇게 조심했음에도 델리에 도착한 지 며칠 지나지 않아서 바이러스에 감염되고 말았다. 2주간 무기력하고 열이 끓는 채로 델리에 머물다 현지 병원을 찾아갔고, 다행히 별일 아니라는 진단을 받았다. 아무리 긴 시간이 지나도 암에 걸리기 전의 상태로 돌아갈 수 없다는 사실을 나도 마침내 깨닫기 시작한다. '충분히 회복'된 다음에 새로운 삶을 시작해야 한다면 나는 영원히 기다려야만 하리라. 씁쓸하지만 꼭 필요한 깨달음이다. 이 병에서 벗어나는 건 불가능할 것이며, 나는 병과 함께 나아가려고 노력해야 한다.

아무리 상태가 나빠도 날마다 침대에서 몸을 일으켜 밖으로 나간다. 멀리사의 유골이 든 유리병을 외투 주머니에 넣고 어디든 가지고 다닌다. 한 걸음 한 걸음 내딛을 때마다 친구의 존재가 느껴진다. 우리는 함께 델리의 먼지 낀 거리를 걷는다. 코가 얼얼해지는 향신료 시장과 현대미술 갤러리, 폐허로 가득한 널따란 공원을 거닌다. 버스, 자전거, 때로는 코끼리까지 출몰하는 정신없이 혼잡한 도로를 인력거를 타고 달린다. 이리저리 돌아다니며 멀리사가 가졌던 화가의 눈으로 눈앞의 강렬한 색채를 바라본다. 보석처럼 알록달록한 사리, 금잔화로 가득한 꽃 노점상, 힌두교의 봄맞이 축제인 홀리 축제에서 춤추는 사람들이 한 움큼씩 뿌려대는 총천연색 염료 가루를 만끽한다. 기금 수혜자로서 나는 매일 오후 테레사 수녀가 설립한 극빈자용 호스피스 '죽어가는 사람들의 집'에서 자원봉사를 한다. 그곳에서 철삿줄에 젖은 빨래를 널고 침대를 떠나지 못하는 환자들에게 식사를 가져다준다.

나는 마지막까지 아껴둔 타지마할을 찾는다. 지난 2주 동안 함께였던 멀리사와 헤어질 시간이 온 것이다. 아직 해가 뜨지 않은 새벽 무렵 타지마할에 도착한다. 관광객 여남은 명이 줄을 서서 정문이 열리기를 기다리고 있다. 거리는 어둡고 조용하다. 길 한가운데서 잠든 들개 한 마리와 어미의 따뜻한 몸 둘레에 들러붙은 강아지들만 보일 뿐이다. 가이드에게 타지마할에 입장하면 내가 가져온 유골을 뿌릴 생각이라고 이야기하자, 그는 규칙에 어긋나며 보안도 무척 엄격해서 허락할 수 없다고 대답한다. 나는 그에게 멀리사의 이야기를 들려준다. 친구가 얼마나 이곳에 돌아오고 싶어 했는지, 우리 함께 어떤 계획을 세웠었는지. 내 이야기가 끝나자 가

이드는 자기가 직접 유골을 숨겨 들어가겠다고 나선다.

새벽녘의 타지마할은 물 위에 떠 있는 시 같다. 대리석 기둥과 첨탑으로 이루어진 새하얀 달빛의 꿈. 타지마할의 역사를 알고 보니 왜 이곳이 삶의 막바지에 이른 멀리사를 감동시켰는지 이해할 수 있었다. 타지마할 건축을 명령한 사람은 무굴 제국의 황제 샤자한이었다. 그는 1631년 열네 번째 아이를 낳다가 사망한 황후를 추모하고자 했다. 아내의 죽음을 슬퍼하던 황제는 하룻밤 사이 백발이 되어버렸다. 그는 이 세상 무엇보다 아름다운 기념물을 지어 자신들의 사랑을 불멸로 만들겠다고 맹세했다. 건축에는 수십 년이 걸렸지만, 타지마할이 완성되자 황제는 마침내 마음의 위안을 찾을 수 있었다. 나는 관상식물 정원을 거닐며 타지마할이 사랑과 슬픔이라는 두 감정을 얼마나 잘 담아내고 있는지 생각한다. 마치 멀리사와 나의 우정처럼, 사랑 없는 슬픔은 불가능하고 슬픔 없는 사랑도 불가능한 것이다.

계단 위에 걸린 아름다운 서예 작품들과 산호, 비취, 줄무늬 마노 등의 준보석이 박힌 대리석 건물은 경탄을 자아낸다. 신성한 야무나강이 내다보이는 뒤쪽 테라스를 몇 번이고 맴돈다. 강가에는 인도 사람들이 모닥불을 피워 망자를 떠나보내는 화장터가 있다. 강을 내려다보며 멀리사의 마지막 인스타그램 포스팅을 생각한다. 멀리사는 인도에서 찍은 자기 사진 아래 이렇게 적어두었다. gate gate paragate parasangate bodhi sava(산스크리트어 〈반야심경〉의 마지막 구절 — 옮긴이). 가네, 가네, 피안으로 가네, 모두 함께 피안으로 가네. 오, 깨달음이여, 찬미하세. 나는 주변을 둘러보고 보안요원이 없다는 걸 확인한 뒤 통제선을 넘어 테라스 끄트머리로 간다.

강을 향해 손바닥을 펼치자 유리병이 떨어진다. 한순간 햇살을 받아 빛나더니 곧 강물 속으로 사라져버린다.

멀리사의 재를 그가 가장 사랑했던 장소에 가져갔다고 해서 친구를 잃은 괴로움이 사라지진 않았다. 그러나 적어도 내 슬픔과 어떻게 씨름해야 할지 감은 잡을 수 있었다. 나는 애도의 과정에서 의례의 역할을 실감했다. 우리는 의례를 통해 복잡한 감정을 받아들이고 상실을 직면하며 과거가 미래로 나아가는 길이 되기도 한다는 일견 모순적인 사실을 이해하게 된다. 사람들이 분기점을 넘어설 때 치르는 여러 의례에 관해 생각해보라. 생일파티, 결혼식, 출산 축하파티, 세례식, 바르 미츠바(유대교 신자인 남자아이가 열세 살이 되면 치르는 성년 의례—옮긴이)와 퀸시네라(멕시코에서 여자아이가 열다섯 살이 되면 치르는 성년 의례—옮긴이). 인간은 이러한 통과의례를 거쳐서 길을 잃지 않고 삶의 새로운 단계로 넘어간다. 통과의례가 있기에 우리는 이미 끝난 것과 아직 오지 않은 것 사이의 시간을 기리는 법을 배울 수 있다. 하지만 내게는 정해진 의례가 없었다. 나는 나를 위한 의례를 만들어야 했다.

바다 건너 먼 곳에 와 있으니 내 상황이 더욱 뚜렷이 보인다. 나는 너무 오랫동안 방 안에 갇힌 벌처럼 지냈다. 밖으로 나갈 수 없다는 좌절감에 짓눌려 창에 머리만 부딪고 있었다. 인도에서 보내는 2주 동안은 한숨 돌릴 수 있었지만, 뉴욕으로 돌아가면 또다시 서글프고 가망 없는 상태에 빠질 것 같아 두렵다. 뭔가 과감한 조치가 필요할 것 같다.

뉴욕으로 돌아가는 긴 비행 중에 문득 나 홀로 순례에 나서는 걸 상상해본다. 구체적으로는 모르겠지만 어쨌든 계속 움직이고 싶다. 정체되지 않도록 더 넓은 세계로 나를 내던질 방법을 찾고 싶다. 딱히 모험을 떠나고 싶은 건 아니지만, 내가 세상을 홀로 헤쳐나갈 수 없을 것 같다는 바로 그 두려움 때문에라도 떠나야 할 것 같다. 아무것도 기대하거나 요구하지 않고 누구에게 기대지도 않으리라. 이 중간 지대 너머에 무엇이 있는지 발견하고, 다시 살아갈 것이다.

나는 아직 긴 여행에 나설 판단력이나 체력이 없고 돈도 모자란다. 그래서 시험 삼아 몇 번의 짧은 여행을 시도해보기로 한다. 뉴욕으로 돌아온 지 몇 주 만에 버몬트로 가는 기차를 탄다. 부모님은 얼마 전 그린마운틴스 근처에 작은 통나무집을 샀다. 지금까지는 혼자 그곳에 가볼 엄두를 못 냈지만, 다음 단계로 나아가려면 무조건 홀로 지내는 법을 배워야 한다. 내가 독립적일 수 있다는 확신을 갖고 나의 간병인이 되어야 한다. 나는 암 진단을 받고 나서도 한동안 나를 환자라고 여기지 않았으나, 그 뒤로 긴 시간을 오직 암 환자로 살아왔다. 이제 암 환자가 아닌 나는 누구인지 알아낼 시간이다.

통나무집은 휴대전화가 터지지 않는 깊은 숲속에 있다. 가까운 마을에 가려면 금빛 옥수수밭과 울창한 수풀, 농장 몇 군데를 지나 인적 없는 고속도로를 24킬로미터쯤 달려야 한다. 이곳에 아는 사람이라고는 퇴직한 뒤 이 근처에서 남편과 함께 살고 있는 제인뿐이다. 제인은 아직 운전면허가 없는 나를 위해 기차역까지 데리러 와준다. 잠시 슈퍼마켓에 들러 식료품을 구입한 다음 나를 통나무집에 내려준다. 나는 먹을 게 떨어질 때까지 여기에 머물 예정이다. "얘, 정말 여기 혼자 있어도 괜찮겠니?" 제인이 근심 가득한 얼굴로 묻는다. 나와 오스카를 제외하면 주변에 보이는 거라곤 사과나무 아래 풀을 뜯는 사슴 한 마리와 저 멀리 솟아오른 산자락뿐이다.

"전 고독을 좋아해요." 자신 있는 척하며 내가 대답한다. 실은 어지러운 생각들을 끌어안고 혼자 남는 게 두려워 죽을 지경이다.

제인이 떠나자 나는 짐을 푼다. 석조 벽난로 앞에 놓인 안락의자에 자리를 잡고 책을 읽으려 하지만 초조해서 집중이 되지 않는다. 적막과 고독이 엄청난 효과를 발휘한 덕에 나는 내가 얼마나 겁 많고 연약한 사람이 되었는지 뼈저리게 실감한다. 숲속에서 새소리가 들려올 때마다 소스라치고, 한밤중에 잠을 깨어 현관문은 잠겼는지, 정원에 쌓인 장작더미 뒤에 연쇄살인마가 숨어 있는 건 아닌지 두 번 세 번 확인해본다. 내 삶에서의 기원전(B.C.), 그러니까 암 이전(before cancer)만 해도 나는 완고할 만큼 독립적이었고 투지가 넘쳤다. 이집트에서 유학을 했고 가자 지구에서 논문을 썼고 요르단 사막을 히치하이킹으로 횡단했다. 하지만 오랫동안 난치병과 싸우고 난 뒤 나는 지독한 겁쟁이가 되어버렸다. 내 몸과 바깥세상에 도사린 무수한 위험의 가능성에 촉각을 곤두세우게 된 것이다.

버몬트에서의 첫 번째 체류 동안 나는 긴장을 조금도 풀지 못한다. 그렇지만 중간에 도망치진 않겠다는 스스로 세운 규칙은 엄수한다. 뉴욕으로 돌아가고 싶은 생각이 간절해질수록 오히려 하루, 이틀, 사흘을 더 머물기로 한다. 지금은 생소하고 두려운 것도 조만간 친숙하고 안전하게 느껴질 거야. 시간이 충분히 지나면 현관문이 잠겼는지 몇 번씩 확인하거나 상상 속 침입자 때문에 잠을 설치는 일도 없어지겠지. 어쩌면 제인에게 했던 거짓말처럼 정말로 혼자 있는 걸 즐기게 될지도 몰라. 이렇게 나흘을 보내고 뉴욕으로 돌아갈 무렵 나는 혼자 있는 걸 즐기진 못해도 두려워하지는 않게 된다.

이후 몇 달 동안 최대한 자주 버몬트를 찾아간다. 통나무집에서 혼자 지내는 시간이 늘어날수록 한층 더 침착하고 대담해지고, 창밖 풍경에도 호기심을 느끼게 된다. 오스카와 함께 점점 더 멀리까지 산책을 나간다. 오스카는 폴짝폴짝 앞장서 뛰어가며 구불구불한 시골길로, 오래전에 폐허가 된 헛간들로, 물이 졸졸 흐르는 시냇가로, 에메랄드빛 이끼가 뒤덮인 강가로 나를 이끈다. 나는 불 피우는 법을 익히고, 불쏘시개를 구하러 점점 더 깊은 숲속으로 들어간다. 하루는 흑곰이 어슬렁어슬렁 통나무집 근처에 나타나자 현관에 있던 오스카가 펄펄 날뛰며 사자처럼 사납게 짖어댄다. 곰은 깜짝 놀라 휘청거리며 넘어졌다가 허둥지둥 수목 한계선 안쪽으로 도망친다. "아이와 동물이 용감한 것은 순수하기 때문이다." 애니 딜러드는 이렇게 썼다. "그들과 달리 우리는 두려움에 몸을 맡겨버린다."

아무도 만나지 않고 며칠을 보낸다. 때로 존에게 전화를 건다. 그는 다시 순회공연을 하고 있어서 바쁘지만 딱히 설명하지 않아도 내 맘을 이해하는 것 같다. 내가 무척 중요한 문제를 해결하는 중이며 무엇보다도 혼자 있을 시간이 필요하다는 걸 아는 듯하다.

내 고독을 깨뜨리는 것은 이따금 불쑥 찾아오는 청년 브라이언뿐이다. 그는 겨울 동안 진입로에 쌓인 눈을 치워주고 날이 풀리면 정원 일을 거들어준다. 어느 날 내가 브라이언에게 아직 운전을 못한다고 말하자, 그는 직접 가르쳐주겠다고 나선다. 그 대가로 나는 그의 이야기에 귀를 기울여준다. 버몬트 시골에서 게이로 사는 어려움과, 동성애자 데이트 어플리케이션인 그로울러를 이용하며 겪은 파란만장한 모험담이 주를 이룬다. 우리는 머리를 맞대고 그로울러에 올릴 그럴싸한 자기소개 문구를 고민한다. "너저분함, 턱수염 있음, 체중 104킬로그램, 평범한 외모. 너그럽고 끝도 없이 낭만적인 성격. 좋아하는 꽃은 알리움." 브라이언이 이렇게 늘어놓는다.

"그냥 이렇게 쓰면 어때? '쌍둥이자리 대물'."

브라이언은 웃음을 터뜨린다. "난 사자자린데."

이 근방에서 친구라고 할 만한 사람은 브라이언뿐이다. 나는 그가 찾아오기를 기다리지만, 그가 오면 운전 연습을 해야 하기 때문에 달갑지만은 않다.

내 고등학교 친구 대부분에게 운전은 중요한 이정표였다. 친구들은 열여섯 살 생일에 일어나자마자 운전면허를 따러 차량관리국으로 달려가곤 했다. 미국의 평범한 청소년들처럼 내 친구들도 운전을 궁극적인 성년 의례로 생각했다. 운전을 한다는 건 밤중에 카섹스를 즐기고 언제라도 자유롭게 쇼핑몰로 드라이브를 갈 수 있다는 뜻이었다. 콘서트에 가서 테일게이트 파티(SUV나 트럭의 뒤쪽 짐칸 문을 열어놓고 음식을 차려서 즐기는 파티)를 벌일 수 있다는 뜻이기도 했다. 운전은 독립의 동의어였다. 하지만 내게 운전이란 그저 두렵고 무시무시한 의무였다. 부모님의 승합차로 몇 차례 시험주행을 해본 뒤 나는 이미 짐작했던 결론에 도달했다. 세상의 모든 보행자와 자전거, 자동차 운전자를 위해서 나는 운전을 배우면 안 되겠다는 것이었다. 내가 운전을 하지 않아도 되는 소도시의 대학교에 진학한 것, 그리고 졸업한 뒤엔 지하철을 타는 게 가장 편한 대도시에 살기로 한 것은 우연이 아니었다.

하지만 버몬트에서 차 없이 지낸다는 건 단순히 불편한 정도가 아니다. 어디든 가려 할 때마다 매번 다른 사람에게 부탁해야 한다. 커피에 넣을 우유가 떨어졌을 때 직접 차를 몰고 30킬로미터 떨어진 농산물 시장에 다녀오고 싶다. 운전은 여전히 두렵지만, 자유에 대한 갈망이 서서히 두려움을 대체하는 듯하다.

여름 내내 브라이언이 운전을 가르쳐준 덕분에 나는 이제 스스로 시골길을 돌아다닐 수 있고, 소나무 사이에 평행주차도 할 수 있게 되었다. 운전이 한층 편해지자 나는 막연하게 품고 있던 생각을 구체화해본다. 인도에서 지내는 동안 여행이 가진 힘을 깨달을 수 있었다. 여행에는 확실히 기존 생활방식을 벗어나게 하고 새로운 삶을 끌어내는 힘이 있다. 익숙한 환경을 벗어나 어디론가 떠나야 한다는 생각이 점점 뚜렷해지지만, 그 여정에서 완전히 혼자이고 싶진 않다. 삶의 곤경에 대한 통찰을 나눠줄 수 있는 누군가를, 앞날에 관한 조언을 들려줄 누군가를 찾아 나서고 싶다. 마침내 운전면허 시험에 통과하고 나니, 다음으로 무엇을 할지 분명해진다. 나는 투병 생활 동안 버팀목이 되어주었던 이들을 찾아가는 자동차 여행을 떠날 것이다.

자정에 가까운 시간이다. 벽난로 안의 장작이 다 타서 재가 되었건만, 나는 불길을 되살려 주전자를 올리고 커피를 끓인다. 통나무집 바닥에 앉아 손으로 깎아 만든 커다란 나무 상자를 연다. 오래전에 골동품 가게에서 산 물건이다. 상자 안에는 할머니가 보낸 생일 축하카드, 사진들, 찢어낸 입장권, 섬뜩한 투병 기간의 유물인 환자 인식 팔찌와 내 몸에서 꺼낸 케모포트가 들어 있다. 수백 통의 편지도 들어 있다. 먼 나라에서 오는 동안 너덜너덜해진 편지봉투, 술집 냅킨에 갈겨쓴 연애편지, 초대 문구가 새겨진 두꺼운 카드 샘플, 빛바랜 여남은 장의 메일 프린트, 그리고 내가 잘 아는 사람들에게 받은 우편물도 있다. 윌의 아버지는 내게 200장도 넘는 엽서를 보내주었다. 백혈병 진단을 받은 뒤의 길고 길었던 첫해 여름 동안 하루에 한 장씩, 그리고 골수이식 수술을 받은 뒤로 화학요법 치료를 마칠 때까지 또 하루에 한 장씩. 하지만 나머지는 대부분 내가 만난 적도 없는 사람들에게서 온 것이다.

흔히들 어려운 일이 닥쳐오면 진짜 친구가 누구인지 알게 된다고 하지만, 나는 어려운 일이 닥쳤을 때 친구가 되고 싶은 이들을 발견했다. 내가 의지했던 몇몇 사람은 세상을 떠났다. 그러나 잘 모르는 사이인데도 정말 많은 걸 베풀어준 이들도 만났다. 나는 낯선 이들의 배려에 깜짝 놀라곤 했다. 칼럼 독자, 익명 댓글 작성자, 병원 대기실에서 만난 사람들, 이름 정도만 알던 친구의 친구들이 위문품과 유머 넘치는 메일과 내밀한 고백이 담긴 페이스북 메시지와 손으로 쓴 장문의 편지를 보내왔다. 그들은 내가 실제로 아는 사람들보다 훨씬 솔직하고 나약한 모습을 드러내 보였고, 그들 각자의 중단된 삶에 대한 사연을 들려주었다. 자기도 모르게 당겨진 낙하산 줄처럼 갑작스러운 질병 선고를 받거나, 모종의 트라우마나 상심을 겪은 사람도 있었다. 그들을 통해 나는 삶이 우리를 바닥으로 끌어내리더라도 선택할 여지는 있다는 걸 깨달았다. '최악의 사태가 여생을 낚아채 달아나도록 내버려둘 수도 있지만, 어떻게든 악착같이 다시 궤도에 올라설 수도 있다.'

화학요법 치료를 끝낸 뒤로 나는 자꾸만 이 나무 상자에 이끌렸다. 그중에도 특히 2012년 호프 로지에 머물 때 받은, 당시 스물다섯 살이던 네드라는 친구가 보내준 메일을 즐겨 읽었다. 그는 내게 '현실로 다시 복귀하는 일'의 어려움을 토로했다. 그 메일을 처음 받았을 때는 화가 났다. 골수이식 수술을 마친 뒤 화학요법 치료를 재개해야 한다는 말을 들은 무렵이었다. '정상 상태로 복귀하는 게 뭐가 어렵다는 거야? 내가 바라는 건 그것뿐인데.' 나는 이렇게 생각했다. 하지만 일단 치료라는 고난을 벗어나자 네드의 말이 무슨 뜻이었는지 깨달았다. '현실로 다시 복귀하려' 애쓰면서 나는 그 메일을 거듭 읽고 그의 글에서 위안을 찾았다. 두 세계 사이에 갇힌다는 게 무엇인지 이해하는 사람은 극히 드물기 때문이다.

편지를 보내준 사람들 중 위기를 극복하고 새로이 살아가는 것에 대해 통찰을 전해준 이는 네드뿐만이 아니었다. 거의 평생 건강이 나빴지만 그럼에도 정력적으로 살아온 오하이오의 은퇴한 미술사가 하워드. 처음으로 혼자 화학요법 치료를 받으러 간 날 마주쳤던 브렛(이제는 시카고의 본가로 돌아가 요양하며 새로운 출발을 모색하고 있다). 언제든 찾아오면 푸짐한 식사를 대접하겠다던 몬태나 목장의 요리사 살사. 자살한 아들을 가슴에 묻고 계속 살아가려 애쓰던 캘리포니아의 고등학교 교사 캐서린. 물론 텍사스의 사형

수 릴 GQ도 빼놓을 수 없다. 너덜너덜한 노트 용지에 푸른 잉크와 p와 q가 돋보이는 섬세한 필기체로 편지를 써 보냈던 그를 또렷이 기억한다. '우리의 상황이 다르다는 건 알아요. 하지만 우리 그림자 속에 죽음의 위협이 숨어 있다는 점만은 같겠죠.'

상자 속 내용물을 뒤적이면서 스무 통 정도의 편지를 고른다. 그리고 편지를 써준 이들에게 내가 곧 자동차 여행을 떠나려 한다고, 혹시 만나줄 생각이 있다면 찾아가겠다는 메일을 보낸다. 큰 기대는 하지 않는다. 그들이 내게 편지를 보낸 지도 벌써 몇 년이 지났고, 당시 나는 그들 대부분에게 답장을 하지 못했다. 어쩌면 나를 잊었거나 이미 세상을 떠났을지도 모른다. 하지만 놀랍게도 며칠 지나지 않아 메일함에 답장이 속속 도착한다. 거의 모두 반가워하며 나를 보고 싶다는 글들이다.

도로 지도 한 뭉치를 사서 부엌 식탁에 펼친다. 보랏빛으로 구부러진 주 경계선, 꼬불꼬불한 푸른색 강줄기, 초록색 띠로 표시된 국립공원을 손가락으로 짚어가며 차근차근 여행 계획을 짠다. 반시계 방향으로 차를 몰아 미국 전역을 돌 것이다. 북동부에서 중서부로 넘어가 로키산맥을 통과하고, 서부 해안을 따라 내려간 다음 남서부와 남부를 지나 동부 해안으로 돌아오는 거다. 2만 4000여 킬로미터, 33개 주에 걸쳐 20명 남짓한 사람들과 만나는 여정이 되리라. 오스카와 나는 코네티컷의 기숙학교, 미시간 디트로이트에 사는 예술가의 다락방, 몬태나의 시골 목장, 오리건 해안의 어부 오두막, 캘리포니아 오하이밸리에서 아이들을 가르치는 선생님의 단층집, 그리고 텍사스 리빙스턴의 악명 높은 교도소를 찾아갈 것이다. 이 편지들이 이끄는 대로 따라가볼 것이다.

이후 뉴욕에 돌아와 몇 주 동안 소지품을 전부 상자에 꾸려 물품보관소에 맡기고 아파트를 재임대할 사람을 찾는다. 자동차를 마련할 형편은 안 되었기에, 관대한 내 친구 기디언에게 낡은 스바루 자동차를 빌린다. 앞으로는 아파트 임대료로 들어올 돈과 그간 모아둔 4000달러로 어떻게든 해나가야 한다. 최대한 자주 야영을 하거나 카우치서핑을 활용하고 아주 가끔씩만 모텔에 묵어야겠다. 크레이그리스트를 뒤져 중고 야영 장비와 휴대용 가스레인지, 동절기용 침낭, 메모리폼 매트, 텐트를 장만한다. 책 한 묶음, 개 사료 봉지, 구급상자, 카메라도 차 트렁크에 집어넣는다. 떠나기 전 마지막으로 담당 의사를 찾아가 건강 검진을 받는다.

100일간의 여행이 될 것이다. 담당 의료진이 다음 검진까지 허용해준 최대한의 기간이었다. 나로서는 이 여행을 또 한 번의 100일 프로젝트라고 생각하고 싶다. 골수이식 수술 이후 내게 회복의 중요한 전환점을 의미하게 된 그 숫자를 이번 여행에서도 재발견할지 모른다. 달라진 점이 있다면 이번 통과 의례는 나 스스로 만들어냈다는 것이다.

재진입

나는 맨해튼 시내의 출근 시간 북새통 속에서 차에 짐을 마저 싣는다. 운전석에 올라 안전벨트를 매는데 뒷자리에 앉은 오스카가 천식을 앓는 사람처럼 초조하게 헐떡거린다. 녀석이 어찌나 몸을 떠는지 목걸이의 방울이 짤랑대는 소리가 들릴 정도다. 오스카의 불안에 전염되지 않으려 애쓴다. '오스카는 자동차를 타 본 경험이 별로 없어서 그래.' 하지만 그건 나도 마찬가지다. '신호등 보고, 백미러 확인하고, 사각지대 조심하고.' 브라이언이 지시했던 내용을 잊어버려선 안 될 연락처처럼 몇 번씩 되뇌어본다.

열쇠를 꽂고 시동을 건다. 차를 움직여 거리로 들어서자 귓가에서 맥박이 빠르게 뛴다. 9번가로 우회전한다. 넘쳐흐르는 쓰레기통과 가로등에 묶인 채 버려진 자전거들, 자전거 도로 한가운데 서 있는 누더기 차림의 건장하고 눈빛이 형형한 남자를 지나친다. 남자가 내게 손을 흔드는 것 같다. 희한한 광경이지만 뉴욕에서는 그리 이상한 일도 아니다. 내가 남자를 지나쳐 가자 그의 손짓이 더욱 격렬해진다. 뭔가 경고하려는 듯 양팔을 머리 위로 쳐들고 마구 휘젓는다. 무슨 일인지 미처 생각해보기도 전에 차들이 일제히 경적을 울리기 시작하고, 그제야 그 소리가 나를 향한 것임을 깨닫는다. 차들이 전부 나를 마주보고 달려오고 있다.

2400킬로미터에 이르는 자동차 여행에서 첫 10킬로미터를 가기도 전에 일방통행로에서 역주행을 했다. 나는 운전대를 왼쪽으로 꺾으며 액셀을 힘껏 밟는다. 아스팔트를 긁으며 맹렬히 유턴하여 간신히 정면충돌을 피한다. 길가에 차를 대는데 몸속에 아드레날린이 들끓는다. '자동차 여행이라니, 말도 안 되는 소리.' 빠르게 지나쳐가는 차들을 바라보며 생각한다. '난 준비가 안 됐어. 너무 미숙해. 이 상태로 도로에서 살아남긴 무리야. 여행을 그만두는 게 최선이야.' 이렇게 생각은 하지만 나는 그만두지 않을 것이다. 그건 불가능하다. 이대로 돌아간다면 나를 다시 파괴적인 습관 속에 내던지는 꼴이다. 길을 떠나 새로운 삶을 찾아가야 한다. 선택의 여지가 없다.

맨해튼의 거리마다 내 지난날의 잔해가 보인다. 내가 태어났고 거의 죽을 뻔했던 도시. 사랑을 찾았고 그 사랑을 잃은 도시. 그러나 백미러를 통해 서서히 멀어지는 뉴욕을 보면서 나는 조금의 아쉬움도 느끼지 않는다.

첫날의 목적지는 북쪽으로 겨우 160킬로미터 떨어진 곳이지만, 해가 진 뒤에야 겨우 그곳에 도착한다. 길을 잃고 남쪽으로 가는 가든스테이트 파크웨이를 탔기 때문이다. 사각지대라는 개념이 아직 생소한 탓에 몇 번이나 노선을 잘못 탔다. 차들이 요란하게 경적을 울려대고, 여러 운전자가 내게 가운뎃손가락을 들어 보인다. 나는 어쩔 줄 몰라 하다가 그냥 남쪽으로 가기로 한다. 저지쇼어의 소도시에 차를 멈추고 즉흥적으로 친구에게 연락해 점심을 먹은 다음, 다시 북쪽으로 가는 고속도로를 탄다. 퇴근 시간의 교통 혼잡 속에서 느릿느릿 뉴욕 근교를 지나 마침내 코네티컷주의 푸르른 녹지대에 접어든다. 엄밀히 말하면 운전을 운동이라고 할 순 없지만 내겐 그렇게 느껴진다. 운전대를 붙잡고 있으니 손목이 쑤시고 목의 힘줄이 욱신거린다. 내 몸은 아직 운전석에 똑바로 앉아서 매 순간 변하는 교통상황에 집중할 만큼의 인내력을 발휘할 수 없다. 앞으로 남은 99일을 어떻게 견딜 수 있을지 모르겠다.

리치필드에 이르렀을 무렵, 하루의 마지막 햇살이 미지근하게 소나무 숲을 비추고 있다. 나는 잠들지 않으려고 뺨을 가볍게 찰싹 친다. 오늘 밤 숙소인 허물어져가는 농장에 도착하자 주변은 이미 어둑하다. 늙은 버드나무 아래 차를 대고 상쾌한 가을 공기 속을 휘청휘청 걷는다. 차 트렁크를 열고 손전등, 침낭, 저녁에 먹을 식료품을 꺼낸다. 오솔길을 따라 걸어가니 작은 산장들이 초원을 바라보며 일렬로 늘어서 있다. 휑한 산장에는 외풍이 들어오는 다용도실 하나가 전부다. 짝이 안 맞는 안락의자들과 모직 담요가 깔린 간이침대, 책상 하나가 놓여 있다. 내게 이곳을 빌려준 사람은 뉴욕을 떠난 어떤 친구의 친구다. 책상 위에는 와인 한 병과 편히 머물다 가라는 쪽지가 놓여 있다.

와인을 한 잔 따르고 제대로 된 저녁상을 차릴까 생각해보지만 너무 피곤하다. 그냥 땅콩버터 샌드위치를 만들어 먹고 침낭 안으로 기어든다. 맞은편 미닫이 유리문 밖으로 어둑해지는 초원이 내다보인다. 나는 어둠이 사위를 감싸는 광경을 지켜본다. 눈이 어둠에 적응하면서 지금껏 알아차리지 못했던 사소한 것들이 보이기 시작한다. 바람에 흔들리는 희미한 나무 그림자, 밤하늘에 하나하나 떠올라 빛나는 별들. 별을 헤아리며 불안한 마음을 달래려 하지만 여전히 잠은 오지 않는다. 매트리스는 돌덩이처럼 딱딱하고 울퉁불퉁해 불편하다. 이리저리 뒤척이며 아파트의 내 침대를 그리워하다 보니 문득 내가 여기서 뭘 하고 있는지, 애초에 왜 떠나온 것인지 의아해진다. 밤이 깊을수록 어둠이 귓가에 온갖 걱정거리를 속삭이는 것 같다. '앞으로 몇 달 동안 어떤 끔찍한 일들이 일어날지 생각해봐.' 산장 밖에서 요란한 쿵 소리가 들려 벌떡 일어난다. 심장이 가슴에서 튀어나올 것처럼 두근거린다. 알고 보니 바람에 헐거워진 방충망이 저절로 열렸을 뿐이다. 나는 민망한 기분으로 다시 자리에 눕는다. 스물일곱 살이나 먹고 어둠을 무서워하다니! 이러는 내내 오스카는 푹 잠들어 있다. 지나치게 빵빵한 안락의자 위에 웅크린 채 곯아떨어져 가볍게 코를 곤다. 부담스러운 자의식이라곤 없는 오스카가 부럽다. 자신이 발 딛고 돌아다니는 세상에 대한 완전한 믿음, 위험이나 죽음도 신경 쓰지 않는 그의 태도까지. 나는 가만히 오스카를 불러본다. 녀석이 바로 일어나 바닥에 뛰어내리는 소리를 들으니 마음이 놓인다. 오스카가 차가운 벽돌에 발톱 부딪히는 소리를 내며 터벅터벅 다가와 내 손에 코를 문지른다. "이리 올라와." 나는 침대를 두드리며 말한다. 평소에는 침대에서 같이 자지 못했던 오스카는 당황해서 나를 빤히 쳐다본다. 하지만 내가 다시 침대를 두드리자 땅딸막한 엉덩이를 수그리더니 풀쩍 뛰어올라 매트리스 위에 철퍼덕 주저앉는다. 나는 손가락을 뻗어 오스카 귀 뒤의 부드러운 털을 쓰다듬다가, 볏처럼 까슬까슬한 목덜미를 따라 얼룩덜룩한 분홍빛 맨살이 드러난 배를 만진다. 오스카가 만족스러운 한숨 소리를 내며 내 가슴에 파고든다. 나는 오스카를 꼭 껴안고 어두운 임시 야영지의 외로움을 달랜다. 얇은 면 티셔츠를 통해 오스카의 따뜻한 체온이 전해진다. 두 눈을 감았다가 다시 뜨자 흐릿한 오렌지색 여명이 초원 위로 떠오르고 있다. 2일째다.

새벽녘에 일어나 감사 쪽지를 남기고 산장 밖으로 나선다. 초췌한 얼굴에 눈을 게슴츠레하게 뜨고 차를 세워둔 언덕 위로 올라간다. 2차선 국도를 한 시간 반쯤 달린 끝에 첫 번째 목적지인 '미스포터스 여자기숙학교'에 도착한다. 잘 다듬은 잔디밭에 흰색 널빤지로 지은 빅토리아 시대풍의 기숙사 건물들이 솟아 있다. 이디스 워튼의 소설 속 장면처럼 깔끔하고 단정한 광경이다. 내 시선은 무거운 배낭을 메고 길을 따라 학교로 달려가는 여자아이들을 초조하게 훑다가, 마침내 어디서 본 것 같은 얼굴에 멈춘다.

네드를 실제로 만나다니 신기할 따름이다. 나는 3년 전 보았던 사진 속의 남자, 셔츠를 벗고 병실 침대 끝에 앉아 있던 민머리의 암 환자를 눈앞에 있는 남자와 연결해보려 애쓴다. 지금의 네드는 숱 많은 갈색 머리에 안경을 끼고, 푸른색 셔츠와 구깃구깃한 면바지를 입고 있다. 실제 나이인 스물아홉 살보다는 훨씬 많아 보이지만(마치 노숙한 학자처럼 보인다), 암 환자였다고는 도저히 믿을 수 없는 모습이다. 그는 길을 건너와 수줍게 인사를 건넨다. 온라인에서 우리는 친한 사이였지만, 지금은 길에서 처음 마주한 두 이방인이다.

네드와 나는 어색하게 포옹한다. "만나서 정말 반가워요!" 그가 엷은 미소를 띠며 말한다. "우리 학생들도 반가워할 거예요." 네드는 미스포터스의 10학년 학생들에게 영어를 가르친다. 그는 내게 이곳에 머무는 동안 무엇을 할 것인지 물었고, 괜찮다면 자기 학생들에게 여행 이야기를 들려 달라고 부탁한다. "이쪽이에요." 그는 나를 이끌고 캠퍼스를 지나 지붕널이 달린 학교 건물로 향한다. 오스카는 신이 나서 폴짝대며 따라온다.

작은 교실에는 여자아이들 여남은 명이 나무 원탁을 둘러싸고 반원형을 그리며 앉아 있다. 아이들은 탄탄하고 유연한 몸에 플리스 재킷을 걸치고 반들거리는 긴 머리를 한 갈래로 묶어 늘어뜨리고 있다. 마치 순수한 망아지들 같다. 주목을 받을 때마다 늘 그렇듯 두 뺨은 상기되고 가슴팍은 벌겋게 달아오른다. 교실 앞에 나서니 문득 온라인 펜팔 친구와 십 대 여자아이들이야말로 세상에서 가장 어려운 청중으로 느껴진다.

"안녕, 여러분." 네드가 인사한다. "오늘은 아주 특별한 손님을 모셨어요."

"안녕하세요, 술라이커 저우아드라고 해요. 이쪽은 내 반려견 오스카고요."

오스카는 자기 이름을 듣자마자 흥분해서 바닥을 휩쓸듯 털뭉치 궁둥이를 이리저리 흔든다. 아이들은 교실이 떠나갈 듯 반갑게 뛰어나와 오스카를 쓰다듬고, 나는 어색한 분위기를 날려준 오스카에게 마음속으로 고마워한다. 흥분이 가라앉고 네드가 아이들을 자리로 돌려보내자 마침내 시선이 내게 쏠린다. 나는 초조하게 이쪽저쪽 짝다리를 짚으면서 말을 꺼낸다. 장기간의, 정확히는 100일 동안의 전국 자동차 여행에 막 나선 참이라고. 바로 어제 집을 떠나서 맨 처음 찾아온 곳이 여기라고.

좁고 답답한 교실 안에 있으니 운동장에 나가 맑은 공기를 쐬고 싶어진다. 나는 침을 꿀꺽 삼키고 민망함을 참으며 대학 졸업 직후 백혈병 진단을 받은 사연을 이야기한다. "지금은 회복 단계에요. 이렇게 여행을 떠나온 건 지나온 날들을 극복하고 앞으로 무얼 하고 싶은지 생각해보기 위해서죠. 몇 달 동안 여행하면서 투병 중인 제게 편지를 보내주었던 사람들을 만나보려고 해요. 여러분의 선생님도 그중 하나고요."

내 얘기에 이어 네드도 그의 이야기를 들려준다. 이십 대 초반에 나와 비슷한 경험을 했으며, 내 칼럼을 읽고 내게 꼭 편지를 보내고 싶었다고 덧붙인다. "병실에 갇혀 내가 잃어버린 기회들을 생각하며 좌절하고 절망했던 게 기억나요." 네드가 나를 돌아보며 말한다. "그리고 나 역시 오랫동안 장대한 자동차 여행을 떠나는 걸 꿈꿨어요. 당신은 진짜로 여행을 시작했고, 지금 여기에 와 있지요. 정말 놀라워요."

아이들이 멍하니 우리를 쳐다본다. 놀란 것 같은 표정에 연민이 어린다. 아이들은 네드를 단순히 선생님이 아니라 그들과 비슷한 존재로, 한층 가깝게 느끼게 된 듯하다. 선생님 역시 자기들과 마찬가지로 교실 밖의 인생이 있고 병에 걸려 상심하기도 하며 비밀을 간직한 채 살아가는 사람임을 깨달은 것처럼 보인다.

이후 한 시간 동안 아이들은 차례로 손을 들고 내 여행과 글에 관해 이런저런 질문을 던진다. 내 얘길 들으며 활기차게 고개를 끄덕이는 아이들을 보니 긴장이 풀리는 것 같다. 이번에는 아이들이 이야기를 들려준다. 방글라데시 출신 부모님을 둔 어느 학생은 집과 학교를 오가며 겪는 문화적 괴리 때문에 힘들다고 이야기한다. 갑자기 돌아가신 아버지에 대한 그리움을 털어놓는 아이도 있다. 얼굴에 벌꿀색 주근깨가 있는 어느 운동선수 학생은 나중에 따로 내게 다가와 1년 전에 암 진단을 받았다고 이야기한다. "그전에는 내가 누구냐는 질문에 운동선수라고 대답할 수 있었어요." 아이가 나직이 말한다. "하지만 이젠 잘 모르겠어요. 암은 사람을 이상하게 만들거든요. 원래의 내 모습과 내가 안다고 생각했던 것들을 몽땅 앗아가 쓰레기통에 처박아버려요."

수업을 마치는 종이 울렸지만 몇몇 아이들은 나와 이야기를 계속한다. "저도 데려가주세요." 한 아이가 말하자 다른 아이도 끼어든다. "저도 갈래요!" 나는 네드와 학생들에게 무한한 감사를 느낀다. 그들은 수줍고 긴장해서 벌벌 떠는 나를 차분히 지켜봐주었고 솔직히 앞으로 어떻게 될지 모르겠다는 고백에도 귀 기울여주었다. 그들은 그럼에도 내가 떠나오길 잘했다고, 내 여행이 흥미롭고 가치 있는 일이라고 생각하는 것처럼 보인다. 나는 그들만큼 확신할 순 없지만 꼭 필요했던 격려를 얻는다. 모든 가식을 집어치우고 불확실함을 수용할 때 어떤 멋진 일이 일어날 수 있는지 아이들은 보여주었다.

수업이 끝난 뒤 네드와 나는 오스카를 네드의 아파트에 데려다 놓고 구내식당으로 간다. 아마도 전직 교장들의 초상화인 것 같은 유화가 걸린 벽을 지나친다. 모두 메이플라워호에서 내리자마자 초상화 속으로 들어간 것 같은 근엄한 인상의 백인 여성들이다. 뉴잉글랜드 지역의 중상류층 기숙학교들은 나처럼 공립학교만 다닌 사람은 이해할 수 없는 엄격한 규칙과 전통을 준수한다. 나와 달리 네드는 이런 환경에 아주 익숙하다. 식사를 하는 동안 그는 자기가 부모님이 교사로 일하던 매사추세츠의 기숙학교 캠퍼스에서 태어났다고 이야기한다. 그는 교사의 피를 타고난 셈이다. 암 치료 때문에 대학을 중퇴한 이후 처음 구한 직장이 바로 이곳 미스포터스 여자기숙학교다. 일은 할 만한지 묻자 네드는 시무룩한 표정을 짓는다. "괜찮은 것 같아요. 관리자들은 제게 만족하고 있어요. 하지만 저는 아무래도 예전 같지는 않아서 걱정이에요. 내가 사람들을 속이는 것처럼 느껴져요."

"그게 당신이 바라는 거예요? 예전의 네드로 돌아가는 거?"

"그럴 수 있다면야 좋겠지만, 현실적으로 불가능하겠지요." 네드가 고개를 저으며 대답한다.

나는 뭐라 말을 하려다가 입을 다문다. 내가 뭐라고 토를 달 수 있겠는가? 방금 그가 한 말은 내가 지난 1년 동안 고민해왔던 것인데. 우리 같은 사람에게 복구란 불가능하다. 온전한 몸과 순수한 마음을 가졌던 때로 돌아갈 수는 없다. 회복은 우리를 병에 걸리기 전 상태로 복원시켜주는 편안한 자기관리 같은 것이 아니다. 회복이라는 말이 암시하는 것과 달리 결코 예전의 나를 되찾는 일도 아니다. 회복은 익숙한 내 모습을 영원히 버리고 새로 태어난 나를 받아들이는 일이다. 잔혹하고 무시무시한 발견이다.

점심을 먹은 뒤 네드와 나는 산책을 나간다. 말뚝 울타리를 둘러친 기숙사 구역과 옥수수밭을 지나 근처 강가로 내려간다. 고작 몇 시간 전에 만났을 뿐인데도, 그는 지난해 내가 만난 그 어떤 사람보다 더 편하게 느껴진다. 속을 툭 터놓을 수 있을 것 같다. 네드와 함께 거닐면서 나는 모든 걸 털어놓는다. 윌, 멀리사, 존, 나를 붙잡고 놓아주지 않는 우울증에 관해 이야기한다. 심지어 흡연과 은근히 병이 재발하길 바라는 마음에 관해서도 고백한다. 너무도 오랫동안 이런 사실을 다른 사람에게 말할 엄두를 내지 못했다. 생존자로서 이런 마음을 갖는다는 게 불경하게 느껴졌기 때문이다. 네드는 내 마음을 이해해준다. 나는 그 또한 내가 느낀 것들을 대부분 겪었다는 사실에 안심이 된다.

"참, 궁금했던 게 있어요…. 어떻게 날 만나러 올 생각을 했어요?" 네드가 묻는다.

"당신이 편지에 썼던 내용 말이죠, 치료를 마치고 현실로 복귀하는 게 얼마나 힘든지 얘기했던 거요. 이제 무슨 말인지 알아요." 내가 대답한다. 우리는 잠시 말없이 걷는다. "당신이 암에 걸리기 전으로 돌아갈 수 없다는 건 알아요. 하지만 지금쯤은 정상 상태로 돌아갈 길을 찾았길 바랐어요." 나는 이렇게 덧붙인다.

내 말에 귀를 기울이던 네드의 발걸음이 느려진다. 나는 손택의 글에 나온 두 왕국에 관해 언급하고, 건강의 왕국으로의 재진입이 그에겐 어떤 것이었는지 물어본다. 그는 당혹스러운 듯 고개를 갸웃한다. "내가 철조망을 넘어 무사히 귀환했다고 말할 수 있다면 좋겠지만, 솔직히 그게 가능한 일인지 잘 모르겠어요."

그의 대답을 들으니 어지럽다. 계속 걸음을 옮기면서 내가 느끼는 이 현기증이 깊은 실망이라는 걸 깨닫는다. 지난한 '재진입' 과정은 주로 참전했던 분들이나 전과가 있는 사람들이 겪는 것이라고 생각했지, 질병 생존자도 같은 어려움을 겪는 줄은 몰랐다. 지난 한 해 동안 네드를 떠올릴 때마다 그가 건강의 왕국에 무사히 정착했을 거라고 상상했다. 편지에 적었던 고민을 한참 전에 떨쳐버리고 내게 방향을 알려주리라 기대했다. 그러나 네드 역시 여전히 길을 찾고 있었고, 후유증의 무게 아래 휘청거리고 있었다. 나는 문득 깨닫는다. 어쩌면 우리는 언제까지나 지금과 같을 거야.

"내 걸음걸이가 이상하다는 생각 안 했어요?" 네드가 물으며 살짝 절룩이는 자기 다리를 가리킨다.

산책을 시작했을 때부터 그가 절룩이는 걸 눈치채긴 했지만,

나는 아무 대답도 하지 않는다.

네드는 화학요법 치료의 부작용으로 관절이 약해져 얼마 전 양쪽 골반 교체 수술을 받았다고 알려준다. 신경 장애와 만성 통증 때문에 달리거나 운동을 하는 것도 어렵다고 한다. 게다가 환자였던 많은 이들이 그러하듯 네드 역시 항상 경계를 늦추지 못하고 지낸다. 언제든 나쁜 소식을 들을 준비를 하고, 병이 재발했다는 징후를 놓치지 않도록 촉각을 곤두세운다.

전부 익숙한 이야기다. 나 역시 똑같다. 여행을 떠나오기 전 슬론 케터링에서 의사와 상담한 결과 내가 PTSD(외상 후 스트레스 장애)를 겪고 있다는 진단을 받았다. 그런 증상은 끔찍한 폭력을 당한 사람에게만 나타나는 줄 알았는데. 어떤 정신적 외상은 제대로 진단하고 치료하지 않으면 계속 트리거와 플래시백, 악몽과 분노 발작의 형태로 폭발하게 된다고 한다. 그렇게 생각하니 암에 걸리면서 생겨난 두려움들이 왜 치료를 마친 뒤에도 사라지지 않고 계속 후유증을 일으키는지 이해할 수 있었다. 언제든 뭔가 끔찍한 일이 일어날 수 있다는 두려움. 나를 잠에서 깨우는 악몽. 갑자기 넘어져 숨도 쉬지 못하고 헐떡이게 되는 공황 발작. 누군가와 깊은 관계를 맺는 데 대한 거부감. 이런 증상들이 주변 사람에게 폐를 끼친다는 죄책감과 은밀한 수치심. 머릿속에선 항상 이렇게 속삭이는 목소리가 들려온다. '너무 편하게 있지 마. 내가 조만간 돌아갈 테니까.'

내 증상이 PTSD라는 건 뜻밖이었지만, 새로운 발견도 있었다. 심리학자들이 말하는 '외상 후 성장'에 관한 이야기였다. 나는 병으로 인해 자의식을 버리고 겸손해졌으며 많은 교훈을 얻었다. 자기도취적이던 스물두 살의 내가 암진단을 받지 않았더라면 수십 년이 지나서야 깨칠 수 있었을 교훈이다. '세상은 모든 사람을 쓰러뜨리지만 많은 이들이 쓰러진 곳에서 더욱 강해진다.' 헤밍웨이의 이 말은 우리가 새롭게 얻은 교훈에 따라 살아갈 때에만 진실이 된다. 네드도 나도 아직 그렇게 살 방법을 찾진 못했다. 그러나 나 혼자만 헤매는 게 아니라는 사실은 위안이 되었다. 우리는 그렇게 산책을 마치고 각자 오후 시간을 보내러 헤어진다.

그날 저녁에는 네드와 함께 차를 타고 저녁을 먹으러 나간다. 차가 고속도로를 달리는 동안 하늘이 점점 더 어두워지더니 급기야 석탄처럼 새까매진다. 나는 야간 고속도로를 달려본 적이 없어서 오스카 외에 다른 조언자가 있다는 게 다행스럽다. 네드는 방향을 알려주고 노선 변경을 할 때도 조언을 해준다. 목적지에 도착해 자신감 있게 주차장에 차를 세우고 식당 쪽으로 걸어가는데, 네드가 따라오지 않고 길가에 서 있다가 내게 외친다. "당신이 차를 두 구역에 걸쳐 비스듬히 주차했어요." 그가 웃음을 참으며 말한다. "게다가 하필 주류 판매점 앞에 차를 세웠어요. 만취 운전자가 이런 줄 알고 누가 경찰을 부르기 전에 다시 주차하는 게 좋겠어요."

우리는 주차를 다시 한 뒤 '서울 바비큐 & 스시'라는 붉은 네온사인 간판이 달린 식당으로 향한다. 전채 요리가 나오길 기다리는 동안 네드가 배낭을 열고 마닐라 종이봉투 하나를 꺼내 건네준다. 봉투 안에는 시를 프린트해서 일일이 연필로 주석을 달아둔 종이 뭉치가 들어 있다. "지금까지의 경험을 통해 깨달은 게 있어요. 내가 시에서 힘을 얻는다는 거예요. 시를 읽다 보면 그 안에 내 경험이 새겨져 있는 것 같아요. 그리고 나 역시 시의 언어로 경험을 표현하게 되었죠. 내가 가장 좋아하는 시 몇 편을 정리해 왔어요. 어쩌면 이 시들이 지금 당신이 어디에 있는지, 우리 두 사람이 어디에 있는지 알려줄지도 몰라요."

네드는 눈을 감고 스탠리 쿠니츠의 〈단층들〉이라는 시를 몇 구절 암송한다.

> 나는 여러 삶을 지나쳐 걸어왔네.
> 그중 몇몇은 나 자신의 삶이었고
> 지금의 나는 이전의 내가 아니라네.
> 존재의 어떤 원칙들은 이어지겠지만
> 나는 더 이상 그것에 머물지 않으려네.

나 역시 그처럼 어린 시절부터 읽고 쓰는 걸 중요하게 여겼다. 백혈병 진단 이후 내 자아감을 붙들 수 있는 방법은 종이에 펜을 갖다 대는 것뿐이었다. 건강이 점점 악화되고 거울에 비친 모습이 스스로 낯설어진 뒤에도 그러했다. 간병인에게 거의 모든 걸 의존해야 했던 시기에도 글을 쓰다 보면 자기통제력을 되찾은 것 같았다. 경험을 언어로 풀어내려 애쓰다 보니 내 몸의 미묘한 변화뿐만 아니라 타인에게도 더 주의를 기울이고 그들의 행동을 면밀히 관찰하게 되었다(담당 의료진은 자기들이 실수를 할 때마다 내가 그 얘기를 《뉴욕 타임스》에 쓴다며 농담하기도 했다). 나는 경험을 글로 옮기면서 고통을 정돈할 수 있었고, 글을 통해 많은 사람을 알게 되었다. 그리고 여기에 와서 네드를 만날 수 있었다.

글쓰기가 나를 구해주었다고 해도 과언은 아닐 것이다. 일어나는 모든 일에 대해 나는 글을 썼다. 단 몇 문장이라도.

하지만 지난 한 해는 그럴 수 없었다.

모텔 방으로 돌아온 뒤에도 나는 계속 네드가 암송했던 시를 떠올린다. 과거, 현재, 미래를 이어주는 '존재의 원칙'이라는 개념에 대해 생각한다. 네드와 대화하면서 그가 무의식중에 자신을 셋으로 분리해 이야기한다는 걸 알게 됐다. 암을 겪기 전의 네드, 환자인 네드, 회복 중인 네드. 그리고 나 역시 그와 똑같은 방식으로 내 삶을 보고 있다는 걸 깨달았다. 어쩌면 우리는 그 자아들을 하나로 묶어줄 실을 찾아야 하는 게 아닐까. 그리고 그 일은 종이 위에서 더 쉽게 달성할 수 있지 않을까.

나는 몇 달 만에 처음으로 일기장을 펼쳐 글을 쓴다. 앞으로는 매일 일기를 쓸 것이다. 이 실이 어디까지 이어지는지 따라가볼 것이다.

다음 사람을 만나러 가기 위해서는 고속도로로 약 1100킬로미터를 이동해야 한다. 노련하고 정력 넘치는 운전자라면 열두 시간 만에 도달할 수 있는 거리지만, 나는 2주쯤 걸릴 것이다. 여행 3일째 아침 나는 목구멍이 칼칼한 것을 느끼며 파밍턴의 숙소에서 깨어난다. 야영할 것을 고대하고 있었지만 아무래도 감기에 걸린 것 같다. 게다가 폭풍이 올 거라는 일기예보도 있다.

매사추세츠 미들버러의 야영장에 차를 대고 있는데 불길한 검붉은색 구름이 얼룩덜룩 피어난다. 차에서 내리자 머리에 빗방울이 하나둘 떨어진다. 몸도 안 좋은데 빗속에 텐트를 치고 오스카와 둘이 추위에 떨 생각을 하니 서글퍼진다. 나는 야영장 관리소로 들어가 객실 하나를 빌린다. 각각 별채로 된 객실은 숲을 둘러싸고 반원을 그리며 서 있다. 누렇게 빛바랜 잔디밭에 일렬로 길게 선 레저용 차량 20여 대가 객실 위로 그늘을 드리운다. 내가 꿈꿨던 야생의 경험과는 거리가 먼 광경이다.

짐을 풀고 객실 밖의 피크닉 테이블 앞에 앉는다. 늦가을의 첫 추위가 닥쳐온 날이라 청바지와 운동복 셔츠에 검은 패딩 재킷을 껴입고 털모자까지 쓴다. 지도를 살피는 동안 오스카는 무릎 위에서 잠든다. 덕분에 다리가 뜨끈하다. 곧 이동할 다음 경로에 열중해 있는데 갑자기 오스카가 무릎에서 뛰어내려 객실 앞에 멈춰 선 차를 향해 으르렁댄다. 차에서 분홍색 리본을 목에 단 강아지 두 마리가 뛰어내리더니, 삼십 대 후반 정도 되어 보이는 커플이 내려 내게 다가온다.

“난 케빈, 이쪽은 캔디에요.” 헤어 젤을 번들번들하게 바르고 은색 사슬 목걸이를 건 남자가 자기들을 소개한다.

“술라이커예요. 만나서 반가워요.”

“수…… 뭐라고요?”

“술, 라, 이, 커요.” 나는 한 마디씩 불러준다.

“무슨 이름이 그 따위에요?” 케빈이 이렇게 대꾸한다. 그의 입술에서 사나운 웃음소리가 터져 나온다. “미국인이 아닌가 봐요?”

정말로 궁금해서 묻는 건지, 농담인지, 아니면 인종차별적 조롱인지 모르겠다. 뭐라고 대답해야 할지 몰라서 나도 따라 웃는다. 그런 나 자신이 미워지려고 한다.

“여긴 혼자 왔어요?” 캔디가 묻는다.

별생각 없이 그렇다고 대답했다가 곧바로 후회한다. 남자친구

벅과 같이 왔다고 말했어야 했는데, 그이가 지금은 들소 사냥을 나가 있지만 언제든 총을 가지고 돌아올 거라고. 하지만 곧바로 다른 생각이 떠오른다. 안전하게 여행하는 데 남자가 필요하진 않아. 그냥 누구와 어떤 식으로 교류할지 좀 더 분별 있게 결정하면 돼. 그러니까 새로운 이웃에게 점잖게 좋은 하루 보내라고 인사한 다음 객실로 들어가면 된다는 얘기지. 나는 방충망을 통해 캔디와 케빈을 지켜본다. 두 사람은 도로 차에 타더니 다행히 다른 곳으로 간다.

그들이 가버리자 나는 다시 밖으로 나와 불 피우는 자리에 장작을 쌓아올린다. 장작은 축축하다. 한참 애쓴 끝에 겨우 불을 붙이는 데 성공하고, 차가운 공기 속에 탁탁 튀며 타오르는 불꽃을 뿌듯하게 바라본다. 비가 그친 터라 오스카의 목줄을 풀어서 마음껏 뛰어놀게 해준다. 이슬 맺힌 잔디밭에 벌렁 드러누워 양팔을 내뻗고 손가락 끝으로 풀잎을 어루만진다. 나무 타는 냄새가 콧구멍 깊이 스민다.

잠시 졸다가 깨어보니 벌써 사방이 어두워졌다. 하늘에 걸린 초승달이 방금 깎아낸 새하얀 손톱을 닮았다. 오늘도 가스레인지를 켜기엔 너무 피곤해서 또다시 땅콩버터 잼 샌드위치를 만들고, 네드가 준 시 봉투를 꺼내 피크닉 테이블 앞에 앉는다. 하지만 시를 읽어보기도 전에 갑자기 가시덤불 부스럭대는 소리가 들려온다. 눈을 가늘게 뜨고 숲속을 들여다보니 커다란 개와 덩치 큰 남자 하나가 희미하게 보인다. 불룩한 배에 꼭 끼는 플란넬 셔츠를 걸친 남자는 커다란 파란색 방수포로 감싼 뭔가를 질질 끌며 걸어온다. '뭘까? 아마도 야영 장비겠지.' 머릿속에 이런 생각이 스친다. '아니면 시체일 수도.' 남자는 내가 묵는 곳의 오른쪽 객실 앞에 짐을 내려놓는다. 딱히 인사랄 것도 없이 계단에 앉아서 맥주 캔을 하나 따더니, 놀라운 속도로 12개들이 묶음을 비워버린다. 왠지 불안해진다. 불가에서 평화로운 밤을 보내려던 희망도 사라졌다. 나는 시 봉투와 남은 샌드위치를 들고 객실로 들어온다.

아침이 될 때까지 객실 안에 있고 싶지만, 이곳에는 배관 설비가 없다. 화장실은 70미터쯤 떨어진 야외에 있다. 잠자리에 들기 전 손전등과 세면도구를 챙겨 얼른 화장실에 다녀오기로 한다. 그런데 문을 열자마자 오스카가 내 다리 사이를 빠져나가 어둠 속으로 사라진다. "오스카." 처음엔 가만히 불러보지만, 오스카가 돌아오지 않아 점점 더 목소리가 커진다. "오스카, 젠장, 이리 와!" 나는 숲 가장자리를 따라 손전등을 휘두르며 높게 자란 잔디를 위아래로 훑는다. 하지만 아무리 불러도 대답이 없다. 낭패다.

"개가 도망쳤나요?" 갑자기 뒤에서 누군가 이렇게 묻는다. 방수포를 끌고 와서 맥주를 들이켜던 옆 객실 남자다. 그 목소리에 나는 화들짝 놀란다.

"네, 근데 이제 찾았어요."

"찾는 거 도와드릴까요?" 남자는 내가 한 말을 전혀 못 들은 것처럼 묻는다.

"괜찮아요." 나는 좀 더 완강하게 되풀이하고 남자에게서 멀어진다.

환자로 너무나 오래 좁은 세상에 갇혀 지내다 보니 내 몸의 안전뿐만 아니라 세상의 안전까지 불신하게 됐다. 내가 느끼는 게 근거 없는 불안인지 아닌지, 상대를 믿어도 되는지 아닌지 구분하기 어렵다. 오스카를 찾겠다고 정체 모를 낯선 사람과 숲속을 헤매고 싶진 않다. 뒤돌아 다시 객실로 향하려는데 짧은 꼬리가 땅바닥을 탁탁 치는 익숙한 소리가 들려온다. 물론 그건 덥수룩한 얼굴에 함박웃음을 띤 오스카다. "이 녀석, 도로 쉼터로 보내버릴까 보다." 나는 투덜거리며 오스카를 안고 등 뒤로 문을 닫아 잠근다.

다음날 아침엔 감기가 더 심해진다. 온몸이 쑤시고, 머리는 무겁고 축축한 모래를 채운 느낌이다. 여행 대부분이 이런 식일 거라고 생각하니 우울해지지 않을 수 없다. 불안하게 보내는 밤, 허구한 날 아픈 몸, 어딜 가든 계속 따라올 피로감. 억지로 바깥 피크닉 테이블까지 나가 휴대용 가스레인지와 한참 씨름한 끝에 겨우 불을 붙인다. 파랗게 타오르는 불꽃 위에서 오트밀 냄비가 금세 끓는다. 아침식사를 하는데 이웃 남자와 그의 개가 다시 나타난다. "안녕하세요." 남자가 기름 낀 곱슬머리에 구겨 쓴 야구 모자를 슬쩍 들어 올리며 인사한다. "그러고 보니 미처 소개를 못 했네요. 난 제프고 이쪽은 디젤이에요." 남자가 옆에 있는 검은색 래브라도 개를 가리키며 말한다. "어젯밤에는 미안했어요. 청각장애가 있어서 남들 말을 잘 못 듣거든요. 오늘은 제대로 보청기를 끼고 나왔어요. 개가 무사한 것 같아 다행이네요."

나는 그제야 햇빛에 비친 남자의 모습을 제대로 바라본다. 손톱은 들쑥날쑥하고 수염은 일주일쯤 깎지 않은 듯 덥수룩하지만, 눈빛만큼은 친절하다. 죄책감이 솟구친다. 지난 몇 년 동안 나는 대체로 남들의 선입견에 시달리는 입장이었다. 눈 내리는 겨울날 맨해튼 거리의 버스 안에서 노부인에게 자리를 양보하지 않았다고 웬 남자의 호통을 듣기도 했다. '저기요, 제가 젊긴 하지만 난치병 환자거든요. 지금도 화학요법 치료를 받으러 가는 중이라고요.' 나는 이렇게 변명하고 싶었지만 그러지 못했다. 여러 사람의 비난 어린 시선을 받으며 얼굴이 빨개진 채 가만히 자리에서 일어났을 뿐이다.

"언제부터 야영한 거예요?" 친근하게 대하고 싶은 마음에 나는 제프에게 이렇게 묻는다.

"몇 주 전부터 계속 텐트에서 잤어요. 하지만 비가 너무 심하게 와서 어젯밤에 객실로 옮겼죠."

"세상에, 몇 주 전부터요?" 나는 놀라서 대답한다. "나도 긴 모험에 나선 참이에요."

"뭐, 이것도 나름 모험이라고 할 수 있겠죠…. 사정상 집을 팔아야 했거든요. 내가 가진 돈으로는 살 곳을 찾기가 어렵다 보니, 지금은 여기가 내 집이에요. 야영장에는 나 같은 처지인 사람이 많아요. 어려운 시기긴 하지만 그래도 불평할 수는 없죠."

제프와 나는 한동안 이야기를 나눈다. 제프는 가까운 해안 도시 플리머스의 바닷가가 괜찮다고 알려준다. "아주 예쁜 곳이에요, 꼭 들러봐요." 날도 따뜻하고 딱히 다른 일정도 없기에 나는 그리로 가본다. 자갈 깔린 해변을 따라 걸으며 제프와 디젤을, 그들이 집 없이 지낼 겨울을 생각한다. 네드와 그가 가르치는 학생들을 생각한다. 아직 만나지 못한 사람들과 내가 달려야 할 기나긴 고속도로를 생각한다. 오스카가 물가를 따라 달리며 파도를 쫓는다. 해가 수평선 너머로 가라앉자 분홍빛과 오렌지빛 광선이 바다 위로 교차하며 십자 무늬를 그린다.

며칠 뒤 날씨가 개고 감기도 낫자 나는 텐트 칠 곳을 찾아본다. 매사추세츠를 떠나기 전에 반드시 제대로 야영을 해보고 싶다. 해안을 따라가다가 솔즈베리 마을에 있는 파인스 야영장에 이른다. 야영장 입구의 A자형 오두막 앞에 차를 세우고 들어가니 접수대 뒤에서 빠글빠글한 흰 파마머리가 불쑥 나타난다. 나이가 많은 그녀는 휴대용 산소 탱크를 달고 있다. 접수대 위에는 말보로 레드 한 갑이 놓여 있다. "무엇을 도와드릴까요?" 그녀가 쌕쌕거리는 목소리로 말한다.

오늘밤 텐트를 칠 자리가 남아 있는지 묻자 그녀는 야영장 지도를 건네준다. "마음대로 골라요. 댁 말고는 아무도 없으니까요."

우뚝 솟은 소나무들과 텅 빈 레저용 차량들을 지나 야영장 가장자리로 차를 몰고 간다. 사위어가는 햇빛 속에서 서둘러 텐트를 꺼내 설치에 착수한다. 플라스틱 방수포와 뼈대를 땅바닥에 펼쳐 놓고 뒤로 물러나 잠시 바라본다. 어려워봤자 얼마나 어렵겠어?

그러나 금속 막대들과 아무리 씨름해봐도 답이 나오지 않는다. 중고로 산 것이라 설치 안내서도 없다. 몇 번이나 실패를 거듭한 끝에, 문명을 벗어난 숲속 낭만 따위는 집어치우고 휴대전화를 꺼내 유튜브에서 관련 동영상을 검색한다. 미국 어딘가의 숲속에서 위장복 차림의 사냥꾼이 내가 가진 텐트 모델('빅 아그네스' 브랜드의 플라이 크릭) 설치법을 느릿느릿 설명하는 영상을 본다. 영상을 반복 재생하며 방수포를 기둥에 고정하려 애쓴다.

집을 떠나온 지 일주일이 지났다. 얼마 나아가지 못했고 자꾸 말썽이 생기지만, 이렇게 귀찮은 상황을 겪을 때마다 새로운 근육을 키우는 기분이다. 계속 앞으로 나아가다 보면 내가 되고 싶은 사람이 될 거라고, 자족적이고 독립적이며 숲속에서도 두려움 없이 야영할 수 있는 사람이 될 거라고 믿어야 한다. 언젠가는 반드시 그렇게 되리라. 마침내 텐트를 설치한 나는 한껏 우쭐대며 안으로 기어들어간다. 이마에 헤드램프를 달고 노트를 펼쳐 이렇게 쓴다. '야영 중이다! 텐트 안에서! 나 혼자!'

남겨진 이들을 위하여

혼자 자동차 여행을 떠나면 기묘한 일들을 겪게 된다. 운전이 지루하다 못해 명상에 가까워지면 마음속에 별별 생각이 다 펼쳐진다. 평소의 불안과 걱정이 비워진 자리에 백일몽이 깃든다. 엉뚱한 단상이 솟았다가 사막에 반짝이는 신기루처럼 금세 스러지거나, 라디오에서 나오는 옛 노래나 어디서 본 듯한 풍경 때문에 과거의 기억이 쏟아지기도 한다. 지리와 기억이 대화를 나누듯 상호 작용을 하며 서로를 자극하고 부추긴다. 이는 때로 계획에 없던 방문으로 이어지기도 한다.

뉴햄프셔에 접어들자 '자유로운 삶이 아니면 죽음을'이라고 적힌 푸른색 대형 표지판이 눈에 띈다. 대체 어쩌다 저런 글귀가 공식 표어가 된 걸까. 주유소에 멈춰 잠시 인터넷 검색을 해보니 유명한 남북전쟁 참전 용사 존 스타크 장군이 1909년에 했던 말이라고 한다. 장군은 극심한 류머티즘 탓에 베닝턴 전투 1주년 기념 파티에 참석할 수 없게 되자 대신 우편으로 이런 답장을 보냈다. '자유로운 삶이 아니면 죽음을. 죽음이 가장 끔찍한 사태는 아닐지니.' 자유롭지 않은 삶에서 벗어나려 애쓰는 사람으로서 나 또한 표어의 앞부분에는 공감했다. 하지만 죽음이 가장 끔찍한 사태가 아니라는 데는 공감할 수 없다. 무엇보다도 남겨진 이들의 슬픔은 절대 끝나지 않는다.

그러고 보니 멀리사의 부모님이 이 근처에 살고 있다. 가려는 길에서 조금만 돌아가면 된다. 지나치기 전에 최소한 연락은 드려봐야 할 것 같아서, 멀리사의 어머니 세실리아에게 근처에 왔다고 문자를 보낸다.

'갑작스럽지만 같이 아침이라도 먹을래?' 세실리아에게 답이 왔다. '윈덤 93번지에 내가 아는 식당이 있는데, 예쁘고 고풍스러운데다 야외에 자리가 있어서 개들을 데리고 앉을 수 있어.'

'좋아요! 한 시간 안에 그리로 갈게요.' 나는 이렇게 답을 보낸다.

다시 차에 올라서 긴 리본처럼 뻗은 고속도로를 달리며 세실리아를 마지막으로 본 게 언제였는지 떠올린다. 벌써 1년 반 전이다. 포근하지만 바람이 거센 브루클린의 4월 밤이었다. 우리는 멀리사를 묻기 전날 밤의 추모 행사, 혹은 멀리사가 고집했던 '파티'를 위해 모였다. 파티에 가기 전 나는 멕시코 식당에서 소아 병동의 시인 맥스와 만났고, 술기운이라도 빌리기 위해 맥주와 테킬라를 한 잔씩 들이켰다. 그 식당에서 몇 블록 떨어진 곳에 있는 황량한 공간이 파티 장소였다. 보통 미술 전시회 개막식이나 뮤직비디오 촬영, 패션쇼에 쓰이는 곳이라고 했다. 맥스의 손을 잡고 군중을 헤치며 들어가니 우리 암 환자 멤버들이 한데 모여 있었다. 실내는 북적였고 텁텁하고 더웠다. 샹들리에가 흐릿한 자주색 불빛을 드리웠고, 멀리사가 그린 그림들이 벽을 빼곡히 뒤덮고 있었다. 대용량 위스키 병과 맥주, 질 좋은 와인은 가득했지만 그림을 설명해줄 멀리사는 없었다. 술이 들어가면서 사람들의 웃음소리도 점점 요란해졌다. 깜짝 생일파티라고 해도 믿을 만한 분위기였다. 그러나 자리에 앉을 때가 되자 다들 새삼스레 파티의 취지를 인식하고는 말없는 두려움을 드러냈다. 오늘의 주인공은 결코 이 자리에 오지 않으리라는 사실을 갑자기 모두가 깨달은 것 같았다.

그날 밤 우리는 이전까지 미처 몰랐던 방식으로 멀리사의 부재를 실감했다. 멀리사의 죽음이 유족과 친구들, 주변 사람들에게 미친 충격을 역력히 느낀 자리이기도 했다. 내 곁에 앉은 맥스는 눈을 부릅뜬 채 금방이라도 실신할 듯했다. 맥스가 멀리사와 같은 병을 앓고 있다는 걸 생각하면 그가 어떤 기분일지 짐작하기 어려웠다. 당장은 맥스의 상태가 괜찮았지만, 유잉육종은 끈질긴 병이다. 몇 번이고 재발하여 몸을 망가뜨리고 결국 죽음에 이르게 한다. 맥스가 내 생각을 읽기라도 한 것처럼 한 팔로 내 어깨를 감쌌고, 나는 머리를 기울여 그의 머리에 맞댔다. "끔찍한 얘기지만, 내 장례식이 어떤 분위기일지 대충 알 것 같아." 맥스가 속삭였다.

그날의 프로그램이 시작되었다. 공연, 낭독, 건배가 이어지는 가운데 숨죽여 흐느끼는 소리가 들려왔다. 멀리사의 아버지 폴이 가장 먼저 나와서 이야기했다. "부모에게 아이를 잃는 것보다 더 큰 고통은 없지요." 폴은 강한 아일랜드 억양으로 말했다. "하지만 멀리사는 우리에게 예술 작품과 멋진 친구들을 유산으로 남겼어요. 이 사실에서 크나큰 위안을 얻습니다. 멀리사가 끔찍한 병마와 맞서 싸운 지난 3년 동안 나는 딸과 아주 많은 시간을 보냈습니다. 나는 내가 세상에서 가장 운 좋은 아빠라고 생각합니다." 폴은 이어서 생애 최고의 하루였다는 어느 날의 이야기를 들려줬다. 아름다운 여름날 오후였고, 한창 화학요법 치료를 받는 도중이었음에도 멀리사는 비교적 상태가 좋았다. 그래서 아버지와 함께 미술관에 갔다가 브루클린에서 점심을 먹은 다음 타투이스트인 친구 척을 만나러 갔다. "오늘은 아빠도 문신을 하는 거야." 멀리사는 폴에게 이렇게 말했다. 두 사람은 함께 아일랜드 전통 문양인 클라다 claddagh 문신을 받기로 했다. 클라다는 왕관 쓴 심장을 양쪽에서 두 개의 손이 붙잡고 있는 문양으로 사랑과 명예와 우정을 상징하는데, 이 세 가지 미덕은 멀리사가 모두 넘치게 지닌 것이었다. 새로 문신을 한 멀리사는 아버지와 함께 친구들이 블루그래스 음악을 연주하는 길 건너편 술집으로 갔다. "그 애들이 나한테 기타를 건네줘서 함께 한바탕 연주를 했죠." 폴이 함박웃음을 띠고 사람들을 둘러보며 말했다. "그러고 나니 딸이 내 팔을 붙잡고 이렇게 말하더군요. '아빠는 진짜 멋져, 알지?' 스무 살 넘은 자식에게서 좀처럼 듣기 어려운 말이지요." 폴은 기타를 들고 줄을 튕기더니 좋아하는 옛 민요 〈하루가 저물 때〉를 불렀고, 마지막으로 한마디를 덧붙였다. "우리 딸이 영원히 그리울 겁니다."

사람들이 차례로 일어나서 멀리사와 관련된 가장 소중한 추억을 공유하는 동안, 내 시선은 자꾸만 멀리사의 엄마에게로 향했다. 세실리아는 폭탄이라도 맞은 듯한 모습으로 한쪽으로 비켜서 있었다. 딸이 가장 즐겼던 도락을 기리려는 듯 그는 재킷 옷깃에 금빛 마리화나 잎 브로치를 달고 있었다. 나는 그분의 얼굴에서 눈을 뗄 수 없었다. 공허한 표정. 꽉 다문 입. 무감각한 눈빛. 세실리아는 마지막으로 직접 마이크 앞에 나선 순간까지 울지 않았다. "멀리사는 정말 놀라운 사람이었죠…." 그러나 다음 순간 하염없이 흐느끼기 시작했고, 갈라지는 목소리로 이렇게 덧붙였다. "뭔가를 말하려고 했는데, 도저히… 안 되겠네요."

배우자를 잃은 사람은 과부나 홀아비라 하고, 부모를 잃은 자식은 고아라고 부른다. 하지만 자식을 잃은 부모를 가리키는 말은 없다. 보통 자식은 부모의 죽음을 통해 비로소 생명의 유한함에 직면하며, 이후로도 부모보다 수십 년을 더 살게 마련이다. 자식의 죽음을 목격하는 일은 언어로 담아내기엔 너무 무거운 경험이다. 언어는 그 앞에서 힘을 잃는다.

멀리사가 죽음을 앞둔 몇 주 동안 가장 염려한 것은 자신의 죽음을 맞닥뜨려야 할 부모님이었다. 멀리사가 그 얘길 꺼낼 때마다 나는 뭐라고 대답해야 할지 몰랐고, 추모 행사가 열렸던 그날 밤에도 멀리사의 부모님에게 어떤 말을 건네야 할지 알 수 없었다. 두 분을 허둥지둥 포옹하며 몇 마디 애도의 말을 건넸을 뿐, 뭔가 잘못 말하거나 울음을 터뜨릴까 봐 겁이 나서 줄곧 떨어져 있었다. 내가 어떻게 그분들의 고통을 달랠 수 있겠는가?

이렇게 멀리사의 어머니와 아침식사를 하러 가는 지금도 도무지 어떤 말을 해야 할지 모르겠다. 멀리사 없이 둘이서만 만나는 건 이번이 처음이다. 병원 대기실이나 복도 이외의 장소에서 만난 것도 몇 번 되지 않는다. 고속도로 3번 출구에서 오른쪽으로 빠져나와 소 방목장과 흰 교회 첨탑, 러셋 감자가 높다랗게 쌓인 농장 판매대를 지난 다음 '윈덤 정션 컨트리 스토어 앤드 키친' 앞에 차를 세운다. 세실리아는 이미 주차장에서 나를 기다리고 있다. 청재킷에 검은색 컨버스 하이탑 운동화 차림이 딸을 쏙 빼닮았다. 어깨까지 기른 검은 머리에 드문드문 백발이 섞이고 안경을 꼈다는 점이 다를 뿐이다. 세실리아를 보자 긴장감에 가슴이 죄어온다.

우리는 커피를 주문하고 야외 테이블에 앉는다. 카페를 둘러싼 잡목 숲이 햇살에 빛난다. “단풍은 이번 주말이 절정이야.” 나와 함께 풍경을 바라보던 세실리아가 이렇게 말한다. 세실리아 곁에는 최근 쉼터에서 입양했다는 슈나우저 강아지가 있다. 내게 오스카가 큰 도움이 된 걸 보고 당신도 개를 입양하기로 했다고 한다. “개가 있으면 모든 게 조금이라도 나아져요, 그렇죠?” 두 녀석이 어울려 놀기 시작하자 나는 이렇게 말한다.

“그렇긴 하지.” 세실리아가 대답한다. “그렇지만 솔직히 말하면 지난 한 해는 정말 끔찍했어. 폴과 나는 집을 처분하고 이사 갈까 생각 중이야. 새 출발을 하고 싶어. 캘리포니아나 애리조나가 어떨까 하지만, 아직은 어떻게 될지 모르지.”

두 사람이 야자수가 우거지고 일 년 내내 해가 빛나는 곳으로 떠난다고 생각하니 나도 기분이 좋아진다. “왜 망설이세요?” 내가 묻는다.

“멀리사가 죽은 뒤로 지금까지 집 정리를 못했거든.” 세실리아가 말한다. “엉망진창이야. 저장 강박증에 가까운 상태지. 창피할 정도야. 그래서 여기서 만나자고 했어. 이사를 가고 싶긴 하지만 집에 물건이 너무 많아서 어디서부터 정리해야 할지 모르겠어. 멀리사가 갖고 놀던 목마는 어떡하지? 그 애 그림들은? 옷가지는?”

나는 차마 세실리아의 고민에 답을 할 수가 없다. 자기 물건을 간직할지 말지 결정하는 일도 어려운데 죽은 자식의 물건이라면 어떻겠는가. 그야말로 슬픔의 근본적 의미에, 집착과 포기 사이의 고통스러운 갈등에 시달리는 일일 터였다. 과거에 묶여 있을 것인가, 그 일부를 떠나보낼 것인가. 그러나 멀리사는 부모님이 자신의 유물로 가득한 사당에 머물길 바라진 않을 것이다. 임종이 가까웠을 무렵 죽는 게 두렵냐는 내 물음에 멀리사는 이렇게 대답했다. "가장 두려운 건 부모님의 남은 평생이 무너지는 거야."

"멀리사는 두 분이 행복하게 살아가기를 바랄 거예요." 나는 이렇게 말한다.

"글쎄, 우리가 행복해질 수 있을지 모르겠어." 세실리아가 대답한다. "너무 견디기 힘들어. 멀리사가 곁에 없는 매일 매시간이 말이야. 더 끔찍한 건 다른 부모들이 우리를 저주받은 사람들처럼 대한다는 거야. 전염될 수 있는 저주 말이야. 사람들은 죽음을 생각하면 불편해지나 봐. 우리더러 긍정적으로 생각하라고, 죽은 딸 얘기는 이제 하지 말고 그만 슬퍼하라고 얘기해. 그렇지만 우리는 결코 슬퍼하는 걸 그만둘 수 없을 거야. 그렇다면 어떡해야 하지?"

아침식사를 마친 뒤 세실리아는 나와 함께 주차장까지 걸어가며 다음 목적지를 묻는다. 나는 오하이오로 가는 중이지만 북동부를 떠나기 전에 잠시 우리 부모님을 뵈러 갈까 생각 중이라고 대답한다. "참, 별건 아니지만 줄 게 있는데." 세실리아가 말하며 작은 배낭을 건넨다. 배낭에는 오스카의 간식, 장난감, 강아지용 물병 등이 잔뜩 들어 있다. 세실리아가 다시 재킷 주머니에 손을 넣었다 펴자 손바닥에 은제 골동품 열쇠가 놓여 있다. 멀리사가 남긴 잡동사니 수집품이라고 한다. 예상치 못한 선물에 목이 메어오지만, 세실리아 앞에서 울고 싶진 않아서 꾹 참는다. 나는 주머니에서 열쇠 뭉치를 꺼내 방금 받은 열쇠를 끼운다. "이렇게 하면 멀리사도 저와 함께 미국 전역을 돌아다닐 수 있겠죠."

차에 올라 윈덤을 떠난다. 뒤쪽에서 손을 흔들며 배웅하는 세실리아의 윤곽이 서서히 희미해진다. 세실리아가 시야에서 완전히 사라지자마자 울음이 터진다. 한 시간을 넘게 달려 버몬트로 넘어왔을 무렵엔 눈물을 너무 많이 흘려서 아스팔트와 나무가 구분되지 않는다. 나는 길가에 작은 공터가 있는 걸 발견하고 차를 세운 다음 시동을 끈다. 멀리사가 죽었다는 말을 들은 뒤로 나는 지금까지 그 애를 생각하며 울 수가 없었다. 그런데 이렇게 울음이 터지니 눈물이 멈추지 않는다. 멀리사의 죽음을 받아들였다고 생각했는데(적어도 내가 할 수 있는 만큼은), 지금의 슬픔은 너무나 아릿하고 생생하다. 사람들은 흔히 시간이 모든 걸 치유해준다고 얘기한다. 하지만 멀리사의 부재는 치유되지 않으며 치유할 수도 없을 것이다. 내가 살아서 나이를 먹는 동안에도 내 친구는 계속 죽어 있을 것이다.

가장 가슴 아픈 건 불가능함의 확실성이다. 나는 다시는 멀리사와 함께 소아 병동에서 땅콩버터와 잼이 든 별 모양 샌드위치를 먹지 못한다. 함께 가발 쓴 머리를 흔들면서 리듬에 맞춰 춤을 출 수도 없고 멀리사가 새로운 걸작을 그리는 모습을 볼 수도 없다. 사람들이 왜 사후세계를 믿는지 이제는 알 것 같다. 이곳을 떠난 이들이 어딘가 다른 곳, 고통 없는 천상의 세계에서 영원히 살 거라는 믿음이 어떤 위로가 되는지 알 것 같다. 그러나 내가 아는 건 이곳에서는 내 친구를 다시 만날 수 없다는 사실뿐이다.

떨리는 양손으로 스웨터 자락을 당겨 눈물을 닦는다. 그런 다음 계속 차를 몬다. 낙엽 흩날리는 버몬트의 구불구불한 시골길을 따라 옥수수밭과 지붕 있는 다리를 지나자 마침내 통나무집이 보인다. 지난여름 동안 이 말도 안 되는 여행을 구상했던 바로 그 장소다. 통나무집에서 며칠간 잠을 자고 숲을 거닐고 좀 더 실컷 운 다음, 여정을 계속한다.

멀리사가 죽은 뒤 시간이 지나면서 달라진 게 있다면, 이젠 친구를 기억하는 일이 슬프지만은 않다는 점이다. 때로 즐거운 순간도 있다. 차가 이리저리 흔들리며 비포장도로를 달리는 동안 내 옆 조수석에 멀리사가 앉아 있다고 상상해본다. 라디오에서 나오는 음악에 맞춰 고개를 끄덕이고 가을 햇살에 초록빛 눈을 반짝이면서. 나는 인생의 온갖 고민거리에 관해 멀리사의 의견을 묻는다. 상실과 연애에 관해, 과거를 뒤로하고 미래로 나아갈 방법에 관해, 화학요법 치료 이후 자라난 꽁지머리를 처리할 방법에 관해. 상상 속 멀리사는 내 말에 동의하며 웃거나 반대하며 고개를 젓는다. 그러다 보면 이런저런 고민들도 조금씩 풀리는 것 같다.

멀리사의 어머니와 대화하는 동안 불편한 생각 하나가 자꾸만 마음을 비집고 들어왔다. '우리의 이야기가 다르게 풀렸더라면, 내가 아닌 멀리사가 비탄에 빠진 우리 부모님을 찾아왔겠지.' 이런 생각을 하니 숨 막힐 듯한 죄책감이 밀려든다. 나는 살아 있고 멀리사는 그렇지 못하다는 것뿐만 아니라, 치료가 끝난 후 현실에 적응하려 애쓰느라 부모님의 괴로움은 미처 살피지 못했다는 점 때문이다. 세실리아가 그랬듯 내 어린 시절 침실 바닥에 앉아서 내가 남긴 물건 무더기에 둘러싸인 어머니의 모습을 상상해본다. 내가 아끼던 강아지 봉제인형, 성적표와 미술 과제가 가득한 종이 상자, 먼지가 앉은 채 구석에 세워진 더블베이스, 언젠가 손주에게 물려주려고 고이 개어 티슈로 감싸놓은 손뜨개 배내옷들. 우리 부모님은 다행스럽게도 자식을 잃지 않았다. 하지만 줄곧 그렇게 될 가능성을 생각하며 자식을 보살폈던 일은 또 다른 정신적 외상으로 남았을 것이다.

새러토가는 뉴욕과 버몬트의 경계에서 차로 한 시간 거리에 있다. 나는 망설이다가 마지막 순간에야 본가에 들러 하룻밤 자고 가기로 한다. 마지막으로 집에 간 게 언제인지 기억이 가물가물하다. 진입로에 차를 세우자 어머니가 달려 나와 날 맞아준다. 나는 어머니의 여윈 어깨에 양팔을 두르고 익숙한 영양크림 냄새를 들이마신다. 어머니에게 사랑한다고, 그간 정말로 보고 싶었다고 말하면 좋겠지만, 우리 가족은 본래 살가운 애정 표현보다는 식탁에서의 열띤 논쟁에 익숙한 편이다. 그리고 다른 문제도 있다. 지난 한 해 동안 어머니와 나는 예전처럼 자주 솔직하게 이야기를 나누지 않게 되었다. 사실은 한동안 아예 연락을 안 하고 지냈다.

나는 부모님과 영원히 밀접한 관계를 유지할 거라고 생각했다. 우리가 함께 헤쳐온 고난을 생각하면 그럴 수밖에 없었다. 하지만 화학요법 치료가 끝난 뒤 우리 사이는 묘하게 멀어졌다. 부모님도 윌과 나의 관계에 문제가 생겼다는 건 알고 있었지만, 자세한 사정은 몰랐기에 그가 아파트를 떠났을 때 엄청난 충격을 받았다. 윌은 골수이식 수술 전까지 거의 1년을 우리 본가에서 함께 지냈다. 가족 휴가도 함께 갔고 부모님과 나란히 병원 대기실에 앉아서 기나긴 시간을 보냈다. 퇴원한 뒤 아파트에서 함께 살 때도 날마다 부모님에게 연락을 드렸고, 내 건강 상태에 대해 메시지와 사진을 보내곤 했다. 부모님은 윌을 명예 사위이자 한 식구로 여겼다.

부모님이 윌과 나의 이별보다 더 받아들이기 어려워했던 것은 내게 새 애인이 생겼다는 사실이었다. 두 분은 입을 모아 반대했다. 벌써 새로운 상대를 만나는 건 너무 이르다며, 윌과의 문제가 정말 그렇게 심각한 거냐고 재차 물었다. 존과 부모님이 함께 저녁 식사를 하는 자리를 만드는 데도 반년이 넘게 걸렸다. 결국 두 분도 윌 얘기를 그만두고 내게 맞춰주려 했지만, 여전히 나를 걱정하는 게 느껴졌다. 존과의 만남은 내겐 새 출발의 기회였지만, 부모님에게는 낯선 위험이었다. 내 몸에 대해 잘 모르는 남자를 만나 또다시 상처를 자초하지는 않을까 염려하신 것이었다.

그러다 보니 부모님과의 대화는 항상 건강에 대한 걱정으로 귀결될 수밖에 없었다. 통화 중에 어쩌다 기침을 하거나 피곤하다는 말만 꺼내도 부모님은 온갖 불안과 우려를 늘어놓곤 했다. "어디 아파? 혈구 수치 검사 예약해야 하는 거 아니니? 집에 와서 좀 쉬지 그래?" 걱정하는 말들이 마치 멈출 수 없는 경련처럼 터져 나왔다. 물론 부모님은 나를 보호하려고 그런 것이었지만 두 분의 불안이 내겐 너무 부담스러웠다. 나는 서서히 본가 방문이나 두 분과의 전화 통화를 피하게 되었다. 메일이나 문자가 와도 며칠씩 대답을 미루었고 가끔은 아예 답을 하지 않았다. 두 분 모두에게, 특히 나와 매일 연락하는 데 익숙했던 어머니에겐 더욱 힘든 일이었을 것이다. 하지만 달리 어쩔 도리가 없었다. 내 자신의 두려움만으로도 버거웠던 상황이라 일단 부모님에게서 거리를 둘 수밖에 없었다.

나는 어머니를 따라 부엌으로 들어가서 강황 차를 끓인다. 각자 머그잔을 들고서 위층의 어머니 작업실로 올라간다. 한구석에 놓인 낡아빠진 카세트 라디오에서 클래식 음악이 흘러나온다. 창틀 가득 조개껍데기, 나뭇가지, 깃털, 동물 뼈 등이 놓여 있다. 어머니가 매일 아버지와 숲속을 거닐며 주워 온 물건들이다. 벽에는 어머니의 최신작이 걸려 있다. 대형 흑백 유화인데 버려진 새 둥지를 그린 것 같다.

어머니와 나는 창가에 기대 세워놓은 대형 제도용 책상에 걸터앉는다. 책상 위에는 노트 여러 권과 붓이 꽂힌 유리병, 물감 튜브가 어지러이 놓여 있다. 어머니가 머그잔을 놓을 자리를 만들려고 책상 위를 대충 치우는 동안 나는 어머니의 손을 관찰한다. 오랜 시간 그림을 그리고 정원을 돌보느라 거칠어진 손이다. 손가락은 생강 뿌리처럼 울퉁불퉁하고 손바닥은 나무껍질만큼이나 꺼끌꺼끌하다. 이 손으로 세상에 태어난 나를 안아 올렸겠지. 임상실험을 시작하고 밤마다 화학약물 주사를 맞으며 성이 나서 노려본 것도, 아픔을 못 참고 침대에 소변을 지렸을 때 축축한 시트를 갈아준 것도 바로 이 손이었지. 정말 많은 일들을 이 손과 함께 헤쳐 나왔어.

"엄마?" 내가 프랑스어로 말을 꺼낸다. "고마워요."

"뭐가?" 엄마 또한 프랑스어로 답한다.

"항상 나를 잘 돌봐주잖아."

"고마워할 필요 없어. 부모라면 당연히 해야 할 일인걸." 어머니는 잠시 머뭇거리다가 이렇게 덧붙인다. "이상한 게 뭔지 알아? 나는 네가 심하게 아팠을 때 오히려 더 빠릿빠릿하게 생활을 돌봤던 것 같아. 비상사태였고 너를 돌본다는 한 가지 목표에만 집중해야 했으니까. 네가 살아남지 못할까 봐 지독히 두려웠지만 스스로 그걸 인정할 순 없었지. 네가 나아진 지금에야 두려움을 인정할 수 있게 됐어. 이 모든 경험의 의미를 좀 더 깊이 생각할 수 있게 됐고."

어머니에게 이런 얘기를 듣는 건 처음이다. 지난 4년이 어머니에게 어떤 시간이었는지 조금이나마 알 것 같다. 내가 백혈병 진단을 받은 날부터 부모님은 줄곧 곁에 있어주었다. 내 고통은 두 분의 고통이었고, 내 좌절과 불안 또한 모두 두 분의 좌절과 불안이었다. 딸의 암이 재발할지 모른다는 염려를 떨쳐내려면 두 분에게 아주 긴 시간이 필요하리라. 나뿐만 아니라 나의 가족 또한 지난 경험을 극복하고 앞으로 나아가려 애쓰고 있었다.

"삶이 뒤집혔고, 이제 전과 똑같은 방식으로 살아갈 순 없어." 어머니가 말한다. "네가 인생을 재발견하기 위해 여행을 떠나왔듯 나도 나만의 여정을 시작해 보려 해."

다음 날 아침 부모님과 나는 근처의 친구네 집 과수원에서 아침식사를 한다. 식탁 위 분위기는 평화롭지만 은근한 걱정이 느껴진다. 이번에는 내 혈구 수치가 아니라 과연 내가 방향 지시등을 제대로 켤 수 있을지를 걱정한다는 게 전과 다른 점이다. 집으로 돌아와 나는 차에 짐을 싣는다. 더 오래 있고 싶지만 떠나야 한다. "내일부터 너한테 날마다 전화하는 걸 새로운 100일 프로젝트로 삼을까 해." 내가 차에 타자 어머니가 덤덤한 표정으로 말한다. 어머니 곁에 선 아버지는 등 뒤로 양손을 모으고 있다. 차를 몰고 진입로를 빠져나가는데 아버지가 슬그머니 다가와 뒤쪽 차창에 물 한 잔을 끼얹는 게 보인다. 어릴 때부터 수없이 보아온 튀니지의 오랜 관습이다. 사랑하는 사람이 먼 여행길에 나설 때 무사히 돌아오길 기도하며 뒤에서 물을 뿌리는 것.

긴 여정

내 차 내비게이션이 거짓말쟁이거나 내 운전 실력이 형편없거나 둘 중 하나겠지만, 어디를 가든 항상 내비게이션의 예상 시간보다 거의 두 배는 걸리는 것 같다. "우회전하세요…. 경로를 다시 계산하는 중입니다." 고속도로 출구를 놓칠 때마다 내비게이션에서 은근히 생색내는 듯한 목소리가 흘러나온다. 다음 목적지인 오하이오 콜럼버스로 가는 길은 지금까지 내가 운전해본 가장 긴 구간이 될 것이다. 내비게이션의 예상으로는 9시간 21분 뒤에 목적지에 도착할 거라지만, 그럴 것 같진 않다.

나는 지금 남의 시계가 아니라 내 시계에 맞춰 움직이고 있으니까.

여행을 떠나온 지도 2주가 지났다. 처음에는 너무 긴장한 나머지 규칙적으로 숨 좀 쉬라며 스스로 타일러야 할 정도였다. 운전석에 앉아 있는 매분 매초가 새롭고 두려운 상황의 연속이었다. 이 길이 맞나? 저 빨간색 깜빡이등은 무슨 의미지? 저 표지판에 적힌 건 무슨 이집트 상형문자인가? 노선 변경과 고속도로 진입이 가장 힘들었다. 마치 내가 살아남을지 죽을지 추측해야 하는 실존주의 게임 같았다. 하지만 하루하루 지날수록 자신감이 붙었고, 나 때문에 성이 나거나 당황한 운전자의 경적 소리를 마지막으로 들은 지도 사흘이 넘어간다. 오늘 아침 새러토가를 떠나기 전에 아버지에게 새로운 요령을 배웠다. 운전하면서 사이드미러를 들여다볼 때

몸을 앞으로 숙이면 사각지대에 있는 차들이 유리창 곡면에 비친다는 것이다. 덕분에 이제는 조금 더 침착한 마음으로 주간 고속도로를 달릴 수 있게 되었다. 뒷좌석에서 뼈다귀를 씹고 있는 오스카도 한결 느긋해 보인다.

세 시간쯤 달리자 슬슬 피곤하다. 차창을 통해 들어오는 따스한 햇볕 때문인지 몸이 노곤하다. 휴게소에 멈춰 신발을 벗고 좌석을 최대한 뒤로 젖힌 다음 두 발을 뻗어 계기판에 올린다. 나는 계속 피로감에 쫓기지만, 무리하게 애쓰거나 여정이 지체된다고 초조해하는 대신 맥도날드의 노란 M자 간판 아래서 눈을 감고 쉬기로 한다. 체력적 한계를 기분 전환의 계기로 삼고 그에 따른 휴식을 즐긴다. 그러다 보니 이렇게 휴게소에서 보내는 시간이 가장 즐거운 순간이 되었다. 뒤숭숭한 마음을 떨치고 현재를 음미하며, 이 낯설고 기묘한 몸과 이런 휴식이 아니었다면 와보지 못했을 새로운 장소에 닻을 내린다.

반시간쯤 뒤에 눈을 뜨니 힘이 솟는다. 덕분에 오늘 묵을 곳을 찾기까지 240킬로미터를 더 나아간다. 버펄로 외곽에 도착해 싸구려 모텔 방을 잡기로 한다. 접수원이 방 열쇠를 찾길 기다리는 동안 나이아가라 폭포 유람선 안내 책자를 뒤적인다. 날씨는 흐리고 음울하다. 오스카를 산책시켜야 하는데 근처에 보이는 녹지대라고는 모텔 부지를 둘러싼 바싹 마른 잔디밭 한 뙈기뿐이다. 우리가 주차장을 몇 바퀴 돌며 뛰는 내내 근처 고속도로의 물구덩이를 지나는 자동차들의 바퀴 소리가 요란하다. 갑자기 싸락눈이 쏟아지기 시작하자 오스카가 주둥이를 쳐들고 하늘을 향해 으르렁댄다.

들어와 보니 객실은 놀랍도록 안락하고, 방 안을 밝히는 불빛도 포근하다. 오스카가 먹을 물그릇과 밥그릇을 차려놓고 뭘 하면 좋을지 궁리한다. 푹신한 침대에서 뒹굴며 책을 읽는 것도 좋겠지만, 새롭게 태어난 나의 자아는 비오는 날씨에 500킬로미터 정도를 달리고 나서도 여전히 모험을 갈망한다. 아까 본 안내 책자가 떠오른다. 나이아가라 폭포가 여기서 반시간 거리다. 한 번도 가본 적 없는 곳이다. 오스카의 귀 뒤를 긁어주고 다시 차를 타러 간다.

폭포에 가까워질수록 조잡한 호텔과 요란한 카지노가 늘어난다. 점점 기대감이 떨어진다. 공원 입구 옆 주차장은 이미 만원이다. 간신히 빈자리를 찾았을 무렵엔 그냥 돌아갈까 생각했지만 그래도 차에서 내려 유람선 입장권을 사려는 사람들 뒤에 줄을 선다. '물안개 아가씨'호는 상류인 미국 쪽에서 출발해 말발굽 모양의 캐나다 쪽 폭포 아래로 나온다고 한다. 나는 비닐 우비를 걸치고 다른 관광객 수백 명과 함께 거대한 2층 페리에 오른다. 내 평생 이렇게 많은 셀카봉을 한꺼번에 보는 건 처음이다.

군중 사이를 비집고 들어가 간신히 1층 갑판에서 앞이 내다보이는 자리를 확보한다. 갈비뼈가 우현 난간에 짓눌린다. 주위를 둘러보니 다른 사람들은 전부 가족이나 연인과 함께 있다. 하필 이렇게 관광객이 많은 장소에 혼자 오게 되니 남들을 의식하게 된다. '나도 친구 있다고요, 정말이에요.' 내 옆의 커플에게 이렇게 말해주고 싶어진다. 물론 두 사람은 경치를 감상하느라 바빠서 나를 볼 겨를도 없는 듯하지만, 그래도 왠지 어색하고 외롭다.

하지만 그런 기분은 몇 분 만에 사라진다. 유람선이 시원한 물을 가르며 나아가자 바람에 얼굴이 얼얼하다. 서서히 가까워지는 절경을 보니 어색한 느낌도 씻겨나간다. 오히려 내 고독이 다소 호사스럽게 느껴질 정도다. 동행이 있다면 지금처럼 온전히 풍경을 만끽할 수 없었을 테니까. 머리 위로 갈매기 떼가 스쳐간다. 정면에 폭포가 나타나자 선체가 진동하기 시작한다. 눈앞에 내 상상을 무한히 뛰어넘는 장엄한 광경이 펼쳐진다. 웅장한 절벽에서 수억 리터의 물이 떨어져 내리며 강줄기를 내리치고 치대고 짓이겨 거친 물거품을 일으킨다. 배가 폭포에 다가가자 얼어붙을 듯 차가운 물줄기가 갑판 위로 튀어 오르고, 우비가 비닐 랩처럼 몸에 착 달라붙는다. 온몸이 흠뻑 젖어 벌벌 떨면서도 나는 물러서지 않는다. 오감이 생생하게 깨어난다. 나를 둘러싼 이 경이로운 세계를 만끽한다.

거대한 장관을 마주하면 우리는 경탄하게 된다. 백혈병 진단을 받았을 때도 비슷한 느낌이었다. 대체 왜 그때까지 주변의 아름다움을 느끼지 못했는지, 삶을 지루하게 여겼는지 알 수가 없었다. 첫 번째 화학요법 치료를 받으러 마운트시나이 병원으로 걸어가는 날, 앞으로 몇 주는 바깥에 나오지 못하리라고 생각하니 하늘 색깔부터 목덜미를 스치는 바람결까지 모든 게 생생하게 느껴졌다. 나는 그날의 새로운 경이감이 이후로도 계속될 거라고 생각했다. 한순간에 모든 것이 달라질 수 있다는 걸 알게 된 이상 다시는 뭐든 당연하게 받아들일 수 없을 거라고 말이다. 하지만 시간이 지나면서 내 시야는 병동 안으로, 침대 위로 좁혀져만 갔다. 병실에 갇혀 바깥세상과 차단되면서 나는 내면으로 시선을 돌려야 했고, 마침내 그곳에서 나온 뒤에도 언제 죽을지 모른다는 두려움에 쫓기느라 더더욱 내 안으로 침잠해갔다. 그러다 보니 어느새 그 무엇에도 관심을 기울이지 못하게 되었다. 여기 폭포 아래에 와서야 나는 다시금 외부로 시선을 돌리는 법을 깨닫는다.

다음 날 아침은 완벽한 가을 날씨다. 차가 90번 주간 고속도로로 접어드는 동안 부드러운 햇살이 계기판 위에 어른거린다. 보스턴에서 시애틀까지 미국 북부를 가로지르는 간선도로다. 절벽 사이로 거대한 이리 호수의 짙푸른 물빛이 어른거린다. 정오가 가까워지고 펜실베이니아 북서쪽 경계를 넘어설 무렵 오스카가 산책하자고 조른다. 고속도로에서 빠져나와 프레스크 아일 주립공원 안내 표지판을 따라간다. 이리호 안쪽으로 호를 그리며 뻗은 좁다란 반도 형태의 땅이다. 오스카와 나는 조용한 모래밭을 산책한다. 호수는 거의 바다처럼 널따랗다. 물가에 미루나무, 버드나무, 떡갈나무가 우거져 있다. 황금빛 낙엽이 떨어져 내리며 수면에 별똥별처럼 반짝이는 잔상을 남긴다.

한껏 고독을 즐기는 와중에도 존과 함께 이 광경을 볼 수 있다면 얼마나 좋을까 하는 생각이 든다. 존과 통화한 지도 벌써 며칠이 지났다. 안 그래도 멀리 떨어져 있다 보니 서로 단절된 느낌이다. 재킷 주머니에서 휴대전화를 꺼내 존에게 전화를 건다.

"지금 어디야?" 존이 평소와 똑같이 전화를 받는다. 그의 목소리 뒤로 희미하게 트럼펫의 고음과 튜바의 저음이 들려온다. 밴드와 함께 리허설 중인 것 같다.

"나는 잘 있어." 나는 이렇게 말하고 내 말이 진심이라는 데 놀란다. "콜럼버스로 가는 중이야. 하워드 크레인이란 남자를 만나려고."

수화기 너머의 침묵 속에 그가 꾹 참고 있는 말들이 느껴진다.

미국 일주 여행 계획을 처음 얘기했을 때 존은 대놓고 반대했다. 내게 전면적인 변화가 필요하단 건 알지만 혼자 그 먼 길을 여행하는 건 위험하다고 말이다. 내가 온라인에서 만난 20여 명의 낯선 사람을 찾아갈 생각이란 걸 알자 존의 걱정은 더욱 커졌다. 메일을 얼마나 그럴싸하게 썼든 간에 그들이 실제로 어떤 사람인지는 알 수 없다는 것이었다.

"그래, 조심해." 존이 또다시 충고한다.

나는 눈을 굴리며 한숨을 내쉰다. "넌 잘 지내고?"

"괜찮아. 쉴 새 없이 일하고 있어. 네가 없으니 힘들지만." 존이 약간 풀 죽은 목소리로 말한다. 내가 떠나오기 직전에 존은 야간 토크쇼 방송의 백밴드 일자리를 구했다. 떠돌아다니는 걸 그만두고 뉴욕에 머물며 주 5일 밤마다 연주할 수 있는 일을 찾자마자 내 쪽에서 돌아다니게 된 것이다. 전화로 들려오는 악기 소리가 점점 더 커져서 존의 말을 알아듣기가 어렵다. "있잖아. 우리 언제 시간을 내서 진지하게 얘기 좀 했으면 하는데. 내가 일 끝나고 전화하면…." 그 순간 존의 목소리가 끊긴다.

"존?" 나는 전화가 끊어졌다는 걸 알면서도 되묻는다.

속상한 마음으로 차에 오른다. 단순히 존과 연락이 잘 안 된다는 게 문제가 아니다. 진짜 문제는 우리 관계가 정체에 빠졌다는 것이다. 존은 내가 진지한 관계를 맺을 준비가 될 때까지 계속 기다려주고 있다. 하지만 지난해 내내 나는 감정적으로 돌덩이나 다를 바 없는 상태였다. 나 역시 간절히 존에게 마음을 열고 싶지만, 방법을 모르겠다.

어린 시절엔 항상 '운명의 상대'를 만나면 마법의 종소리 같은 게 들릴 거라고 믿었다. 이 사람이 내 짝이라는 걸 의문의 여지없이 확신할 수 있을 것 같았다. 지난번 연애를 할 때에는, 적어도 초반에는 그렇게 믿고 있었다. 하지만 시간이 지나면서 그런 확신은 허물어져갔다. "연애가 끝났다면 그 사람이 그냥 네 짝이 아니었던 거야." 이렇게 위로해주는 친구도 있었지만, 여전히 남은 의문이 나를 괴롭힌다. 윌이 진정한 내 짝이었다면? 그런데 내가 다 망쳐버린 거라면?

지난 한 해 동안 존과 나는 이따금 우리가 함께할 미래를 이야기하곤 했다. '우리 아이는 어떻게 생겼을까?' 따위의 유쾌한 사고실험 정도라면 나도 즐길 수 있었지만, 영구적이고 헌신적인 일대일 관계를 진지하게 생각하면 덜컥 겁부터 났다. 어쩌면 우린 서로에게 맞는 상대가 아닌지도 몰라. 난 누군가와 진지한 관계를 맺을 수 없는 사람인지도 몰라. 언제 재발할지 모르는데 결혼이나 아이 같은 장기적 계획을 고려한다는 건 무책임한 짓이 아닐까.

이런 공포의 근원은 깊은 불확실성이다. 언제 다시 죽음이 나를 찾아올지 모르기 때문이다.

하워드 크레인은 그런 불확실성을 잘 알고 있는 사람이다. 오하이오의 아미시 마을을 통과해 남쪽의 콜럼버스로 내려가는 동안 탁 트인 풍경이 펼쳐진다. 완만하게 구릉이 진 전원 지역이다. 나는 멜빵바지와 밀짚모자 차림의 남자가 말 한 필로 모는 경마차를 지나친다. 한 대 더, 그리고 또 한 대 더. 마차들을 제외하면 도로는 텅 비었다. 좌우 어디를 보든 시선이 닿는 곳까지 쭉 농지가 펼쳐져 있다. 차 속도를 올리자 바퀴 아래에서 먼지구름이 일어난다.

콜럼버스에 가까워지자 3년 전 하워드가 내게 보낸 편지가 떠오른다. 《뉴욕 타임스》의 열성 독자인 하워드는 내 첫 번째 칼럼 〈이십 대에 암 환자가 된다는 것〉을 읽고 긴 회신을 써 보냈다. 내 칼럼 내용은 투병 경험에서 나이라는 요소가 중요하다는 것이었다. 하워드는 편지에 이렇게 썼다. '지금쯤 입원해서 골수이식 수술을 받을 준비를 하고 있겠군요. 수술을 받고 나면 보통의 젊은이들이 당연하게 여기는 건강과 평안을 되찾을 수 있길 바랍니다. (…) 내 경험을 공유하고 싶어서 편지를 씁니다. 당신과 나의 경험은 여러모로 다르겠지만, 그래도 불안과 불확실성이 존재한다는 점만은 같으니까요.'

하워드는 내 칼럼을 읽고 수십 년 전 대학원생 시절의 기억을 떠올렸다고 했다. 삼십 대 초반에 그는 아프가니스탄 남서부 시스탄 분지의 고고학 발굴지에서 일하고 있었다. '젊은이들이 다 그렇듯 나도 내가 불사신에 가까운 줄 알았지요. 하지만 거기서 2년을 보낸 뒤 갑자기 병에 걸렸습니다. 처음에는 말라리아 변종 정도로 생각했지만, 사흘이 지나자 내가 살아서 시스탄 분지를 벗어나기 어렵겠다는 생각이 들더군요. 각설하고, 그야말로 불가해한 일련의 사건들을 거친 뒤에 나는 950킬로미터 떨어진 카불까지 갈 수 있었습니다. 이후엔 독일과 보스턴의 병원에서 몇 주를 보냈지요. 마침내 퇴원했을 때 내 몸은 여든 살 노인에 가까웠습니다.'

하워드는 무시무시한 증상들을 한꺼번에 겪어야 했다. 시커먼 소변을 보았고, 잠시 눈이 보이지 않았으며, 골수에 지속적인 손상이 남았다. 하지만 당시 의사들은 그런 증상의 원인을 파악하지 못했다. 다만 하워드가 살아남지 못하리라고 예상할 뿐이었다. '어찌나 아팠는지 죽는 것도 두렵지 않을 정도였지요(어쩌면 그냥 죽음이란 게 실감나지 않았을 수도 있겠지만요). 하지만 퇴원하고 나서는 그 경험에 관해 곰곰이 생각해볼 수 있었습니다. 오늘을 위해 살아야 한다는 말이 진부하다는 건 압니다. 어쩌면 세상에서 가장 실천하기 힘든 일이라는 것도요. 우린 항상 앞날을 예상하고 계획을 짜고 희망을 품으니까요. 하지만 그래도, 그래도….'

하워드의 편지 마지막 구절을 읽고 나는 한참을 흐느꼈다. '내가 기도의 효력을 믿는다면 당신을 위해 기도했을 겁니다. 내겐 신앙이 없지만, 그럼에도 삶에는 실제로 수많은 기적이 일어난다고 말해주고 싶군요. 인간의 몸은 도저히 견딜 수 없을 것 같은 일들도 견뎌낸다는 것을요.'

기울어가는 햇살이 베이지색 회반죽을 바른 집들과 깔끔하게 깎인 잔디밭을 비춘다. 학 두 마리가 장식된 우편함을 보니 여기가 하워드의 집이구나 싶다(하워드의 성 Crane은 학을 뜻한다—옮긴이). 하지만 나는 바로 차에서 내리지 않는다. 잠시 정신을 가다듬을 시간이 필요하다. 내 명단에 있는 사람들을 방문하기 전에 사전조사를 하겠다고 존에게 약속했지만, 하워드에 관해서는 그가 편지에 쓴 것 말고 별다른 정보를 찾을 수 없었다. 그가 학술지에 발표한 논문들과 오하이오 주립대학교 홈페이지에 실린 그의 소개문을 찾아내긴 했지만, 그것만 가지고 하워드라는 사람에 대해 알 수는 없었다.

나는 마음을 다잡고 정문으로 걸어가 초인종을 누른다. 하워드가 나와 문을 열어준다. 그는 키가 크고 야위었으며 눈처럼 하얀 턱수염을 기르고 있다. 하워드가 말을 살짝 더듬으며 나를 집 안으로 안내한다. 그가 긴장한 모습을 보니 나도 더 어색하다. "초대해주셔서 정말 고마워요." 하워드를 따라 현관으로 들어서면서 말한다.

"메일을 받고 당황하긴 했어요." 하워드가 대답한다. "답장이 올 거라고 기대하지 않았거든요. 그러니 날 찾아오고 싶다는 메일을 읽었을 땐 상당히 놀랐지요." 하워드는 검은색 캐시미어 스웨터를 입고 스카프를 둘렀다. 상반신만 보면 위엄 있는 지식인 같지만, 골반까지 내려 입은 청바지와 슬리퍼를 신은 하반신을 보면 마치 어린아이 같다.

"내 아내 메럴도 곧 나올 거예요." 하워드는 메럴이 재택 진료실에서 환자를 보는 중이라고 설명한다. "그동안 당신이 잘 곳을 보여줄게요."

나는 하워드를 따라 가파르고 비딱한 계단을 내려간다. 마지막 단에 이르자 커다란 지하실이 눈에 들어온다. 널찍한 공간에 이런저런 물건이 가득하다. 이라크 전쟁 반대 구호를 손으로 적은 피켓. 창간 이후 빠짐없이 모아놓은 듯한 높다란 《뉴욕 타임스》 무더기. 널빤지 벽을 뒤덮은 수십 개의 신문 스크랩과 사진 액자. 의자 대여섯 개, 그리고 바틱 염색 쿠션이 쌓인 접이식 대형 소파가 있다. 오늘밤 오스카와 나의 잠자리다.

"우린 저장 강박증이 있어서요." 하워드가 손을 휘둘러 보이면서 말한다. "그래도 편안히 지내길 바라요." 하워드의 말에 따르면 메럴은 이 지하실에서 환자들의 자조 모임을 주최한다고 한다. 아내 얘기를 시작하자 그의 태도는 완전히 달라진다. 말을 더듬지도 않고, 촉촉한 눈에는 자부심이 넘쳐흐른다. "아내는 트렌스젠더 전문 심리 상담사에요. 미국을 통틀어 최고로 손꼽히는 사람이죠. 메럴은 1940~1950년대 터키에서 자랐어요. 같은 시기의 미국과 달리 물자 부족이 심각한 곳이었죠. 초등학교 시절에는 연필로만 필기를 해야 했다더군요. 문제를 다 풀면 지우개로 지우고 다시 종이를 쓸 수 있게 말이죠. 그 당시 터키에서는 종이가 귀했거든요. 이제 우리는 물자 과잉 시대에 살고 있지만, 아내는 아직도 뭐든 버리지 않으려고 한답니다. 나도 그렇고요. 보면 알겠지만요!"

그때 메럴이 계단을 내려온다. 머리부터 발끝까지 검은 옷을 입고 표범무늬 스카프를 두른 인상적인 모습의 여성이다. 남편보다 한층 적극적이고 활기찬 메럴은 양팔로 나를 껴안아 인사하더니 내게 음료를 권하지 않았다며 하워드를 나무란다. "저이는 몇 주 전부터 당신이 오는 걸 기대하고 있었어요. 나도 그랬고요." 메럴이 희미하게 이국적 억양이 남아 있는 목소리로 말한다. "그럼 저녁을 먹으러 갈까요? 배가 많이 고프겠네요. 근처에 솜씨 좋은 터키 식당이 있어요. 하워드가 운전할 거예요."

전채 요리가 나오고 우리는 활기차게 대화를 나눈다. 상냥하고 호기심 넘치는 메럴과 하워드는 내게 질문을 퍼붓는다. 나 역시 중동에 체류한 적이 있다는 걸 알자 두 사람은 반가워한다. 나는 이집트 유학 시절에 관해, 식민 통치 이후 북아프리카에서의 여성 인권 연구에 관해, 튀니지의 친지들에 관해 이야기한다. 아프기 전의 관심사에 관해 질문을 받는 건 드문 일이다. 오래도록 잊고 있던 것들을 되새겨보니 마치 다른 사람의 삶을 돌아보는 기분이다.

튀니지에는 이런 속담이 있다. '인간의 이마에는 평생 겪을 일들이 적혀 있다.' 하지만 백혈병 진단을 받기 전의 내 인생은 전부 내 이마에서 지워져버린 것 같다. 어쩌다 그리되었을까? 그렇게 되는 걸 막을 방법은 없었을까? 내게 일어난 최악의 사건은 지난 몇 년 사이 내 존재와 정체성, 심지어 경력에까지 영향을 미쳤고, 나의 어떤 부분과도 연결되지 않은 지점이 없다. 내 시야는 좁아졌고 자연스레 관심사도 줄어들었다. 치료를 마친 지 1년이 지난 지금도, 암은 여전히 내 삶을 지배하며 다른 가능성을 짓누르고 있다.

다음 날 아침 나는 거실로 올라가 메럴과 하워드 곁에 앉는다. 우리는 소파에 편히 기대어 텔레비전 뉴스를 본다. 두 사람이 키우는 늙은 얼룩고양이가 하워드의 무릎에 웅크리고 앉아 있다. 정치 비평가들이 아프가니스탄 주둔을 유지하기로 한 오바마 정부의 결정에 관해 토론한다. 하워드는 신음하고 혀를 차며 세상이 미쳐 돌아간다고 중얼거린다. "또 논평을 써 보내야겠어."

"늘 그렇게 편지를 즐겨 쓰셨나요?" 내가 묻는다.

"이게 내 취미라고 봐야죠." 하워드의 대답이다. 그가 편지를 쓰기 시작한 건 메럴을 만나고부터였다. 두 사람은 서로를 만난 뒤로 2년간 장거리 연애를 했다. 메럴은 고등학교를 졸업하고 버클리로 옮겨 간 참이었으며, 하워드는 5000킬로미터쯤 떨어진 케임브리지에서 대학을 다니는 중이었다. "전화로 얘기하면 통화료가 너무 많이 나왔는데, 그럴 돈은 없었어요. 3센트짜리 우표만 붙이면 되는 편지가 우리에겐 딱 맞았죠."

"서로 하루에 한 통씩 편지를 썼어요." 메럴이 끼어든다. "가끔은 두 통도 썼고."

"어떻게 그 편지지를 다 채웠나 몰라요." 하워드가 신기하다는 듯 고개를 저으며 말한다. "메럴이 스물일곱 장짜리 편지를 보낸 날도 있었다니까요! 고작 스물네 시간 동안 일어난 일을 가지고 어떻게 스물일곱 장을 채운 걸까요?"

하워드와 메럴은 이후로도 떨어져 있는 동안엔 항상 편지를 주고받았다. 하워드가 아프가니스탄에 가 있던 시기에도 그랬다. 카불의 병상에 누워서도 하워드는 메럴에게 보낼 편지를 받아써달라고 다른 사람에게 부탁했다. 그게 마지막 편지가 될 것이고 다시는 메럴을 보지 못할 거라 생각했다. 놀랍게도 하워드는 결국 회복되었지만, 이후로도 수차례 죽음과 맞서 싸워야만 했다. 의사들이 마침내 내린 진단은 공통가변성 면역결핍이었다. 하워드도 나처럼 면역손상 문제로 고통을 받았고 지난 수십 년 내내 불쑥불쑥 찾아오는 감염 증상에 시달렸다. 목숨이 위태로웠던 적도 몇 번 있었다. 하지만 그는 나와 달리 상황에 굴하지 않고 사랑하고 사랑받으며 살아왔다. 불확실성을 받아들였을 뿐만 아니라 불확실성 위에 삶을 구축하고 필요하다면 몇 번이든 다시 고쳐 지었다. 건강하지는 않았지만 결혼하여 두 아이를 낳고 지극히 만족스러운 경력을 쌓기에 이르렀다.

물론 난관이 없지는 않았다. 하워드는 오하이오 주립대학교 미술사학과장 지명을 받고 무척 기뻤지만, 몸 상태가 너무 나빠져서 5년 만에 사직해야 했다. 그래도 체력적 한계가 허락하는 한 계속 일자리를 찾으려고 애썼다. "내겐 겨울이 가장 힘들어요." 겨울에는 자주 폐렴에 걸리기 때문이라고 했다. "겨울엔 쉬어야 해서 따뜻한 계절에만 강의를 맡았죠."

하워드는 이제 은퇴했지만, 여전히 책을 읽고 가까운 공원을 오래 산책하며 종종 신문사 편집부에 편지를 써 보낸다. 그와 메럴은 조부모가 되었고 최근 결혼 15주년을 맞았으며 일주일에 한 번씩 함께 사교댄스 강습도 받으러 간다.

내가 조언을 요청하자 하워드는 사양하며 자기 대신 전문 상담사인 메럴에게 물어보라고 한다. "아내는 꽤 직설적이거든요. 누구나 마법처럼 자기 길을 찾게 된다는 식의 말은 믿지 않죠. 사실이 아니니까요. 많은 사람이 긴 시간을… 비속어를 써도 될까요? 뻘짓이나 하며 보내기 마련이에요." 하워드가 킥킥대며 말한다.

"안 돼요, 그렇게 쉽게 빠져나가실 순 없다고요." 나는 그를 다그친다.

잠시 후 하워드는 결국 이런 말을 해준다. "천천히, 충분한 인내심과 끈기를 가지고 애쓰다 보면 다시 삶에 몰입하게 될 거예요. 정말이지 삶이란 지극히 행복할 수 있거든요. 하지만 가장 중요한 일은 당신 곁에 끝까지 남아줄 수 있는 사람을 찾는 거라고 생각해요. 나는 무엇보다도 아내 덕분에…." 그의 흐릿한 목소리가 갈라진다. "아내는 내게 정말 많은 것을 주었죠. 말로 다 하지 못해요."

"나도 메럴 같은 사람을 찾아야겠네요." 내가 대답한다.

두 사람을 보고 있으니 나도 미래의 가능성에 좀 더 마음을 열고 싶어 진다. 그러나 아직 내가 늙어가는 모습을 상상하긴 어렵다. 누군가와 함께든, 아니면 나 혼자든 간에. 그런 미지의 바다를 헤엄치는 것이야말로 나의 부단한 과제가 되리라. 내 골수 어딘가에 여전히 암세포가 숨어 있는지는 알 도리가 없다. 과연 내 몸이

나 자신에게, 혹은 다른 누군가에게 헌신할 수 있을까. 내가 안정적이고 관습적인 관계에 정착하는 걸 원하긴 하는 걸까. 아직 모르겠다. 하지만 이것만은 이해할 수 있게 된 것 같다. 우리는 결코 알지 못한다. 삶이란 수수께끼로의 여행이다.

살갗에 새겨지다

디트로이트의 산업지구 이스턴마켓에 새벽이 밝았다. 나는 니타샤의 집에 머물고 있다. 니타샤는 마녀 같은 기묘한 분위기에 곱슬머리를 길게 늘어뜨린 삼십 대 초반 여성이다. 낮에는 제약회사의 디지털 마케터로 일하고 밤에는 예술가로 변신하지만, 프리다 칼로에 열광하기로는 밤낮을 가리지 않는다. 니타샤의 집은 천장 높이가 6미터나 되는 널찍한 개방형 다락이다. 벽돌로 된 사면 벽에는 니타샤가 직접 그린 그림이 빼곡히 붙어 있다. 어젯밤 내가 도착했을 때 니타샤는 튀니지 혈통인 나를 위해 직접 만든 하리사를 데우고 있었다. 빵을 매콤한 고추 소스에 찍어 먹으면서, 니타샤는 몇 년 전 멀리사의 인스타그램을 통해 나를 알게 되었다고 말해주었다. "멀리사가 그린 네 초상화를 보고 두 사람의 우정에 무척 감동했어." 멀리사와 나의 투병에 어느 정도 영감을 받은 니타샤는 자신의 다락방을 '치유의 미술관'이라는 이름의 전시 공간으로 만들기 위해 준비 중이다. 병, 치료, 회복 등의 주제를 다룬 이 지역 예술가들의 작품을 선보일 계획이다.

오늘 아침 우리가 가장 먼저 들른 곳은 니타샤의 집에서 몇 블록 옆에 있는 농산물 시장이다. 나는 니타샤를 따라 유리병에 담긴 피클, 싱싱한 상추, 염소젖으로 만든 수제 비누를 파는 야외 판매대를 둘러본다. 시장을 거닐며 니타샤는 여덟 살 때부터 시달려온 묘기증이라는 피부병에 관해 이야기해준다. 가려움의 고통은 니타샤에게도 익숙한 주제다. “가렵고, 가렵고, 또 가렵고. 그러다 보면 내 살갗을 홀랑 벗어버리고 싶어져!” 니타샤가 말한다. 아주 살짝만 긁혀도 피부가 부어올라 30분 정도는 그 상태로 있어야 한다.

하지만 니타샤도 프리다 칼로처럼 자신의 고통을 예술로 승화했다. 니타샤가 손톱으로 팔뚝을 유유히 몇 번 긁자 살갗이 곧바로 빨갛고 두껍게 부어오른다. 니타샤는 종종 이런 식으로 자기 살갗에 그림을 그린다. 세밀한 기하학 패턴일 때도 있고 문자를 적은 메시지일 때도 있는데, 그러다 보면 영감이 떠오른다고 한다. 니타샤의 설치 작품 중 하나인 〈살갗 의복〉은 직물에 녹슨 물건들을 겹겹이 올려 얼룩을 만든 작품인데, 돋보기로 들여다본 살갗의 형태와 비슷한 패턴을 구현한 것이다. “내 몸은 스케치북의 연장인 셈이지.” 니타샤가 힙스터 감성의 시장을 벗어나 텅 빈 거리를 따라가면서 이렇게 말한다. 우리는 여러 창고와 폐건물을 지나쳐 간다. “그리고 전화번호를 메모할 때도 아주 편리해.” 니타샤가 웃으며 덧붙인다.

그날 오후 늦게 니타샤는 나를 차에 태우고 시내를 한 바퀴 돈다. 나뭇가지가 담벼락을 뚫고 들어가려 하는 버려진 집을 지나친다. 텅 빈 주차장은 도시 농부들의 유기농 텃밭으로 바뀌었다. 우리는 방치된 가옥을 공공 미술작품으로 재탄생시키는 ‘하이델베르크 프로젝트’가 진행 중인 보도를 따라 차를 몬다. 이 구역에 방치된 가옥들은 공공 미술작품으로 변신했다. 건물엔 몽환적인 점박이 무늬가 그려져 있고, 잔디밭에는 인형 무더기 등의 오브제로 만든 장식품이 놓여 있다. 니타샤는 벽돌로 지은 어느 창고 앞에 차를 세운다. 오렌지와 아쿠아마린 빛깔의 스프레이 페인트로 얼룩덜룩 칠한 벽화가 그려져 있다. 오른쪽 아래 구석에는 예술가 Fel3000ft의 헌사가 적혀 있는데, 재난을 극복하려는 모든 이들이 구호로 삼을 법한 문장이다.

> 썩어가는 도시, 절망과 고통에 잠긴 도시. 흔히 우리를 이렇게들 부른다. 하지만 우리는 결코 포기하지 않으며 희망을 버리지 않는다. 타고난 전사인 우리는 잿더미에서 다시 일어선다. 그 누가 어떤 시련을 가져오든 우리는 미래를 믿는 공동체다. 우리는 디트로이트다!

점점 더 디트로이트의 분위기에 젖어든다. 지금껏 지나온 그 어느 곳보다도 공감을 불러일으키는 도시다. 미국 전체를 일으킨 자동차 산업의 중심지였던 이 도시는 수많은 사연을 지니고 있다. 인종 분리의 어두운 역사가 있는 한편, 대이주 시기에 정착한 수만 명의 흑인에게 큰 희망이었던 곳. 자동차 회사들이 규모를 축소하고 떠나갔을 때 무너질 위기에 처했지만 무너지길 거부했고 결국 무너지지 않은 곳. 고통스러운 과거를 지우고 남은 백지에 새로운 미래를 그리는 곳. 분노한 듯 아름답게 부풀어 오르는 살갗, 분노를 초월하지만 분노 없이는 존재할 수 없었을 아름다움. 그러나 언제나 세상을 재창조하는 것은 재난이 아니었던가?

니타샤는 내가 디트로이트를 떠나기 전에 가볼 곳이 하나 더 있다고 말한다. 창문에 타로카드와 찻잎 간판이 붙어 있는 심령술사의 상점이다. 니타샤의 주장에 따르면 이 심령술사는 사기꾼이 아니라 진짜 천리안이 있으며 상처받은 영혼을 치유한다고 한다.

나는 지금까지 이런 곳에 와본 적이 없고, 니타샤의 말을 들으면서도 시간 낭비라고 생각한다. 하지만 미래를 알 수 있다는 유혹적 환상과, 삶의 불확실성을 떨쳐내고 싶은 마음이 뒤섞여 따라가보기로 한다.

초라한 상점 안으로 들어서니 향 연기가 자욱하다. 벽을 따라 놓인 찬장에는 판매용 수정, 오일, 허브가 진열되어 있다. 심령술사가 나를 안쪽으로 안내한다. 몸에 딱 붙는 라인스톤이 촘촘히 박힌 티셔츠와 표백한 청바지를 입은 젊은 남자다. 심령술사와 나는 묵직한 커튼 뒤에서 서로 마주보며 손을 맞잡고 앉는다. 그와 나의 얼굴이 촛불의 깜박이는 불빛 속에 잠긴다. 몇 분 뒤 그의 몸이 떨리며 눈동자가 뒤집히기 시작한다. 소위 '비전'이라는 것이 찾아온 모양이다. 나는 회의를 품고 그를 바라본다. 이 짓거리가 끝나면 그에게 주어야 할 빳빳한 50달러 지폐가 벌써 아깝다.

심령술사가 눈을 뜨더니 내 조상이 자기를 찾아왔다고 말한다. 부계 쪽 친척인데 아마도 고모 같다는 것이다. 그러더니 물을 길게 들이켜듯 고개를 한참 뒤로 젖히고 입술을 벌렸다 다물었다 한다. 신들린 사람처럼 눈꺼풀을 격렬하게 씰룩인다. 그는 다시 눈을 뜨고 이 고모란 사람은 중병을 앓다가 죽었다고, 혹시 나도 병을 앓지 않았느냐고 묻는다.

나는 가능한 한 침착하게 대답하려 애쓴다. 네, 저도 아팠어요. 생각해보니 아버지에게 그마르라는 여동생이 있었어요. 그분도 어릴 때 원인불명의 병으로 돌아가셨죠. 심령술사는 그마르가 오랫동안 밤낮으로 나를 염려해왔으며 최선을 다해 나를 지켜주었다고 한다. 내 병은 다 나았지만 이제 내 앞에 길고 고된 또 다른 여정이 펼쳐질 참이며, 미지의 세계를 한참 방황하고 나서야 깨달음을 얻게 될 거라고 말한다. 팔에 소름이 돋는다. 내가 이 사람에게 이름을 알려줬나? 아니면 다른 신상 정보라도? 내 짧은 머리를 보고 환자였음을 눈치챈 걸까? 그런 것 같진 않지만, 이젠 아무래도 상관없다. 나는 의자에 앉은 채 앞으로 몸을 숙이며 뭐든 더 알려달라고 요청한다.

심령술사는 테이블에 타로카드 한 벌을 펼치더니 몇 장 골라보라고 말한다. 내가 카드를 한 장씩 뽑을 때마다 그는 나에 관해 더 많은 이야기를 풀어놓는다. 나는 책을 한 권 쓸 것이고 그로 인해 전 세계를 돌아다니게 될 것이다. 단 한 명의 파트너에게 헌신하기는 힘들겠지만 오랜 불확실한 시간을 거쳐 결국에는 한 여자에게—아니, 한 남자에게 정착하게 될 것이다. 그러더니 주문처럼 들리는 무언가를 한참이나 중얼거린다.

아마 심령술사는 내가 듣고 싶어 할 것 같은 말을 해주는 것뿐이리라. 하지만 내 머릿속에는 마치 굳게 닫힌 문들이 죽 늘어선 복도 같은 미래의 이미지가 떠오른다. 심령술사가 한마디를 할 때마다 문이 하나씩 열리며 그 바깥이 멀리까지 내다보인다. 지금까지 내게 시간이란 다음 번 생체검사나 진료처럼 단기적으로만 존재하는 것이었다. 삶이 뒤집혀버렸을 때 미래를 상상하는 건 무시무시한 일이다. 미래를 상상하는 데 필요한 '희망'이 위험하고 치명적인 요소로 변하기 때문이다. 하지만 심령술사가 내 앞에 길고도 파란만장한 인생이 펼쳐질 거라며 당연히 미래가 존재할 것처럼 얘기하자 갑자기 정말로 그렇게 느껴진다.

"더 해줄 말 없어요?" 나는 입을 떡 벌린 채 넋 나간 얼굴로 심령술사를 다그친다.

이튿날. 헐벗은 나무 사이로 이슬비가 내린다. 하늘은 텁텁한 잿빛이며 공기는 묵직하고 축축하다. 지금까지의 여정에서 나쁜 날씨는 언제나 이제 그만 떠나야 한다는 징조처럼 느껴졌다. 지금도 마찬가지다. 이제 가야 한다. 그러나 빗방울이 앞쪽 차창을 두드리는 추운 날씨에 히터를 세게 틀면서도, 나는 디트로이트를 떠나는 게 아쉽기만 하다.

차를 몰며 다음 목적지를 생각한다. 클로스트리듐 디피실 장염으로 네 번째이자 마지막으로 입원했던 때가 떠오른다. 겨우 1년 지났을 뿐인데 기억이 가물가물하다. 치료뿐만 아니라 윌과의 관계 또한 막바지였던 그 시기를 나는 최대한 잊으려 애써왔다. 부상을 입고 최후가 가까웠음을 느껴 무리에서 떨어져 나오는 코요테처럼, 그때 나는 본능적으로 세상으로부터 나를 격리시켜야 한다고 느꼈다. 윌이 아파트에서 나가려 한다는 걸 알고 나선 더는 냉정을 유지할 수 없었다. 어머니를 본가로 돌아가게 하고 병문안도 전부 거절했다. 모두에게 괜찮다고 말했지만, 사실은 혼자서 조용히 무너져 내리고 싶었다.

그 시기에 원칙을 깨뜨리고 유일하게 받아들인 방문객이 바로 지금 만나러 가는 브렛이다. 골수이식 병동 대기실에 있던 나에게 다가와 칼럼 잘 읽었다며 인사했던 남자 말이다. 우리가 그날 대기실에서 나란히 앉게 된 게 얼마나 큰 행운이었는지 모른다. 내가 처음으로 혼자 화학요법 치료를 받으러 온 날이자, 브렛이 처음으로 슬론 케터링에서 진료를 받는 날이었다. 비슷한 또래의 환자가 곁에 있다는 건 서로에게 큰 위안이었다. 그날 이후 우리는 계속 연락을 했다. 종종 메일을 주고받고 전화 통화를 하며 의학적 조언을 건네기도 했다. 딱 두 번 만났을 따름이었지만, 어떤 면에서는 그가 가족이나 친구들보다도 더 가깝고 친밀하게 느껴졌다. 트라우마에 시달리는 사람에게 세상은 두 부류로 나뉜다. 트라우마가 있는 사람과 없는 사람.

브렛을 두 번째이자 마지막으로 본 날은 그 역시 자기 나름의 여정에 나서던 날이었다. 담당 의료진은 그가 집 근처 병원에서 치료를 이어가도 될 만큼 회복했다고 판단했고, 브렛은 아내 오라와 함께 시카고로 돌아갔다. 뉴욕을 떠나기 전에 내 병실을 깜짝 방문한 두 사람은 미래의 가능성에 들떠 있었다. 그들은 주유소에서 산 우스꽝스러운 모자를 선물로 가져왔는데 반짝이 그물과 인조 크리스털이 달린 흰색 베레모였다. 내 짧은 머리엔 영 안 어울리는 모자였지만, 브렛의 건강한 모습을 보니 정말 기뻤다. 활기가 넘치는 오라 역시 만나자마자 호감이 느껴지는 사람이었다. 두 사람을 만난 덕분에 기분이 좋아졌지만 그들이 떠나고 나서는 다시 우울해졌다. 그렇게 많은 고통을 겪었음에도 여전히 함께 행복한 두 사람을 보면서, 긴 투병 생활을 이겨내는 사랑도 있다는 걸, 나와 윌의 관계도 달라질 수 있었다는 걸 새삼 실감했기 때문이다. 왜 우리는 저럴 수 없었을까 하는 고통스러운 의문들이 꼬리를 물고 떠올랐다.

시카고 남부의 조용한 동네에 있는 빅토리아 시대풍의 목조지붕 주택 앞에 차를 세운다. 브렛이 집을 구경시켜주며 1년 전에 돈을 최대한 끌어모아서 두 사람의 첫 집인 이곳을 마련했다고 이야기한다. 집 안 이곳저곳을 소소하게 개조하느라 그동안 내내 바빴고 지금도 비가 새는 지붕을 수리한 참이라고 한다. 머지않아 아기도 가질 생각이지만 아직 해결해야 할 일이 많다고도 한다. 원목 마룻바닥과 커다란 내닫이창이 있는 거실, 환하게 햇빛이 드는 식당, 곧 육아실로 개조할 예정이라는 서재까지 모든 게 근사하다. 두 사람의 '어른스러움'이, 뒤뜰에서 고급 원두커피를 마시고 화분을 싱싱하게 가꾸며 주택 대출금을 갚아나가는 생활이 내겐 무척 인상적이다. 그들은 아직 삼십 대 초반인데도 나보다 훨씬 세련되게 살아가는 것 같다. 겨우 몇 살 아래인 나는 야영장이나 남의 집 소파에서 잠을 자고 주유소에서 파는 커피와 땅콩버터 잼 샌드위치로 연명하고 있지 않은가.

공립학교에서 사회복지사로 일하는 오라는 아직 퇴근하지 않았다. 브렛은 아내가 학생들에게 얼마나 헌신적인지 이야기한다. 오라의 학생 중 상당수는 치안이 불안한 지역의 저소득 가정에서 자라는 아이들이다. 오라는 학교에서 일하거나 남편을 돌볼 때를 제외하면 교육 개혁 계획과 시위 조직에 열중한다. "아내는 정말이지 열심히 일해요. 그러니 나는 최소한 아내가 깔끔한 집에 돌아와서 맛있는 식사를 할 수 있게 해줘야죠." 그는 캐슈넛과 닭고기를 넣은 카레를 만드는 중이다. 와인 한 병을 따고 저녁식사 상을 차린다.

브렛과 오라의 생활은 행복하기 그지없는 듯 보인다. 그러나 오라가 귀가해 같이 저녁 식탁에 앉자 두 사람은 지난해 일어났던 이런저런 사건들을 말해준다. 브렛은 얼마 전에 심장마비로 죽을 뻔했는데, 방사선 치료 때문에 혈관이 파열되었을 가능성이 높다고 했다. 나와 마찬가지로 GVHD도 나타났다. 내 경우 다행히도 증상이 가벼워서 이따금 이마에 발진이 생기는 것 외에는 큰 문제가 없었지만, 브렛은 그사이 상태가 뚜렷이 악화되었다. 폐에 손상이 생겼고 눈 흰자위와 피부도 시뻘게졌다.

브렛은 원래 영화감독이었지만 이제 장애인 연금을 받고 있다. 면역 억제제 때문에 양손이 떨려서 카메라를 제대로 잡을 수가 없기 때문이다. 언제쯤 영화계에 복귀할 수 있을지, 복귀가 가능할지도 불투명하다. 당분간은 아내가 그를 돌봐야 하고 재정적으로도 책임져야 한다. 아내의 건강보험이 아니었다면 브렛은 살아남지 못했을 것이다. "그간 너무도 많은 응원과 사랑을 받았기에 나 역시 세상에 기여하고 싶은 마음이 절실하지만, 지금으로서는 그럴 수가 없네요." 브렛이 갑자기 우울해진 어조로 말한다.

체내의 림프종을 말끔히 제거했는데도 브렛의 몸 상태는 예전보다 훨씬 더 나빠졌다. "골수이식 수술을 한 지 2년이 지났는데 여전히 지옥에 있는 기분이에요." 저녁식사를 마치고 나와 함께 설거지를 하던 브렛이 이렇게 털어놓는다. "양손이 쑤시고 근육과 관절 통증 때문에 날마다 새벽 5시면 잠에서 깨죠. 먹어야 하는 약은 어찌나 많은지 약상자 뚜껑을 닫기도 어려울 정도고요." 바로 이 점이 치료의 잔혹한 아이러니다. 병을 낫게 하려고 치료를 받지만, 장기적으로는 건강이 더 나빠지기도 한다. 그러면 더 많은 치료를 받아야 하고, 결과적으로 더 많은 합병증과 부작용에 시달리게 된다. 무서운 악순환이다.

"골수이식 수술도 견뎠고 심장마비도 이겨냈어요. 이렇게 살아 있다니 난 정말 운 좋은 사람이죠." 다음날 오후에 브렛이 한 말이다. 빗줄기가 창문을 두드린다. 레코드플레이어에 티나 터너의 음반이 걸려 있다. 소파에 앉은 우리 사이에 브렛 부부가 키우는 골든 리트리버와 코기 잡종견 호지가 오스카랑 같이 웅크리고 있다. "하지만 뭔가 문제가 생길 때마다 점점 더 극복하기가 힘들어져요. 무슨 말인지 알죠?"

내가 고개를 끄덕이며 나직이 동의하자 브렛은 말을 잇는다. "마치 권투 시합의 후반 라운드 같아요. 지쳐서 죽을 지경이고 버텨봤자 상황이 더 나빠질 뿐이라는 걸 알죠. 그래도 어떻게든 계속 싸워나가야 한다는 것도요. 하지만 가끔 이런 생각이 드는 걸 어쩔 수 없어요. '왜 이래야 하지?' 너무나 많은 사람이 회복된 듯싶다가 더욱 치명적인 병에 걸리죠. 림프종을 치료했더니 백혈병이 오는 거예요. 그러다 보면 간에 독소가 쌓여서 언제 죽을지 모르는 상태가 돼요."

"피부암을 빼놓으면 안 되죠!" 내가 이렇게 말하자 우리 둘 다 웃음을 터뜨린다.

브렛이나 나나 고생 끝에 겨우 나쁜 소식을 받아들이는 법을 배웠다. 우리의 몸, 나아가 우리의 삶은 언제든 갑자기 폭발해버릴지 모른다. 아직 치료 중이었을 때는 오히려 좌절을 받아들이기 쉬웠다. 그때는 갑자기 악화될 수도 있다는 걸 각오하고 있었으니까. 하지만 몇 번이고 몸에 배신당하다 보면 이 세상과 그 안의 내 자리에 대해 조금이나마 남아 있던 신뢰도 사라지고, 불안을 극복하기가 점점 더 어려워진다. 병이나 그 밖의 재난으로 머리 위 천장이 무너져 내리는 경험을 하고 나면 세상의 기본적인 안전을 믿지 못하게 되고, 항상 종종거리며 단층선 위에서 살아갈 수밖에 없다.

그날 밤 나는 문득 질병과 건강 사이의 경계가 얼마나 허술한지 생각한다. 브렛과 나처럼 질병 생존자의 황무지를 배회하는 사람들만의 이야기가 아니다. 수명이 점점 더 늘어남에 따라 사람들은 두 왕국의 경계를 계속 넘나들며 그 사이 어딘가에서 많은 시간을 보내게 될 것이다. 그것이 우리의 실존 조건이다. 아름답고 완벽한 건강이라는 닿을 수 없는 목표를 추구하다 보면 끝도 없는 불만족의 수렁에 빠지고 만다.

이 시대의 건강이란 현재 자신이 지닌 몸과 마음을 받아들이는 법을 배우는 것이다.

고통의 가치

때로는 기대하지 않았던 곳에서 치유의 길을 찾기도 한다. 40일 전 뉴욕을 떠날 때는 자동차 여행이 새로운 삶을 시작하는 기회가 될 거라고 생각했다. 뉴욕에서 멀어질수록 환자복을 입고 모르핀에 취해 돌아다녔던 병원 복도로부터 멀어지는 거라고 믿었다. 차디찬 공포가 뱃속에 차오르는 걸 느끼며 윌을 기다리던 호프 로지의 방으로부터, 우리의 보금자리였으나 우리가 망가뜨려버린 애비뉴 A의 좁디좁은 아파트로부터 멀어질 수 있다고 생각했다.

'이제 그만할 때도 됐어.' 이렇게 나를 다그친다. '받아들여!' 그러나 윌과의 물리적 거리가 멀어질수록 나는 오히려 우리에게 일어난 일들에 집착하게 된다. 브렛은 지속적인 건강 문제에도 불구하고 오라와 함께 살아갈 길을 찾고 있고, 이제 아이도 가지려 한다. 그들을 보니 잘 풀리지 않은 윌과 나의 관계가 더 초라하게 느껴진다.

얼마 전부터는 어디를 가든 윌의 유령이 보인다. 모난 턱에 머리가 덥수룩한 키다리 남자의 윤곽만 보면 심장이 두근거린다. 말도 안 되는 얘기지만, 아이오와 시골의 작은 식당에서 포마이카 카운터에 앉아 치킨텐더와 감자튀김을 게걸스레 먹던 남자가 꼭 윌처럼 보였다. 주말 동안 네브래스카의 사구에서 야영하다가 본 강가 잔디에서 송어 낚시를 하는 남자도 그랬다. 이런 유령들은 대체로 내 머릿속에만 존재하지만, 실재하는 물건이나 인물이 불시에 윌을 떠오르게 할 때도 있다. 그러면 내 안에 숨어 있던 과거의 파편이 눈가를 찔러 후회와 분노의 눈물이 솟구친다. 눈앞이 흐려져 아무것도 보이지 않게 된다. 윌에 대한 기억을 묻어버리려고 그토록 오래 발버둥을 쳤으나 이렇게 되는 걸 피할 수는 없었다.

파인리지를 지난다. 전국의 아메리칸 원주민 보호구역 중에서도 손꼽히게 가난한 동네다. 회전초 뭉치가 도로를 스치며 굴러간다. 황량한 벌판엔 관목 덤불밖에 보이지 않는다. 정적이 넘치다 못해 마치 앙금처럼 곳곳을 뒤덮고 있다. 접이식 이동주택, 나무 조각과 방수포로 지은 오두막, 녹슬고 훼손된 차량 무더기. 어젯밤에는 사우스다코타의 리드에서 말꼬리처럼 머리를 묶은 오토바이광의 거실 바닥 신세를 졌다. 그는 이 보호구역에서 일한 적이 있다며 한번쯤 들러볼 만한 곳이라 알려주었고, 나를 위해 보호구역 내 공동체 재생 프로젝트 '선더밸리' 관계자에게 미리 연락도 해주었다.

선더밸리의 텅 빈 주차장에 내리니 차가운 바람이 사납게 울부짖으며 뺨을 갈긴다. 오글라라 라코타 부족의 일원이자 이 프로젝트의 창립 이사라는 젊은 남자가 나를 맞아준다. 건장한 체격의 그는 윤기 흐르는 새까만 머리를 땋아 등 뒤로 늘어뜨렸고 갈색 피부에는 문신이 가득했다. "닉이라고 불러요." 남자는 내 손을 굳게 잡고 악수하더니 두 대를 연결한 이동주택 중 한쪽의 실내로 나를 안내한다. 이곳이 선더밸리 본부다.

닉은 나와 함께 테이블 앞에 앉아서 선더밸리의 활동에 관해 이야기한다. 하나같이 흥미롭다. 짚단 건축물을 활용한 지속 가능한 주거 시범사업, 이 지역의 신선식품 부족을 개선하기 위한 공동체 텃밭 등. 하지만 그의 말에 집중하기가 어렵다. 닉의 얼굴도, 이곳 분위기도 왠지 어디선가 본 것 같다. 머릿속이 자꾸만 부글거린다.

"우리 예전에 만난 적 있나요?" 내가 불쑥 말한다.

"사실은 나도 똑같은 생각을 하고 있었어요." 닉이 대답한다. "이름이 뭐라고 했죠?"

나는 성과 이름을 말한다. 연달은 모음을 더 느리고 분명하게 발음하려 애쓰면서.

닉과 나는 앞으로 몸을 기울이고 머릿속 기억 보관소의 오래된 서랍들을 뒤적이며 서로를 골똘히 바라본다. 순간 무언가 떠오른다.

"윌이군요." 우리가 동시에 말한다.

아무리 생각해도 희한한 일이다. 이곳까지 오는 내내 과거를 잊으려고 그토록 애를 썼는데, 닉을 만나러 파인리지의 선더밸리까지 오면서 아무것도 눈치채지 못했다니. 다큐멘터리 감독이자 언론인인 윌의 아버지는 젊은 시절 이 보호구역을 취재한 적이 있었고, 1960년대 후반에 이곳에서 무슨 일이 있었는지 내게 이야기해주었다. 수백 년 동안 연방 정부의 부당한 대우에 시달려온 원주민들은 '아메리칸 인디언 운동'이라는 시민운동을 시작하고 미국 전역에서 시위를 벌였다. 1975년 시위 도중 파인리지에서 총격전이 벌어졌고, FBI 요원 두 명이 목숨을 잃었다. 윌의 아버지는 총격전 당시 이곳에 있던 유일한 비원주민 언론인이었다. 그가 보호구역 남서쪽 모퉁이의 '점핑 불' 목장 밖에 있을 때 총소리가 들리기 시작했다. 빗나간 총알 하나가 자신의 픽업트럭에 날아왔는데도, 윌의 아버지는 트럭 뒤에 엎드려 휴대용 테이프 녹음기로 당시 상황을 기록해 NPR 방송국에 전달했다.

윌과 그냥 펜팔 관계였던 파리 생활 초창기에, 그가 어린 시절 아버지의 취재 여행에 따라갔다가 닉의 가족과 친해진 이야기를 해준 적이 있다. 윌은 선더밸리에서 닉이 어떤 활동을 하는지 다룬 기사를 보내주며 편지에 이렇게 적었다. '언제 일주일 이상 미국에 머물 일이 생기거든 나랑 함께 가보자. 미국에서도 가본 사람이 거의 없는 곳이야.' 아직 조심스럽게 서로를 알아가는 단계였기에 나는 선더밸리에 관한 기사보다도 '함께'라는 말의 의미를 분석하는 데 정신이 팔렸고, 우리 관계를 윌도 단순한 펜팔 이상으로 여기는 것 같다는 생각에 들떴다.

닉과 나는 이런 기억들을 함께 맞춰보면서 놀라움에 고개를 내젓는다. 순전한 우연으로 오늘 여기서 서로를 만나게 되었다는 게 놀랍다. 닉은 윌을 통해 내 얘기를 많이 들었기에 내 병이나 칼럼에 관해서도 알고 있다. 게다가 알고 보니 나는 닉의 여동생과 페이스북 친구이기도 했다.

"세상 참 좁네요." 닉이 신기해하며 말한다.

"세상 참 좁지요." 나는 조금은 불편한 마음을 느끼며 그의 말을 되풀이한다.

"그러고 보니 윌은 어떻게 지내요? 서로 연락한 지도 꽤 오래 됐거든요." 닉이 묻는다.

닉이 아직 상황을 모른다는 걸 깨닫자 저절로 어깨에 힘이 쭉 빠진다. 아직도 윌과 내게 일어난 일을 어떤 식으로 설명해야 할지 모르겠다. 어떻게든 이야기를 해보려고 하면 어느새 목소리에 바짝 날이 선다. 나도 안다. 윌이 나빴다는 식으로 얘기하는 건 부당한 짓이다. 날 사랑했고 내 곁에 머물며 어떻게든 버텨내려 했던 그의 엄청난 노력을 생각하면 그러는 건 옳지 않다. 그럼에도 불구하고 아직까지는 윌과 있었던 일을 객관적으로 이야기할 수가 없다.

"요즘은 어떻게 지내는지 나도 잘 모르겠네요." 결국 이렇게만 말한다. 차분함을 유지하려 애썼지만 분노를 억누르고 있는 게 드러났을 것이다.

"이런, 두 사람이 헤어진 줄 몰랐어요. 맙소사, 정말 미안해요."

"아뇨, 내가 미안하죠." 나는 팔뚝으로 눈가를 쓱 문질러 닦고 곧바로 화제를 바꾼다. 흐리멍덩한 서부의 하늘은 지나치게 널따랗고, 눈앞의 풍경은 너무나 휑뎅그렁하다. 이런 곳에 있으니 마치 벌거벗겨지는 것 같다. 극한 상황에서는 세상 앞에 헐벗고 무기력한 느낌이 들게 마련이다.

보호구역에서의 하룻밤은 '라코타 프레리 랜치 리조트'라는 이름의 모텔에서 보내기로 한다. 주차장이 바라보이는 방에는 끈적끈적한 카펫과 닳아빠진 침대보가 깔려 있다. 욕실 세면대 위에는 기름 먹인 타월 뭉치가 있고 옆에 놓인 유광 코팅 카드에는 이런 안내문이 적혀 있다. '바닥에 흐른 액체, 구두, 총을 닦을 때는 이 걸레를 사용하세요.'

침대보를 방바닥에 내던지고 매트리스 위에 내 침낭을 펼친다. 누워서 눈을 감고 자보려고 애쓰지만, 사실 나는 윌을 생각하고 있다. 백혈병 진단을 받은 후 닉이 파인리지에서 열리는 '선댄스' 치유 의식에 윌과 나를 초대했던 기억이 난다. 담당 의사들은 내가 여행할 수 있는 상태가 아니라고 판단했고, 결국 윌 혼자서 파인리지에 다녀오기로 했다. 나는 나를 두고 윌이 혼자 여행을 간다는 사실에 화를 냈다. 윌은 어디든 갈 수 있고 나는 그럴 수 없다는 사실이 우리 둘의 상황이 얼마나 다른지 뚜렷이 보여주는 것 같았다. 나와 내 또래들, 혹은 나와 이 세상 모든 건강한 사람들의 상황이 다른 것처럼.

왜 어떤 사람들은 고통스러운데 다른 사람들은 무탈한지, 어떤 이들은 불행하기 이를 데 없는데 다른 이들은 행복한지 나는 도무지 이해가 되지 않았다. 젊은 나이에 환자가 되었다는 게 부당하게 느껴졌고 때로 견딜 수 없이 힘들었다. 이런 상황 자체에 분노하는 게 부질없고 심지어 해롭기만 하다는 걸 모르지 않았으나, 그럼에도 나의 부자유한 처지를 남들이 누리는 자유와 자꾸 비교하게 됐다. 나 역시 그들처럼 자유롭기를 간절히 바랐고, 그럴 수 없어서 그들을 미워했다.

눈을 꼭 감아봐도 마음속에서 불길처럼 솟구치는 회한 때문에 잠이 오지 않는다. 과거를 파괴하기는 쉽다. 어려운 건 과거를 잊는 일이다. 윌과 내가 처음으로 크게 싸운 날이 자꾸 떠오른다. 연인들의 첫 다툼이 흔히 그렇듯 우리의 싸움에도 이후 한층 더 크게 자라날 불화의 씨앗이 움트고 있었다. 우리는 며칠 뒤에 윌의 소꿉친구 결혼식에 참석하기 위해 샌타바버라로 떠날 예정이었다. 치료를 시작한 후 비행기를 탄 적이 없었기에 나는 모처럼의 나들이를 학수고대했다. 그러나 출발 예정일이 다가오면서 내 혈구 수치가 기적적으로 개선되지 않는 이상 떠날 수 없다는 게 분명해졌다. 그러나 나는 마지막까지 아무 문제 없을 거라고 우겼다.

세상에 참여하고 싶다는 절박함 때문에 나는 판단력이 흐려지기 일쑤였고, 그럴 때마다 윌은 고통스러운 집행자 역할을 떠맡아야 했다. 출발 예정일을 며칠 앞둔 밤 윌이 나한테 할 말이 있다고 했다. "너희 부모님이랑 얘기해봤는데." 윌이 상냥하게 내 어깨를 감싸 안으며 말했다. "내가 정말 너랑 같이 가고 싶다는 거 알지. 하지만 나도 두 분 생각에 동의해. 지금 넌 비행기를 탈 수 있는 상태가 아니야. 집에서 쉬어야 해."

비명을 지르고 싶은 욕구를 간신히 참았던 기억이 난다. 어찌나 화가 났는지 두 팔을 뻗어 하늘을 찢어발기고 싶을 정도였다. 윌의 말이 옳았다. 그 상태로 비행기를 탄다는 건 죽겠다고 자청하는 셈이었다. 윌이 나를 걱정해서 하는 말이란 건 알았지만, 그가 아니면 누구에게 이 분노를 표출해야 할지 알 수 없었다. 나는 윌의 품에서 빠져나오며 이렇게 말했다. "어떻게 나 몰래 우리 부모님이랑 작당을 할 수가 있어? 내가 혼자서 결정도 못 하는 어린애인 줄 알아? 안 그래도 나는 이미 충분히 비참해. 그렇다면 날 떼어두고 너 혼자 가겠다 이거네."

나는 눈앞의 남자를 바라보았다. 몇 달이나 본가에 못 가고 가족과 친구들도 만나지 못한 남자, 내가 백혈병 진단을 받은 뒤로 계속 내 곁에 있으면서 여름 내내 병실 간이침대에서 잠 못 이루고 뒤척여야 했던 남자의 얼굴이 일그러졌다. "수스, 제발 화내지 마. 나도 잠시 쉬고 싶어서 그래." 윌이 간청했다.

"아, 그래? 나도 좀 쉴 수 있으면 좋겠네." 내가 받아쳤다.

다음 날 아침 눈을 뜨자마자 수치심이 밀려들었다. 잘 알면서 왜 그랬을까. 간병인이 죄책감 없이 자유 시간을 즐기는 게 얼마나 중요한지 잘 알면서. 윌은 잠시 쉴 필요가 있고 그래야만 했다. 내가 갈 수 없다고 해서 윌도 집에 있어야 하는 건 아니다. 윌이 결혼식에 참석하러 떠날 땐 최대한 화를 참으려고 애를 썼지만, 속마음을 오래 숨기기는 어려웠다. 분노는 아무리 꼭꼭 숨겨도 어떻게든 터져 나온다.

이후 며칠간 윌의 여행 사진이 페이스북 타임라인에 올라올 때마다 속이 부글부글 끓었다. 윌과 친구들이 바닷가에서 놀거나 축구를 하는 사진, 술집에 가거나 춤을 추는 사진도 있었다. 새로운 사진이 눈에 띄기만 해도 분노가 끓어 넘쳐 폭발할 것 같았다. 홀로 침실에 있다 보니 비이성적인 감정에 굴복한 것이다. 사실 윌은 내가 같이 갈 수 없는 상태라서 안심했을지도 몰라. 내가 없으니 마음껏 늦게까지 놀 수 있잖아. 아픈 애인은 분위기 못 맞추는 골칫거리고 피곤하다며 파티를 방해하거나 집에 일찍 들어가자고 보채는 귀찮은 존재니까.

물론 내가 실제로 분노한 대상은 윌이 아니었다. 내 혈구 수치, 나를 침대에 묶어두는 나의 몸, 당장 주말에 받아야 할 화학요법 치료, 내 인생이 제대로 시작하기도 전에 끝날 수 있다는 가능성에 분노했다. 하지만 암처럼 추상적인 존재에 분노를 터뜨리기는 어려웠다. 내 곁에 있는 사람에게 그 분노를 표출하기 전에 캔버스나 노트 같은 더 적절한 배출구를 찾아야 했겠지만, 그때만 해도 그런 생각은 하지 못했다. 윌은 결혼식 뒤풀이 파티에서 내게 전화를 걸었다. 태평하고 살짝 들뜬 그의 목소리를 듣자 어떻게든 싸움을 걸고 싶어졌다. 나는 주말 내내 별별 사소한 구실로 윌을 꾸짖고 질책했다. 전화한다고 해놓고서 바로 전화하지 않았다거나 문자에 최대한 빨리 대답하지 않았다는 이유였다.

내 분노의 핵심은 바깥세상에 나간 윌이 내 곁에 있느라 놓쳐온 것들을 깨닫게 될지 모른다는 공포였다. 윌이 날 돌보는 데 진저리가 나서 떠나버리고 다시는 돌아오지 않을까 봐 두려웠다.

내가 그때 알았더라면 얼마나 좋았을까. 무절제한 공포는 나를 갉아먹고 결국 나 자신이 되어 마침내 내가 가장 두려워하는 존재로 변한다는 걸.

윌의 여행 막바지에 나는 고열로 다시 입원하게 됐고, 결국 몇 주나 병원에 있어야 했다. 윌은 소식을 듣자마자 비행기를 탔고 공항에서 바로 암 병동으로 달려왔다. 그가 보게 된 것은 온갖 튜브와 기계에 매여 창백한 얼굴로 숨을 몰아쉬는 내 모습이었다. 또다시 혈액 감염이 일어난 것이다. 윌은 내 침대맡에 앉아 양손에 얼굴을 묻고 흐느꼈다. "내가 가지 말았어야 했어."

솔직히 말하면 윌이 떠난 사이 내 상태가 악화되었다는 게 무척 기뻤다. 덕분에 그가 여행을 중단하고 돌아와야 했으니까. 윌이 버블 속 내 곁으로 돌아왔으니 나는 이제 혼자가 아니었다. 윌도 앞으로는 좀처럼 날 두고 떠날 엄두를 못 낼 터였다. 윌을 곁에 붙잡아둘 수만 있다면 우리가 멀어질 일도 없을 거라고 생각했다. 난 정말 어린애였다.

파인리지를 떠나기 전에 선댄스 의식에 관해 조사해본다. 수백 년 전부터 여름마다 치러온 성스러운 치유 의식이다. 100명 이상의 남자들이 한 팀을 이루어 근처 숲에서 크게 자란 나무 한 그루를 벤다. 복잡한 장비 한 벌을 사용해서 나무를 땅바닥에 닿지 않도록 조심히 베어내 평상형 트럭에 싣는다. 나무를 무사히 보호 구역까지 운반한 다음에는 선더밸리, 즉 산골짜기에 있는 원형 야외 광장 한가운데로 실어온다.

바로 이 나무가 치유 의식의 물리적, 영적 중심이다. 수백 개의 '담배 매듭', 즉 색색의 천으로 감싼 담뱃잎 제물로 나뭇가지를 장식한다. 색 하나하나가 각각 다른 기도를 상징한다. 남자들은 가슴 살갗을 바늘로 뚫어 밧줄을 꿴 다음 나무줄기에 연결한다. 나흘 동안 아무것도 먹지 않고 물도 아주 조금만 마시면서 작열하는 태양 아래 노래하고 춤춘다. 그러다 보면 상당수는 지쳐서 땅에 쓰러진다. 통증, 열사병, 탈수, 굶주림은 불운한 사고가 아니라 의식의 당연한 과정이다. 춤추는 남자들은 이런 임사 상태를 통해 조상들과 공동체 전체의 고통과 슬픔을 경감할 수 있다고 믿는다. 이 의식은 속죄나 고통의 미화가 아니라 삶과 죽음의 순환을 재현하고 기리기 위한 것이다. 마지막 정화 의식이 끝나면 그들은 영적으로 깨끗해지고 미래에 대비된 상태로 새로이 재탄생한다.

말하자면 고통의 가치를 일깨워주는 의식인 것이다.

임사와 재탄생 사이의 거리를 건너 삶 쪽으로 나아가려면, 고통을 깊이 묻어두는 게 아니라 나를 더 잘 이해할 수 있는 지침으로 사용해야 한다는 걸 깨닫는다. 과거와 직면할 수 있으려면 사랑하는 사람들을 잃은 고통뿐만 아니라 내가 그들에게 주었던 고통도 정산해야 할 것이다. 이 길고 고적한 고속도로를 계속 달리며 나는 진실을, 스승이 되어줄 이들을 찾아나서야 한다. 그런 탐색 때문에 마음이 불편해지더라도, 오히려 그럴수록 더.

사우스다코타와 와이오밍 사이 어딘가에서, 가을의 한기 대신 차디찬 서리와 새 한 마리 없이 텅 빈 숲 풍경을 마주한다. 차창을 내리고 손을 내밀어보니 곧바로 손가락이 얼얼해진다. 공기 중에 축축하고 모호한 냄새가 차오르더니 곧바로 눈이 내리기 시작한다. 여기 한 송이, 저기 한 송이. 내 마음은 이런저런 상념들 사이를 헤맨다. 이 목적지에서 저 목적지로 이동하다 보면 때로 내게 남은 건 기억밖에 없는 듯하다. 과거의 장면들을 되감아보면 무수한 실수와 후회스러운 선택이 보인다. 그렇지만 지금 와서는 어쩔 수 없는 노릇이다. 이제는 그때 있었던 일들을 조금 더 잘 이해할 수 있을 뿐이다.

마지막 입원이 끝날 무렵 아버지와 나눴던 대화를 되새긴다. 나는 아버지에게 전화를 걸어 윌이 아파트에서 나갈 거라고, 이젠 우리가 완전히 끝난 것 같다고 얘기했다. "넌 내 딸이고 내가 누구보다도 사랑하는 사람이야." 아버지는 이렇게 대답했다. "그렇지만 내가 윌 또래의 청년이었다면 과연 그 애처럼 네 곁을 지켜줄 수 있었을지 모르겠어."

전화를 끊고 나서 무척 속상했던 기억이 난다. 윌을 칭찬할 게 아니라 날 떠났으니 나쁜 놈이라고 성을 내야 하는 거 아닌가? 당시에는 너무 화가 난 나머지 아버지가 한 말의 진짜 의미를 이해하지 못했다. 그리고 지금도 여전히 그 의미를 이해하려고 애쓰는 중이다.

나도 머리로는 이미 윌을 용서했다. 그러나 마음속에는 여전히 배신감이 남아 있다. 윌과 나는 이제 서로 연락하지 않지만, 가끔 그가 메일이나 문자로 뜬금없는 사진을 보내올 때가 있다. 화학요법 약물 목록과 주사 놓는 방법이 적혀 있는 그의 일기장, 산소마스크를 쓴 채 이동식 침대에 누워 있는 내 모습. 윌의 이런 행동이 그리움 때문인지 아니면 원망 때문인지('내가 널 위해 얼마나 노력했는지 봐.') 나로서는 알 길이 없지만, 이렇게 연락이 올 때마다 화가 난다. 내가 얼마나 윌을 필요로 했는지, 그가 아직도 내게 얼마나 큰 영향을 미치는지 새삼 느끼기 때문이다. 이런 생각만 해도 성이 나서, 나는 운전대를 잡은 채 노래하듯 외친다. "꺼져, 꺼져, 꺼지라고!" 그가 자기 문제로 날 탓하는 걸 그만했으면 좋겠다. 내 마음을 아프게 한 걸 사과해줬으면 좋겠다. 그러면 나도 분노를 멈출 수 있을 것 같다.

지평선 위로 티턴 산맥이 삐죽삐죽 솟아나 있다. 차가 존 D. 록펠러 주니어 기념 고속도로로 접어든다. 옐로스톤 국립공원 방향으로 장엄한 풍경이 쭉 펼쳐지는 구간이지만, 나는 생각에 몰두한 나머지 주변 경치도 알아차리지 못한다. 문득 이제 스물일곱 살이 되었다는 걸, 내가 처음 백혈병 진단을 받던 당시의 윌과 같은 나이가 됐다는 걸 깨닫는다. 그때만 해도 윌과 나의 나이 차이가 어마어마하게 느껴졌다. 이십 대 초반에는 한 해가 거의 10년처럼 느껴진다. 윌과 함께 파리에서 지낼 무렵 나는 농담 삼아 그를 '우리 영감님'이라고 부르기도 했다.

휘날리는 진눈깨비 속으로 차를 운전하면서, 지금 내가 그때의 윌과 같은 입장이 된다면 어떨지 상상해본다. 고작 몇 달 만난 남자가 난치병 진단을 받아서 그의 곁에 있어주기로 하고, 짐을 싸서 비행기를 타고 한 번도 가본 적 없는 소도시로 가 그 사람의 부모님과 함께 산다고 상상해본다. 몇 달이나 병실 간이침대에서 지내는 생활을, 주변 친구들은 경력을 쌓아가고 있는데 직장에서 제안받은 진급마저 고사해야 할 때 어떤 마음일지 상상해본다. 아픈 사람의 분노를 일일이 받아주고, 사랑하는 사람이 죽을 수도 있다는 걸 알면서 약혼반지를 사러 가는 게 어떤 일일지 상상해본다. 상상만으로 몸서리가 쳐진다. 도저히 불가능하다. 윌이 나를 위해 해주었던 일의 일부라도 내가 누군가를 위해 할 수 있을지 모르겠다.

나는 나의 절박함 때문에 윌의 바람에 귀 기울이지 못했다. 이게 진실이다. 나는 줄곧 내가 너무 많이 바라는 게 아니라는 걸 확인받고 싶어했고, 실제로 너무 많이 바라게 된 후로는 윌이 쉬고 싶어 해도 그러지 못하게 했다. 마지막 몇 달 동안 몇 번이고 나를 응급실로 데려갈 때마다 윌의 얼굴에는 기진맥진한 의무감밖에 보이지 않았다. 나는 그런 표정을 그가 날 부담스러워하며 언제든 떠날 기회만 노리고 있다는 증거로 받아들였다. 하지만 결국 윌이 떠난 것은 병 때문이 아니라 나 때문이었다. 내가 몇 년에 걸쳐 사소하고도 무수한 방식으로 그를 몰아붙이고 떠나도록 밀어냈기 때문이다. 그러다 어느 날 그는 정말로 떠나갔다.

'정말 미안해.' 나는 어둠 속에 대고 중얼거린다.

눈발이 점점 더 거세진다. 앞쪽 차창의 와이퍼를 작동시킨 지도 한참이 지났다. 오늘은 그만 이동하고 눈보라가 잦아들 때까지 쉬어갈 모텔을 찾아볼까 생각하지만, 서부로 가는 여정이 지체될 수록 운전하는 게 더 어려워질까 봐 걱정된다. 몬태나주 경계선까지는 계속 가보기로 한다. 주변에 보이는 차라고는 하나도 없다. 나는 갓 쌓인 깨끗한 눈가루 위에 바퀴 자국을 남기며 달린다. 고속도로 양옆에 늘어선 폰데로사소나무는 눈이 무겁게 쌓여 축 늘어졌고, 가지마다 고드름이 맺혀 있다. 고드름이 발하는 차갑고 새파란 빛에 모든 것이 반짝거린다.

그렇게 한 시간을 달리자 윌에게 남아 있던 분노가 완전히 사라진다. 분노에 가려 미처 느끼지 못했던 감정들이 그 자리에 스며든다. 하고 싶은 말이 너무도 많다. 윌은 끝까지 내 곁에 머무르진 않았지만, 중요했던 시기에 내 곁을 지켜주었다. 윌에게 용서를 구하고 싶다. 내가 얼마나 그를 그리워하는지 말해주고 싶다.

이것이 영화 속 한 장면이라면 나는 지금 당장 차를 세우고 윌에게 전화를 걸 것이다. 어쩌면 심지어 그와 재결합할 수도 있으리라. 하지만 현실은 영화와 다르다. 마지막으로 대화를 나눴을 때 윌은 스포츠 웹사이트의 수석 편집자로 이직했다고 했다. 그리고 이제는 새로운 사람을 만나고 있고 그 사람과 행복하다고 들었다. 지금 내게 윌을 사랑한다는 건 우리 둘의 추억을 소중히 간직하되 추억의 유혹에 넘어가지 않는 것이다. 전화를 걸고 싶은 마음을 꾹 참는 것, 그가 자기 인생을 되찾는 데 필요한 거리를 두는 것. 세상에서 가장 힘든 일이 되겠지만, 그를 놓아주는 것이다.

몬태나주 경계선에 가까워질 무렵, 눈 한 번 깜짝하면 놓칠 만큼 작은 고속도로변 마을을 지나친다. 뒤따라오는 차 한 대를 제외하면 대로는 텅 비어 있다. 몇 블록 지나는 사이 뒤쪽 차가 속도를 높이더니 어느새 불안할 만큼 바짝 따라붙는다. 눈보라 속에서도 차 지붕 위에 빙빙 돌아가는 빨간 불빛이 보이지만, 나는 생각에 몰두한 나머지 알아차리지 못한다. 그러다 사이렌이 경고하듯 삑삑대는 소리를 듣고서야 경찰차가 나를 추적하고 있다는 걸 깨닫는다.

경찰이 내 차를 불러 세운 건 처음이다. 운전 선생님이었던 브라이언도 이런 상황에 어떻게 해야 하는지는 가르쳐주지 않았다. 나는 당황하며 길가에 차를 댄다. 협조하는 자세를 보여야 한다고 단단히 착각한 나머지 다가오는 경찰관을 보며 문을 열고 나간다. 하지만 꽁꽁 언 땅에 한쪽 발이 닿는 순간 내가 엄청난 실수를 저질렀다는 걸 깨닫는다. 나보다 인상이 험악하거나 계급적으로 불리한 사람이라면 목숨이 오락가락할 수도 있는 실수였다.

"당장 차로 돌아가!" 경찰관이 소리친다. "당장! 차로! 돌아가!"

겁에 질린 나는 차로 돌아가 문을 쾅 닫는다. 오스카가 짖어대는 바람에 조용히 하라고 쉿 소리를 내는데 경찰관이 다가와 장갑 낀 손마디로 차창을 두드린다.

"죄송해요." 내가 차창을 내리며 말한다. "차 밖에 나가서 얘기해야 하는 줄 알았어요. 그게 예의바른 행동이라고 생각했거든요." 나는 살짝 숨을 헐떡이며 바보처럼 중얼거린다.

경찰관은 두 뺨에 주근깨가 흩뿌려진 앳된 얼굴의 청년이지만, 표정만큼은 꽤나 근엄하다. "다시는 그런 짓 하지 말아요." 그가 나를 내려다보며 말한다. "내가 왜 차를 세웠는지는 압니까?"

"아뇨."

"댁이 제한 속도보다 8킬로미터 빠르게 운전하고 있었어요."

내가 사과하려고 다시 입을 열자 경찰관이 손바닥을 들어 올려 내 말을 막는다. "운전면허증하고 자동차 등록증 내놔요."

나는 열심히 조수석 사물함을 뒤져보지만 잡동사니만 잔뜩 나온다. 지도, 종이 쪼가리, 립밤, 그리고 왜 있는지 모를 어린이용 용수철 장난감까지.

"봐요, 저기 있네요." 결국 경찰관이 손가락으로 가리켜준다.

경찰관은 몇 분 뒤 내 면허증과 자동차 등록증을 들고 돌아온다. 차창 너머로 나를 내려다보며 몇 가지 질문을 더 한다. 첫 번째 질문은 어쩌다 나 같은 초보 운전자가 뉴욕 번호판이 달린 차로 와이오밍까지 와 있냐는 것이다.

"사실 꽤 재미있는 사연이 있는데요." 나는 이렇게 운을 떼고 횡설수설 이야기를 늘어놓기 시작한다. 암과 두 왕국, 100일간의 자동차 여행, 내게 차를 빌려준 친구에 관해 들려준다. 몸속에 아드레날린이 솟구쳐서 내가 제대로 얘기를 하는 건지는 잘 모르겠다.

"알았어요, 아가씨. 진정 좀 해요." 경찰관이 말한다. 그의 입꼬리가 웃음을 참는듯 슬쩍 비틀린다. "이번에는 경고만 하고 넘어가겠습니다. 하지만 명심해요. 댁은 초보 운전자고, 친구의 차를 빌렸고, 자동차 여행 중이란 걸요."

나는 경찰관의 한마디 한마디에 고개를 끄덕여 맞장구친다.

"그런데, 도대체 어쩌다 이 눈보라 한복판에서 차를 몰고 있던 겁니까?"

살사와 생존주의자들

몬태나의 황무지로 깊이 들어갈수록 도로에는 인적이 드물어진다. 수 킬로미터를 달려도 차 한 대 보이지 않는다. 어마어마하게 넓은 땅에 무릎이 빠지도록 깊게 눈이 쌓여 있고, 끝없이 펼쳐진 하늘을 보면 내가 이 세상에 유일하게 존재하는 사람인 것만 같다. 그렇게 몇 시간을 침묵 속에서 달리다가 휴대전화가 울려서 소스라치게 놀란다. 흘끗 보니 화면에 존의 이름이 반짝이고 있다. 나는 전화가 음성 사서함으로 넘어가게 내버려둔다. 최근에 고민하는 수많은 문제들을 그에게 어떻게 말해야 할지 모르겠다. 요즘은 존과 통화를 해도 어색한 잡담밖에 나누지 못한다. 벌써 서로 할 이야기가 떨어진 걸까? 존과 아메리카 대륙의 절반만큼 멀어지고 나니 우리가 어쩌다 그렇게 가까워졌는지도 잘 기억나지 않는다. 전부터 항상 우리 사이가 오래 지속될 수 있을지 의문이었지만, 점점 더 여행을 마칠 때까지 관계를 유지할 수 없을 것 같다는 생각이 든다.

상실은 나를 조심스럽고 무기력하게 만들었다. 지난 몇 년간 주변 친구들을 잃은 것 때문만은 아니다. 투병에 따르는 부수적인 상실도 있다. 나는 윌을 잃었고, 생식력과 엄마가 될 기회를 잃었으며, 정체성과 이 세상에서의 자리를 잃었다. 때로는 너무 공허해서 내 마음속에 살아 있는 것을 위한 자리가 남지 않은 듯이 느껴진다. 새로운 사랑, 새로운 상실의 가능성을 위한 자리도.

바로 어젯밤 소중한 친구에게서 온 연락 때문에 마음은 한층 조심스러워지고 깊이 움츠러들었다. 어제는 눈보라 속을 하루종일 운전한 뒤 몬태나 가디너의 민박집에 묵기로 했다. 몸을 녹이기 위해 사자 발이 달린 욕조에 찰랑찰랑하게 물을 받았다. 부츠와 털양말과 옷을 전부 벗고, 뜨거운 물에 몸을 푹 담근 채 근육이 풀어지는 걸 느끼며 만족스러운 한숨을 내쉬었다. 한동안 그렇게 있다가 욕조 밖으로 손을 뻗어 축축한 손가락으로 휴대전화를 집었다. 운전하느라 넘쳐나는 메일함을 한동안 방치해두었다. 메일이 더 쌓이기 전에 확인해야 할 것 같았다.

읽지 않은 메일이 수십 통이었다. 제목만 훑어내리는데, 맥스에게 온 메일이 눈에 띄었다. 벌써 일주일하고도 며칠 전에 보낸 메일이었다. '건강 관련 소식'이라는 제목을 보자 온몸이 굳어졌다. 환자들은 흔히 주변 친구와 친지에게 단체 메일을 돌리곤 한다. 물론 항상 나쁜 소식만 전하는 건 아니다. 그러나 나와 알고 지낸 4년 동안 맥스는 단 한 번도 건강 문제로 단체 메일을 보낸 적이 없었다. 무슨 내용이든 간에 좋은 소식은 아닐 게 분명했다.

나는 한동안 휴대전화를 노려보다가 타일이 깔린 욕실 바닥에 내려놓았다. 메일을 읽고 싶지 않았다. 그 문을 열어보고 싶지 않았다. 나는 물속으로 잠수했다. 눈을 뜨고 입술에서 나온 작은 공기 방울이 수면으로 떠오르는 걸 바라보다가, 물 위로 고개를 쳐들어 사방으로 물보라를 튀겼다. 수면이 잠잠해지고 나서야 다시 휴대전화를 집어 메일을 읽기 시작했다.

사랑하는 친구들에게,

암이 재발했어. 이번엔 폐와 후두야. 내일 로스앤젤레스 시더스시나이 병원에서 수술을 받을 거야. 회복에 시간이 얼마나 걸릴지는 아직 몰라. 종양 제거가 얼마나 어려울지도 아직 모르고. 지금으로서는 내가 받고 있던 면역계 치료가 얼마나 효과가 있는지, 효과가 있기는 한 건지도 알 수 없어. 일단 수술을 받아야 모든 게 결정되고 다음에 뭘 할지도 알 수 있을 거야.

내게 연락하려거나 뭔가 보내주고 싶다면 아마도 메일은 확인할 수 있을 것 같지만, 정신이 얼마나 또렷할지는 모르겠어…. 진행 과정이 어떻게 될지, 언제쯤 얼마나 차도가 있을지 너무 자세히 묻지는 말아줘. 지금은 아무것도 모르고 앞으로도 한동안 그럴 테니까. 예를 들어줄게.

좋은 메일의 예: "행운이 있길 바라, 맥스! 답장은 안 해도 돼!"

나쁜 메일의 예: "맥스가 언제쯤 화장실을 쓸 수 있게 될까요? 어느 도시에서? 우리 슈나우저 개를 데리고 병문안 가고 싶은데요. 아일랜드에서 온 행운의 마사지 치료견이거든요. 맥스가 죽는 건가요? 맥스는 몇 번이나 죽게 되나요? 내가 넉 달 뒤에 열 파티에는 올 수 있을까요?"

다들 무지무지 사랑해. 날 응원해줘서 정말로 고마워.

'행운의 마사지 치료견' 부분을 읽을 땐 나도 모르게 웃음이 터졌다. 맥스는 코미디언 노릇을 즐겼고 좋지 않은 상황에서도 항상 농담을 하곤 했다. 메일을 다 읽고 나니 새삼 이게 다 무슨 의미인지 생각해보게 된다. 그는 열여섯 살에 처음 암 진단을 받은 뒤로 몇 번이나 재발을 겪었고, 지금까지의 치료에도 불구하고 암은 계속 퍼지고 있었다. 망할 놈의 암. 욕조 안의 물이 사지를 짓눌러오는 것처럼 느껴졌다. 나는 다시 물속으로 잠수했다. 이번에는 두 눈을 꼭 감고 큰 소리로 비명을 질렀다.

사랑하는 상대가 절박한 상황에 처했을 때 우리는 가장 커다란 시험대에 오른다. 어떻게 행동할 것인가. 어떤 관계에서든 마땅히 책임을 느끼고 행동에 나서야 할 때가 있는 법이다. 나는 어려운 시기에도 항상 좋은 친구답게 행동했다고 자부해왔다. 힘들어하는 친구 곁을 지켜주었고, 위기에 처한 친구에겐 필요한 것 이상의 도움을 주려 했다. 지난 몇 년 동안 나는 아픈 친구들에게 선물꾸러미나 꽃다발, 멜로디 전보를 보내곤 했다. 친구들이 버킷 리스트를 실행하는 걸 돕고 소원 성취 여행에 동행했으며, 식사 배달 계획을 짜거나 모금을 하고 호스피스에 들어간 친구를 간호하기도 했다.

하지만 맥스의 메일을 읽고 나니 그런 선행의 의욕도 다 말라버린 느낌이 들었다. 답장을 쓸 마음조차 생기지 않았다. 욕조에서 나와 침대로 가면서 나는 이렇게 생각했다. '내일 하자.'

그러나 오늘도 나는 여전히 답장을 보내지 않았다.

액셀을 힘껏 밟자 발 밑에서 페달이 진동한다. '싫어, 싫어, 싫어.' 나는 얼어붙은 고속도로 위로 차를 몰며 생각한다. '또다시 그런 고통을 견딜 수는 없어.' 가장 먼저 연락해서 '나 왔어, 사랑해, 뭘 도와줄까?'라고 말해주리라 생각했던 친구에게 아무 연락이 없을 때만큼 세상이 잔인하게 느껴지는 순간도 없다. 나도 겪어서 알고 있다. 하지만 지금은 나를 보호하고 싶은 마음이 너무 강하다. 맥스를 잃어버리는 고통을 외면하고 달아나고 싶다. 또 한번 상실을 겪는다고 생각하니 그냥 세상을 피해 숨어버리고 싶다. 다시는 그 누구에게도 마음을 열고 싶지 않다.

141번 고속도로를 타고 몬태나의 에이번으로 향한다. 주민보다 동물이 더 많은 전형적인 시골 목장 지역이다. 살사를 찾아가는 중이다. 내가 입원해 있을 때 선물 꾸러미를 보내주고 언젠가 이 지역에 오거든 푸짐한 대접을 해주겠다고 약속했던 목장 요리사 말이다. 살사는 자기네 목장까지 찾아 가는 방법을 담은 상세하고 이해하기 어려운 주소 안내문을 보내주었다. 그냥 내비게이션에 입력할 수 있는 주소나 좌표를 알려주는 편이 나을 것 같다고 말했지만, 살사는 이렇게 대답했다. '그냥 하느님께 맡겨.'

비포장도로를 5킬로미터쯤 달린다. 살사가 알려준 작은 헛간이 보이자(측면에 파란색과 금색 격자무늬 벽화가 그려진 목조 건물이다) 곧바로 우회전한다. 빙판 위에서 타이어가 끼익 미끄러진다. 소 탈출 방지용 도랑을 건너 또 다른 비포장도로로 접어들자 길이 구부러진 곳 너머로 언덕 위의 초록색 목장 저택이 보인다. 저택 가까이 다가가자 살사가 달려 나온다. 통통한 장밋빛 뺨과 털모자 아래로 삐져나온 금발 때문에 마치 크리스마스 연극에 나오는 산타클로스 할머니처럼 보인다. 내가 차에서 내리자 살사는 함박웃음을 짓는다. 부츠와 아노락 차림으로 펄쩍펄쩍 뛰어오르며 환호성을 지르는 모습을 보니 나도 갑자기 활기가 솟는 것 같다. "괴상하고 멋진 우리 몬태나에 온 걸 환영해! 네가 온다기에 다들 기뻐서 지릴 뻔했다고." 살사가 나를 으스러지게 껴안으며 말한다.

살사는 며칠 전부터 날 맞이할 준비를 했다. 카우보이 한 떼를 먹일 수 있을 만큼 음식을 잔뜩 마련했고, 라자냐와 완벽하게 꾸덕꾸덕한 특제 초콜릿 칩 쿠키를 몇 쟁반씩 굽고, 야식으로 먹을 캐러멜 팝콘 볼도 무더기로 만들어놓았다. 내가 머물 목장의 오두막을 깨끗이 청소하고 침대를 정리해 손바느질한 누비이불을 깔았으며, 내 도착 시간에 맞춰 장작 벽난로에 뜨끈뜨끈하게 불도 피워두었다. 뿐만 아니라 선물로 '진짜 몬태나 스타일 모자'까지 챙겨놓았다. 데이비 크로켓 스타일의 너구리 가죽 모자로, 뒤쪽에 검은색과 갈색이 섞인 줄무늬 꼬리가 달려 있다.

살사는 열렬하게, 주저 없이 애정을 표현하는 사람이다. 이 관대하고 너그러운 여성을 알게 된 건 2년 전 '암환자 캠프'에서의 짧은 만남을 통해서였다. 청소년 암 환자들을 후원하는 비영리 단체 '퍼스트디센츠'가 일주일간의 무료 야외 수련회를 개최한 것이다.

살사는 그곳의 '캠프장 엄마'였다. 참가자들 모두 살사를 그렇게 불렀다. 자원봉사자였던 살사는 일주일 동안 삼시 세끼를 요리하고 모두를 보살폈다. 나는 곧바로 살사의 포근한 분위기와 짓궂은 유머 감각에 끌렸다. 몸 상태가 좋지 않아 캠프 활동에 참여하기 어려울 때마다 주방에 숨어들었는데, 그러면 살사가 오븐에서 갓 꺼낸 따끈한 브라우니를 주곤 했다. 캠프장 지도사들(모두 젊고 건장한 스포츠맨이었다) 각자의 매력을 평가하고 순위를 매기는 살사의 입담을 듣다 보면 어느새 웃음이 터져 나왔다. 살사는 '높으신 양반들' 몰래 반입한 밀주 위스키병을 성서 구절이 적힌 지퍼 달린 주머니에 숨겨놓았다가 슬쩍 꺼내 들이켜곤 했고, 나는 그 때문에 살사가 더욱 좋아졌다.

암환자 캠프에서는 매 순간이 즐거웠다. 우리는 지도사들에게 카약 타는 법을 배워서 날마다 몇 시간씩 강에 머물곤 했다. 노로 물을 저을 때마다 병원 진료와 화학요법 치료의 기억이 스러져가는 것 같았다. 몸에 대한 끈질긴 절망감과 투병 기간 내내 쌓아온 걱정을 잊고 소소한 승리에 집중할 수 있었다. 용기를 끌어모아 벼랑 위에서 강으로 다이빙하는 데 성공했고, 전복된 카약을 바로 세웠고, 한 번도 뒤집히지 않고 연달아 급류를 넘기도 했다. 일주일이 다 지났을 즈음에는 팔다리에 멍이 들고 온몸이 쑤셨지만, 백혈병 진단을 받은 이후 처음으로 내 몸이 자랑스럽게 느껴졌다.

나는 캠프의 표어대로 '살아남는' 사람이 되겠다고 다짐하며 뉴욕으로 돌아왔다. 주말이면 교외에 나가 하이킹을 하기로 결심했고 윌에게도 애디론댁스로 야영을 가자고 제안했다. 하지만 돌아온 지 얼마 안 되어 기관지염으로 입원했고 며칠이나 산소 호흡기를 차고 있어야 했다. 살사는 내가 입원했다는 걸 전해 듣자마자 곧바로 속달 우편물을 보내주었다. 내 방 창문에 걸어놓을 예쁜 유리 파랑새와 몸이 좀 나아지거든 몬태나로 놀러 오라는 초청장이었다. '우리 딸네 목장으로 찾아와. 진짜 카우보이들을 만나보고 목장에서 말도 타는 거야.' 나는 병실 침대에 누워서 마음속으로 살사의 목장을 그려보았다. 거대한 산맥과 땅에서 장엄하게 솟아오른 하얀 산괴를, 말을 타고 숲속을 뛰어다니는 내 모습을 상상했다. 그러다 모니터가 삑삑거리는 소리에 현실로 돌아왔다. 산소 탱크와 내 콧구멍을 연결하는 튜브가 빠지는 바람에 공기가 새어나오고 있었다. 몬태나는 수천 킬로미터 멀리에 있었다.

목장에 도착한 지 몇 분 만에 오스카가 닭들을 쫓기 시작한다. 서로 쫓고 쫓기며 헛간을 몇 바퀴나 빙글빙글 맴돈다. 오스카는 두 귀가 바람에 펄럭거릴 만큼 힘껏 달리지만, 짜리몽땅한 다리로 좀처럼 닭들을 따라잡지 못한다. 오스카는 그중에서도 통통한 러셋종 암탉을 쫓는 듯하다. 암탉은 꼬꼬댁 하며 녀석에게서 달아나려 하지만, 겁이 나서라기보다는 오히려 귀찮은 기색이다.

"죄송해요." 나는 살사에게 사과한다. "오스카는 지금까지 한 번도 닭을 본 적이 없거든요."

"상관없어, 자기." 살사가 대답한다. "내가 이렇게 말한다고 화내진 마, 저 녀석 꼴을 보니 생전 아무것도 못 잡을 것 같아." 마침 오스카에게 검은색과 빨간색 격자무늬 겨울 외투를 입혀놓아서 한층 더 깜찍하고 우스꽝스러워 보인다.

살사의 딸 에린도 나와서 이제는 셋이 함께 웃으며 눈앞의 광경을 바라본다. 목장에서 키우는 개들도 히죽 웃고 있는 것 같다. 소들에게 몇 번이나 걷어차여 앞니가 빠진 굳센 소몰이 개들이다. 시간이 지나면서 오스카도 점점 속도를 올리기 시작한다. 작은 앞발을 세차게 내뻗고 갈색 눈을 단호하게 이글거리며 조금씩 암탉에게 가까이 간다. 급기야 놀랍도록 힘차게 뛰어오르더니 두 발로 암탉의 꼬리 깃털을 붙잡는다.

"이런, 안 돼, 안 돼, 안 돼!" 나는 소리치며 녀석을 향해 달려간다. 내가 오스카의 목걸이를 붙들고 다시 목줄을 매는 동안 에린은 암탉을 살핀다. 다행히 다친 곳은 없나 보다. "남편이 없었던 게 다행이네요." 에린이 말한다. "목장 남자들은 닭 쫓는 개를 보면 총으로 쏴버리거든요."

살사가 금발에 하얗고 통통한 반면, 에린은 짙고 까만 눈과 긴 밤색 머리카락을 갖고 있다. 야윈 근육질 체격인 그녀는 한시도 쉬지 않고 움직인다. 집안일을 하고 아이들을 돌보고 주문받은 퀼트를 바느질하고 성서 공부 모임을 꾸리고 심지어 남편을 거들어 소젖도 짠다. 이곳은 에린의 시가가 5대째 운영하는 목장이라고 한다.

암탉을 둘러싼 소동에도 불구하고 에린과 나는 곧바로 서로 호감을 느낀다. 우리는 함께 언덕 위의 목장 저택으로 향한다. 집 안에 들어서자 모두 부츠를 벗어 장작 벽난로 옆 벽에 나란히 세워 놓는다. "우리 집을 구경시켜드릴게요." 에린이 내게 팔짱을 끼며 말한다. 에린은 날 데리고 집 안을 돌아다니며 침실과 창밖에 보이는 산을 가리켜 보인다. 그다음엔 지하실로 내려가서 통조림, 저장식품, (그들은 '독주'라고 부르는)위스키로 가득 채운 찬장을 보여준다. "우리는 필요한 거의 모든 걸 땅에서 사냥하고 채집하고 가꿔요." 에린이 자랑스럽게 말한다.

계단을 도로 올라 부엌으로 간다. 에린과 살사가 오믈렛 수플레를 만들고 두툼한 베이컨 토막을 굽는 동안 나도 최대한 도우려 한다. 고소한 냄새에 이끌린 에린의 네 아이가 부엌 문간에 나타나 호기심 어린 눈으로 나를 빤히 쳐다본다. 아이들은 길 건너편에 있는 교실 세 개짜리 학교에 다닌다고 한다. 다른 학생들도 전부 목장 집 아이들로, 작업화를 신고 수업에 들어가며 과외 활동으로 4H 클럽(생활개선과 기술개량을 목적으로 하는 농촌 청소년 교육 단체—옮긴이)에 참여하고 입만 열면 소 방귀에 관해 농담하는 아이들이다. 살사는 이런 얘기를 해주며 막내 손자 핀의 머리칼을 손으로 헝클어뜨린다.

상차림을 거들고 있는데 에린의 남편 윌리엄이 들어온다. 털모자, 실크 스카프, 품이 넉넉한 칼하트 재킷, 청바지에 가죽 부츠를 신은 목장 작업복 차림이다. 새 둥지로 삼아도 될 만큼 엄청나게 길고 덥수룩한 턱수염이 인상적이다. 윌리엄은 정중하게 내게 모자를 들어 보이며 인사하더니 널따란 나무 식탁 상석에 자리를 잡는다.

"식전 기도를 드립시다." 윌리엄이 이렇게 말하자 모두가 팔을 뻗어 옆 사람의 손을 잡는다. 나는 긴장해서 어쩔 줄 모른다. 평생 식전 기도 같은 건 해본 적이 없지만, 혼자 빠지면 무례할 것 같아서 나도 고개를 숙이고 눈을 감는다. 윌리엄이 짤막하고 근사한 기도문을 읊는다. "하느님, 오늘 하루와 이 음식을 주신 것에 감사합니다. 이를 통해 우리 몸과 마음이 양분을 취할 수 있기를. 아멘."

목장주의 아내들은 일주일에 한 번 마을에 모여 에어로빅 수업을 받는다고 한다. 마을이라고 해봤자 교실이 세 개뿐인 학교 건물과 우체국, 작은 체육관이 전부지만. 에린이 나더러 같이 가자고 하자 살사도 합류한다. 체육관에는 불이 환하게 켜져 있다. 반들반들한 나무 바닥이 우리가 신은 운동화 아래에서 삐걱거린다. 다양한 연령대의 여성 여남은 명이 바람막이 점퍼와 운동복 차림으로 스트레칭을 하고 있다. 에린이 나를 소개하자 모두 내 얼굴을 빤히 쳐다본다. 아무래도 외부인이 많이 오는 곳은 아니니까. 이국적인 내 이름도 딱히 좋은 인상을 주진 못한 듯싶다. 하지만 에린이 그들에게 내 자동차 여행 얘기를 꺼내자 다들 호기심을 보이며 귀를 기울이고, '백혈병'이라는 말이 나오자 모두의 표정이 눈에 띄게 부드러워진다.

"환영해요." 한 여성이 말한다. "나도 백혈병 생존자랍니다."

"같이 수업 받으니 좋네요." 또 다른 여성이 말한다.

"윌리엄 동생은 만나봤수?" 세 번째 여성이 끼어든다. "싱글인데. 게다가 아주 잘생겼고."

"세상에! 당신이 윌리엄 동생이랑 결혼하면 우린 자매가 되겠네요!" 에린이 외친다.

"그러고 보니 자기한테 양키 동네의 기생오라비 말고 진짜 카우보이를 찾아줄 때가 됐지." 살사가 유쾌하게 덧붙인다.

에어로빅을 시작하자 이들은 한순간도 빈둥거리지 않는다. 수업을 받는 한 시간 동안 체육관 공간 전체를 활용하며 운동에 전념한다. 에어로빅 루틴의 단계마다 또 하나의 고통스러운 동작이 등장한다. 우리는 다리가 후들거릴 때까지 펄쩍펄쩍 뛰고, 엉덩이 근육이 욱신댈 때까지 스쿼트를 하고, 바닥에 쓰러지기 직전까지 버피를 한다. 하지만 놀랍고 흐뭇하게도, 나는 끝까지 버텨낸다.

수업이 끝나고 샤워를 한 뒤 세면장 거울을 보니 기억 속에서 거의 사라졌던 모습이 보인다. 지난 몇 년 동안 내 안색은 자작나무처럼 파리했지만, 지금 거울 속의 내 뺨은 발그스름하고 눈은 반짝거린다. 온몸에 엔도르핀이 전류처럼 솟구친다. 힘차고 활기 넘치는 기분이다. 삐뚤빼뚤하지만 이젠 귀 뒤로 넘길 수 있을 만큼 자란 앞머리를 가다듬는다. '꼭 1990년대의 디카프리오 같은데'라고 생각하면서. 약 50일 전 뉴욕에서 출발했던 여자와 지금의 나는 전혀 다른 사람이다. 나는 여행자, 모험가, 먼 거리를 지나온 방랑

자다. 여전히 밤마다 피로로 온몸이 너덜너덜해져 잠들긴 하지만.

그날 밤엔 살사네 식구 모두 일꾼 오두막에 모여 저녁을 먹는다. 윌리엄의 동생도 참석했다. 소문대로 흠잡을 데 없이 잘생겼다. 방 저쪽에 앉은 그는 줄곧 수줍게 나를 흘끗거린다. 바깥 기온은 영하 한참 아래로 떨어졌다. 살사의 말에 따르면 이곳은 밤 기온이 영하 30도까지 떨어지는 일도 드물지 않단다. 윌리엄이 직접 통나무를 쪼개어 마련해둔 장작 덕분에 집 안이 훈훈하긴 하지만, 난롯불이 활활 타오르고 청바지 아래 긴 내복을 껴입었는데도 춥다. 다시는 몸이 따뜻해지지 않을 것만 같은 한기가 느껴진다. 살사가 머그잔에 독주를 따라 모두에게 나눠준다. 위스키를 한 모금 홀짝일 때마다 몸속이 조금씩 훈훈해지는 것 같다. 술기운이 충분히 돌자 윌리엄과 동생의 소심함도 눈 녹듯 사라지고, 두 남자도 여자들의 대화에 끼어든다.

"참, 보호 장비로는 뭘 쓰나요?" 윌리엄이 나를 돌아보며 묻는다.

"보호 장비라뇨? 피임 도구 말인가요?" 나는 이렇게 되묻는다.

살사가 맥주를 확 뿜어내며 폭소한다.

"아니요." 윌리엄이 민망한지 살짝 얼굴을 찡그리며 설명한다. "총 말이에요. 호신용품이요."

"아, 그런 건 하나도 없어요. 평생 총이라곤 만져본 적도 없는걸요. 총을 갖고 다녀도 호신용으로 써먹기는커녕 실수로 내 발이나 쏠 거예요. 하지만 나한텐 이 친구가 있으니까요." 내가 오스카를 쓰다듬으며 대답한다.

"무섭진 않아요?" 윌리엄의 동생이 이렇게 묻는다. 다들 내가 여태껏 주머니칼 하나 없이 그 먼 거리를 여행했다는 사실에 놀란다. 중성화된 소형견 한 마리만 데리고 여행하는 여자라면 반드시 무기를 소지해야 한다는 것이다. 윌리엄이 자기 총을 한 자루 빌려줄 테니 여행하는 동안 갖고 다니라고 제안한다. 나는 거절하지만, 잠시 옥신각신한 뒤 결국 타협점에 이른다. 내가 최소 6미터 떨어진 깡통을 쏘아 맞출 수 있을 때까지 이 목장을 떠나선 안 된다는 것. 나는 다음 날 오후 내내 연습에 몰두한 끝에 마침내 목표를 달성한다.

저녁식사는 큰사슴고기 소시지와 에린이 만든 비프스튜다. 큰사슴은 윌리엄이 사냥한 것이고 스튜에 들어간 소는 목장에서 직접 키운 것이라고 한다. "나는 그 누구에게도, 그 무엇에도 의존하고 싶지 않아요." 윌리엄은 이렇게 선언하더니 한동안 정부와 공교육, 의료에 대한 의구심을 설파한다. "우리가 스스로 지키고 생존하는 데 필요한 건 전부 다 여기 있어요."

밤이 깊어지자 윌리엄의 동생이 소파로 오더니 내 옆에 앉는다. 플란넬 셔츠를 입은 그는 불그스름한 턱수염과 파란 눈을 지녔다. 말수는 적은 편이지만 내가 마음에 든 기색이다. 다른 사람과 대화를 나누는 나를 보는 그의 시선이 느껴지고, 눈이 마주치면 우리 둘 다 얼굴을 붉힌다. 요즘은 남자들이 내게 관심을 보이는 걸 느낄 때마다 놀라곤 한다. 치료를 받는 동안 섹슈얼리티란 게 완전히 씻겨나간 느낌이었으니까. 어머니가 미는 휠체어를 타고 길을 지날 때 내게 추파를 보내는 남자는 아무도 없었다. 누구도 뼈만 남은 내 몸을 훑어보지 않았다. 내 목 위로 튀어나온 카테터를 다시 한번 쳐다볼 때만 제외하면, 사람들은 대부분 나를 외면하려 했다. 그러다 보니 이젠 남자가 추파를 던져도 굳이 선을 긋거나 사귀는 사람이 있다고 말하지 않는다. 나는 그들의 시선을 즐기고 심지어 갈망한다.

우리의 무릎이 맞닿는다. 한순간 이 남자와 목장에서 함께 살면 어떨까 하는 말도 안 되는 상상이 스친다. 나는 항상 누군가의 품속에서 안정감을 찾곤 했다. 그 품속에서의 시간이 아무리 부질없다 해도 말이다. 내 삶이 막막하거나 답답하게 느껴질 때마다 연애를 끝내고 바로 다시 새로운 사람에게서 돌파구를 찾으려 했다. 내가 무엇을 원하는지, 지금 내 문제는 무엇인지 모색하는 일을 회피하기 위해 그보다 더 편리한 방법도 없었다. 정말로 중요한 문제를 직면하기보다는 새로운 연애에 몰두하는 편이 더 쉬웠다. 하지만 이제는 그런 것들이 자기기만에 지나지 않는다는 걸 안다. 나는 소파에서 일어나 카우보이 썸남에게 잘 자라고 인사한 다음 방문을 닫고 들어간다.

다음날 아침 다 같이 모여 숲 외곽의 공터로 향한다. 윌리엄이 쓰러진 통나무 위에 깡통 여섯 개를 나란히 세워놓는다. 새 너구리 가죽 모자를 쓴 나는 총알을 장전하고 발사하는 법을 알려주는 윌리엄의 말에 귀 기울이면서도 이게 무슨 어처구니없는 상황이냐고 생각하지 않을 수 없다. 일단 그들이 '여자들 총'이라고 부르는 권총으로 연습을 시작한다. 몇 번 쏴보고 나니 윌리엄이 장총으로 넘어가도 되겠다고 진단한다. "조심하지 않으면 이가 나갈 수도 있어요. 어깨에 대고 꽉 붙잡아야 해요." 윌리엄이 이렇게 말하며 내 자세를 바로잡아준다.

이 낡은 22구경 장총은 윌리엄이 아이들에게 땅다람쥐 쏘는 법을 가르쳐줄 때 쓰던 것이다. 그러고 나선 숲에 넘쳐나는 큰사슴 사냥 법을 가르쳤다고 한다. 방아쇠를 당기자 폭발의 여파로 어깨가 홱 밀려난다. 매캐한 화약 냄새에 콧구멍이 얼얼하다. 여러 번 더 발사한 끝에 간신히 깡통 하나를 쏘는 데 성공한다. 에린과 살사가 요란하게 환호한다. 두 사람의 함성이 숲속에 메아리친다.

집으로 돌아와 차에 짐을 싣는다. 살사네 식구 모두 작별 인사를 하러 나와주었고, 엄청나게 많은 수제 쿠키를 안겨준다. "우리끼리 얘길 좀 해봤는데 말이죠." 윌리엄이 이렇게 말한다. "당신도 우리 명단에 넣어주기로 했어요."

"그래요? 무슨 명단인데요?"

"종말의 날에 우리 가족 말고도 이 목장에 와서 지낼 수 있는 사람 명단이요." 윌리엄이 진지한 표정으로 대답한다.

"아, 그렇군요. 감사해요." 이렇게 대답하는데 문득 이 집 지하실 풍경이 생각난다. 그야말로 평생 먹어도 충분할 통조림, 비상식량, 수통, 독주가 찬장 가득 채워져 있었다. 표준이라고 여겨지는 생활방식에 대한 그들의 의구심, 집 안 가득한 총기, 필요한 건 모두 자기 땅에서 사냥하고 채집하고 가꿀 수 있다는 고집스러운 생각을 이제야 이해할 것 같다. 살사네 가족은 생존주의자(미래에 일어날지도 모를 긴급상황에 적극적으로 대비하여 자급자족할 수 있는 환경을 준비해두는 이들—옮긴이)였던 것이다. 내가 확인차 물어보자 그들은 몬태나의 시골 지역에서는 그런 생활방식이 선택이라기보다는 그저 현실이라고 설명한다. 하지만 적어도 이 세상이 파멸에 이를 때 자기들은 준비가 되어 있을 거라고 했다.

"명단에 있는 사람들은 모두 어떤 식으로든 생활에 기여할 수 있어야 해." 살사가 끼어든다. "실용적 기술에 있어서는 자기는 쓸모가 거의 없겠어. 소나 목장 일도 전혀 모르고 총도 잘 못 쏘니까." 살사는 웃으며 팔꿈치로 나를 쿡 찌른다. "하지만 아마도 서기 노릇은 할 수 있겠지."

그들의 제안에 담겨 있는 무언가가, 내가 그들과 다른 배경을 가졌음에도 불구하고 이토록 나를 반겨주는 그들의 환대가 마음을 울린다. 세상과의 연결을 끊고 자급자족하며 최악의 사태에 대비하려는 본능이라면 내게도 있다. 존에게, 그리고 지금은 맥스에게도 그러고 있지 않은가. 또 한번 상실감에 마음이 찢어지는 걸 피하려고 말이다. 하지만 이 가족에게 재난의 감각은 다정함과 관대함의 근원이었다. 죽음의 공포 앞에서 그들은 적대감이 아니라 친밀감의 원천을 찾아냈다.

목장을 떠나는데 휴대전화 수신음이 울린다. 모르는 전화번호로 온 문자 메시지다. '언제 또 놀러 와요. 당신의 몬태나 남편이(윌리엄 동생이에요).' 서부에서의 마지막 여정을 마칠 즈음엔 기진맥진하거나 어쩌면 향수병을 앓고 있을 줄 알았다. 하지만 시애틀로 향하고 있는 지금까지도 그런 느낌은 전혀 없다. 이곳의 광대한 풍경과 자기 삶에 나를 받아들여준 너그럽고 생동감 넘치는 사람들에게 매료되었을 뿐이다. 이런 경이야말로 다시 살아 있음을 느낀다는 의미가 아닐까.

브룩처럼 해보기

혼자 여행하는 젊은 여성은 낯선 이들에게 청하지도 않은 조언을 많이 듣는다. 어디를 가든 간에, 길가 식당에서 밥을 먹거나 야영장 화장실에 줄을 서서 기다리거나 주유소에서 기름을 넣다가도 지혜를 나눠주고 싶어 하는 사람과 마주치게 된다.

몇몇 조언은 그냥 흘려들었다. 예컨대 뉴욕을 떠나오기 전에 만난 어느 부유한 지인은 자동차 여행을 하는 동안 '운전기사'를 고용하는 쪽이 안전하지 않겠냐는 말을 해주었다("어머 좋은 생각이네." 나는 정중히 이렇게 대꾸했다). 요긴한 조언도 있었다. 오리건의 바닷가에서 하룻밤 머물렀을 때 만난 브렌트라는 어부는 운전에 관해 유용한 팁을 알려주었다. "앞 차창에 김이 서리는 것 같으면 그 뭐냐, 차 안의 제습 버튼을 누르라고. 안 그러면 앞이 안 보여서 골로 가는 수가 있어." 나를 재워준 사람 중에는 포틀랜드의 전설적인 배우이자 코미디언인 웬디라는 분이 있는데, 자신을 '음식 중독과 만성 유대인스러움 증후군에 시달리는 노인네'라고 소개했다. 웬디가 알려준 건전한 고민 해결 방법은 다음과 같다.

1. 인생에서 감사한 것들의 목록을 작성하고
2. 궁둥이 들고 나가서 바깥을 산책하고
3. 혹시 식이장애가 찾아오면 끝내주게 맛난 초콜릿과 진한 커피를 자신에게 대접할 것.

무시무시할 만큼 통찰력 있는 조언도 있었다. 내 마음속의 만화경을 뒤흔들어 모든 걸 다른 관점에서 볼 수 있게 하는 조언 말이다. 시애틀에서 만난 젊은 남자 아이작을 예로 들어보자. 그는 모든 소유물을 차 트렁크에 싣고 알래스카의 시골 동네를 떠나서 막 도시에 도착한 참이었다. 나와 우연히 같은 게스트하우스에 묵게 된 아이작은 주말 내내 눈물을 터뜨릴 듯한 얼굴로 얼마 전에 자길 떠난 아내 얘기를 했다. 그는 상실감에 힘들어하면서도 객관적인 사고력을 유지하고 있었다. “용서란 마음에 철갑을 두르지 않는 것, 마음을 닫아걸지 않는다는 뜻이에요.” 그는 자기 자신에게 이야기하듯 중얼거렸다. “마음을 열고 살기 위해선 고통을 받아들여야 해요. 추한 꼴도 보게 되겠지만, 그러지 않으면 아무것도 느낄 수 없거든요.”

순식간에 어둠이 내려앉는다. 창백한 한 줄기 달빛이 비포장 진입로에 비껴든다. 나는 험볼트카운티에 있는 어느 집의 나무 대문 앞에 차를 세운다. 원래 방문하려던 목적지는 아니다. 어부 브렌트에게 캘리포니아 북부에서 머물 곳을 찾는 중이라고 얘기했더니 자기 사위에게 내 번호를 알려주었고, 사위는 다시 자기 친구 리치에게 내 번호를 알려주었다. 그리고 오늘 아침 일찍 나는 자기 저택 별채에서 하룻밤 묵고 가라는 리치의 연락을 받았다.

리치가 환하게 웃으며 나를 맞아준다. 잿빛 눈 가장자리에 고운 잔주름이 잡힌다. 아내 조이는 합창단 연습을 하러 갔으니 저녁은 둘이서 먹자고 한다. “비건 음식인데 괜찮았으면 좋겠네요.” 그는 나를 집 안으로 안내하며 말한다.

리치는 부엌 안을 바쁘게 돌아다니며 자기 얘길 들려준다. 그는 은퇴한 심리학자이며, 지금은 주로 조각을 하며 시간을 보낸다. 집 안에 그의 조각품들이 여럿 놓여 있다. 나무를 손으로 깎아 만든 뒤틀린 형태의 소형 조각들이다. 그중 하나가 특히 내 마음을 끈다. 묘하게 아름답고 육감적이면서도 영적이다. 몸을 비틀어 길게 뻗으며 한창 탈바꿈을 하는 것 같은 형상이다. 리치의 말에 따르면 거대한 단풍나무 둥치를 깎아서 만든 작품이다. 제목은 〈코셰이의 알〉인데, 슬라브족 민담에 따르면 마법사인 코셰이는 불멸의 존재가 되기 위해 자신의 영혼을 겹겹으로 숨겨진 은신처에, 예를 들면 거대한 나무뿌리 아래 묻힌 오리 알 속에 숨겨놓았다고 한다. 리치는 심리학자로서 사람들과 만났던 경험에서 많은 영감을 얻는다. "인생사 때문에 절망한 사람들이 결국엔 인간의 이성이나 감성의 이해를 벗어나는 영역에서 답을 찾게 되는 과정은 정말 흥미롭죠."

나는 그의 말을 들으며 고개를 끄덕인다. 어떤 말인지 정확히 이해할 수 있다.

우리는 어도비 벽돌을 쌓아 만든 거실의 커다란 벽난로 곁에 앉아 있다. 저녁으로 구운 호박, 케일 샐러드, 칼라마타 올리브를 먹으며, 리치는 1980년대 중반에 아내와 아들들이랑 승합차를 타고 유럽을 여행한 이야기를 들려준다. 그는 여행에 관해 자기만의 이론이 있다. 우리가 여행을 할 때는 사실 세 번 여행하는 셈이다. 여행을 준비하고 기대하고 짐을 싸고 상상하는 것이 첫 번째 여행이고, 실제로 돌아다니는 것이 두 번째 여행이다. 마지막 세 번째 여행은 기억 속에서 이루어진다. "중요한 건 세 여행이 최대한 분리되어야 한다는 거죠. 그러니까 지금 내가 있는 상황에 충실해야 한다는 거예요."

그의 말은 그 어떤 조언보다도 마음 깊숙이 남았다.

다음 날 아침 일찍 일어나서 캘리포니아의 해변도로를 달린다. 지금도 리치의 조언이 여전히 귓가에 울리는 듯하다. 지금 이 여행에 집중하자. 집중하려 애쓰자. 과거의 추억 속을 떠돌면 안 돼. 웨스트코스트에 도착했다는 건 일종의 전환점에 도달했다는 뜻이다. 미 대륙의 서쪽 끝으로 온 것이다. 슬슬 앞으로 어떻게 해야 할지 조바심이 든다. 뉴욕으로 돌아갈 일을, 그러고 나면 뭘 어떻게 할지를 생각하지 않을 수 없다. 지금쯤 답을 얻었을 줄 알았는데 더 많은 의문만 생겼다.

도로변에 레드우드 국립공원 산책로 표시가 보이자 차를 세우고 오스카와 함께 내린다. '이 레드우드란 나무가 뭐 그리 대단하다는 거지?' 오스카가 소변을 보는 동안 궁금한 마음에 산책로 입구의 안내문을 훑어본다. 호기심이 생겨 잠시 산책로를 걸어보기로 한다.

태평양에서 피어오른 물안개가 나지막이 퍼져나가며 숲속으로 흘러든다. 오스카와 내가 5킬로미터 정도의 산책로를 터벅터벅 걷는 동안 발아래 깔린 이끼가 우리 발소리를 흡수한다. 산책로가 깊이 굽이쳐 들어갈수록 주변의 나무들이 점점 커지고, 머리 위의 잎사귀가 더욱 촘촘히 얽혀 두터운 장막을 이룬다. 나는 유난히 커다란 레드우드 한 그루 앞에 멈춰 선다. 산불로 검게 탄 자국이 남은 나무껍질에 손가락을 갖다 대본다. 레드우드는 그 역사가 쥐라기까지 거슬러 올라갈 만큼 오래된 몇 안 되는 현생 식물 중 하나다. 공룡이 살았던 시대부터 지금까지 살아남았을 뿐만 아니라 다른 식물이 자랄 공간을 만들고 새 생명을 싹 틔워 생태계를 지탱한다. 나뭇가지 아래로는 양치류가 드리워 마치 공중정원 같고, 나무 껍질 위로는 형광 연둣빛 지의류 줄기가 자라고 있다. 나무 뿌리 옆에서 자라나는 월귤나무 덤불과는 양분을 공유한다.

산책로 끝에 이르자 오스카는 멈춰 서서 웅덩이에 고인 물을 마시고, 나는 바위에 걸터앉아 숨을 돌린다. 고개를 뒤로 젖히고 하늘을 올려다본다. 레드우드가 90미터 높이까지 자라나 있다. 하늘을 향해 날아올라 땅을 내려다보는 전지전능한 예지자 거인 같다. '내가 보지 못하는 뭔가가 보이나요? 이제 난 어디로 가야 하나요?' 나무들에게 이렇게 묻고 싶다. 높다란 우듬지가 바람에 삐걱거리는 소리를 듣다 보니 어느새 숨결이 고르고 차분해진다. 나는 문득 이 나무들이 어떤 노력이나 자의식도 없이 내가 그토록 얻으려 한 것들을 성취했다는 사실을 통감한다. 내가 생각한 생존의 방식, '100일 동안의 성장'이라는 단위로 헤아려온 시간들이 이들 앞에 서니 우스꽝스럽도록 철없고 근시안적으로 보인다. 레드우드 숲 가운데 있으니 내가 너무도 미미하고 근본 없는 존재로 느껴진다. 지금의 나는 레드우드가 아니다. 먼지 한 톨, 방향을 잃고 바람에 이리저리 떠다니는 홀씨다. 어느 쪽으로든 날아갈 수 있고 어디쯤 떨어지게 될지 전혀 알 길이 없는.

배낭을 열어 일기장을 꺼내 적는다. '요즘은 새로운 장소로 찾아갈 때마다 그곳에 살면 어떨지 생각해보게 된다. 이 마을, 이 도시, 이 지역, 이 주로 옮겨온다면 어떨까? 바로 여기가 내가 정착할 곳은 아닐까? 어젯밤에도 잠들기 전에 한 시간이나 험볼트카운티의 부동산 목록을 훑어보며 어딘가 조용하고 외딴 곳에 나만의 보금자리가 될 땅을 구입하는 몽상에 빠졌다. 그런 몽상 속에서 나는 책들과 개 몇 마리를 벗 삼아 홀로 살아간다.'

오후에는 빅서Big Sur 주립공원 들판 끄트머리에 텐트를 치고 야영 준비를 한다. 해가 기울면서 풀어진 계란 노른자 같은 석양이 바다 위로 번져나간다. 공기가 따스해서 일단은 텐트 덮개를 내리지 않기로 한다. 침낭 위에 드러누워 사지를 쭉 뻗자 진흙투성이 부츠를 신은 발이 텐트 밖으로 삐져나온다. 오스카도 나를 흉내 내려는 듯 벌렁 드러누워 네 발을 허공에 뻗는다. 손을 뻗어 배를 문질러주자 녀석은 애정이 철철 넘치는 눈빛으로 나를 바라본다. 긴 시간 함께 여행하며 지내다 보니 우리는 오래된 부부처럼 무의식 중에 서로의 몸짓을 따라하기 시작했고, 딱히 확인하지 않고도 상대가 무엇을 바라는지 알 수 있게 되었다. 녀석을 입양한 지 벌써 3년이 넘었다는 게 믿기지 않는다. "축하해. 이제 넌 내 곁에 가장 오래 머무른, 내게 가장 사랑받은 파트너야." 내가 오스카를 마주 보며 이렇게 말하자 녀석은 대답하듯 내 코를 핥는다.

'모든 연애가 이렇게 단순할 수만 있다면 얼마나 좋을까.' 나는 이런 생각에 한숨 짓다가 문득 존을 떠올린다. 우리는 간단한 문자 메시지만 주고받을 뿐 대화는 거의 하지 않는다. 존이 '별일 없어?' 라고 물으면 내가 '응' 하고 대답하고, 내가 '잘 지내?'라고 물으면 그가 '응' 하고 대답하는 정도다. 우리 사이에는 팽팽한 긴장감이 흐른다. 조만간 헤어질 것 같다.

할 수만 있다면 우리 관계의 궤도를 바꿔놓고 싶다. 현실에서 기반을 마련할 때까지 존과 데이트를 시작하지 말았어야 했는데. 적어도 허구한 날 헤어진 전 남자친구 생각에 울지 않게 될 때까지라도. 그랬다면 모든 게 달라졌으리라. 하지만 물론, 바로 이런 게 리치가 경고했던 과거의 추억 속을 떠도는 짓거리다. 이미 일어난 일을 바꿀 수는 없으니 이제부터 어떻게 할지 결정해야 한다. 문제는 내가 존이 보여준 사랑에 보답하기는커녕 그가 받아 마땅한 사랑조차도 줄 수 없다는 것이다. 이렇게 착한 남자의 전화를 계속 피하는 건 옳지 않다. 지극히 상냥하고 인내심 넘치며 내가 생각을 정리할 수 있도록 충분한 시간과 거리를 준 남자, 내가 여행만 마치면 자기에게 돌아올 거라 믿고 있는 남자. 우리가 함께했던 시간 대부분을 나는 과거와 현재의 중간 지대에서 허덕이며 낭비했다. 이제는 이 모든 걸 끝내는 편이 존에게도 더 좋을 것이다.

겁이 나서 또 도망쳐버리기 전에 얼른 휴대전화를 집어 든다. 존에게 잠시 얘기할 수 있느냐고 문자를 보낸다. 휴대전화 화면에 작은 점이 나타났다 사라졌다 하는 걸 보니 존이 뭔가를 계속 썼다 지웠다 하는 모양이다. 화면을 통해 그의 불안감이 전해져 온다. 마침내 도착한 문자는, 지금은 바쁘니 이번 주말에 얘기할 수 있겠느냐는 내용이다. 마음이 놓인다. 우리 둘 다 이 대화가 어떻게 끝날지 알고 있지만, 오늘 밤 당장 실행할 마음의 준비는 안 된 모양이다.

다음날 아침에는 1번 고속도로에 들어선다. 샌프란시스코 북쪽에서 로스앤젤레스 남쪽까지 태평양 해안을 감싸 안는 장장

1050킬로미터 구간으로, 폭이 좁고 아슬아슬한 급커브가 계속 이어지는 끝없는 오르막길이다. 가파른 절벽 너머 수십 미터 아래 바다로 떨어지지 않게 막아주는 거라곤 보잘것없는 철제 난간뿐이다. 나는 양손으로 운전대를 꽉 움켜잡고 연거푸 욕설을 내뱉으며, 백미러를 통해 내 뒤에 늘어선 현란한 스포츠카와 빈티지 컨버터블 자동차들을 곁눈질한다. 햇볕을 쬐는 물개들이 가득한 금빛 모래 해변과 딸기밭을 지나는 이 도로는 내 평생 최고의 경이와 공포, 그리고 차멀미를 안겨준다.

끔찍한 네 시간이 흐른 뒤 1번 고속도로를 빠져나가 오하이로 향한다. 로스앤젤레스에서 북서쪽으로 130킬로미터쯤 떨어진 산속 도시다. 황혼이 내리자 주변 풍경은 몽환적으로 변한다. 달 표면처럼 황량한 구릉 지대가 으스스한 분홍빛 저녁놀에 감싸인다. 지금 만나러 가는 캐서린은 아들 브룩이 자살한 뒤 내게 편지를 보냈다. 캐서린의 말에 따르면 편지 쓰기를 시작한 것도 아들 때문이었다고 한다. 예전에 브룩은 어느 과학자에게 연구에 대한 감사와 경탄의 편지를 보낸 적이 있었다. 크게 감동한 과학자는 브룩을 연구실로 초대했고 심지어 일자리까지 제안했다. 그 뒤로 캐서린의 가족은 모르는 사람에게 감사 편지 보내는 일을 '브룩처럼 해보기'라고 부르게 되었다. 내 삶과 전혀 관계없는 바깥세상의 사람, 심지어 나를 이해하지 못할 것 같은 사람이라도 정말로 연락해보고 싶다면 거리감 때문에 주저하지 말아야 한다는 게 관건이다. 그냥 '알 게 뭐야' 하고 편지를 쓰면 되는 것이다. 캐서린도 그런 마음으로 내 칼럼에 감사하는 편지를 써 보냈다. '이야기에는 우리를 치유하고 계속 살아가게 하는 힘이 있어요. 용기를 내어 다른 이들에게

이야기를 들려주다 보면 우리는 혼자가 아니란 걸 거듭 깨닫게 될 거예요.'

붉은 먼지구름을 헤치며 산기슭의 작고 흰 집 앞에 도착한다. 캐서린이 온몸으로 환영을 표하며 미닫이문을 열고 나온다. 캐서린이 키우는 보더콜리 애티커스가 차 앞으로 폴짝폴짝 달려 나와 반갑다는 듯 꼬리를 흔든다. 고등학교에서 영어와 프랑스어를 가르치는 캐서린의 모습은 기품이 넘친다. 희고 빳빳한 옥스퍼드 셔츠를 청바지 안에 넣어 입고 챙이 평평한 검은색 카우보이모자와 같은 색의 박차 달린 카우보이 부츠를 신은 차림이다. 숱 많고 희끗희끗한 검은 머리를 허리까지 길게 늘어뜨리고 있다.

캐서린은 저녁식사로 참치 스테이크를 구워놓았다며 개들과 함께 집 안에서 조용한 밤을 보내자고 제안한다. 나는 기뻐하며 고개를 끄덕인다. 우리는 각자의 접시와 와인 잔을 들고 뒤쪽 베란다로 나간다. 어두워지는 골짜기를 내다보며 쓸데없는 인사치레 없이 바로 대화에 빠져든다. 대화를 나눌수록 캐서린을 평생 알아온 것 같은 기분이 든다. 캐서린의 자세에서, 순간순간 눈에 스치는 슬픔 속에서 내 모습이 보이는 듯하다. 그가 말을 신중히 고르고 있음을, 어떤 말은 입 밖에 내지 않고 삼켰음을 직관적으로 느낄 수 있다. 우리는 서로에게 즉각적인 유대감과 조건 없는 신뢰를 느낀다.

캐서린이 내게 그간 어떻게 지냈느냐고 묻고, 나는 모든 걸 솔직하게 털어놓는다. 운전하는 내내 헤어진 남자친구의 유령이 조수석에 앉아 있는 기분이었다고, 최대한 현재에 집중하려고 애쓰지만 자꾸만 과거에 뒤쫓기는 것 같다고 말한다. 멀리사를 비롯해 내가 잃은 친구들에 관해, 수술을 받고 로스앤젤레스에서 회복 중인 맥스에 관해, 그에게 전화를 걸기엔 내가 너무 겁쟁이라는 사실에 대해서도 고백한다. 존과의 관계와 곧 그에게 헤어지자고 말 할 생각이라는 것도 털어놓는다.

캐서린은 움찔하거나 내 눈을 피하지 않는다. 진부한 말로 나를 위로하거나 조언하려 들지도 않는다. 몸을 앞으로 숙이고 줄곧 가만히 고개를 끄덕이며 온몸으로 귀를 기울인다. 내 이야기가 끝나자 전부 무슨 말인지 알겠다며, 이렇게 서로 만나게 되어서 정말로 기쁘다고 대답한다. "슬픔은 잠재울 수 있는 게 아니에요. 함께 살아가는 것이지요. 홀로 짊어져야 하는 것이고요."

우리는 일어나 빈 접시와 와인 잔을 부엌에 가져다 놓는다. 거실에 들어가니 천장까지 닿는 책장에 책이 넘치도록 꽂혀 있다. 커피 테이블 위에는 캐서린이 연주법을 배우고 있다는 만돌린이 놓여 있다. 나는 벽난로 선반 앞에서 멈칫한다. 캐서린의 아이들, 딸 셋과 아들 하나의 사진 액자가 어수선하게 놓여 있다. '저 청년이 브룩이구나.' 브룩의 지적이고 잘생긴 얼굴이 봉헌용 초의 불빛으로 반짝인다.

다음 날 오후 나는 캐서린과 함께 집 근처 마구간으로 간다. 캐서린이 내게 말 타는 법을 속성으로 재교육해준다. 노련한 승마인인 캐서린은 아끼는 거세마 블루를 타고 학생들과 일주일씩 시에라네바다로 배낭여행을 떠나곤 한다. 캐서린은 아무 일도 아니라는 듯 가볍게 말에 오른다. 나는 성인이 된 후로 말을 탄 적이 없고, 캐서린이 빌려준 낡은 카우보이 부츠는 내게 너무 크다. 등자에 한

발을 올리려다 미끄러지고 말 위로 뛰어오르려다 고꾸라질 뻔했지만, 일단 안장에 자리를 잡고 앉자 근육에 깃든 기억이 되살아난다. 얼마 지나지 않아 나는 규칙적인 리듬을 찾고 캐서린과 보조를 맞춰 속보로 나아간다. 오렌지 과수원과 캐서린의 집을 지나 산속으로 올라가는 길고 구불구불한 길에 들어선다.

캐서린은 브룩이 사색하러 이곳에 오는 걸 좋아했다고 말한다. 거대한 사암 바위가 가까워진다. "브룩이 가장 좋아했던 장소예요." 캐서린은 이렇게 말하더니 말에서 내려 바위 가까이로 걸어간다. 그러고는 브룩의 이름이 새겨진 명판 위에 손바닥을 갖다 댄다.

"브룩은 어떤 사람이었나요?" 내가 묻는다.

"아, 브룩이 여기 있었다면 당신과 정말 좋은 친구가 되었을 텐데요." 캐서린이 이렇게 말한다. "정말 놀라운 아이였어요. 과학적 관점을 가진 언어학자였고 스포츠맨이었고 등반도 즐겼어요. 더없이 유쾌했고 지독하게 영리했죠." 캐서린은 브룩이 중국어를 유창하게 구사했고 제빵부터 유기화학까지 세상만사에 관심이 있었다고 이야기한다. 브룩은 대학을 졸업한 뒤 버몬트로 가서 수목 재배사 겸 의용 소방대원으로 일했다. 하지만 대학교 1학년 때부터 남몰래 우울증으로 괴로워하고 있었고, 버몬트로 간 뒤에는 격심한 발작과 첫 조증삽화를 겪었다. 급격한 광증으로 인해 브룩은 몇 주 동안 정신병원에 입원했고, 자신의 '귀신 들린 상태'를 억누르려고 노력했음에도 결국 호전될 거라는 희망을 잃어버렸다. 스스로, 그리고 자신을 사랑하는 사람들이 믿고 안심할 수 있을 정도로 회복하진 못할 거라고 판단한 것이다. 캐서린의 말에 따르면 양극성 장애는 환자에 따라 정도가 다르게 나타나며, 모든 병이 그렇듯 어떤 사람에겐 치명적인 것이 다른 사람에겐 견딜 만할 것일 수도 있다고 했다. 2009년 11월의 어느 추운 아침, 브룩은 스스로 목숨을 끊었다. 그의 나이 스물여섯 살이었다.

바위를 응시하는 캐서린의 얼굴이 은은한 슬픔으로 빛난다. "유난히 격렬한 영혼을 지녔던 아이라, 병세도 격렬했나 봐요." 이렇게 말하는 캐서린의 뺨에 두 줄기 눈물이 흘러내린다.

"너무 괴로우면 이 이야기는 그만하는 게 좋겠어요."

"아뇨, 나는 오히려 브룩 이야기를 하면 치유되는 기분이에요. 브룩에 관해 물어봐줘서 고마워요. 사람들은 자살이 수치스러운 비밀인 것처럼 굴죠. 부고에도 사인을 제대로 적지 않고 가족사에서 아예 지워버려요. 하지만 우리가 잃어버린 사람을 완전히 잃지 않으려면 그에 관해 이야기해야 해요."

브룩은 죽기 전에 유서를 남겼다. 나중에 캐서린이 읽어준 그의 유서는 정말 인상적이었다. 연민과 애정으로 짜인 구조용 밧줄 같은 그 글에서 브룩은 '왜'라는 피할 수 없는 질문에 대답하려 애썼다. 자신을 사랑하는 사람들이 평생에 걸쳐 느낄 비탄을 덜어주기 위해 명료하고도 넓은 시각으로 쓴 다정한 편지였다. 그는 가족과 친구들이 자기에게 더 잘해주어야 했다고 자책할 거라는 걸 알지만, 장담컨대 그들은 최선을 다했다고 썼다. 다들 괴로우리라는 것도 알지만, 자기가 계속 산다면 아마 그들을 더욱 괴롭게 할 거라고도 썼다. 무슨 일이 생기든 그들이 계속 잘 살아나갈 것을 굳게 믿는다고, 모두에게 미안하다고, 그리고 말로 다 못할 만큼 사랑한다고 적었다. 관대하고 깊은 애정이, 홀로 고통 속에 허우적대면서도 커다란 절망을 넘어 가족을 배려하려는 그의 마음이 느껴졌다. 유서는 그의 생애 마지막 '브룩처럼 해보기'였다.

자식의 자살은 차마 상상하기 어려울 정도로 절망적이고 극복이 불가능한 비극이다. 나로서는 그 고통이 짐작도 되지 않는다. 하지만 캐서린의 이야기는 거기서 끝나지 않는다. 속보로 길을 올라가면서, 캐서린은 아들이 죽고 넉 달 뒤 승마 중에 말이 넘어져 다리가 부러졌던 이야기를 들려준다. 그 직후 정기검진을 받았고 평생 처음 대장내시경 검사를 하면서 대장암까지 발견했다고 한다. 그야말로 유체이탈 같은 경험이었다. "'이게 내 인생일 리가 없어'라고 생각하면서도 희한하게 모든 것이 논리정연하게 느껴졌어요. 애도는 신체적 경험인 만큼 감정적 체험이기도 하니까요. 내 뼈가 부러지고 내장에 암이 생긴 게 상징적으로 합당하다는 느낌이었어요."

대체 어떻게 그런 상황을 견뎠는지, 어떻게 몇 겹의 슬픔을 짊어진 채 버텨냈는지 묻자 캐서린은 말고삐를 당기며 잠시 그 자리에 멈춘다. "침대에 틀어박혀 쉬는 동안 가르치고 책임지는 일상에서 벗어날 수 있었죠. 그렇지만 무엇보다도 그때 비탄을 제대로 경험하는 시간을 보냈어요." 캐서린은 이렇게 대답하며 고개를 돌려 저 멀리 자기 집 한쪽에 세워둔 흰색 픽업트럭을 가리킨다. 장례식을 마치고 브룩 없이 혼자 집에 돌아오는 길은 정말 힘들었다고 한다. 브룩의 유품을 받으러 버몬트까지 간 캐서린은 아들의 트럭으로 미국을 횡단해 돌아가기로 결심했다. 어찌 보면 그것은 아들을 고향으로 데려가는 일이기도 했다. 브룩의 트럭 앞에는 의용 소방대 번호판이 달려 있었기에, 도중에 들른 주유소나 도로변 식당에서 번호판을 본 사람들이 감사의 말을 건네기도 했다. 그럴 때마다 캐서린은 마음속에 뜨거운 감정이, 슬픔이 아닌 자부심이 솟구치는 것을 느꼈다. 먼 거리를 느리게 여행하는 그 과정이 일종의 의식처럼 느껴지기도 했다. 천천히 이동하는 동안, 믿을 수 없는 현실과 비극을 이해하고 서서히 받아들이게 된 것이다.

캐서린은 브룩의 죽음 이후 자기 자신의 죽음에 대한 생각도 달라졌다고 말한다. 캐서린은 대장암 진단을 받은 뒤 두 번 재발을 겪었고 최근 들어 추가 수술도 받았다. 이번에는 폐에 생긴 혹을 제거하는 개흉 수술이었다. 이제는 자기 인생의 결말이 암일 거라는 생각과도 타협할 수 있게 되었다. "내 아이가 이 물리적 차원을 버리고 떠나갈 수 있었다면 나도 물론 그럴 수 있겠지요." 캐서린이 고개를 갸웃하더니 말을 잇는다. "죽음은 무섭지 않아요. 힘든 건 고통이죠."

계속 살아가기 위해 캐서린은 날마다 자기 삶에 주어진 축복을 되새기곤 한다. 브룩과 함께한 시간, 남아 있는 딸들과 손주들, 애티커스와 블루, 마지막으로 비탄 그 자체까지도. "지난 몇 년 동안 일어난 사건들은 존재에 대한 혹독한 교훈이었어요. 나는 나의 삶뿐만 아니라 사랑하는 이들의 삶 속에도 존재하죠. 내일은 올 수도 있고 오지 않을 수도 있어요."

그날 밤 늦게, 말들을 마구간에 돌려보내고 개들을 산책시키고 저녁을 먹고 설거지까지 마친 뒤 나는 손님용 침실로 들어간다. 침대에 드러누워 일기장을 펼치고 캐서린과 정반대였던 나의 모든 행동을 돌이켜본다. 나는 고통을 실감하지 않기 위해 모르핀과 〈그레이 아나토미〉 같은 온갖 수단에 의지했다. 내 앞에 있는 현실을 부정했고 사람들에게 마음을 닫았다. 이제는 그런 행동이 슬픔을 없애는 대신 변질시키고 미루어놓았을 뿐임을 알겠다. '고통을 마취시켜 회피하거나 제거하기 위해 맞서 싸워야 하는 존재로 생각하지 않는다면 어떨까? 내 안의 고통의 존재를 존중하고 지금 여기에 받아들인다면?'

치유란 몸과 마음을 아프게 하는 모든 것을 박멸하는 일이라고 생각했다. 고통을 과거에 남겨두고 앞으로 나아가는 일이라 여겼다. 하지만 그렇지 않았다. 치유란 앞으로도 항상 내 안에 살아 있을 고통과 공존하는 법을 배우되, 고통의 존재를 외면하지 않고 삶을 고통에 빼앗기지 않는 일이었다. 과거의 유령을 직시하고 남아 있는 것을 짊어지며 나아가는 일, 사랑하는 사람들을 언젠가 잃어버릴까 봐 주저하고 망설이는 대신 지금 그들을 힘껏 껴안아주는 일이었다. 캐서린의 경험과 통찰이 마음 깊이 스며든다. 그녀는 도저히 견딜 수 없을 것 같은 일을 겪었지만 지금도 꿋꿋이 살아가고 있다. "우울과 절망을 떨쳐내고 사랑하는 것들에 집중해야 해요." 나를 침실로 보내며 캐서린은 이렇게 말했다. "그런 체험 앞에서 우리가 할 수 있는 일은 그뿐이니까요. 곁에 있는 사람들을 사랑해줘요. 지금 살아가는 삶을 소중히 여겨요. 내가 아는 한 인생의 슬픔에 맞서는 데 사랑보다 더 효과적인 방법도 없거든요."

나는 일기장을 덮고 너무 오랫동안 회피해왔던 두 가지 일을 실행한다. 우선 맥스에게 메일을 보낸다. 그러고 나서 존에게 전화를 건다. 신호음이 한 번 울리자마자 그가 전화를 받는다.

"지금 있는 데서 로스앤젤레스까지 얼마나 걸려?" 존이 묻는다.

"한 시간쯤, 어쩌면 두 시간. 왜?"

"항공권 사서 내일 그리로 갈게. 아무래도 직접 만나서 얘기하는 게 좋겠어."

다음 날 아침 나는 평소의 여행 복장을 걸친다. 낡아빠진 부츠와 리바이스 블랙진, 흰 티셔츠, 대학 시절부터 지금까지 즐겨 입는 가죽 재킷. 캐서린은 마지막으로 커피를 함께 마신 뒤 작별 선물이라며 자기가 사용하던 오래된 지도책을 준다. 나는 몸을 숙여 애티커스의 귀 뒤를 한 번 긁어주고 차에 올라 캐서린에게 인사한다. "여러모로 감사해요. 얼마나 큰 도움을 주셨는지 몰라요."

로스앤젤레스 공항에 도착하니 존이 만남의 광장 바깥 보도에서 나를 기다리고 있다. 내가 인도에서 사다 준 면 스카프를 두른 모습이 언제나처럼 멋스럽다. 존이 길게 늘어선 차들 사이에서 내 차를 알아보고 다가온다. 둘 다 상황에 맞게 엄숙한 표정을 지으려 하지만, 결국 바보같이 히죽 웃어버리고 만다. 차 안에서 우리는 서로를 껴안는다. 이 순간만큼은 그가 갑자기 이곳까지 찾아와야 했던 이유도 기억나지 않는다.

"네가 와서 정말 기뻐." 내가 말한다.

"그래?" 존이 나를 안았던 팔을 풀며 되묻는다. 상처를 받은 듯한 목소리다. 갑자기 존에게 다정하게 대해주고 싶어진다. 그의 빽빽한 스케줄을 생각하면 여기까지 오는 게 쉬운 일은 아니었을 텐데. 하지만 존이 나를 만나기 위해 대륙 반대편까지 달려왔다는 사실이 놀랍지는 않았다. 존은 내가 힘들 때면 항상 찾아와주었다.

심지어 나와 연인이 되기 전에도.

서로 하고 싶은 말이 너무 많아서 한동안은 아무 말도 나오지 않는다. 나는 차를 몰면서 존이 내 병에 관해 듣자마자 밴드 멤버들을 데리고 병원까지 날 만나러 왔던 일을 떠올린다. 존은 멜로디카를, 이반다는 튜바를, 에디는 색소폰을, 드러머인 조는 탬버린을 들고, 암 병동 한복판에서 날 위한 연주를 시작했다. 〈성도들이 행진할 때〉의 멜로디가 복도에 울려 퍼지자 간호사들과 환자들이 병실에서 우르르 몰려나왔다. 걸을 수 있는 환자는 걸어서, 걷지 못하는 환자는 간호사나 가족이 밀어주는 휠체어를 타고, 그것도 어려운 환자는 침대에 누워 병동 구석구석 퍼지는 음악에 귀 기울였다. 처음엔 조금 멋쩍은 분위기였지만 얼마 지나지 않아 다들 환호하기 시작했다. 환자, 간호사, 직원 할 것 없이 박자에 맞춰 손뼉을 치고 춤을 췄다. 병동 전체가 안도의 한숨을 내쉬는 듯했고, 모두 잠시 음악에 몸을 맡긴 채 여흥을 즐겼다. 나 역시 마스크 뒤에서 줄곧 미소를 짓고 서 있었다.

이 모든 기억을 떠올리고 나니 더욱 어떡해야 할지 혼란스럽다. 지난 몇 주 동안 몇 번이나 우리 사이를 끝내야 한다고 생각했지만, 막상 그에게 전화하기가 망설여졌다. 이렇게 존과 함께 있게 되자 그간의 확신이 희미해지는 듯하다. 그래도 솔직해야 한다. 지난 며칠 캐서린과 함께 지내며 모든 걸 있는 그대로 얘기했듯이.

"그동안 내가 너한테 거리를 뒀지." 느리게 움직이는 차 안에서 내가 마침내 입을 연다. "우리 관계에 대해 오래 고민했어. 나 혼자 해결해야 할 문제가 너무도 많으니까. 우리 둘이 잘 안 맞는 것 같기도 하고. 솔직히 말하면 여행 내내 우리가 헤어지는 게 최선이 아닐까 생각했어."

"너한테 물어볼 게 있어." 존이 말한다.

"뭔데?"

"날 사랑해?"

"당연하지." 내가 대답한다.

"사실대로 말해봐. 나랑 있는 게 좋아?"

"응. 널 사랑해." 나는 솔직히 인정한다.

"그런데 대체 왜 모든 게 그토록 복잡해야 하지?"

우리는 한동안 침묵을 지킨다. "있잖아." 존이 좀 더 차분한 어조로 말한다. "우리가 지금 당장 답을 찾을 필요는 없다고 생각해. 난 네 곁에 있고 싶어. 앞으로 계속 네게 혼자 지낼 시간을 주어야 하더라도 말이야. 난 그러는 데 익숙하거든. 하지만 우리가 함께 노력하는 동안에는 너도 내게 솔직했으면 좋겠어. 더 이상은 나를 밀어내지 말아줘."

나는 지난 몇 주 내내 온전한 헌신이 아니라면 이별을 선택해야 한다고 자신을 다그쳐왔다. 위험 부담을 계산하고 그것에 대비할 생각만 하느라 제3의 길이 있다는 생각은 하지 못했다. 우리 관계가 자연스럽게 자라고 변화하고 성장하게 하는 것, 서로 곁에 있으면서 상대가 무엇을 바라는지 서서히 알아가는 것, 중간 지대에 머무는 것. 빨간색 신호등이 켜지자 나는 차 속도를 늦추고 팔을 뻗어 존의 손을 잡는다.

"우리 괜찮은 거지?" 존이 묻는다.

"응, 괜찮아." 내가 대답한다.

"그렇게 쉽게 넘어갈 순 없지." 존이 대꾸한다. "이리 와."

우리는 키스한다. 초록색 신호등이 켜지고 우리 뒤의 운전자들이 경적을 울려댈 때까지 그렇게 있는다. 이게 어떤 상황인지 정확히는 모르겠다. 명확한 것이 하나도 없는데 억지로 명확함을 끌어낼 수는 없는 노릇이다. 하지만 존을 알아온 내내 그가 분명하게 가르쳐준 것이 있다. 때로는 아무리 먼 길이라도 마다 않고 달려와주는 걸로 충분할 수도 있다는 것. 상황이 어려워질수록 몇 번이고 그렇게 해주면 된다는 것도.

로스앤젤레스를 떠나기 전에 마지막으로 들를 곳이 있다. 스모그와 출근길 교통정체를 뚫고 브렌트우드로 차를 몬다. 외부인 출입이 제한된 으리으리한 저택과 여러 명의 정원사가 돌보는 그림 같은 잔디밭이 가득한 부촌이다. 맥스네 본가를 방문하는 건 이번이 처음이다. 대문을 두드리자 맥스의 어머니 애리와 그분이 키우는 스탠다드 푸들이 나타난다. 호화로운 현관에서 잡담을 나누고 있는데 백짓장처럼 창백한 맥스가 계단을 내려온다. 끔찍하게 야위고 얼굴도 홀쭉해져서, 돋보기안경 탓에 안 그래도 커 보이는 푸른 눈이 한층 더 커 보인다. 맥스는 걸걸한 바리톤 음성으로 내게 인사하더니 흉부 종양 때문에 목소리가 굵어졌다고 설명한다. 맥스는 둘이서 조용히 이야기하자며 나를 자기 침실로 데려간다. 그는 침대 발치에, 나는 건너편 책상 앞 의자에 앉는다. 맥스가 손을 뻗어 나를 붙잡았을 때에야 내가 초조해하며 몸을 계속 앞뒤로 흔들고 있었다는 걸 깨닫는다.

나는 카펫을 내려다보며 입술을 잘근잘근 씹는다. 맥스와 눈을 마주치면 울음이 터질 것 같다. "내가 네 곁에 있어주지 못했지." 이렇게 말하는 내 목소리가 떨린다. 지난 몇 주 동안 얼마나 자주 전화하고 싶었는지 모른다고, 나 역시 친구들의 침묵에 상처받은 적이 있기에 그가 얼마나 힘들었을지 잘 안다고, 나를 용서하지 못한다 해도 이해하겠다고 말한다. "변명의 여지가 없어. 난 지독한 겁쟁이였어. 정말 미안해."

하지만 맥스는 그리 쉽게 넘어가지 않는다. 그는 그렇게 만만한 사람이 아니다. "네가 거리를 두려고 하는 건 눈치챘어." 맥스가 덤덤하게 말한다. "화나진 않았어. 그냥 널 이해하고 싶었을 뿐이야. 내가 죽어간다는 걸 알아서 불편하니?"

"불편하냐고? 아니, 끔찍하게 두려워." 나는 맥스에게 이야기한다. 너만큼 속이 깊고 서로 잘 이해할 수 있는 친구가 생길 줄 몰랐다고. 어쩌면 두 번 다시는 너와 같은 친구를 사귀지 못할 거라고. 내게 맥스는 한밤중에 다음번 생체검사가 두려워질 때 전화할 수 있고, '매직 마우스워시(화학요법 때문에 구내 점막염이 생긴 환자에게 흔히 처방되는 구강 세정제—옮긴이)'의 장점에 관해 뜬금없이 떠들어댈 수 있는 유일한 친구다. 우리는 함께 멀리사의 추모 행사에 참석했고 내가 마지막으로 입원했을 때도, 윌이 아파트를 떠난 직후에도 맥스는 날마다 나를 찾아와주었다. "넌 나를 정말 잘 알았지. 내가 아무도 만나지 않겠다고 말했는데도 매일 찾아와주었을 정도로 말이야. 아니, 내가 아무도 만나고 싶지 않다고 말했기 때문에 더더욱 나를 찾아온 거였어. 난 여전히 네게 책임감을 느껴. 너는 내가 아는 가장 재밌고 똑똑하고 괴상한 사람이야. 널 잃는 걸 도저히 상상할 수 없어."

"그래, 알겠어." 맥스가 팔을 뻗어 날 끌어당기며 말한다. "그럴 거라고 생각했어. 용서해줄게. 하지만 지금 내겐 네가 절실히 필요해." 그는 온몸의 힘줄과 근육에 힘을 줘 나를 꼭 껴안는다. 좋은 의미로 숨이 막히고 갈비뼈가 으스러질 것 같은 포옹이다. 맥스는 항상 포옹의 달인이었다.

우리는 다시 자리에 앉는다. 건강 상태가 왜 그리 나쁜지 묻자 그는 부작용이 상당히 적다고 들은 신약을 써보는 중이라고 대답한다. "하지만 실제론 어떤 식인지 너도 잘 알지. 내 평생 이렇게 고통스러운 치료는 처음이야. 하루에 겨우 두세 시간밖에 제정신을 유지할 수 없어. 하지만 적어도 그 두세 시간 동안은 난 맥스야. 그리고 내가 맥스라서 기뻐."

이후로 몇 시간 동안 우리는 끊임없이 이야기한다. 맥스는 내가 만난 다양한 사람들과 다녀온 장소들에 관해 묻는다. 나는 그에게 결혼 생활은 어떤지 묻고, 우리는 몇 달 전에 있었던 그의 결혼식을 회상한다. 맥스와 그의 아내 빅토리아는 나와 존처럼 십 대 시절 여름 캠프에서 만나 거의 십 년을 친구로 지내다가 결국 연인이 되었다. 한창 화학요법 치료를 받던 중이었음에도, 맥스는 빅토리아와 사귄 지 몇 주도 안 되어 관계에 확신이 생겼고 첫 데이트 1주년 기념일에 청혼하기로 결심했다. 세상의 모든 걸 덧없이 여기는 맥스가 자신의 나쁜 예후에도 불구하고 결혼할 마음을 먹다니, 그 결심에 담긴 놀라운 희망과 낙관주의에 감탄했던 기억이 난다. 그가 내게 신랑 들러리가 되어달라고 요청했을 때는 얼마나 뿌듯했던지. 둘의 결혼식은 늙은 플라타너스와 폭포, 야생화로 둘러싸인 토팡가캐니언의 여인숙에서 열렸다. 맥스의 멘토인 시인 루이즈 글뤽이 주례사를 했다.

맥스는 요즘 읽고 있는 글뤽의 시집 『아베르노』가 걸작이라며, 수십 년의 통찰이 쌓여야 쓸 수 있을, 몇 번이고 죽었다 살아나야 완성할 수 있을 책이라고 했다. "심각한 정신적 외상을 겪을 때마다 글도 나아지고 자신도 성장하지. 내가 쉰 살까지 산다면 걸작을 쓸 수 있을지도 몰라. 시간만 더 있다면 말이야." 맥스의 목소리에 날이 서 있다. 그에게서 지금껏 느껴본 적 없는 싸늘함이 묻어난다. "정말이지 씁쓸해." 그가 솔직히 말한다. "요즘 들어 정말 희한하다는 생각이 들어. 이렇게 젊은 나이에 내가 죽으리라는 걸 안다는 게 말이야. 정말 지독하게 외로운 기분이야."

맥스는 잠시 입을 꾹 다물고 있다. 그가 이렇게 슬퍼 보이기는 처음이다. 그는 자신의 삶이 풍요로웠고 너무도 빠르게 지나갔다고 말한다. 곁에는 언제나 최고의 가족과 친구들이 있었고 이제 사랑하는 아내까지 얻었으며 몇 달 뒤면 첫 시집도 출간될 예정이다. "모든 면에서 이토록 빠르게 결실을 맺었다는 건 기쁜 일이야. 난 많은 걸 누렸어. 하지만 솔직히 말하면 차라리 길고 가늘게 살고 싶어."

맥스의 목소리가 점점 더 걸걸해진다. 지친 기색이다. "지금 마리화나나 한 대 말아서 피우고 너랑 같이 텔레비전 앞에 앉아 〈배칠러레트The Bachelorette〉를 보면서 정말 끔찍한 프로그램이라고 떠들 수 있다면 얼마나 좋을까. 하지만 아무래도 이제 나는 낮잠을 자야 할 것 같아."

나는 자리에서 일어나 그에게 사랑한다고, 앞으로도 며칠에 한 번은 전화해서 여행 소식을 들려주겠다고 말한다. "네가 그토록 오랜 시간을 차 안에서 홀로 생각에 잠길 수 있다는 건 정말 놀라운 일이야. 넌 정말 힘든 시간을 보내왔잖아." 맥스가 말한다. "넌 몇 년이나 임상실험 대상이 된 뒤에도 자기 자신을 실험 대상으로 삼고 성장하도록 밀어붙일 배짱이 있었어. 바로 그런 게 용기란 거야."

"아, 맥스." 나는 연극조로 내 가슴을 부여잡으며 말한다. "너의 응원이 없다면 내가 뭘 할 수 있을지 모르겠어."

"넌 정말로 많은 영감을 주는 사람이야." 맥스가 대답한다.

"신은 우리가 대처할 수 있는 시련만을 주는 법이니까." 내가 말한다.

"하루하루가 우리에게 주어지는 선물이지."

맥스는 이런 말을 남기고 나를 마지막으로 으스러지게 껴안아 준다. 그리고 나는 그곳을 떠난다.

모하비 사막을 건너며 캘리포니아에 작별을 고한다. 별이 총총하고 널따란 밤하늘 아래 꽃 피는 선인장과 유카 숲을 지나친다. 앞으로 존과 나는 어떻게 될지, 맥스를 다시 만날 수 있을지 모르지만 적어도 이제 상심을 피하고 싶다는 생각은 하지 않는다. 사람들에게 상처 입거나 배신당하지 않는다는 보장 같은 건 없다. 이별이든 혹은 죽음처럼 크고 막막한 것이든, 상처와 배신은 결국 찾아오게 마련이다. 그러나 상심을 회피하다 보면 나를 아끼는 사람들뿐만 아니라 목적도 상실하게 된다. 나는 사막을 바라보며 내게 한 가지를 약속한다. '언제든 사랑이 찾아오는 걸 깨달을 만큼 깨어 있기, 그리고 그 감정이 어디로 이어질지 모른다 해도 끝까지 가볼 만큼 용감하기.'

집으로

폭설이 쏟아지는 밤, 오스카와 나는 텐트 안에서 샴쌍둥이처럼 가슴을 맞대고 꼭 붙어 잔다. 여행 66일째 아침에 눈을 뜬 곳은 그랜드캐니언 밖의 야영장이다. 일어나서 부들부들 떨며 곱은 손가락으로 가스레인지를 켜고 커피를 끓이는데 어떤 그리움이 가슴속에 솟구친다. 텐트를 걷고 짐을 도로 차에 싣는 동안에도 그 감정은 사라지지 않고, 이후로 며칠 동안 더욱 강렬해진다. 남서부의 삭막한 풍광 속으로 차를 몰고 뉴멕시코주 티헤라스에 사는 트위터 친구의 집에서 난생처음으로 하누카 축하행사에 참여하는 동안에도 사라지지 않는다. 나는 눈 쌓인 산타페 거리를 홀로 거닌다. 상점마다 걸린 소나무 리스와 크리스마스 선물을 사러 나온 가족들로 북적이는 거리를 보니 살짝 우울해진다.

마침내 여행을 떠나온 뒤 처음으로 집에 가고 싶다는 생각이 든다. 집에 가고 싶다. 집에 가고 싶다. 그 갈망은 차를 모는 동안에도 주문처럼 머릿속에 울려댄다. 하지만 집이라니 어디? 직업도, 배우자나 아이도, 갚아야 할 대출조차 없는 내게 집이라는 관념은 무의미하고 존재감 없이 떠도는 허상처럼 느껴진다. 100일째에는 뉴욕에 도착해서 친구에게 차를 돌려주고 담당 의료진을 만나야 한다. 하지만 그 외에 확실한 것이라고는 아무것도 없다. 여행이 끝나기까지 남은 시간을 제대로 활용해야만 한다. 앞으로 만날 사람들과 방문할 장소들에서 답을 찾을 수 있어야 한다.

텍사스주로 들어간다. 호젓한 국경 순찰대 검문소와 산쑥 덤불을 지나서, 치와와 사막 한가운데에 자리한 마을 '마파'에 도착한다. 신호등이 하나밖에 없을 만큼 작은 마을이다. 수십 년 전부터는 예술 애호가들이, 최근에는 인스타그래머들이 즐겨 찾게 된 곳이다. 마파에서는 잠깐 쉬었다 갈 생각이었지만, 목장 주인과 작가와 화가가 뒤섞인 이 기묘한 마을의 주민들이 호기심을 자극하는 바람에 며칠 머물기로 한다. 이후 사흘 동안 나는 온갖 사람들과 친해졌다. 자신의 대저택에 남는 침실이 있다며 나를 재워준 텍사스 출신 여성 상속인, 저녁 공연에 초대해준 고등학교 연극반 학생들, 박물관 관람 중에 만난 나를 자기네 이동주택에 데려가 독한 메스칼 칵테일을 대접해준 군홧발의 두 골동품 상인. 홀로 여행하는 여성으로서 나는 글로리아 스타이넘이 말한 '천국의 바텐더'가 된 기분이다. 낯선 사람들이 나를 집으로 초대하고, 심리치료사에게도 말하지 못했던 비밀을 내게 털어놓거나 가문의 전통 행사에 불러주고, 내가 돌아갈 때는 직접 구운 파이를 안겨준다.

마파를 떠나기로 한 날 아침 공공도서관 밖에서 내 또래의 매우 흥미로운 커플을 만난다. "얘는 선샤인이야." 두 사람은 자기소개에 앞서 자신들이 타고 다니는 1976년산 폭스바겐 캠핑카부터 소개한다. 선샤인은 반세기 가까운 연식에도 불구하고 소유자들만큼 젊고 자유분방해 보인다. 귤처럼 환한 오렌지색에 차창마다 화사한 꽃무늬 천 커튼이 달렸고 계기판은 깃털로 장식돼 있다. 내부에는 침대 둘과 숨겨진 저장고, 간이 주방이 있다.

"콤부차 만드는 거야?" 나는 앞좌석 사이에 있는 거대한 주전자 속의 호박색 탄산음료를 가리키며 묻는다.

"만드는 법 알려줄게. 아주 간단하고 몸에도 엄청 좋거든." 키트가 말한다. 강렬하게 빛나는 푸른 눈과 야생화로 장식한 금발 곱슬머리가 요정처럼 사랑스럽다. 선샤인의 엔진을 수리하고 있는 키트의 남자친구 JR은 긴 머리를 한 갈래로 묶어 늘어뜨렸고 미식축구팀의 라인배커처럼 어깨가 건장하다. 구릿빛으로 그을린 두 사람은 길을 지나는 누구나 돌아볼 만큼 아름답다. 그들은 3년 전부터 캠핑카에서 함께 지내왔다고 한다.

나는 곧바로 선샤인과 이 차의 거주자들에게 반해버린다. 이들의 사연을 전부 듣고 싶다. 어디를 여행했는지, 무엇을 보고 어떤 사람들을 만났는지, 어떻게 생계를 꾸려나가는지, 어쩌다 이 오렌지색 캠핑카를 보금자리로 삼게 되었는지.

"처음 탔을 때부터 홀딱 빠졌거든." 키트와 JR이 내게 말한다. 선샤인은 키트가 다니던 노스캐롤라이나 산속의 애팔래치안 주립대학교 건너편 주차장에 몇 달 내내 세워져 있었다. 고등학교 때부터 사귀었던 두 사람은 대학을 졸업하자마자 5000달러를 주고 선샤인을 샀으며, 베니스비치의 좁은 원룸 아파트로 이사해 일자리를 구했다. 키트는 와인 바 직원으로, JR은 서핑 웹사이트의 영상 촬영 담당자로 일했다. 도시 생활이 답답했고 긴 업무 시간이 불만스럽던 두 사람은 충동적인 결단을 내렸다. 직장을 그만두고 아파트를 내놓은 뒤 떠돌며 지내기로 결정한 것이다. 이제 선샤인은 단순한 여행 수단이 아니라 생활 방식이자 사상이 되었다. 전일 근무의 압박에서 벗어난 두 사람은 미국에서도 가장 외진 지역들을 찾아다니기 시작했다.

"농번기에는 주로 이리저리 이동해." 연료 구입비는 어떻게 버느냐고 묻자 JR은 대답했다. "최대한 절약하며 지내고 현금이 필요하면 한두 달쯤 농장 이주 노동자로 일하지. 과일 따기, 소 젖 짜기, 말에게 건초 주기, 땅 파기, 안 해본 일이 없어."

두 사람은 집세를 지불하는 대신 국립공원이나 국유림, 레드우드 숲과 사막에서 야영하며 지낸다. 강이나 천연 온천에서 몸을 씻고 매끼 식사를 직접 만들며 땅에서 먹거리를 채집한다. 염소젖을 짜거나 복숭아를 따거나 산속을 뒤지고 다니지 않을 때면 온갖 창작 프로젝트로 시간을 보낸다. JR은 사진을 찍고 목공에 열중한다. 게다가 선샤인처럼 오래된 차를 몰다 보니 이제는 아마추어 기계공이 다 되었다. 키트는 요리를 하고 조류를 관찰하거나 형이상학을 공부한다. 글을 쓰고 만화를 그리는 것도 좋아해서, JR과 함께 두 사람의 여행을 다룬 인디 잡지를 만들기도 한다.

JR과 키트가 이런 생활을 지속적인 삶의 방식으로 만들었다는 게 놀랍다. 두 사람은 관습적인 성공의 기준이나 사회의 기대를 거부하고 넓게 열린 길 위의 무한한 가능성 속에서 삶의 목적을 찾은 듯하다. 내게 이들은 집이 반드시 특정한 장소나 직종일 필요는 없으며 어디든 내가 가는 곳이 집이 될 수 있다는 증거처럼 보인다.

JR이 시골 빵과 체다치즈 덩어리를 나무 도마에 올려 두툼하게 썰고 사과를 깎는 동안 키트는 모두의 잔에 다시 콤부차를 채운다. 선샤인 뒤에 앉아서 간식을 먹고 있는데, 밀짚 같은 머리칼과 미소가 멋진 마이키라는 서퍼가 합류한다. 마이키는 한 주 동안 이들 커플과 동행할 예정이라고 한다. "우린 빅벤드 국립공원에 갈 건데, 너도 가서 하룻밤 같이 야영하는 게 어때?" 식사 중에 그들이 내게 묻는다.

머릿속으로 재빨리 계산을 해본다. 난 이미 마파에 너무 오래 머물렀다. 원래는 오늘 오스틴으로 떠나야 했다. 빅벤드는 오스틴으로 가는 길에서 남쪽으로 160킬로미터쯤 벗어나 있다. 게다가 거기까지 가려면 앞으로 며칠은 긴 시간 운전대를 잡아야 한다.

그럼에도 나는 이렇게 대답한다. "당연히 가야지."

우리는 하루 종일 앞뒤로 붙어 느릿느릿 나아간다. 선샤인이 앞장서고 내 진흙투성이 스바루가 그 뒤를 바짝 따라간다. 나의 새로운 친구들은 내비게이션을 쓰지 않는 데다, 선샤인은 시속 90킬로미터 이상 속도를 낼 수 없다. 그래서 우리는 고속도로를 피해 문명의 흔적이 보이지 않는 지역으로 구불구불 이어지는 좁다란 국도를 따라간다. 여행자로서 내 친구들은 놀랍도록 비효율적이다. 뭔가 호기심을 끄는 걸 발견하면 바로 차를 세우고 살펴보러 간다. 주변 풍광이 마음에 들면 한동안, 때로는 몇 주까지도 그 자리에 머문다.

몇 시간을 달리자 텍사스와 멕시코의 경계를 가르는 거대한 리오그란데강이 나타난다. 마치 에메랄드빛 리본이 길게 펼쳐진 것 같은 모습이다. 우리는 대로를 벗어나 울퉁불퉁한 비포장도로를 따라가다가 마침내 계곡이 내려다보이는 낭떠러지 위에 멈춘다. 갈라진 구릿빛 땅덩이, 무한히 펼쳐진 파란 하늘, 바다처럼 물결치는 금빛 잔디밭 위로 깎아지른 듯 삐죽삐죽 솟아난 협곡. 이 모두가 지금 이 순간만큼은 우리 것처럼 느껴진다. 암벽을 타고 내려가서 열기 속을 걷다 보니 물가가 나온다. 몇 시간이 넘도록 로드러너(사막 잡목 지대에 서식하는 뻐꾸기—옮긴이) 몇 마리와 관목 덤불을 헤집고 다니는 페커리(멧돼지와 비슷하게 생긴 포유류 동물—옮긴이) 일가족 말고는 아무런 생명체도 보지 못했다. 새 친구들이 옷을 벗어던지고 물속으로 뛰어든다. 나는 잠시 망설이다가 따라 한다. 보기 흉한 흉터나 군살 따위를 신경 쓰기에 이곳은 너무 덥다. 발에 와 닿는 강물은 서늘하고 끈적하다. 우리 넷이 비명을 지르고 첨벙대며 흙바닥을 걷어차자 초코 우유처럼 끈끈한 갈색 진흙탕이 된다. 지금까지 헤엄치길 싫어했던 오스카조차도 주둥이부터 내밀며 물속에 뛰어든다.

해가 가라앉는 사이 우리는 비포장도로를 좀 더 달려서 산등성이의 붉은 줄무늬 절벽 아래 숨겨진 공터에 다다른다. JR과 마이키가 땔감을 모으러 간 사이 나는 키트를 도와 2구짜리 휴대용 콜먼 가스레인지로 저녁식사를 만든다. 키트가 저장고 칸을 열어서 특별한 날 마시려고 아껴놨다는 먼지투성이 와인 한 병을 가져온다. 모두가 저녁상에 둘러앉을 때쯤에는 어둠이 내려 야영지 주변이 칠흑같이 깜깜해지고, 오스카가 캠핑카 뒷좌석에 빽빽이 끼어 앉은 우리의 발가락을 핥아댄다. 열어놓은 차문 밖에서 모닥불이 활활 타오르고, 우리는 무릎에 각자의 그릇을 올려놓고 구수한 스튜에 빵 조각을 찍어먹으며 얼마 만에 한 번씩 머리를 감는 게 적당한지부터 개똥철학까지 온갖 이야기를 늘어놓는다. 친구들은 삶이 덜 분주해야 하며 더 많은 여가로 채워져야 한다고 말한다. 바로 오늘 우리가 보낸 하루처럼.

자정 무렵 나는 새 친구들에게 잘 자라는 인사를 한다. 햇볕을 쬐어 뜨끈하고 노곤해진 몸을 끌고 어둠 속을 지나 내 차로 돌아간다. 텐트를 치기엔 너무 피곤해서, 짐을 전부 앞좌석으로 옮기고 뒷좌석을 접어 내린 다음 텅 빈 화물칸에 메모리폼 매트리스를 펼치고 담요와 침낭을 올린다. 즉흥적으로 만든 잠자리지만 의외로 제법 편안하고, 다리를 쭉 뻗을 수도 있어 만족스럽다. 차창을 전부 내리고 뒤쪽 문을 열어 올리자 따스한 산들바람이 몸을 감싼다. 사방이 적막하다. 노간주나무가 바람에 떨리는 소리와 이따금 저 멀리서 코요테 무리가 울부짖는 소리만이 들려온다. 밤하늘에는 온통 별이 흩뿌려져 있다. 이렇게 많은 별은 태어나 처음 본다.

은하수를 올려다보니 문득 지금과 같은 순간만을 바랐던 때가 떠오른다. 수천수만 갈래로 찢겨나가는 마음을 붙잡고 그 어느 때보다 병들었다고 느끼며 낡은 아파트 부엌 바닥에 앉아 있던 시절, 나는 저 바깥세상에 더욱 진실하고 만족스러운 삶이 날 위해 존재할 거라고 믿어야 했다. 평생을 순교자로 살며 내가 겪은 최악의 사건으로 나를 정의하고 싶진 않았다. 삶 자체가 철창이 된다 해도 창살을 들어올리고 자유를 되찾을 수 있다고 믿고 싶었다. 정말로 그렇게 믿게 될 때까지 몇 번이고 이렇게 되새기곤 했다. '난 내 삶의 궤도를 바꿔놓을 수 있어.'

침낭 안에서 돌아누우며 운전대를 향해 발가락을 쭉 뻗는다. 뒤쪽 범퍼를 베고 눕자 밤하늘의 북두칠성이 눈에 훤히 들어온다. 몇 초 뒤 별똥별이 하나, 그리고 또 하나 떨어지더니, 다 헤아리지 못할 만큼 많은 별이 떨어진다. 불꽃처럼 번쩍이며 떨어지는 별들을 보고 있으니 기쁨이라고밖에 표현할 수 없는 따스하고 훈훈한 감각이 뼛속 깊이 스며든다. 나는 살아 있으며 바랄 수 있는 최대한으로 건강하다. 또한 내게 주어진 삶을 되찾아 나만의 것으로 만들어가고 있다. 지금 이 순간만큼 마음이 평온했던 적도 없다.

그러나 눈을 감자마자 별똥별은 사라지고 내 시선은 다시 내면으로 향한다. 지긋지긋한 과거의 장면들이 머릿속에서 몇 번이고 되풀이된다. 윌을 마지막으로 만난 건 자동차 여행을 떠나기 몇 주 전의 어느 여름날이었다. 시간이 이만큼 흘렀으니 그와 화해할 수 있을 거라고 생각했던 기억이 난다. 우리는 다정하게 대화를 시작했지만, 몇 시간 뒤에는 결국 이스트빌리지의 어느 술집 앞 보도에서 서로를 탓하며 싸우고 있었다. 헤어지기 전에 한 가지만은 합의할 수 있었다. 두 번 다시 대화하지도 만나지도 않는 게 서로에게 최선이라는 것이었다.

심장이 점점 더 죄어드는 것 같다. 나를 놓아주지 않는 이 압박감에서 벗어나고 싶다. 단순한 기쁨을 느끼고 싶다. 문득 나는 내가 기다려온 것이 무엇인지 깨닫는다. 나는 멀리사와, 윌과, 끝내 매듭을 짓지 못하고 내 삶에서 사라진 사람들의 허가를 기다려왔다. 다시 사랑에 빠지고, 새로운 미래를 꿈꾸고, 앞으로 나아가려면 이들의 축복이 필요하다. 나는 어떤 신호를 기다린다. 하루 종일 그들을 생각하지 않아도 괜찮다고, 과거의 일부는 잊고 계속 살아가도 된다고 나를 안심시켜줄 무언가를 기다린다. 그러나 아무리 많이 사과하고 뉘우치고 희생 제물을 바쳐도, 어떤 문제는 결코 완전히 해결되지 않는다. 상대가 산 자이든 죽은 자이든 간에.

다음 날 아침 나는 캠핑카에 있는 세 사람과 함께 아침식사를 한다. 계속 연락하고 지내기로 약속한 다음 각자의 길로 흩어진다. 이후 며칠 동안 유령 마을, 손바닥선인장 숲, '바비큐 애호가를 위한 만남의 장소'라고 적힌 초대형 도로 광고판을 지나친다. 물이 어찌나 새파란지 염소처리를 한 것 같은 연못 주변을 거닐기도 한다. 그렇게 계속 나아간다. 텍사스를 가로질러 동쪽으로, 끝없이 이어지던 고속도로들이 마침내 한데 모여들 때까지. 이른 저녁 무렵 나는 59번 고속도로변에 있는 소도시 리빙스턴의 베스트웨스턴호텔 주차장에 차를 세운다. 패스트푸드 음식점과 연쇄점이 늘어선 루이지애나 근처의 음울한 지역이다. 막대사탕 같은 줄무늬 스웨터를 입고 분홍색 인조 손톱을 붙인 여성 접수원이 객실 열쇠를 건네주며 인사한다. "편히 쉬고 가요, 아가씨."

베스트웨스턴호텔에 묵기로 한 건 이 주변에서 숙박비가 가장 싼 곳인 데다 다음 목적지인 교도소까지 차로 10분밖에 걸리지 않기 때문이다. 내일 아침에는 릴 GQ를 만날 예정이다. 내게 가장 먼저 편지를 보내주었던 그 수감자 말이다. 수감자에겐 보통 매주 두 시간의 면회가 허용되지만, 나는 소위 '특별 면회' 허가를 받아서 이틀 동안 네 시간씩 총 여덟 시간 동안 그와 만날 수 있게 됐다. 보통 가까운 친구나 가족에게만 허용되는 특권이다. 이렇게 여기에 와서 릴 GQ와 여덟 시간을 보낼 생각을 하니 긴장감에 손톱을 잘근잘근 씹게 된다. 누군가와 단둘이 대화를 나누기에 여덟 시간은 상당히 길게 느껴진다. 전혀 모르는 사람, 게다가 지난 14년 간 사형 집행을 기다려온 사람과의 시간이라면 두말할 것도 없다.

베스트웨스턴호텔 2층 객실에서 릴 GQ가 보낸 첫 번째 편지를 다시 읽는다. 병상에 앉아 감방 안에 있는 그의 모습을 상상하며 느꼈던 당혹감을 되새겨본다. 버블 안에 머무는 지겹고 끔찍했던 시간 동안 종종 릴 GQ를 떠올리곤 했다. 그가 혼자서 무엇을 하며 시간을 보내는지 궁금했다. 그에게 물어보고 싶었다. '당신이 알던 삶이 끝났단 걸 알면서 어떻게 계속 살아갈 수 있나요? 과거의 유령에는 어떻게 맞서나요? 알 수 없어 두려운 미래 앞에서 어떻게 현재를 살아가는 건가요?'

객실에서는 주차장이 내다보인다. 창가에 서니 내 차가 눈에 들어온다. 흙먼지를 잔뜩 뒤집어쓴 게 한바탕 진흙에서 레이싱이라도 한 것 같다. 슬슬 어두워지고 있으니 잠자리에 들기 전에 트렁크에서 물건 몇 가지를 챙겨 와야 한다. 부츠를 신고 밖으로 나가 주차장을 가로지르는데 몇 대의 픽업트럭 옆에 웬 남자들이 모여 있다. 나는 멈칫하게 된다. 직감적으로 어서 방으로 돌아가야 한다는 느낌이 든다. 여행을 시작한 첫 주 매사추세츠의 야영장에서, 방수포를 질질 끌며 숲에서 나와 옆 객실로 들어가던 제프와 그의 개를 처음 보고 느꼈던 본능적 불안감이다. 물론 제프는 알고 보니 무해하고 선량한 사람이었다. 제프 때 말고도 쓸데없이 초조해했다가 나만 우스워졌던 여러 사례를 되새기면서, 나는 머릿속에서 들려오는 경고를 무시한다.

자동차 트렁크를 뒤지며 치약과 오스카가 먹을 사료를 찾는데 뒤쪽에서 낮고 굵은 휘파람 소리가 들려온다. "이리 와서 우리랑 잠깐 얘기 좀 해." 남자 하나가 소리친다. '저 사람들 그냥 장난치는 거야.' 나는 남자와 그의 친구들을 무시하며 침착하려 애쓴다. "혼자 있어?" 남자가 끈질기게 말을 걸자 일행들이 웃음을 터뜨린다. 웃음소리가 지나치게 요란스러운 걸 보니 술에 취한 게 분명하다. 나는 고개를 숙이고 필요한 물건들을 얼른 챙겨 트렁크를 잠근다. 가까운 호텔 옆문으로 걸어가는데, 소리치던 남자가 건들거리며 나를 향해 다가온다. 내 발걸음이 빨라진다. 머릿속 경고음이 점점 더 커진다. '괜찮아, 다 왔어.' 나는 서둘러 문을 밀어보지만 꿈쩍하지 않는다. 몇 번 손잡이를 잡고 흔든 뒤에야 잠금 장치에 객실 카드 키를 긁어야 한다는 걸 깨닫는다. 남자가 내 앞까지 다가왔다. 고개를 돌리니 남자가 퉁퉁한 얼굴에 비웃음을 띠고 날 내려다본다. 불쾌하고 시큼한 맥주 냄새가 풍긴다.

"이봐, 아가씨." 남자가 노골적으로 내 몸을 훑어보며 추파를 던진다. "겁내지 말라고." 나는 필사적으로 가방을 뒤져 키를 찾아보지만, 손이 덜덜 떨려 가방 속 물건 몇 개를 길가에 떨어뜨린다. 내가 땅바닥에 쭈그리고 물건을 줍는 사이 호텔 안에서 노인 커플이 문을 열고 나오자 남자는 뒤로 물러나 으슥한 주차장으로 돌아간다. 가방을 움켜쥐고 얼른 호텔 안으로 뛰어든다. 양팔의 털이 곤두선다.

안전한 객실로 돌아와 문을 단단히 걸어 잠근 뒤에도 심장이 터질 듯 쿵쾅거린다. 나는 정신 차리라며 나를 타이른다. 신의 가호가 필요할 것 같은 이 마을에 애써 찾아온 이유를, 이 여행에서 가장 만나고 싶던 릴 GQ를 곧 볼 수 있다는 사실을 상기한다. 나는 그에게 연락하기 위해서 미국 전역의 수감자에게 전자우편을 보내주는 업체에 회원 가입을 하고 디지털 우표를 구입했다. 당시만 해도 릴 GQ가 나를 기억할지, 아직도 사형 집행을 기다리는 중인지 알 길이 없었다. 여행을 떠나기 몇 주 전부터 날마다 꼬박꼬박 메일을 확인하며 답장이 오길 기다렸다. 2주를 기다린 뒤 업체를 통해 두 번째 메일을 보냈지만, 여전히 답장은 오지 않았다. 연락을 거의 포기했을 무렵에야 내가 그에게 우편물 부칠 주소를 알려주지 않았다는 걸 깨달았다. 어리석게도 내가 그에게 전자우편을 보냈으니 그 역시 내게 메일을 보내올 거라 생각한 것이다. 릴 GQ는 컴퓨터를 쓸 수 없고 당연히 내게 메일도 보낼 수 없는데.

내 주소를 적어 세 번째 메일을 쓰자 그는 곧바로 편지를 보냈다. 내가 살아남았다는 걸 알게 되어 기쁘고, 직접 만날 날을 고대하겠다는 내용이었다. '당신이 연락하다니, 놀랍다는 말로도 모자랐어요. 솔직히 말하면 내가 보낸 편지 내용도 잊어버렸어요. 당신이 편지를 읽고 그냥 버렸을 거라 생각했죠.' 릴 GQ는 우리가 서로에 대해 더 잘 알 수 있도록 내가 찾아갈 날까지 계속 편지를 주고받으면 좋겠다고 했다. 하지만 내 여정은 즉흥적이었고 언제 어디에 있게 될지 정해진 바가 없었기에 그와 연락을 계속하려면 창의적인 방법이 필요했다. 나는 그에게 새러토가의 본가로 편지를 부치라고 했다. 그러면 부모님이 편지를 스캔해서 내게 메일로 보내주었다. 최고로 효율적인 방법은 아니었지만 그럭저럭 돌아가기는 했다. 이렇게 리빙스턴에 도착한 지금까지 그와 열 통도 넘는 편지를 주고받았으니까.

침대에 팔다리를 쭉 뻗고 누워 그간 받은 편지 더미를 훑어본다. 내일 아침으로 다가온 릴 GQ와의 만남을 준비하기 위해서다. 솔직하고 유쾌하며 답장도 빠른 릴 GQ는 여러모로 훌륭한 펜팔이었다. 오랫동안 수십 명과 편지를 주고받은 터라 펜팔 경력도 풍부했다. 그는 펜팔을 하면 소일거리도 생기고 밤마다 교도관들이 와서 '우편물 배포'를 하는 시간을 기대하게 된다고 했다. '나보다 훨씬 경험이 많은 사람들에게 편지를 보내죠. 그들에게 새로운 걸 배우는 게 즐거워요. 아시다시피 나는 스무 살 이후로 줄곧 여기 갇혀 지낸 고등학교 중퇴자니까요.' 사실 편지가 가장 편안한 소통 방법이라고 털어놓기도 했다. '나는 말을 더듬어서 말하고 싶은 걸 입 밖으로 표현하기가 힘들어요. 편지를 쓰는 쪽이 더 안심되고 편하죠.'

릴 GQ는 내게 온갖 이야기를 다 적어 보냈다. 자신의 취미에 관해서는 이렇게 적었다. '독방에 갇힌 죄수에게는 책이 가장 친한 친구예요.' 그가 처음으로 가졌던 자동차(장물이었다)인 갈색 캐딜락에 관해서는 이렇게 썼다. '새벽부터 일어나 내 차 후드 위에 앉아 있었어요. 거기 가만히 앉아서 공영주택단지에 해가 밝아오는 걸 바라보곤 했지요.' 유방암 인식 재고의 달에는 직접 분홍색 리본을 그린 카드에 이렇게 적어 보내기도 했다. '용기! 생존자! 우정! 용사! 강인함!' 그의 어조는 대체로 쾌활했지만 가끔씩 절망감이 묻어나기도 했다. '사형수의 삶은 항상 똑같아요.' 그는 자신이 왜 계속 살아가야 하는지 알 수 없을 때도 있다고 했지만, 그래도 너무 깊은 자기 연민에는 빠지지 않으려고 했다. '내가 누리는 넉넉한 자유 시간을 부러워할 사람도 많다는 걸 알아요. 상황만 조금 달랐더라면 말이죠.'

이제 서른여섯 살인 릴 GQ는 생애의 거의 절반을 사형 집행 대기 상태로 보냈다. 그사이 많은 변화가 생겼다는 걸 그도 알았기에 릴 GQ는 내게 세상 얘길 들려달라고 조르곤 했다. 나는 여행 소식을 최대한 많이 적어 보냈다. 아이오와 시골의 '모텔 식스'에서, 와이오밍 잭슨의 미드 센추리 모던 양식의 대저택 벽난로 앞에서, 그리고 시카고의 공립학교 8학년 학생들에게 강연을 하고 나서도 편지를 썼다. 학생들이 '내 고향은'이라는 주제로 쓴 시를 보여주자

릴 GQ도 같은 주제로 시를 써서 보내주었다. '내 고향은 가정에 사랑이 충만하지 않은 곳이었지. 내 고향은 사방에 조직 폭력배와 마약상과 중독자밖에 보이지 않는 곳이었고, 내 고향은 아무리 고상한 척하는 놈도 총을 맞으면 시체일 뿐이라고 모두가 말하고 다니는 곳이었지.'

내가 텍사스에 가까워지자 릴 GQ는 내 이름을 면회자 명단에 올리고 규칙을 설명해주었다. 면회 시간은 아침 8시에서 오후 3시까지였다. 비접촉 방식이라 플렉시글라스 칸막이를 사이에 두고 앉아서 수화기로 대화해야 했다. 내가 책이나 필요한 물건이 있으면 뭐든 갖다주겠다고 하자 그는 답장에 이렇게 적었다. '당신이 시간을 내서 와준다는 것만으로 충분해요. 내게는 때 이른 크리스마스 선물이 되겠지요.'

창밖에서 들려오는 시끄러운 환호성과 휘파람 소리에 나는 편지 읽기를 멈춘다. 편지 무더기를 침대에 내려놓고 일어나 커튼을 걷으니 아까 마주친 남자들이 보인다. 언제 주차장 그늘에서 이리로 나왔는지, 그중 둘은 내 차 뒤쪽 범퍼에 앉아 있고 나머지는 반원을 그리며 모여 서 있다. 그들의 우두머리, 아까 나를 뒤쫓아왔던 남자가 취기로 빽 소리를 지르며 큼지막한 맥주병에 남은 술을 자기 머리에 탈탈 털더니 병을 보도에 내려쳐 깨뜨린다. 나는 불안한 나머지 프런트에 전화를 걸어 상황을 알린다. 몇 분 지나자 경비원이 나와서 남자들에게 다가가는 게 보인다. 그가 뭐라고 말했는지 모르겠지만 남자들이 뿔뿔이 흩어져 자리를 뜬다.

커튼을 치고 불을 끈 다음 이불 속으로 파고든다. 또 감기 기운이 있어서 숨 쉬기가 힘들고 좀처럼 잠이 오지 않는다. 일어나서 배낭을 뒤진 끝에 조금 남은 종합감기약 나이퀼 병을 찾아낸다. 약을 두세 번 들이켜고 이불을 머리 위로 뒤집어쓰자 금세 머릿속이 나른해진다. 얼마나 오래 잠이 들었는지 모르겠지만, 꿈결까지 파고드는 둔탁하고 끈덕진 소음에 눈을 뜨니 벌써 한밤중이다. 나는 신음하며 돌아누워 베개를 당겨 머리를 덮는다. 소음이 잠시 멈추나 싶더니 또다시 들려온다. 쿵. 쿵. 쿵. 꼭 따발총 소리 같다. 내가 소스라치며 벌떡 일어나 앉자 오스카가 으르렁거리면서 침대에서 뛰어내린다. 콘택트렌즈를 끼지 않아서 아무것도 보이지 않지만, 무작정 바닥을 더듬어 오스카를 찾는다. 문제의 소음은 내 객실 문 바로 앞에서 들려온다.

"문 열어." 문 밖에서 웬 남자가 말하고 있다. "망할. 문. 좀. 열라고!" 어디서 들어본 것 같은 느릿한 목소리다. 순간 온몸에 소름이 끼친다. 주차장에서 말을 걸었던 그 남자다. 나는 얼른 오스카를 안아들고 자꾸만 으르렁대는 녀석의 주둥이를 막으려 애쓴다.

"문 열라니까. 씨발, 당장 문 안 열면…." 여행을 떠나온 뒤 처음으로 맹렬한 위기감이 솟구친다. 단 하룻밤의 악몽이, 단 한 명의 악당이 우리에게 평생 남을 끔찍한 기억을 선사할 수도 있다는 걸 잘 알고 있다. 남자가 어찌나 세차게 두드려대는지 문이 광광 흔들린다. 남자의 목소리가 점점 더 크고 사나워진다. 나는 문 앞에 웅크린 채 온몸을 바들바들 떤다. 이게 대체 무슨 상황인지 이해하려고 필사적으로 머리를 굴려본다. 저 남자는 경비원을 불러 자기네를 쫓아낸 사람이 나란 걸 알아. 나 때문에 곤란해진 거지. 그래서 저렇게 화가 난 거야. 문득 어딘가 숨겨두었던 작은 페퍼스프레이가 생각나지만, 그걸 차에서 챙겨왔는지 기억이 나질 않는다. 만약 저 남자가 방 안으로 들어온다면 나도 맞서 싸울 수 있다고 믿고 싶다. 그러나 사실 나는 몸을 움직이기는커녕 제대로 생각조차 할 수 없는 상태다.

"파블로! 문 열라니까. 문 좀 열랬지, 파블로!" 남자가 또다시 소리를 지른다. 나는 상황을 다시 파악한다. 저 남자는 나한테 복수하러 온 게 아니라 자기 친구를 찾으려는 거다. 파블로라는 남자를 찾아가야 하는데 술에 취해 방 위치를 착각하고 저러는 것뿐이다. 남자는 짜증을 내며 마지막으로 한 번 더 문을 내리치더니 결국 포기하고 떠난다. 문구멍을 통해 복도를 휘청휘청 걸어가는 남자의 뒷모습을 지켜보고, 그가 사라진 뒤에도 한참 그 자리에 서 있는다. "이제 괜찮아." 오스카를 품에 꼭 껴안은 채 몇 번이고 중얼거린다. "괜찮아. 이제 안전해. 그 남자는 갔어." 하지만 아무리 마음을 가라앉히려 해도 떨림이 멈추지 않는다.

나는 거의 석 달을 혼자 여행해왔다. 야영장과 트럭 휴게소 주차장에서 잠을 자고 인터넷에서 만난 사람들 집에서 신세를 졌으며 길에서 만난 낯선 이들과 함께 지내기도 했다. 그럴 때마다 세상은 나를 두 팔 벌려 반겨주었고, 항상 선하고 친절한 모습만을 보여주었다. 자동차 여행은 내게 두 번 다시 되찾을 수 없으리라 생각했던 강인함과 독립심을 돌려주었다. 이번 여행을 통해 인간성에 대한 신뢰를 회복했다고 말한다 해도 과장은 아닐 것이다. 지난 몇 주 사이 나는 한결 단호하고 용감해졌으며 그 어느 때보다도 새로운 것들에 마음을 열 수 있게 되었다. 그렇지만 오늘 밤 경험을 통해 내가 그간 운이 매우 좋았다는 걸 실감하게 된다. 침대로 돌아가면서도 줄곧 그런 생각이 머릿속에서 사라지지 않는다.

앨런 B. 폴런스키 교도소는 텍사스 주의 남성 사형수를 수용하는 악명 높은 수감시설이다. 리빙스턴 외곽으로 8킬로미터 정도 떨어진 파이니우즈라는 울창한 삼림 지대 한가운데에 자리하고 있어서 우연히 찾아가기는 어려운 곳이다. 나는 내비게이션의 지시대로 고속도로에서 좌회전한다. 밋밋한 잿빛 하늘 아래 농장과 이동주택 단지, 몇몇 교회, 말 목장과 폐차 무더기를 지난다.

교도소 입구가 가까워지자 가시철사를 얹은 철조망 울타리가 나타난다. 그 뒤로 가느다란 창구멍이 수백 개 뚫린 땅딸막한 콘크리트 건물 여러 채가 보인다. 저 창문 뒤 어딘가에 독방에 앉아 나와의 만남을 준비하는 릴 GQ가 있을 것이다. 나는 정문 경비실로 차를 몰아간다. 제복 차림의 교도관이 내 차를 한 바퀴 돌며 살피더니 손짓으로 차창을 내리라고 지시한다. "면회할 수감자 번호는요?" 그가 묻는다.

나는 릴 GQ의 수감자 번호를 모르고 알아야 하는지도 몰랐다. 내가 오늘 저지르게 될 여러 실수 중 첫 번째다. 교도관은 걱정 말라며 자기가 직접 조회해보겠다고 말한다. "뉴욕에서 여기까지 운전해서 온 건가요?" 그가 내 운전면허증을 확인하고 묻는다.

나는 고개를 끄덕인다.

"대단한 헌신이군요!" 교도관이 휘파람을 분다. "정말로 특별한 사람을 면회하러 왔나 봐요."

"그렇게 말할 수 있겠죠." 내가 대답한다.

"나도 뉴욕에 한 번 가봤어요. 1970년대에 독일에서 군 복무를 하고 돌아오면서 거기 공항에 내렸거든요. 별로 마음에 들진 않았어요, 난 시골 사람이니까요. 뉴욕이 고향인가요?"

"네, 그래요." 나는 고개를 끄덕인다.

"아가씨는 뉴욕 사람치곤 너무 착해 보이는데요. 흠, 그러고 보니 선량한 뉴욕 사람과 선량한 텍사스 사람이 만난 셈이군요. 누가 생각이라도 했겠어요?"

교도관은 내게 가까운 주차장 빈자리를 안내해주고 "메리 크리스마스"라고 인사한다. 그와의 대화 덕분에 마음이 훈훈해졌지만, 일단 교도소 경내에 들어선 뒤로는 실수 연발이다. 본관에 들어가자마자 새빨간 머리카락을 틀어 올린 교도관이 나를 가로막는다. "소지품을 그렇게 반입하면 안 돼요." 교도관은 내가 들고 있는 펜, 노트, 운전면허증, 자동차 열쇠를 가리키며 말한다. "전부 다 투명한 봉투에 넣어야 해요. 봉투 있어요?" 나는 고개를 젓고, 나더러 따라오라며 손짓하는 교도관과 함께 다시 주차장으로 나간다. 교도관은 차 트렁크를 열어서 투명한 지퍼백이 가득 든 대형 상자를 끄집어낸다. "이 동네 지퍼락Ziploc 공장은 텍사스 법무부 덕에 돌아간다고 할 수 있죠."

건물 안으로 돌아가 서류 몇 가지를 작성한다. 미로처럼 이어진 철창문들을 차례로 통과해 면회 장소에 도착한다. 세 번째 교도관이 방문자 등록증을 요구하더니 나를 위아래로 훑어본다. 내가 든 지퍼백을 보자 교도관의 눈빛이 날카로워진다. "그 안에 뭐가 든 거죠?" 그가 살짝 추궁하는 어조로 묻는다. "펜이나 종이는 반입할 수 없어요."

"그런 말은 못 들었는데요." 나는 더듬거리며 대답한다.

"또다시 이런 일이 생기면 면회 금지 명단에 올라갑니다." 교도관이 단호하게 말하더니 내 펜과 종이를 압수한다. "R28에 가서 앉으세요. 수감자는 곧 나올 겁니다."

엄격한 압수 절차에 조금 당황하면서 나는 전화 부스처럼 생긴 하얀 칸막이가 수십 개 늘어선 방 안에 들어선다. 문간에는 장식이 달린 플라스틱 크리스마스트리와 목마 같은 장난감이 놓인 작은 놀이터가 있는데, 그럴 의도는 아니었겠지만 도리어 이곳 분위기를 더 살풍경하게 만드는 듯하다. 나는 R28이라고 적힌 칸막이로 가서 앉는다. 왼쪽에 수화기가 있고 눈앞은 플렉시글라스로 막혀 있다. 릴 GQ가 편지에서 설명한 그대로다. 플렉시글라스 너머에는 철창처럼 생긴 칸막이 안에 아마도 릴 GQ가 앉게 될 걸상이 있다. 방음 기능은 거의 없는 칸막이 사이에 앉아 있다 보니 다른 사람들이 속삭이는 소리를 주워듣게 된다. 왼쪽 자리에는 세 아이가 앉아서 아버지에게 머뭇머뭇 이야기하고 있다. 오른쪽 자리에서는 늙수그레한 부모와 아들이 함께 그들이 좋아하는 크리스마스캐럴 가사를 떠올려보고 있다. "Feliz navidad, prospero año y felicidad(메리 크리스마스, 새해에 행운과 행복이 있기를)." 부모가 수화기를 들고 아들에게 나지막이 노래를 불러준다.

거의 45분을 기다리고 나서야 플렉시글라스 너머의 문이 덜컹대며 열리고 릴 GQ가 들어온다. 교도관이 손목과 발목의 수갑을 풀어주는 동안 그가 내게 초조한 웃음을 지어 보인다. 잘생긴 얼굴에 짧게 깎은 투블록 머리를 한 그는 생각했던 것보다 몸집이 작다. 170센티미터인 나와 비슷할 듯하다. 위아래가 연결된 흰색 반소매 죄수복 아래 문신으로 뒤덮인 근육질 팔이 보인다. 교도관이 뒤쪽 문을 걸어 잠그자 릴 GQ가 걸상에 앉아 수화기를 든다. "나, 난 긴장하면 말을 더, 더듬거든요. 지금 무, 무지 떨려서 말을 더듬을 수도 있어요. 미리 사과할게요."

"나도 엄청 긴장한걸요." 내가 솔직히 말하자 릴 GQ는 안심한 기색이다. "참, 궁금한 게 있는데요. 릴 GQ가 대체 무슨 뜻인가요?"

"흑인은 누구나 별명이 있어요. 내 별명은 갱스터 퀸Gangstar Quin의 약자고요. 당신도 별명이 있나요?"

"수수라고 해요. 어린 시절엔 다들 날 그렇게 불렀죠. 아무도 내 본명을 발음하지 못했거든요."

"수수." 릴 GQ가 처음으로 내 눈을 마주보며 말했다. "좋은 이름이네요. 음, 수수, 대화를 시작하기 전에 우선 당신에게 여기까지 와줘서 고맙다고 말하고 싶어요. 누가 날 만나러 온 건 거의 10년 만이라 오늘만 손꼽아 기다리고 있었거든요. 정말로요."

이후 몇 시간 동안 릴 GQ는 자기 삶에 관해 자세히 들려준다. 온갖 일화와 기억이 그의 입에서 술술 흘러나온다. 마치 내가 고해 신부이고 이번이 자기 얘길 할 수 있는 마지막 기회인 것처럼 그는 말을 멈추지 않는다.

릴 GQ는 다섯 명의 형제자매에 관해 들려준다. 그중 넷은 한 번 이상 수감된 경험이 있다고 한다. 인생 최초로 그에게 총을 겨눈 사람인 자기 어머니에 관해서도 이야기한다. "우리 사이에 애정 같은 건 딱히 없었어요." 그가 살았던 공영주택단지와 포트워스 빈민가의 '우범지대'에 관해서도 이야기한다. 릴 GQ는 눈을 내리깐 채 초등학생 때부터 자기를 강간한 어느 친척에 관해서도 이야기한다. 그 사람이 자기를 강간했다고 사람들에게 알렸지만 아무도 믿어주지 않았다고. "그때 알게 됐죠. 이 세상에서 살아남고 싶거든 싸워서 나를 지켜야 한다는 걸."

릴 GQ는 플렉시글라스에 팔뚝을 들이밀며 무시무시한 흉터를 보여준다. 살갗이 C자 모양으로 부풀어 올라 일그러져 있다. 악명 높은 조직폭력단 크립스의 머리글자 C를 새긴 것이다. 그는 유치원에 다닐 때부터 이미 커서 뭐가 되고 싶은지 알았다고 한다. "조직폭력배야말로 동네에서 가장 존경받는 사람들이었거든요." 그래서 열두 살 때 철사 옷걸이의 구부러진 부분을 가스레인지에 달구어 자기 살갗에 충성의 표시를 새겼다고 했다. 그는 또 다른 흉터도 보여준다. 담력시험을 한답시고 동료 폭력배들의 환호를 받으며 자기 손바닥에 총을 쏘았고, 그때 총알이 관통한 흔적이다. 어리고 비쩍 마르긴 했지만 자기도 버젓한 악당임을 증명해 보이고 싶었다고 한다.

"악당이 되려면 뭐가 필요하죠?" 내가 묻는다.

릴 GQ는 딱 잘라 대답한다. "폭력이요."

그는 교도관이 시선을 돌린 틈에 수의의 위쪽 단추를 풀어 자기 가슴팍을 보여준다. 흉터와 문신, 화상 자국이 지도처럼 펼쳐져 있다. 그러더니 마찬가지로 자기가 직접 총을 쏘아 생긴 갈비뼈 쪽 흉터에 관해서도 들려준다. 그때는 환호하는 구경꾼 따위는 없었다. 릴 GQ는 꿈꾸던 대로 존경받는 조직폭력배가 되지 못했다. 열다섯 살에 이미 '조직폭력단에서 가장 열등한 생명체', 즉 마약에 중독되어 거래할 물건을 축내는 마약상이 됐기 때문이다. 그는 어느 날 혼자 길을 걷다가 총을 꺼내 자기 가슴에 겨누고 방아쇠를 당겼다. 깨어나 보니 응급실에 누워 총상 봉합 수술을 받는 중이었다.

"왜 그랬어요?" 내가 묻는다.

"믿었던 사람에게 배신당하면 혼란에 빠지거든요. 그리고 혼란에 빠져 있다 보면 나 자신을 증오하게 되죠." 릴 GQ는 잠시 말이 없다. 문득 그의 얼굴이 어두워진다.

그가 어쩌다 여기로 오게 되었는지 물어보기 적절한 순간인 듯하다. 내 질문에 릴 GQ는 살인죄로 사형 선고를 받기 전에도 사람을 죽인 적이 있었다고 무덤덤하게 대답한다. "그전에 살인을 했을 땐 죄책감을 느끼지 않았어요. 다들 조직폭력배였거든요. 내가 태어나고 자란 동네에서는 정글의 법칙에 따라야 해요. '내가 안 쏘면 저쪽이 쏜다.' 그렇게 돌아가는 곳이었으니까요. 하지만 여기 오게 된 이유인 마지막 살인은 정말로 후회돼요. 내가 사랑한 사람을 죽였거든요. 그래도 내가 저지른 짓이니 마약을 탓할 순 없죠. 전부 내 잘못이에요. 난 이미 오래전부터 내가 사형당해도 싼 놈이라고 생각해왔어요."

릴 GQ가 들려준 이야기가 어디까지 사실인지 나로서는 알 수 없다. 나는 그의 이야기에서 허점이나 부정확한 부분, 모순되거나 반복되는 내용을 찾으려 하지 않는다. 그저 귀를 기울일 뿐이다. 이 사람은 이미 자신의 잘못을 심판받았고, 그를 판단하기 위해 온 것도 아니기 때문이다. 고개를 끄덕이며 이따금 질문을 던지거나 '그렇군요' 하고 맞장구를 치기도 하지만, 대체로 그냥 듣는다. 내가 릴 GQ의 현실을 전부 이해한다면 거짓말이겠지만, 그가 이 모든 이야기를 누군가에게 들려주고 싶어 하며, 사형 집행을 기다리는 지금까지도 자기에게 일어난 일을 이해하려 애쓰고 있다는 건 알 수 있다. 질병 때문이든 국가에서 집행하는 사형 때문이든, 강제로 죽음에 직면하게 되면 사람은 자기 삶에 대한 소유권을 주장하고 자신의 유산을 자기 나름의 언어로 표현하고 싶어지기 마련이다. 자신의 인생에 관해 이야기한다는 건 유한한 존재로 환원되는 걸 거부하는 행위다. 그곳에 앉아 릴 GQ의 이야기를 듣다 보니 문득 조앤 디디온의 글이 기억난다. "우리가 이야기를 하는 건 계속 살아가기 위해서다." 릴 GQ의 경우 사형을 기다리는 두려움에 잠식되지 않기 위해 이야기를 한다고 할 수 있을 것이다.

"상고는 몇 번이나 남았어요?"

"한 번이요." 릴 GQ가 대답한다. 사형 진행과정을 설명하는 그의 이마에서 핏줄이 팔딱거린다. 사형 일자가 정해지면 독방으로 직접 통지가 온다. 사형수는 집행 60일 전 특별한 독방으로 옮겨져 하루 종일 감시를 당한다. 자살 시도가 너무도 빈번하기 때문이다. "사형 집행에 가족이 참석해주길 요청하는 사람도 있다지만, 난 안 그럴 거예요. 개처럼 탁자 같은 데 묶여서 꼼짝도 못하는 꼴이 아니라 지금 이대로의 모습으로 기억되고 싶으니까요. 아무도 나를 그런 모습으로 기억해선 안 돼요. 세상에 홀로 왔으니 마지막에도 홀로 떠날 거예요."

다음 날 아침 다시 교도소로 갈 때는 모든 걸 철저히 준비한다. 릴 GQ의 수감자 번호를 메모지에 적어놓고, 지갑은 투명한 비닐봉투에 넣고, 출출할 때를 대비해 자판기에 쓸 동전도 바꿔두었다. 미로처럼 이어지는 복도와 검문소를 통과하는 동안 다행히 내게 호통치는 교도관은 아무도 없다. 모든 게 잘 돌아가는 듯하다. 릴 GQ가 얼룩진 플렉시글라스 칸막이 너머에 심란한 표정으로 나타나기 전까지는. 어제와 달리 눈가가 퉁퉁 부어 있다.

"기분은 좀 어때요?"

"솔직히 말하면 잠을 전혀 못 잤어요." 그가 송화기 코드를 만지작거리며 대답한다. "어젠 너무 긴장해서 멍청이처럼 떠들어대고 말았어요. 당신한테 잘 보이려고 별별 허세를 다 떨었죠. 당신이 가고 나서 생각해보니 나 때문에 기분이 상했겠다 싶더군요. 내가 미치광이 살인마로 보였겠죠. 옆방 친구한테도 과연 당신이 오늘 다시 올지 모르겠다고 말했어요. 만약 당신이 온다면 이번에는 좀 제대로 대화를 해보고 싶어서, 밤새 자지 않고 내가 생각한 걸 전부 종이에 정리했어요."

릴 GQ는 몸을 숙여 신발에 손을 집어넣더니 아주 작게 접은 종이쪽지를 꺼낸다. 그가 쪽지를 펼치자 빼곡히 적힌 글씨가 보인다. 그는 쪽지에 적힌 질문을 차례로 읽기 시작한다. 내 건강 상태는 어떤지, 가족들은 잘 지내는지 묻는다. 자기도 읽어볼 수 있게 내가 가장 좋아하는 책 제목을 알려달라고 묻는다. 오스카의 견종은 무엇이며 내가 어떤 종류의 음악을 즐겨 듣는지도 묻는다. 입원했던 긴 시간 동안 무얼 하고 지냈는지도 묻는다. "스크래블 실력만 엄청 늘었어요." 내가 대답한다.

"정말요? 나도 그런데! 아니, 사실 그렇게 잘하진 못하지만 그래도 시도는 하고 있어요." 릴 GQ의 표정이 밝아진다. 그는 종이에 게임판을 그린 다음 배식구를 통해 옆방 친구와 서로 어떤 수를 둘지 알려주며 게임을 한다고 설명한다. 이런 식으로 주사위 놀이부터 카드 게임까지 모든 게임을 할 수 있다고 한다.

릴 GQ는 평생 아팠던 적이 없고 아침에 일어나자마자 팔굽혀펴기를 천 번씩 하지만, 그래도 내 투병 경험에 깊이 공감할 수 있다고 말한다. 연옥에 처박혀 내 운명이 어떻게 될지 막연히 기다려야 하는 심정, 기약도 없이 작은 방에 틀어박혀 있다 보면 찾아드는 외로움과 폐소 공포증, 정신을 놓지 않기 위해 절박하게 머리를 굴려야 하는 상황들을. 애초에 그가 내게 편지를 써야겠다고 생각한 건 서로 전혀 예상하지 못했던 그런 공통점 때문이었다. "당신도 자기만의 감방에서 죽음에 직면해 있었죠. 내가 여전히 내 감방에서 죽음에 직면해 있듯이." 릴 GQ가 말한다. "어떤 형태로 찾아오든 간에 죽음이란 결국 다 같으니까요."

우리는 플렉시글라스 칸막이를 넘어 서로 연결되려고, 양쪽 모두가 이해하는 공유 지점에 가 닿으려고 애쓴다. 하지만 우리의 경험에 존재하는 공통점에는 한계가 있다. 상대의 이야기에 공감하면서 그의 고통을 내 고통과 똑같은 것으로 환원하지 않으려면 미묘한 균형점을 찾아내야 한다. 피부색과 사회적 특권, 성별과 학력이라는 명백한 차이 외에도 내가 자동차 여행 중에 릴 GQ를 찾아왔다는 사실 자체가 우리 둘의 다른 점을 보여준다. 나는 자유롭게 이동할 수 있지만 그의 몸은 철창 안에 갇혀 있다는 것. 하지만 이렇게 서로 마주보며 이야기를 나누는 동안만은 그런 차이를 모르는 척할 수 있다. 어느 카페에서 만나 잡담을 나누며 불완전하게나마 서로 공감하려 애쓰는 두 사람이 된 것처럼 상상할 수 있다.

누군가 어깨를 두드리는 바람에 나는 움찔한다. 교도관이 3시라고 알려주려 온 것이었다. "시간이 다 됐네요." 릴 GQ가 말한다.

내가 떠나기 전에 그는 마지막으로 한 가지를 묻는다. "당신에게 일어난 일들을 전부 없던 걸로 할 수 있다면, 그렇게 하겠어요?"

'전부 없던 걸로 할 수 있다면?' 나는 순간 할 말을 찾지 못하다가, 조용히 이렇게만 대답한다. "잘 모르겠네요."

마지막 여정이다. 루이지애나의 늪지대를 통과하는 동안 벌레가 수없이 날아와 앞쪽 차창에 부딪친다. 앨라배마 해변에서는 폭풍우에 휘말리고 오일 교체를 깜박하는 바람에 엔진에 문제가 생긴다. 데이터너 비치 근처에서 '컴포트 인Comfort Inn('편안한 숙소'라는 뜻—옮긴이)'이라는 부적합한 이름의 숙소에 들었다가 온몸을 벼룩에 뜯긴 채 깨어나기도 한다. 새해에는 조지아의 아름다운 지킬아일랜드에서 하룻밤 야영하며 파도 소리를 자장가 삼아 잠든다. 찰스턴에서는 예전에 좋아했던 남자의 집에서 하루를 묵고 내 인생 최초의 속도위반 딱지를 뗀다(어머니는 최초이자 최후의 딱지이길 바란다고 한마디 한다). 이스트코스트를 따라 올라가기 전에 짬을 내서 내 명단의 마지막 인물을 만나러 간다. 체구가 자그마한 십 대 소녀 유니크는 청소년 시절 대부분을 병실에서 보냈지만 이제 바깥세상으로 돌아갈 준비를 하고 있다. 나는 유니크와 함께 점심을 먹으며 앞으로 뭘 하고 싶은지 물어본다. 식탁 맞은편에서 유니크가 활짝 웃는다. 어찌나 환한 웃음인지 온몸에 햇볕을 쬐는 느낌이다. "대학에 갈 거예요! 여행도 하고요! 지금까지 이름만 들어본 신기한 음식도 먹어볼 거예요, 문어 같은 거요! 언니를 만나러 뉴욕에도 가고요! 야영도 하고 싶어요. 벌레가 무섭긴 하지만 그래도 해볼래요!" 유니크의 낙관적인 태도 때문인지, 긴 운전을 마친 뒤의 안도감 때문인지, 아니면 긴 여행의 막바지에 이르렀다는 생각 때문인지 모르겠지만, 지금 우리가 함께 먹는 이 짭짤한 감자튀김이 세상에서 제일 맛있는 음식처럼 느껴진다.

차를 몰면서 줄곧 릴 GQ의 마지막 질문을 곱씹어본다. 파리의 아파트 현관에 막 도착했던 윌의 모습이 떠오른다. 그때 우리는 얼마나 순진하고 희망에 넘쳤던가. 의사에게 내 병명을 들었을 때 어머니가 지은 처참한 표정을, 홀로 숲을 산책하고 돌아온 아버지의 핏발 선 눈을 떠올려본다. 대학 졸업을 앞두고 급격히 떨어졌던 내 동생의 성적을, 누나의 골수 기증자가 되어야 한다는 부담과, 나 때문에 줄곧 부모님의 관심을 받지 못해 느꼈을 서운함을 생각해본다. 잠들기 전 고요 속에 울려 퍼지는 메아리를 듣는다. 괴로움을 못 이겨 끙끙대는 신음 소리, 슬픔에 겨워 짐승처럼 흐느끼는 소리. 내 힘으로 사랑하는 이들의 고통과 공포와 상심을 덜어줄 수만 있다면 뭐든 할 것이다. 물론 애초에 내가 병에 걸리지 않았다면 만사가 훨씬 수월했겠지만.

침대에 누워 적었던 단어들을 기억한다. 받았던 편지들, 예상도 못 했던 사람들과의 우정. 빨간색 신호등이 켜지자 나는 팔을 뻗어 뒷자리에서 잠든 오스카를 토닥거린다. 맥스와 멀리사를, 병실 안의 외로움과 우리 모두를 하나로 묶어준 끔찍한 암세포가 아니었다면 결코 만날 수 없었을 사람들을 생각한다. 지난 석 달간 지나온 거리를, 여행 계획과 고속도로와 야영장들을 돌이켜본다. 네드, 세실리아, 하워드, 니타샤, 브렛, 살사, 캐서린, 그 밖에도 내게 많은 것을 가르쳐준 사람들을 떠올린다. 레드우드의 우듬지가 서늘한 바닷바람에 흔들리던 소리, 오스카에게 쫓겨 헛간을 몇 바퀴나 빙빙 돌던 살찐 러셋 암탉의 꼬꼬댁 소리, 파인리지 평원에 몰아치던 바람의 한숨 소리, 인생 최초로 혼자 텐트를 치고 잠들던 날 부츠에 밟힌 솔방울이 바사삭 부서지던 소리가 들린다.

나의 이십 대는 비통하고 혼란스럽고 고달팠으며 때로 견딜 수 없이 힘들었지만, 그럼에도 내 인생을 결정지은 시기였다. 또한 두 번째 기회라는 고마운 은총과 행운의 쇄도(이런 표현을 쓸 수 있다면 말이지만)로 충만한 시간이었다. 수많은 잔혹함과 아름다움이 뒤엉켜 불협화음이 가득한 내 인생의 풍경을 그려냈다. 그 시간을 지나오며 얻은 깨달음, '이 모든 게 한순간에 사라질 수도 있다'는 인식은 이후로도 계속 내 마음속 가장자리에 남아 내게 지혜를 준다.

내 병이 주변 사람들에게 미친 영향을 제외하고 생각해본다면, 릴 GQ의 질문에 나는 이렇게 대답해야 하리라. 아뇨, 나는 내가 아팠던 시간을 지울 생각이 없어요. 지금의 내가 되기 위해 겪어야 했던 그 모든 고통을 없었던 일로 하지 않을 거예요.

후기

인생은 통제하에 진행되는 실험이 아니다. 무엇이 다른 것으로 변하는 시점을 일일이 기록하거나, 누가 내게 어떤 영향을 주었는지 측정하거나, 치유의 연금술을 가능케 하는 특정 요소를 따로 구분할 수는 없다. 어디서부터 시작해야 하는지, 달도 뜨지 않은 그 외로운 길의 끝에서 내가 무엇이 될지 알려주는 지도 따위는 없다. 그러나 눈앞에 뉴욕의 화려한 스카이라인이 나타나고 밤하늘의 별빛이 흐려질 때쯤, 내 안의 무언가는 변화해 있다. 어쩌면 분자 차원에서부터.

조지 워싱턴 다리를 건너는 동안 내 머릿속은 이런저런 소망들로 가득 찬다. 아직 그 내용을 구체적으로 파악하거나 말로 풀어낼 수는 없지만, 지금 당장 실행할 수 있는 것들도 있다. 나는 친구에게 차를 돌려주고 담당 의사를 만나고 버몬트의 작은 통나무집에서 몇 달 지내며 이 책을 쓰기 시작한다. 난롯불 옆에서 독서를 하거나 숲속을 거닐거나 뒤쪽 테라스에 앉아서 시간을 보낸다. 그렇게 지내던 어느 늦여름 오후, 맥스가 죽었다는 소식을 듣는다. 그가 마지막으로 쓴 시 '천국'은 이렇게 시작한다.

그저 영혼을 위한 병원일 뿐
가게 되면 가리라
복잡할 것은 하나도 없으리

아침에 깨어나 문득 친구들이 그리워지는 날이면, 나는 맥스의 시와 멀리사의 수채화를 통해 그들을 만난다.

내 면역계는 계속 오발탄을 날리고 있다. 나는 여전히 몸 생각을 않고 무리하곤 한다. 감기 합병증이 염증으로 도지는 바람에 입원하기도 한다. 내 신체적 한계와 느린 속도를 받아들여야 한다는 걸 시행착오를 통해 거듭 실감한다. 의욕을 잃고 책 쓰는 걸 중단했다가 휴식 끝에 다시 시작하기도한다.

이후로도 한참 시간이 걸리고 몇 차례 우회를 거치긴 했지만, 결국 존과 나는 정식으로 동거를 시작한다. 우리는 조용하고 가로수가 우거진 브루클린의 어느 동네로 이사한다. 이삿짐 무더기 사이에서 촛불을 켜고 배달음식을 먹으며 함께 살게 된 첫날 밤을 축하한다. 나는 몇 년 만에 처음으로 더블베이스를 꺼내 먼지를 털고, 존은 피아노 건반을 두드리며 손을 푼다. 우리는 합주를 시작한다.

이제 초등학교 4학년 담임교사가 된 동생은 내가 지냈던 이스트빌리지의 아파트에 살며 자기만의 사연과 추억과 상심으로 그곳을 채워나가고 있다. 부모님은 잠시 튀니지에서 지내는 중이고, 나도 대학 시절 이후 처음으로 그곳에 찾아간다. 파티마 아주머니의 유명한 쿠스쿠스를 먹고 친척들과 시간을 보내며 사하라 사막에서 신년을 맞는다. 은퇴를 앞둔 아버지는 내가 지나온 여정을 따라서 자기만의 대륙 횡단 자동차 여행을 떠날 계획이다. 양육자와 간병인 역할에서 자유로워진 어머니는 그림에 전념하여 예술가 경력을 재개했고, 스스로 오래전에 끝났다고 생각했던 성공을 거두며 주체의식을 되찾는 중이다.

내가 차마 바랄 수 없었던, 도저히 불가능할 거라 생각했던 소망들이 있다. 서른 살 생일 일주일 뒤 나는 하프마라톤 완주에 성공한다. 다시 오하이를 찾아가 캐서린이 일하는 학교에서 석 달간 방문교사로 일한다. 릴 GQ를 면회한 경험에서 영감을 받아 처음으로 침대가 아닌 현장에서 취재 기사를 쓴다. 캘리포니아 북부의 호스피스 교도소(환자 및 노인 수감자를 동료 수감자들이 돌보는 시설—옮긴이)에 관한 내용이다. 어느 날 오후 책 원고를 쓰는 데 매달려 있다가 우연히 1972년형 폭스바겐 캠핑카 판매 광고를 발견한다. 선샤인과 똑같은 오렌지색 차다. 나는 퇴역 공군 장교라는 캠핑카 소유주에게 메일을 보낸다. 알고 보니 그 역시 슬론 케터링에서 치료를 받는 중이다. 그는 내 이름을 보고 오래전 《뉴욕 타임스》에 칼럼을 연재했던 사람이란 걸 알아보고서 답장을 보내온다. "원하는 가격을 말해봐요. 맞춰줄 테니까. 사실 이렇게 오래된 차를 실용적인 이유로 살 사람은 없거든요."

나는 캠핑카를 버몬트의 통나무집에 가져다 두고 수동기어 운전법을 연습한다. 기어를 어설프게 다루다가 몇 번이나 차가 멈추는 바람에 속상해서 운전대를 쾅쾅 두드리기도 한다. 나는 통나무집 뒷길을 따라 천천히 움직이며 기어를 1단에서 2단으로 바꾼다. 털털거리는 차를 몰아 아직 눈이 쌓인 뒷산 꼭대기까지 올라간다. 산꼭대기에 이르자 길이 고르고 평탄해진다. 나는 비포장도로를 따라 달리며 속도를 올려 고드름이 맺힌 상록수 숲을 통과한다. 오스카는 조수석에 앉아서 휙휙 스쳐 지나가는 나무들을 바라본다.

아이스박스 안에는 훈제 닭고기, 와인 한 병, 책 한 권이 들어 있다. 우리가 함께 떠나는 것도 꽤 오랜만이다. 앞으로 며칠은 단둘이 떠돌아다닐 생각이다. 내가 어디에 있든, 우리가 어디로 가든 항상 '중간 지대'가, 어느새 사랑하게 되어버린 이 황무지가 우리의 집이 되어줄 것이다.

감사의 말

최고의 에이전트 리처드 파인에게, 냅킨에 끄적거린 메모를 한 권의 책으로 만들 수 있게 도와준 캐리 쿡에게 무한한 감사를 전합니다. 엄청난 배려와 친절과 조언을 베풀어준 담당 편집자 앤디 워드에게, 나를 처음부터 믿어준 전설적인 편집장 고故 수전 캐밀에게 감사합니다. 오랜 친구이자 보조 편집자인 샘 니컬슨을 비롯해 펭귄랜덤하우스 출판사의 여러 멋진 분들에게, 특히 메리 팬토얀과 수전 머캔데티와 캐리 닐과 파올로 페페와 앤드리아 헨리를 비롯한 내 책의 외국 편집자들에게 감사합니다. 이 책의 팩트체크라는 막중한 임무를 떠맡아 압도적인 세심함과 공감과 유머 감각을 보여준 벤 필런에게 특별한 감사를 보냅니다.

항상 내 글을 가장 먼저 읽어주고 이 책을 쓸 엄두를 내기 전부터 나를 꾸준히 응원해준 단짝 친구 리지 프레슬러에게 큰 빚을 졌습니다. 격리 기간에 좋은 동지가 되어주고 작가이자 독자로서 나를 끝까지 이끌어준 카르멘 래들리에게 감사합니다. 이 책이 훨씬 나아지게끔 도와준 독보적 존재 린지 라이언에게, 내게 무엇이 필요한지 파악하고 난관을 해결하도록 도와준 브린다 콘딜락에게도 감사합니다. 글렌 브라운, 라이자 앤 코크럴, 크리스 매코믹, 제니 불리, 피터 트라첸버그, 에스메 웨이준 왕, 릴리 브룩스덜튼, 캐서린 할시, 보니 데이비슨 등 이 책의 초기 독자들과 멘토들에게도 감사합니다. 언제나 힘겨웠고 때로 외로웠던 집필 과정에서 훌륭한 동반자가 되어준 작가 집단의 조던 키스너, 제이슨, 그린, 프랭크 스콧에게, 특히 헤아릴 수 없이 귀중한 조언을 들려준 멀리사 피보스와 타라 웨스트오버에게 감사합니다.

절실히 필요했던 시간적 여유와 조용한 장소를 제공해준 유크로스 재단, 케루악 프로젝트, 뉴욕공립도서관, 아나카파 장학기금, 스톤에이커 농장에, 이 책의 대부분을 쓴 장소인 버몬트의 통나무집에 감사합니다. 애정 어린 공동체를 발견하게 해준 베닝턴 저술 세미나에도 감사합니다. 넘치도록 관대한 크리스티나 머릴, 내게 선뜻 차를 맡겨준 기디언 어빙, 간절했던 피난처와 응원을 베풀어준 프레슬러, 넬슨-그린버그, 로스 집안 분들에게도 감사합니다. 보이지 않는 곳에서 이 책을 위해 지치지 않고 애써준 에린 올와이스, 머리사 멀린, 린지 라토스키, 마야 랜드에게도 감사합니다.

마지막으로 나의 세계가 존재할 수 있게 해준 사람들에게 깊은 감사를 전합니다. 가장 사랑하고 감사하는 부모님에게, 글자 그대로 내 목숨을 구해준 동생 애덤에게, 담당 의사인 홀랜드, 네바다, 실버먼, 카스트로, 리버스 선생님에게, 나를 돌봐준 앨리 터커, 애비 코언, 서니, 유니크 간호사에게, 그 밖에도 무수한 의료 전문가들에게. 여러분이 없었다면 나는 지금 여기 있지 못했을 겁니다. 내가 다시 세상을 믿게 해주고 멀리 떠나 있는 동안에도 무한한 인내심으로 나를 기다려준 존 바티스트에게. 내게 첫 번째 기회를 준 타라 파커포프와 그분을 소개해준 담당 교수 마티 고틀리브 선생님에게. 우정으로 격려해준 마라, 내털리, 크리스틴, 에리카, 미셸, 릴리, 베히다, 루시, 아지타, 케이트, 실비, 그 밖에도 일일이 이름을 적기엔 너무나 많은 여자 친구들에게. 끝으로 나를 집에 초대해주고 자신의 사연을 들려준 내 여행길의 수호천사들에게. 내 인생의 가장 어려운 여정에 힘을 보태준 여러분 모두에게 감사를 드립니다.

옮긴이 **신소희**

서울대학교 국어국문과를 졸업하고 출판 편집자로 일해왔다. 현재는 다양한 분야의 책을 번역하고 있다. 그동안 옮긴 책으로는 『피너츠 완전판』 『야생의 위로』 『내가 왜 계속 살아야 합니까』 『여자 사전』 『플롯 강화』 『날라와 함께한 세상』 등이 있다.

엉망인 채 완전한 축제

펴낸날 초판 1쇄 2022년 1월 22일
초판 2쇄 2022년 1월 29일
지은이 술라이카 저우아드
옮긴이 신소희
펴낸이 이주애, 홍영완
편집2팀 홍은비, 최혜리
편집 양혜영, 유승재, 박효주, 문주영, 장종철, 김애리
디자인 김주연, 박아형, 기조숙, 윤신혜
마케팅 김슬기, 김태윤, 김송이, 박진희, 김미소, 김예인
해외기획 정미현
경영지원 박소현
펴낸곳 (주)윌북 **출판등록** 제2006-000017호 **주소** 10881 경기도 파주시 회동길 337-20
전자우편 willbooks@naver.com **전화** 031-955-3777 **팩스** 031-955-3778
블로그 blog.naver.com/willbooks **포스트** post.naver.com/willbooks
페이스북 @willbooks **트위터** @onwillbooks **인스타그램** @willbooks_pub
ISBN 979-11-5581-431-4 03840

책값은 뒤표지에 있습니다.
잘못 만들어진 책은 구매하신 서점에서 바꿔드립니다.